Lutz Büge

Skylla – Virenkrieg II

Lutz Büge

Skylla

Virenkrieg II

Ybersinn-Verlag

2017

Lutz Büge, Jahrgang 1964, geboren in Eutin, lebt seit 2010 in Offenbach am Main. Er bloggt für eine überregionale deutsche Tageszeitung, für die er auch die Leserbriefseiten betreut, und hat für verschiedene Zeitungen geschrieben. Seit 1996 hat er zwölf Romane veröffentlicht, davon die neueren seit 2013 zunächst als Selfpublisher in Form von E-Books, dann im Ybersinn-Verlag. Die Idee zum „Virenkrieg"-Zyklus verfolgt er seit dem Jahr 2000, als eine (unveröffentlichte) Erstfassung des Stoffes entstand.

Mehr über Lutz Büge: ybersinn.de/lutz-buge

Skylla – Virenkrieg II

Thriller um Biowaffen, Geheimorganisationen und einsame Entscheidungen, die die Menschheit an den Rand ihrer Auslöschung führen.

Teil 2 des „Virenkrieg"-Zyklus

1. Auflage

Inh. Thomas Vögele
Senefelderstr. 24, 63069 Offenbach
Umschlaggestaltung: Isabella V. Galanty
Umbruch, Satz: Ybersinn-Verlag
Druck: CPI Leck
Printed in Germany

ISBN 9783981738865

Projekt *Free Mind* – Phase 1

Ziel: Verbreitung eines Bedrohungsszenarios und Schüren von Ängsten in der Bevölkerung, um die Impfbereitschaft der Zielgruppe zu fördern

Operationsplan:

Stufe 1: Freisetzung von Pockenviren in Frankreich getarnt als Anschlag (Umsetzung durch *External Affairs Division*)

Stufe 2: Steuerung der Debatte in den USA dahin, dass es keinen Schutz vor Bio-Anschlägen gibt. Förderung des Angstszenarios auf den üblichen Wegen (vor allem Online-Netzwerke). Unterstützung durch *Scout Communications.* Langsam ausklingen lassen

Stufe 3: Information an die Zielgruppe: Impfstoff *Safe Harbour* bietet Schutz vor Biowaffen (Steuerung: *Internal Affairs Division*; rund 25.000 Zielpersonen müssen geimpft werden)

Übergang zu Projekt *Free Mind* – Phase 2

Auszug aus den SCOUT-Protokollen, April 2017

Prolog

12. Juni 2024
Amman, Jordanien

Aziz ließ sich mit dem Menschenstrom durch den Basar treiben, obwohl er eigentlich keine Zeit zu verlieren hatte. Er war bereits verspätet. Sein Kontaktmann mochte es nicht, wenn man ihn warten ließ, doch es verlangte Aziz nicht nach diesem Treffen. Er fühlte sich unter Druck gesetzt. So hatte er sich das nicht vorgestellt.

Im Palast gingen Gerüchte um, dass der Sicherheitsdienst verstärkt worden sei. Aziz musste vorsichtig sein. Daher hielt er lieber einmal mehr an, um sich an Ständen des Basars unauffällig nach Verfolgern umzusehen.

Allerdings hatte der Sicherheitsdienst all die Jahre nicht bemerkt, dass Aziz CIA-Informant war. Leibkoch des Königs – so einer musste wohl Informationen beschaffen können, mochten sich die Amerikaner gedacht haben. Aber Abdallah wurde seit dem Attentat von 2019 sorgfältig abgeschirmt, und selbst ein Leibkoch, einer von dreien, konnte seinem Kontaktmann nur Informationen über Abdallahs Lieblingsgerichte, Abdallahs Schonkost, die Allüren seiner Söhne sowie hin und wieder eine Intrige am Hof liefern. Aber die Agency zahlte.

Hier und da schnappte er Gesprächsfetzen auf, während er durch den Basar schlenderte. Im Westen war es üblich, Meinungsumfragen zu machen, wenn man wissen wollte, was das Volk dachte. Das hatte Aziz zumindest gehört. In Jordanien ging man in den Basar. Hier wanderten außer Waren und Geldscheinen auch Nachrichten und Meinungen über die Tische der Händler. Sie waren besorgt über die Entführung der *Queen Mary 2.* Terrorismus war nie gut für die Geschäfte. Niemand hier war auf der Seite der Terroristen.

Das wichtigste Thema im Basar war jedoch der Hohe Rat des Islam, die Schura, die gestern erste Ergebnisse ihrer Beratungen bekanntgegeben hatte. Den Kaufleuten schien zu gefallen, was da verkündet worden war. Aziz hatte sich noch kein Urteil gebildet. Er empfand Unbehagen bei dem Gedanken, dass ihm jemand sagte, wie er den Koran zu verstehen habe. Andererseits sah er die Gefahr, dass die Worte des Propheten durch Menschenfeinde missbraucht und pervertiert wurden, als gäbe es nicht jene Präambel im Koran:

„Im Namen des barmherzigen und gnädigen Gottes."

Aziz las jeden Abend im Koran. Die Verse, die mit Barmherzigkeit und Gnade wenig zu tun hatten, kannte und ignorierte er. Er mochte die, aus denen Liebe und Gnade floss. Der Widerspruch beschäftigte ihn manchmal, aber dann sagte er sich, dass die Welt zu jener Zeit, als die Suren geschrieben worden waren, eine völlig andere gewesen sein musste. Eine Welt, in der Strafen wie Steinigen und das Abhacken der Hände legitim gewesen sein mochten, weil sie roh und rau war.

Nun war Aziz sicher, dass er nicht verfolgt wurde. Er steuerte den Treffpunkt an, eine Viertelstunde zu spät. Der Amerikaner machte sich nicht die Mühe, seine Ungeduld zu verbergen. Er wartete im Laden eines Teppichhändlers, verborgen hinter Ballen von Teppichen, und war von der Frau des Händlers mit Tee versorgt worden, während ihr Mann britischen Touristen Teppiche anzudienen versuchte.

Wie immer, wenn sie sich trafen, konnte Aziz kaum seine Blicke vom blonden Haar des Agenten abwenden. Er selbst war einen Kopf kleiner und hatte die drahtigen, schwarzen Haare der Haschimiten, die sich bei ihm sofort zu kräuseln begannen, wenn sie länger als zwei Millimeter wurden. Dagegen dieser Fluss heller Haare …

Trotzdem wollte Aziz nicht in der Haut dieses Mannes stecken. Das auffällige Muttermal am Nasenflügel entstellte ihn, fand Aziz.

„Endlich", knurrte Scott McGrewgious. „Ist dir jemand gefolgt?"

„Nein."

„Die Antwort war richtig", gab der Agent grinsend zurück. „Hier ist dein Umschlag."

Aziz rührte ihn nicht an. Er war dicker als sonst. Mehr Geld bedeutete, dass sie etwas von ihm wollten, was über das Übliche hinausging. Mehr Geld würde Aziz gefallen – aber was erwartete der Amerikaner dafür?

„Was führt Abdallah mit seiner Initiative im Schilde?"

„Mit welcher Initiative?"

„Mit diesem islamischen Rat, dieser Schura."

Aziz musterte McGrewgious missbilligend. Er mochte es nicht, wenn jemand abfällig über den Islam sprach. Der Tonfall des Agenten ließ keinen Zweifel daran, dass er die Schura für Unsinn hielt. Wie die meisten Westler, die nichts verstanden.

„Also, was will er damit?"

„Das ist doch offensichtlich!"

Aziz hatte keine Lust, das Offensichtliche zu erklären.

„Sag es mir!“

„Er will den Islam reformieren.“

„Nur das?“

„Nur das?“, echote Aziz. „Kleinigkeit, oder?“

„Musst nicht gleich beleidigt sein“, sagte McGrewgious grinsend.

Aziz versuchte, nicht eingeschnappt zu wirken. Er wollte sich vor diesem arroganten Mistkerl keine Blöße geben.

„Warum macht Abdallah das?“, fragte der Agent. „Warum will er den Islam reformieren?“

„Er will dem Terror ein Ende machen. Du solltest dir vielleicht einfach mal seine Rede anhören. Abdallah ist ein weiser Mann.“

„Ihr Muslime glaubt offenbar alles, was man euch erzählt.“ Der Agent schüttelte den Kopf. „Hat keiner von euch eine Idee, was Abdallah wirklich vorhaben könnte?“

Aziz wurde wütend. Das Ressentiment tropfte aus jedem der Worte des Agenten. Muslime waren hinterhältig, das wusste die ganze Welt. Eine edle Initiative wie die Schura konnte daher nur den Zweck haben, ein anderes, weit weniger edles Vorhaben zu verschleiern. Was sonst?

Aziz hatte größte Lust, sein Arrangement mit McGrewgious zu beenden. Der aber klopfte mit der Fingerspitze auf den Umschlag.

„Was ist in den letzten Tagen im Palast vorgegangen?“

Diesmal gab es tatsächlich etwas zu berichten. Die Schura hatte im Palast getagt, und so hatte Aziz nicht nur viel Arbeit gehabt, sondern auch eine Menge aufgeschnappt. Der Palast hatte geschwirrt wie ein Bienenkorb. Außerdem war dieser General beim König gewesen …

„Bassam al-Faris?”, wiederholte Scott. „Es gibt in der jordanischen Armee keinen General dieses Namens.“

„Er war von der *Islamischen Allianz*.“

„Wie sah er aus?“

„Ich habe ihn nicht mit eigenen Augen gesehen.“

„Aber der Name ist sicher?“

„Ja.“

„Weitere Neuigkeiten?“

„Der König ist zu einer Reise aufgebrochen. Es hieß, er wolle mit seinen Söhnen zelten, auf die Art der Beduinen, im Wadi Rum.“

„Bei dieser Hitze?“ McGrewgious schüttelte den Kopf. „Wann ist er abgereist?“

„Gestern Nachmittag. Wir waren schon bei den Vorbereitungen für das Abendessen."

„Klingt nach einer spontanen Aktion. Hat es Alarm gegeben?"

„Nein."

„Und dieser General Al-Faris – wann war der beim König?"

„Davor. Die genaue Uhrzeit weiß ich nicht."

„Hat jemand den König nach dem Besuch noch gesehen?"

„Vom Küchenpersonal keiner."

Nun schienen dem Agenten die Fragen auszugehen. Er wirkte besorgt, während er das Gehörte überdachte. Dann nickte er, griff in die Brusttasche seines Polo-Shirts, holte ein unscheinbares, verschlossenes Plastikröhrchen hervor und legte es auf den Umschlag.

„Das ist für den König", sagte er. „Du musst dieses Pulver im Palast verteilen, so dass Abdallah damit in Berührung kommt. Ein bisschen auf das Besteck, mit dem er isst, auf die Armlehnen, auf die er sich stützt, auf die Tasten seines Computers ... Dir wird schon etwas einfallen. Wichtig ist, dass der König mit den Fingern in Kontakt mit dem Pulver kommt. Das leere Röhrchen verschluckst du. Es wird sich in deinem Darm auflösen."

„Was ist da drin?"

„Das interessiert dich nicht."

„Ein Attentat also?", fragte Aziz ungläubig. „Das mich selbst gleich mit erledigt?"

„Nein, dir geschieht nichts. Mein Wort drauf!"

Aziz gab sich keinen Illusionen darüber hin, was das Wort des Agenten wert war.

„Aber ich soll das Röhrchen runterschlucken", beharrte er. „Es wird noch Gift darin sein."

„Es ist kein Gift, und es kann und wird dir nichts anhaben. Es wirkt nur beim König, bei niemandem sonst." Scott klopfte wieder mit dem Finger auf den Umschlag. „Das hier ist nur eine Vorauszahlung. Insgesamt bekommst du 50.000 Dollar. Eine hübsche Summe, oder?"

Aziz zögerte einen Moment. Dann nahm er den Umschlag und das Röhrchen und steckte alles ein. 50.000 Dollar – das war ein Wort.

Skylla

Virenkrieg II

Thriller

Lutz Büge

1. Kapitel
Geheimnisträger

15. Juni 2024
Al-Isrā, Stützpunkt der Islamischen Allianz

Jan erwachte, als er ins Gesicht geschlagen wurde. Er blinzelte und erblickte ein Zerrbild seiner selbst. Schließlich begriff er, dass er das gewölbte, spiegelnde Helmvisier eines Schutzanzuges vor sich hatte.

Sein Blick suchte die Uhr über der Zimmertür.

Erst zwei Stunden.

Er seufzte. Für einen Moment hatte er gehofft, es schon hinter sich zu haben, aber sein Martyrium hatte erst begonnen.

„Ich will schlafen“, brummte er und schloss die Augen, doch der Helmträger schlug ihn erneut, und aus den Außenlautsprechern des Schutzanzugs schnarrte eine Stimme:

„Du bleibst wach!“

Maria Francesca.

Sie trug einen Schutzanzug für die Arbeit im Hochsicherheitslabor. Hinter ihr baumelten Schläuche von der Decke, die ihren Anzug mit dem Belüftungssystem verbanden.

Jan trug keinen Anzug, sondern lag in T-Shirt und Boxershorts auf der Pritsche, auf der er vor zwei Stunden eingeschlafen war. Maria Francesca wollte ihn zudecken, doch er sagte:

„Nein, bitte nicht. Mir ist warm.“

Unangenehm warm.

„Du hast es also getan.“ Maria Francesca hielt die Spritze in die Höhe, die neben der Pritsche auf dem Tisch gelegen hatte. „Du hast dich mit Skylla infiziert.“

„Ja“, seufzte Jan und hoffte, dass sie ihm anmerkte, wie erleichtert er war, diese Entscheidung endlich getroffen zu haben. Er hatte sein Schicksal angenommen. Skylla. Die schwächste Variante, die aufzutreiben war. Und zwar jetzt. Lieber ein Ende mit Schrecken.

Und keine Diskussionen mehr.

„Das war unverantwortlich“, schnarrte Maria Francescas Stimme.

„Nein“, entgegnete er matt und lächelte. Undeutlich konnte er durch das Visier ihr Gesicht erkennen. „Das war meine Entscheidung, meine eigene, freie, kleine, dumme Entscheidung.“

So frei, wie es unter diesen Umständen möglich war.

„Also noch etwas, was Professor Schwartz und dich verbindet", sagte sie. „Auch er war ein Freund einsamer Entscheidungen."

Jan seufzte erneut.

Ja, wir waren uns in vielem ähnlich.

Tränen schossen ihm bei der Erinnerung an Michael Schwartz, seinen besten Freund, in die Augen. Skylla hatte Michael binnen weniger Minuten umgebracht. Das Entsetzen in den Augen des Freundes angesichts des rasenden Schmerzes in seiner Brust hatte sich Jan tief eingebrannt.

Die Skylla-Variante, mit der Jan sich bewusst infiziert hatte, unterschied sich jedoch von jener Skylla, die Michael umgebracht hatte: Ihr fehlte das hochgiftige Protein, das für den tödlich-rasanten Verlauf der Infektion verantwortlich war. Wie die Infektion mit einer Skylla-Variante ablief, die kein Skyllin produzieren konnte, würde sich nun zeigen. Jan war Patient Zero.

Selbstversuch.

„Ist es etwa kein positives Zeichen", sagte er kraftlos zu Maria Francesca, „dass ich zwei Stunden nach der Ansteckung noch lebe? Michael war nach drei Minuten tot."

„Du hast Fieber", merkte Maria Francesca an. „Ich messe 38,2 Grad, schon jetzt, so kurz nach der Infektion. Das könnte man als heftige Reaktion bezeichnen. Wie fühlst du dich?"

„Müde", brummte er. „Matt. Heiß."

„Das hier soll ich dir von Dr. Latif geben", sagte sie und drückte ihm einen Becher mit einer milchigen Flüssigkeit in die Hand. „Er sagte, du weißt schon, wozu es gut ist."

Gegen die Blausäurebakterien in meinem Darm.

Gehorsam stemmte er seinen Oberkörper in die Höhe, stützte sich seitlich auf einen Arm und trank.

„Habe ich dir von meiner Mutter erzählt?", fragte Maria Francesca. „Wir haben eine Tradition in unserer Familie", fuhr sie fort, „die in der weiblichen Linie weitergegeben wird. Wir sind Heilerinnen. Meine Mutter kannte sich mit allen Kräutern, Umschlägen und Tinkturen aus, die man sich denken kann. Ich war als Kind oft krank, ohne Fieber zu bekommen. Das gefiel ihr nicht. Daher gab sie mir Tees, die Fieber erzeugten. Fieber ist gut, sagte meine Mutter, Fieber ist eine gesunde Reaktion des Körpers auf einen Angriff."

Jan wusste, worauf Maria Francesca hinauswollte, tat ihr aber trotzdem den Gefallen und fragte:

„Wo ist das Problem? Ich habe Fieber. Das ist also wohl gut so."

„Meine Mutter sagte aber auch: Alles in Maßen!"

„Ich stehe ja nun unter Beobachtung", versuchte Jan einen schwachen Scherz.

„Denk mal einen Moment lang mit!", fuhr sie ihn humorlos an. „Wenn du schon Unsinn machst und dich unkontrolliert mit diesem Virus infizierst, dann mach das wenigstens mit dem Verstand eines Wissenschaftlers. Wir müssen alles gründlich dokumentieren! Noch nie konnten wir eine Skylla-Infektion von Anfang an beobachten."

„Kein Problem. Skylla injiziert am 15. Juni 2024 um 6 Uhr morgens Mitteleuropäischer Sommerzeit. Wegen der genauen Bezeichnung des Virenstammes frag den Taliban."

„Wann hast du die antiviralen Medikamente abgesetzt?"

„Zwölf Stunden vor der Injektion."

„Wie viel Skylla hast Du Dir gegeben?"

„Zehn Milliliter."

„Bist du wahnsinnig?", keuchte Maria Francesca.

„Es musste eine signifikante Dosis sein", sagte Jan und erinnerte: „Ich habe bereits eine Skylla-Variante im Körper."

Die tödliche, die ich auf Michael übertragen habe!

Dass dieses Attentat nur teilweise funktioniert hatte, lag vermutlich daran, dass Jan zu jenem Zeitpunkt noch nicht ausreichend markiert gewesen war: Charybdis, die erste Stufe des Biowaffensystems Skylla & Charybdis, hatte ihr Werk noch nicht vollendet. Mit Grausen erinnerte er sich an die Totaldekontamination. Das Virus war so weit wie möglich aus seinem Körper entfernt worden. Gegen Restbestände, die sich in seinem Lymphsystem und im Drüsengewebe hielten, nahm er seitdem antivirale Medikamente. In dem Moment, in dem er sie absetzte, würde Skylla – die tödliche Variante! – wieder aktiv werden. Und damit war Jans Leben in Gefahr. Darum hatte er die mutmaßlich ungefährliche Skylla-Variante so massiv ins Feld geführt, dass sie mit ihrer schieren Masse schnellstmöglich alle freien Andockstellen auf den Oberflächen von Jans Herzzellen besetzte. Von da an war die gefährliche Variante dazu verurteilt, tatenlos in Jans Blutbahn zu kreisen, bis sein Immunsystem einen Weg gefunden hatte, sie zu beseitigen. Das war Jans Kalkül.

„Es war der einzige Weg“, murmelte er.

Benommen registrierte er, dass er plötzlich ein warmes Gefühl verspürte, als er sich daran erinnerte, wie Maria Francesca ihn einmal geküsst hatte. Es war noch gar nicht lange her, und es hatte ihm gefallen.

Es hat mich auch erschreckt!

Er hörte Maria Francescas Seufzen.

„Männer!“, sagte sie und ließ ein bekümmertes Kichern hören. „Die Herren einsamer Entscheidungen. Diese Unart wird die Welt noch in den Untergang führen.“

Sinnlose Diskussion ...

„Hast du einkalkuliert, dass dein Immunsystem am Boden ist?“, setzte sie vorwurfsvoll nach. „Als Folge der Totaldekontamination? Du hättest ihm mehr Zeit geben müssen. Aber nein, der Herr musste unbedingt eine Entscheidung treffen.“

„Es ist, wie es ist“, brummte Jan, doch er wusste, dass sie in diesem Punkt recht hatte. Er hätte noch warten können. Trotzdem – seine Entscheidung war richtig. Es wäre eine qualvolle Zeit geworden.

Er fühlte sich wie gerädert, als habe er seit unendlichen Zeiten nicht mehr geschlafen.

Maria Francesca seufzte und horchte ihn ab, nachdem sie den USB-Stecker eines speziellen Stethoskops in eine Buchse an der Seite von Jans Beistelltisch geschoben hatte. Jans Herztöne erklangen über ihre Helmlautsprecher ebenso wie über die des Krankenzimmers.

„Nicht ungewöhnlich.“ Sie maß seinen Puls. „Wie hoch ist dein Ruhepuls normalerweise?“

„56 bis 60.“

„Zurzeit 72, trotz Ruhelage“, sagte sie.

Auch Jans Blutdruck war zu hoch.

„Ich bin müde“, murmelte Jan.

„Ich lasse dich gleich schlafen“, sagte sie. „Bleib noch ein paar Momente bei mir! Ich werde dich jetzt verkabeln. Ich vermute, du warst noch nie auf einer Intensivstation? Dr. Latif hat alles von der Krankenstation hierher bringen lassen, einschließlich Beatmungsmaschine, falls du ins Koma fällst. Ich vermute, über derartige Konsequenzen hast du dir keine Gedanken gemacht, oder?“

Jan schüttelte schwach den Kopf. Auch jetzt machte er sich keine Gedanken darüber. Wenn er ins Koma fiel, dann geschah es eben.

Vielleicht wäre es sogar besser, wenn er stürbe. So, wie sich der weitere Verlauf seines Lebens darstellte, würde er sich sonst über kurz oder lang vor die Entscheidung gestellt sehen, für die *Islamische Allianz* Biowaffen zu entwickeln. Er würde Verbrechen gegen die Menschlichkeit begehen – auch dann, wenn er die Zusammenarbeit verweigerte. Denn ohne ihn hatte die *Allianz* keine Chance, Mittel gegen die Biowaffen der Amerikaner zu finden. Wenn es hingegen gelänge, ein Gleichgewicht des Schreckens herzustellen, konnten die Amerikaner vielleicht davon abgehalten werden, ihre Biowaffen in großem Maßstab einzusetzen. Etwa jenen geheimnisvollen Erreger, der zurzeit im Swat-Tal grassierte und der bereits unzählige Menschenleben gefordert hatte. Die *Allianz* hatte ein gutes Labor und gute Mikrobiologen, aber nach Michaels Tod fehlte ihr der wissenschaftliche Kopf. Wenn Jan diese Aufgabe annahm, konnte er Millionen von Menschenleben retten, aber zugleich würde er der *Allianz* zwangsläufig eine Biowaffe an die Hand geben. Aus diesem Dilemma gab es keinen Ausweg – es sei denn Flucht durch Tod.

Erschöpft schloss er die Augen.

„Kleiner Macho!“, hörte er Maria Francesca noch sagen. Dann war er endgültig eingeschlafen, und sie versuchte nicht, ihn erneut zurückzuholen. Sie blickte mit feuchten Augen zur Decke hinauf, und später schrieb sie in ihr Tagebuch:

„Wir tanzen auf Messers Schneide.“

***

„39,1“, hörte er eine Stimme in großer Ferne. „Puls 100. Wir sollten ihm etwas geben.“

„Zu früh“, sagte eine andere Stimme.

Ich bin ein Regenwurm ...

Ein Regenwurm auf sommerheißem Asphalt. Quälend langsam und immer langsamer versuchte er, den rettenden Straßenrand zu erreichen; doch in welche Richtung sollte er sich wenden?

„Ich kann keine Immunantwort erkennen“, sagte eine der Stimmen, die einer Frau, deren Name Jan momentan nicht einfiel.

„Zu früh“, wiederholte die andere Stimme, die eines Mannes.

„Sein Immunsystem ist tot, wegen Ihrer Totalscheiße mit Strahlenblitz."

„Das System braucht Zeit für den Neustart", sagte die Männerstimme. „Geben Sie ihm das hier."

„Hochdosierte Vitamine?"

„Alles was sein Immunsystem braucht. Jetzt gleich eine Überdosis und alle drei Stunden Nachschub, um den Spiegel hochzuhalten. Wir verschaffen seinem Immunsystem etwas Zeit."

„Aber das Fieber …"

„39,1 ist nichts. Die Temperatur wird weiter steigen. Bei 39,5 beginnen Sie mit Infusion von isotonischer Kochsalzlösung, damit er nicht dehydriert. Bei 40 schauen wir ihn uns noch mal genauer an. An fiebersenkende Mittel denken wir nicht vor 40,5, bei 40,8 ziehen wir sie ernsthaft in Erwägung und bei 41 sind wir ganz kurz davor, sie tatsächlich einzusetzen."

„Das ist eine Tortur für seinen Körper."

„Er ist stark genug", sagte die männliche Stimme. „Ihre Empathie in allen Ehren, Maria Francesca, aber hier geht es um wissenschaftliches Neuland! Wir müssen diese einzigartige Chance nutzen, um die Infektion bis ins kleinste Detail zu erforschen, und darum müssen wir sie möglichst ohne Eingriff ablaufen lassen. Ich bin entschlossen, diese Chance auszureizen. Wir werden also erst dann eingreifen, wenn es wirklich nicht mehr anders geht. Selbstverständlich wollen wir Dr. Metzners Leben retten, aber das alles ist so unendlich interessant, dass…"

„Mir wird schlecht, wenn ich Sie reden höre. Haben Sie gehört, was mit dem Affen passiert ist? Mit Shiva? Er wurde vorgestern zu Testzwecken mit demselben Skylla-Stamm infiziert. Vor einer Stunde lag er tot in seinem Käfig."

Was hat das mit mir zu tun? Ich will doch einfach nur schlafen ....

Etwa zwei Jahre zuvor
September 2022

Einfach nur schlafen …

Michael Schwartz hieß nun Zach Sturbinsky. Auf diesen Namen lauteten sein neuer Führerschein und sein Reisepass. Diese Identität fühlte sich noch fremd an, ebenso wie die Haare in seinem Gesicht – Bart konnte man es noch nicht nennen –, die er seit seiner Flucht aus Phoenix hatte wachsen lassen. So fremd wie die Baseballkappe auf seinem Kopf, die er fast ununterbrochen trug, tief ins Gesicht gezogen, obwohl er Baseballkappen hasste. Wenn er sich selbst im Spiegel sah, erkannte er sich kaum wieder. Er war drahtiger geworden, wirkte entschlossener, fand er. Zum ersten Mal in seinem Leben folgte er einer Agenda. Sie machte ihn zum Einzelgänger, zum einsamsten Menschen auf diesem Planeten, doch das schreckte ihn nicht. Auch dass sie ihn zum Staatsfeind der USA machte, war ihm egal, solange *sie* ihn nicht entdeckten. Ein Staat, in dem so etwas möglich war wie die Entwicklung jener Waffe, verdiente Michaels Loyalität nicht, auch wenn es sich um den Staat handelte, in dem er aufgewachsen war. Ein solcher Staat konnte nicht sein Vaterland sein.

Etwas anderes hingegen schreckte ihn: die Ungewissheit, ob er sein Ziel erreichen würde. Vor ihm lag ein umständlicher Weg, auf dem er ständig auf der Hut sein musste. Darin war er nicht besonders gut. Auf seiner Wanderung durch die Wälder hatte er zudem kaum geschlafen. Die Ungewissheit belastete ihn. Er war völlig auf sich allein gestellt.

In Phoenix war er rund um die Uhr beschattet worden. Er war *ihnen* offenbar entkommen, aber *sie* würden nach ihm suchen. Es sei denn, *sie* kauften die Geschichte vom sonderlichen Professor, die er *ihnen* vorgespielt hatte, und glaubten, dass er wirklich in die Wälder gegangen war. Selbst seiner Mutter hatte er die Wahrheit vorenthalten, damit sie nichts verraten konnte. Wenn *sie* bei Amy Schwartz vorfühlten, würden *sie* nur erfahren, dass Michael die Einsamkeit suchte, um zu sich zu finden.

„Michael wird sicher wieder aufkreuzen, bevor der Winter kommt“, würde Amy vielleicht arglos zu *ihnen* sagen. „Winter in unseren Bergen ist nichts, was man freiwillig sucht.“

Doch er durfte nicht davon ausgehen, dass *sie* untätig blieben. Jederzeit konnten *sie* ihn wieder aufspüren, denn überall gab es Videoüberwachung, und moderne Gesichtserkennungssoftware war sicher in der Lage, ihn trotz Bart zu identifizieren.

Michael sah sich oft um und prüfte – unauffällig, wie er hoffte – die Gesichter der Menschen in seiner Nähe, auf den Straßen und Bahnhöfen und Flughäfen, die er benutzte, doch er konnte nichts Verdächtiges entdecken. Entwickelte er einen Verfolgungswahn? Auf jeden Fall war es besser, einen Tick zu vorsichtig zu sein als denselben Tick zu nachlässig. Sicherheitshalber achtete er darauf, seine neuen Papiere sparsam einzusetzen – nur dann, wenn es sich absolut nicht vermeiden ließ, so wie beim Check-In für den Flug nach Iqaluit. Leider war es unmöglich zu reisen, ohne Spuren zu hinterlassen.

Er hatte eine Reiseroute gewählt, mit der *sie* gewiss nicht rechneten. Sie hatte unter anderem den Vorteil, dass er seinen Pass vor Verlassen des Kontinents nur zwei Mal zeigen musste – am Flughafen in Ottawa und vorher beim Geldwechsler. Bis dahin hatte er genug kanadische Dollar in bar für Essen und Zugfahrten. Er hatte das Geld aus dem Elternhaus mitgenommen, wo es sich im Lauf der Jahre infolge einer Mischung aus Vergesslichkeit und Nachlässigkeit angesammelt hatte. Von jedem Trip ins Nachbarland hatte die Familie Wechselgeld und kleine Scheine mitgebracht, weil niemand vor dem Aufbruch daran gedacht hatte, dass noch jede Menge Kleingeld in der Schublade lag.

Für den Flug reichten diese Rücklagen natürlich nicht. Doch Zach Sturbinsky hatte genügend amerikanische Dollar bei sich. Einen Teil davon tauschte er in einer Wechselstube und zahlte den Flug in bar, denn der Einsatz der Kreditkarte von Michael Schwartz verbot sich natürlich. Die Blicke, mit denen er und sein falscher Ausweis geprüft wurden, fielen beiläufig aus. Zach Sturbinsky erregte keinen Verdacht.

Er war *ihnen* entkommen. Doch erst, als er in der Boeing 737 nach Iqaluit saß und tief unter sich Seen, Tümpel und die Tundra von Quebec erblickte, begriff er, dass er es tatsächlich geschafft hatte, die USA zu verlassen. Jenes Land, das Präsidentin Lindsay Preston so gern als „Heimat der Freiheit" pries. Von wegen! Die USA waren ein Land, in dem unbequeme Politiker mit Biowaffen aus dem Weg geräumt wurden! Ein Land, das insgeheim von einem Netzwerk namens *SCOUT* gesteuert oder zumindest manipuliert wurde. Das war ein ungeheuerlicher Gedanke, aber Michael war davon überzeugt, dass der Vorwurf stimmte, obwohl er nicht wusste, wie *SCOUT* das machte.

Jetzt, in der Luft über Kanada, hatte er das Gefühl, erstmals seit langem wieder durchatmen zu können. Er hatte eine Entscheidung getroffen. Er konnte nicht anders. Sie fühlte sich auch jetzt noch richtig an, obwohl ihn der Gedanke an den kleinen, unauffälligen Hochsicherheitsbehälter in seinem Reisegepäck mit Unbehagen erfüllte. Darin befand sich eine Gewebeprobe vom Herzen seines Vaters, die verseucht war mit dem schrecklichsten Virus, dem er bisher begegnet war. Diejenigen, die es erschaffen hatten, mussten aufgehalten werden.

Michael dachte an Evans Worte:

„Auf die interessantesten Dokumente sind Sie noch nicht gestoßen."

Evan, der Unbekannte, der ihm geholfen hatte zu entkommen!

Manchmal zweifelte Michael an seinem Verstand, weil er einem Menschen rundheraus vertraute, der ihm völlig unbekannt war und mit dem er lediglich über einen geheimen Chat schriftlich kommunizierte. Doch er hatte von Anfang an ein grundgutes Gefühl dabei gehabt. Evan hatte den richtigen Ton angeschlagen, hatte ihn beraten, aber nie bedrängt. Als er wissen wollte, auf welchem Weg Michael die USA verlassen würde, hatte Michael ihm diese Information verweigert, und Evan hatte dies akzeptiert. Schon Michaels Vater hatte Kontakt mit Evan gehabt und ihm anscheinend vertraut. Auf diesem Weg hatte der Senator das geheime Material über *SCOUT* bekommen, das sich jetzt in Michaels Hosentasche auf einem USB-Stick befand – 20 Gigabyte an Daten, viel Lesestoff für lange, einsame Abende in Europa. Michael freute sich nicht auf diese Arbeit. Falls er Evans Worte richtig deutete, standen ihm schlimme Enthüllungen bevor.

Er würde nicht in die USA zurückkehren, nie wieder. Er würde überlaufen, würde einer Organisation, von der er kaum mehr wusste, als dass sie *Islamische Allianz* hieß und vom jordanischen König Abdallah gegründet worden war, das Virus bringen, das seinen Vater auf brutale Weise getötet hatte. Er hatte die Bilder vom geöffneten Brustkorb seines Vaters noch vor Augen, er wusste, was dieses Virus anrichtete, wenn es auf ein menschliches Herz losgelassen wurde: Es verursachte eine Art Mega-Herzinfarkt und ließ die Blutgefäße rund ums Herz explodieren. Gegen diese grauenhafte Waffe gab es kein Mittel, keine Medikamente. Michael sah nur einen einzigen Weg, wie sich verhindern ließ, dass sie eingesetzt wurde: Der Gegner musste sie ebenfalls besitzen.

Es war die ungewöhnlichste Reise seines Lebens. Evan hatte in einem Hotel in Tanger in Marokko ein Zimmer für ihn gebucht – für den 30. September. Dort sollte der Kontakt zur *Allianz* hergestellt werden. Das war in drei Wochen. Was Michael bis dahin machte, lag allein in seiner Hand. Er war frei! Er hatte einen radikalen Schnitt gemacht, noch viel radikaler als sein bester Freund Jan, den er stets für die Klarheit seiner Entscheidungen bewundert hatte.

Er flog also nach Iqaluit, der Hauptstadt des kanadischen Territoriums Nunavut, die mit ihren rund 8000 Einwohnern so groß war wie Montpelier in Vermont. Iqaluit lag dicht am Polarkreis. Michael nahm ein Gästezimmer und verbrachte zwei Tage mit einer Wanderung zu einigen der letzten noch existierenden Eisbären und mit einer Bootsfahrt zu Walgründen. Dann flog ihn das wöchentlich verkehrende Flugzeug der *Greenland Air* nach Kangerlussuaq, dem einzigen internationalen Flughafen Grönlands. Hier verbrachte er einen weiteren, diesmal milden, sonnigen Tag an der erstaunlich grünen Küste, ehe es nach Kopenhagen weiterging.

Sein vorläufiges Ziel lag in Südfrankreich: Sète, eine Hafenstadt, wo zweimal wöchentlich eine Fähre nach Tanger abfuhr. Das europäische Bahnnetz war phänomenal. Es transportierte ihn in nicht einmal einem Tag von Kopenhagen ins südfranzösische Montpellier, über eine Entfernung von insgesamt mehr als 1800 Kilometern, ohne Ausweiskontrollen, obwohl er mehrere Grenzen überquerte.

Michael hatte zwar kaum geschlafen, als er in Montpellier ankam, unternahm aber dennoch einen Rundgang durch die Universitätsstadt – lang genug, um festzustellen, dass sich die Ähnlichkeit mit seiner Geburtsstadt in der Namensähnlichkeit erschöpfte. Dann ging er zur Bank, um Geld zu tauschen, und fuhr mit dem Zug weiter nach Sète. Hier sah er sich vor ein Problem gestellt, das er vor sich hergeschoben hatte: Wo sollte er unterkommen, ohne aufzufallen? Hotels schieden aus, denn beim Einchecken wäre seine Identität registriert worden – wenn auch die falsche. Die Europäische Union hatte zwar ihre Datenaustauschverträge mit den USA infolge mehrerer Ausspähskandale gekündigt, aber das hieß nicht, dass NSA und CIA nicht mehr an solche Daten herankamen. Er hatte seinen Reisepass zuletzt beim Geldtausch in Montpellier und davor nach der Landung in Kopenhagen zeigen müssen, allerdings ohne dass seine Daten dabei festgehalten worden wären. Jedenfalls hatte er nichts davon bemerkt. Falls die Daten aber doch aufgezeichnet worden waren und falls *sie* gezielt nach exotischen Bewegungsmustern suchten, konnte dieses eine Mal, wenn Zach Sturbinsky in einem südfranzösischen Hotel eincheckte, das berühmte Mal zu viel sein – denn warum war Zach nach Kopenhagen geflogen, wenn sein eigentliches Ziel rund zweitausend Kilometer davon entfernt war?

Ein Taxifahrer brachte ihn auf die Lösung. Der braungebrannte, arabisch-stämmige Mann lehnte in der Nähe des Bahnhofs von Sète am

Fonds seines Wagens. Als stünde Michael das Wort „Amerikaner“ auf die Stirn geschrieben, sprach der Mann ihn auf Englisch an.

„Sie sehen aus wie jemand, der eine Unterkunft braucht.“ Er musterte Michaels Rucksack, seine Wanderstiefel, und fügte hinzu: „Vielleicht ein Gästezimmer? Oder ein Mobilhome auf einem Campingplatz? Ich kenne einen schönen Platz und kann sie hinfahren.“

Michael betrachtete den Taxifahrer misstrauisch. Das fügte sich zu glatt, dachte er im ersten Moment, doch dann drängte er seine Paranoia zurück und sagte:

„Das klingt ziemlich gut.“

Dass der Fahrer keineswegs uneigennützig gehandelt hatte, begriff Michael, als ihm die Rechnung für die Fahrt präsentiert wurde. Sie belief sich auf 60 Euro. Doch Michael zahlte diese Summe gern, denn der Ort, an den es ihn verschlagen hatte, gefiel ihm.

So landete er auf einem Campingplatz in einem Örtchen namens Marseillan-Plage und bezog ein Mobilhome, einen Wohncontainer, im Schatten hoher Pappeln direkt hinter einer Düne am Meer. Er musste lediglich ein altmodisches Anmeldeformular ausfüllen. Niemand sah ihn schräg an, niemand stellte unangenehme Fragen. Michael war zufrieden, zumal es im Dorf eine Reihe freundlicher Restaurants gab.

Vielleicht hätten ihn diese letzten Wochen in Europa mit der westlichen Welt versöhnen können, denn der Westen bestand ja nicht nur aus Hardlinern in Washington, auch wenn die leider stilbildend wirkten. Er bestand auch aus Menschen wie Florence und Georges, die eines der Restaurants im Dorf betrieben, Menschen, die sich kaum um Politik kümmerten und ihr Leben zu genießen versuchten. Manchmal, wenn seine Blicke über das Meer hinweg den Horizont im Süden absuchten, wo die Länder des Islam lagen, fragte sich Michael, warum es ihm nicht gegeben war, ebenfalls ein solches Leben zu führen. Irgendetwas unterschied ihn von Menschen wie Florence und Georges. Sein Leben wäre natürlich völlig anders verlaufen, wenn er den Job bei *Fupro* nicht angenommen hätte, wenn er nicht Genetik und Mikrobiologie studiert hätte, wenn er nie Samuel McWeir begegnet wäre, dem Nobelpreisträger, seinem Mentor. Doch er wäre nie auf den Gedanken gekommen, ein Restaurant zu eröffnen.

Der Blick zurück stimmte Michael traurig, der Blick nach vorn erfüllte ihn mit Entschlossenheit, und während er der Zukunft entgegensah, las er im *SCOUT*-Material.

14./15. Juni 2024
Bethesda / Maryland

Justin Darkwater durchwachte die schlimmste Nacht seines Lebens. Erst die Irrsinnsfahrt der *Queen Mary 2* und die Kollision mit der Freiheitsstatue. Die Bilder von den Suchtrupps, die im Scheinwerferlicht zwischen den scharfkantigen Trümmern des einstigen Wahrzeichens nach Überlebenden suchten. Zum Zeitpunkt der Kollision sollten sich noch Personen im Innern der Statue aufgehalten haben. Immer wieder Bilder vom abgerissenen Arm der Statue, der einmal die Fackel des Lichts der Freiheit in die Höhe gereckt hatte. Beides, Arm und Fackel, lagen nun sinnlos und winzig unter dem hoch aufragenden Bug des schweigenden, gestrandeten Kreuzfahrtschiffes, und das Licht der Fackel war erloschen.

Diese Ereignisse hatten bereits begonnen, die USA zu verändern. Justin spürte ein Rumoren tief in sich, ein Zittern, Zweifel, schwere Gedanken. Da war etwas, was er als fremd empfand, ein Druck, der sich aufbaute. Etwas in ihm verlangte nach einer Antwort auf die beispiellose Frechheit der Terroristen. Eine Demütigung nach der anderen hatten sie den USA zugefügt bis hin zum Sturz der Freiheitsstatue, ohne dass die Supermacht etwas hätte unternehmen können. Zugleich aber lag Wahrheit in den Taten der Terroristen, und die war es vor allem, die Justin zu schaffen machte. Er verstand sehr wohl, was das Attentat auf die Freiheitsstatue bedeuten sollte. Er hegte selbst schon seit längerem Zweifel, was das „Licht der Freiheit" betraf. Die USA präsentierten sich der Welt als Leuchtturm der Freiheit und begingen zugleich schwere Verbrechen im Namen dieser Freiheit, etwa in Gestalt von Drohnenangriffen. Die Terroristen hatten in ihren Tribunalen weitere Verbrechen aufgedeckt, und das Schlimme daran war, dass diese Nachrichten glaubhaft waren. Aber es durfte nicht sein, dass Amerika so schlecht war! Wenn Justins Amerika nicht mehr existierte – wofür sollte das alles dann gut sein? Entwickelte er seine Bakterien etwa für Verbrecher?

Justin liebte den Frieden. Er empfand ihn geradezu als seine Natur, sein Wesen. Sonja, seine Frau, sagte gern von Justin, er sei der friedfertigste Mann, den sie kenne. Gelegentlich meinte sie dies anerkennend, in manchen Momenten wünschte sie ihn sich hingegen zupackender. Er wusste, dass sie ihn manchmal nicht verstand. Umgekehrt war es nicht anders. Er hatte sich damit abgefunden. Doch jetzt musste er um seine Ausgeglichenheit kämpfen. Dieser sonderbare Druck machte ihn zutiefst unruhig.

Es lag ein Hauch von Zeitenwende in der Luft.

Nur nicht die Nerven verlieren!

Aber das war einfacher gesagt als getan, denn Justins Söhne waren auf der *Queen Mary 2,* zusammen mit Norah und Alfred Winter, Justins Schwiegereltern. Alfred, der Pharma-Manager, war einer der drei Männer, denen in einem Tribunal Verstöße gegen das Völkerrecht und Verbrechen gegen die Menschlichkeit nachgewiesen worden waren. Tribunale, abgehalten von den Terroristen! Vor den Augen der Weltöffentlichkeit! Niemand, weder die Präsidentin noch einer ihrer Sprecher, war diesen Vorwürfen bisher öffentlich entgegengetreten, lediglich der Pharmakonzern *MediGen* hatte zu dementieren versucht. Alfred sollte in einem Geheimgefängnis der CIA afghanischen Häftlingen ein unreifes Impfserum verabreicht haben, das 120 von ihnen getötet hatte. Justin fühlte sich gedemütigt, weil er in seiner Naivität daran geglaubt hatte, Gutes zu bewirken, während Männer wie Alfred Winter amerikanische Werte verraten hatten und dennoch im selben Atemzug fähig waren zu rufen:

„God bless America."

Ob Alfred noch lebte? Die Terroristen hatten das Urteil, das über ihn gesprochen worden war, gerade vollstrecken wollen, als ein Angriff auf die *Queen Mary 2* die Sendeanlage zerstört hatte.

Justin wurde immer wütender in dieser langen, schweren Nacht.

Die Entführer hatten zwei weitere Tribunale angekündigt. Sie behaupteten, beweisen zu können, dass der Einsatz von Sarin in Damaskus 2013 und das Attentat auf den jordanischen König Abdallah 2019 auf das Konto der USA gingen. Diese Tribunale waren wegen der Zerstörung der Sendeanlage noch nicht ausgestrahlt worden, doch die Ankündigungen genügten, um Schockwellen durchs Land zu schicken.

Wie gelähmt saß Justin vorm Multikom, zunächst noch mit seiner Frau Sonja im Arm, und verfolgte die Vorgänge in New York. Truppen der Nationalgarde marschierten im Battery Park gegenüber Liberty Island und am weiter entfernten Ufer von New Jersey auf. Sie blieben auf Distanz, vermutlich sollten die Terroristen nicht provoziert werden. Noch immer lag die Drohung im Raum, dass die *Queen Mary 2* gesprengt werden könnte! Panzer gingen in Stellung und richteten ihre

Geschütze auf die *Queen Mary 2* – eine militärische Geste, die in ihrer Sinnlosigkeit demütigend wirkte. Wollte man etwa auf die 3000 gefangenen Zivilisten an Bord schießen lassen? Nein, man wollte Druck aufbauen, ohne zu provozieren, lautete die Analyse auf CNN. Marine-Hubschrauber umkreisten den gestrandeten Ozeanriesen, und weiter draußen in der Bucht hielten die Kriegsschiffe der US-Marine die Stellung, darunter die *Richmond*, die nur um Haaresbreite der Kollision mit der *Queen Mary 2* entkommen war. Immer wieder zeigte das Multikom die riesige, erleuchtete, schweigende Masse der *Queen Mary 2*, die in der Nacht lag wie stahlgewordenes Unheil.

Was hatten die Terroristen vor? Würden sie das Schiff sprengen? Selbst der in Nachrichtengewittern gestählte CNN-Moderator Phil Ashby zeigte im stundenlangen Sendemarathon Nerven:

„Man fragt sich, wann sie es endlich tun“, sagte er.

Gerade versuchte Sonja noch einmal, Matthew, ihren zehnjährigen Sohn, und ihre Mutter Norah an Bord der *Queen Mary 2* zu erreichen. Die beiden meldeten sich auch diesmal nicht. Entweder waren alle Mobilfunkknoten im Einzugsbereich der *Queen Mary 2* abgeschaltet, oder die Akkus der Handys waren leer. Doch da auch CNN über das Schweigen im Äther berichtete, lag es wohl am Netz. Vermutlich waren die Knoten auf Weisung der Regierung abgeschaltet worden. Eine Bestätigung von Regierungsseite gab es dafür natürlich nicht. Washington verhielt sich weiterhin zugeknöpft.

„Es ist ein Albtraum“, seufzte Sonja und legte ihr Handy weg.

Justin bemühte sich, zuversichtlich zu wirken. In diesen Minuten klammerte sie sich emotional enger an ihn als je zuvor. Sie brauchte seine Gewissheit, seine Stärke. Falls sie spürte, wie aufgewühlt er war, ließ sie dies nicht erkennen.

„Sie werden das Schiff nicht sprengen“, sagte er. „Sie wollen, dass wir glauben, sie könnten es tun, aber sie haben nie damit gedroht. Sie haben etwas anderes vor.“

Sonja schüttelte den Kopf, widersprach aber nicht, sondern sagte:

„Ich nehme jetzt Valium und gehe schlafen. Ich kann nicht mehr.“

„Das ist das Beste, was du tun kannst.“

Sie fragte nicht, warum er es nicht ebenso machte, wenn es doch angeblich das Beste war, sondern küsste ihn auf die Stirn und ging.

Justin brachte es nicht über sich, das Multikom abzuschalten und damit den Sichtkontakt zu seinen Söhnen zu unterbrechen. Er blieb sitzen und folgte der Übertragung. Gegen das flaue Gefühl in seinem Magen schenkte er sich Bourbon ein, aber erst, als er daran nippte, fiel ihm ein, dass es sich um Alfreds Lieblingsbourbon handelte und dass sie das Zeug nur wegen ihm im Haus hatten. Justin schob den Bourbon von sich. Ohnehin mochte er keinen Alkohol.

Immer wieder die Frage:

„Was wollen die Terroristen überhaupt?"

Phil Ashby blickte ebenso smart wie angespannt in die Kameras.

„Ihr Tribunal abhalten, so viel scheint klar zu sein. Aber darüber hinaus? Sie haben die *Queen Mary 2* gewiss nicht ohne Grund direkt vor Manhattan auf Grund gesetzt und die Freiheitsstatue zerstört."

Es gab wohl niemanden auf der Welt, der sich nicht diese Fragen stellte, doch selbst den Spezialisten fielen nur Worte ein wie:

„Eine solche Situation hat es noch nie gegeben."

Doch welche Konsequenzen zog sie nach sich?

„Die USA sind mit einem Schlag erpressbar geworden", behauptete ein Talk-Gast und wurde von einem anderen darauf hingewiesen, dass die Terroristen bisher keine Forderungen gestellt hatten:

„Was soll das für eine Erpressung sein?"

„Was sind das überhaupt für Kidnapper?", fragte ein dritter.

„Sie verfolgen ein Ziel, das steht ja wohl fest. Sie wollen ihr Tribunal übertragen."

„Das allein kann es nicht sein", wurde widersprochen. „Sie haben sich immerhin ganz persönlich in eine Situation gebracht, aus der sie nicht mehr herauskommen. Sobald einer von ihnen versucht, das Schiff zu verlassen, wird er entweder erschossen oder gefangen genommen."

„Sie haben zweifellos etwas vor!"

Das wusste alle Welt seit 6/11, *six/eleven*, seit dem 11. Juni, an dem die *Queen Mary 2* entführt worden war. Justin ahnte längst, dass etwas Böses passieren würde. Er musste sich nur die Bilder von dem riesigen, gestrandeten Schiff ansehen.

Vielleicht wollten die Terroristen die USA einfach nur quälen?

Natürlich hatten sie etwas vor! Sie verfolgten irgendeinen knallharten Plan, um die USA weiter an der Nase herumzuführen. Das war ihnen bisher in einer Weise gelungen, die Justin sich niemals hätte vorstellen können. Diese Terroristen waren alles andere als plumpe Gewalttäter. Wenn man ihnen ernsthaft etwas entgegensetzen wollte, musste man sich in die Logik ihres irren Spiels hineinversetzen. Doch stattdessen verfuhr die Regierung nach Schema F und ließ Panzer auffahren und Geschütze ausrichten!

Allmählich gingen CNN die Neuigkeiten aus, denn es war Nacht in New York, und auf der *Queen Mary 2* schien alles zu schlafen. Phil Ashby wurde durch die energisch und ausgeruht wirkende Catelyn Snow abgelöst, die in den Vormittag hinein moderieren würde. Justin saß weiterhin auf der Couch und starrte das Schiff an.

Catelyn Snow versuchte, Hintergründe auszuloten. Die USA hatten derzeit elf Flugzeugträger mitsamt ihren Kampfverbänden aus Kriegsschiffen und U-Booten überall in der Welt im Einsatz, um amerikanische Interessen und die nationale Sicherheit zu schützen. Die militärische Macht, die sie vor New York entfaltet hatte, konnte dagegen nur als kläglich bezeichnet werden oder, wie Snow bissig kommentierte, als Einladung an die Welt, die USA auf eigenem Territorium anzugreifen.

Ironie der Geschichte: Zurzeit wurde der Flugzeugträger *Nimitz*, ein stählerner Gigant, der erste und älteste seiner Klasse atomgetriebener Träger, im südlich gelegenen Norfolk abgewrackt, gut 200 Seemeilen von New York. Vor einem Jahr erst war er nach mehr als 50 Jahren außer Dienst gestellt worden. Seine Präsenz vor New York hätte alles verändert, darüber waren sich alle Kommentatoren einig.

Catelyn Snow führte auch ein Interview mit einem „Marinebeobachter“ aus Cape Charles an der Chesapeake Bay. Zwar stellte sich im Verlauf des Gesprächs heraus, dass der Mann sich den Titel „Marinebeobachter“ selbst verliehen hatte, aber es war früh am Morgen, die Nachrichtenlage war dünn, und der „Marinebeobachter“ hatte einen Film gemacht, der zeigte, wie ein offensichtlich schwer beschädigtes, ziemlich großes US-U-Boot aufgetaucht durch die Chesapeake Bay Richtung Norfolk pflügte.

„Das Boot zeigt keine Insignien mehr, denn der Turm ist so gut wie abrasiert“, kommentierte Sam Walker, der Marinebeobachter, seine eigenen Aufnahmen. „Diese Bilder deuten auf schwere Explosionen hin, auf Torpedotreffer. Der Größe nach könnte es sich um ein Boot der *Los-Angeles*-Klasse handeln, also um einen U-Boot-Typ, der zurzeit ausgemustert wird. Die Boote dieser Klasse bildeten über Jahrzehnte hinweg das Rückgrat unserer U-Boot-Flotte. Wir vermuten, dass es sich um die *USS Ticonderoga* handelt, eines von zwei U-Booten, die zur Sicherung des Seegebiets vor der Chesapeake Bay abkommandiert waren.“

„Wir“, schaltete sich Catelyn Snow wieder ein, „damit meinen Sie sich selbst und die Mitglieder Ihres Clubs?“

„Genau. Wir sind ehemalige Navy-Leute. Wir verfolgen die Flottenbewegungen in der Bay und lauschen auf den Funk und versuchen so herauszufinden, was draußen vor der Küste vorgeht. Das war zuletzt ziemlich aufregend, weil die *Ticonderoga* abkommandiert wurde, der *Queen Mary 2* zu folgen.“

„Das U-Boot aus Ihrem Film?“, fragte Catelyn Snow.

„Vermuten wir“, antwortete Sam Walker. Seiner Stimme war anzumerken, dass er keinesfalls als Spinner dastehen wollte.

Justin musste an das Ende der *Idaho* denken, über das CNN mit dramatischen Bildern berichtet hatte. Die Fregatte war offenbar einem angreifenden U-Boot unterlegen. Er konnte sich aber nicht erinnern, in diesem Zusammenhang den Namen *Ticonderoga* gehört zu haben.

Dann gab es Nachrichten über die Verlegung von Eliteeinheiten der US-Navy nach New York – erste Anzeichen dafür, dass der Sturm auf die *Queen Mary 2* bevorstand? Die Elitetruppen würden in den frühen Morgenstunden eintreffen. Derweil errichteten die Sicherheitsbehörden im Battery Park an der Südspitze Manhattans eine provisorische Einsatzzentrale. Gegen fünf Uhr morgens trat ein Sprecher des Pentagon vor die Kameras und bestätigte, dass die Marines auf dem Weg waren. Die Präsidentin selbst ließ sich nicht blicken, doch das wunderte niemanden. Lindsay Preston hatte sich während der Krise nur ein einziges Mal persönlich an das amerikanische Volk gewandt, mit einer Rede, die noch am gleichen Abend von den Entführern der *Queen Mary 2* ad absurdum geführt worden war. Niemand erwartete, dass Preston sich erneut äußerte. Sie stand als Lügnerin da. Ihre Zustimmungswerte, das ergab eine taufrische Umfrage, waren auf acht Prozent gesunken. Einstellig – das hatte es bei einer amtierenden Präsidentin, einem amtierenden Präsidenten noch nie gegeben. Preston würde noch mindestens sieben Monate Präsidentin sein, bis ihr Nachfolger, der in gut vier Monaten gewählt werden würde, das Amt im Januar 2025 übernahm. Bis dahin musste sie das Land führen.

Auch aus anderen Teilen der Welt gab es Nachrichten, etwa aus dem Nahen Osten, doch für diese Neuigkeiten interessierte sich Justin kaum. Der Nahe Osten war Krisenregion, seit er denken konnte. Er war die schlechten Nachrichten von dort gewohnt. Er glaubte nicht mehr daran, dass es in dieser Weltgegend jemals Frieden geben würde. Meist zappte er sogar weg, sobald etwas über den Nahen Osten gebracht wurde. Diesmal hörte er mäßig interessiert zu. Ein Führer der Hamas, einer islamistischen Palästinensergruppe, die mit ihrer israelfeindlichen Haltung seit langem eines der Hindernisse für den Friedensprozess im Nahen Osten darstellte, war an plötzlichem Herzversagen gestorben, ein unversöhnlicher Hardliner und Israelfeind. Erst gestern war der saudische Hassprediger Mahmut ben Khalil in Mekka gestorben – ebenfalls an plötzlichem Herzversagen, ebenfalls ein Israelfeind und scharfer Kritiker des Westens. Nun werde in der Hamas-Führung, berichtete *CNN*, die Obduktion des Toten erwogen, um die genaue Todesursache feststellen zu lassen, doch dagegen regte sich Widerstand aus den eigenen Reihen: Der Respekt vor dem Toten gebot, ihn schnell und unversehrt zu bestatten.

Die halbe islamische Welt war in Aufregung. In Marokko, Mauretanien, Mali, Algerien und Tunesien hatten geistliche Führer die Gläubigen dazu aufgefordert, für Jerusalem als Hauptstadt des Islam zu beten. Diese Idee, die auf die Schura von Amman zurückging, ließ in Israel alle Alarmglocken läuten. Und dann rief auch noch ein tunesischer Imam zum „Marsch der Millionen" auf Jerusalem auf. Jerusalem war als heilige Stadt für den Islam ähnlich bedeutend wie Mekka und Medina. Diese beiden Städte lagen allerdings in Saudi-Arabien, wo ein Steinzeit-Islam propagiert wurde, und damit außerhalb der Reichweite der Reformkräfte, die in der Schura wirkten. Die saudischen Theologen wirkten hilflos angesichts der Geschwindigkeit, die von der Schura vorgelegt wurde, aber sie wurden nicht müde zu betonen, dass der Islam nicht reformiert werden müsse, ja, nicht reformiert werden *könne*, da im Koran das Wort Allahs offenbart worden sei; und wer dürfe sich anmaßen, Gottes Wort zu reformieren? Doch offenbar sahen viele Muslime dies anders. Ahmed Zadzouk, der Vorsitzende der Schura, wurde mit den Worten zitiert:

„Der Wille Allahs ist unendlich. Er offenbarte sich dem Propheten und ließ zu, dass der Prophet das Geoffenbarte in die Sprache der Menschen übertrug. Doch schon diese Übertragung ist eine Interpretation des Willens Allahs. Gläubige Muslime müssen sich daher jeden Tag fragen, ob sie den Willen Allahs richtig verstehen, und müssen die Worte des Koran wiegen."

Das schien vielen Muslimen zu gefallen: Zadzouk sagte ihnen nicht, wie der Koran ein- für allemal korrekt zu verstehen sei, sondern er forderte sie auf, selbst nachzudenken. Er behauptete keine Deutungshoheit, wie dies die Hassprediger taten, sondern er forderte Nachdenklichkeit und betonte, dass der Islam die Religion des Friedens sei, nicht des Hasses und der Aufwiegelung. Damit traf er den Nerv jener Gläubigen, welche die Nase voll hatten von den Orthodoxen und den Islamisten, die nichts als Krieg und Terror im Gepäck hatten.

Die Schura hatte halb Nordafrika in Aufbruchsstimmung versetzt, und der Prediger aus Tunesien, ein Mann namens Ali Hamed, tat das Seine dazu. „Jerusalem!“ wurde zur Losung jener, die zum „Marsch der Millionen“ bereit waren. Danach gefragt, was sie sich von dieser Bewegung versprachen – und sie wurden oft gefragt, denn überall waren Reporter unterwegs –, antworteten diese Menschen:

„Erneuerung.“

Jerusalem, die ferne Hoffnung, wurde zum Synonym für die Erneuerung des Islam. Was auch immer das bedeuten mochte.

Und zwischendurch wieder und wieder die Bilder von der gestrandeten *Queen Mary 2.* Inzwischen dämmerte der Morgen, und Justin saß noch immer da und starrte auf das Multikom.

Da tat sich etwas auf dem Wrack des Luxusliners. Im heraufziehenden Licht tauchten Menschen auf dem Vorschiff, dem Achterdeck und den verschiedenen Promenaden auf. Sie waren vermummt bis auf schmale Sehschlitze. Der Art nach zu urteilen, wie sie sich bewegten, schien es sich um Männer zu handeln. Sie achteten nicht auf die Hubschrauber und die Militärbeobachter, während sie mit Geräten, die Justin an überdimensionierte Luftpumpen erinnerten, einen feinen Nebel über die Decks sprühten. Sie gingen dabei ohne Hast zu Werke, als wären nicht Dutzende von Geschützmündungen auf sie gerichtet.

Auch der Mann, der das verkantete, verwüstete Vorschiff betrat, war die Ruhe in Person. Das einzige, was sich über ihn sagen ließ, war, dass er etwa 1,75 Meter groß sein musste. Das schloss Catelyn Snow aus dem Größenverhältnis zur Tür, durch die er aufs Vordeck trat.

Der Mann hob die Arme. Dann war ein Blitz zu sehen, offenbar ein Zündfunke. Liberty Island wurde für wenige Sekunden – die Sonne war noch nicht aufgegangen – von einem fahlen Licht erhellt, und über der Insel verbreitete sich eine Rauchwolke, aus der ein feiner Staub auf sie herabzusinken begann. Er verteilte sich flächendeckend am ehemaligen Standort der Freiheitsstatue und auf dem Vorschiff der *Queen Mary 2.* Deutlich war zu sehen, wie der vermummte Schütze vor dem Nebel zurückwich und wieder im Schiff verschwand. Als die Sonne ihre ersten Strahlen über den Horizont schickte, sahen das Schiff und große Teile der Insel aus wie von einer dünnen Schicht Raureif überzogen.

Da war das Böse, das Justin erahnt hatte!

Er meinte zu wissen, wobei es sich um den Staub handelte.

Schon meldete CNN, dass die Terroristen sich auf der Webseite der *Queen Mary 2* zu Wort gemeldet hätten.

„Demnach ist die Sache mit der Staubwolke über Liberty Island keine Kleinigkeit", kommentierte Catelyn Snow. „Wenn es stimmt, was hier zu lesen ist, wurde auf Liberty Island ein biologischer Kampfstoff freigesetzt. Vermutlich wollen die Terroristen verhindern, dass Truppen landen. Jamie Beaver aus unserem Expertenteam, was haben Sie für Informationen?"

Beim Anblick von Jamie Beaver, zu der nun geschaltet wurde, musste Justin unwillkürlich an Sybil denken, eine Frau, mit der er während eines Kongresses einen Seitensprung gehabt hatte. Die Ähnlichkeit war frappierend. Das gleiche V-förmige Gesicht, die gleichen klaren, grauen Augen, die schlanke Figur – so stand Jamie Beaver vor langen Reihen von Monitoren, an denen Menschen Daten auswerteten.

„Die Terroristen scheinen nun die Webseite der *Queen Mary 2* für ihre Botschaften zu benutzen", sagte sie. „Dort ist das Zeichen für Biohazard aufgetaucht, also Biowaffenalarm. Die Terroristen bekennen sich dazu, auf Liberty Island Anthrax freigesetzt zu haben. Anthrax, auch bekannt als Milzbrand, ist ein gefürchteter Krankheitserreger, gegen den es bis heute kein Mittel gibt und der in der Geschichte der Biowaffen große Bedeutung hat. Es ist in Jahrzehnten nicht gelungen, einen ausreichend wirksamen Impfstoff herzustellen. Es gilt als sicher, dass auch in den USA bis 1972, bis zur Biowaffenkonvention der Vereinten Nationen, an Anthrax-Erregern geforscht wurde. Bekannt ist, dass in Russland bis in die Neunzigerjahre hinein an Anthrax gearbeitet wurde. Es gibt Berichte über Unfälle, bei denen Anthrax in die Umwelt entweichen konnte. Eine Insel in der Irischen See, auf der die Briten in den 50er Jahren Anthrax aus experimentellen Gründen freigesetzt hatten, war danach 50 Jahre lang unbewohnbar."

„Das dürfte die Erstürmung der *Queen* erheblich erschweren", kommentierte Snow.

„Oder sogar unmöglich machen." Jamie Beaver nahm den Ball auf. „Ein Sturm auf die *Queen Mary 2* würde unter diesen Umständen möglicherweise das Todesurteil für unsere Marines bedeuten. Ich glaube nicht, dass ein verantwortungsvoller Befehlshaber seine Leute wissentlich in den Tod schicken wird."

„Könnten die Terroristen auch Manhattan mit Anthrax verseuchen?"

„Dass sie Raketen besitzen, haben sie ja schon gezeigt", antwortete Jamie Beaver, „so dass ich die Gefahr für gegeben halte. Bisher haben sie es aber nicht getan. Sie setzen Anthrax offenbar nur zu defensiven Zwecken ein. So wie das Pulver sich auf Liberty Island verteilt hat, bildet es eine Pufferzone um das Schiff."

„Gibt es Informationen darüber, wie die Terroristen in den Besitz der Biowaffe gekommen sein können?"

„Auf der Webseite behaupten sie, es handle sich um eine eigene Weiterentwicklung. Dazu müssten sie über ein Hochsicherheitslabor verfügen oder verfügt haben. Vor einigen Wochen gab es Nachrichten über die Zerstörung eines Gebäudekomplexes im Hinterland der jemenitischen Hafenstadt Aden, bei dem es sich nach Angaben des Pentagon um einen Laborkomplex gehandelt haben soll. Der Vorfall sorgte weltweit für Aufsehen, weil die Regierung des Jemen behauptete, in Wirklichkeit sei ein Krankenhaus zerstört und dabei mehr als hundert Menschen getötet worden."

„Von dort könnte das Anthrax also stammen", stellte Catelyn Snow fest. „Ein Vorrücken auf Liberty Island ist damit lebensgefährlich, es sei denn durch die Luft."

„Es scheint so. Cate, hier tut sich gerade etwas auf der Webseite. Eben wurde ein neuer Text veröffentlicht. Es sieht so aus, als ob die Terroristen jetzt erstmals Forderungen stellen."

Jamie Beaver beugte sich über den Monitor, und als sie wieder aufsah, blickte sie für einen erstaunlich langen Moment starr in die Kamera, ohne etwas zu sagen. Ihre Lippen zuckten, als müsse sie mühsam an sich halten, um die Pointe des besten Witzes der Weltgeschichte nicht in unkontrolliertem Gelächter zu vergeigen. Doch dann bekam sie sich in den Griff. Allerdings räusperte sie sich zwischendurch mehrmals.

„Ich traue mich kaum, es laut zu sagen, aber die Terroristen fordern die Versenkung von drei US-Flugzeugträgern. Die drei Schiffe sind hier auf der Webseite mit ihrem derzeitigen Operationsgebiet aufgelistet. Die *Harry S. Truman* und die *George H. W. Bush* befinden sich zurzeit im Mittelmeer und nehmen an der Seeblockade von Libyen teil. Die *Theodore Roosevelt* kreuzt im Golf von Aden. Die Terroristen fordern, die drei Schiffe innerhalb von 120 Stunden zu versenken, gerechnet ab 15. Juni 6 Uhr morgens Ostküstenzeit. Ansonsten drohen sie damit, Lower Manhattan und die Wall Street mit Anthrax zu verseuchen."

Justin Darkwater schaltete den Ton ab. Es genügte ihm, die entsetzten Gesichter zu sehen.

Flugzeugträger? Niemals würde Präsidentin Preston einer solchen Erpressung nachgeben. Das musste den Terroristen klar sein. Was sollte dieser Unsinn? Nein, es war gewiss kein Unsinn. Dahinter steckte Kalkül. Fünf Tage lang würde die *Queen Mary 2* also die New York Bay blockieren und die Nachrichten dominieren, fünf Tage lang würde die Anthrax-Drohung über der Stadt schweben, wenn die Einsatzkräfte keinen Weg fanden, das Schiff trotz der Kontamination zu stürmen. Fünf Tage lang nervenzerfetzender Stillstand, weil die Terroristen das Heft des Handelns fest im Griff hatten. Sie allein bestimmten den nächsten Zug. Sie wollten die USA in einen Nervenkrieg zwingen!

Fünf lange Tage ohne Gewissheit, dass es Matthew und John gut ging …

Das würde Justin nicht aushalten. Er musste etwas unternehmen.

Das Böse, da war es. Anthrax!

Justin beschloss, nach New York zu fahren.

14. Juni 2024, 18 Uhr
Seattle

Detective Hillary Landsdale war übelster Laune, als sie durch den Vorgarten auf das Portal der Villa des Nobelpreisträgers zuging, im Schlepptau den jungen Detective Johnson. Die freundliche Wärme des frühen Abends war ihr ebenso gleichgültig wie die Düfte der Blumen im Garten oder das lebensfrohe Zwitschern der Vögel. Die Welt, durch die sie schritt, die Bilder aus New York vor ihrem geistigen Auge, war steingrau und eiskalt. Auf das Herz ihres Landes war soeben ein Attentat verübt worden, und ein einziger heißer Wunsch dominierte ihre

Gedanken: Rache! Doch von ihr wurde Professionalität verlangt, denn sie war zu einem Tatort gerufen worden.

Ausgerechnet hierher, in dieses Haus!

Ihre Kollegen vom Dezernat Schwerverbrechen würden vermutlich in Kürze mehrheitlich auf dem besten Weg in den Vollrausch sein. Hillary war froh, fortgerufen worden zu sein. Auch sie verspürte ein starkes Bedürfnis, die Demütigung hinunterzuspülen. Diesmal wäre sie im Kampf mit ihrem Verlangen nach Alkohol unterlegen. Seit knapp 16 Jahren war sie trocken. Es fühlte sich nicht an wie eine Siegesserie. Ja, heute wäre sie gekippt. Wenn sie nur an die Kommentare der Kollegen über ihre Alkoholabstinenz dachte, diese „Witze" der Alkoholiker! Früher hatte sie mitgemacht, auf deren Seite.

Wäre sie 30 Jahre jünger gewesen, hätte sie sich sofort zum Militärdienst gemeldet, um Krieg und Vergeltung in jene Länder zu tragen, die für die Demütigung verantwortlich waren. Die Ziegenbärte sollten erleben, was dies hieß: Wer Wind sät, wird Sturm ernten! Leider war Hillary in einem Alter, in dem man sie beim Militär selbst dann nicht mehr genommen hätte, wenn Weltkrieg gewesen wäre. Sie stand kurz vor der Pensionierung. 40 lange Jahre hatte sie dem Bundesstaat Washington gedient, viele davon als Detective beim *Seattle Police Department*. Der Blick zurück gefiel ihr kaum besser als der nach vorn. In einem Dreivierteljahr würde der Kampf gegen das Verbrechen dem Kampf gegen die Langeweile weichen.

Vielleicht zog jetzt etwas Neues herauf? Musste nach dieser Terrorattacke nicht endlich Schluss sein mit der Weicheipolitik à la Lindsay Preston? War jetzt nicht endgültig Zeit für die harte Gangart? Hillary war davon überzeugt, dass Washington genau wusste, was hinter dieser verfluchten *Islamischen Allianz* tatsächlich steckte und was Abdallah, dieser Lügenkönig, und seine Ziegenbärte tatsächlich ausheckten, während sie vorgaben, den Islam reformieren zu wollen.

Den Islam reformieren! Hillary schnaubte wütend. Der Islam war eine faschistische Ideologie, aggressiv und totalitär. Reformieren? Indem diese Leute in Amman behaupteten, Reformen zu wollen, übten sie sich in der Taqqiya, der Kunst der Lüge, die Muslime einsetzten, um Ungläubige zu verschaukeln. Muslimen durfte man niemals glauben! Es gab nur eine einzige Sprache, die sie verstanden: Gewalt. Deswegen war Hillary dafür, mit aller Härte zurückzuschlagen, mit Nuklearwaffen. Man sollte mit Teheran anfangen, dieser Brutstätte der

Schlangenzüngigen, und mit Amman und Bagdad weitermachen und mit Riad, den verlogenen Verbündeten. Zehn Megatonnen pro Abwurf dürften genügen. Auch an Mekka musste gedacht werden und an solche Gegenden wie das Swat-Tal, an all die Brutstätten des Fundamentalismus. Im Swat-Tal grassierte zurzeit allerdings ein Virus und schien auf gutem Weg, einen Teil des Problems auf die ihm eigene Weise zu erledigen.

Während Hillary auf die Haustür der McWeir-Villa zuging, konnte sie an nichts anderes denken als an den Atompilz, der über Teheran aufsteigen würde.

Die 40 Jahre im Polizeidienst hatten sie oft mit Situationen konfrontiert, in denen sie gut beraten gewesen war, ihr Innenleben abzuschotten, um Eindrücke nicht zu nahe an sich heranzulassen. Jetzt war es umgekehrt, jetzt durfte sie die entsetzliche Wut, die in ihr kochte, nicht nach außen dringen lassen. Sie wollte freundlich erscheinen, denn sie war den McWeirs etwas schuldig. Magret und Samuel hatten Hillary geholfen, den Alkohol aus ihrem Leben zu verbannen. Nach einem Einbruchsversuch vor 16 Jahren, den Hillary zu vereiteln geholfen hatte, hatten die McWeirs sie zu einem Abendessen eingeladen. Hillary war volltrunken dort aufgekreuzt in der festen Überzeugung, dass ihr nichts anzumerken war. Die McWeirs spielten ihr Spiel mit, doch anschließend holten sie Erkundigungen ein. Von niemandem sonst hätte sie sich damals etwas sagen lassen, nicht von ihrem Vater oder ihrer Mutter, nicht von ihren Vorgesetzten, doch als der Nobelpreisträger ihr direkt ins Gesicht sagte:

„Hillary, Sie haben ein Alkoholproblem. Wir müssen etwas unternehmen!“, da hatte sie nur den Kopf gesenkt und genickt.

Dank der Vermittlung durch den großen Mann war Hillary damals an den besten Arzt geraten, den sie sich mit ihrer Versicherung leisten konnte. So war sie dem Alkohol entkommen – vorerst jedenfalls, denn der Kampf gegen den tückischen Feind begann jeden Tag von Neuem.

Gerade hatte sie im Department ihre Sachen gepackt, während die Männer ihres Teams noch fassungslos vor dem Multikom standen und sich die Wiederholung des Zusammenpralls der *Queen Mary 2* und der Freiheitsstatue ansahen, so oft ihnen CNN die grauenhafte Szene zeigte. Hillary hatte sich schon nach der zweiten Wiederholung abgewandt. Sie würde diese qualvollen Bilder ohnehin niemals vergessen und musste sich das alles daher nicht in Endlosschleife ansehen.

Da klingelte ihr Handy. Die Einsatzzentrale. Kurz darauf zerrte sie Marc Johnson, ihren jungen Co, aus dem Männerpulk heraus und raunte:

„Ein Toter in der Lakeside Avenue. Unser Job."

Marc war normalerweise schnell von Begriff, aber unter dem Eindruck der Ereignisse hatte er Mühe, in seine Rolle eines Detectives zu finden. Auch Hillary kam dies momentan ziemlich viel verlangt vor.

Marc schwieg während der Fahrt und sah die ganze Zeit aus dem Beifahrerfenster. Sie arbeiteten noch nicht lange zusammen, doch sein Gefühl für das richtige Timing hatte sie schon zu schätzen gelernt. Dieses Einfühlungsvermögen war ungewöhnlich für solche jungen Cops. Sie hatten erstmals in der Taylor-Sache zusammengearbeitet, einem Mordfall, den sie gemeinsam vor zwei Wochen aufgeklärt hatten. Hillarys alter Co war berufsunfähig. Sie vermisste ihn nicht. Über Marc hatte sie sich noch kein abschließendes Urteil gebildet. Er begegnete Hillary mit Respekt. Er wusste, dass er mit einer Polizeilegende zusammenarbeitete. Das gefiel ihr. Aber er kleidete sich auffällig geschmackvoll. Sollte sich herausstellen, dass Captain Higgins ihr einen Schwulen an die Seite gestellt hatte, würde sie mal ein paar ernste Takte mit dem Chef reden müssen.

Dass die Adresse, zu der sie gerufen worden waren, mit der Villa der McWeirs identisch war, begriff Hillary erst in dem Moment, als sie in die ihr wohlbekannte Straße einbog.

„Verdammt", knurrte sie. „Nicht auch noch …"

Sie parkte vor dem Anwesen. Der Wagen des Notarztes stand in der Auffahrt. Von den Kriminaltechnikern war weit und breit nichts zu sehen, doch es konnte sich nur um Minuten handeln, bis sie eintrafen.

Marc folgte ihr schweigend durch den Vorgarten zur Haustür. Vermutlich wünschte er sich in diesem Moment woanders hin. Sie konnte ihm nicht helfen. Sie hatte genug damit zu tun, ihre eigene Abschottung aufrechtzuerhalten. Gleich würde sie etwas Schlimmes sehen, und darauf wollte sie vorbereitet sein.

Gewiss, alles menschliche Leben war endlich …

Auf Hillarys Klingeln öffnete ein Mann, den sie nicht kannte – offensichtlich der Notarzt, der das PD alarmiert hatte. Er entspannte sich in dem Moment, in dem Hillary ihren Dienstausweis zeigte.

„Was liegt vor?", fragte sie.

„Verdacht auf Vergiftung mit Todesfolge", antwortete der Arzt, der sich als Leonard Grubbs auswies. Er führte Hillary und Marc ins

Wohnzimmer, wo der Tote am Boden lag. Es war Samuel McWeir, der Mann, dem Hillary so viel zu verdanken hatte.

„Ach du Scheiße", entfuhr es Marc, als er den Toten erkannte.

Samuel McWeir war einer der Wenigen, die noch Hillarys Amerika verkörperten. Das gute Amerika. Intelligent, charmant, amüsant, eloquent, manchmal auch derb – Hillary hatte keinen seiner Talkshow-Auftritte verpasst. Der Nobelpreisträger stand für die Werte, die die USA groß gemacht hatten, Werte wie Anstand, Aufrichtigkeit, Gottesfurcht und Familie, Werte, denen auch Hillary anhing, obwohl sie beim Thema Familie, anders als McWeir, persönlich gescheitert war. Sie hatte eine Tochter aus erster Ehe, die nichts von ihr wissen wollte. Auch ihre zweite Ehe war geschieden. Seit fünf Jahren lebte Hillary allein. Inzwischen hatte sie Gefallen daran gefunden, ohne Männer auszukommen. Sie legte eben selbst Hand an sich. Das gefiel ihr besser, als einen Kerl mit seinem müffelnden Kolben in sich herumstochern zu lassen. Jedenfalls meistens.

Da lag ein großer Amerikaner, einer der letzten Aufrechten. Doch wie er da lag, das besaß wenig Würde. Seine Augen waren weit aufgerissen, sein Mund stand offen, seine Gesichtszüge wirkten erstarrt im Moment des Entsetzens. Ein Bein war angewinkelt, das andere ausgestreckt. Eine Hand lag auf der Brust, mit der anderen hatte er sich wohl im Sturz instinktiv abzustützen versucht.

„Ich habe ihn nicht angerührt", sagte Dr. Grubbs. „Hier ist alles so, wie ich es vorgefunden habe."

„Um zu erkennen, dass dieser Mann tot ist, braucht man nicht nach Puls zu fühlen." Hillarys Stimme klang so düster, wie sie sich fühlte. „Was ist vorgefallen?"

Dr. Grubbs berichtete, wie er über die Notrufzentrale hierher beordert worden war und wie er Samuel McWeir gefunden hatte.

„Die Witwe erzählte mir, dass er plötzlich umgefallen sei, nachdem er kurz zuvor einen Brief geöffnet habe. Der Brief liegt noch dort auf dem Tisch. Ich habe ihn nicht angefasst."

„Kluge Entscheidung", kommentierte Hillary kühl und taxierte den Brief. „Auch wir fassen ihn nicht an. Den Toten auch nicht. Das überlassen wir den Forensikern. Die sollten gleich hier sein. Die Witwe lebt?"

„Ja", antwortete der Arzt nach kurzem Stocken.

„Hat sie den Umschlag nicht berührt?", wollte Hillary wissen.

„Das müssen Sie sie selbst fragen“, antwortete der Arzt. „Sie trinkt Tee auf der Terrasse.“

„Marc, siehst du dich hier bitte um, bevor die Kollegen kommen? Ich spreche mit der Witwe. Wir kennen uns persönlich.“

„Ich weiß“, sagte Marc. Er schien bereit zu sein, sich auf den Fall zu konzentrieren, streifte sich Latexhandschuhe über und sagte: „Ich schaue mir den Toten schon mal an.“

Sie sparte sich die Bemerkung, dass er nichts am Tatort verändern möge. Bisher war er stets hochprofessionell vorgegangen.

Hillary ging auf die Terrasse, während sie alles an Anteilnahme zusammenkratzte, was sie in diesen Minuten aufzubringen imstande war. Da saß Margret McWeir. Der Inhalt der Tasse, die vor ihr auf dem Tisch stand, dampfte nicht mehr.

„Ma'am, ich kann Ihnen nicht sagen …“

„Wie schön, dass Sie da sind“, sagte Margret McWeir, indem sie sich ihr zuwandte.

„Mein aufrichtiges Beileid, Ma'am“, sagte Hillary und ergriff Margrets kalte Rechte mit beiden Händen, weil sie glaubte, dies unterstreiche vielleicht ihre Aufrichtigkeit. In Wirklichkeit fühlte sie kaum etwas. Es war, als hielte sie einen Stein zwischen ihren Händen, kalt und grau wie die Steine, aus denen die Gegenwart gehauen war. Trotzdem sagte sie: „Ich wünsche Ihnen viel Kraft in Ihrer Trauer.“

„Das ist lieb von Ihnen, vielen Dank. Setzen Sie sich doch. Möchten Sie eine Tasse Tee?“

Irritiert registrierte Hillary, dass Margret nicht sonderlich traurig wirkte. Auch nicht wütend. Womöglich stand sie unter Schock? Der Arzt sollte sich um sie kümmern, dachte Hillary, doch der Zustand der Witwe wirkte nicht bedenklich.

„Keinen Tee, vielen Dank“, sagte Hillary, setzte sich aber, und wie immer, wenn sie sich in diese Polster sinken ließ, nahm sie plötzlich überdeutlich das vertraute Glucksen wahr, mit dem Lake Washington um die Pfosten leckte, auf denen die Terrasse ruhte.

„Wie geht es Ihnen?“, fragte sie.

„Den Umständen entsprechend. Immerhin habe ich mehrere Jahrzehnte mit diesem Mann zusammengelebt. Man könnte auch sagen, ich habe ihm mein Leben gewidmet.“

Das Letzte, was Hillary jetzt vertragen konnte, war eine Lebensbeichte.

„Was ist vorgefallen?“, fragte sie daher rasch.

„Sie meinen, nachdem Samuel nach Hause gekommen war? Es war 16:30 Uhr. Er wollte die Vorgänge in New York von hier aus verfolgen. Ich wies ihn darauf hin, dass er Post bekommen hatte. Normalerweise nahm er sich immer, wenn er nach Hause kam, zuerst die Post vor, nur diesmal nicht. Ich wusste jedoch, dass ihn der Brief interessieren würde, egal was in New York los ist. Seine Reaktion war dann aber doch etwas unerwartet. Er wirkte verstört, nachdem er den Brief gelesen hatte. Natürlich versuchte er, mir etwas vorzuspielen, wie er es immer macht, wenn er sich nicht in die Karten sehen lassen will. Ich bin ja nur seine blöde Alte, nicht wahr? Aber ich kenne den Mann seit unendlich vielen Jahren. Ihnen kann ich es ja sagen, Hillary: seit viel zu vielen Jahren. Es war keineswegs immer schön mit ihm, oh nein! Aber man soll nicht schlecht über Tote reden, nicht wahr?“

„Das ist wohl wahr, Ma'am.“

„Jedenfalls saß er neben mir und war erschüttert wegen des Briefs, wie ich deutlich merkte. Und plötzlich springt er auf, greift sich an die Brust und ruft: ‚Großer Gott, wo ist das Telefon? Sie haben …‘ Das waren seine letzten Worte. Dann fiel er um. Ich hätte im ersten Moment fast lachen mögen über diesen absurden Auftritt, aber dann merkte ich, dass er tot war. Und nun sagen Sie mir mal ganz unvoreingenommen, ob Sie unter diesen Umständen nicht ebenfalls an eine Vergiftung denken würden?“

„Man könnte auf diese Idee kommen“, bestätigte Hillary. „Deswegen werden wir ermitteln.“

„Das war mein erster Gedanke“, bestätigte die Witwe und fügte hinzu: „Nachdem ich mir das Lachen verkniffen hatte.“

„Sie haben dann den Notarzt gerufen?“

„Sofort.“

„Warum dachten Sie, dass der Brief ihn interessieren würde?“

„Er kam von einem Studenten, den Samuel gefördert hat, der aber seit fast zwei Jahren spurlos verschwunden ist. Samuel hat sich oft gefragt, was aus ihm geworden ist.“

„Wo hat Ihr Mann diesen Brief an sich genommen?“

„Im Wohnzimmer. Seine Post lag immer auf dem Sekretär.“

„Das heißt, Sie haben den Brief ebenfalls berührt.“

„Natürlich. Ich habe ihn ja aus dem Briefkasten geholt.“

„Aber Sie haben keine Beschwerden?“

„Nein. Merkwürdig, nicht wahr?“

Hillary zerdrückte ein Ja auf ihrer Zunge. In diesem Moment hatte Margret McWeir lediglich eine Zeugin für sie zu sein, keine Freundin.

Damit enthielt sie Margret einen Gedanken vor: Was die Witwe berichtete, sprach gegen eine Vergiftung. Sonst hätte es Margret ebenfalls erwischen müssen. Gifte machten keine Unterschiede zwischen ihren Opfern. Allerdings bestand die Möglichkeit, dass sich das Gift lediglich im Inneren des Umschlags befunden hatte. Dann musste es wirklich persönlich gemeint gewesen sein. Also Mord.

„Wer ist dieser ehemalige Student Ihres Mannes?“

„Er hieß Michael Schwartz. Ich habe diese Soirees gehasst, die Samuel gegeben hat, aber Michael zu treffen war mir immer eine Freude. Er war anders als die anderen jungen Leute, er hatte Rückgrat, aber er war unbeholfen, ein bisschen verträumt – genau wie Samuel als junger Mann. Doch plötzlich kam Michael nicht mehr. Wir hörten nur, er sei in die Wälder gegangen. Was auch immer das heißt. Jedenfalls ist er nicht wieder aufgetaucht – bis heute der Brief von ihm kam. Er war der Sohn des Senators aus Vermont, der vor zwei Jahren bei einem Sportunfall starb.“

Hillary erinnerte sich. Der Fall war durch alle Medien gegangen. Über ein Verschwinden des Sohnes war ihr allerdings nichts bekannt.

„Das soll übrigens ebenfalls ein Herzinfarkt gewesen sein“, fuhr Margret fort und fügte hinzu: „Wenn ich mich richtig erinnere.“

„Wieso ebenfalls?“

Hillary hakte schnell und kühl nach, ehe ihr der Gedanke kam, dass sie vielleicht einen weniger geschäftsmäßigen Ton anschlagen sollte. Doch Margret ging darüber hinweg, als sie antwortete:

„Der Notarzt sagte, dass alles auf einen Herzinfarkt hindeutet.“

Hillary nickte. Das hatte Dr. Grubbs vermutlich nur gesagt, um überhaupt etwas zu sagen. Sie wollte nicht als Notärztin in einer solchen Situation landen: Leiche hier, hadernde Witwe da, Verdacht auf eine Giftsituation andererseits …

„Was geschieht jetzt?“, fragte Margret.

„Spezialisten werden den Tatort untersuchen“, antwortete Hillary, „und wir werden den Leichnam zur Obduktion ins Forensische Institut bringen. Sie sind mit einer Autopsie einverstanden?“

„Selbstverständlich!“, rief Margret fast empört. „Ich will wissen, was geschehen ist!“

„Freut mich“, gab Hillary zurück, obwohl sie in Wirklichkeit nicht den geringsten Funken Freude empfand. Mit derselben Gleichgültigkeit hätte sie Margret erklärt, dass ihr Nein keine Bedeutung gehabt hätte. Im Fall eines Mordverdachts überwog das Interesse des Staates Washington auf Aufklärung, so dass es auf jeden Fall eine Obduktion geben würde.

„Werden Sie mir helfen?“, fragte die Witwe zu Hillarys Erstaunen.

„Wobei?”

„Dabei herauszufinden, wer Samuel umgebracht hat.“

„Natürlich“, antwortete Hillary, seufzte und erhob sich. „Das ist im Interesse des Staates Washington. Entschuldigung, Ma'am – ich habe viel zu tun. Noch einmal mein Beileid!“

Sie kniff die Lippen zusammen und verließ rasch die Terrasse.

Das Wohnzimmer wimmelte nur so vor Forensikern. Der Leichnam war entfernt worden, jeder Zentimeter im Umkreis wurde fotografiert und untersucht. Hillary stapfte durch das Gewimmel, grüßte hierhin, schüttelte dort eine Hand und gelangte schließlich vor die Haustür, wo Marc Johnson mit Dr. Grubbs stand und rauchte.

„Du rauchst?“, fragte sie erstaunt.

„Nein“, gab Marc zurück und inhalierte tief.

Manchmal hatte er einen etwas eigenen Humor.

„Doktor, haben Sie so etwas schon einmal gesehen?“, fragte Hillary und deutete über ihre Schulter ins Haus.

„Nein“, antwortete der Arzt. „Nach der Beschreibung der Auffindungssituation hatte ich sofort auf Herzinfarkt getippt, aber …“

„Auffindungssituation ist ein wunderbares Wort“, sagte Marc.

„Hab ich aus dem Polizei-Handbuch“, gab Dr. Grubbs zurück.

„Aber als Sie die Auffindungssituation persönlich vorfanden, wie war da Ihr Eindruck?“, hakte Hillary nach.

„Uneindeutig“, lautete die Antwort. „Ich habe Hunderte Herzinfarkte gesehen. Normalerweise bleibt immer Zeit zur Rettung. Ich habe noch keinen Patienten beim ersten Infarkt verloren. Beim dritten Infarkt eines Patienten ist man oft zu spät. Aber der Tote ist nach meiner Einschätzung kein Infarkt-Kandidat. Viel zu schlank, viel zu fit. Ich war schnell da, als der Notruf kam. Ich weiß nicht, was ich davon halten soll. So, wie der Patient dalag, würde ich auf einen Infarkt tippen, aber der muss mit ungewöhnlicher Wucht passiert sein.“

Hillary nickte und sagte:

„Danke für Ihre Einschätzung.“ Dann spulte sie noch ein paar weitere Versatzstücke ab. „Auch für Ihre besonnene Reaktion. Es war absolut richtig, uns zu informieren. Hier ist meine Karte. Falls Ihnen noch etwas einfällt …“

„Was soll mir noch einfallen?“

„Stimmt.“ Hillary nahm ihm die Karte wieder ab. „Haben Sie eine Karte? Für den Fall, dass mir noch etwas einfällt, was ich Sie fragen möchte?“

Sie bekam die Karte des Arztes. Dann zog sie Marc am Arm mit sich fort. Mitten im dunklen Vorgarten blieb sie stehen und sagte: „Der Tote war vermutlich Geheimnisträger.“

„Nationale Sicherheit.“ Marc nickte, zog ein letztes Mal an seiner Zigarette und drückte sie dann aus. „Wenn wir kratzen, kriegen wir Probleme.“

„Wenn es Mord war, werden wir kratzen.“

„Glaubst du auch, dass es Mord war?“

„Ich werde Harvey Walsh anrufen und ihn bitten, die Obduktion persönlich vorzunehmen.“

Der Chefpathologe des Forensischen Instituts war der Richtige für diese knifflige Aufgabe.

Hillary stockte für einen Sekundenbruchteil, als ihr bewusst wurde, dass dies ihr erster Kontakt zu Harvey seit jenem Ereignis vor zwei Wochen sein würde, wo sie aufgestanden und gegangen war. Damals hatte er ihr gewissermaßen die Pistole an die Schläfe gesetzt:

„Haben wir nun eine Beziehung oder nicht?“

Ihr erster Anruf seitdem sollte eigentlich nicht dienstlicher Natur sein. Vielleicht konnte Marc den Pathologen informieren? Doch das hätte etwas von Kneifen an sich gehabt.

Dies war immerhin eine gute Gelegenheit, von sich hören zu lassen, entschied Hillary und zog ihr Handy aus der Tasche.

2. Kapitel
Free Mind

15. Juni 2024
Al-Isrã, Stützpunkt der Islamischen Allianz

Fetzen von Bildern schossen durch Jans Kopf. Er stand im Wohnzimmer. Wie war er hierhergekommen? Es war heiß. In der Nähe war ein Pool, aber er konnte nicht weg vom Telefon, dessen Hörer er in der Hand hielt. Eine Stimme sagte:

„Wir haben Ihre Schwester."

Plötzlich glühte der Hörer auf, und Jan ließ ihn fallen.

Meine einzige Verbindung zu Meike ...

Meike, wo bist du?

Im Haus herrschten Temperaturen wie in einem Glutofen. Jan wollte in die Küche gehen, um etwas zu trinken, denn er war höllisch durstig, doch da kniete er plötzlich am Fußende vor Meikes Bett und stützte sich angestrengt auf seine zitternden Arme. Unter dem Bett war etwas. Er wollte nachsehen, obwohl er schon ein Bild davon in seinem Kopf hatte. Der Gegenstand erinnerte an eine Patronenhülse. Doch da zuckte plötzlich ein blendendes Licht auf und hüllte alles in sengende Hitze. Dimitris Leichnam auf dem Bett ging in Flammen auf.

Meike, warum gerade du?

„Wegen Professor Schwartz", sagte eine männliche, verzerrt klingende Stimme. Wer sprach da? Jemand in seiner Nähe? Jemand, der seine Träume lesen konnte? Für Momente war Jan klar im Kopf. Er hatte offenbar Fieberträume. Seine Temperatur musste gestiegen sein. Ihm war ein Port gelegt worden. Vermutlich bekam er isotonische Lösungen, um den Flüssigkeitsverlust auszugleichen. Er war nassgeschwitzt.

Ich spüre?

Er hatte eine trockene Kehle, wie im Traum. Sein fiebriger Kopf mischte reale Sinneswahrnehmungen mit Erinnerungen, heraus kam wirres Zeug.

Habe ich laut geredet? Ist da jemand?

Er versuchte, die Augen zu öffnen, doch gleißend helles Licht schnitt in seine Netzhaut, und Stimmen und Geräusche hallten und schnarrten unangenehm. Er hatte den Eindruck von Schatten in seiner Nähe, und er schrie vor Angst auf:

„Weg! Weg mit dir!“

„Er halluziniert“, sagte eine andere Stimme in seiner Nähe.

„Was machen die Blutwerte?“

Jemand referierte Zahlen.

Jan sackte zurück.

Überall ringsum war Feuer, in dem Gesichter zu tanzen schienen. Sie riefen ihm Dinge zu, doch er verstand nichts. Einige der Gesichter erkannte er, etwa die Gesichter seiner Eltern, die ihm zulächelten, ehe sie in einem Feuerball vergingen; das Flugzeug, in dem sie saßen, explodierte in zehn Kilometern Höhe über dem Atlantik. Für einen Moment meinte Jan, den eisigen Hauch dünner Höhenluft zu spüren, als er aus dem Flugzeug geschleudert wurde und in die Tiefe stürzte.

„39,8 Grad Temperatur“, hörte er eine Stimme in der Ferne sagen. „Das Fieber steigt. Wir müssen ihm Linderung verschaffen.“

„Geben Sie ihm eine Extradosis Vitamine.“

„Ich könnte kalte Wadenwickel machen.“

„Einen Teufel werden Sie tun!“ Die zweite Stimme klang scharf, befehlsgewohnt, fast anmaßend.

„Er leidet!“, protestierte die weibliche Stimme.

„Er hat hohes Fieber, er halluziniert, und, ja, er leidet. Er ist krank. Kranke Menschen leiden. So ist das nun mal. Wir müssen seinem Immunsystem die Zeit lassen, die es braucht.“

„Er darf nicht sterben.“

„Er wird nicht sterben! Haben Sie sich im Griff? Ich muss los, um Shiva zu obduzieren.“

Der Affe, der an Skylla gestorben ist!

Woher wusste Jan plötzlich, dass es sich bei dem Doktor um Dr. Latif handelte? Schlagartig wusste er auch wieder, wo er war und was hier vor sich ging.

„Er wacht auf“, sagte Maria Francesca.

Die beiden Helme beugten sich über ihn.

„Sie müssen sich schonen, Dr. Metzner“, sagte Dr. Latif über den schnarrenden Außenlautsprecher des Anzugs. „Schlafen Sie einfach. Das ist das Beste, was Sie tun können. Alles Weitere überlassen Sie uns. Sie haben sehr hohes Fieber. Da hilft vor allem strikte Ruhe.“

Die beiden redeten für seinen Geschmack zu viel. Warum sagten sie einerseits, er solle schlafen, erklärten ihm aber andererseits weitschweifig seine Situation und hielten ihn damit vom Schlafen ab?

„Meike …“

„Wir wissen immer noch nicht, wo Ihre Schwester ist“, antwortete der Doktor. „Haben Sie Schmerzen?“

„Mein Kopf …“

Er blinzelte hilflos in das blendend helle Licht.

Enorme Lichtempfindlichkeit!

„Grippeartige Symptome“, diagnostizierte Dr. Latif. „Was ist mit Ihrer Brust?“

„Schwer“, nuschelte Jan. Jedes einzelne Wort kostete ihn viel Kraft. „Heiß. Hohes Gewicht.“

„Skylla scheint eine Herzmuskelentzündung auszulösen. Ihr Herz hat einiges auszuhalten. Wir zeichnen Ihr EKG permanent auf. Seien Sie beruhigt! Wir können diese Entzündung im Notfall mit antiviralen Medikamenten unterbrechen. Das wollen wir aber erst dann tun, wenn es wirklich nicht mehr anders geht. Ihr Körper soll aus eigener Kraft mit Skylla fertig werden. Vermeiden Sie jede Anstrengung. Schlafen Sie, so viel Sie können. Maria Francesca wird bei Ihnen bleiben.“

Ich will keine antiviralen Medikamente …

Für ein paar Sekunden noch war Jan klar genug im Kopf, um zu begreifen, was gerade in seinem Körper passierte. Vermutlich war er zurzeit hochinfektiös. In seiner Blutbahn mussten sich jetzt Massen junger Virenpartikel befinden, die jedoch keine Chance hatten, zum Zug zu kommen, denn sie konnten nur Zellen infizieren, die den VOTAR-Rezeptor auf ihren Hüllmembranen hatten, und die waren bereits allesamt infiziert. Diese Virenpartikel, die frei in seinem Blut trieben, boten das perfekte Angriffsziel für sein Immunsystem. Je mehr Partikel er im Blut hatte, desto schneller würde es Antikörper gegen die Viren entwickeln und sie zerstören.

Dr. Latif war inzwischen gegangen.

„Maria Francesca“, murmelte Jan.

Sie war sofort bei ihm.

Wie glatt ihr Helmvisier ist …

„Gibt es etwas Neues?“, fragte er matt.

„Nein“, antwortete sie nach kurzem Zögern und fügte hinzu: „Nichts, was jetzt wichtig wäre.“

„Abdallah …“

„Ist in Sicherheit.“

„Er ist ein Skylla-Ziel.“

„Klar, aber das ist im Moment unwichtig."

Doch Jan hörte sie kaum.

„Das Team muss einen Charybdis-Test entwickeln. Wir müssen wissen, ob es in Al-Isrā weitere VOTAR-Träger gibt."

„Das fällt dir ziemlich früh ein. Der Test ist längst in Arbeit."

„Und im Swat-Tal?"

Maria Francescas Miene gefror.

„Große Katastrophe", sagte sie so leise, dass Jan ihre von den Helmlautsprechern übertragenen Worte beinahe nicht verstand. „Mittlerweile wohl mindestens hunderttausend Tote. Es gibt nur Schätzungen. Niemand kommt in das Tal hinein oder hinaus."

„Sag Al-Maphrut, dass ich es mache, wenn ich durchkomme."

„Wie bitte?"

„Sag es ihm einfach. Und noch etwas: Richte dem Team einen Gruß von mir aus. Ich liege im Moment leider ziemlich nutzlos hier herum, aber ihr müsst euch das Skyllin ansehen und seine Molekularstruktur aufklären. Wir müssen verstehen, wie es wirkt."

„Dir geht es zu gut, dass du schon wieder Anweisungen erteilst."

„Es ist wichtig! Ohne Skyllin ist Skylla nicht tödlich. Ich bin der Beweis dafür. Ich lebe noch. Wir müssen wissen, was dieses Skyllin macht und wie …"

Sein Kopf sackte nach hinten, schlagartig verließen ihn die Kräfte. Er spürte noch die raue Außenseite von Maria Francescas Handschuh, an seiner Wange. Dann leckten die Flammen wieder nach ihm, in denen seine Vergangenheit verbrannte, und ohne dass er auch nur das Geringste dagegen hätte unternehmen können, jagten Hitzewellen durch seinen geschundenen Körper.

„40 Grad", hörte er Maria Francesca noch murmeln.

Etwa zwei Jahre zuvor
September 2022
Sète/Frankreich

Auf dem südfranzösischen Campingplatz benutzte Michael zum ersten Mal seit Beginn seiner Flucht wieder sein Notebook. Es hatte auf der Reise Kratzer abbekommen, fuhr aber wie gewohnt hoch. Den Wireless-Empfänger deaktivierte er, damit sich das Gerät nicht automatisch ins Netz einloggte. Internetzugang mit dem eigenen Rechner war ihm selbstverständlich verboten. Deutlicher konnte er *ihnen* nicht zu erkennen geben, wo er steckte.

Hier im Ferienparadies am Mittelmeer beschäftigte er sich ausgiebig mit dem geheimen Material auf dem USB-Stick. Unter anderem enthielt der Stick ein Sündenregister des politischen Washington, das jeder Beschreibung spottete. Da hatte jemand gezielt Material gesammelt, um Senatoren und Abgeordnete erpressen zu können. Michael hatte auch Pläne für Attentate auf gewählte Politiker entdeckt, die von CIA-Agenten entwickelt worden waren. Es gab Dokumente, die belegten, wie mit Hilfe von Briefkastenfirmen und unauffälligen Beteiligungsgesellschaften unsaubere Projekte finanziert wurden. Das Material dokumentierte verschwörungsähnliche Strukturen, die offenbar dazu dienten, die richtigen Leute auf die richtigen Posten in Politik und Wirtschaft der USA zu hieven.

Strategic Committee Against Offensive and Unexpected Threats – der Name ließ zunächst an eine Denkfabrik oder Ideologieschmiede denken, wie sie in Washington zu Dutzenden um die Lufthoheit konkurrierten. Doch *SCOUT* war viel mehr als das. Teile von Pentagon und CIA steckten mit drin, Manager aus Rüstungs- und Pharmaindustrie und bestimmte Kreise der Wall Street mischten mit, wie es schien. *SCOUT* war ein konspiratives Netzwerk. Michael hatte höchstens den Anflug einer Ahnung, wie es funktionierte. Dokumente belegten, wie das Pentagon der Rüstungsindustrie Aufträge aus aller Welt vermittelte und wohin Schwarzgelder flossen, die das Pentagon in seinem offiziellen Etat nicht aufführte. Es gab Belege für Geheimprojekte wie *Succeedo* und *Block Arkansas*, die offenkundig der Biowaffenforschung dienten. Mit Namen wurde in den Dokumenten gegeizt; der einzige vollständige Klarname, der immer wieder auftauchte, war der von Henry W. Osborne, der als „Sekretär" firmierte. Dabei handelte es sich jedoch gewiss nicht um einen Vorzimmerposten. Osborne hatte eine machtvolle Position bei *SCOUT* inne. Vielleicht träfe „Generalsekretär" es besser?

Michael hatte bereits viel von dem Material gelesen, doch 20 Gigabyte waren ein unvorstellbarer Datenberg – Arbeit für Monate. Hier am Meer grub er sich tief in die *SCOUT*-Akten. Er war darauf gefasst, dass ihn weitere schlimme Erkenntnisse erwarteten, doch was er nun fand, stellte alles bisher Gelesene in den Schatten. Das musste Evan gemeint haben, als er von den „interessantesten Dokumenten“ gesprochen hatte. Ja, „interessant“ waren diese Informationen zweifellos.

Er stieß auf Pläne für ein *SCOUT*-Projekt namens *Free Mind.* Als er begriff, was er da entdeckt hatte, konnte er für mehrere Stunden nicht weiterlesen.

Natürlich erinnerte er sich an das unerwartete Auftauchen der Pocken. Wie könnte er nicht? Jeder Experte, auch er selbst, hatte die Pocken für besiegt und ausgestorben gehalten. Seines Wissens wurden Restbestände dieser Menschheitsgeißel nur noch in Speziallabors aufbewahrt. Trotzdem waren die Pocken im Jahr 2017 in Frankreich ausgebrochen, hatten in Marseille und Umgebung gewütet und mehr als tausend Todesopfer gefordert. Dass es nicht mehr geworden waren, war einer Mischung aus Glück und entschlossener Reaktion der Behörden zu verdanken gewesen. Die französisch-stämmige Bevölkerung war größtenteils geimpft, in ihr konnte sich das Virus nicht verbreiten. Unter Einwanderern hingegen, die überwiegend aus dem Maghreb stammten und in den Vorstädten lebten, breitete sich das Virus mit Wucht aus. Die Behörden reagierten mit äußerster Härte, was ihnen keineswegs nur Lob eintrug. Die Region um Marseille wurde vollständig abgeriegelt, alle Einwanderer wurden mit einem Lebendimpfstoff zwangsgeimpft, der auch nach Beginn der Infektion noch wirkte. Nach zwei Monaten war der Spuk vorbei. Und mit ihm der größte Einsatz französischen Militärs seit dem Zweiten Weltkrieg.

Damals war in den USA eine Debatte über Biowaffen losgegangen, die Züge von Hysterie getragen hatte. Für die Epidemie von Marseille waren Islamisten verantwortlich, welche Pockenviren für ihren Anschlag benutzt hatten. Niemand in den USA hatte Biowaffen auf dem Schirm gehabt, und das war auch völlig richtig so, fand Michael, denn Biowaffen waren prinzipiell unbeherrschbar und würden sich irgendwann zwangsläufig gegen den wenden, der sie einsetzte. Das hatten alle erfahren, die sich bisher mit Biowaffen befasst hatten, die Briten ebenso wie die Russen. Biowaffen, das war eigentlich Konsens unter Wissenschaftlern, stellten keine ernsthafte Option für die Kriegsführung dar. Für Terroristen aber waren sie durchaus eine Option; Marseille bewies es. Und ein solcher Terroranschlag schien nun den USA bevorzustehen. Zumindest wurde so darüber geredet.

Doch es war alles Schwindel, wie Michael jetzt las: Die Viren waren nicht von Islamisten freigesetzt worden, sondern von Agenten der *External Affairs Division*, die so etwas wie ein Geheimdienst zu sein schien und zu *SCOUT* gehörte. Die Bekennerschreiben der Terrorgruppe Ansar al-Sharia waren ebenso gefälscht wie alle Spuren, die in diese Richtung führten. *SCOUT* hatte die Viren bewusst in einem befreundeten Land freigesetzt, das im Fokus der Islamisten stand wie sonst kein anderes außer den USA selbst, mit einem einzigen Ziel: um eine Atmosphäre der Bedrohung zu schaffen. Es hatte funktioniert. Plötzlich entdeckte eine ganze Nation, die stolz auf ihre militärische Stärke war, dass sie an der Biowaffenfront fast geisterhaft verletzlich war. Bakterien und Viren konnten jederzeit ins Land geschleust werden, da sie von Scannern an Flughäfen nicht erkannt wurden. Anthrax, Ebola oder Schlimmeres – alles war denkbar, auch Pocken. In den USA war kaum jemand gegen Pocken geimpft. Die Bestände an Impfstoff, die vom Seuchenschutz vorgehalten wurden, reichten keinesfalls für das ganze Land. Was also tun im Notfall?

Paranoia war damals in die Köpfe der Amerikaner eingezogen. Das Ganze war völlig sinnlos, denn da es keinen Schutz gegen solche Anschläge gab, blieb die Öffentlichkeit mit dem Gefühl der Bedrohung am Ende allein. Doch die Kampagne im Hintergrund verfolgte ohnehin ein ganz eigenes Ziel. Bestimmte Kreise – die Eliten, die Führungsschicht – waren unter dem Einfluss der Debatte bereit, sich impfen zu lassen. Dazu wurde ihnen ein Kombinationsimpfstoff namens *Safe Harbour* angeboten, der angeblich vor allen bekannten Biowaffen schützte. Die amerikanische Öffentlichkeit erfuhr nichts von dieser Aktion, auch Michael las jetzt erstmals davon. Hergestellt wurde der Impfstoff vom Pharma-Konzern *MediGen*. Er war angeblich zu teuer für Massenimpfungen. Die Eliten nahmen ihn wie eine verführerische Droge. So war die Handlungsfähigkeit der USA für den Katastrophenfall gewährleistet. Scheinbar. In Wahrheit diente die Kampagne dem gegenteiligen Zweck: Die US-Elite sollte nicht geschützt, sondern infiziert werden – mit einem Bakterium namens „Dulce“, das in den Impfdosen steckte.

Michael fand Listen unter den Dokumenten, die mehrere tausend Namen lang waren und in denen auch sein Vaters auftauchte. Sie lasen sich wie das „Who is who“ der US-Gesellschaft. Politiker, Wirtschaftsbosse, Militärs, Wissenschaftler, Künstler, Journalisten und Entertainer, Männer wie Frauen – sie alle hatten den *MediGen*-

Impfstoff genommen und waren mit „Dulce“ infiziert worden, ohne es zu ahnen.

Es hätten unbeschwerte Tage für Michael sein können dort in Südfrankreich am Meer, doch sein Verstand stürzte sich auf „Dulce“, und in den Lesepausen ging Michael bleich und mit nach innen gerichteten Blicken unter braungebrannten Touristen am Strand entlang, während er versuchte, das Ausmaß dessen zu begreifen, was *Free Mind* bedeutete.

„Dulce & Galbana“, so nannten die Schöpfer dieses Biowaffen-Systems ihr Werk in bemüht-ironischer Anspielung auf zwei homosexuelle Modedesigner, die für alles standen, was angeblich unamerikanisch war. Das Waffensystem bestand aus zwei Stufen. „Dulce“, das Bakterium, war die erste. Aus den Dokumenten ging nicht genau hervor, was es tat; es war nur von „markieren“ die Rede. Infizierte zeigten Symptome einer leichten Erkältung, die rasch wieder abklang. „Dulce“-Bakterien selbst waren nur in der kurzen Phase ansteckend, in der Erkältungssymptome auftauchten, und konnten dann durch Körperkontakt weitergegeben werden, etwa durch Küsse oder Geschlechtsverkehr. Darüber hinaus aber wurde „Dulce“ nur über Sporen übertragen, die das Bakterium bildete.

Vier bis fünf Tage später war der Infizierte als Ziel für die zweite Stufe des Waffensystems markiert. Das galt nunmehr also für die gesamte US-Elite. „Galbana“, die zweite Stufe, war ein Virus, das blitzschnell einen Mega-Herzinfarkt auslöste. Dabei musste es sich um dasselbe Virus handeln, das auch Michaels Vater getötet hatte.

Free Mind war also in Wirklichkeit ein Programm zur Beseitigung der amerikanischen Führungsschicht, nicht zu ihrem Schutz! *SCOUT* hatte sich damit ein Mittel an die Hand gegeben, jederzeit jeden Politiker, jeden General, jeden Manager, jeden Journalisten auszuschalten, der es wagte, sich *SCOUT* in den Weg zu stellen. Es war ganz leicht, nachdem „Dulce“ sein Werk getan hatte. Das Opfer musste lediglich mit „Galbana“ in Berührung kommen. Kein Präzisionsschütze konnte genauere Arbeit abliefern. Und da „Galbana“ niemandem schadete, der nicht mit „Dulce“ in Kontakt gekommen war, konnte so gut wie jeder das tödliche Virus übertragen. So wurden politische Attentate zu einem Kinderspiel.

Genau das hatten *sie* mit Michaels Vater getan.

Dass diese Leute ihr Programm ausgerechnet *Free Mind* genannt hatten, also „freier Kopf, freier Geist“ – welch Zynismus! Doch selbst

Michael konnte nicht anders, als dem genialen Entwickler Respekt zu zollen: „Dulce & Galbana“ war die perfekte Waffe. Michael hatte sogar eine Ahnung, wer sie entwickelt hatte. Nein, mehr als nur eine Ahnung. Mehrfach murmelte er am Strand den Namen:

„McWeir!“

Sein Mentor und Doktorvater, der berühmte Träger des Nobelpreises für Medizin. Der alte Mann steckte bis über die Ohren im *SCOUT*-Sumpf! McWeir hatte seinen Nobelpreis für eine medizinische Technologie bekommen, die „Dulce & Galbana“ ähnelte. Sie zielte auf Krebszellen. Ein gentechnisch modifiziertes Bakterium, das für den Menschen harmlos war, infizierte Krebszellen und zwang sie dazu, ein Rezeptor-Molekül auf ihren Zellmembranen zu zeigen, das die zweite Stufe anlockte, ein Virus, das die Krebszellen innerhalb weniger Stunden zugrunderichtete. Diese Entwicklung des berühmten Mannes hatte das Ende des Krebses eingeleitet: Die meisten Krebsarten waren seitdem praktisch ohne Nebenwirkungen therapierbar.

Offenbar hatte Samuel McWeir seine Erfindung weiterentwickelt.

Noch während Michael las, begann er, über „Dulce & Galbana“ nachzudenken. So verarbeitete er das Gelesene: Er begab sich in jene wissenschaftliche Distanz, die er sich im Lauf der Jahre antrainiert hatte, und filterte die Fakten. Moralische und ethische Bewertungen stellte er hintan. Nur so konnte er mit dem riesigen Informations-Input umgehen, den das Material darstellte. Dafür war er ausgebildet. Wer sonst sollte imstande sein, „Dulce & Galbana“ zu verstehen, wenn nicht er, der Meisterschüler des Schöpfers dieser Waffe?

Michael skizzierte den Mechanismus von „Dulce & Galbana“ im Geiste und wurde darüber ungeduldig: So viele Tage noch, bis er endlich ein Labor zur Verfügung haben würde! Was „Galbana“ tat, war ausgesprochen ungewöhnlich. Ein Virus, das seine Opfer so schnell tötete, beraubte sich selbst jeder Chance, seine Nachkommen in der Umgebung zu verstreuen. Es war dazu verurteilt, so schnell wieder zu verschwinden, wie es von der Evolution hervorgebracht worden war. Wenn es denn auf natürlichem Wege entstanden war! Vielleicht existierte ein natürlicher Vorläufer, der im Labor mit gentechnischen Mitteln radikalisiert worden war? Um dieses Geheimnis zu lüften, brauchte Michael ein Labor.

Fürs Erste beschloss er, die Waffe umzubenennen. „Dulce & Galbana“ – dieser verächtliche Name war der politischen Stoßrichtung von

SCOUT geschuldet, die Homosexuelle verachtete. Stattdessen bediente er sich in der griechischen Mythologie. Einst war die Straße von Messina der Sage nach von zwei Meeresungeheuern unsicher gemacht worden. Das eine verschlang mit gewaltigem Sog alles Wasser und alle Schiffe in der Nähe, das andere schnappte sich mit den scharfen Fängen seiner Hundeleiber alle Seefahrer, die dem ersten Ungeheuer auswichen. Doch es gab einen schmalen Weg zwischen beiden Ungeheuern hindurch, und den wollte Michael finden.

So kam er auf „Skylla & Charybdis“.

15. Juni 2024
Bethesda/Maryland

Über der New York Bay und die angrenzenden Gebiete war der Ausnahmezustand verhängt worden, doch das kümmerte Justin ebenso wenig wie die Frage, wie groß seine Chance wohl sein mochte, tatsächlich an Bord der *Queen Mary 2* zu gelangen, wenn er versuchte, John und Matthew herauszuholen. Vermutlich würde er scheitern – wenn er es überhaupt bis Liberty Island schaffte. Doch er musste es versuchen. Er hatte eine Entscheidung getroffen und fühlte sich gut damit.

Es gab allerdings zwei Probleme. Eines davon beobachtete er aus dem Fenster seines Badezimmers, während er pinkelte. Wie immer saßen die beiden Agenten, die ihn und sein Haus im Blick behielten, in ihrem Chrysler-SUV und gaben sich keine Mühe, ihre Anwesenheit zu kaschieren. Justin war Geheimnisträger, die Sicherheitsbehörden hatten das Recht, jederzeit Bescheid zu wissen, wo er sich aufhielt und was er machte. Bisher war die Bewachung für ihn kein Zeichen von Misstrauen gewesen, sondern von Wertschätzung, zumal seine Familie durch die Anwesenheit der Agenten nicht beeinträchtigt wurde. Doch nun brauchte er Freiheiten, die sie ihm gewiss nicht zugestehen würden. Er musste sich ihnen also entziehen. Das bedeutete, dass er im Begriff war, sich gegen die Staatsmacht aufzulehnen – kein behaglicher Gedanke, doch damit kam er klar. Aus Bewachern wurden somit Überwacher. Sein Vorteil war, dass sie dies nicht wussten. Bisher hatte er ihnen niemals Anlass zu Misstrauen gegeben.

Sein zweites Problem hieß Anthrax.

In einem Sicherheitsschrank in der Apotheke des Labors lagerten Medikamente, ohne die er den Versuch, auf die *Queen Mary 2* zu gelangen, schlicht vergessen konnte. Jedenfalls wenn es stimmte, dass es sich bei dem weißen Zeug, das wie Raureif auf Liberty Island und auf dem Schiff lag, um Anthrax handelte. Justin glaubte zwar, dass die Terroristen nur bluften, denn welcher Mensch, der klaren Verstandes war, warf mit solchen Mengen dieser teuflischen Bakterien um sich? Dennoch musste er davon ausgehen, dass es sich wirklich um Anthrax handelte, so wie es auch die Sicherheitsbehörden taten, einfach aus Mangel an Fakten. Ein Team der Nationalgarde hatte versucht, Proben zu beschaffen, war aber von der *Queen Mary 2* aus unter Beschuss genommen worden und hatte den Rückzug antreten müssen.

Es blieb ihm nichts anderes übrig, als die Infektion bewusst in Kauf zu nehmen, wenn er Liberty Island betrat. Bei diesem Gedanken sträubten sich ihm sämtliche Haare – und hier kam der Sicherheitsschrank im Labor ins Spiel.

Der Anthrax-Erreger war schon im europäischen Mittelalter als biologische Waffe eingesetzt worden, obwohl man zu jener Zeit noch nicht die geringste Ahnung von Bakterien gehabt hatte. Im Vergleich zu anderen Erregern wie etwa dem der Pest, der ebenfalls eine Rolle in der Kriegsführung gespielt hatte, besaß Anthrax zwei Vorteile: Außerhalb des Wirtskörpers bildete es zähe, sehr haltbare Trockenformen, Sporen, die sich leicht verbreiten ließen; und es war nur im Ausnahmefall von Mensch zu Mensch übertragbar. Eine Anthrax-Epidemie war damit ausgeschlossen, eine Infektionswelle ließ sich eindämmen. Darum auch war Anthrax lange Zeit das Lieblingsspielzeug der Biowaffen-Konstrukteure gewesen. Der Einsatz von Anthrax war gut kalkulierbar. Zugleich lag in der Zähigkeit der Sporen auch der entscheidende Nachteil: Gelände, auf dem Anthrax freigesetzt worden war, blieb auf Jahrzehnte hinaus unbewohnbar. Und was für die alten Varianten galt, die im Mittelalter eingesetzt worden waren, das galt natürlich erst recht für weiterentwickelte Varianten, die zu hundert Prozent tödlich waren.

Es gab ein einziges Mittel auf der Welt, das gegen Milzbrand half: ein teures synthetisches Antibiotikum namens Ruspirocyclin. Es musste prophylaktisch eingenommen werden. Justins Blut musste in dem Moment, in dem es mit Anthrax in Berührung kam, damit gesättigt sein. Das war die einzige Möglichkeit, die Infektion zu überleben: sie erst gar nicht geschehen zu lassen. Eine Heilung nach der Infektion war unmöglich: Wenn Anthrax erst im Körper war, konnte selbst Ruspirocyclin nichts mehr ausrichten, dann musste der Körper aus eigener Kraft versuchen, mit Anthrax fertig zu werden, was schon bei den Naturformen oft genug misslang.

Justin musste also die erheblichen Nebenwirkungen des Antibiotikums in Kauf nehmen. Er war dazu bereit. Er hoffte, dass jenes Anthrax, das auf Liberty Island und über der *Queen Mary 2* versprüht worden war, keine neue, hochentwickelte Variante war, die gegen Ruspirocyclin resistent war, aber dies ließ sich nicht ausschließen. Alle Antibiotika hatten den Nachteil, dass Bakterien Resistenz gegen sie entwickeln konnten. Je häufiger ein Antibiotikum eingesetzt wurde, desto wahrscheinlicher wurde eine solche Resistenz. Selbst Ruspirocyclin konnte zum stumpfen Schwert werden, etwa wenn findige Genetiker ein Resistenz-Gen eingebaut hatten.

Ob das versucht worden war? Justin wusste es nicht. In den USA wurde seit Jahren nicht mehr mit Anthrax gearbeitet. Der Erreger galt als ausgereizt, ein Dinosaurier der Biowaffenforschung, vor allem weil es nicht gelungen war, seine Wirkung zu beschleunigen: Von der Ansteckung bis zum Tod verging einfach zu viel Zeit.

Es bestand also ein gewisses Risiko für Justin. Aber bevor sich dieses Problem ernsthaft stellte, musste er es erst bis Liberty Island schaffen.

„Du siehst fürchterlich aus, Schatz“, sagte Sonja, als er um die Mittagszeit aus dem Bad kam.

„Ich bin erst nach Sonnenaufgang zu Bett gegangen“, antwortete er. „Irgendetwas Neues?“

„Sie werden die Flugzeugträger nicht versenken.“

„Wie überraschend“, brummte Justin und füllte den Wasserkocher. Er wollte einen Tee brühen, den er nach einem indianischen Rezept selbst gemischt hatte.

„Warum versenken sie diese bescheuerten Flugzeugträger nicht einfach?“, fragte Sonja. „Dann wäre Frieden.“

„Glaubst du das wirklich?“ Justin sah sie missbilligend an. „So ein Flugzeugträger kostet sechs Milliarden Dollar und mehr. Sie haben Atomreaktoren an Bord! Diese Schiffe sind das Rückgrat unserer Seemacht. Willst du wirklich, dass das Vermögen dieser Nation versenkt wird, nur weil Terroristen das fordern? Das ist aberwitzig!“

„Justin, wie redest du denn … Was wird aus unseren Söhnen?“

Sonja begann wieder zu weinen. Justin nahm sie in den Arm, aber er hoffte, dass es sich eher beiläufig anfühlte. Sonja hatte viel von ihrer Mutter. Im Laufe der Jahre hatte er ihre verschiedenen Gesichter gesehen. Erst vor wenigen Tagen hatte sie ihm mit Scheidung gedroht. Ja, sie war zerbrechlich. Er wollte ihr keine Vorwürfe machen, und er wollte keine Scheidung. Seinen Jungen zuliebe hielt er Sonjas Eigenheiten aus.

Sonja spürte die Distanz und suchte seinen Blick.

„Ich werde nachher ins Labor fahren", sagte er.

Zu seiner Überraschung nickte sie und sagte:

„Ich wünschte, auch ich könnte mich auf andere Gedanken bringen."

Mit frisch gebrühtem Tee setzten sie sich wieder vors Multikom. Auf CNN wurden die Folgen des Ausnahmezustandes diskutiert. Inzwischen war wieder Phil Ashby auf Sendung, kritischer als je zuvor: Der Ausnahmezustand mochte zwar unter anderem der Sicherheit der Bevölkerung dienen und gewiss auch der nationalen Sicherheit, aber vor allem sei er nützlich, die Medien vom Krisengebiet fernzuhalten und so die Berichterstattung einzuschränken – was ganz offensichtlich im Interesse der US-Regierung lag, die mit allen Mitteln versuchte, die Lage auch medial unter Kontrolle zu bringen. Die Hubschrauber der Medien hatte man abgedrängt und zur Landung gezwungen, keines der Motorboote mit Medienvertretern an Bord kam näher als bis auf zwei Seemeilen an die *Queen Mary 2* heran. Rund um die Bucht funktionierte kein Mobilfunk mehr. Ein Militärsprecher hatte bestätigt, dass die Mobilfunkknoten abgeschaltet worden waren, um die Kommunikation der Terroristen einzuschränken. Die *Queen Mary 2* war isoliert. Von nun an war dafür gesorgt, dass nichts mehr an die Öffentlichkeit drang, was nicht durchdringen sollte.

Beispielsweise ein weiteres Tribunal, dachte Justin.

„Die Logik des Krieges hat bei uns Einzig gehalten", sagte Phil Ashby an die Zuschauer gewandt. „Wir können Ihnen zurzeit keine unabhängige Berichterstattung garantieren. Was wir aber garantieren können, ist, dass wir uns bei jedem Bild, das uns das Militär zu senden erlaubt, fragen werden, warum diese Bilder zur Sendung freigegeben werden, andere aber möglicherweise nicht."

Justin misstraute dem Militär, obwohl er ihm seinen Job verdankte: Sein Arbeitgeber *Concept Inc.* machte große Teile seines Umsatzes mit dem Pentagon. Es gab langfristige, exklusive Lieferverträge für einige Medikamente, deren Bestände in den Apotheken des Militärs in gewissen Zyklen aufgefrischt werden mussten. Damit hatte *Concept Inc.* Planungssicherheit. Nur so konnte sich die Firma Projekte wie Justins Sarinfresser leisten. Sie waren natürlich mit dem Pentagon abgestimmt: Ohne das Signal aus Washington, dass man die Sarinfresser kaufen würde, wenn sie denn hielten, was versprochen wurde, wäre Justins Projekt nie ins Rollen gekommen. So funktionierte das System. Dennoch saß Justins Abneigung gegen die Generäle tief. Im Lauf der Jahre hatte er an vielen Tagungen teilgenommen, bei denen auch ranghohe Militärs und Stabsoffiziere bis hinauf zu Mitgliedern des Nationalen Sicherheitsrats zugegen gewesen waren. Diese Leute hatten sich oft als technikfixierte Waffenfetischisten entpuppt, welche Schlachtfelder nicht als Orte sahen, wo Menschen starben, sondern als Orte, wo Waffensysteme eingesetzt wurden. Diese Leute beschäftigten sich unablässig mit Schlachtensimulationen, um die Anforderungen an die Waffensysteme zu aktualisieren und neue, effizientere Waffen zu entwerfen. Für Biowaffen interessierten sie sich kaum, aber da nicht auszuschließen war, dass der Gegner solche Waffen einsetzte, beschäftigten sie sich notgedrungen auch mit diesem Thema und zollten Justin und den anderen Vertretern seiner Profession eine gewisse Aufmerksamkeit.

General Andrew Morris, der den Befehl über die Sicherheitskräfte führte, schien ein solcher Technokrat zu sein. CNN brachte ein kurzes Porträt. Der Sechzigjährige hatte ein kantiges Gesicht, in dem kühle, graue Augen blitzten, Augen wie die von Alfred Winter. Erfahrung mit Sondereinsatzaktionen seit dem Irak-Krieg, Kommandeur von Anti-Terror-Aktionen, Spezialeinsätze überall auf der Welt. Maßgeblich beteiligt an der Niederschlagung der Demokratiebewegung in Saudi-Arabien. Al-Qaida-Experte, hatte als einer der ersten vor der *Islamischen Allianz* gewarnt. Morris war verheiratet und hatte zwei Töchter sowie einen Sohn, der in West Point eingeschrieben war, seinem Vater also in der Militärlaufbahn folgen würde.

Batterien von Abfangraketen waren in Süd-Manhattan in Stellung gegangen und würden in Sekundenbruchteilen reagieren, wenn von Bord der *Queen Mary 2* Raketen starteten, um Anthrax nach Manhattan zu bringen. Schwerbewaffnete Apache-Kampfhubschrauber kreisten über der Bucht. Der General hatte 500 Marines zusammengezogen, doch Justin bezweifelte, dass sich die Krise mit militärischen Mitteln lösen ließ. Immerhin ging es um das Leben von 3000 Zivilisten! Die militärische Erfahrung dieses Generals in allen Ehren, aber war hier nicht eher Fingerspitzengefühl und Listigkeit gefragt? Justin traute dem Mann nicht.

Soeben begann die Pressekonferenz, die Morris angesetzt hatte. Der General trat überraschend schlagfertig auf.

„Wann ist mit dem Sturm auf die *Queen Mary 2* zu rechnen?“, fragte ein Journalist.

„Ich würde Ihnen den Termin selbst dann nicht nennen, wenn er feststehen würde“, antwortete der General. „Gehen Sie davon aus, dass wir das Heft des Handelns fest in der Hand halten.“

„Werden Sie aus der Luft stürmen?“

„Über das taktische Vorgehen erteile ich aus naheliegenden Gründen keine Auskünfte.“

„Was ist mit dem Anthrax an Bord? Wie wollen Sie die Sicherheit der Passagiere und der Besatzung gewährleisten, wenn Sie stürmen?“

„Wir haben Szenarien entwickelt, die diese Probleme berücksichtigen.“

„Die Terroristen könnten die *Queen Mary 2* sprengen, als letztes Mittel sozusagen. Was setzen Sie dem entgegen?“

„Wenn die Terroristen dazu in der Lage wären, hätten sie es längst getan.“

„Glauben Sie das wirklich?“, hakte ein anderer Journalist nach. „Die Terroristen wollten vor allem ihre Tribunale ausstrahlen. Das ist ihnen nun nicht mehr möglich. Was sollte sie davon abhalten, das Schiff zu sprengen und New York zu verseuchen?“

„Nett spekuliert“, erwiderte der General. „Sie haben sich tief in die Gedankenwelt der Terroristen begeben. Ich halte das für bedenklich. Wir müssen den Terrorismus nicht verstehen, sondern wir müssen ihn mit Stumpf und Stiel ausrotten. Ich rate Ihnen, sich auf Ihre eigentliche Aufgabe zu konzentrieren, nämlich die Öffentlichkeit neutral zu informieren.“

„Halten Sie es für angemessen, die mögliche Sprengung der *Queen Mary 2* in ihren Szenarien nicht einzuplanen?“, hakte der Journalist unbeeindruckt nach.

„Wir werden mit allen Mitteln verhindern, dass die *Queen Mary 2* gesprengt wird“, schnappte der General zurück.

„Die Terroristen haben die Versenkung von drei Flugzeugträgern gefordert", fragte eine Journalistin. „Die Präsidentin hat sich zu diesem Thema bisher nicht geäußert. Wie stehen Sie zu dieser Forderung?"

„Sie ist derart aberwitzig, dass es sich nicht lohnt, auch nur ein einziges Wort darüber zu verlieren."

„Das heißt, die US-Regierung wird nicht auf die Forderung der Terroristen eingehen?"

„Nächste Frage."

„Die Flugzeugträger werden also nicht versenkt?"

„Nächste Frage."

„Für diesen Fall haben die Terroristen damit gedroht, Manhattan mit Anthrax zu verseuchen."

„Dagegen haben wir Vorkehrungen getroffen."

„Sie gehen also davon aus, dass die Terroristen tatsächlich in der Lage sind, Süd-Manhattan mit Anthrax-Sporen zu verseuchen?"

„Wir sind darauf vorbereitet."

Es war 18 Uhr, als Justin vorsichtig sagte:

„Schatz, ich muss los."

Sonja blickte zu ihm auf mit Tränen in ihren großen Augen.

„Du hast irgendetwas vor", stellte sie fest.

„Ja, ich muss nach meinen Bakterien sehen. Du wirst vielleicht für eine gewisse Zeit nichts von mir hören."

Im gleichen Moment wusste er, dass er etwas Falsches gesagt hatte.

„Für ein paar Stunden, meine ich", korrigierte er sich und setzte ein bemühtes Lächeln auf. „Ich habe so lange nicht nach meiner Arbeit gesehen, dass ich Dir nicht genau sagen kann, wann ich wieder nach Hause komme. Warte nicht mit dem Schlafengehen auf mich."

„Du wirst aber sicher nicht die ganze Nacht arbeiten", wandte sie ein. „Ich dachte, du schaust nur mal kurz dort vorbei."

„Es wird ein bisschen länger dauern", antwortete er, stand ohne ein weiteres Wort auf und ging in die Garage, wo alles vorbereitet war. Er schulterte den Rucksack, den er am Nachmittag gepackt hatte. Außer Verpflegung hatte er viele Dinge wie Nadel und Faden, Schnur und ein Multifunktions-Taschenmesser dabei, von denen jeder bei den Pfadfindern lernte, dass sie nützlich sein konnten. Außerdem hatte er seine Schnorchel-Ausrüstung eingepackt, die leider für den Einsatz in warmen Gewässern gedacht war. Doch trotz seiner kurzen Arme und Beine war der Neopren-Shortie besser als nichts. Mit im Gepäck war auch eine Dose Schuhcreme für den Fall, dass Justin sich tarnen musste, eine alte Isomatte und sein Schlafsack, beide außen am Rucksack befestigt. Für Kleidung zum Wechseln blieb daher kaum Platz im Rucksack.

Er schwang sich auf sein Fahrrad und fuhr hinten hinaus an ein paar Hecken entlang über die Grundstücke von Nachbarn bis zur nächsten Straße. Lediglich Sammy, der Golden Retriever der Powells, bemerkte ihn und schlug an, verstummte aber, als er Justin erkannte, und ließ ihn nach ein paar Streicheleinheiten ziehen. Die Agenten in ihrem SUV hatten zu diesem Zeitpunkt vermutlich noch nicht einmal bemerkt, dass der Mann ihres Interesses das Haus verlassen hatte.

Jetzt, nachdem Justin auf dem Weg war, wunderte er sich, wie leicht es ihm fiel. Schwungvoll radelte er zur Firma, er brauchte kaum eine halbe Stunde. Bei *Concept Inc.* war in diesen Tagen der Krise an konzentrierte Arbeit nicht zu denken. Projekte liefen auf Sparflamme, Mitarbeiter bauten Überstunden ab – ganz nach dem Willen der Geschäftsführung, die ihre Projekte nicht in Gefahr bringen wollte, nur weil Entwickler vielleicht nicht ganz bei der Sache waren. Auf den Korridoren begegnete Justin daher lediglich einer Reinigungskraft. Der junge Mann im blauen Kittel wirkte im ersten Moment erschrocken, als er Justin sah, grüßte dann aber freundlich und kümmerte sich nicht weiter um ihn. Justin hingegen wunderte sich über diese Begegnung. Seit wann waren die Putzleute so früh am Abend unterwegs? Er hatte diesen Mann noch nie gesehen, obwohl er den Mitarbeiterinnen und Mitarbeitern des Putzteams so gut wie regelmäßig begegnete, da er das Labor häufig erst spät verließ. Zudem war der Mann allein unterwegs.

Es mochte sich um einen neuen Mitarbeiter handeln. Justin hatte Wichtigeres zu tun.

Ohne hemmende Skrupel verschaffte er sich Zugang zur Apotheke des Labors, jederzeit darauf gefasst, dass jemand von der Security auftauchte. Die Kameras würden Bilder von ihm in die Wachzentrale übertragen. Unvermeidlich war auch, dass er seine Magnetkarte einsetzte, sogar mehrfach. Überall erhielt er sofort Zugang. Vielleicht blinkte irgendwo ein Licht auf, als er die Apotheke betrat, aber ihm als Leiter eines wichtigen Forschungsprojekts war der Zugang gestattet. Trotzdem beeilte sich Justin. Er tat gut daran, keine Zeit zu verlieren. Sein Nachtbus nach Newark fuhr um 22 Uhr.

Dennoch zögerte Justin für Sekunden, als er die erste Packung Ruspirocyclin in Händen hielt, doch dann packte er sie schnell ein. Sein

Plan mochte scheitern. Er war abenteuerlich. Selbst wenn es ihm gelang, Matthew und John aufzuspüren – wie wollte er sie von Bord bringen? Alles sprach dagegen, dass er Erfolg haben würde, und doch verspürte er diese große Kraft und Zuversicht in sich und den Willen, es unbedingt zu versuchen. Nicht aus Verzweiflung, sondern aus Liebe zu seinen Jungen. An jenem Tag, als Sonja ihm eröffnet hatte, dass sie schwanger war, hatte er einen Schwur geleistet: Es gab keinen Grund für ihn, nicht Vater zu werden, aber er durfte keinesfalls so werden wie sein Vater, der Tankwart und Trinker, der Justin damals nicht zu Hilfe gekommen war. Justin war sieben Jahre alt gewesen, als er versucht hatte, auf den alten Wasserturm des Dorfes zu steigen. Viele Meter über dem Boden war eine morsche Leitersprosse unter seinen Füßen weggebrochen, und Justin war auf der Leiter gefangen gewesen, da er sich nun nicht mehr getraut hatte, weiter zu klettern, weder nach oben noch nach unten, wo die Lücke klaffte. Auf seine Hilferufe war sein betrunkener Vater gekommen, hatte die Situation begutachtet und gesagt:

„Du bist aus eigener Kraft da hoch gekommen. Nun sieh zu, wie du selbst wieder runterkommst."

Eine Stunde später hatte ihn seine Mutter befreit, indem sie die knarrenden Sprossen weit genug hinaufgeklettert war, bis sie ihm die Hand zur Hilfe hatte reichen können.

Daher stand für Justin außer Frage, dass er versuchen musste, seinen Söhnen zu helfen.

Es war nur eine Sache von wenigen Minuten, ausreichend Ruspirocyclin in seinem Rucksack zu verstauen. Das Medikament musste nicht nur für ihn selbst reichen, sondern auch für seine beiden Söhne sowie unter Umständen, wenn noch etwas übrig blieb, für Norah Winter, seine Schwiegermutter. Für Alfred Winter hingegen würde Justin ganz gewiss kein Ruspirocyclin übrig haben. Vermutlich war Alfred inzwischen ohnehin längst tot.

Justin verschwendete keine Zeit, sondern begann sofort mit der Prophylaxe, indem er eine Kapsel mit viel Wasser schluckte. Von nun an am ersten Tag alle sechs Stunden eine weitere Kapsel, auch nachts, ab dem zweiten Tag alle zwölf Stunden. So würde er den nötigen Spiegel in seinem Blut einstellen. Dabei würde ihm der alte, analoge Wecker nützlich sein, den er von zu Hause mitgenommen hatte. Hoffentlich hielten die Batterien lange genug. Justin wusste nicht, wie alt sie waren.

Justin schaltete sein Handy ab und legte es in eine Schublade seines Arbeitsplatzes. Das fiel ihm leichter als erwartet. Dann brach er auf.

15. Juni 2024
Seattle

Hillary saß vor *Gianni's Coffee & Cake,* sah zu, wie der Rand des Schattens, den der Sonnenschirm warf, langsam über den Hosenstoff ihrer ausgestreckten Unterschenkel wanderte, während sie bereits ihren zweiten Latte macchiato trank, und überlegte, was sie machen sollte. Harvey schien sie zu versetzen. Gestern Abend hatten sie sich kurz gesehen, als Hillary die Leiche bei ihm abgeliefert hatte. Sie hatte ihn vorher telefonisch davon unterrichtet, wer obduziert werden sollte und warum. Bei Giften musste man schnell sein. Viele Gifte waren instabile Verbindungen, die rasch in unauffällige Bestandteile zerfielen. Harvey hatte entschieden, dass er die Obduktion persönlich übernehmen und sofort durchführen werde. Daraufhin war Hillary hinter dem Leichenwagen her zum Institut gefahren, um mit Harvey zu sprechen.

„Du hast den Bericht morgen gegen Mittag in deiner Mail", versprach er ihr.

Es war nicht die Gelegenheit für persönliche Worte. Zudem war Harvey mit dem Kopf schon ganz bei seinem „Kunden".

„Morgen um fünf bei *Gianni's* – wie wär's?", fragte sie knapp

„Klingt gut. Wir telefonieren vorher, okay?"

Was den Bericht betraf, hatte er Wort gehalten, aber mit dem Telefon schien er mal wieder auf Kriegsfuß zu stehen. Es war nicht ungewöhnlich, dass er ein Gespräch nicht sofort persönlich annahm. Harvey hatte mitunter wichtige Dinge zu tun, bei denen er sich nicht stören lassen konnte. Doch normalerweise rief er spätestens nach einer Stunde zurück. Hillary hatte ihm mehrfach Botschaften hinterlassen. Auch im Forensischen Institut hatte sie angerufen. Natalie Silverman, Harveys Büroleiterin, hatte den Pathologen heute noch nicht gesehen.

„Das ist nicht ungewöhnlich, Detective. Professor Walsh hat gestern lange gearbeitet. Es dürfte ein Uhr gewesen sein, als er das Institut verlassen hat. Er hat mir in der Nacht noch eine Mail geschickt, dass er heute erst am Nachmittag ins Institut kommt."

„Er möchte mich dann bitte sofort anrufen", sagte Hillary.

„Den Bericht haben Sie schon", erwiderte die Mitarbeiterin. „Ich habe ihn selbst geschickt."

„Ja, der Bericht ist da. Ich möchte Mr. Walsh trotzdem sprechen."

„Ich richte es aus."

Der Bericht war eindeutig: Samuel McWeir war an einem Herzinfarkt gestorben. Ein natürlicher Tod, kein Giftmord. Trotz des sonderbaren Briefes und der ungewöhnlichen Begleitumstände. Es gab keinen McWeir-Fall. Es würde nicht nötig sein zu „kratzen", wie Marc es genannt hatte. Hillary war erleichtert – einerseits.

Sie hatte gleich die Witwe angerufen, um ihr die Neuigkeit mitzuteilen, doch sie war nicht zu Wort gekommen.

„Gut dass Sie anrufen", sagte Margret McWeir aufgeregt. „Könnten Sie bitte kommen? Hier sind Männer in meinem Haus, die alles ausräumen."

„Was für Männer?"

„Sie sind oben in Samuels Arbeitszimmer und tragen seine Unterlagen kistenweise aus dem Haus. Auch die Computer und die externen Festplatten, einfach alles."

„Ma'am, es passt leider gerade überhaupt nicht. Ich habe einen Termin an der Akademie, den ich nicht platzen lassen kann. Ich kann erst danach zu Ihnen kommen."

„Wann wäre das?"

„Gegen 15 Uhr. Lassen Sie sich die Ausweise der Agenten zeigen und schreiben Sie sich die Namen auf. Wenn Sie wollen, kann ich Ihnen meinen Kollegen vorbeischicken. Er war gestern Abend dabei."

„Sie meinen, das sind Agenten? Dürfen die das denn? Die machen das mit einer Selbstverständlichkeit, da bleibt mir glatt die Luft weg."

„Ich vermute, dass Ihr Mann Geheimnisträger war", antwortete Hillary, „und dann wäre es im Sinne der nationalen Sicherheit, seine Unterlagen zu beschlagnahmen. Aber wie gesagt, schreiben Sie sich die Namen auf, in Ordnung?"

„Es wäre mir recht, wenn Sie Ihren Kollegen schicken könnten. Er kann besser beurteilen als ich, ob alles mit rechten Dingen zugeht."

Hillary rief Marc an und bat ihn um den Gefallen. Er versprach, sich sofort auf den Weg zu machen.

Was die Polizeiakademie betraf, hatte Hillary nur ein bisschen gelogen. Tatsächlich hatte sie einen Termin, den sie aber jederzeit hätte platzen lassen, etwa wenn sie an einen Tatort gerufen worden wäre. Die Sorgen der Witwe jedoch erschienen ihr nicht dringlich genug. Der Termin war bereits einmal ausgefallen, und nun wollte Hillary ihn endlich hinter sich bringen. Sie mochte diese Auftritte vor den angehenden Cops nicht, aber Keith Williams, dem Ausbildungsleiter, konnte sie einfach keinen Wunsch abschlagen. Er wollte, dass die jungen Leute Bekanntschaft mit den Großen des Departments machten, den Legenden, zu denen Hillary wegen ihrer unerreichten Aufklärungsrate zählte.

Keith war ein Patriot aus dem Bilderbuch. Ganz anders Harvey. Der war ein Liberaler, ein Demokrat – oder was sich so nannte. Sonderbarerweise mochte Hillary ihn trotzdem. Als sie nach dem Termin an der Akademie wieder in ihrem Auto saß, um zu Margret zu fahren, versuchte sie als erstes erneut, ihn anzurufen. Wieder schaltete sich nur die Sprachbox ein.

Das Multikom des Wagens blieb abgeschaltet. Hillary hatte beim Aufstehen entschieden, dass sie sich dem Weltgeschehen heute verweigern würde. Falls Samuel McWeir Opfer eines Mordes geworden sein sollte, wollte sie hochkonzentriert sein. Trotz des Befundes war Hillary dabei geblieben: Keine Nachrichten. Es ging ihr daher deutlich besser als gestern. Die Terroristen konnten ihr den Buckel runterrutschen.

Marc war bereits wieder gegangen. Nichts deutete darauf hin, was in der McWeir-Villa losgewesen war – nichts bis auf eine ziemlich verwirrte Margret McWeir.

„Wie gut, dass Sie kommen, Hillary“, sagte die Witwe und zog Hillary ins Haus, als könne sie die Tür nicht schnell genug wieder schließen. „Das war sehr, sehr unangenehm.“

„Dann erzählen Sie mal.“

Zu ihrer Überraschung wurde Hillary nicht zu einem Tee auf die Terrasse eingeladen. Stattdessen drehte sich Margret wortlos um und stieg hinauf ins obere Stockwerk. Hillary folgte ihr in ein geräumiges Zimmer, das auf den ersten Blick wirkte, als wäre jemand im Begriff, hastig auszuziehen. Ein schöner Schreibtisch aus lackiertem Kirschbaumholz, ein bequemer Ledersessel, auf dem Tisch ein Monitor – aber der dazugehörige Computer fehlte. Große Teile der Regale waren leer, und in einer Ecke häuften sich Aktenordner, die jemand achtlos hingeworfen hatte.

„Das war sein Arbeitszimmer“, sagte die Witwe.

Hillary ging langsam durch das Zimmer. Sie meinte, den alten Mann wahrnehmen zu können. Hing nicht noch der Hauch seines Rasierwassers in der Luft? Die Witwe blieb derweil in der Tür stehen.

„Er war Geheimnisträger“, wiederholte Hillary.

„Gewiss. Es könnte sich um eine Sache der nationalen Sicherheit gehandelt haben. Ihr Kollege hat das ebenfalls gesagt.“

„Wissen Sie denn, woran er gearbeitet hat“

„Nein, wirklich nicht. Bei ihm war nicht auseinanderzuhalten, wie wichtig die Dinge waren. Er konnte ein entsetzlicher Pfau sein. Ich hatte mehr als einmal Angst, ihm könne der Ruhm zu Kopf gestiegen sein. Manchmal war er mir geradezu peinlich mit seiner Selbstzufriedenheit.“

„Wer hat all die Sachen ausgeräumt? Die Agenten?“

„Ja. Einer hat mir seinen Namen gesagt und den Ausweis gezeigt. Er hieß Wilkinson, auf Anhieb unsympathisch. Er hatte eine auffallend schmale Nase. Anscheinend war er der Anführer, denn als ich auch von den anderen Männern die Namen erfahren wollte, wurde er herrisch und befahl mir, seine Männer in Ruhe arbeiten zu lassen.“

„Von welchem Dienst war der Agent?“

„Von welchem …?“

„Auf den Ausweisen stehen normalerweise Kürzel in Großbuchstaben wie zum Beispiel FBI.“

Hillary zog ihren hervor, auf dem groß SPD stand – für *Seattle Police Department.*

„Ja, natürlich. Auf seinem Ausweis stand WSSU.“

Hillary nickte.

„Das Kürzel steht für *Washington State Security Unit*“, erklärte sie. „Es handelt sich um einen Dienst des Bundesstaates Washington.“

Sie hatte oft mit WSSU-Agenten zusammengearbeitet. Einem Agenten Wilkinson war sie allerdings nie begegnet.

„Dann hat also alles seine Ordnung?“, fragte Margret.

„Vermutlich“, antwortete Hillary. „Ebenso wie mit Ihnen war Ihr Mann auch mit der Nation verheiratet, gewissermaßen.“

„Mit dem Staat, meinen Sie.“

„Nein, ich meine mit der Nation. Der Staat ist nur ein Rechtsgebilde, das unser Zusammenleben ordnet. Die Nation hingegen ist eine

Idee, die größer ist als der Staat. Sie hält die Menschen ideell zusammen, und manchmal können in ihrem Namen Dinge getan werden, die kein Staat tun kann."

„Sie meinen Dinge wie zum Beispiel ein Arbeitszimmer auszuräumen ohne Durchsuchungsbefehl oder dergleichen?"

„Zum Beispiel." Hillary nickte. „Dinge, die uns unverständlich erscheinen – was daran liegt, dass wir nicht alle Hintergründe kennen."

„Aber Samuel ist gerade erst gestorben!", wandte Margret empört ein.

„Dieses Verhalten ist nicht gerade pietätvoll", gab Hillary zu, „aber es war wohl in den Augen der Leute von der WSSU nötig, schnell zu handeln. Ich gehe davon aus, dass von nun an alles den normalen Lauf nehmen wird. Ma'am, die Obduktion hat ergeben, dass Ihr Mann an einem Herzinfarkt gestorben ist. Es gibt keine Hinweise auf Gift oder sonstige Fremdeinwirkung. Der Leichnam wird einem Bestattungsinstitut überstellt, sobald Sie eines beauftragt haben. Er liegt im Kühlhaus des Forensischen Instituts. Der Bestatter wird Sie in allen weiteren Fragen beraten. Mein tiefempfundenes Beileid, Ma'am. Ihr Mann war ein großer Amerikaner und Patriot. Die Lücke, die er hinterlässt, kann nicht geschlossen werden."

Sie drückte die Hände der Witwe, während sie noch über sich selbst staunte: Wie leicht ihr Worte wie „tiefempfunden" über die Lippen kamen! Jahrelange Routine!

Sie verließ die Witwe. Sobald sie im Wagen saß, versuchte sie es wieder bei Harvey – mit demselben Ergebnis wie zuvor.

Allmählich wurde sie sauer. Wollte er ihr etwa zurückzahlen, dass sie sich zwei Wochen lang nicht gemeldet hatte? Dass sie keine Beziehung wollte? Sie kannte ihn nicht als nachtragend.

Sie rief Marc an und fragte, ob etwas anlag. Er befand sich im Department und erledigte Bürokram. Die Lage war ruhig.

„Ich baue Überstunden ab", entschied sie und fuhr zu *Gianni's* in der Hoffnung, dass Harvey dort auftauchte, obwohl sie nicht mehr telefoniert hatten. Und da saß sie nun und ärgerte sich.

Was hinderte Harvey daran, sie zurückzurufen? Eigentlich war er ein anständiger Kerl. Grundsätzlich jedenfalls. Zumindest wusste er, was sich gehörte. Das war für einen Menschen seiner politischen Richtung keineswegs selbstverständlich. Also gab es höhere Gründe für sein Schweigen? Akku leer, Handy kaputt, ein dringendes, spontan anberaumtes Meeting, aus dem er nicht herauskam? Vielleicht war ihm ein Fall auf den Seziertisch gepackt worden? Keine dieser Möglichkeiten war geeignet, Hillarys Laune zu heben, und keine war überzeugend genug, um sein vollständiges Schweigen zu erklären.

Ob sie einfach zu seiner Wohnung fahren sollte, um nach ihm zu sehen? Nein, das kam nicht infrage. Sie konnte nicht ausschließen, dass sein Verhalten eben doch eine simple Retourkutsche war. So weit kam es noch, dass sie ihm hinterherlief! Dass sie hier bei *Gianni's* saß, reichte ihr als tägliche Dosis an Erniedrigung. Das Lokal war bekannt dafür, dass sich hier reife Frauen einstellten, um sich mit jüngeren Männern zu unterhalten. Hier hatten Harvey und sie sich zum ersten Mal unter vier Augen gesehen und gesprochen. Harveys leicht schlüpfriges Kalkül war damals aufgegangen, aber die Sache war nicht gut gelaufen. Nicht wegen des Altersunterschieds; der war ihr weitgehend egal. Sie hatte nicht vor, Harvey zu heiraten. Doch inzwischen war sie an einem Punkt angelangt, an dem sie keinen Mann mehr brauchte, auch nicht für Sex. Ihre Finger hatten dieselbe Vorliebe für reife Frauen wie Harvey. Sie stellten keine Fragen, die Beziehung war klar geregelt, und vor allem stellten sie Hillarys Befehle nicht infrage. Und die Momente, da sie sich fragte, ob sie sich nicht doch etwa selbst belog, wurden immer seltener.

Wenn sie jemals wieder etwas mit einem Mann anfing, dann um ein gemeinsames Leben mit ihm aufzubauen. Dafür war es nie zu spät. Vielleicht wäre gerade ihre Pensionierung ein guter Zeitpunkt für einen neuen Anlauf gewesen. Sie hätte sich auf einen dritten Versuch eingelassen. Aber nicht mit Harvey. Dafür war er zu sprunghaft und nicht ernsthaft genug.

„Tja Schätzchen“, murmelte sie mit einem letzten Blick auf das Display ihres Handys, „wer nicht will, der hat schon.“

Dann stand sie mit düsterer Miene auf und verließ *Gianni's*. Plötzlich musste sie wieder an den Atompilz über Teheran denken.

Hillary beschloss, Harvey abzuhaken. Sie hatte bereits genug von ihrer kostbaren Lebenszeit mit sinnlosen Versuchen verschwendet, Menschen Haltung und Werte zu vermitteln, die Toleranz für das oberste aller Gebote und Liberalität für etwas Positives hielten. In Wirklichkeit bedeutete Liberalität nämlich nichts anderes als Gleichgültigkeit, also Abwesenheit jedweder Haltung: Wenn jemand zum Beispiel der Meinung war, dass Homosexuellen das Recht auf Ehe zustand, weil sie Menschen waren wie alle anderen, dann maß dieser Jemand ihnen zwar die gleichen Werte zu wie allen anderen Menschen und behandelte sie gleich gültig, also liberal, trat aber zugleich die Werte mit Füßen, auf denen die amerikanische Gesellschaft traditionell beruhte. Nicht die Werte und ihre Anwendung mussten sich nach den Menschen richten, fand Hillary, sondern die Menschen nach den Werten. Schon in der Bibel stand, dass die Ehe die Gemeinschaft von Mann und Frau sein sollte. Werte wie diese hatten in Jahrtausenden bindende Kraft für Generationen von Menschen besessen.

Hillary würde sich niemals mit der Homo-Ehe abfinden, auch wenn sie längst Realität war. Wenn die Homosexuellen sich nicht dazu überwinden konnten, etwas mit dem anderen Geschlecht anzufangen, dann sollten sie auch nicht dieselbe Behandlung erfahren, sondern sich in die Psychiatrie einweisen lassen.

Leider war Harvey genau so ein Liberaler. Er fuhr sogar nach San Francisco zum Christopher Street Day und feierte, obwohl er nicht schwul war. Was ging ihn das eigentlich an? Warum mischte er sich ein? Er nannte es „sich solidarisieren", doch warum?

Hillary war zutiefst enttäuscht. Zurzeit kam wirklich alles Üble zusammen. Im Büro wartete nur Bürokram, zu Hause nur das Multikom mit seinen schlechten Nachrichten über die Losertruppe namens Regierung in Washington. Die Frau, die sie zweimal gewählt hatte, erwies sich als überfordert, und der Mann, den sie näher an sich herangelassen hatte als alle anderen in letzter Zeit, war unfähig, ein Telefongespräch entgegenzunehmen. Wenn Hillary wenigstens einen ordentlichen Fall gehabt hätte, um sich darauf zu konzentrieren!

Sie war in der richtigen Stimmung für einen guten Schluck Glenmorangie. Stattdessen fuhr sie zu Giacomo, ihrem Lieblingsitaliener, dessen einziger Mangel sein Hang zum Katholizismus war.

Dort liefen natürlich Nachrichten.

„Es sind besondere Zeiten", sagte Giacomo entschuldigend. „Verzeihung, aber wir müssen doch wissen, was nun werden wird."

Giacomo wollte einfach nur freundlich sein. Hillary schluckte ihren Ärger runter und ließ sich an einen Tisch führen, der so weit vom Multikom entfernt war wie nur möglich. Dort saß sie dann und lauschte umso angestrengter auf die Berichte, damit ihr nichts entging.

Offenbar war heute einiges passiert. Die Terroristen hatten ein Ultimatum gestellt und forderten die Versenkung von drei US-

Flugzeugträgern. Andernfalls würden sie Manhattan mit Anthrax verseuchen. Hillary konnte es kaum glauben.

Manchmal hasste sie sich fast dafür, dass sie so oft recht behielt, aber tatsächlich wäre die ganze Katastrophe sehr viel kleiner ausgefallen, wenn rechtzeitig gestürmt worden wäre, am besten schon draußen auf See. Das hätte zwar Menschenleben gekostet, und vielleicht wäre die *Queen Mary 2* gesprengt worden, falls einer der Terroristen in letzter Minute den Selbstmordattentäter in sich entdeckt hätte, doch Manhattan bliebe bewohnbar, und vor allem wäre ein mutiges Zeichen der Abschreckung gesetzt worden.

CNN-Reporter hatten Massen von Amerikanern interviewt, um die Stimmung im Land einzufangen. Aus vielen Statements sprach Unverständnis darüber, dass die USA zwar alle Weltmeere kontrollierten, aber offensichtlich nicht in der Lage waren, ihr eigenes Territorium zu schützen. *Six/eleven* – diese Bezeichnung für den Terror, der am 11. Juni begonnen hatte, setzte sich allmählich durch – war völlig überraschend gekommen und hatte sich bereits tief in die Seelen der Menschen gebohrt. Da lag der Vergleich mit *Nine/eleven* nahe. Die Zerstörung der Zwillingstürme am 11. September 2001 war den Amerikanern plötzlich wieder präsent, als wäre es gestern geschehen. Doch der Vergleich hinkte. Ein junger Afroamerikaner aus Nashville formulierte es so:

„Das ist der wahre Terror. 9/11 war schrecklich. Ich war ein kleiner Junge, als es passierte. Zack, tausende Menschen tot. Das war schrecklich, aber es ging wenigstens schnell, und darum konnte Amerika schnell damit beginnen, den Schrecken zu verdauen. Aber 6/11? Bei 6/11 geht nichts schnell. Es gibt noch nicht einmal Tote! Bis auf ein paar Soldaten, aber das wissen wir nicht genau, wir haben es nicht gesehen. 9/11 haben wir alle gesehen. Wie die Menschen aus den Fenstern sprangen und so weiter. Das war Schrecken pur, aber Terror? Nein, Terror war das nicht, für mich nicht. 6/11 ist Terror, und zwar von der puren Sorte, weil es nicht vorwärts geht und weil niemand weiß, was die Terroristen vorhaben."

Schwarzer Schwätzer, dachte Hillary, du hältst dich wohl für schlau? Terror bedeutet Schrecken, wörtlich übersetzt, nichts anderes.

Die Zahl der Menschen, die ein entschlossenes Vorgehen gegen die Entführer forderten, war überwältigend, wie Hillary zufrieden registrierte, aber dazwischen gab es immer wieder Stimmen, die Harvey wohl als nachdenklich bezeichnet hätte. Manche Leute stellten sich tatsächlich hin und behaupteten, dass all das, was gerade passierte, nichts anderes sei als eine Reaktion auf amerikanisches Fehlverhalten. Da durfte natürlich auch die altbekannte Geschichte nicht fehlen, wie die CIA nach dem sowjetischen Einmarsch in Afghanistan die Mudschaheddin ausgebildet und bewaffnet hatte, um den Sowjets etwas entgegenzusetzen, und wie sich dann die eigenen Schüler unter Führung von Osama bin Laden auf einmal gegen die einstigen Förderer gewandt hatten. Die CIA hatte Al-Qaida erst groß gemacht. Es gab viele solcher Geschichten über das, was die Linken als falsche oder kurzsichtige Politik der USA bezeichneten, Beispiele bis hin zum Irakkrieg von 2003, der, wie manche meinten, das erfolgreichste Terroristenzuchtprogramm aller Zeiten geworden sei. Man dürfe sich nicht wundern, wenn die, auf deren Kosten diese Politik ging, sich zu wehren begännen.

Na klar, dachte Hillary, wir rauchen einfach Marihuana mit den Irakis, und schon gibt es keine Terroristen mehr.

„Wir sollten uns zurückziehen, und zwar komplett“, sagte ein dicker Mittfünfziger aus Kentucky im durchgeschwitzten Halbarmhemd. „Was gehen uns die Probleme anderer Leute an? Holt unsere Jungs aus diesen Ländern zurück und überlasst die Welt sich selbst! Sollen diese Typen sich doch gegenseitig die Köpfe einschlagen. Wir brauchen sie nicht, wir haben selbst genug Öl. Sollen die doch ohne uns klarkommen.“

Das wäre wirklich zu schön, dachte Hillary. Zweifellos würde die Welt in Nullkommanichts ins Chaos stürzen, wenn die USA sich zurückzögen. Es wäre sicher spannend zu erleben, wer dann als erster nach den USA riefe. Leider war es nicht so einfach, sich aus allem rauszuhalten. Und die Russen warteten nur auf diesen Moment …

Am meisten brachten sie die Worte einer jungen Frau aus Los Angeles auf, die wohl zu viele Drogen genommen hatte.

„Warum ausgerechnet drei Flugzeugträger?“, fragte sie. „Warum nicht einen, fünf oder gleich alle? Weil es egal ist. Scheißegal! Die spielen nur mit uns. Anthrax? Was soll das für ein Scheißzeug sein, mit dem sie angeblich Manhattan vergiften wollen? Die verarschen uns! Ist das nicht geil? Buhuhuh, und schon machen sich all die feinen Patrioten in Washington sauber in die Hosen.“

Hillary vergaß völlig, ihre Pasta zu kauen. „Ist das nicht geil?“, hallte es in ihr nach – eine Bemerkung, die sie fassungslos machte.

Ihr Handy vibrierte. Es war Marc. Hillary schluckte die Pasta unzerkaut hinunter, ehe sie den Anruf entgegennahm.

„Sorry wegen der Störung“, sagte Marc gewohnt respektvoll. So mochte sie es. „Eine Leiche. Cranston Boulevard 219.“

Hillary stockte der Atem. Die Adresse war ihr bekannt.

„Cranston 219?“, wiederholte sie. „Jetzt sag aber nicht …“

„Doch“, antwortete Marc. „Harvey Walsh.“

Hillary sprang sofort auf.

„Nichts anrühren!“, rief sie ins Handy. „Ich komme sofort.“

Zehn Sekunden später saß sie in ihrem Wagen und raste los. Erst dann fiel ihr ein, dass sie nicht gezahlt hatte, aber das würde sich einrenken lassen. Sie war Stammgast, Giacomo wusste, wer sie war.

Der Cranston-Boulevard war eine gute Wohnadresse im Stadtteil Uphill. Hier hatte Harvey Walsh ein Apartment im fünften Stock mit unverbaubarer Aussicht auf die Skyline von Seattle, die im Abendlicht glänzte und funkelte. Doch Harvey hatte nichts mehr von diesem herrlichen Blick. Er lag auf dem Bauch in einer Blutlache, lediglich bekleidet mit einem roten Polo-Shirt, das ein wenig nach oben gerutscht war.

„Meine Güte“, entfuhr es Hillary, „was ist denn hier passiert?“

„Sieht nach Raubmord aus“, antwortete Marc. „Bargeld, Kreditkarten – alles weg. Auch die geile kompakte Highend-Soundanlage für 10.000 Dollar, mit der Harvey neulich angegeben hat, ist nirgends zu sehen. Vermutlich fehlen noch weitere Dinge. Dir fällt sicher noch mehr als fehlend auf, wenn du dich umsiehst.“

Hillary betrachtete den jungen Kollegen prüfend. Er wusste von ihrer Affäre mit dem Pathologen? Obwohl – der Begriff Affäre traf es nicht. Sie hatten genau zweimal Geschlechtsverkehr gehabt. Dann hatte Hillary beschlossen, dass Harveys Geschlechtsteil einfach zu groß für sie war. Das überforderte sie. Sie konnte sich nicht entspannen, wenn sie Angst hatte, dass er sie innerlich zerriss. Aber darüber hinaus hatten sie noch ein paar weitere Dates gehabt. Sex konnte ja so viel mehr sein als Geschlechtsverkehr!

„Todeszeitpunkt etwa 17 Uhr“, sagte Oliver Hunter, einer von Harveys Kollegen, heute zuständig für die Spurensicherung.

Hillary zuckte zusammen. Während sie bei *Gianni's* gewartet hatte, war Harvey gestorben?

„Todesursache?“, fragte sie forsch.

„Das kann ich erst sagen, wenn wir die Leiche umgedreht haben“, antwortete der Kriminaltechniker. „Damit wollten wir warten, bis du ankommst, damit du die Situation am Tatort im Originalzustand siehst.

Ich tippe auf einen Schuss direkt ins Herz. Darauf lässt die Menge des ausgetretenen Bluts schließen."

„Tatwaffe?"

„Bisher unklar."

„Wer hat ihn gefunden?"

„Dieser Mann hier, Oliver Carhart. Er sagt, er sei ein guter Freund. Mr. Walsh hat einen Reserveschlüssel für seine Wohnung bei ihm platziert, weil er wohl dazu neigt, Schlüssel zu verlieren. Mr. Carhart sagt, sie seien heute verabredet gewesen, hätten aber noch einmal telefonieren wollen. Nachdem er den ganzen Tag über vergeblich versucht hat, Mr. Walsh zu erreichen, ist er einfach vorbeigekommen."

„Wann waren Sie denn verabredet?", fragte Hillary den verstört wirkenden jungen Mann, nachdem sie sich vorgestellt hatte.

„Um 17 Uhr", sagte Carhart. „Es war aber nur eine lockere Verabredung. Wie gesagt, wir wollten noch mal telefonieren."

Ja, so hat Harvey Verabredungen getroffen, dachte Hillary. Davon konnte sie ein Lied singen.

„Und wann haben Sie ihn gefunden?"

„Es war etwa halb sieben. Ich habe sofort die Polizei angerufen."

„Haben Sie etwas berührt?"

„Nein, natürlich nicht."

„Sie haben Mr. Walsh also in dieser Position vorgefunden, auf dem Bauch liegend und halbnackt?"

„Ja."

„Okay, vielen Dank." Hillary wandte sich wieder ihrem Team zu. „Nun, dann lasst mich mal sehen."

Marc und Oliver traten zwei Schritte zurück, um Platz zu machen. Jenseits eines Kreises von zwei Metern um die Leiche waren Forensiker damit beschäftigt, alles zu fotografieren. Anschließend würden sie nach Fingerabdrücken suchen. Hillary ließ sich davon nicht irritieren. Sie zog sich Vinyl-Handschuhe über – auf Latex reagierte sie allergisch –, konzentrierte sich auf die Leiche und versuchte, den Gedanken auszuschalten, dass es sich um die Leiche eines intimen Bekannten handelte. Es war befremdend, Harveys Körper auf diese distanzierte Weise zu betrachten.

„Wo ist seine Brille?", fragte sie.

„Liegt auf dem Esstisch", antwortete Marc. „Sauber zusammengelegt, frisch geputzt."

Hillary untersuchte Harveys Hände und Finger, die Fingernägel, die Ränder darunter, die, wie sie es von Harvey gewohnt war, nicht existierten.

„Kein Kampf", kommentierte Marc, der jede ihrer Aktionen aufmerksam verfolgte.

„Er könnte seinen Mörder gekannt haben", warf Oliver ein. „Jedenfalls scheint er ihn hereingelassen zu haben und ist dann mit ihm hierher ins Wohnzimmer gegangen. Die Wohnungstür ist unversehrt."

„Scheint", wiederholte Hillary gedankenabwesend, während ihre Blicke die Leiche abtasteten. „Das hier ist seltsam."

Im Zuge der Begutachtung kamen ihre Blicke schließlich nicht mehr an Harveys nacktem Unterleib vorbei. Der tote Pathologe hatte kräftige, stark behaarte Pobacken, zwischen denen – und das war der Grund für Hillarys Erstaunen – es feucht schimmerte. Hillary zog die Backen ein wenig auseinander, besah die Lage und runzelte die Stirn.

„Ist es das, wonach es aussieht?", fragte sie.

„Gleitgel", konstatierte Marc, und Oliver sagte:

„Ich glaube, das kann ich ohne nähere Untersuchung bestätigen, aber ich schaue mir das Zeug natürlich an. Morgen früh weißt du es."

Hillary richtete sich abrupt auf, ohne ihre Blicke vom Hintern der Leiche abwenden zu können.

„Ist er … Hat er …" Sie räusperte sich und schimpfte: „Verflucht! Ich dachte, ich kannte ihn."

Marc und Oliver tauschten Blicke, und Oliver sagte:

„Wenn du wissen willst, ob er penetriert wurde – das kann ich dir erst morgen sagen."

„Vergewaltigt?", fragte Hillary. Es hätte ihr gefallen, ein klares Ja zu hören, aber der Kriminaltechniker zuckte die Schultern und sagte:

„Ich werde ihn mir daraufhin genau ansehen."

„Sperma-Spuren!", sagte sie mahnend.

„Natürlich."

Die Bemerkung war überflüssig.

„Ansonsten ist das ein erstaunlich nichtssagender Tatort", kommentierte sie und zog die Augenbrauen hoch.

Da rief jemand aus dem Arbeitszimmer:

„Ich habe hier etwas."

Hillary und Marc gingen hinüber, während Oliver und zwei seiner Leute sich daran machten, die Leiche in Rückenlage zu bringen.

Ein junger Forensiker – ein Schild am Schutzanzug wies ihn als Ted aus – hatte sich mit Harveys Arbeitstisch befasst. Harvey arbeitete am liebsten mit Tablet-Computern. Sein privater Tablet war natürlich nicht mit dem System des Forensischen Instituts verbunden.

„Das ist die Seite, auf der er zuletzt gewesen ist“, sagte Ted. „Hier zeigen dir junge Kerle nackte Tatsachen. Ein Callboy-Service.“

„Das könnte bedeuten“, überlegte Marc, „dass er sich jemanden hat kommen lassen, um …“

„Könnte!“, schnappte Hillary und rief: „Wo ist sein Handy?“

„Verschwunden!“, rief Oliver aus dem Wohnzimmer.

„Hat er Festnetz?“

„Wer hat heute noch Festnetz?“

„Ich brauche eine Aufstellung seiner Kommunikationsdaten“, sagte Hillary zu Marc, „und zwar schnell. Nicht nur Gesprächsverbindungen, sondern alle Bewegungen im Netz während des Tages.“ Sie überlegte einen Moment und korrigierte sich: „Alle Daten seit gestern 18 Uhr.“

Dann ging sie mit Marc wieder hinüber ins Wohnzimmer, um das Loch in Harveys Brust zu begutachten, das sich genau dort befand, wo Oliver es vorhergesagt hat. Herzschuss. Doch wie schaffte es jemand, der Harvey offensichtlich von hinten genommen hatte, ihm von vorn ins Herz zu schießen?

„Es gibt ein interessantes Detail zu dieser Geschichte“, sagte Hillary. „Ich war um 17 Uhr mit Harvey verabredet. Nur locker, genau wie Mr. Carhart. Wir wollten vorher noch einmal telefonieren. Auch ich habe den ganzen Tag über versucht, Harvey zu erreichen.“

„Er macht etwas mit einem Callboy aus, obwohl er zur selben Zeit zwei Verabredungen hat?“, fragte Oliver ungläubig.

„Das Ganze sieht zwar wie Raubmord aus“, überlegte Marc, „aber ausgerechnet den Tablet-Computer, über den der Kontakt offenbar zustande kam, hat der Mörder liegen lassen. Das Gerät ist 500 Dollar wert. Als ob eine Fährte für uns gelegt wurde.“

„Meine Herren“, sagte Hillary mit erhobener Stimme, um in allen Zimmern gehört zu werden, und meinte die anwesenden Frauen kurzerhand mit, „sperren Sie die Augen auf. Achten Sie auf die Details. Das allzu Offensichtliche könnte in diesem Fall in die Irre führen.“

Etwas leiser und nur für die Ohren von Marc und Oliver gedacht sagte sie:

„Hier stimmt etwas nicht.“

3. Kapitel
Enduring Freedom

16. Juni 2024
Al-Isrā, Stützpunkt der Islamischen Allianz

Jan schlief fiebrig und unruhig. Bilder durchzuckten ihn, und er litt Albträume, in denen immer wieder seine Schwester Meike auftauchte. Finstere Gestalten beugten sich über sie, warfen sie in ein dunkles Loch wie in ein Grab, Feuer loderte auf und verzehrte sie. Jan schnappte nach Luft und schrie, glühend und schweißüberströmt.

„Jetzt wird's brenzlig", schnarrte eine Männerstimme, die in Jans Ohren wie die des Entführers am Telefon zu Hause in Kala Nera klang, weit entfernt. Er versuchte, die Augen aufzuschlagen, doch die kleinste Anstrengung kostete ihn alle Kraft. Schwer und bewegungslos wie ein Block aus massivem Granit lag er da, verzweifelt und verwirrt.

„Temperatur 40,6 Grad", sagte eine andere Stimme. „Puls bei 120, Blutdruck …"

Maria Francesca ...

„Das ist alles nicht das Problem", unterbrach die erste Stimme, die des Mannes. „Was mir zu denken gibt, sind diese Unregelmäßigkeiten im EKG. Hier, sehen Sie. Die Dauerbelastung macht ihm zu schaffen. Wir sollten das Fieber etwas drücken. Geben Sie ihm fünf Milliliter Dimethylnorazepram. Das wird die Temperatur um ein halbes Grad senken und sein Herz entlasten."

„Warum nicht gleich zehn Milliliter?"

„Wir können jederzeit nachschießen. Haben wir inzwischen eine Immunantwort?", fragte die Männerstimme.

„Moment, der Herr, eins nach dem anderen. Erst das Zepram."

„Hab die Unterlagen schon gefunden", antwortete die Männerstimme. „Interessant …"

„Nicht signifikant", kommentierte Maria Francesca.

„Nun, ich sehe hier einen Anstieg bei den Antikörpern. Nicht besonders ausgeprägt, aber …"

„Sag ich ja: nicht signifikant."

Der männliche Sprecher seufzte.

„Daraus können Sie überhaupt nichts lesen", fuhr Maria Francesca streng fort. „Es passiert etwas, ja, das ist richtig, aber eine klare Immunantwort sieht anders aus. Wenn das Immunsystem in einer Krisensituation anfängt, Antikörper zu produzieren, dann kleckert es normalerweise nicht, sondern es klotzt."

„Bisher messen wir alle drei Stunden", sagte der Mann, ohne auf ihre Worte einzugehen. „Von nun an jede Stunde. Das sind hochinteressante Daten. Ich will dies alles so detailliert wie möglich dokumentiert haben. Sein Immunsystem sucht gerade nach der Antwort auf die Infektion. Am besten nehmen Sie gleich noch einmal zwanzig Milliliter Blut, damit wir diesen Wendepunkt später genau analysieren können."

„Sie meinen, es ist ein Wendepunkt?"

„Ja."

Plötzlich wurde Jan leicht zumute. Der Druck auf seine Brust ließ nach, er bekam leichter Luft und fühlte sich mit einem Schlag so gut, dass er sogar die Kraft aufbrachte, tief durchzuatmen. Sein Brustkorb hob sich, ohne dass ihn dies über Gebühr anstrengte, und Luft strömte tief in seine Lungen und erfrischte ihn. Das Medikament wirkte anscheinend ziemlich schnell.

„Er ist bei Bewusstsein", sagte die Männerstimme.

„Schlaf weiter, Jan", kommentierte die Frau, und wieder spürte Jan den rauen Stoff des Handschuhs, der seine Wange streichelte. Und er spürte noch mehr. Da war ein kurzes Flackern in seinem Kopf, wie ein schneller Blitz, der seine Umgebung erhellte. Dabei waren Jans Augen geschlossen. Was er da wahrnahm, hatte nichts mit gewöhnlichem Sehen zu tun. Er *spürte* seine Umgebung schlaglichtartig, nur für einen kurzen Moment. Er *spürte* die Gestalten, die in ihren unförmigen Anzügen links und rechts neben seinem Lager standen, er *spürte* auch die karge Leere des Zimmers jenseits der Maschinen, die Dr. Latif hatte herbeischaffen lassen. Und dann verblasste die Wahrnehmung so schnell, wie eine Wolke warmen Atems sich in kalter Luft auflöste, und ließ Jan allein im Dunkel zurück.

Meine Gabe kehrt zurück!

Dies war ein glücklicher Moment, der erste seit vielen Tagen.

Seine Fähigkeit erschuf ein räumliches Abbild der Umgebung in seinem Kopf, das mehr Details enthielt, als sich mit dem Auge erkennen ließen. Er wusste nicht, wie sie funktionierte. Sie war für ihn immer völlig normal gewesen. Doch seit seiner Entführung war sie wie abgeschaltet, vermutlich wegen der Betäubung, und zum ersten Mal, seit er denken konnte, hatte er ohne sie leben müssen, zurückgeworfen auf die Sinne, die alle Menschen hatten. Natürlich hatte er sie vermisst!

„Wie spät ist es?“, flüsterte er und schaffte es nach einigem Blinzeln, seine Augen ein wenig zu öffnen.

„Unwichtig“, hörte er Maria Francesca sagen. Du bist jetzt seit 32 Stunden infiziert. Die Krise ist auf dem Höhepunkt.“

„Abdallah …“

„… ist in Sicherheit.“

„Er sorgt sich um König Abdallah?“, fragte der Mann, bei dem es sich um Dr. Latif handelte.

„Von Anfang an“, antwortete Maria Francesca. „Er hält ihn für ein Skylla-Ziel.“

„Damit hat er sicher recht“, gab Dr. Latif zurück, „aber der König ist außer Gefahr. Er wurde in Sicherheit gebracht.“

„Gut“, hauchte Jan. „Was gibt es … noch Neues?“

„Grüße von Kommandant Al-Maphrut“, sagte Maria Francesca mit ruhiger Stimme. „Ich habe ihm gesagt, dass du am Swat-Erreger mitarbeiten willst.“

„Am Swat-Erreger?“, fragte Dr. Latif erstaunt, als sei ihm dies neu.

„Der Kommandant sagt, dass eine Forschungsgruppe eingerichtet wird, sobald du auf den Beinen bist“, fuhr Maria Francesca fort, ohne auf Dr. Latif zu achten. „Du wirst sie leiten.“

„Macht mich gesund“, flüsterte Jan, „dann helfe ich.“

Jan sackte kurz weg, doch erneut fiel ihm etwas ein, und er zuckte in die Höhe. Er sah das Erschrecken in Maria Francescas Augen, und auch Dr. Latif sah besorgt aus und sagte:

„Sie dürfen sich nicht anstrengen! Legen Sie sich wieder hin.“

Jan erfüllte ihm diesen Wunsch, fragte aber:

„Was macht das Team?“, wollte er wissen; er konnte doch jetzt nicht einfach einschlafen „Gibt es etwas Neues über das Skyllin?“

„Es gibt andere Prioritäten“, antwortete Maria Francesca. „Das Team hat Fortschritte beim Charybdis-Test erzielt und ist jetzt dabei, einen Schnelltest zu entwickeln. Das wäre ein Riesenschritt.“

„Das wäre großartig.“

In Wirklichkeit hatte Jan Maria Francescas Worte zunehmend schlecht verstanden. Er konnte sich kaum konzentrieren und spürte, wie er in die Umarmung des Fiebers zurücksackte.

Maria Francesca streichelte sein Kinn.

„Du hast es bald überstanden“, sagte sie mit sanfter Stimme.

„Ich hoffe, Sie behalten recht“, sagte Dr. Latif, „aber wenn ich mir das EKG ansehe, fürchte ich, dass uns Komplikationen bevorstehen.“ Er räuspert sich. „Was haben Sie da vorhin wegen des Swat-Erregers gesagt?“

„Warum?“

„Das ging irgendwie an mir vorbei.“

„Dr. Metzner hatte mich gebeten, Kommandant Al-Maphrut auszurichten, dass er der Arbeitsgruppe angehören will, die den Swat-Erreger erforscht. Al-Maphrut hat ihn wohl neulich darum gebeten.“

„Ja, natürlich.“

„Sie wissen davon?“

„Selbstverständlich.“

„Warum fragen Sie dann?“

„Wie gesagt, der Teil des Gesprächs zwischen Dr. Metzner und Ihnen ist an mir vorbeigegangen. Ich war mit den Gedanken bei den Daten des Patienten. Wir sollten uns wieder auf den Patienten konzentrieren, damit ihm nicht dasselbe passiert wie Shiva.“

„Sie meinen, der Affe ist an Herzproblemen gestorben?“

„Sträflicherweise haben wir den Krankheitsverlauf bei Shiva nicht dokumentiert. Ich weiß nicht, ob die Unregelmäßigkeiten im EKG von Dr. Metzner zum normalen Verlauf einer Skylla-Infektion gehören. Die nächsten drei oder vier Stunden werden entscheidend sein. Vielleicht sollten wir Dr. Metzner ein Sedativum geben, damit er in dieser schwierigen Phase ganz sicher nicht aufwacht.“

„Das ist Ihr erster vernünftiger Vorschlag“, sagte Maria Francesca. „Ruhig schlafen –genau das Richtige für ihn.“

Etwa zwei Jahre zuvor
September 2022
Sète/Frankreich

Eines Nachts erwachte Michael von einem leisen Lachen, wie er meinte. Er hatte tief geschlafen und fand sich nicht gleich zurecht. Das kleine Schlafzimmer mit dem knarrenden Bett war ihm noch nicht vertraut genug. Zunächst glaubte er, geträumt zu haben, aber im Tiefschlaf träumte man nicht, wie ihn sein wissenschaftlicher Verstand sofort belehrte. Auch führten Traumerlebnisse nur selten dazu, dass man erwachte. Selbst wenn sie den Charakter von Schreckmomenten besaßen, verweilte man oft weiterhin dicht unter der Oberfläche des Bewusstseins, wo der Schreck noch gegenwärtig und unentrinnbar war.

Das leise Lachen, das Michael meinte gehört zu haben, irritierte und beunruhigte ihn, aber es war nicht etwa furchterregend, im Gegenteil: Er verband damit eine gewisse Sanftheit, Vertrautheit, Wärme. Zugleich meinte er, einen Geruch wahrzunehmen, der ihm bekannt vorkam und der Erinnerungen an Cincinnati weckte.

Dann fiel ihm wieder ein, wo er war: im Schlafzimmer seines Mobilhomes auf dem Campingplatz. Durch die Lamellen einer Jalousie warf eine Straßenlaterne schmale Streifen gelblichen Lichts herein und überzog damit die Bettdecke und den Rücken einer Gestalt – war es ein Mann? – mit einem Muster aus hellen Streifen. Die Gestalt saß am Fußende auf der Bettkante und musterte Michael. Ihre Augen funkelten in einem Licht, dessen Quelle Michael nicht bestimmen konnte. Sie schien sich nicht in diesem Zimmer zu befinden.

„Dad?“, flüsterte Michael. „Was machst du hier?“

„Was machst du hier?“, gab die Gestalt zurück.

„Mom? Bist du das?“

„Bist du das?“, fragte die Gestalt.

„Rede mit mir!“

„Ich rede mit dir.“

„Wer bist du?“

„Mach die Augen wieder zu. Wenn du aufwachst, muss ich gehen. Hab keine Angst.“

„Habe ich nicht“, sagte Michael müde, während seine Augen sich wie auf Befehl wieder schlossen. Sein Kopf sank zurück aufs Kissen, und sein Verstand sagte ihm, dass er offenbar eine Art Wachtraum erlebte. Was davon Wirklichkeit war und was seiner Phantasie oder tieferen Schichten seines Bewusstseins entsprang, das ließ sich nicht genau bestimmen. Vermutlich sprach er einfach mit sich selbst.

„Wer bist du?“, wiederholte er, und die Antwort lautete:

„Du.“

Oder wiederholte die Gestalt seine Worte nur wie ein Echo?

„Was willst du?“

„Ich geleite dich. Du bist auf einem schmalen Grat unterwegs. Am Wegrand lauern fürchterliche Ungeheuer."

Die Stimme schnarrte ein wenig, aber sie klang insgesamt angenehm ruhig. Es könnte Evans Stimme sein, fiel Michael ein. Sie passte zu seinem Ton im Chat.

„Du bist mein Schutzengel", sagte er.

„Du sollst die Meerenge sicher passieren."

„Und was ist dahinter?"

„Die große Leere."

Etwas störte Michael an diesen Worten. Sie hatten etwas Strahlendes, Zuversichtliches an sich, doch mit einer großen Leere verband Michael nichts Schönes, sondern Depression und Ödnis. Die Worte klangen dennoch wunderbar.

„Das offene Meer", sagte er, doch die Gestalt widersprach:

„Nein."

„Bist du Evan?"

Da ließ die Gestalt wieder dieses irritierende leise Lachen hören. Es hing noch für Momente im Raum, ehe Stille einkehrte. Michael hob den Kopf, um nachzusehen, aber seine Augenlider waren schwer.

„Dad?", fragte er in das dunkle Zimmer hinein. „Mom?"

Es schien, als sei die Gestalt verschwunden. Michael hatte sie nicht gehen hören.

Erleichtert sank er in den Schlaf zurück.

***

Zum Frühstück ging er stets in die Bar „Chez Isa" oben auf der Düne. Sie gehörte zum Campingplatz, und das Personal kannte ihn inzwischen gut. Nach dem Croissant bestellte er meist einen weiteren Café, ehe er das Notebook aufklappte und sich in das *SCOUT*-Material vertiefte. Von da an hatte er keine Augen mehr für seine Umgebung. Sicher hielt man ihn für einen Sonderling, vielleicht für einen Schriftsteller. Als er gefragt wurde, was er da mache, behauptete er kurzerhand, er recherchiere für einen Roman. Sein leicht verwahrlostes Äußeres und seine in sich gekehrte Art passten zum Klischee. Niemand drang in ihn.

Es war genau, wie Evan gesagt hatte: Je tiefer er in die Materie eindrang, desto schlimmer wurde es. Schlimmer als *Free Mind* konnte es nicht mehr kommen? Irrtum!

Es gab ein weiteres *SCOUT*-Programm, das den Codenamen *Enduring Freedom* trug, wie jene Militärmission der Vereinten Nationen in Afghanistan, die seit 2001 von den USA angeführt worden war, um Afghanistan zu befrieden. Als Michael im *SCOUT*-Material auf diesen Namen stieß, beschlich ihn sofort eine ungute Ahnung. Er musste an den Slogan der Firma denken, mit der er in Phoenix zusammengearbeitet hatte: „The Future of Protection". Das hörte sich zuerst gut an, doch dahinter steckte eine Marketingstrategie: Immer dann, wenn die Falken, die Neocons und Theocons von Schutz, Verteidigung und Sicherheit sprachen, meinten sie den eigenen Schutz, die eigene Verteidigung, die eigene Sicherheit. Sie hielten Angriff für die beste Verteidigung, und so kam es, dass der defensiv klingende Slogan „The Future of Protection" ein Forschungsprogramm tarnte, in dem gezielt nach Mikroorganismen gesucht wurde, die sich als Biowaffen einsetzen ließen. Als Angriffswaffen!

Michael benutzte die Stichwortsuche, um alle Dokumente auf *Enduring Freedom* durchsuchen zu lassen. Die Zahl der Treffer war gering im Vergleich zur Zahl der Dokumente insgesamt, und die Dokumente der Trefferliste waren vergleichsweise jung, aus dem vergangenen oder sogar aus diesem Jahr. Schließlich entdeckte Michael einen detaillierten Plan zum Schutz der nationalen Sicherheit im Fall einer Regierungskrise in Washington, wie es da hieß.

Die US-Verfassung regelte glasklar, wer in Washington das Sagen hatte, wenn die Präsidentin tot oder handlungsunfähig war oder vermisst wurde: der Vizepräsident. Fiel er aus, kam der Sprecher des Repräsentantenhauses zum Zug. Sollte dieser ebenfalls außerstande sein, das Amt auszuüben, war der zeitweilige Präsident des US-Senats an der Reihe, danach die Mitglieder des Kabinetts, beginnend mit dem Außenminister. Die völlige Führungslosigkeit der USA war also ein Ding der Unmöglichkeit.

Dennoch wollten jene, die hinter *Enduring Freedom* steckten, die Führungslosigkeit der USA verhindern. Der Plan sah ein konkretes Eingreifen im Fall einer Regierungskrise vor. Eine solche Krise trat – so hieß es in den Dokumenten – dann ein, wenn die Regierung trotz größten Handlungsbedarfs nichts unternahm. Dann stellte sich die

Frage, ob sie noch handlungsfähig war. Das Kriterium der Handlungsunfähigkeit ersetzte also das der Führungslosigkeit, wie es in der Verfassung geregelt war. Die Präsidentin konnte munter im Weißen Haus regieren und trotzdem unfähig sein, die nationale Sicherheit zu gewährleisten, so wie *SCOUT* sie verstand.

Das Papier beschrieb detailliert, was zu tun war, wenn die Präsidentin als „offenkundig regierungsunfähig, unzurechnungsfähig oder anderweitig verwirrt in einem Ausmaß" war, „das dazu angetan sein könnte, die nationale Sicherheit zu gefährden". Der „Posse Comitatus"-Akt verbot den Einsatz von Militär im Innern der USA. Dafür gab es Polizei und Nationalgarde. *Enduring Freedom* ignorierte „Posse comitatus". Der Plan sah die Absetzung der Präsidentin und ihrer Administration vor, empfahl die Auflösung von Kongress und Abgeordnetenhaus und sah ohne weiteres Aufheben vor, das Militär einzusetzen. Mit anderen Worten: *Enduring Freedom* war der Plan für einen Militärputsch in Washington!

Er war offenkundig absolut ernst gemeint. Michael stieß auf Planskizzen. Da wurde auf mehreren Seiten erläutert, welche strategischen Schritte unternommen werden mussten, um Ruhe und Ordnung herzustellen und die Kontrolle über das Land zu übernehmen. Das Vorgehen der Putschisten würde in drei Phasen erfolgen. In der ersten, sehr detailliert beschriebenen Phase wurde der District of Columbia abgeriegelt und besetzt, jener Bezirk in der Hauptstadt, in dem die wichtigsten Institutionen der US-Regierung angesiedelt waren. Innerhalb kürzester Zeit sollten alle wichtigen Plätze und Kreuzungen unter Kontrolle gebracht werden. Konkrete Militäreinheiten wurden nicht benannt, um dies umzusetzen, aber Michael hatte beim Lesen des Aufmarschplans den Eindruck, dass die Autoren klare Vorstellungen davon hatten, welche Einheiten zum Einsatz kommen sollten.

Phase zwei umfasste etwas, was nebulös als „Aktivierung des Netzwerks" bezeichnet wurde. Ob damit *SCOUT* selbst gemeint war? Oder welches Netzwerk sonst? Ziel dieser „Aktivierung" war jedenfalls, schnell eine neue Regierung zu bilden, deren Machtanspruch in den gesamten USA durchgesetzt werden sollte.

Was die Pläne zu Phase zwei an Klarheit vermissen ließen, glichen die zu Phase drei wieder aus:

„Alarmbereitschaft aller Streitkräfte einschließlich der nuklearen Interkontinentalstreitkräfte."

Das also hatte Evan damit gemeint, *SCOUT* habe sich in letzter Zeit radikalisiert!

Was war geschehen? Warum begnügte sich *SCOUT* nicht mehr damit, die Dinge aus dem Hintergrund zu steuern wie in den Jahren zuvor? *SCOUT* hatte die USA doch im Griff? Zu diesem Schluss war jedenfalls ein *SCOUT*-Dokument gekommen, das auf Michael wie eine wissenschaftliche Studie wirkte. Es datierte vom September 2019, sein Urheber blieb anonym, und analysierte die Durchdringung der US-amerikanischen Gesellschaft durch *SCOUT*. Dabei kam es zu dem erschreckenden Ergebnis, dass ein Optimum an Durchdringung erreicht sei. *SCOUT*-Seilschaften schienen überall zu wirken, vor allem im militärisch-industriellen Komplex. Manager aus Rüstungsunternehmen oder von der Wall Street wechselten nach Belieben in politische Ämter Washingtons und wieder zurück. *SCOUT* hatte sogar die Macht, Großprojekte wie *Block Arkansas* aufzulegen und unbemerkt umzusetzen – oder deren Umsetzung so effektiv zu vertuschen, dass dies einer unbemerkten Umsetzung gleichkam. *SCOUT* hatte eigene Inlands- und Auslandsgeheimdienste namens *Internal Affairs Division* und *External Affairs Division*, dazu Zellen innerhalb von CIA und NSA, ein eigenes Kommunikationsnetz, geheime Schattenetats im Pentagon, riesige, intransparente Investmentfonds wie *Risingwater Associates,* die den Bau von *Block Arkansas* finanziert hatten – alles schien im Sinne von *SCOUT* bestens eingerichtet zu sein. Wahlen und Wechsel in der politischen Führung musste *SCOUT* nicht fürchten. Selbst Präsidenten wie Barack Obama, die, wie Michael vermutete, gegen den Willen von *SCOUT* an die Macht gekommen waren, konnten sich den Tatsachen nicht entziehen, die von *SCOUT* geschaffen wurden. Gewiss hatte die Studie recht: Ein Mehr an Kontrolle über die USA ließ sich nicht erlangen.

Warum wollte *SCOUT* dennoch konkret nach der Macht greifen?

Oder Teile von *SCOUT*?

Michael wünschte, er könnte Evan fragen, doch der Versuch eines Kontaktes verbot sich von selbst.

Es hatte in den USA immer wieder Berichte über Extremisten gegeben, die Michael Sorgen bereitet hatten, etwa über rechtsradikale Bürgermilizen, die voller Hass auf alles waren, was nach Washington roch, und die sich zu Wehrsportübungen trafen, um den Putsch zu proben. Es gab auch die Bewegung der „Alternativen Rechten“,

Rechtsradikale mit intellektuellem Anstrich. Diese Gruppen mochten untereinander gut vernetzt sein, aber sie schienen keine ernsthafte Bedrohung für die USA zu sein. Etwas völlig anderes war es aber natürlich, wenn jemand aus dem Establishment, zum Beispiel aus dem Militär, nach der Macht zu greifen versuchte. Dies war ein absolut unerhörter Gedanke, der in nichts mit den amerikanischen Traditionen und Werten in Einklang zu bringen war. Selbst wenn diese Traditionen und Werte teils nur noch hohle Floskeln waren, besaßen sie doch hohe Bindungskraft, so dass ein Putsch selbst bei den Ultrakonservativen von der *Tea Party* kaum Freunde finden würde. Ein solcher Putsch war daher unrealistisch.

Doch da stand es, Michael hatte es schwarz auf weiß, und es klang nicht so, als handle es sich lediglich um einen schlechten Scherz.

Er musste sich eingestehen, dass er keine Ahnung hatte, wie konkret die Gefahr war. Vielleicht waren das einfach nur spätpubertäre Planspiele, die es – wie auch immer – nur durch simplen Zufall ins *SCOUT*-Material geschafft hatten? Doch Evan schien die Gefahr ernst zu nehmen. Michael hatte nicht die geringste Idee, wie man gegen eine Organisation vorgehen sollte, die offenbar bis in die Führungszirkel von Geheimdiensten, Militär, Rüstungsindustrie, Wall Street und Teilen der Politik vernetzt war. Eine Organisation, die so mächtig war, dass sie in den USA eine Biowaffen-Hysterie hatte lostreten können und die Programme wie *Free Mind* auflegen und umsetzen konnte.

Free Mind!

Michael fiel es wie Schuppen von den Augen.

Die ganze Sache war bestens durchdacht.

Free Mind war für *SCOUT* das Mittel, um die gesamte Führungsschicht der USA auf einen Schlag auszuschalten. Skylla würde alle beseitigen, die einem Putsch etwas entgegensetzen könnten. War das der Weg, den die Unbekannten gehen würden? Erst *Free Mind*, dann *Enduring Freedom*, alles im Namen der nationalen Sicherheit? Michael wurde schlecht bei dieser Vorstellung. Die Putschisten konnten einen Biowaffenangriff von außen simulieren, um dann die gesamte Führungsebene der USA auszuschalten und ungestört die Macht zu übernehmen. In dieser Krisensituation wären die Menschen in den USA womöglich sogar noch froh über den Putsch, den sie nicht als solchen begreifen würden.

Die beiden *SCOUT*-Programme griffen ineinander wie Zahnräder.

Zu dumm, dass Michael im gesamten Material bisher kaum Hinweise darauf gefunden hatte, wer dahintersteckte und wann *SCOUT* loszulegen gedachte!

Michael hatte selbst nie Biowaffen entwickelt, aber er wusste aus Erfahrung, dass man vor allem eines brauchte, wenn man Bakterien und Viren auf ein bestimmtes Ergebnis hin manipulieren wollte: Zeit. Eine Waffe wie Skylla und Charybdis war nicht von heute auf morgen zu bekommen. Michael schätzte die Entwicklungszeit auf zehn Jahre, bei optimaler Förderung und mit modernster Ausrüstung auch weniger, aber gewiss nicht unter fünf Jahren, selbst dann nicht, wenn ein gewisser Nobelpreisträger mitmischte. Bevor man an die Entwicklung gehen konnte, musste die nötige Infrastruktur geschaffen werden, denn es handelte sich immerhin um ein hochgeheimes Programm, das hieß, man brauchte ein eigenes Hochsicherheitslabor. Michael musste an *Succeedo* und *Block Arkansas* denken. Aber diese Einrichtungen waren von langer Hand geplant. Der Bau von *Block Arkansas* hatte sicher Jahre gedauert, die Idee dazu stammte womöglich noch aus dem vergangenen Jahrtausend. Der Putschplan hingegen war jung. Wie passte das zusammen?

Wer kam dafür infrage, einen solchen Putsch anzuführen und sich zum Diktator über die USA zu erheben? Michael hatte eine Idee, wie man dies herausfinden könnte: Die *Free-Mind*-Liste, tausende von Namen lang, würde wohl kaum Namen von *SCOUT*-Leuten enthalten. Damit enthielt sie indirekt Informationen über *SCOUTs* Mitglieder. Man müsste eine Liste aller US-Amerikaner der oberen Zehntausend mit der Liste der *Free-Mind*-Amerikaner abgleichen. Diejenigen auf der Liste der oberen Zehntausend, die sich nicht auf der *Free-Mind*-Liste fanden, hatten mit *SCOUT* zu tun haben. Darunter mussten sich mit hoher Wahrscheinlichkeit die Putschisten befinden.

Leider hatte hatte Michael nicht die Mittel, einen solchen Abgleich durchzuführen. Vielleicht ergab sich in Marokko eine Gelegenheit dafür. Oder später, am Ziel.

Michaels Vater musste von diesen Putschplänen gewusst haben!

„Wenn du diese Aufzeichnung hörst, bin ich tot. Das ist – jedenfalls für mich – viel weniger schlimm, als du wahrscheinlich glaubst, denn damit bin ich rechtzeitig einer Welt entronnen, die sich Richtung Apokalypse entwickelt.“

Diese Worte seines ermordeten Vaters waren abgespielt worden, als Michael den USB-Stick mit dem *SCOUT*-Material erstmals in sein

Notebook gesteckt hatte. Erst jetzt verstand er die Botschaft in ihrer ganzen Tragweite.

Es waren sonnendurchflutete und zugleich düstere Tage dort am Meer in Südfrankreich. Als Michael am 28. September an Bord der Fähre nach Tanger ging, tat er dies im Bewusstsein, dass die Welt in höchster Gefahr war, ohne auch nur die geringste Ahnung davon zu haben.

„Du, Michael, mein Ältester, wirst gegen die Entwicklung, die das alles nehmen wird, nicht viel tun können", hatte sein Vater in der Botschaft gesagt.

Als Sète und damit Europa und der Westen am Horizont des Mittelmeeres versanken, war Michael fest entschlossen, seinem Vater posthum das Gegenteil zu beweisen.

16. Juni 2024
Jersey City

In Jersey City am Westufer der Lower New York Bay herrschte die morgendliche Rushhour, auf den Straßen war die Hölle los, als Justin müde aus dem Bus stieg. Er hatte schlecht geschlafen, an jeder Haltestelle war er aufgewacht und hatte nur schwer in den Schlaf zurückgefunden, nachdem die Zugestiegenen sich eingerichtet hatten. Trotzdem machte er sich in Jersey City sofort auf die Suche nach Zugang zum Flussufer. Jersey City war einmal eine Schlafstadt für die Dock- und Werftarbeiter der flussnahen Industrien gewesen und befand sich seit langem auf dem absteigenden Ast. Die Zugänge zu den einstigen Docks waren verbarrikadiert, alle wichtigen Zufahrtsstraßen zum Hafengebiet und zum Ufer der Bay wurden von Einheiten der Nationalgarde abgeriegelt, die weniger wichtigen waren mit Gittern versperrt. Auf den ufernahen Straßen patrouillierten Nationalgardisten.

Immerhin war Justin nun ganz nahe dran. Zwischen den Industrieanlagen hindurch konnte er die *Queen Mary 2* sehen. Dort waren seine Söhne! Kaum zwei Kilometer entfernt. So weit also war er schon gekommen. Nun sollte ihm auch ein Weg einfallen, diese lächerlichen letzten Kilometer zu überwinden.

Jetzt, da Justin fast am Ziel war, wurde er ruhig. Er betrachtete das Schiff über die Dächer der Autos hinweg, die auf der Straße vor ihm nur kaum vorankamen, und fragte sich, wie etwas so Schönes mit so viel Schrecken verbunden sein konnte. Friedlich lag die *Queen Mary 2* da, als habe sie nie etwas anderes getan. Die einstige Königin der Luxuskreuzfahrten hatte den Platz der Freiheitsstatue eingenommen, als sei dies der Platz, der ihr immer zugestanden habe. Ein gestrandeter Konsumtempel als neues Wahrzeichen New Yorks und der USA, das von jeder Stelle des Ufers rund um die Bay zu sehen war, die sich wie ein riesiges Amphitheater um Liberty Island herum dehnte. Diese boshafte Botschaft der Terroristen würde nicht mehr zu tilgen sein. Justin konnte sie schon hören, die Spötter, die Verächter, die Feinde der Freiheit: „Seht sie euch an, die sogenannten westlichen Werte. So sieht sie aus, die Freiheit – für alle, die sich Freiheit leisten können."

Der Gedanke stach schmerzhaft in sein Herz. Doch über die westlichen Werte und was sie vielleicht noch bedeuteten, würde er sich Gedanken machen, wenn er die Zeit dazu fand, irgendwann einmal. Im Moment war es wichtiger, ans Flussufer zu gelangen. Sollten Polizei und Nationalgarde wirklich jeden Meter auf Dutzenden von Kilometern Küstenlinie abgeriegelt haben? Kaum vorstellbar. Irgendwo musste es einen Durchschlupf geben, selbst für einen großen, auffälligen Mann wie ihn.

Es war acht Uhr morgens. Justin war hungrig.

Das Ende des Ultimatums war noch fast vier Tage entfernt. In Jersey City nahmen die Dinge nur vordergründig den gewohnten Gang. Es herrschte eine fast fiebrige Atmosphäre in den Gaststätten, überall liefen Multikom in einer Lautstärke, die Justin mehrmals auf dem Absatz kehrtmachen ließ. Er suchte eigentlich einen ruhigen Ort, um nachzudenken. Schließlich trieb ihn sein Hunger trotzdem in einen der Diner, obwohl mehrere Multikom eingeschaltet liefen. Viele Tische waren besetzt. Die Menschen saßen vor ihrem Essen, allein oder in Gruppen, kauten und folgten in einer Mischung aus Ängstlichkeit und Wut dem Geschehen auf den Bildschirmen. CNN, immerhin. Fox News wäre ein Grund für Justin gewesen, das Restaurant sofort wieder zu verlassen.

Kaum hatte er sich gesetzt, als eine Kellnerin ihm eine Tasse hinstellte und Kaffee einschenkte. Ihre Schürze war auffallend sauber, offenbar hatte ihre Schicht gerade begonnen.

„Hab ich was verpasst?“, fragte Justin und deutete auf einen der Monitore.

„Kaum“, gab die Frau zurück. „Alles eine einzige riesige Scheiße.“

„Vorhin haben sie die Nachricht gebracht, dass heute Abend das vierte Tribunal ausgestrahlt wird“, rief ihm ein Mann zu, der am Tisch auf der anderen Seite des Ganges saß. Er war etwa sechzig Jahre alt und grauhaarig, und der Zustand seiner Zähne zeugte von Zeiten schlechter oder nicht vorhandener Krankenversicherung.

„Das vierte Tribunal?“, wiederholte Justin ungläubig.

„Zum Attentat auf Abdallah“, fügte der Mann hinzu. „21 Uhr.“

„Wie wollen die das machen – ohne Sendeanlage?“

„Oh, es wird anscheinend nicht von Bord gesendet. Hören Sie!“

Phil Ashby von CNN war wieder auf Sendung.

„... soeben die Bestätigung bekommen: Al-Dschasira wird heute Abend um 21 Uhr Ostküstenzeit das Tribunal ausstrahlen, in dem die Terroristen die Hintergründe des Anschlags auf König Abdallah im Jahr 2019 erhellen wollen. Ich bin jetzt verbunden mit Ray Angleton in Doha, Katar, am Sitz von Al-Dschasira. Ray, hier sind alle ziemlich verblüfft. Handelt es sich um einen PR-Gag?“

„Nein, Phil, die Sache ist ernst gemeint“, antwortete Ray Angleton, ein braungebrannter, hagerer, stoppelbärtiger Mann Mitte fünfzig. „Es geht um das vierte Tribunal. Den Angaben des Senders zufolge wurde es an Bord der *Queen Mary 2* aufgezeichnet. Ich habe vorhin eine Kostprobe zu sehen bekommen. Darin nimmt sich der Schauspieler, der im Tribunal als Osama bin Laden auftritt, den CIA-Agenten Harry Conaghue vor. Die Bilder waren in genau dem Stil gehalten, den wir von den anderen Tribunalen kennen. Ohne mich endgültig festlegen zu wollen, halte ich die Sendung für ein Original.“

„Das verstehen hier viele Leute nicht“, sagte Ashby. „Die *Queen Mary 2* kann nicht mehr senden. Kein einziger Funkspruch, geschweige denn eine ganze Fernsehshow kann derzeit von Bord gesendet werden.“

„Offenbar ist der Sender im Besitz einer Aufzeichnung.“

„Wie soll eine Aufzeichnung des Tribunals von Bord der *Queen Mary 2* nach Doha gelangt sein?“

„Diese Frage habe ich vorhin auf der Pressekonferenz gestellt. Die Antwort war Schweigen. Ich weiß es also nicht. Dennoch scheint *Al-Dschasira* im Besitz dieses Materials zu sein und will es wirklich senden – wenn auch zu einer Tageszeit, zu der in der arabischen Welt kaum jemand auf den Beinen ist. Der Sender hat angekündigt, dass die Aufzeichnung den ganzen Tag lang wiederholt werden wird."

„Vielen Dank, Ray Angleton in Doha. Phil Ashby hier. Wir haben weitere unschöne Neuigkeiten. Während der Sturm der Sicherheitskräfte auf die *Queen Mary 2* auf sich warten lässt, sieht es so aus, als ob sich auf den hinteren Bänken des Repräsentantenhauses in Washington Widerstand gegen …"

„Ist das nicht unglaublich?", fragte Justins Nachbar, der ältere Herr mit den schlechten Zähnen. „Ich hatte mich eigentlich damit abgefunden, dass das Ende der Menschheit aus dem Weltall kommt, aber wie es aussieht, besorgen wir das hier unten aus eigener Kraft."

„Das Ende der Menschheit ist hoffentlich noch weit entfernt, Sir", gab Justin zurück. Er hätte sich gern auf Phil Ashby konzentriert.

„Nein", widersprach der Mann, „es steht jetzt bevor. Oder was glauben Sie, was passieren wird, wenn die Regierung die drei Flugzeugträger nicht versenkt? Die werden das Anthrax versprühen!"

„Falls sie wirklich welches haben. Ganz so einfach ist es nicht, Anthrax zu bekommen."

„Nun, Sir, selbst wenn die Terroristen kein Anthrax haben, wird unsere Regierung auf diesen Terror reagieren. Und diese Reaktion wird unmäßig sein, so wie sie nach 9/11 unmäßig war. Wir stehen am Abgrund." Plötzlich grinste der Mann Justin breit an und erklärte: „Aber vielleicht wäre das nicht schlimm. Schließlich sind wir nichts anderes als ein einziger riesiger Loserhaufen, der es nicht einmal hinkriegt, alle hungrigen Mäuler auf diesem Planeten zu stopfen. Es wäre wohl kaum schade um uns. Ich heiße übrigens Clark."

„Mike", stellte Justin sich ohne zu zögern vor.

Zu Justins Überraschung erhob sich Clark im nächsten Moment, statt Justin weiter eine Unterhaltung aufzuzwingen, setzte seinen Hut auf und machte Anstalten, das Lokal zu verlassen.

„Vielleicht sehen wir uns ja wieder. 21 Uhr? *Sean's Inn* an der Brewerton, Ecke Pennsylvania. Dort wird heute Abend garantiert *Al-Dschasira* geschaut, auch wenn die Kundschaft zu etwa null Prozent aus Muslimen besteht. Ich werde dort sein."

„Alles klar, Clark", sagte Justin und hob die Hand zum Abschiedsgruß. Dann kam endlich sein Frühstück.

***

Den Tag verbrachte Justin damit, die Situation in Greenville zu erkunden, einem Stadtteil von Jersey City am Ufer der Bay. Bis fast hinauf nach Hoboken war das Westufer des Hudson und der Bay militärisches Sperrgebiet. Justin hatte während des ganzen Tages die *Queen Mary 2* vor Augen und schaffte es trotzdem nicht, ans Ufer vorzudringen. Allmählich trat die Frage in den Vordergrund, wo er übernachten sollte.

Gegen 19 Uhr fasste er den Entschluss, nach Einbruch der Dunkelheit einfach über eines der Gitter zu klettern. Er hatte einen gesperrten Zugang ausgekundschaftet, wo die Sicherheitskräfte im Abstand von einer halben Stunde vorbeischauten. Hinter diesem Gitter lag ein Gelände mit Baracken und hoch aufragenden, heruntergekommenen Industriebauten, das sich bis zum Ufer der Bay erstreckte. Es wirkte auf den ersten Blick verlassen, aber auch dort patrouillierte Sicherheitspersonal. Zum Glück ohne Hunde.

Im Lauf des Tages schaute er mehrmals vorbei, immer in der Hoffnung, dass die Passanten und die Sicherheitskräfte in ihm nicht mehr als einen Vagabunden erkannten, der sich nach einem Platz für die Nacht umsah. Er würde Gesetze brechen, wenn er auf die andere Seite zu gelangen versuchte. Warnhinweise an den Gittern machten darauf aufmerksam, dass auf dem Gelände jenseits der Absperrungen der Ausnahmezustand galt. Die Patrouillen würden von der Schusswaffe Gebrauch machen, stand da. Doch solche Worte spornten Justin nur an. Früher wäre ihm das Herz in die Hose gerutscht, denn er war noch nie ernsthaft mit dem Gesetz in Konflikt geraten. Doch jetzt kam er sich verwegen und abenteuerlich vor, und die Drohung schreckte ihn nicht ab, sondern bedeutete eine Herausforderung.

Inzwischen dürfte sein Verschwinden bemerkt worden sein, es sei denn, Sonja hielt ihm den Rücken frei. Er musste jedoch damit rechnen, dass nach ihm gesucht wurde. Jenseits der Absperrungen wäre er in Sicherheit. Diesseits davon wuchs die Gefahr der Entdeckung von Stunde zu Stunde. Justin mochte abgewetzte Jeans, ausgetretene Sneakers, eine tief in die Stirn gezogene Baseballkappe tragen und außerdem ein wenig gekrümmt gehen wie ein älterer Mann, um seine Größe zu reduzieren – er war und blieb trotzdem eine auffällige Gestalt. Darum hielt er sich im Schatten und achtete auf Abstand zu den Patrouillen. Doch immer wieder trieb ihn die Neugier in die Lokale, um CNN zu sehen.

Auch anderswo gab es gerade handfeste Krisen. In Pakistan waren Unruhen ausgebrochen, nachdem Gerüchte zu kursieren begonnen hatten, die Seuche im Swat-Tal sei von Impf-Trupps der Weltgesundheitsorganisation WHO ausgelöst worden. Die WHO versuchte seit Jahren, die Pakistanis zum Impfen zu bewegen, vor allem gegen Kinderlähmung, doch die religiösen Führer reagierten ablehnend. Jetzt waren sechs WHO-Mitarbeiter gelyncht worden, weil man sie verdächtigte, im Auftrag des Westens Seuchen zu verbreiten.

Haarsträubende Berichte drangen aus dem Tal an die Öffentlichkeit: hunderttausende Menschen tot, die Seuche breitete sich unaufhaltsam weiter aus. Was die Regierung tat, diente lediglich der Abschottung, nicht der Hilfe. Inzwischen gab es erste Erkenntnisse über den Verlauf der Infektion. Wenige Minuten nach der Ansteckung begannen die Betroffenen, sich zu übergeben, und zwar mehrfach und mit zunehmender Wucht. Dann verbluteten sie anscheinend innerlich. Mehr wusste man immer noch nicht. CNN zeigte Aufnahmen aus dem Swat-Tal, die aus der Luft gemacht worden waren, grauenhafte Bilder, die Justin jeden Appetit nahmen. Die Leichen, die da gezeigt wurden, schienen nur noch aus Haut und Knochen zu bestehen.

Justin musste an das Ruspirocyclin in seinem Blut denken. Inzwischen dürfte sich ein halbwegs stabiler Spiegel eingestellt haben. Möglicherweise war auch dem Swat-Erreger nur vorbeugend beizukommen. Doch Justin hoffte, dass es einen anderen Weg geben möge, denn Antibiotika waren auch schädlich für den Organismus, den sie schützen sollten. Justin war ständig übel, und es fiel ihm immer schwerer, regelmäßig zu essen.

Im Nahen Osten spitzte sich die Situation zu. Jerusalem rüstete sich für den „Marsch der Millionen“. Israel hatte ein Viertel seiner Reservisten einberufen und die Posten an der Grenze zu Jordanien verstärkt, denn in den Online-Netzwerken ging das Gerücht um, dass der „Marsch der Millionen“ in Amman starten würde, der jordanischen Hauptstadt, die etwa 70 Kilometer Luftlinie von Jerusalem entfernt war. Der Flughafen Tel Aviv durfte nicht mehr von arabischen Fluggesellschaften angeflogen werden. Überall gab es verschärfte Kontrollen. Bisher war allerdings kein ungewöhnliches Aufkommen an Reisenden festzustellen.

Dies alles geschah, obwohl der israelische Premierminister Avi Levy öffentlich betont hatte, dass Israel jegliche Friedensbemühung der Muslime unterstützen werde. Er hatte mit Professor Zadzouk telefoniert, dem Kopf der Schura, und plante eine Reise nach Amman, um ihn persönlich zu treffen. Einen „Marsch der Millionen" nach Jerusalem konnte er natürlich nicht befürworten oder gutheißen. Der Premier ließ keinen Zweifel daran, dass er keine Aggression gegen Israel dulden werde. Eine Antwort auf die Frage, ob die Schura in Jerusalem willkommen war, gab er nicht, obwohl dies ein Weg gewesen wäre, den „Marsch der Millionen" zu verhindern. Doch seine innenpolitischen Kritiker warnten ihn davor, dem Druck nachzugeben.

Orthodoxe Hardliner der Opposition wie Rabbi Joseph Goldner polterten, man werde mit allen Mitteln verhindern, dass Jerusalem, die Stadt Davids, zur Hauptstadt der Ziegenbärte werde. Mit Hetze dieser Art, die in Israel starken Nachhall fand, trieben die Orthodoxen den Premierminister vor sich her. Ein klärendes Wort von Abdallah wäre hilfreich, doch man hatte seit mehreren Tagen nichts mehr vom König gehört. Überall warteten die Menschen auf eine Botschaft – die einen auf ein Wort des Aufbruchs, die anderen auf ein Wort der Mäßigung, und wieder andere wenigstens auf ein Wort der Klärung. Doch aus Amman hieß es lediglich, Abdallah sei auf einer wichtigen Reise.

Auf Wortmeldungen gewisser Hinterbänkler des US-Politikbetriebs hingegen hätte die Welt durchaus verzichten können, fand Justin. Er konnte die Typen von der *Tea Party* nicht ausstehen. Normalerweise kritisierten sie den Staat bei jeder sich bietenden Gelegenheit, weil er ihr Leben regulierte, ihnen Steuern und Versicherungen aufzwang und derlei Dinge mehr, die eine Gesellschaft erst funktionieren ließen. Justin kannte die Sprüche dieser Leute aus dem Effeff. Sein Schwiegervater Alfred redete ebenfalls so: Der Staat solle sich am besten aus allem raushalten und seinen Bürgern Platz zur Entfaltung lassen. Alfred hatte auf einzigartige Weise gezeigt, wozu Menschen in der Lage waren, wenn der Staat durch Abwesenheit glänzte.

Tanja Franklin, Abgeordnete aus New Mexico, war eine dieser Politikerinnen. Heute forderte sie, dass der Staat stark sein und durchgreifen sollte. Hart und kompromisslos. Verteidigung und Sicherheit – dafür war der Staat da.

„Was ist los in Washington?", fragte Franklin in einer Nachmittags-Talkshow. „Wir haben eine Regierung, die behauptet, es sei nötig, amerikanische Interessen global zu vertreten, aber ausgerechnet direkt vor unserer Haustür ist sie dazu nicht in der Lage? Nun liegt dieses Schiff schon seit fast zwei Tagen vor New York. Seit sechs Tagen führen uns die Terroristen an der Nase herum und setzen sogar noch eins drauf mit ihrer hirnrissigen Forderung, unsere Flugzeugträger zu versenken. Was macht die Regierung in dieser Zeit? Sie zieht sich hinter ihre schönen weißen Mauern zurück und schweigt. Präsidentin Preston, jetzt ist nicht die Zeit zu schweigen. Die *Queen Mary 2* muss gestürmt werden. Schluss mit dem Spuk! Schicken Sie endlich unsere Marines los! Die wissen besser als Sie, wie man mit Terroristen umgeht. Zeigen Sie der Welt, dass mit Amerika nicht zu spaßen ist."

Franklin vertrat diese Position in der Talkrunde allein, aber sie sprach aus, was viele im Land dachten. Justin bekam eine Gänsehaut, als er sich den Kugelhagel vorstellte, in dem seine Söhne durchsiebt würden, sollte das Schiff gestürmt werden. Niemals durfte es dazu kommen!

Obwohl die Abgeordnete reichlich Gegenwind von den anderen Talkgästen bekam, gab sie nicht klein bei. Ihr wichtigster Gegenspieler war Senator Daniel Fullton aus Massachusetts, ein politisches Schwergewicht von den oppositionellen Demokraten. Er schlug einen wesentlich bedächtigeren Ton an. Vorrang müsse die Sicherheit der Menschen an Bord haben, zudem dürfe die Anthrax-Gefahr nicht auf die leichte Schulter genommen werden.

Es war eine durchaus interessante Talkrunde, fand Justin, auch weil Leonard Walters, ein Professor für Kommunikationswissenschaft von der Universität Amherst, einige nachdenkliche Gedanken beisteuerte.

„Ich weiß nicht, ob es jemandem aufgefallen ist", sagte er, „aber finden Sie nicht auch, dass sich diese Terroristen recht sonderbar verhalten? Sie bringen zum Beispiel keine Menschen um. Bisher jedenfalls nicht. Alles, was sie bisher getan haben, sieht für mich eher so aus, als wollten sie kommunizieren – auf einer sehr bildhaften Ebene, zugegeben. Ich habe mir die Inszenierungen der Tribunale angesehen. Sie zielen stilistisch auf westliche Sehgewohnheiten. Die Dramaturgie rückt einen Angeklagten in den Fokus, der allein und verlassen auf der Bühne steht. Das hat etwas von einer spätmodernen Inszenierung von ‚Warten auf Godot' und zugleich etwas Kafkaeskes. Es gibt vorgeblich Interaktion mit dem Publikum, dauernd rennt der Moderator um Beifall heischend am Bühnenrand herum. Die gesamte Inszenierung ist surreal bis absurd. Muslime werden so etwas mit Befremden verfolgen, ohne sich angesprochen zu fühlen."

„Diese Tribunale sind Kommunikationsangebote?", hakte der Moderator nach.

„Warum nicht? Vielleicht wollen sie uns sagen: Kommt runter von eurem hohen Ross. Hört auf, Mist zu machen, stellt euch eurer Verantwortung."

„Was soll das Ihrer Meinung nach bedeuten: Stellt euch eurer Verantwortung?"

„Nun, die Terroristen fingieren einen Gerichtsprozess, nicht wahr? Sie unterwerfen amerikanisches Handeln einer juristischen Bewertung oder tun zumindest so. Es geht also um Gerechtigkeit. Ist das nicht unerhört? Wo wir Amerikaner doch meist glauben, im Sinne einer gerechten Sache zu handeln? Die Botschaft könnte lauten: Selbst ihr Amerikaner könnt euch der Gerechtigkeit nicht entziehen. Beugt euch endlich dem Völkerrecht. Die Vorwürfe, die im Verlauf der Tribunale aufgekommen sind, sollten vom Internationalen Strafgerichtshof in Den Haag juristisch geklärt werden."

„Niemals", rief Tanja Franklin, „werden sich die USA einer Gerichtsbarkeit außerhalb der USA beugen! Aus guten Gründen erkennen wir solche externen Gerichte nicht an. Das einzige Recht, das für US-Bürger gilt, ist das Recht der Vereinigten Staaten von Amerika. Professor, Sie nennen die Tribunale ‚Kommunikationsangebote' und verkennen völlig deren Gewalttätigkeit. Ich glaube, ich kenne schon Ihren nächsten Vorschlag – abgesehen von dem Unsinn mit Den Haag: Lasst uns mit den Terroristen verhandeln. Sie haben ja bisher kaum Menschen umgebracht, vielleicht sind sie also gar nicht so böse, wie wir glauben? Vielleicht lassen sie mit sich reden? Und wenn man mit ihnen reden kann, dann kann man sich auch irgendwie einigen, nicht wahr? Was sind schon drei Flugzeugträger? Zurzeit liegen in US-Werften vier neue Flugzeugträger auf Kiel, wir werden die Lücke also schnell schließen können, nicht wahr? Dazu sage ich: Nein! Kein einziger Flugzeugträger wird versenkt! Kein einziges Wort wird mit diesen Leuten gewechselt! Das sind Terroristen! Wir verhandeln nicht mit Terroristen!"

Professor Walters trotzte dieser Breitseite äußerlich gelassen, aber seine Stimme zitterte leicht, als er antwortete:

„Gewalt erzeugt Gegengewalt. Wenn Sie diesen Teufelskreis durchbrechen wollen, müssen Sie anfangen zu reden. Irgendwann.

Wenn Sie nicht reden wollen, dann wollen Sie diesen Teufelskreis nicht durchbrechen. Dann stellt sich als nächstes die Frage: Was haben Sie davon, dass der Teufelskreis funktioniert? Gibt es in Ihrem Wahlkreis in New Mexico eventuell Rüstungsbetriebe, deren Interessen Sie hier gerade mehr oder weniger transparent vertreten? Die vielleicht sogar Ihren Wahlkampf finanziert haben?"

Dieser Punkt ging an den Professor, fand Justin, obwohl er nicht erfuhr, wessen Interessen die Abgeordnete vertrat, denn die Talkshow war zu Ende.

Er saß noch zwei Minuten da und trank Tee. Dabei dämmerte ihm, was er da soeben erlebt hatte. Gewisse unzufriedene Kreise in Washington hatten Tanja Franklin vorgeschickt, um Preston zu kritisieren. Die Falken begannen, die Regierung vor sich her zu treiben. Wie in Israel. Dies war nicht die Zeit für Kommunikation. Dies war der Anfang vom Ende der Präsidentschaft von Lindsay Preston.

Justin trank seinen Tee aus und ging wieder nach draußen. Die *Queen Mary 2* leuchtete strahlend weiß und unerreichbar im Sonnenlicht. Dort waren Justins Söhne. Er durfte nicht daran denken. Düstere Ahnungen beschlichen ihn. Schlimme Dinge würden geschehen.

***

„Guten Abend, Amerika! Gute Nacht, Rest der Welt!"

Mit einladend ausgebreiteten Armen und dem gewinnenden Lächeln eines Entertainers, der eine beliebte Fernsehshow moderierte, trat der zurzeit wohl meistgehasste Mann der Welt an den Bühnenrand: Osama bin Laden. Das war allerdings nur der Name seiner Rolle. Justin hatte vergessen, wie der Mann wirklich hieß. *Al-Dschasira* erwähnte es nicht. Er war Ägypter, von Beruf Schauspieler und hatte seine Eltern bei einem Drohnenangriff der Amerikaner verloren, so viel erinnerte Justin noch. Für ihn hieß der Mann wie seine Rolle.

Wieder schlug Osama bin Laden aus dem Auditorium dieses tiefe Schweigen entgegen, das seit dem ersten Tribunal sein ständiger Begleiter war. Anfangs hatten Ablehnung, Angst und Hass aus diesem Schweigen gesprochen, aber beim dritten Tribunal – dem über Justins Schwiegervater – war eine erwartungsvolle Spannung hinzugekommen, die heute noch deutlicher spürbar war, denn es war angekündigt worden, dass die Geschichte des Attentats auf den jordanischen König neu geschrieben werden müsse.

Wie immer während der Tribunale kümmerte sich Bin Laden nicht darum, dass sein Publikum nicht klatschte, sondern verbeugte sich, als freue er sich über donnernden Applaus, lachte charmant ins Publikum und sagte:

„Willkommen auch Sie hier im Saal. Vielen Dank für Ihr Schweigen. Es ist zweifellos eine angemessene Reaktion – vielleicht ein Zeichen dafür, dass Sie in diesen Sekunden über Ihre Verantwortung für die Verbrechen nachdenken, die in Ihrem Namen begangen wurden? Ich bin nicht gerade als jemand bekannt, der gern schweigt, aber wenn ich an Ihrer Stelle wäre, wenn ich mit meiner Wählerstimme oder auch mit meiner Wahlenthaltung Verbrecher ins Amt gebracht hätte, dann würde ich schweigen wie Sie in diesem Moment. Denn Sie sind diejenigen, die Abu Ghraib und Guantánamo nicht verhindert haben."

Er klatschte in die Hände, wie um ein neues Kapitel aufzuschlagen, und begann nun, langsam am Rand der Bühne auf und ab zu gehen, während er sprach.

„Kommen wir zur Frage des Abends: Wer verübte das Attentat auf den jordanischen König Abdallah II. im Jahr 2019? Sie können beruhigt sein, liebe Wählerinnen und Wähler. Zumindest in dieser Angelegenheit sind Sie tatsächlich völlig unschuldig, auch wenn es nicht, wie wir alle zu wissen glauben, Al-Qaida war. Das ist es, was wir glauben sollen. Ein letztes Aufbäumen, zu dem das sterbende Terrornetzwerk noch in der Lage war, bevor es unter dem amerikanischen Drohnen-Bombardement endgültig zusammenbrach. Es wandte sich gegen ein relativ einfaches Ziel, einen Führer der arabischen Welt, der dafür bekannt war, prowestlich eingestellt zu sein. Sehen wir uns die Bilder vom Attentat noch einmal an."

Der Saal verdunkelte sich, und wieder diente die Rückwand der Bühne als Projektionsfläche, diesmal für einen Film. Es handelte sich um eine Sequenz von Bildern mehrerer Überwachungskameras, die das Geschehen auf dem Platz vor der Militärakademie von Amman festgehalten hatten und die 2019 um die Welt gegangen waren.

Der König stieg soeben im gleißenden Sonnenlicht direkt am Fuß der Treppe, die zum Akademiegebäude hinaufführte, aus seiner gepanzerten Limousine und war sofort umringt von Leibwächtern. Abdallah wollte es sich auch dieses Jahr nicht nehmen lassen, den Jahrgangsabschluss zu feiern und den jungen Offizieren zu gratulieren. Er war in sein Militär vernarrt. Ein paar hundert Schaulustige hatten sich eingefunden. Abdallah hatte gerade seinen Fuß auf die erste Stufe gesetzt, als sich aus der Menschenmenge ein schlanker junger Mann löste und losrannte. Die Leibwächter wurden sofort auf ihn aufmerksam. Drei versuchten, ihn zu fassen, während die übrigen Männer den König zurück in die Limousine drängten. Der Junge entkam dem ersten Leibwächter, doch der zweite ergriff ihn, und zu dritt warfen sich die Männer auf ihn. Gleich darauf wurden sie in Stücke gerissen, und der Platz erbebte unter der Wucht der Detonation, als der Junge die Sprengsätze zündete, die er am Körper trug.

„Dieser junge Mann, der Attentäter, ist Ihnen allen bekannt als Mohammed el-Awlaki“, sagte Osama bin Laden. „Augenzeugen hatten berichtet, dass er ‚Allahu akbar!‘ geschrien habe, bevor er überwältigt wurde. Er sei erkennbar geistig verwirrt gewesen. Die offizielle Erklärung des Attentats bemühte also die sattsam bekannte These vom verwirrten Einzeltäter, die uns seit dem Attentat auf John F. Kennedy bei solchen Gelegenheiten wieder und wieder aufgetischt wurde.“

Osama bin Laden ließ seine Worte einige Sekunden wirken.

„Vier Menschen starben: drei Leibwächter und der Attentäter. Hier haben wir ein Foto von ihm aus besseren Tagen. Es zeigt ihn im Kreise eines Teils seiner großen Familie, den Awlakis im Jemen, und wurde etwa eineinhalb Jahre vor dem Attentat aufgenommen. Mohammed ist zu diesem Zeitpunkt 16 Jahre alt. Der Mann, der hier stolz seine Hand auf Mohammeds Schulter legt, ist Nasser el-Awlaki, das Oberhaupt des Clans, Mohammeds Großvater, ein bedeutender Mann im Jemen. Mohammed war also Jemenit, nicht pakistanischer Paschtune, wie in der offiziellen Version vom Hergang des Attentats behauptet wird. Er war auch nie in einem Terroristencamp. Diese Geschichten wurden zu dem Zweck erfunden, glaubhaft zu machen, dass El-Awlaki ein Terrorist ist.“

Und wieder klatschte Osama bin Laden in die Hände. Aus dem Publikum kamen Geräusche, die darauf schließen ließen, dass er einzelne Zuschauer damit erschreckt hatte.

„Nun, Ladies und Gentlemen, begrüßen Sie mit mir einen großen Amerikaner, einen Vertreter der mächtigen *Central Intelligence Agency*, der CIA. Er war im Jahr 2019 Chef des Planungsstabes für die CIA-Aktionen im Nahen Osten. Willkommen, Harry Conaghue!“

Er wandte sich Richtung Bühnenhintergrund und applaudierte als einziger im Saal. Ein Vermummter stieß einen mittelgroßen, durchschnittlich wirkenden Mann vor sich her Richtung Zentrum der Bühne, der einen naturfarbenen, wollenen Büßerkittel trug und barfuß war. Seine Hände waren vor seinem Bauch zusammengebunden. In Laufschrift wurde auf die Rückwand der Szene projiziert:

„Harry Conaghue, US-Staatsbürger, 69 Jahre alt, kinderlos, dreimal geschieden, zurzeit unverheiratet, wohnhaft in Charlottesville, Virginia."

Conaghue wurde genau in der Mitte der Bühne platziert, dort, wo vor wenigen Tagen Edward White dem Waterboarding unterzogen worden war. Der Vermummte trat von der Bühne ab.

„Schön dass Sie uns Gesellschaft leisten, Mr. Conaghue", begrüßte Osama bin Laden ihn mit der für ihn typischen spitzbübischen Anmaßung. „Darf ich fragen, ob Ihr Plan, sich auf dieser Kreuzfahrt die vierte Gemahlin zu angeln, Früchte getragen hat?"

„Das geht Sie nichts an", knurrte Conaghue.

„Da haben Sie völlig recht. Dennoch zur Information für unser Publikum, sofern es in Gefahr ist, dem etwas hölzernen Charme unseres Stargastes zu erliegen: Schon seine Gattinnen zwei und drei hat Mr. Conaghue auf Kreuzfahrten gefunden. Mr. Conaghue, als sie vor vier Jahren in Pension gingen – wie viele Jahre hatten Sie da insgesamt für die CIA gearbeitet?"

„Das geht Sie nichts an", wiederholte Conaghue.

„Diesmal bin ich entschieden anderer Meinung. Es waren vierzig, nicht wahr? Vierzig Jahre im Dienst für das Land, die CIA und die gerechte Sache! Man muss sich das einmal vorstellen! Sie haben also die ganze Achterbahnfahrt der CIA mitgemacht und wissen noch, wie die Agency unter Bill Clinton zum Papiertiger wurde, während George W. Bush den Geheimdienst knechtete und demütigte. Barack Obama hat sich wenigstens daran erinnert, dass eine Organisation wie die CIA analytische Fähigkeiten haben müsste, die hilfreich sein könnten, das Weltgeschehen zu erklären, während zuletzt unter Lindsay Preston sogar wieder verdeckte CIA-Operationen gestattet wurden. Sie, Mr. Conaghue, waren immer ein Verfechter der Idee, dass alle verdeckten Operationen der USA unter CIA-Oberhoheit durchgeführt werden müssten, nicht wahr? Und nicht, wie während der Bush-Zeit, in Eigenregie des Pentagon außerhalb jeder Kontrolle durch die CIA. Oder was man so Kontrolle nennt. Die CIA selbst wurde eigentlich nie richtig kontrolliert, nicht wahr?“

Eine Pause trat ein, während Bin Laden Conaghue fragend musterte und Conaghue störrisch schwieg. Schließlich wandte sich Bin Laden in gespielter Zerknirschtheit an das Publikum.

„Entschuldigen Sie bitte diese Eigenart. Ich neige zu rhetorischen Fragen. Die Antwort auf meine Frage war klar. Mr. Conaghue hat die *Joint Special Operation Commands*, kurz JSOCs, gehasst. Diese Spezialkräfte durften seit der Bush-Regierung weitgehend ungebunden und nach Lust und Laune Irakis und Afghanen erschießen oder wahlweise auch gefangen nehmen und foltern, während Mitarbeiter der CIA drei Dutzend Anträge ausfüllen mussten, ehe ihnen eine solche Operation vielleicht einmal pro Jahr genehmigt wurde. Da kann man schon frustriert sein. Wann wurden Sie eigentlich Planungsleiter der CIA für Jordanien, Mr. Conaghue?“

„Das geht Sie nichts an“, knurrte Conaghue erneut.

„Sie wiederholen sich“, entgegnete Bin Laden. „Ich möchte Sie darauf aufmerksam machen, dass in diesem Prozess eine Rechtsgepflogenheit westlicher Justizsysteme Anwendung findet: Wirkt ein reuiger Angeklagter bereitwillig bei der Aufklärung des Verbrechens mit, das ihm zur Last gelegt wird, kann dies strafmindernd wirken. Insbesondere gilt dies für ein Geständnis.“

„Es gibt nichts aufzuklären“, widersprach Conaghue. „Es gab kein Verbrechen.“

„Wir werden sehen. Kommen wir zur Verkündung der Anklage! Meine Damen und Herren, es gibt viele Punkte, deren Mr. Conaghue angeklagt werden könnte und müsste. Allen voran natürlich das Attentat auf Abdallah, denn er hat es geplant und den Attentäter Mohammed el-Awlaki konditioniert und eingesetzt. Dann wäre da noch die Mitgliedschaft in einer Verschwörung, die von einem gewissen Henry W. Osborne geleitet wurde und wird. Über diesen Namen sind wir schon mehrfach gestolpert. Leider wird Mr. Osborne auch heute ein Mysterium bleiben, aber vielleicht werden seine Ziele etwas deutlicher. Er verfolgte nämlich den Plan, einen neuen Krieg auszulösen. König Abdallah sollte sterben, um den Nahen Osten zu destabilisieren. Wir können beweisen, dass Mr. Conaghue diese Pläne maßgeblich vorantrieb. Womit wir übrigens auch beweisen werden, dass Teile der CIA eine eigene Außenpolitik machten, mit der sie das Gegenteil der Ziele der US-Regierung verfolgten. Die Anklage könnte also auch auf Landesverrat lauten – oder auf Korruption, denn wir können außerdem beweisen, dass Mr. Conaghue im Erfolgsfall ein gut dotierter Posten bei *United Steel & Weapons* in Aussicht gestellt war. An dem Krieg, den er auslösen sollte, hätten sich Rüstungskonzerne wie *United Steel & Weapons* eine goldene Nase verdient. Das wären also drei Anklagepunkte, die zu beweisen eine Kleinigkeit wäre. Trotzdem soll hier und heute ein anderer Punkt verhandelt werden, nämlich Verbrechen gegen die Menschlichkeit. Das bedeutet eine Menge Arbeit. Und da wir Ihnen, liebe Wählerinnen und Wähler, auch heute keine Showeinlagen als Zwischenmahlzeit anbieten können, fangen wir am besten gleich mit der Arbeit an. Mr. Conaghue, wann wurde Ihnen Mohammed el-Awlaki überstellt?“

„Sie reden einfach nur Scheiße“, knurrte Conaghue.

„Ich übersetze: Nie.“ Bin Laden deutete zur Rückwand hinauf, auf die soeben eine handschriftliche Liste von Namen projiziert wurde. El-Awlaki tauchte an dritter Stelle auf. Das Dokument atmete den Charme eines Lieferscheins. Als Empfänger war ein Julian Carter benannt, unterschrieben war die Liste von einem Neil McArthur.

„Colonel Neil McArthur war bis 2020 Kommandeur der JSOC-Einheiten im Jemen“, erläuterte Osama bin Laden. „Das Original dieses Dokuments wurde natürlich längst vernichtet. Dass ein solches Dokument jemals existiert hat, bedarf der Erklärung. Es gab nämlich Kollateralschäden, bedingt durch die robuste Vorgehensweise der JSOC-Einheiten. Mancher Häftling vertrug die erweiterten Verhörmethoden nicht und wurde vorzeitig wahnsinnig. Andere Häftlinge bereiteten ihrem Leben von sich aus ein Ende. So stimmten die Listen der Eingelieferten bald nicht mehr mit den Bestandslisten überein. Das fiel in Washington auf, und auch wenn man dort nicht in jedem Einzelfall traurig war über den Verlust an Ziegenbartleben, wurde den JSOCs doch signalisiert, dass es so nicht weitergehen könne. Auch nicht insgeheim. Daher legten die Spezialeinheiten verstärkt Wert darauf, sauber zu dokumentieren, wann sie welche Gefangenen an wen überstellten. Mr. Conaghue, lesen Sie uns doch bitte das Datum vor, an dem das Dokument ausgestellt wurde.“

Harry Conaghue blickte stur geradeaus und schwieg.

„Es war der 19. Dezember 2018“, half Bin Laden. „Zu diesem Zeitpunkt war Mr. Conaghue seit fast zweieinhalb Jahren Leiter des

CIA-Stabes Nahost. Julian Carter war ein CIA-Agent vor Ort, mit dem er sich täglich abstimmte. Mohammed el-Awlaki war 17 Jahre alt und befand sich seit einem Jahr in der Gewalt der JSOCs. Damit wir auch sicher sind, dass wir vom selben Mohammed el-Awlaki sprechen, den wir vorhin auf dem Familienbild gesehen haben, können wir ein paar Fotos beisteuern. Sie wurden von Julian Carter angefertigt, um den Zustand zu dokumentieren, in dem er El-Awlaki und sieben andere Gefangene von den JSOCs übernahm. Empfindliche Gemüter mögen bitte die Augen schließen oder wegschauen, denn was Sie zu sehen bekommen werden, ist nicht schön."

Ein Stöhnen ging durch das Publikum – denn natürlich sah niemand weg –, als das erste einer Serie von Bildern des Jungen auf die Bühnenrückwand projiziert wurde. Es war eindeutig der Mohammed vom Clan der Awlaki, aber seine Zähne waren eingeschlagen, seine Nase musste gebrochen worden und dann ungerade wieder zusammengewachsen sein, auf seinem Körper gab es Wundmale und Massen von Hämatomen. Das Schlimmste aber war der Blick, mit dem er in die Kamera sah. In diesen Augen war kein Mensch mehr zu erkennen.

„Mohammed el-Awlaki", sagte Osama bin Laden mit leicht zitternder Stimme, „hat das gesamte Martyrium durchlitten, das die US-Demokratie für sogenannte ‚ungesetzliche Kombattanten' eingeführt hat. Er lebte ein halbes Jahr lang in Isolationshaft, wurde tagelangem Schlafentzug ausgesetzt, nackt in einem engen Käfig gehalten, in dem er sich nicht ausstrecken konnte, und mit dröhnender Rockmusik beschallt. Wir können belegen, dass sogar seine Hinrichtung simuliert wurde. Ihm wurde eines Tages gesagt, heute werde er durch den Strick sterben. Seine Peiniger legten ihm die Schlinge um den Hals – und nahmen sie ihm erst wieder ab, nachdem sich sein Darm vor Angst entleert hatte. Ständige Erniedrigung war Teil der Behandlung. Mohammed war 16 Jahre alt, als die JSOCs ihn festnahmen. Er hatte sich nichts zuschulden kommen lassen, er war nur zur falschen Zeit am falschen Ort. Er wurde festgehalten, ohne jemals ein Gerichtsverfahren erlebt oder einen Anwalt gesehen zu haben. Ein Jahr später war er das hier."

Bin Laden deutete auf das letzte Foto der Serie und sagte:

„Ein Wrack."

Als Justin in die Augen des Jungen blickte, sah er in den Abgrund.

„Wir sollten dem Angeklagten jetzt Gelegenheit geben, sich zu verteidigen", sagte Bin Laden mit gepresster Stimme in das Entsetzen hinein, das im Theater der *Queen Mary 2* herrschte. „Mr. Conaghue, was sagen Sie zu dieser Geschichte?“

Conaghue stand weiterhin stocksteif in seinem naturwollenen Büßerkittel und blickte starr geradeaus. Er hatte sich die Bilder nicht angesehen. Er schwieg.

„Sie sollten sich gut überlegen, ob Sie nicht doch lieber mit diesem Gericht zusammenarbeiten wollen“, mahnte Bin Laden.

„Gericht – pah!“, knurrte der Ex-Agent. „Eine Farce ist das.“

„Nennen Sie es, wie Sie. Ist Ihnen klar, welcher Vorwurf hier gegen Sie erhoben wird?“ Als Conaghue weiterhin störrisch schwieg, fuhr bin Laden fort: „Ihnen wird *nicht* vorgeworfen, den Jungen gefoltert und seine Persönlichkeit gebrochen zu haben. Das haben die JSOC-Einheiten für Sie erledigt. Gefoltert haben Sie ihn dann zwar trotzdem, aber mit einem anderen Ziel. Nein, was Ihnen vorgeworfen wird, ist etwas anderes. Kommen Sie drauf?“

Conaghue wirkte einen Moment unentschlossen, und es schien, als sei er jetzt weichgekocht und würde gestehen oder sich verplappern; größer konnte der Druck auf ihn kaum werden. Doch dann nahm er plötzlich eine lässige Körperhaltung an, sein Blick suchte und fand die Kamera, und er sagte:

„Meine Damen und Herren daheim am Multikom, lassen Sie sich nicht irre machen. Eine Show wie diese mag es noch nicht gegeben haben, aber sie bleibt doch letztlich eine Show. Nichts von dem, was Ihnen erzählt wurde, ist wahr. Die Fotos und Dokumente, die Ihnen gezeigt wurden, sind gefälscht. Machen Sie sich bitte bewusst, dass die Leute, die dieses vermeintliche Verfahren aufgezogen haben, ganz einfach Terroristen sind und Propagandisten, schlimmer als Goebbels. Sie schrecken selbst vor der schäbigsten Fälschung nicht zurück, denn sie haben nichts anderes im Sinn, als den guten Ruf der Vereinigten Staaten von Amerika zu untergraben.“

„Ach, wissen Sie“, nahm ihm Osama bin Laden das Wort wieder ab, „wenn es nur das wäre, hätten wir nicht viel zu tun. Niemand hat den Ruf der USA effizienter untergraben als die USA selbst. Aber wir nehmen Ihren Einspruch zur Kenntnis und werden ihn nicht rausschneiden. So was erhöht die Authentizität einer Show wie dieser, nicht wahr? Nein, uns geht es um viel mehr als um den Ruf. Ich sagte es schon: um Wahrheitsfindung. Mr. Conaghue, wann begegneten Sie Mohammed el-Awlaki erstmals?“

„Ich bin ihm nie persönlich begegnet", antwortete der CIA-Mann und biss sich im nächsten Moment sichtbar auf die Lippen. Er hatte einen Fehler gemacht. Er hatte geantwortet.

„Dann möchte ich Sie gern einladen, sich nun doch einmal umzudrehen, bitte!", forderte Osama bin Laden ihn auf.

Als Conaghue sich nicht regte, winkte Bin Laden zwei Vermummte aus dem Dunkel hinter der Bühne heran, die den Widerstrebenden umdrehten und festhielten, so dass sein Blick nun auf die Rückwand der Szene gerichtet gewesen wäre, wenn der Störrische nicht den Kopf gesenkt hätte. Inzwischen schnippte Bin Laden mit den Fingern. Das Bild von Mohammed el-Awlaki verschwand, und ein anderes erschien. Es zeigte Conaghue auf einem Hubschrauber-Landefeld; im Hintergrund waren massige Militär-Helikopter und Baracken zu erkennen. Conaghue trug zum Schutz vor der Sonne eine Baseballkappe mit Nackenschutz. In geringer Entfernung stand ein Mann, bei dem es sich um Julian Carter handelte, wie Bin Laden erklärte. Am Boden vor ihm kniete eine Handvoll dünner, entkräftet wirkender, in schmutzigen, sandfarbenen Overalls steckender Männer, die dreinblickten, als hätten sie nichts mehr zu erwarten. Einer sah zu Carter auf, ein anderer hatte die Kamera entdeckt und sah in ihre Richtung. Dieser Mann war Mohammed el-Awlaki. Das Publikum hatte ihn bereits erkannt und stöhnte erneut entsetzt auf. Conaghue stand als Lügner da.

„Dies ist der Moment, an dem der ‚Lieferschein' abgehakt wird, den wir vorhin gesehen haben", sagte Osama bin Laden. „Das Selfie wurde von unserem Angeklagten persönlich mit seinem Handy unter Zuhilfenahme eines Handyhalters angefertigt. Es wurde anschließend an zwei Handynummern in den USA verschickt, die heute nicht mehr vergeben sind und die wir nicht recherchieren konnten. Um Geheimhaltung hat sich der Angeklagte jedenfalls wenig geschert. Er fühlte sich wohl als absoluter Herr des Geschehens. Bis dahin lief ja auch alles blendend. Mr. Conaghue hatte soeben den Attentäter gefunden, nach dem er Ausschau gehalten hatte. Er plante nämlich ein ganz großes Ding: *Projekt Shaitan* lautete der Codename des Vorhabens, mit dem er die Weltpolitik aufmischen wollte. Sie sehen hier" – Bin Ladens Finger deutete auf die Projektionsfläche, auf der eine Liste erschien, die mit einer herkömmlichen Tabellensoftware erstellt worden war – „das digitale Pendant zu einem Wunschzettel. Diese Liste wurde am 15. Oktober 2018 an eine Spezialeinheit des ägyptischen Geheimdienstes geschickte.

Hinsichtlich der erweiterten Verhörmethoden hatte die CIA nämlich eine schöne Sitte: Da sie unter Obama und Preston nicht dazu befugt war, diese Methoden anzuwenden, vergab die Agency Aufträge an andere Geheimdienste, die weniger Skrupel hatten. Dazu gehörte auch jene Spezialeinheit des ägyptischen Geheimdienstes, die den amerikanischen Kollegen die Drecksarbeit abnahm. Sie unterhält bis heute Stützpunkte in der östlichen Wüste Ägyptens. Einen davon mit dem sprechenden Namen Al-Wasaks – der Dreck – wurde zur Wirkungsstätte ausersehen. Allerdings brauchte Mr. Conaghue außer Menschenmaterial auch Ausrüstung. Daher die Wunschliste. Die ägyptischen Kollegen trugen alles zusammen. Die Liste enthielt unter anderem Teile eines Gerätes, das in zusammengebautem Zustand so aussieht."

Ein neues Foto erschien an der Rückwand.

Tiefes Schweigen im Theater.

„Es handelt sich, wie Sie sehen, um eine Art elektrischen Stuhl. Er war jedoch modifiziert, da er nicht zum Töten eingesetzt werden sollte, sondern zum Trainieren, verbunden mit der Möglichkeit, eine Tötungssituation zu simulieren. Dieses Gerät stand auf Bitte von Mr. Conaghue in der Einrichtung des ägyptischen Geheimdienstes in Al-Wasaks. Und auf dem nächsten Bild sehen wir es im Einsatz."

Das folgende Foto zeigte einen mageren jungen Mann, der in jenem Stuhl mehr hing als saß. Seine Hände hatten sich um die Armlehnen gekrallt, die Gelenke der Finger traten weiß hervor. Unterarme und Unterschenkel waren mit Lederriemen stramm an den Stuhl gebunden, weitere Lederriemen spannten sich um Brust und Oberschenkel, so dass er sich kaum rühren konnte. Sein nackter Oberkörper war mit Sensoren gepflastert, sein mit Elektroden bestückter kahler Kopf hing nach hinten. Das nächste Foto beseitigte alle Zweifel: Es handelte sich um El-Awlaki, diesmal in Nahaufnahme. Sein Mund stand offen, dünne Bahnen von Speichel rannen aus seinen Winkeln. Die Augen waren halb geöffnet, die Augäpfel jedoch verdreht, so dass nur der Rand der Iris unter den Lidern hervorschaute.

„Dieses Foto", sagte Osama bin Laden, „wurde von Mr. Conaghue persönlich aufgenommen."

„Unsinn!", rief der Beschuldigte. „Ich bestreite alles. Diese …"

Bin Laden schnippte mit den Fingern. Das nächste Bild erschien. Es zeigte Conaghue lachend neben dem Stuhl, in dem sein bewusstloser Proband hing.

„Dieses Foto", versetzte bin Laden mit steinerner Miene, „wurde *nicht* von Mr. Conaghue aufgenommen. Wir wissen nicht sicher, wer es gemacht hat, aber da auf anderen Bildern der Serie Mr. Carter auftaucht, dürfen wir annehmen, dass er hier als Fotograf fungierte. In diesem Fall also hat Mr. Conaghue die Behandlung des Häftlings nicht einfach in die Hände der Ägypter gelegt. Er brauchte lediglich eine *black site*, die nicht den Amerikanern gehörte. Dort hatte er Besonderes vor."

Bin Laden suchte nun wieder die Nähe seines Publikums.

„Ich weiß nicht, wie es Ihnen geht", sagte er, „aber mir drängen sich beim Anblick dieser Bilder zwei Fragen auf. Die erste: Wie kann jemand so blöd sein, solche Fotos nicht nur zu machen, sondern sie auch noch aufzubewahren? Jemand von der Agency, der sich mit den Regeln der Geheimhaltung auskennen sollte? Als habe es den Skandal von Abu Ghraib nie gegeben! Aus Gründen, die uns nur unser Angeklagter selbst verraten kann, muss sich Mr. Conaghue sehr sicher gefühlt haben. Wir haben diese Bilder so wie auch seine Wunschliste unter großen Mengen von Datenmaterial gefunden, das er in einem privaten, leidlich gut gesicherten Cloud-Archiv abgelegt hatte. Man darf annehmen: ohne Wissen seiner Vorgesetzten bei der CIA, sehr wohl aber mit Wissen von Henry W. Osborne, mit dem er damals, Anfang 2019, in engem Mailkontakt stand. Er wähnte sich wohl auf der Straße der Gewinner."

Bin Laden holte tief Luft, warf einen langen Blick in die dunkle Runde seiner Zuschauer und einen wesentlich kürzeren auf den Angeklagten im Scheinwerferlicht. Conaghue zitterte am ganzen Körper. Wohl eher vor Wut als vor Verzweiflung.

„Die zweite Frage", hob Bin Laden dann wesentlich leiser wieder an und deutete dazu auf das Foto von El-Awlaki auf dem elektrischen Stuhl, „mag auf den ersten Blick naiv klingen: Wie kann ein Mensch so etwas tun? Naiv ist die Frage deswegen, weil Menschen so etwas immer getan haben. Folter gibt es, seit es politische Systeme und Ideologien gibt. Nicht erst die Nazis verübten unfassbare Verbrechen gegen die Menschlichkeit. Wussten Sie, dass die USA von den Nazi-Verbrechen unmittelbar profitiert haben? Nach dem Zweiten Weltkrieg brachten US-Agenten KZ-Ärzte und andere Nazi-Wissenschaftler in den USA in Sicherheit. Deren Knowhow durfte natürlich mit einreisen. Sie durften dort sogar weiter ‚arbeiten' – etwa an einem Forschungsprogramm der CIA, das als ‚MK Ultra' vor etwas mehr als 50 Jahren aufgeflogen ist. MK Ultra verfolgte das Ziel, Methoden zu entwickeln, mit denen Menschen mental konditioniert werden konnten, um beispielsweise Attentate zu verüben. Auf den Fotos, die wir uns eben angeschaut haben, sahen wir MK Ultra in Reinform."

Er drehte sich zu dem Foto um.

„Folgendes Szenario dürfte dieser Aufnahme vorangegangen sein: Ägyptische Agenten in den Uniformen der jordanischen Armee haben den Gefangenen einer Spezialbehandlung unterzogen. ‚König Abdallah will von dir wissen', werden sie gebrüllt haben, oder: ‚Du wirst jetzt endlich sagen, was König Abdallah von dir wissen will' und dergleichen. Bei diesem Verfahren werden keine echten Fragen gestellt, die der Gefangene beantworten könnte. Er erfährt nie, was König Abdallah so dringend von ihm wissen will. Stattdessen gibt es jedes Mal, wenn König Abdallah erwähnt wird, Stromstöße, und zwar direkt auf die Kopfhaut, über die Elektroden, die auf dem Foto zu sehen sind. Auch Bilder vom König werden dem Gefangenen gezeigt. Er wird den König schließlich abgrundtief hassen. Dann ist er reif für den Sprengstoffgürtel. Die Behandlung dauert ein paar Wochen. Am Ende gibt es den Menschen El-Awlaki nicht mehr. Was es noch gibt, ist ein konditionierter Tötungsmechanismus, dem man nur noch ‚Abdallah' zu sagen und eine Richtung vorzugeben braucht. So geschehen am 23. April 2019. Niemand kann sagen, wie die Welt heute aussehen würde, wenn El-Awlaki nicht von den tapferen Leibwächtern des Königs überwältigt worden wäre. Die Schuld an dem Attentat trägt jedoch nicht er und auch nicht Al-Qaida, sondern dieser Mann hier: Harry Conaghue lieferte Maßarbeit ab, inklusive einer perfekten Legende über El-Awlakis Terroristenkarriere bei Al-Qaida. Noch heute, fünf Jahre später, glaubt die ganze Welt, dass es Al-Qaida war. Damit dürfte nun Schluss sein. Mr. Conaghue ist letztlich auf ganzer Linie gescheitert. Damals ist Ihnen auch ein schöner Job bei *United Steel & Weapons* durch die Lappen gegangen, nicht wahr?"

Conaghue versuchte, reglos zu bleiben, aber die Kamera fing deutlich die Bewegungen seines Adamsapfels ein, als er schluckte. Er antwortete nicht. Osama bin Laden ging darüber hinweg. Den Kopf gesenkt, als sei er beschämt, trat er wieder an den Rand der Bühne.

„Wir sind am Ende dieses Abends", sagte er und blickte wieder auf, „und es hat sich erneut gezeigt, wer der größte Feind des Menschen ist:

der Mensch. Dazu wird er, indem man ihm Macht gibt, denn Macht korrumpiert. Ich gebe zu, dass ich zutiefst erschöpft bin. Man begegnet nicht jeden Tag einem Monstrum wie Mr. Conaghue, das sich solche Dinge ausdenkt und sie auch noch persönlich exerziert. Verzeihen Sie daher, wenn ich heute Abend ein Ende mit Schrecken einem Schrecken ohne Ende vorziehe. Hier kommt das Urteil."

Er drehte sich zu Harry Conaghue um.

„Leider können Sie nicht länger nach Ihrer vierten Ehefrau Ausschau halten. Sie werden an den Geheimdienst der *Islamischen Allianz* überstellt. Im Gegensatz zu Ihnen und Ihren Kollegen von der CIA müssen die von der *Islamischen Allianz* nicht von erweiterten Verhörmethoden schwafeln, wenn sie Folter meinen."

Und wieder an das Publikum gewandt:

„Das Theater schließt für heute. Darf ich hoffen, dass Sie auch bei der Ausstrahlung des fünften und letzten Tribunals wieder dabei sein werden, wenn wir nachweisen werden, dass US-Agenten im Jahr 2013 in Damaskus mehr als 1300 Menschen mit dem Giftgas Sarin umbrachten? Den Sendetermin verkündet Ihnen rechtzeitig jedes Medium Ihrer Wahl auf der ganzen Welt. Osama bin Laden wünscht Ihnen allen eine friedliche gute Nacht. Schlafen Sie ruhig."

16. Juni 2024
Seattle

Hillary war erschöpft und völlig übermüdet, denn sie hatte wieder nur wenig und unruhig geschlafen. Die Bilder von Harveys Leiche verfolgten sie. Außerdem fieberte sie dem Augenblick entgegen, in dem sie Harveys Verbindungsdaten einsehen konnte. Am Morgen würden die Unterlagen auf ihrem Schreibtisch liegen. Dann würde es nur noch ein kleiner Schritt sein, bis sie den Callboy in die Mangel nehmen würde. Hillary wollte dem Typen ins Gesicht sehen, der womöglich seinen Schwanz in Harveys Hintern gesteckt und dafür auch noch Bezahlung erwartet hatte. Sie war sich allerdings nicht sicher, ob sie sich diesmal ausreichend im Griff hatte.

Ob Harvey es vielleicht einfach mal hatte ausprobieren wollen? Und wenn ja, warum? Hillary verstand es nicht.

Die Rastlosigkeit trieb sie früher als gewohnt ins Department. Die Liste mit den Verbindungsdaten – Telefonkontakte und Webseiten-Aufrufe via Handy und Tablet – lag schon für sie bereit. Ihre Leute hatten schnell gearbeitet.

Wie angeordnet enthielt die Liste alle Daten seit 18 Uhr am 14. Juni. Hillary machte sich gern ein möglichst vollständiges Bild davon, wie ein Mordopfer seinen letzten Lebenstag verbracht hatte. Das hatte schon oft zur Lösung eines Falls geführt. Häufig verbarg sich der Mörder hinter einem dieser Telefonkontakte. In Harveys Fall war das sogar so gut wie sicher – jedenfalls dann, wenn er den Kontakt zu jenem Callboy über sein Handy hergestellt hatte.

Vor 20 Uhr hatte er viel telefoniert. Die meisten der aufgelisteten Namen sagten Hillary nichts, aber da viele von ihnen einen Doktortitel hatten, ging sie davon aus, dass es sich um dienstliche Telefonate handelte. Auch Hillarys Anruf war verzeichnet. Zwischen 20 und 23:30 Uhr gab es eine auffällige Lücke. Das Handy war zwar nicht abgeschaltet gewesen, doch waren alle hereinkommenden Anrufe unbeantwortet geblieben. Zu dieser Zeit hatte Harvey den Leichnam McWeirs obduziert. Zwei Stunden für eine gründliche Obduktion, danach Verfassen des Berichts – das kam in etwa hin. Harvey schien das Institut gegen 23:30 Uhr verlassen zu haben und nach Hause gefahren zu sein, denn gegen 24 Uhr hatte sich der Tablet-Computer in seiner Wohnung ins Netz eingeloggt. Hillary überflog die Webseiten, die Harvey aufgesucht hatte. Pornoseiten! Und zwar solche für Homos. Harvey hatte sich offenbar nach der Obduktion ziemlich gezielt auf andere Gedanken gebracht.

Die nächste Aktivität gab es erst um 10:13 Uhr am 15. Juni. Harvey hatte Kevin Haney angerufen, seinen Assistenten. Gegen 12 Uhr war der erste von Hillarys Anrufen verzeichnet, den Harvey ebenso wenig entgegengenommen hatte wie alle weiteren. Einer zweiten Rufnummer war es ähnlich ergangen. Hillary zählte sechs erfolglose Kontaktversuche. Es handelte sich um die Nummer von Oliver Carhart, bei dem Harvey seinen Ersatzschlüssel deponiert hatte. Insgesamt hatte Harvey elf hereinkommende Anrufe nicht angenommen, selbst aber munter telefoniert, wie es schien. Hillary runzelte die Stirn.

Um 14:03 Uhr war Harvey auf die Webseite des Escort-Anbieters gegangen. Kurz darauf tauchte in der Verbindungsliste eine Handynummer auf, deren Besitzer Lionel Miller hieß. Dabei musste es sich um den Callboy handeln. Das Gespräch hatte kaum eine Minute gedauert. Offenbar waren die beiden sich schnell einig geworden. Danach hatte Harvey noch zwei Anrufe getätigt, jedoch keinen Anruf angenommen. Hillary kannte eine der beiden Nummern.

„Du hast gestern Nachmittag um drei Uhr einen Anruf von Harvey Walsh bekommen?", fragte sie Marc Johnson, als dieser pünktlich zum Dienstbeginn das Büro betrat.

„Habe ich das?", gab er zurück, ohne sein Erstaunen zu verbergen. „Daran würde ich mich erinnern."

Er zeigte Hillary die Liste der Anrufe auf seinem Handy. Harveys Nummer war nicht darunter.

„Und warum steht deine Nummer und dein Name in seinen Verbindungsdaten?", fragte Hillary. „Wieso ruft er dich an und nicht mich, obwohl wir locker verabredet waren?"

„Bin ich damit in den Kreis der Verdächtigen befördert?"

„Das ist nicht lustig. Irgendetwas stimmt hier nicht. Wo bleiben Jeff und Hank?"

„Bis wir mit dem Stricher zurückkommen, werden sie aufgetaucht sein."

„Holen wir uns das Luder!"

Lionel Miller öffnete ihnen schlaftrunken die Tür, lediglich mit Boxer-Shorts bekleidet.

„Ziehen Sie sich bitte an", sagte Hillary und streckte ihm ihren Ausweis entgegen. „Sie sind verhaftet. Sie haben das Recht zu schweigen. Alles, was Sie sagen, kann und wird vor Gericht gegen Sie verwendet werden. Sie haben das Recht, zu jeder Vernehmung einen Verteidiger hinzuzuziehen. Wenn Sie sich keinen Verteidiger leisten können, wird Ihnen einer gestellt."

Eingeschüchtert ließ er sich abführen.

Lionel Miller stammte aus einer Mittelschicht-Familie, studierte Betriebswirtschaft und nannte sich im Profil der Escort-Agentur, die seine Dienste anbot, schlicht Leo. Sein polizeiliches Führungszeugnis war tadellos. Hillary warf einen prüfenden Blick durch das verspiegelte Fenster des Verhörraums, nachdem sie die Unterlagen überflogen hatte. Sie war enttäuscht, denn Leo entsprach nicht im Geringsten dem, was sie unter einem Callboy verstand. Weder war er groß, noch sah er auffallend gut aus oder konnte mit Muskelbergen aufwarten. Er wirkte durchschnittlich, und obwohl er von drahtiger Statur und breitschultrig war, wäre er Hillary auf der Straße kaum aufgefallen. Einer dieser Jungs eben. Anfang 20, gerade dem Rüpelalter entwachsen.

„Die Harmlosigkeit in Person“, kommentierte Captain George Higgins, ihr Vorgesetzter, der kurz nach ihr eingetroffen war. Er hatte den Obduktionsbericht in der Hand. „Denk daran, dass es schwierig wird, ihm Prostitution nachzuweisen. In Walshs Anus wurde kein Sperma gefunden, nur Gleitmittel. Prostitution ist illegal, aber Escorts sind offiziell nichts anderes als Abendbegleitung. Wenn es zu einvernehmlichem Sex kommt, liegt keine Straftat vor, denn bezahlt wird nicht für den Sex, sondern für die Abendbegleitung.“

„George!“, fuhr Hillary ihn vorwurfsvoll an. „Wie lange mache ich das hier jetzt schon?“

Dann schob sie ihn beiseite und ging mit Marc ins Verhörzimmer.

Leo setzte sich sofort aufrecht hin, als die Detectives hereinkamen. Aufmerksam verfolgte er, wie sie sich setzten, ihre Unterlagen ausbreiteten und die Audio-Aufzeichnung einschalteten.

„Sie wurden über Ihre Rechte belehrt“, sagte Hillary, während sie noch blätterte. „Sie wollen keinen Anwalt?“

„Nein. Ich habe nichts getan und will mit der Polizei zusammenarbeiten, um die Sache zu klären.“

„Sie sind Hauptverdächtiger in einem Mordfall“, belehrte ihn Marc. „Das ist keine Kleinigkeit.“

„Ich habe nichts getan. Bitte stellen Sie Ihre Fragen. Wenn ich den Eindruck bekomme, dass mir etwas angehängt werden soll, kann ich immer noch einen Anwalt rufen. Bis dahin hoffe ich, dass wir das alles irgendwie regeln können.“

„Ein Anwalt würde zu viel Aufsehen erregen, nicht wahr?“, fragte Hillary provozierend. „Das brächte die Gefahr mit sich, dass Ihre Familie etwas von ihrem Nebenjob erfährt.“

„So ist es.“ Leo nickte. „Meine Leute sollen nicht erfahren, wie ich mein Studium finanziere. Sie glauben, dass ich kellnere.“

„Ein ehrbarer Job“, merkte Hillary an.

„Ein ausbeuterischer Job“, konterte Leo, „6,50 Dollar die Stunde.“

„Ehrliches Geld“, kommentierte Marc. „Als Escort lässt man sich also nicht ausbeuten?“

„Hängt davon ab, was man unter Ausbeutung versteht.“

„Was verdient ein Callboy pro Stunde?“, fragte Hillary.

„Ein Escort!“

„Wie viel?“

„Kommt drauf an.“

„Zum Beispiel für ein Date mit diesem Mann“, sagte Hillary und schob ein Foto von Harvey über den Tisch.

„Sieht nett aus“, sagte Leo, nahm das Foto und betrachtete es. „Leider bin ich ihm nie begegnet. Schade um ihn.“

Hillary musterte ihn unter zusammengezogenen Augenbrauen. Dieser Junge war entweder total abgebrüht oder grundehrlich. Nichts an seinem Verhalten ließ darauf schließen, dass er ihr etwas vorspielte.

„Sie kennen diesen Mann nicht?“, fragte Marc.

„Nein. Bin ihm nie begegnet. Ich würde mich erinnern. Nicht alle Kunden sind … sympathisch.“

„Sie haben kurz nach 14 Uhr mit ihm telefoniert.“

„Nein, ganz sicher nicht“, gab Leo zurück, zog sein Handy hervor, rief die Anrufliste auf und zeigte sie Hillary. Marc warf von der Seite her ebenfalls einen Blick auf das Display.

„Das Handy ist beschlagnahmt“, sagte Hillary. „Mr. Miller, wenn sie Mr. Walsh nicht kannten, wie kommt es dann, dass Ihre Fingerabdrücke überall in seinem Apartment zu finden sind?“

„Wie bitte?“ Leo fielen fast die Augen aus dem Kopf. „Ich weiß nicht einmal, wo dieser Mann wohnt.“

„Cranston 219.“

„Da war ich mal in der Nähe zu einem Date, aber das ist ein halbes Jahr her. In Cranston 219 bin ich nie gewesen.“

„Wo waren Sie gestern Nachmittag zwischen 16:30 und 18 Uhr?“

„Im Gym und anschließend in der Sauna.“

„Gibt es Leute, die das bestätigen können?“

„Natürlich, zum Beispiel an der Bar im Gym. Dort habe ich zwischendurch etwas getrunken.“

Wenig später, gleich nachdem er die Tür zum Verhörzimmer hinter sich geschlossen hatte, sagte Marc auf dem Korridor:

„Er war es nicht.“

„Oder er lügt wie gedruckt“, gab Hillary zurück. „Das reine Unschuldslamm. Sind dir seine Augen aufgefallen?“

„Natürlich“, antwortete Marc und räusperte sich.

„Wunderschön, oder? Der reine Leim. Wie deine.“

Marc sah sie erstaunt an, doch ehe er etwas sagen konnte, fuhr sie fort:

„Du könntest auch als Stricher gehen. Wenn der das kann …“

Dazu ließ sie ihren Blick beinahe anzüglich an seiner Gestalt hinab- und wieder hinauf gleiten. Er war eher der kräftig-athletische Typ, nicht der schlanke, drahtige wie Lionel Miller.

„Aber Hillary, das habe ich doch alles längst hinter mir“, versetzte er trocken und ließ sie stehen.

Hillary stockte der Atem.

Dann musste sie grinsen. Hiermit stand fest, dass sie mit solchen Spielchen bei ihm nicht weiterkam. Vielleicht sollte sie ihn einfach mal direkt fragen, ob er ein Homo war oder nicht.

Im Zimmer neben dem Verhörraum trafen sie auf den Captain, der das Verhör verfolgt hatte.

„George, wir brauchen einen Durchsuchungsbefehl für Millers Wohnung“, forderte Hillary. „Dort werden wir die Sachen finden, die aus Harveys Wohnung entwendet wurden.“

Als George Higgins zögerte, setzte Hillary sofort nach:

„Er ist unser Hauptverdächtiger. Seine Fingerabdrücke sind überall in Harveys Wohnung. Das sollte wohl für einen Durchsuchungsbefehl reichen.“

„Und sein Alibi?“, fragte Marc.

Zurück im Büro, winkte Hillary Jeff Alford und Hank Jablow zu sich. Letzterem drückte sie Harveys Verbindungsdaten in die Hand.

„Ich habe wichtige Jobs für euch. Hank, Du rufst bitte alle Nummern an, die in dieser Liste verzeichnet sind. Versuch herauszubekommen, worum es in den Gesprächen ging. Ich möchte ein möglichst genaues Bild von Harveys Aktivitäten sei dem 14. Juni, 18 Uhr. Jeff, Du fährst ins *Ocean Resort Fitness Gym* und überprüfst Millers Angaben.“ Sie reichte ihm ein Foto des jungen Mannes. „Er gibt an, zwischen 16:30 und 18 Uhr am 14. Juni dort trainiert zu haben. Angeblich hat er an der Bar etwas getrunken.“

„Sein Alibi?“, fragte Jeff.

„Ja. Anschließend fährst du ins Forensische Institut und versuchst zu rekonstruieren, wie der Abend des 14. Juni dort verlaufen ist. Wann begann die Obduktion? Wann hat Harvey das Institut verlassen?“

„Was hat das mit dem Mord zu tun?“, fragte Hank, der wenig Lust verspürte, den ganzen Tag lang fremde Leute anzurufen. Doch er arbeitete lang genug für Hillary, um ihre Vorgehensweise zu kennen.

„Wir recherchieren die Vorgeschichte, wie immer.“

„Die Hillary-Masche“, sagte Jeff.

„Und wie immer wird sich hinterher herausstellen“, murrte Hank, „dass wir uns doppelt so viel Arbeit gemacht haben als nötig.“

„Von nichts kommt nichts. Auf geht's, Leute!“

Wenig später hatte Hillary den Durchsuchungsbefehl für Leos Wohnung, und um drei Uhr saßen Hillary und Marc wieder im Verhörzimmer, zusammen mit einem verblüfften Lionel Miller, vor dem eine Menge Dinge, sorgfältig in Schutzfolien verpackt, auf dem Tisch ausgebreitet waren, darunter Harveys Portmonee mit Inhalt und ein Handy, abgeschaltet, das von Hillary persönlich bereits als Harveys Handy identifiziert worden war. „Diese Dinge haben wir in Ihrem Apartment gefunden“, erläuterte Hillary. „Sie gehören dem Mordopfer. Wie erklären Sie sich das?“

„Ich glaube, jetzt ist es Zeit für einen Anwalt“, sagte Leo, der entsetzt wirkte. „Ich habe diese Dinge nie gesehen und weiß nicht, wie sie in meine Wohnung gekommen sein sollen. Was soll mir hier untergeschoben werden? Ich möchte einen Anwalt.“

„Versuchen wir es erst noch einmal so“, gab Hillary zurück. „Sie haben dieses Handy noch nie vorher gesehen? Dieses Portmonee?“

„Ich beraube meine Kunden nicht und bringe sie auch nicht um. Ich möchte, dass sie zufrieden sind, wenn ich sie verlasse, damit sie mich wieder buchen. Davon profitiere ich mittelfristig.“

„Diese Fundstücke aus Ihrer Wohnung waren noch nicht in der kriminaltechnischen Untersuchung“, merkte Hillary an. „Ich wette, dass wir jede Menge Fingerabdrücke von Ihnen darauf finden werden.“

„Das wird nichts daran ändern, dass ich diese Dinge noch nie in der Hand hatte.“

„Oh doch, junger Mann“, versetzte Hillary, „das wird eine Menge ändern, denn das ergibt gerichtsfeste Indizien für Ihre Mordschuld.“

Leo schluckte, fing sich aber schnell wieder und sagte:

„Alles weitere nur noch mit Anwalt. Bitte beschaffen Sie mir einen Pflichtverteidiger.“

„Er war es nicht“, wiederholte Marc, als sie wieder draußen auf dem Flur waren. „Er sagt die Wahrheit.“

„Das Dumme ist nur“, sagte Hillary, die denselben Eindruck hatte, „dass weder er noch wir das beweisen können. Die Mordschuld zu beweisen hingegen dürfte eine Kleinigkeit sein. Man könnte das Beweismaterial als erdrückend bezeichnen.“

„Die Tatwaffe fehlt! Keine Spur davon in Millers Wohnung."

„Ist mir aufgefallen."

„Kein Sperma in Harveys Anus."

„Schon mal den Begriff Kondom gehört?"

„Du willst den Fall als gelöst ablegen?", fragte Marc. „Findest du das alles nicht viel zu offensichtlich? Könnte es damit zusammenhängen, dass Leo schwul ist? Ich weiß, wie du über Schwule denkst ... Warum eigentlich?"

Hillary blieb mitten auf dem Korridor stehen.

„Warum ich so über Schwule denke? Weil sie ... weil sie alles durcheinanderbringen."

„Mag ja sein, dass Leute wie dieser Leo dein schlichtes Weltbild durcheinanderbringen, aber wir haben gerade erst angefangen zu graben. Ich bin strikt dagegen, diesen Fall so schnell abzulegen."

„Ich will ihn nicht ablegen, sondern lösen", widersprach sie verblüfft. Er war ihr gegenüber noch nie so fordernd aufgetreten.

„Die Wahrheit herausfinden", fügte Marc hinzu.

„Ja, natürlich."

„Gerechtigkeit für das Opfer!"

„Bist du fertig?", fuhr sie ihn grinsend an. „Man könnte ja glauben, dass du direkt von der Polizeischule kommst. Ach, und das mit dem ‚schlichten Weltbild' werde ich so schnell nicht vergessen, denn ..."

Hillarys Handy forderte ihre Aufmerksamkeit. Sie nahm das Gespräch mit den Worten entgegen:

„Hallo, Jeff ... Okay, das habe ich befürchtet. Ja, danke. Fährst du jetzt bitte noch zum Forensischen Institut?"

Sie grinste Marc an und sagte:

„Du kannst beruhigt sein, der Fall ist noch längst nicht gelöst. Der Stricher hat ein Alibi. Zur Tatzeit war er im *Ocean Resort Fitness Gym*. Der Barkeeper hat das bestätigt."

„Dann wäre die nächste Frage: Wer hat das Diebesgut in Millers Wohnung gebracht? Oder anders: Wer benutzt ihn als Sündenbock?"

„Oder nochmal anders: Wer hat ...", begann Hillary, wurde aber von Oliver Hunter unterbrochen, der am Ende des Korridors auftauchte.

„Hillary, Marc", rief er, „ich muss mit euch reden. Sofort!"

Sie gingen in Hillarys Büro.

„Zwei Dinge", sagte der Forensiker nervös. „Ich habe in Harveys Blut chemische Verbindungen gefunden, die da nicht hingehören.

Zuerst dachte ich, dass es sich um Hinweise auf Drogenmissbrauch handeln könnte. Psychotrope Substanzen zerfallen im Körper. Ich will euch nicht mit Details langweilen …“

„Vielen Dank“, versetzte Hillary.

„… obwohl das ein spannendes Thema ist“, fuhr Oliver ungerührt fort. „Jedenfalls habe ich das Chemo-Muster vom Computer hochrechnen lassen, und das Ergebnis war dann doch ein wenig überraschend. Mit einer Wahrscheinlichkeit von 91 Prozent handelt es sich bei den Verbindungen um Zerfallsprodukte eines Benzodiazepins. 91 Prozent, das grenzt an Gewissheit.“

„Er war sediert?“, fragte Marc ungläubig.

„Die Konzentration ist so stark“, erläuterte Oliver. „dass ich folgende Einschätzung wage: Zu dem Zeitpunkt, als der Schuss ins Herz erfolgte, war Harvey nicht bei Bewusstsein. Und vermutlich auch davor nicht. Ich habe mir seine Nierenwerte angesehen. Reste von Benzodiazepinen fanden sich auch in seinem Urin. Die Konzentration lässt nur einen Schluss zu: Er war während dieses Tages bewusstlos.“ Oliver kratzte sich nervös am Hals. „Es handelt sich nicht um ein handelsübliches Betäubungsmittel. Ich konnte nicht herausfinden, welche Substanz es genau ist, und es war eher Zufall, dass ich darauf gestoßen bin. Aber ich habe noch etwas, und das hat mir wirklich zu denken gegeben.“

Oliver setzte sich an Hillarys Rechner, ging in die Cloud des Departments und rief einige Dateien auf.

„Ich bin blind gewesen“, sagte er, als würde dies zum besseren Verständnis seines Verhaltens beitragen. „Okay, ich habe mich schon gestern gewundert, aber vorhin habe ich mir die Fingerabdrücke aus Harveys Apartment noch einmal vorgenommen, und da fiel es mir wie Schuppen von den Augen. Hier, sehr ihr das?“

Der Monitor zeigte lange Reihen von daumennagelgroßen Fingerabdrücken.

„Das“, erklärte Hillary ironisch, „sind Fingerabdrücke. Und zwar Hunderte davon.“

„Bravo!“, gab Oliver zurück und fügte hinzu: „Und: Falsch! Richtig ist: Das sind Fingerabdrücke. Falsch ist: Das sind Hunderte. Ich habe nachgezählt. Es sind nur neun.“

„Neun? Das gibt es nicht“, entfuhr es Marc.

„Genauer: Das dürfte es nicht geben“, verbesserte Oliver, in seiner Aufregung ein wenig hochnäsig. „Aber doch ist es so. Neun Fingerabdrücke, die in Dutzenden von Kopien im ganzen Apartment verteilt waren. Sogar an Harveys Gürtelschnalle habe ich welche gefunden, und ich wette, dass auch das Portmonee und das Handy davon bedeckt sind. So was ist aber ausgeschlossen. Normalerweise ist jeder einzelne Fingerabdruck absolut individuell. Kein Fingerabdruck gleicht einem anderen auf die Weise, wie diese da es tun. Diese Kopien sind bis in die kleinsten Details identisch."

Hillary hob die Hand, bevor er weiterreden konnte.

„Einen Moment überlegen", sagte sie.

Der Moment dehnte sich über mehrere Sekunden. Dann ließ sie die Hand sinken, setzte ein Lächeln auf und verkündete:

„Wir machen Schluss für heute."

„Was?", entfuhr es den Männern gleichzeitig.

„Ausnahmsweise einmal pünktlich", sagte sie. „Das haben wir uns wohl verdient, oder? Ich will mir Olivers Entdeckung in Ruhe ansehen. Dafür brauche ich etwas Zeit. Außerdem fängt in einer halben Stunde das Tribunal an, wie diese Pisser von der *Queen Mary 2* ihre perverse Show nennen, und das will ich sehen. Morgen reden wir über die Details, in Ordnung? Schaut morgen früh um sieben Uhr im WO397 nach. Unser Hauptverdächtiger bleibt über Nacht bei uns."

„Hillary, hier hat einer …", begann Oliver, und Hillary fiel es leicht, den Satz zu Ende zu denken: … richtig Mist gebaut, aber du schickst uns nach Hause? Doch sie fiel Oliver sofort ins Wort.

„Ich wiederhole mich nicht", bekräftigte sie. „Schönen Feierabend. So, jetzt muss ich auf die Toilette."

Dank dieses kleinen Kniffs konnte sie das Büro direkt hinter dem empörten Oliver verlassen. Sie zwickte ihn draußen auf dem Korridor in den Arm. Er fuhr herum, doch bevor er etwas sagen konnte, zischte sie ihn an:

„Mach Kopien von den Fingerabdrücken und speichere sie auf externen Datenträgern. Nicht im System, hörst du? Extern! Mindestens zwei Kopien. Eine versteckst du in deiner Wohnung, eine trägst du von nun an immer am Körper. Wenn du keinen USB-Stick oder etwas Ähnliches hast, was groß genug für diese Datenmenge ist, dann kauf dir irgendwas. Klein muss es sein. Und zwar schnell. Sofort!"

Dann enteilte sie auf die Toilette.

Es war eine reine Vorsichtsmaßnahme, aus einem Bauchgefühl heraus. Hillary musste an Harveys Verbindungsdaten denken. Wer in der Lage war, eine solche Datenliste zu fälschen und Telefonate zu fingieren, dem waren noch ganz andere Dinge zuzutrauen. Möglicherweise trieb er sich auch im Netzwerk des *Seattle PD* herum. Und wenn Hillary nicht alles täuschte, würde Hank ihr bald durchgeben, dass die Liste tatsächlich gefälscht war. Es wäre gut, wenn jene, die da im Hintergrund möglicherweise zauberten wie im Cyber-Krieg, nicht zu schnell erführen, dass Hillary sie gewittert hatte.

***

Gerade noch rechtzeitig hatte Hillary es zu Heng Cho geschafft, ihrem Lieblingsasiaten, in dem Wissen, dass auch dort *Al-Dschasira* laufen würde, und in der Hoffnung, dass die fernöstliche Klientel des Restaurants der Show mit größerer Distanz begegnete als jede andere Community in der Stadt. Schon im zweiten Tribunal über Abu Ghraib hatte sie den Wunsch nach größerer Distanz verspürt. Was ging es sie an, was der Gefängnisdirektor mit den Ziegenbärten gemacht hatte? Dann das dritte Tribunal, der Anthrax-Impfstoff im CIA-Geheimgefängnis – was hatte das mit ihr hier in Seattle, mit ihrem Leben und ihr selbst zu tun? Nichts.

Doch es hatte mit ihr zu tun. Und es war fürchterlich! Darum musste sie sich diese Show trotz allem ansehen. Auch wenn es sich um eine Aufzeichnung handelte, die schon vor drei Tagen an Bord der *Queen Mary 2* aufgenommen worden war.

Sie selbst hatte oft genug die Ansicht vertreten und auch verteidigt, dass im Namen der Nation Dinge getan werden dürften, die im Namen des Staates nicht erlaubt waren. Rechtsstaaten hatten sich an ihre Gesetze zu halten. Nationen hingegen waren daran nicht gebunden. Sie konnten Gesetze übertreten, mussten dies vielleicht sogar, wenn sie einer guten Idee folgten. Aber wo war die Grenze zwischen einer guten Idee und einer bösen? Harry Conaghue, dessen Tribunal heute dran war, hatte womöglich geglaubt, mit seinem Plan vom Attentat auf Abdallah einer guten Idee zu folgen. Völlig zu Recht bezeichnete ihn Osama bin Laden am Schluss der Show als Monstrum. Und genau dies gab Hillary den Rest: Sie war tatsächlich derselben Meinung wie der Terrorist! Harry Conaghue war auch in ihren Augen ein Monstrum.

Der Besuch bei Heng Cho half Hillary nicht bei dem Versuch, Distanz herzustellen, im Gegenteil: Sie verließ das Lokal verstört und aufgewühlt. Es lag nicht am Essen, das vorzüglich gewesen war wie immer. Es lag vielmehr daran, dass sie bestimmte Bilder nicht mehr los wurde – die Bilder des seelenlosen El-Awlaki, aber auch die Bilder von den Gesichtern der Gäste im Restaurant, die das Geschehen mit steinernen Mienen verfolgt hatten. Als habe das, was da gezeigt wurde, nichts mit ihnen zu tun. Vielleicht ließ sich das Ungeheuerliche aus dieser Distanz heraus irgendwie ertragen? Als wären sie einfach nicht da? Aber so weit konnte Hillary nicht hinausschwimmen.

Selbst wenn die Nation mehr durfte als der Staat: Wer behielt die Kontrolle? Wer trug die Verantwortung?

Wer war das überhaupt – die Nation?

Deprimiert fuhr Hillary nach Hause.

Noch 92 Stunden bis zum Ende des Ultimatums.

4. Kapitel
Seuchenalarm

17. Juni 2024
Al-Isrā, Stützpunkt der Islamischen Allianz

Das Feuer war erloschen. Es hatte keine Nahrung mehr gefunden. Jan lauschte auf das feste, sichere Pochen des Herzens in seiner Brust.

Ich bin noch da!

Eine tiefe Erleichterung erfasste ihn.

Er hörte Stimmen. Vermutlich diskutierten sie wieder. Er bemühte sich nicht darum, sie zu verstehen, denn er wollte schlafen, nichts als schlafen, endlos, tief und fest.

Plötzlich war da ein eigenartig vertrauter Geschmack im Mund. Er schluckte instinktiv.

Tee!

Den rauen Handschuh an seiner Wange spürte er noch, und für einen Moment blitzte *gespürte* Umgebung in ihm auf. Die beiden unförmigen Gestalten an seinem Lager ...

Irgendwann erwachte er mit unangenehm trockenem Hals. Er musste eine Weile mit offenem Mund dagelegen haben. Nun schlug er die Augen auf und schaffte es, seinen Kopf ein wenig anzuheben.

„Ganz ruhig, nicht anstrengen!“ Maria Francescas Stimme schnarrte aus den Lautsprechern ihres Anzugs.

„Ich habe die Seeungeheuer besiegt“, krächzte er.

Maria Francesca lachte hell auf.

„Mein kleiner Odysseus!“

Der Geschmack von Fencheltee, den sie ihm mit einer Schnabeltasse verabreichte, erfüllte seinen Mund mit fruchtiger, belebender Frische. Der Tee war mit Traubenzucker gesüßt.

„Du säufst uns noch alle Infusionen weg“, sagte Maria Francesca im Tonfall scheinbarer Beschwerde, während sie seinen Kopf stützte, damit er leichter trinken konnte. „Fast drei Liter in 24 Stunden! Wir haben dein Blut schön dünnflüssig gehalten. Dein Herz hat geschuftet.“

„Und das Fieber?“, fragte er, nachdem er ihre Hand mit der Schnabeltasse beiseite gedrückt hatte.

„Vor einer halben Stunde ist es zum ersten Mal seit gut zwei Tagen unter 38,5 Grad gefallen.“

Jan wollte den Kopf sinken lassen, doch Maria Francesca hielt ihn und nutzte die Gelegenheit, das nassgeschwitzte Kopfkissen gegen ein frisches, trockenes zu tauschen.

„Nicht anstrengen“, wiederholte sie mahnend. „Niemand weiß sicher, ob es überstanden ist. Deine Skylla-Weltpremiere soll bitte ohne Komplikationen abklingen.“

„Ich fühle … mich … besser“, krächzte Jan; dabei wollten ihm schon wieder die Augen zufallen.

„So fühlt man sich bei abklingendem Fieber“, sagte Maria Francesca. „Wie bei einer Grippe. Vermutlich ein gutes Zeichen. Du hast jetzt auch genügend Antikörper.“ Sie seufzte. „Dr. Latif hat dir andauernd Blut abgenommen. Wir werden den Verlauf der Infektion gut nachvollziehen können.“

Sie war die ganze Zeit bei mir ...

Eine sanfte Welle der Dankbarkeit spülte Jans Bewusstsein fort. Er hörte noch ihre Worte:

„Du weißt gar nicht, wie sehr du Gott versucht hast.“

Oh doch, das weiß ich genau.

Dann schlief er wieder ein.

***

Jan spürte sein Herz. Etwas hatte sich verändert. Es rumpelte in seiner Brust, als verschlucke es sich, es kam aus dem Takt, und diese Aussetzer schürten heiße Panik in ihm.

Dr. Latif begutachtete das laufende EKG. Bei ihm war ein anderer Wissenschaftler namens Jean-Marie Legrand, der behauptete, sie wären sich schon in der Kantine begegnet; doch Jan erinnerte sich nicht an ihn. Gemeinsam untersuchten die beiden Männer das Vorhofflimmern, ohne eine klare Ursache ausmachen zu können. Jans Temperatur hielt sich derweil bei 37,8.

„Herzrhythmusstörungen sind eine medizinische Disziplin für sich“, sagte Legrand mit französischem Akzent. „Ihr Herz ist gestresst, aber es ist nicht irreversibel geschädigt. Ich vermute, dass Ihr Problem nicht in erster Linie vom Herzen herrührt. Ihnen sind einige schwerwiegende Dinge widerfahren. Es würde mich nicht wundern, wenn da in der Tiefe

Ihres vegetativen Nervensystems etwas aus dem Takt geraten ist. Da steht man dann als Mediziner und muss zugeben, dass man keinen Rat weiß. Früher, als Arzt in Paris, habe ich Patienten mit solchen Leidensgeschichten zum Yoga geschickt. Das hat oft geholfen."

„Ich wüsste etwas, was helfen könnte", sagte Maria Francesca, aber Dr. Latif und Legrand achteten nicht auf sie.

Ich auch: Arbeit. Eine Aufgabe. Mich auf etwas konzentrieren.

„Eine Option gibt es in einem Fall wie diesem immer", gab Dr. Latif trocken zurück, „wenn ein Herz zu langsam schlägt: Herzschrittmacher."

„Natürlich", gab Legrand zu.

„Herzschrittmacher?" Das war wieder Maria Francesca. „Lasst den Mann doch einfach mal in Ruhe! Er hat seine Schwester verloren, wurde mit schwersten Betäubungsmitteln gekidnappt, hat dann unverschuldet seinen besten Freund umgebracht, wurde dekontaminiert – habe ich etwas vergessen? Skylla! Jedes einzelne dieser Erlebnisse kann traumatisch sein. Außerdem schlägt sein Herz nicht zu langsam, sondern er hat einen niedrigen Ruhepuls."

Jan sah die beiden Männer hinter ihren Helmvisieren nicken.

„Niemals setzt ihr mir einen Schrittmacher ein!", protestierte Jan. „Dazu bin ich viel zu jung."

„Ich hatte Patienten, bei denen das schon mit 25 Jahren nötig war", widersprach Legrand. „Aber Sie sind ein sportlicher Typ. Ich kann keine Schädigung erkennen, wie gesagt. Wahrscheinlich verschwindet das Flimmern wirklich von allein."

„So sehe ich das im Grunde ebenfalls", sagte Jan, „möchte aber dennoch eine Verlegung an die Berliner Charité anregen."

„Dem Patienten geht es offenkundig besser", kommentierte Maria Francesca. „Er wird bereits wieder frech."

„Wir werden das aufmerksam beobachten", sagte der Doktor, „und selbstverständlich nichts überstürzen. Was macht das Fieber?"

„Leicht erhöht bei 37,8", antwortete Maria Francesca.

„Bei einer Grippe würde ich sagen: Das ist normal gegen Abend, aber … Einen Moment, ich bekomme gerade … Dr. Metzner, fühlen Sie sich fit genug, Besuch zu empfangen?"

„Ich bin gerade so was von hellwach", antwortete Jan.

„Kommandant Al-Maphrut möchte etwas Wichtiges mit Ihnen besprechen, seit zwei Tagen schon. Ich habe ihm den Zugang bisher verwehrt, aber jetzt …"

„Sie haben dem Kommandanten verboten, mich zu besuchen?“, empörte sich Jan. „Lassen Sie ihn rein.“

Zehn Minuten später stand Sacharija „Zach“ al-Maphrut neben Jans Bett. Auch er steckte in einem Hochsicherheitsanzug, doch Jan erkannte ihn trotzdem schon beim Hereinkommen an der wuchtigen Gestalt. Al-Maphrut erkundigte sich mit aufrichtiger Sorge nach Jans Wohlbefinden, um dann ohne weiteren Umweg auf den Anlass seines Besuches zu sprechen zu kommen.

„Wir machen uns Sorgen wegen König Abdallah. Es gibt konkrete Hinweise, dass ihm ein Skylla-Attentat droht. Dr. Metzner, Sie kennen die *Allianz* noch nicht lange – aber vielleicht doch lange genug, um zu verstehen, dass die *Allianz* ohne Abdallah zusammenbrechen würde. Sein Tod würde die radikalen Kräfte innerhalb des Islams stärken. Wir müssen alles tun, um sein Leben zu schützen.“

„Natürlich!“, sagte Jan. „Er ist mit Charybdis infiziert?“

„Wir gehen davon aus. Sonst ergäben alle Hinweise keinen Sinn. Zurzeit häufen sich die rätselhaften Todesfälle unter muslimischen Führern wieder.“ Er berichtete vom Tod des Hamas-Führers. Den des saudischen Theologen hatte Jan noch vor seiner Infektion selbst mitbekommen. „Es gab in beiden Fällen dieselben Anzeichen: plötzlicher Herztod, verbunden mit Panikattacken, keine Hilfe möglich. Typisch Skylla, sagen alle, die etwas davon verstehen, aber wir können es nicht beweisen, weil die Opfer nicht obduziert werden.“

„Wirklich zu dumm, dass wir keinen Charybdis-Test haben“, sagte Jan und trank etwas Tee. Seine Kehle war rau und fühlte sich trocken an. Verwundert registrierte er die Blicke, die Al-Maphrut und Maria Francesca sich zuwarfen, doch der Kommandant fuhr bereits fort:

„Der König wurde vorübergehend in Sicherheit gebracht an einen Ort, den nur wenige Menschen kennen. Er kann sich aber keine lange Abwesenheit vom Hof leisten, gerade jetzt nicht, in dieser heiklen Phase, auch weil Israel einen Ansprechpartner braucht, den es achtet. Wir haben bereits unzählige Szenarien durchdacht, wie wir seine Rückkehr ermöglichen können, ohne ihn in Gefahr zu bringen. Fällt Ihnen etwas dazu ein? Ehrlich gesagt, Dr. Metzner, hoffe ich sehr auf Sie, denn alle unsere Ideen waren … schwer umsetzbar.“

„Ich soll Ihnen das Ei des Kolumbus liefern?“

„Eine handhabbare Idee wäre mir lieber als ein Ei“, gab der Kommandant trocken zurück, „auch wenn es das von Kolumbus wäre. Sie sind natürlich nicht auf dem neuesten Stand. Erinnern Sie sich, dass die Schura Jerusalem zu ihrem offiziellen Sitz ernannte?“

„Natürlich“, antwortete Jan. Diese Forderung der Schura war auf eine derart traurig-tragische Weise aussichtslos, dass es unmöglich war, sich nicht daran zu erinnern.

„In der islamischen Welt gibt es jetzt Bestrebungen, einen Marsch auf Jerusalem zu organisieren“, sagte al-Maphrut. „In den Online-Netzwerken bilden sich Organisationskomitees, und es ist zu befürchten, dass sich fünf Millionen Muslime oder mehr aus allen Himmelsrichtungen auf den Weg machen könnten, um sich in Amman zu sammeln und von dort nach Jerusalem zu gehen. Können Sie sich vorstellen, was geschieht, wenn die das tatsächlich wagen?“

„Sie meinen, wegen Israel?“

Al-Maphrut nickte und sagte:

„Das gäbe ein Blutbad, und je nachdem, wer die Oberhand behält, gäbe es danach kein Israel mehr, oder Israel hätte sich vieltausendfach mit Blut besudelt.“

„Keine schönen Aussichten“, gab Jan zu. Seine Konzentration schwand.

„König Abdallah ist der einzige, der diesen Marsch verhindern kann. Er stammt direkt vom Propheten ab, er hat die Autorität dazu.“

„Aber dann wäre es doch unlogisch, wenn die Amerikaner wirklich versuchen würden, ihn per Skylla umzubringen. Wenn er doch eine Art Garant für den Bestand Israels ist …“

„Dr. Metzner, Sie haben von *SCOUT* gehört? Der US-Organisation, die Skylla kontrolliert? Es handelt sich um Radikale, die bereits einmal ein Attentat auf Abdallah versucht haben. Das wurde gerade im vierten Tribunal aufgedeckt. Gemäßigte Muslime, radikale Muslime – solche Feinheiten interessieren sie nicht. Muslime sind Muslime und damit bestens geeignet als Kriegsgegner. Denn es muss immer irgendwo Krieg geben. Wenn es keinen Krieg gibt, dann fließt kein Geld. Ein ‚Marsch der Millionen‘ mit einem Blutbad vor den Toren Jerusalems wäre genau im Sinne von *SCOUT*. Diese Verblendeten haben zum Beispiel auch nicht begriffen, dass sie der *Islamischen Allianz* einen Gefallen tun, wenn sie Skylla auf die Radikalen in der Hamas-Führung loslassen, denn jeder Hassprediger weniger ist ein weggefallener Gegenspieler für Abdallah. Sie bringen sie trotzdem um. Ihnen genügt es, dass Abdallah Frieden will, um zu versuchen, ihn umzubringen.“

„Ziemlich schlichte Logik“, murmelte Jan und gähnte.

Al-Maphruts Gestalt straffte sich, und er sagte:

„Entschuldigen Sie, ich wollte Sie nicht überbeanspruchen. Ich werde Sie jetzt in Ruhe lassen. Aber darf ich hoffen, dass Sie über die Situation des Königs nachdenken?“

„Ich hätte da vielleicht eine Idee“, sagte Jan, „aber sie ist vom ethischen Standpunkt her bedenklich.“

„Verschonen Sie mich in dieser Situation mit Ethik!“

„Infizieren Sie seinen Hofstaat mit Charybdis“, sagte Jan und hustete. Sein Hals war schon wieder trocken.

Al-Maphrut erstarrte.

„Wie bitte? Mit Charybdis?“

„Nach vier bis fünf Tagen werden Sie es mitbekommen, ob jemand am Hof mit Skylla hantiert“, fügte Jan hinzu.

„Derjenige könnte unschuldig sein!“, wandte Maria Francesca entrüstet ein. „Ein unwissender Bote ohne die geringste Ahnung.“

„Ich sagte ja, dass meine Idee fragwürdig ist.“

„Den Hofstaat infizieren …“, wiederholte Al-Maphrut. „Diese Idee ist so einfach, dass sie schlicht genial ist! Dr. Latif, wann kann Dr. Metzner wieder anfangen zu arbeiten?“

„In einer Woche von dem Moment an, in dem seine Temperatur einen Tag lang nicht über 37,5 gestiegen ist“, antwortete der Arzt. „Dann gehe ich davon aus, dass er Skylla überstanden hat.“

„In einer Woche? Inakzeptabel! Es gibt so viel zu tun.“ Al-Maphrut wandte sich gleich wieder direkt an Jan. „Dr. Metzner, wir brauchen Ihre Hilfe dringend. Werden Sie so schnell wie möglich wieder fit.“

Jan wollte eben antworten, als er *spürte*, dass sich schlagartig etwas veränderte.

Seine Gabe war noch nicht vollständig zurückgekehrt, aber sie blitzte immer wieder und immer häufiger auf. Er nahm diese irritierenden Blitze in seinem Kopf gern in Kauf angesichts der Aussicht auf die vollständige Rückkehr der Gabe. Jetzt war sie plötzlich wieder da, länger als zuvor, und Jan *spürte* die Erstarrung der drei Menschen in seiner Nähe, bevor er sie mit Blicken hätte erfassen können.

Es war vor allem die Tatsache, dass alle drei gleichzeitig stockten, die ihn wissen ließ, dass etwas vorgefallen war.

„Herr, hilf!“, seufzte Maria Francesca.

„Wenn das nur gut geht“, knurrte Dr. Latif.

„Was ist los?“, fragte Jan.

Alle drei hoben gleichzeitig die Hände zum Zeichen dafür, dass Jan sich einen Moment gedulden möge. Sie mussten über ihren Helmfunk alarmierende Nachrichten erhalten haben.

Schließlich wandte sich Al-Maphrut an ihn.

„Sie haben in letzter Zeit einiges verschlafen, Dr. Metzner“, sagte er. „Erinnern Sie sich noch an die Sturmfahrt der *Queen Mary 2* durch die Bucht von New York?“

So nennen sie das also inzwischen – Sturmfahrt.

„Soeben kommen Nachrichten, dass die Amerikaner den Sturm auf das Schiff eröffnet haben.“

Etwa zwei Jahre zuvor
30. September 2022
Tanger / Marokko

Tiefhängende Wolken zogen regenschwer an der Küste entlang. Die See schwappte lustlos vor sich hin, die Wellen im Hafenbecken wirkten bemüht, nicht in sich zusammenzusacken, bevor sie nicht wenigstens die Mole oder den stählernen Leib der Fähre erreicht hatten, um daran zu Geschichte zu werden.

Während die Fähre in den Hafen von Tanger glitt, musste Michael an Maggie denken, seine Schwester. Sie hätte mit ihrer Poesie vielleicht die passenden Worte gefunden, um den Moment einzufangen. Wellen faszinierten sie. Vielleicht hätte sie etwas darüber gedichtet, dass die Wellen dieses Meeres, das Michael soeben hinter sich ließ, schon vor Jahrtausenden von den Schiffen der Griechen und Phönizier geteilt worden waren. Vielleicht etwas darüber, wie schwächlich die Wellen heute waren, obwohl sie anderswo und zu anderer Zeit tosend schon viele Menschenleben genommen hatten. Oder über ihren Bruder Michael, der eigentlich nur ein Papierschiffchen war und die Überfahrt trotzdem geschafft hatte.

Michael lächelte an der Reling über diese schiefe Metapher, denn ein Papierschiffchen als Passagier einer Mittelmeerfähre – das passte natürlich nicht. Er war nun mal kein Dichter. Schlagartig bekam er

Sehnsucht nach seiner Schwester, nach seiner Familie, seinem Vater, nach Vermont und den Green Mountains. Das alles lag jedoch unwiederbringlich hinter ihm, zusammen mit den USA. Dieses Leben, das er einmal gelebt hatte, war jetzt Geschichte, so wie die Wellen im Hafen von Tanger Geschichte wurden.

Michael atmete tief durch, während er dem Anlegemanöver zusah. Er war niedergeschlagen und einsam, obwohl er, wie er sich sagte, allen Grund zu Freude und Zuversicht hatte. In wenigen Minuten würde er marokkanischen Boden betreten. Er hatte es geschafft! Das änderte allerdings nichts an seiner Einsamkeit und wenig an seiner Sehnsucht. Vielleicht gab es zurzeit niemanden auf diesem Planeten, der einsamer war als er, der Landesverräter mit dem sorgenvollen Gepäck.

Immerhin, *SCOUT* hatte ihn aus dem Fokus verloren. Das stand nun fest. So beängstigend diese Organisation auch wirkte – ihre Macht hatte doch Grenzen! Sie war gesichtslos und geheimnisumwittert und, ja, gespenstisch, vor allem wenn man sich tagelang mit nichts anderem beschäftigte. Aber vielleicht steckten in Wirklichkeit nur ein paar alte Männer dahinter, verrannt in rassistische Ideen und nationalistischen Wahn, die in ihren Sesseln dahinsiechten, gelegentlich mit den Köpfen wackelten und hin und wieder miteinander telefonierten?

Michael war in Sicherheit!

Mit bleierner Schwere in den Beinen torkelte er die Treppe hinab zum Ausstiegsdeck, und als an Land ging, war er von Schweiß überströmt in der drückenden schwül-warmen Luft. Er sehnte sich danach anzukommen, doch auch das Hotel, zu dem er mit einem Taxi fuhr, würde nur eine weitere Zwischenstation sein.

Das El-Minza war ein freundliches Haus oberhalb der Altstadt und wurde von zuvorkommenden Menschen geführt. Kaum erfuhren sie seinen Namen, als der Groschen auch schon fiel:

„Auf Ihren Namen wurde ein Zimmer reserviert, Mr. Sturbinsky."

„Ist es klimatisiert?"

„Selbstverständlich. Und es hat eine Dusche."

„Ich rieche wohl?"

Die junge Marokkanerin hinter der Rezeption schenkte ihm anstelle einer Antwort ein offenherziges Lächeln.

„Hier ist der Code für Ihren Internet-Zugang", sagte sie. „Bitte warten Sie. Es wurde etwas für Sie hinterlegt …"

Sie kam mit einem Paket zurück, winkte einem schlaksigen Jungen, der in der Nähe der Tür darauf gewartet hatte, dass ein Job für ihn abfiel, und gab ihm den Karton. Michael hätte die Hilfe beinahe abgelehnt, doch der Junge lebte wohl von solchen Dienstleistungen, und so akzeptierte er sie, zumal er auf diese Weise zu seinem Zimmer im zweiten Stock geführt wurde. Hier drückte er dem Jungen einen Fünf-Euro-Schein in die Hand – das einzige Kleingeld, das er noch hatte; der Rest bestand aus einem dünn gewordenen Batzen von Fünfzig-Euro-Scheinen. Auch in dieser Hinsicht ging sein früheres Leben zu Ende. Was er wohl ohne Bargeld unternehmen würde, wenn er sich im letzten Moment doch noch anders entschied?

Der Junge bedankte sich überschwänglich. Fünf Euro waren viel Geld für ihn. Er sagte:

„Wenn Sie etwas brauchen, Sir, rufen Sie nach mir. Stadtführung, gute Restaurants – ich kenne mich aus. Rufen Sie nach Mohamed."

Das Zimmer war komfortabel eingerichtet auf dem Niveau eines Mittelklasse-Stadthotels. Das Bett war etwas zu weich, man hörte die Nachbarn, wenn sie auf der Toilette den Abzug betätigten, und die Klima-Anlage brummte, aber alles in allem genügte das Zimmer Michaels Ansprüchen. Er warf einen misstrauischen Blick aus dem Fenster, ehe er die Vorhänge zuzog, und kontrollierte seine Bleibe auf versteckte Mikrokameras und Abhörgeräte. Erfolglos.

Er öffnete das Paket und entnahm ihm ein kleines, leichtes Notebook. Er stellte es auf den Tisch, zog einen Stuhl heran und schaltete es ein. Eine Eingabemaske erschien:

„Bitte geben Sie ein Passwort Ihrer Wahl ein und wiederholen Sie es. Es sollte aus mindestens neun Zeichen in Groß- und Kleinschreibung bestehen. Mindestens zwei Zeichen sollten Ziffern sein. Dies ist eine einmalige Maßnahme zur Personalisierung Ihres Computers."

Das Passwort, das er eingab, hatte 22 Zeichen, darunter fünf Ziffern. Es war dasselbe komplizierte Passwort, das er auch bei seinem alten Notebook benutzte und das ihm im Lauf der Jahre so vertraut geworden war, dass es ihm aus den Fingern floss. Es war sicher genug.

„Netzsuche", signalisierte der Computer, fand das Wifi-Netzwerk des Hotels und verlangte nach dem Code, den Michael an der Rezeption erhalten hatte. Kurz darauf war der Computer eingeloggt.

Währenddessen zog Michael sein durchgeschwitztes Hemd aus, streifte seine Jeans ab und wollte sich gerade im kühlen Luftstrom der

Klima-Anlage auf dem Bett ausstrecken, als sich auf dem Monitor des Notebooks ein Fenster öffnete.

Evan!

Es ging so schnell, dass es in der Tat den Anschein hatte, als habe Evan nur auf diesen Kontakt gewartet.

>>hallo michael. ich empfange die signatur ihres computers. sie sind gut angekommen?

Michael setzte sich wieder an den Tisch und schrieb:

<<hallo evan. alles gut gegangen. habe inzwischen auch das scout-material durchgearbeitet und verstehe nun, was sie mir sagen wollten. scout muss aufgehalten werden. wie weit sind die vorbereitungen?

>>scout ist theoretisch bereit zuzuschlagen. es ist aber unwahrscheinlich, dass es bald dazu kommt. weiterhin gibt es intern starke kräfte, die enduring freedom nicht billigen. diese kräfte werden den plänen nur zustimmen, wenn wirklich gefahr besteht

<<wie sähe die aus?

>>ein schwerer terroranschlag wäre geeignet, die stimmung umschlagen zu lassen, wenn die regierung nicht angemessen reagiert

<<angemessen bedeutet: so wie scout es für richtig hält

>>ja

<<was können wir tun?

>>die gute nachricht ist: scout hat ihre spur verloren. das war nicht unbedingt zu erwarten. zurzeit können sie sich uneingeschränkt sicher fühlen. niemand ist ihnen auf den fersen. ich wüsste es

<<wieso wüssten sie das?

>>ich bin ausgezeichnet vernetzt. bei scout hat man ihnen die geschichte von dem verwirrten mann abgekauft, der in die wälder gegangen ist. ihr auftritt bei direktor wellington war beeindruckend

Michael lachte leise.

<<kaum zu glauben

>>im grunde sind die leute bei scout romantiker. sie glauben an das vaterland und an die amerikanischen werte. sie hassen kommunisten und liberale, aber sie lieben ihre familien, und wenn jemand den tod

seines vaters nicht verkraftet, dann rührt sie das zu tränen, selbst wenn derjenige liberaler ist wie sie. diese leute sind allesamt väter und patriarchen, die sich nichts mehr wünschen, als riesige lücken zu hinterlassen, wenn sie einmal sterben. sie halten sich für unersetzlich

<<keine frauen dabei?

>>in den führungsgremien gibt es keine einzige frau. ebenso obligatorisch wie männlichkeit ist teilnahme am liederkranz

<<was ist liederkranz?

>>man singt christliche lieder, weint dabei über die schlechtigkeit der welt, fühlt sich zugleich über alle niederungen erhaben und vergewissert sich so der gerechtigkeit der eigenen sache

<<die scout-leute sind also evangelische fundamentalisten

>>überwiegend. aber eigentlich wollte ich mit ihnen über etwas anderes sprechen. sind sie bereit, den nächsten schritt zu gehen?

<<ja

>>dann komme ich zu den schlechten nachrichten. dort, wohin sie gehen, ist kein kontakt zwischen uns möglich

<<das labor?

>>ja. es ist so geheim, dass selbst ich nicht weiß, wo es sich befindet. und das ist auch gut so, denn sonst käme ich als doppelagent in eine schwierige lage

<<vielleicht finden wir vorher noch gelegenheit zu reden, evan. ich möchte noch eine menge über scout wissen

>>vielleicht, aber zunächst ist anderes wichtiger. ihr kontaktmann zur allianz heißt bassam al-faris. er ist geheimdienstoffizier, und es steht außer frage, dass er schon in wenigen monaten eine leitende position innehaben wird. er kommt nach tanger, um sie zu treffen

<<eigens wegen mir?

>>er weiß, wie kostbar sie für die allianz sein werden. sie kennen sich in tanger nicht aus, oder?

<<nein

>>morgen abend werden sie ihn gegen 22 uhr im club oasis im hafenviertel treffen. lassen sie sich hinführen.

<<wie erkenne ich ihn?

>>er erkennt sie

***

Das *Oasis* war ein Club westlicher Prägung mit mehreren Dancefloors und ein paar ruhigeren Nebenräumen, die im Lounge-Stil eingerichtet waren. Es war früher Samstagabend. Der Andrang hielt sich noch in Grenzen. Kaum stand Michael an der Bar, um ein Bier zu bestellen, als ein Mann neben ihm auftauchte.

„Mr. Sturbinsky?“, fragte er, und als Michael nickte, sagte er: „Begleiten Sie mich bitte.“

„Ich habe gerade etwas bestellt“, sagte Michael und wandte sich wieder an den Barkeeper, der jedoch bedauernd die Schultern hob:

„Wir schenken keinen Alkohol aus, Sir.“

Also ließ Michael sich eine koffeinhaltige Limonade geben.

Bassam al-Faris begrüßte ihn mit einem kraftvollen Handschlag, ehe er seinen Mitarbeiter als Wache vor den Eingang der Lounge schickte. Er war ein hochgewachsener, schlanker Mann ungefähr in Michaels Alter. Seine Bewegungen zeugten von Selbstbeherrschung und Körperkontrolle. Er trug Hemd, Jeans und Sportschuhe, sein Gesicht war sorgfältig rasiert; rein äußerlich hatte er nichts von jenen bärtigen religiösen Eiferern, die im Fernsehen gern gezeigt wurden, um den fanatischen Islam zu illustrieren.

Nun war die *Islamische Allianz* zwar, glaubte man Evan, keine religiöse Organisation, doch Michael suchte nach Hinweisen und Indizien dafür, dass er manipuliert wurde. Noch bestand die Möglichkeit zur Umkehr. Damit würde es vorbei sein, sobald er sich mit diesem Mann einig geworden war.

Al-Faris trug seine Haare sehr kurz und wirkte auf den ersten Blick sympathisch. Weiße, gepflegte Zähne blitzten zwischen seinen Lippen auf, wenn er lächelte. Doch in seinen dunklen Augen war etwas Eisiges, eine befremdliche Kälte, mit der Michael taxiert und gewogen wurde. Im nächsten Moment lächelte Al-Faris zwar breit und freundlich, doch Michael würde seinen ersten Eindruck niemals vergessen. Diesen Mann wollte er nicht zum Gegner haben.

Und noch etwas irritierte ihn, jedoch erst beim zweiten Hinsehen: Die rechte Gesichtshälfte wirkte im Vergleich zur linken welliger und war von Narben übersät, und wenn Michael sich nicht täuschte, war sie etwas heller als die der anderen Hälfte, aber das ließ sich bei den Lichtverhältnissen in der Lounge unmöglich genauer sagen.

„Sie sind ein guter Beobachter, Professor“, sagte Bassam al-Faris.

„Eigentlich nicht“, gab Michael zurück, irritiert von dieser Gesprächseröffnung. „Es sei denn, es geht um Bakterien.“

„Sie haben sofort gemerkt, dass mit meinem Gesicht etwas nicht stimmt“, widersprach Bassam al-Faris. „Leugnen Sie nicht – ich habe Ihr Erstaunen bemerkt. Sie konnten es nicht verbergen. Ich bin das gewohnt. Deswegen suche ich mir für Erstkontakte gern Lokale wie dieses aus, wo das Offensichtliche im Halbdunkel nicht gleich so brutal in den Vordergrund tritt.“

„Was ist mit Ihrem Gesicht?“, fragte Michael rundheraus. „Es sieht aus, als wäre ein Teil der Haut transplantiert worden.“

„So ist es. Im Jahr 2011 erlitt ich schwere Verbrennungen, als ich im Krieg in einem brennenden Haus verschüttet wurde. Ich wäre beinahe gestorben. Das war der Krieg, in dem der Westen Gaddafi weggebombt hat.“

„Sie haben für Gaddafi gekämpft?“

„Selbstverständlich. Er war mein Vater!“

„Sie sind der Sohn des ehemaligen Diktators?“, fragte Michael erstaunt. Das kam unerwartet.

„Einer seiner Söhne. Ich war überzeugt davon, dass nur er Libyen, unsere Heimat, zusammenhalten konnte, und die Geschichte hat mir recht gegeben.“

Michael nickte, obwohl er über die libysche Geschichte nur wenig wusste. Wenn die Nato und vor allem die Amerikaner damals nicht eingegriffen hätten, wären die Rebellen, die von Bengasi aus operiert hatten, von Gaddafis Truppen vernichtet worden. Nach dem Tod des Diktators, der ein Meister darin gewesen war, die Interessen der libyschen Stämme auszutarieren, war aus Libyen ein instabiles Gebilde geworden, das von Stammeskonflikten beherrscht war. Im Jahr 2019 hatte sich ein neuer Diktator aufgeschwungen, ein Islamist, der seine Macht mit eiserner Hand und vielen Toten gefestigt hatte.

„Doch wir sollten nicht über mich reden“, sagte Al-Faris, „sondern über Sie. Was bringt einen Mann wie Sie dazu, mit uns zusammenarbeiten zu wollen?“

„Ich bin ein Patriot“, antwortete Michael. Als Al-Faris ernst nickte, statt, wie Michael erwartet hatte, in schallendes Gelächter auszubrechen, fuhr er fort: „Ich kann nicht hinnehmen, dass sich die USA weiter in diese unheilvolle Richtung entwickeln, die sie eingeschlagen haben. Wussten Sie, dass meine Landsleute insgeheim völlig neuartige biologische Waffen entwickelt haben?"

„Ich war immer der Überzeugung, dass so gut wie alle Staaten, die technisch dazu in der Lage sind, an biologischen Waffen arbeiten – trotz UN-Konvention. Deutschland vielleicht ausgenommen. Manche tarnen ihre Bemühungen als Pandemie-Forschung."

„Ich spreche von neuartigen Biowaffen, von Waffensystemen! Die Amerikaner haben eine Waffe entwickelt, mit der sie gezielt politische Attentate vornehmen können – viel sicherer als durch Scharfschützen. Theoretisch kann diese tödliche Waffe schon Wochen vorher am Tatort ausgebracht werden. Es handelt sich um ein Virus, das innerhalb von wenigen Minuten tötet."

„Woher wissen Sie das?"

„Mein Vater wurde Opfer dieser Waffe."

„Der Senator." Al-Faris rieb sich das Kinn. „Offiziell war es ein Sportunfall, nicht wahr? Aber Ihr Vater war ein Patriot. Warum musste er sterben?"

„Für meinen Vater standen die amerikanischen Werte über allem, das Bekenntnis zu den Menschenrechten, zu Freiheit, Liberalität, Gesetz und Respekt. Seine Mörder halten sich vermutlich ebenfalls für Patrioten, aber sie glauben, dass es erlaubt ist, zum Schutz ihrer ‚Werte' die schlimmsten Verbrechen zu begehen. Mein Vater musste sterben, weil er von den Machenschaften dieser Leute Kenntnis erhalten hatte."

„Das ist in der Tat ein starkes Motiv dafür, dass Sie uns helfen wollen – Rache."

„Nein!", rief Michael bestürzt. „Im Gegenteil, es ist eine zutiefst rationale Entscheidung. Ich laufe über, um ein Gleichgewicht der Kräfte herzustellen. Ich habe die Virus-Waffe bei mir. Wenn die Amerikaner diese Waffe haben, dann muss die *Allianz* sie ebenfalls bekommen, um die Amerikaner davon abzuhalten, sie in großem Maßstab einzusetzen."

„Abschreckung", stellte al-Faris fest. „Eine Strategie des Kalten Krieges."

„Ja", antwortete Michael schlicht.

„Und diese Waffe wird uns in die Lage versetzen, gezielt ausgesuchte Amerikaner umzubringen?"

„Ja, das wird sie", antwortete Michael und schluckte angesichts der knochentrockenen Worte des Geheimdienstoffiziers.

„Dann können wir schlecht Nein sagen, nicht wahr?"

„Ich brauche ein Hochsicherheitslabor und etwa ein Jahr Zeit", sagte Michael. „Ich muss zunächst die genaue Wirkungsweise der Waffe verstehen. Wenn Sie mich mit aller Kraft unterstützen, kann die Waffe in einem Jahr für die *Allianz* einsatzbereit sein."

„Ich habe gehört, dass man Sie auch Meisterschüler nennt", bemerkte Al-Faris. „Was sagt Ihr Gewissen dazu, dass Sie drauf und dran sind, Ihren berühmten Lehrer zu verraten, den Nobelpreisträger?"

„Er ist der Verräter!", versetzte Michael. „Er hat dieses Waffensystem konstruiert."

Al-Faris nickte.

„Auf Verrat folgt Verrat. Es ist immer wieder die gleiche uralte Geschichte. Eigentlich traurig, oder?"

Für einen Moment wirkte er aufrichtig bekümmert, doch dann lachte er wieder.

„Dann wollen wir Sie nach Al-Isrā bringen. Dort werden Sie alles bekommen, was Sie benötigen. Sie sollten aber wissen, dass es eine lange, strapaziöse Reise werden wird, eine Reise auf den Spuren der Karawanen über 4000 Kilometer quer durch die Sahara. Sie werden sogar auf dem Kamel reiten müssen. Können Sie reiten?"

„Fliegen wäre zu auffällig?", fragte Michael beklommen.

„Dort, wohin Sie gehen, gibt es keine Landepisten."

„Das heißt, al-Isrā befindet sich irgendwo mitten in der Wüste?"

„So ist es. Es ist einer der abgelegensten Orte der Welt."

„Und wie hat man es geschafft, an einem solchen Ort ein Hochsicherheitslabor zu bauen?"

„Es waren andere Zeiten. Tausende Arbeiter starben beim Bau."

„Das beantwortet meine Frage nicht."

„Sie werden alles über Al-Isrā erfahren, wenn Sie dort sind. Mein vorrangiges Problem wird sein, Sie hinzubringen. Finden Sie sich morgen früh bei Sonnenaufgang an der ersten Straßenkreuzung Richtung Altstadt ein, von Ihrem Hotel aus gesehen. Dort werde ich Sie abholen lassen. Wenn wir gut vorankommen, sind wir morgen Abend schon an der algerischen Grenze."

Michael betrachtete die dargebotene Hand und wusste: Dies war der Moment ohne Wiederkehr. Wenn er zugriff, gab es kein Zurück mehr. Er zögerte kurz. Dann schlug er ein.

17. Juni 2024
New York

Natürlich lief Justin sofort mit den anderen Gästen hinaus, als CNN die Eilmeldung verbreitete, dass der Sturm auf die *Queen Mary 2* bevorstand. Er hatte im Diner – einem anderen als gestern, diesmal in Greenville, näher an seinem Übernachtungsplatz in einer der Baracken – gerade mit dem Frühstück begonnen.

Draußen war das Knattern von Hubschrauberrotoren zu hören, auch über den Straßenlärm hinweg. Justin blieb im Schatten, während sich auf dem Platz eine Menschenmenge bildete. Von hier aus hatte man durch eine Gebäudeschneise Sicht auf die *Queen Mary 2.* Das Schiff wurde von vier schweren Kampfhubschraubern umkreist, die ihm ständig ihre Cockpits zuwandten – und damit die Mündungen ihrer Bordgeschütze. Sie schossen jedoch nicht. Vielleicht war der Angriffsbefehl noch nicht erteilt worden. Oder es handelte sich um eine Drohgebärde im Psychokrieg mit den Terroristen. Mehr war zunächst nicht zu sehen, doch dies Wenige war immer noch mehr als alles, was CNN zu bieten hatte. Die Berichterstattung litt unter der Zensur. Die Menschen auf der Straße hingegen kümmerten sich nicht um den Ausnahmezustand. Dutzende von ihnen filmten das Geschehen mit Handkameras und Handys. Diese Videos waren im Nu hochgeladen und im Netz veröffentlicht. Justin hatte Zweifel, ob die Zensur sich durchsetzen würde.

„Die Hubschrauber sollen Deckung geben“, sagte ein Zehnjähriger in Justins Nähe. „Bestimmt geht der Angriff gleich los.“

„Zu viel ‚Call of Duty‘ gespielt, was?“, fragte die Frau neben ihm.

„So einen alten Kinderkram spiele ich nicht“, gab der Junge zurück.

„Und was ist das da?“, rief ein Mann und zeigte mit ausgestrecktem Arm nach Westen, wo ein Schwarm dunkler Punkte über der Stadt aufgetaucht war. Eine Gruppe von bauchigen Flugzeugen näherte sich. Sie waren mit Kufen für die Landung auf Wasserflächen ausgerüstet.

„Löschflugzeuge!“, rief der Zehnjährige und lieferte auch gleich die Erklärung: „Sie wollen das Anthrax vom Schiff waschen!“

„Aber dann geht ja alles in die Bay!“

„Und hinterher womöglich in unser Trinkwasser?“

„Hören Sie nicht auf den Jungen“, sagte die Frau, die auf ‚Call of Duty‘ angespielt hatte. „Er hatte schon immer eine lebhafte Phantasie.“

„Ich finde seine Vermutung naheliegend“, sagte Justin.

Die Hubschrauber hätten die *Queen Mary 2* schon längst in ein Sieb verwandeln können. Stattdessen sorgten sie dafür, dass sich die Terroristen nicht an Deck trauten, und schützten die Löschfliegerstaffel. Von ihnen, den Löschflugzeugen, ging die eigentliche Gefahr für die Terroristen aus: Wenn es gelang, das Anthrax vom Schiff zu waschen, stand der Stürmung der *Queen Mary 2* nichts im Weg.

Die USA wehrten sich – endlich! Justins Herz klopfte begeistert bis zum Hals, obwohl der Einsatz ihn zum Handeln zwang. Er musste an Bord gelangen, bevor gestürmt wurde! Aber er war noch nicht soweit. Er konnte nicht am helllichten Tag hinüberschwimmen! Schon nachts würde es schwierig werden wegen der Hubschrauber.

Justin war in der vergangenen Nacht tatsächlich bis an das Ufer der Bay vorgedrungen. Er hatte eine Baracke für sich gefunden und dann ausgekundschaftet, in welchem Rhythmus die Sicherheitsleute Patrouille liefen. Er schätzte die Entfernung zur *Queen Mary 2* auf gut zwei Kilometer. Das war zu schaffen, obwohl er kein herausragender Schwimmer war. Das Problem waren die Hubschrauber, die über der Bay patrouillierten. Sie konnten wie weite Wasserfläche auch nachts mit Bordscheinwerfern und Infrarotgeräten spielend überwachen. Justins Sommer-Neopren würde die Abstrahlung von Körperwärme nicht weit genug herabsetzen, um ihn unbemerkt bleiben zu lassen.

Wie er Zeitdruck hasste!

Inzwischen hatte der Schwarm der Löschflugzeuge Greenville im Tiefflug erreicht und näherte sich schnell der *Queen Mary 2*.

Ob jetzt Aufregung unter den Terroristen ausbrach? Ob sie in der Hektik endlich einmal Fehler machten?

Nahe dem Ufer zur Bay gingen die Löschflugzeuge in den Steigflug über, wobei sie respektvolle Distanz zum Schiff hielten. Es handelte sich um sechs Flugzeuge verschiedener Bauarten und Größen mit unterschiedlichen Firmenlogos an den Flanken – um Flugzeuge der Privatwirtschaft also, die beschlagnahmt worden waren. Sie gewannen unterschiedlich schnell an Höhe, fanden aber rasch in die Formation zurück. An den Steuerknüppeln saßen offenkundig Militärpiloten. Über der Bucht formierten sie sich zu zwei präzisen Linien von je drei Maschinen, die im großen Bogen wendeten und sich der *Queen Mary 2* vom Heck her näherten.

Kaum waren sie über dem Schiff, als sich aus ihren Bäuchen Wassermassen über die Decks der *Queen Mary 2* ergossen. Für eine Weile war die hintere Hälfte des Schiffs den Blicken durch eine weißgrau gischtende Wolke entzogen. Dann stiegen die Flugzeuge auf und entfernten sich im Tiefflug nach Westen, brummend wie ein ferner Hornissenschwarm.

Der Straßenverkehr in Greenville war zum Erliegen gekommen. Die Menschen waren aus den Wagen gestiegen, um das Geschehen zu verfolgen.

Von Bord der *Queen Mary 2* war keinerlei Reaktion erfolgt.

„He, du Strategiespezialist“, rief Justin dem Jungen zu, für den „Call of Duty“ nur „alter Kinderkram“ war, „kannst du mir verraten, warum die Terroristen sich nicht wehren?“

„Weil sie sich nichts davon versprechen“, kam ebenso prompt wie glasklar die Antwort.

„Sie könnten Hubschrauber und Flugzeuge abschießen“, wandte Justin ein.

„Aber nicht alle“, erwiderte der Junge. „Sie würden auf diese Weise nur verraten, wozu sie in der Lage sind, und sie würden dabei ihre Munition verpulvern. Manchmal ist es besser zu verheimlichen, wie stark man ist.“

„Was redest du nur für ein Zeug, Justin!“, fuhr ihn lachend die Frau an, die neben ihm stand.

Justin zuckte zusammen, aber dann begriff er, dass er einen jungen Namensvetter hatte, einen mit strategischem Talent. Justin wusste, wann er es mit begabten Menschen zu tun hatte. Sein Sohn Matthew war ebenfalls so einer.

„Nicht dumm, junger Mann“, sagte er und trat ein paar Schritte vor, so dass ihn nur noch zwei Armlängen von dem Jungen trennten. Dessen Tante sah ihn unbehaglich an. Er zwinkerte ihr zu. „Du meinst also, dass die Nationalgarde die *Queen Mary 2* nach Belieben waschen kann und dass die Terroristen es passieren lassen werden?“

„Nur bis zu einem bestimmten Punkt“, antwortete der Junge. „Sie werden sich natürlich wehren.“

„Sich wehren?“, kam es aus der Menge der Umstehenden. „Hört euch das an. Wer ist hier noch mal der Angreifer? Wer hat das Schiff gekapert und 3000 Menschen in seine Gewalt gebracht?“

„Und wie werden sie sich wehren?“, fragte Justin, ohne auf den Zwischenrufer zu achten, doch der Junge zuckte mit den Schultern.

„Keine Ahnung“, gab er zu, „ich bin ja kein Hellseher.“

„Vielleicht sprengen sie das Schiff dann doch noch“, überlegte ein anderer Mann. Sofort richteten sich entsetzte Blicke auf ihn, und eine Frau rief:

„Was reden Sie denn da!“

Der Mann zuckte mit den Achseln.

„Wenn sie sich in die Enge gedrängt fühlen“, sagte er, „wenn sie nichts mehr zu verlieren haben – warum sollten sie dann nicht sprengen? Ich finde dieses ruppige Vorgehen des Militärs nicht richtig. Und das alles hier direkt vor unserer Nase, ohne uns zu informieren! Wer sind denn die Leidtragenden, wenn die Terroristen tatsächlich Anthrax freisetzen?“

Justin musste ihm recht geben. Durch den Angriff konnte die Situation eskalieren, obwohl kein einziger Schuss gefallen war.

Justin spürte, dass er handeln musste. Am besten noch heute Nacht. Der bloße Gedanke ließ seinen Puls erneut in die Höhe schnellen. Wenn es nur nicht schon zu spät war!

Am Himmel kreisten die Hubschrauber. Das sah nicht nach Sturmangriff aus, fand Justin, und auch der kleine Justin sagte:

„Die tanken jetzt irgendwo Wasser nach.“

Das konnte dauern. Justin beschloss, ins Restaurant zurückzukehren und das Frühstück fortzusetzen, obwohl sein Magen bei diesem Gedanken sofort wieder Übelkeit anmeldete. Justin vertrug das Ruspirocyclin schlecht. Trotzdem setzte er sich wieder an seinen Platz und begann, das Rührei und den Toast zu essen, die er vorhin zurückgelassen hatte und die natürlich kalt geworden waren. Immerhin bekam er frischen, heißen Kaffee umsonst dazu. So verfolgte er die Bemühungen von CNN, unter den widrigen Bedingungen eine Berichterstattung hinzubekommen, die diesen Namen verdiente. Der Druck auf die Verantwortlichen, ihre Informationspolitik zu ändern, wuchs von Stunde zu Stunde.

Marc Ryan leitete die Morgensendung, in der in schneller Folge zu verschiedenen Reportern geschaltet wurde. Im Lauf des Tages würde General Morris eine Pressekonferenz geben, hieß es. Den laufenden Angriff wollte niemand kommentieren. „Hinter vorgehaltener Hand“, wie die Korrespondentin es ausdrückte, werde signalisiert, dass man mit der Aktion zufrieden sei. Andere Reporter berichteten von Verkehrsknotenpunkten, an denen die Nationalgarde die Zufahrten nach Manhattan gesperrt hatte, und von der Evakuierung Manhattans: Bis hinauf zur 59. Straße waren die Einwohner aufgefordert, ihre Wohnungen zu verlassen und sich an Sammelpunkten einzufinden, wo Busse sie aufnahmen und in Sammellager in den benachbarten Bundesstaaten brachten.

Die Regierung in Washington schwieg. Weder das Weiße Haus noch das Pentagon äußerten sich zu den Vorgängen in der New York Bay. Der Korrespondent berichtete, dass zwar wieder einige der Hinterbänkler von der *Tea Party* „gezuckt“ hätten, wie er es formulierte, doch sie seien von Timothy Carlyle persönlich zurückgepfiffen worden, einem der Köpfe der *Tea Party*.

Marc Ryan wurde wieder eingeblendet.

„Im Netz geht es rund, wie ich höre“, sagte er. „Jamie Beaver hat den Überblick. Jamie, lassen sich die US-Bürgerinnen und -Bürger von den Regeln des Ausnahmezustands beeindrucken?“

„Nein, Marc, nicht eine Sekunde lang. Die Menschen scheinen das Wort Ausnahmezustand nicht zu kennen. Sie laden hunderte von Videos hoch. Uns von CNN ist es untersagt, unveröffentlichtes Bildmaterial aus dem Krisengebiet ungenehmigt zu bringen. Aber wie steht es mit bereits veröffentlichtem Bildmaterial? Wir sind hier nicht im fernen Irak, wo Veröffentlichungen leicht unterbunden werden können. Schauen wir uns mal ein paar Videos an, die auf Youtube veröffentlicht wurden. Der User yankeedoodle666 …“

CNN zeigte Videos von der Löschaktion, die Justin mit eigenen Augen verfolgt hatte. Die einzige neue Information für ihn war, dass zwei der Löschflugzeuge ihre halbe Ladung danebengesetzt hatten. Das war von Greenville aus nicht zu sehen gewesen.

Er fand es richtig, dass CNN diese Bilder zeigte, obwohl der Sender sich dafür vermutlich Ärger einhandelte. Die Amerikaner sollten sich ein Bild von der Lage machen können. Der „Angriff“ auf die *Queen Mary 2* zeigte ja, dass die Leute unter General Morris ihr Handwerk verstanden und dass sie umsichtig zu Werk gingen.

„Wir haben gesehen, wie Heck und Teile des Mittschiffs der *Queen Mary 2* eine – lassen Sie es mich lax ausdrücken – Dusche bekommen haben“, sagte Marc Ryan. „Die Frage steht im Raum, was damit erreicht werden soll. Harold Hopkins von *CNN Scientific* fasst zusammen, was wir über die Kontamination mit Anthrax wissen.“

„Offenbar sollen die Anthrax-Sporen vom Schiff *2* herunter gewaschen werden“, begann der junge Wissenschaftsjournalist. „Dabei wird billigend in Kauf genommen, dass die New York Bay mit Anthrax verseucht werden könnte. Wir haben uns gefragt: Wie erfolgversprechend mag der Versuch wohl sein, das Schiff zu waschen? Sehen wir uns die Anflugbahn der Löschflugzeuge und die Sturzbahn des Wassers in einer Simulation an, die wir in aller Eile vorbereitet haben. Sie können erkennen, wie das Wasser auf das Schiff trifft: immer von oben. Wenig überraschend. So können das Oberdeck und Teile der Achterdecks, die nicht überdacht sind, wohl tatsächlich von Anthrax gereinigt werden. Der Boden überdachter Decks, wo sich in Winkeln Sporen abgelagert haben dürften, ist für das Wasser jedoch unerreichbar. Mit zwei oder drei weiteren Anflügen könnte es gelingen, die *Queen Mary 2* tatsächlich so weit zu reinigen, dass sie aus der Luft betreten werden kann. Vermutlich wird also aus der Luft gestürmt. Völlig risikofrei ist eine solche Aktion nicht, denn niemand kann ausschließen, dass auch auf dem Oberdeck in Winkeln und Ecken Sporen zurückgeblieben sind."

„Bisher haben die Terroristen nicht reagiert", fuhr Marc Ryan fort. „Vorhin hat uns der Militärexperte Gerald Altenburg gesagt, dass die Terroristen ein Interesse daran haben müssen, die *Queen Mary 2* mit Anthrax bedeckt zu halten. Harold, haben Sie Erkenntnisse darüber, wie viel Anthrax man dafür braucht?"

„Eine Situation wie diese hat es noch nie gegeben. Wir von der Wissenschaftsredaktion haben das trotzdem mal durchzurechnen versucht. Unter der Voraussetzung, dass absolute Windstille herrscht, schätzen wir, dass die Terroristen 15 bis 20 Kilo Anthrax-Sporen benötigen, um eine Bedeckung der Schiffsoberfläche von mehr als 80 Prozent zu erreichen. Dieser Prozentsatz hängt natürlich davon ab, wie fein die Sporen zerstäubt werden. Je feiner, desto besser die Bedeckung und desto geringer die benötigte Menge. Niemand weiß, ob den Terroristen solche Mengen zur Verfügung stehen."

„Die Terroristen haben uns schon oft überrascht. Vielen Dank, Harold. Zeit für die Weltnachrichten mit Carrie Dance."

Justin hatte die Reste seines Frühstücks routiniert vertilgt. Er wurde das üble Gefühl nicht los, dass er zu spät kommen könnte. Wenn die *Queen Mary 2* schon in der kommenden Nacht gestürmt werden sollte, blieb ihm nicht mehr genug Zeit für seine Vorbereitungen und die Passage nach Liberty Island. Vor Einbruch der Dunkelheit konnte er nicht loslegen. Er hasste es, improvisieren zu müssen.

Mit halbem Ohr verfolgte er den Nachrichtenblock. Halb erwartete er, dass etwas über ihn und sein Verschwinden gebracht würde, aber er schien nicht wichtig genug zu sein – oder im Gegenteil: Er war als Geheimnisträger zu wichtig, um die Information öffentlich zu machen.

Es gab neue, grauenhafte Bilder aus dem Swat-Tal. Die einzige positive Nachricht aus Pakistan war, dass die Totalabriegelung zu funktionieren schien: Außerhalb des Tals war bisher kein einziger Krankheitsfall bekannt geworden. Inzwischen schien gesichert, dass der Erreger durch die Luft übertragen wurde und den Wind nutzte, um sich zu verbreiten. Im Swat-Tal herrschte zurzeit Südwestwind, der die Virenwolken glücklicherweise Richtung Himalaya blies, weg von den Ballungszentren Pakistans.

Im Nahen Osten herrschte arktische Kälte in den diplomatischen Beziehungen, nachdem außer Saudi-Arabien, Jordanien und Iran auch Ägypten und die anderen islamischen Länder Nordafrikas Israel wegen der Einreisesperre für nichtisraelische Muslime scharf kritisiert hatten. Die meisten dieser Länder hatten ihrerseits eine Einreisesperre für israelische Staatsbürger angeordnet, nur Ägypten zögerte. Die Fluggastzahlen stiegen derzeit allerdings nicht, so dass nichts darauf hindeutete, dass der „Marsch der Millionen“ begonnen hatte. Die Nachricht vom Tod eines weiteren Hasspredigers, diesmal eines Führers der algerischen Islamisten, interessierte Justin ebenso wenig wie der Wetterbericht.

Danach übernahm wieder Moderator Marc Ryan.

„Es gibt keine Neuigkeiten von der *Queen Mary 2*“, sagte er. „Bei mir ist weiterhin Gerald Altenburg, emeritierter Professor für Militärgeschichte und Islamismus, früher unter anderem an der US-Militärakademie in West Point, wo bis heute die Führungselite des US-Militärs geformt wird. Mr. Altenburg, hat der Einsatz der Löschflugzeuge die strategische Lage der Terroristen verändert?“

„Ja“, antwortete der Professor, ein drahtiger Mann mit auffallend glattem Gesicht und dunkelbraun gefärbten Haaren, „aber man darf das Verhalten der Terroristen nicht nach rein militärstrategischen Gesichtspunkten beurteilen. Bisher waren sie immer für Überraschungen gut. So haben sie beispielsweise ihre Aktionsbasis, die *Queen Mary 2*, stranden lassen, obwohl eine mobile Basis strategisch vorteilhafter gewesen wäre. Sie haben sich selbst in die Sackgasse manövriert. Davon müssen sie sich etwas versprechen. Wir wissen ganz einfach nicht genug über diese Leute und ihre Motive.“

„Wir haben uns hier auf CNN schon viel den Kopf über die Terroristen zerbrochen“, sagte Marc Ryan. „Nun aber sieht es so aus, als ob erstmals seit *6/11* das US-Militär am Drücker ist, in dessen Denken wir uns sehr viel besser hineinversetzen können. Mr. Altenburg, aus Sicht der Verantwortlichen, die demnächst womöglich die Stürmung der *Queen Mary 2* befehlen, stellt die Säuberung des Schiffes doch sicher einen strategischen Vorteil dar?“

„Natürlich. Dadurch sind die Terroristen in der psychologischen Auseinandersetzung selbstverschuldet ins Hintertreffen geraten.“

„Wie ist Ihre Einschätzung – wann wird gestürmt?“

„Ich schätze, dass die *Queen Mary 2* schon heute Nacht sturmreif ist, wenn die Säuberung durch die Löschflugzeuge fortgesetzt wird. General Morris wird nicht zögern, den Sturmbefehl zu geben, wenn er die Situation für vielversprechend hält.“

Justins Puls beschleunigte sich erneut, Schweiß trat auf seine Stirn.

Heute Nacht.

Er musste los. Es gab noch eine Menge vorzubereiten.

17. Juni 2024
Seattle

Jeder Fingerabdruck war absolut einzigartig. Auch verschiedene Abdrücke vom selben Finger waren niemals identisch. So wie ein Maler dasselbe Motiv dutzendfach malen konnte und doch nie dasselbe Bild dabei entstand, so war jeder einzelne Fingerabdruck auch Zeugnis der Bedingungen, unter denen er hinterlassen wurde. Es war daher mit Sicherheit ausgeschlossen, dass verschiedene Abdrücke desselben Fingers sich bis ins letzte Detail glichen. Und damit war klar, dass jemand Harveys Apartment präpariert hatte, um den Mordverdacht auf den Callboy Leo zu lenken, denn tatsächlich waren insgesamt neun Fingerabdrücke in absolut identischen Kopien hundertfach in Harveys Apartment verteilt worden. Wer auch immer dafür verantwortlich war – er konnte auf eine bemerkenswerte Infrastruktur zurückgreifen.

Hillary sah sich Oliver Hunters Dokumente gründlich an. Der Kriminaltechniker hatte sich nicht geirrt. Die Methode war brillant. Ob es viele Experten wie Oliver gab, die imstande waren, einen solchen Täuschungsversuch zu durchschauen?

Jemand wollte also Lionel Miller einen Mord anhängen, doch die gerichtsfesten Beweise lösten sich soeben nach und nach in Luft auf. Leo hatte ein Alibi. Zudem hatte Hank gestern herausgefunden, dass die Liste mit Harveys Verbindungsdaten tatsächlich gefälscht war. Alle Gesprächspartner auf der Liste bestritten, am 15. Juni mit Harvey telefoniert zu haben. Eine Überprüfung ihrer Verbindungsdaten bestätigte dies. Das letzte Telefonat, das erwiesenermaßen stattgefunden hatte, war das mit Hillary am Abend vor der Obduktion. Danach hatte Harvey niemanden mehr angerufen, auch wenn die Liste seiner Verbindungsdaten etwas anderes behauptete.

Einen der Kontakte hatte Hank bei der Überprüfung nicht erreicht: Kevin Haney, Harveys Assistent. Dessen Handy war abgeschaltet.

Hillary hatte einen Verdacht. Es musste mit dem Tod von Samuel McWeir zu tun haben. Sie dachte an den Agententrupp, der McWeirs Arbeitszimmer ausgeräumt hatte. Der Gedanke hatte sie schon vor zwei Tagen gestört: Woher hatten die Leute vom Räumtrupp der WSSU überhaupt gewusst, dass ihr Einsatz gefragt war? Bisher hatte kein Sender, kein Blog, keine Zeitung über den Tod des Nobelpreisträgers berichtet. Es war zwar die Aufgabe von Institutionen wie der WSSU, in solchen Fällen schnell informiert zu sein, zumal wenn möglicherweise die nationale Sicherheit gefährdet war, doch wie hatte diese Nachricht sie erreicht?

Es gab noch mehr Unstimmigkeiten. Jeff hatte gestern am Forensischen Institut herausgefunden, dass alle Unterlagen über die Obduktion verschwunden waren. Es gab nur den Bericht, den Hillary per Mail bekommen hatte, aber kein Obduktionsprotokoll, keine Abrechnungsunterlagen für die Buchhaltung des Instituts und, was das Wichtigste war, keine Aufzeichnung der Obduktion selbst, weder Audio noch Video. Das einzige, was Harvey am 14. Juni nach 23 Uhr noch selbst produziert zu haben schien, war also der dürre Obduktionsbericht, den Hillary am folgenden Tag erhalten hatte, und die Mail an seine Büroleiterin, in der er ankündigte, später zur Arbeit zu kommen. Diese Mail war um 23:23 Uhr über das Intranet des Instituts verschickt worden.

Das gefiel Hillary nicht. Der Fall war größer, als es den Anschein hatte. Sie hatte keine Lust auf Konflikte mit irgendwelchen Sicherheitsbehörden, weil sie womöglich an die nationale Sicherheit rührte, aber sie hatte einen Mord aufzuklären. Sie weigerte sich, die Geschichte so zu akzeptieren, wie sie ihr aufgetischt worden war. Leo, die kopierten Fingerabdrücke, Gleitgel, aber kein Sperma – und ein Harvey, der im Moment, in dem der Callboy ihn besuchte, nicht bei Bewusstsein gewesen sein konnte ... Jemand versuchte, Hillary zu manipulieren. Das beleidigte ihre Intelligenz.

Wer war in der Lage zu einem solchen Täuschungsmanöver? Was wusste er über den Stand von Hillarys Ermittlungen? Es fiel ihm leicht, Telefon-Verbindungsdaten zu fälschen. Konnte er vielleicht auch Telefongespräche mithören, Überwachungskameras anzapfen oder gar synchron verfolgen, was man gerade am Computer tat? Hier hörte der Spaß auf. Hillary würde die Cyber-Abteilung des PD einschalten müssen. Daher WO397.

Im Department kannten alle diesen Code. „WO397“, das bedeutete so viel wie „Essen fassen.“ Für Uneingeweihte klang es nach Laufwerk oder Netbox, nach einem Speicher, wo man Nachrichten hinterließ. Wenn die Typen, die hinter alldem steckten, nerdig genug waren, so etwas zu vermuten, dürften sie die vergangene Nacht ziemlich unruhig und außerdem erfolglos verbracht haben. Hillary hingegen hatte endlich ein paar Stunden ununterbrochen geschlafen.

„WO“ stand für *Williams' Own*, einem Diner am Pacific Boulevard, wo viele Cops mittags essen gingen. Ein Kollege vom Streifendienst des PD hatte behauptet, innerhalb eines Monats 397 Exemplare von Williams berühmtem spicy Cheeseburger vertilgt zu haben, was sein leicht qualliges Äußeres recht zwanglos erklärte. Auf die Frage, warum er die 400 nicht vollgemacht habe, hatte der Kollege geantwortet, bei Nr. 398 sei ihm schlagartig schlecht geworden, vielleicht weil das die Hausnummer seiner Ex-Frau sei. Seitdem konnte er keine Burger mehr essen, ohne dass es ihm fast augenblicklich hochkam.

Sie waren zu fünft: Marc, Hank, Jeff und Oliver – oder im Jargon des Departments: Hillary und ihre Männer. Plus Oliver. Hillary brachte sie zunächst auf den Stand, während sie frühstückten. Oliver nickte, während Marc sichtlich kaum glauben konnte, was er da hörte. Hank und Jeff hingegen lauschten interessiert, aber mit einer Miene, als passiere dergleichen täglich.

„Wir haben unseren Hauptverdächtigen“, schloss Hillary und leitete so zur Frage über, wie sie vorgehen wollte. „Wir werden weiter so tun, als ob wir diese Spur verfolgen. Tatsächlich könnte der Stricher noch wertvoll sein, denn die Leute, die seine Fingerabdrücke in Harveys Apartment verteilt haben, müssen vorher Kontakt mit ihm gehabt haben, um an seine Fingerabdrücke zu kommen."

„Das ist nicht schwer", sagte Oliver. „Man kann sie zum Beispiel leicht von jedem Griff in der Metro oder im Bus nehmen."

„Dann hat man auch noch viele andere Abdrücke im Gepäck", widersprach Hillary. „Diese Leute mussten aber sicher sein, Leos Abdrücke zu erwischen, keine anderen. Nur so konnten sie ihn als Sündenbock missbrauchen. Sie müssen eine Situation gesucht haben, in der eine Verwechslung der Fingerabdrücke auszuschließen war."

„Jemand könnte sich als Kunde an ihn herangemacht haben", schlug Hank vor.

„Zum Beispiel." Hillary nickte. „So wird aus unserem Hauptverdächtigen ein Belastungszeuge. Damit er diesen Wandel überlebt, müssen wir ihn zunächst bei uns behalten."

„Du meinst, er ist in Gefahr, sobald er …"

„Wir alle sind in Gefahr", unterbrach Hillary, „sobald *die* bemerken, dass wir in eine ganz andere Richtung ermitteln, als *sie* glauben. Und das werden wir nun tun – jedenfalls so lange, bis es uns jemand verbietet. Aber wir werden es so tun, dass *sie* möglichst lange nichts davon merken."

„Aber warum das alles?", fragte Jeff. „Überlegt doch mal. Was für ein Riesenaufwand! Warum hat sich der Mörder nicht einfach davongemacht? Er hat keine Spuren am Tatort hinterlassen. Wir hätten nicht die geringsten Hinweise gefunden, auch nicht die Tatwaffe."

„Nicht der Mord sollte vertuscht werden", gab Hillary zurück. „sondern der Anlass zu diesem Mord. Dieser Anlass ist die Obduktion, da bin ich mir sicher. Hier ist das Motiv zu suchen."

„Ich denke mir das so", sagte Marc: „Wer auch immer dahintersteckt, wollte unsere Aufmerksamkeit in eine bestimmte Richtung lenken, damit wir nicht in andere Richtungen ermitteln. Nichts würde diesen riesigen Aufwand ansonsten rechtfertigen. Da hat Jeff völlig recht."

„Alles nur ein Ablenkungsmanöver?", fragte Jeff. „Warum?"

„Wenn ihr meine Meinung hören wollt", antwortete Hillary: „Unser Fall berührt die nationale Sicherheit. Es hat mit McWeir zu tun."

Bevor jemand etwas sagen konnte, hob sie energisch die Hand und stellte so klar, dass sie noch mehr loswerden wollte.

„Das ist nur ein Verdacht. Eine Spekulation. Dieser Fall wird heikel. Wir ermitteln trotzdem einfach in einem Mordfall, wie es unsere Aufgabe ist. Wenn jemand aussteigen möchte, kann er das jederzeit ohne negative Konsequenzen tun."

„Wir sollen also gegen jemanden ermitteln, der nach Geheimdienst-Art arbeitet", fasste Marc zusammen.

„Du hast richtig verstanden. Wir haben also zwei Baustellen. Erstens: Leo und seine Kontakte. Zweitens: das Forensische Institut. Wir müssen herausfinden, was dort am 14. Juni ab 20 Uhr passiert ist und wo die Unterlagen geblieben sind. Hank, Jeff, ihr kümmert euch darum."

„Was soll an McWeir so wichtig gewesen sein?", fragte Jeff. „Er war Wissenschaftler. Er hat ein Mittel gegen Krebs entwickelt, soweit ich weiß, und reist seit Jahren nur noch im Land herum und hält Vorträge. Was soll er mit der nationalen Sicherheit zu tun haben? Er ist ein Aushängeschild der Republikaner, nichts weiter."

„Wer weiß, was er sonst noch gemacht hat", sagte Oliver. „Vor einer Weile war ein Interview mit ihm im *Time Magazine*, und da hat er ziemlich vom Leder gezogen wegen des angeblichen Werteverfalls."

Hillary nickte. Sie kannte das Interview und gab McWeir in so gut wie jedem Wort recht. Er hatte ihr geradezu aus der Seele gesprochen mit seinen klaren Statements über die Liberalen. Ja, er war eine Ikone der Konservativen.

„Kümmert euch drum", sagte Hillary. „Stellt das Forensische Institut auf den Kopf, wenn es sein muss. Marc und ich knöpfen uns derweil noch einmal den Stricher vor."

Sie verließen das Lokal und tröpfelten nacheinander allmählich im Büro ein, wo sie so entspannt auftraten, dass jeder glauben musste, ihr Fall sei so gut wie aufgeklärt. Selbst Captain Higgins ging dem Theater auf den Leim.

„Die Ermittlungen schon abgeschlossen?", fragte er.

„Praktisch", antwortete Hillary. „Ich denke, wir können den Stricher bald dem Haftrichter vorführen."

„Höre ich da eine gewisse Voreingenommenheit?"

„Kein Stück!"

Sollte sie den Captain einweihen? Doch je weniger Leute von ihrem Verdacht wussten, umso besser.

Hillary ließ Miller ins Verhörzimmer bringen. Sein Pflichtverteidiger, ein junger Anwalt namens Guy Forbes, der ziemlich hartnäckig werden konnte, wie Hillary aus Erfahrung wusste, stieß kurz danach zu ihnen. Hillary hatte vorher im Nachbarzimmer sämtliche Elektronik abgeschaltet, Video- und Audio-Übertragung inklusive. Einzig das Audio-Aufzeichnungsgerät auf dem Verhörtisch funktionierte. Es war nicht mit dem Netzwerk des PD verbunden, sondern speicherte das Gespräch direkt auf einem Stick.

„Mr. Miller, es hat sich eine neue Sachlage ergeben", eröffnete Hillary dem überraschten Lionel. „Wir werden den Mordvorwurf fallenlassen. Stattdessen möchten wir Sie zur Zusammenarbeit einladen. Jemand hat versucht, Ihnen einen Mord in die Schuhe zu schieben, und wir wollen herausfinden, wer das war. Darum müssen wir den Anschein aufrechterhalten, dass das Kalkül Ihres Gönners" – sie sprach das Wort akzentuiert aus – „auch wirklich aufgeht. Er soll glauben, dass wir auf sein Manöver hereinfallen."

Leo blickte überrascht zwischen Marc und Hillary hin und her. Sein Anwalt seufzte und sagte:

„Meine Hilfe wird dann wohl nicht mehr benötigt."

„Moment!", rief Leo. „Das ist kein Trick? Ich bin frei?"

„Theoretisch sind Sie frei."

„Und praktisch?"

„Praktisch bitten wir Sie darum, die Rolle des Hauptverdächtigen weiter zu spielen. Das heißt, dass Sie hier bei uns bleiben sollten."

„Ich könnte aber auch einfach gehen? Jetzt gleich?"

Die Nacht in der Zelle schien ihm zugesetzt zu haben.

„Ja", sagte Hillary seufzend. „Ich möchte Ihnen aber davon abraten. Wenn derjenige, der Sie als Sündenbock ausgesucht hat, nun merkt, dass Sie wieder auf freiem Fuß sind, könnte er folgern, dass sein Plan gescheitert ist. Und dann könnte er versuchen, Sie zu beseitigen."

Unter dem Eindruck dieser Worte setzte sich der Anwalt wieder.

„Auf welcher gesetzlichen Grundlage soll das ablaufen?", fragte er, die Augenbrauen finster zusammengezogen.

„Auf keiner. Wir spielen ein zynisches Spiel. Dafür gibt es keine Regeln außer einer: Es muss echt wirken. Wir sind getäuscht worden. Wir sollten glauben, dass Ihr Mandant Harvey Walsh umgebracht hat. Nun täuschen wir zurück, um herauszufinden, wer sich das ausgedacht hat."

„Eine Finte?"

„Unkonventionelle Polizeiarbeit. Die Sicherheit Ihres Mandanten können wir nur gewährleisten, wenn er in unserer Obhut bleibt."

„Welche Rolle soll mein Mandant in diesem Spiel spielen?“

„Nach außen bleibt er der Hauptverdächtige, aber intern … Mr. Miller, wir haben den Verdacht, dass einer Ihrer Klienten dahintersteckt. Es muss jemand sein, der Gelegenheit hatte, sich Ihre Fingerabdrücke zu beschaffen. Das wird er natürlich unbemerkt getan haben. Vielleicht hat Ihr Besucher Tassen oder Gläser mitgehen lassen, die Sie in seinem Beisein angefasst haben? Vermissen Sie irgendwelche Gegenstände?“

„Normalerweise kommen die Kunden nicht zu mir. Meine Studentenbude kann ich niemandem zumuten. Ich gehe zu ihnen. Aber tatsächlich, da war einer, der mir sonderbar vorkam. Ein Spätentschlossener. Ich bin es ja gewohnt, spontan zu sein, aber eine kurzfristige Buchung um zwei Uhr nachts ist trotzdem ungewöhnlich. Ich wurde ins *Queen Anne* bestellt, ein Hotel in der Mercer Street.“

„Zwei Uhr nachts am 15. Juni?“, fragte Hillary.

„Ja, ich …“

„Moment, Mr. Miller“, sagte der Anwalt, und legte eine Hand auf Lionels Unterarm, ehe er sich an Hillary wandte. „Detective Landsdale, wir haben gelegentlich unsere Klingen gekreuzt. Sie sind eine aufrechte Polizistin, auch wenn Sie manchmal sonderbare Ansichten vertreten. Aber so wie hier geht das nicht. Ich möchte eine schriftliche Bestätigung für meinen Mandanten, dass alle bisherigen Vorwürfe gegen ihn fallengelassen werden und dass die weitere Zusammenarbeit auf rein freiwilliger Basis erfolgt.“

Hillary seufzte. Damit zwang er sie, George Higgins einzuweihen. Sie hatte es kommen sehen. Ruckartig erhob sie sich.

„Meine Herren, es wird ein paar Minütchen dauern. Sie können hier warten oder sich am Getränkeautomaten draußen auf dem Gang erfrischen. Detective Johnson wird ihnen Gesellschaft leisten.“

Wider Erwarten explodierte der Captain nicht, sondern blieb äußerlich gelassen, aber er sah Hillary nicht an, als er fragte:

„Du wolltest einen Deal einfädeln, ohne vorher mit mir darüber zu sprechen?“

„Ich stehe jetzt hier vor dir“, gab sie kleinlaut zurück.

„Wenn das schiefgeht, kann ich meinen Hut nehmen.“

„Ich meinen auch. Aber was soll schiefgehen? Wir behalten den Stricher bei uns und lassen die Hintermänner glauben, dass wir ihrer Legende aufgesessen sind. Völlig ungefährlich! Vielleicht hätte ich es dir früher erzählen sollen, aber ich hatte lediglich Vermutungen, und ich wollte warten, bis sie sich verdichten. Das ist jetzt der Fall, nachdem Miller von dem Kunden berichtet hat."

„Du traust ihm?"

Hillary blickte zu Boden.

„Schwierige Frage", gab sie zurück. „Ich missbillige, was er tut, aber ich glaube, dass er die Wahrheit sagt. Darüber sollten wir aber das eigentliche Anliegen nicht vergessen: Wir ermitteln in einem Mordfall. Wir sind dafür zuständig herauszufinden, wer Harvey umgebracht hat."

„Eigentlich müsste die Zuständigkeit jetzt wohl eher beim FBI liegen, oder?"

„Eigentlich." Hillary dehnte das Wort. „Wir müssen es ihnen ja nicht erzählen."

Higgins lachte.

„Du weißt, dass ich das FBI nicht mag. Also gut, du bekommst die Bescheinigung. Sei dir aber klar darüber, dass ich die Zuständigkeit für den Fall sofort an das FBI weitergebe, sollte jemand zu Schaden kommen! Dann sollen die sich mit diesem Scheiß rumschlagen."

Fünf Minuten später trat Hillary wieder zu Leo, seinem Anwalt und zu Marc, der den beiden unaufdringliche Gesellschaft geleistet hatte. Sie reichte die Bescheinigung an Forbes weiter, der sie prüfte und nickend an Leo übergab.

„Nun brauchen Sie mich nicht mehr", sagte er, gab ihm aber seine Karte: „Für alle Fälle."

Zu dritt kehrten sie in das Verhörzimmer zurück.

Leo konnte den Kunden, der ihm aufgefallen war, genau beschreiben: Mittelgroß, drahtig, zurückweichende, kurze Haare, eine auffallend schmalrückige Nase, vielleicht 40 Jahre. Zudem erinnerte er sich an ein Detail, das Hillary in diesem Zusammenhang bemerkenswert erschien: Der Kunde – Leo nannte ihn Wally – hatte Sektgläser nach einmaligen Gebrauch ins Bad gebracht, neue geholt und dieses Verfahren mit den Worten erklärt, so mache man das bei ihm zu Hause. Leo hatte dieses Verhalten für eine Schrulle gehalten. Hillarys Ahnung aber sagte ihr bereits zu diesem Zeitpunkt, dass sie einen neuen Hauptverdächtigen hatten, einen Mann namens „Wally". Sie ließ Luke Pearson rufen, Spezialist für Phantombilder, setzte ihn zu Leo und schärfte ihm ein:

„Du zeichnest ausschließlich offline. Das fertige Phantombild speicherst du extern, nicht im System, und bevor du dich wieder ins Netzwerk einloggst, löschst du die Zwischenablage und alle Dateien, die etwas mit dem Phantombild zu tun haben."

„So geheimnisvoll? Aber um das Bild auszudrucken, muss ich ins Netzwerk."

„Natürlich." Hillary nickte. „Mach es so unauffällig wie möglich. Du druckst doch sicher andauernd irgendwelche Sachen aus?"

Drei Stunden später hatte sie ein Bild ihres neuen Hauptverdächtigen. Es zeigte einen Mann mit auffallend hoher Stirn, zurückweichenden, kurzen Haaren, kräftigen Augenbrauen über einer schmalen, langrückigen Nase, dünnen Lippen und einem runden Kinn.

„Nicht gerade eine Schönheit", kommentierte Hillary.

Leo zuckte die Schultern.

Inzwischen hatte Marc auf Hillarys Bitte bei den Kollegen von der Abteilung Cyber-Kriminalität nachgefragt, wie sicher die Systeme des Departments waren. Es gab keine Hinweise auf Spyware im Intranet.

Hank und Jeff kehrten vom Forensischen Institut zurück.

„Haltet euch fest", sagte Jeff. „Die Leiche des Nobelpreisträgers ist verschwunden!"

Aufseufzend ließ sich Hillary auf ihren Stuhl sinken. Es war nicht unbedingt so, dass sie es hasste, recht zu behalten, aber in diesem Fall wäre es ihr lieber gewesen, sie hätte danebengelegen.

„Nun wird die Sache ein bisschen klarer", kommentierte Marc. „Hillary hat recht. Im Zentrum des Falls steht McWeir. Harvey muss irgendetwas gefunden haben."

„Das ist noch nicht alles", fuhr Jeff fort. „Die Leiche ist nicht nur verschwunden – es ist so, als wäre sie nie dagewesen. Es gibt keinerlei Belege dafür, dass sie am Forensischen Institut obduziert wurde. Der Obduktionssaal ist offiziell an diesem Abend nicht benutzt worden."

„Was ist mit dem Pförtner?", fragte Hillary. „Ich war dabei, als der Leichnam eingeliefert wurde. Ich habe gesehen, wie der Pförtner einen Eintrag ins System gemacht hat, und habe den Einlieferungsbeleg unterschrieben."

„Es gibt keinen Einlieferungsbeleg, und der Systemeintrag ist weg. Der Pförtner erinnert sich aber an die Einlieferung und sagt dasselbe wie du."

„Es gab weiteres Beweismaterial, das ich mit der Leiche abgegeben habe", sagte Hillary, „vor allem ein Briefumschlag mit Inhalt, der auf Gift untersucht werden sollte …"

„Nicht mehr da."

„Interessant ist auch die Aussage eines Wachmanns", fügte Hank hinzu. „Der Mitarbeiter hatte Spätschicht und warf bei einem Rundgang etwa um 22:30 Uhr einen Blick in den Obduktionssaal. Er sagt aus, dass Harvey gerade an einem Bericht schrieb. Harvey habe sehr angespannt gewirkt, er habe ihn noch nie so unfreundlich erlebt."

„Harvey hat an einem Bericht geschrieben?", fragte Marc.

„Das wird wohl nicht der gewesen sein, den ich am nächsten Tag erhalten habe", vermutete Hillary.

„Es gibt im System des Instituts überhaupt keinen Bericht", sagte Hank. „Auch den nicht, den du bekommen hast. Die Büroleiterin sagte, sie habe ihn dir per Mail geschickt, aber diese Mail existiert nicht."

„Nicht mehr", fügte Jeff hinzu.

„Was ist mit Harveys Assistent? Wie hieß er noch gleich …"

„Kevin Haney", antwortete Jeff. „Sein Handy ist abgeschaltet, in seiner Wohnung ist er nicht."

„Wir haben geklingelt", fügte Hank überflüssigerweise hinzu.

In diesem Moment wurde die Tür zu ihrem Büro geöffnet, und der wohlfrisierte Kopf einer Frau erschien im Türrahmen. Er gehörte Kathy Clarridge, einer der letzten aus der aussterbenden Gattung der klassischen Sekretärinnen im Department. Sie leitete das Büro eines der beiden Stellvertreter der Polizeipräsidentin.

„Jeff, wie gut, dass du da bist", sagte sie." Du hattest …"

Jeff bekam auf der Stelle einen roten Kopf, da Hillary ihn streng ansah, zog die Frau ins Büro und schloss die Tür hinter ihr.

„Kein Grund zur Panik", sagte er. „Kathy ist meine Tante. Es bleibt in der Familie. Ich habe sie angesprochen, weil sie an der Schnittstelle sitzt, an der alle Meldungen zusammenlaufen. Sie bekommt es mit, wenn irgendwo in Seattle und Umgebung etwas in Punkto Sicherheit läuft. Ich kam auf diese Idee, weil Hillary von den WSSU-Agenten berichtet hatte. Kathy hat täglich mit der WSSU zu tun. Sie hätte es auch mitbekommen müssen, wenn am Forensischen Institut irgendetwas passiert. Hat sie aber nicht …"

„Weil kein Alarm ausgelöst wurde", sagte Kathy, eine schlanke, modisch gekleidete Frau in Hillarys Alter. „Und das verstehe ich nicht."

„Hätte denn Alarm ausgelöst werden sollen?", fragte Hillary.

„Unbedingt." Kathy hielt eine braune Aktenmappe in der Hand. „Ich habe vorhin noch einmal alle Ausdrucke seit dem 14. Juni durchgesehen. Das mache ich immer. Ich lasse alle einlaufenden Mitteilungen von einer bestimmten Dringlichkeitsstufe aufwärts automatisch ausdrucken. Das wird hier am Department sonst anders gehandhabt, auch wegen Papiervermeidung. Nennen Sie mich altmodisch, aber was ich schwarz auf weiß auf Papier habe, das habe ich in der Hand. Vielleicht ist das nicht immer ganz verkehrt.“

Sie öffnete die Mappe und zog ein Blatt hervor, nur ein einziges.

„Diese Eilmeldung kam am Abend des 14. Juni um 21:45 Uhr herein. Sie wurde automatisch verschickt. Jemand muss im Obduktionssaal des Forensischen Instituts den Notfallschalter gedrückt haben, aber es wurde unerklärlicherweise kein Alarm ausgelöst.“

Hillary riss ihr das Blatt aus der Hand und las vor:

„14. Juni 2024, 21:45 Uhr, Forensisches Institut des Bundesstaates Washington in Seattle. Ausführender Pathologe: Professor Harvey Walsh, Seattle. Auslösung des Seuchenalarms mit sofortiger Wirkung. Die Behörden sind auf Direktive ORG/743-43 des Gouverneurs des Bundesstaates Washington angewiesen, die vollständige Abriegelung des Instituts und der näheren Umgebung vorzunehmen. Es besteht die Gefahr des Entweichens gefährlicher Organismen. Die zuständigen ABC-Einheiten sind unverzüglich zu verständigen. Dies ist eine automatisch generierte Mitteilung, die ohne Unterschrift gültig ist.“

Hillary blickte in entsetzte Gesichter. Nur Kathy Clarridge, die den Inhalt des Papiers schon kannte, wirkte gefasst.

„Seuchenalarm?“, wiederholte Marc fassungslos.

„Ein Alarm, der nie ausgelöst wurde, obwohl er einwandfrei gegeben worden ist“, wiederholte die Sekretärin nickend. „Dieser Ausdruck ist der Beweis.“

„Eigentlich hätten bei allen Sicherheitsorganen die Alarmglocken läuten müssen“, sagte Oliver Hunter. „Der Obduktionssaal am Forensischen Institut ist kein Hochsicherheitslabor. Wenn dort ein gefährlicher Organismus auftaucht, kann er nicht am Entweichen gehindert werden. Deswegen muss die Umgebung im Notfall schnellstens abgeriegelt werden. Die Pläne dafür existieren, wir haben das alles mehrfach geübt, aber ich habe nichts davon gehört, dass dieser Notfall neulich ausgelöst worden wäre.“

„Was für ein gefährlicher Organismus?“, fragte Hank.

Hillary variierte die Frage leicht:

„Was hat Harvey bei der Obduktion gefunden?“

„Was auch immer es war“, sagte Marc, „es berührte offensichtlich die nationale Sicherheit.“

„Seuchenalarm, Marc!“, sagte Hillary und hielt ihm das Blatt hin. Marc nahm es und las noch einmal, während Hillary fortfuhr: „Harvey hatte den Verdacht, dass ein gefährlicher Organismus aufgetaucht ist. Ich vermute: im Verlauf der Obduktion des Leichnams. Wie kommt es, dass offenbar niemand von diesem Seuchenalarm erfahren hat?“

„Weil irgendjemand es verhindert hat“, sagte Oliver Hunter. „Oder verhindern wollte, denn ganz hat er es nicht geschafft. Sonst säßen wir nicht hier.“

„Aber wer hätte die Macht dazu, so etwas zu verhindern?“, fragte Marc, nachdem er zu Ende gelesen hatte.

„Hank, Jeff“, sagte Hillary, „ihr macht euch sofort auf den Weg und holt mir Harveys Assistenten. Nehmt ihn in Untersuchungshaft. Los doch! Nein, wartet noch einen Moment. Ich muss euch darauf aufmerksam machen, dass es ab jetzt gefährlich werden könnte. Wenn jemand aussteigen will – dies wäre der geeignete Moment.“

5. Kapitel
In der Schwebe

18. Juni 2024
Al-Isrā, Stützpunkt der Islamischen Allianz

Dr. Latif blieb hart. Eine Woche Quarantäne!

„Ich kann Ihnen keinen direkten Kontakt zu anderen Besatzungsmitgliedern gestatten. Ich muss sicher sein, dass Sie wieder ganz hergestellt sind und dass Sie keine gefährlichen Organismen mit nach draußen schleppen. Darum will ich Sie weiterhin beobachten. Sie werden diese Zeit nutzen, um sich zu erholen. Auch wenn alles darauf hindeutet, dass Sie Skylla besiegt haben, sind Sie noch sehr schwach."

Jan schluckte.

„Sie glauben wirklich, ich könnte eine Gefahr für Al-Isrā sein?"

„Können Sie das ausschließen?" Dr. Latif sah auf die Uhr. „Für 15 Uhr hat der Kommandant zu einer Videokonferenz geladen, an der Sie teilnehmen sollen. Bis dahin können Sie sich in Ihrem neuen Domizil einrichten. Maria Francesca wird Sie hinbringen."

Jan musste sich in einen Rollstuhl setzen. Es war eine sonderbare Erfahrung, so transportiert zu werden, aber er war froh, den Weg nicht aus eigener Kraft bewältigen zu müssen. Tatsächlich strengte ihn jede Bewegung immer noch an.

Der Weg endete an einer Tür innerhalb des Hochsicherheitslabors.

„Dahinter befindet sich eine Dekontaminationsvorrichtung", sagte Maria Francesca. „Du benutzt sie wie eine Dusche. Anschließend gehst du durch die Tür auf der anderen Seite und kommst in die Quarantänestation. Die einzigen Mikroorganismen, die dort leben, werden die sein, die du mitbringst. So sehen wir am schnellsten, ob noch Behandlungsbedarf besteht. Deswegen ist es wichtig, dass du dich gründlich dekontaminierst und keinen Winkel deines Körpers vergisst. Schaffst du das allein oder brauchst du Hilfe?"

Jan schaffte es allein, aber danach benötigte er Minuten, um Kraft zu schöpfen und die Panik zurückzudrängen, die ihn angesichts der streng riechenden Substanzen und der Schwälle von Wasser ergriffen hatte. Die Erinnerung an die Totaldekontamination war noch frisch. Schweratmend und nass ließ er sich nach der Dusche auf einen Stuhl in seiner neuen Behausung sinken, ein Handtuch um die Hüfte geschlungen.

„Trockne dich bitte ab! Auf dem Bett findest du frische Kleidung. Die Videokonferenz beginnt in zwanzig Minuten."

Das war Maria Francesca. Sie sprach über Lautsprecher zu ihm. Er blickte sich um, entdeckte die Kameras unter der Decke, über die sie ihn wohl beobachtete, und winkte ihr zu.

Die Einrichtung seines neuen Domizils war schlicht und funktional. Ein Paravent trennte den Schlafbereich vom Arbeitsbereich, wo auf einem Schreibtisch ein leise summendes, aufgeklapptes Notebook auf Jan wartete. Es gab eine Couch nebst Beistelltisch und ein Multikom. Ein Kleiderschrank enthielt frische Wäsche.

Der Raum hatte drei Türen, von denen er zwei innen keine Klinken hatten. Durch eine dieser beiden war Jan hereingekommen. Eine zweite Tür, vermutlich der Ausgang, befand sich neben einer Handschleuse, durch die ihm Essen hereingereicht werden konnte. Hinter der dritten Tür befand sich eine kleine Hygiene- und Nasszelle.

„Wann sehen wir uns wieder?", fragte er Maria Francesca, während er sich abtrocknete und in die Kleider schlüpfte.

„Jederzeit", antwortete Maria Francesca. „Über das Videosystem, wann immer wir wollen."

„Und persönlich? Wirklich erst in einer Woche?"

„Ich halte diese Frist für überzogen, aber du kennst ja Dr. Latif. Deine Blutwerte belegen, dass …"

„Ich kenne Ihre Einschätzung." Dr. Latifs Stimme drang aus denselben Lautsprechern. „Wir waren selten einer Meinung in den vergangenen Tagen. Vielleicht können Sie sich trotzdem zu der Einschätzung durchringen, dass meine Methode, die Dinge zu handhaben, zumindest nicht geschadet hat."

„Natürlich", murrte Maria Francesca.

„Dr. Metzner", fuhr Dr. Latif fort, „über das Notebook können Sie Experimente im Labor leiten, die Ihr Team für Sie durchführt. Haben Sie darüber hinaus noch Wünsche?"

„Ich möchte das Notebook von Professor Schwartz", sagte er.

Wenn ich schon hier rumsitzen muss, kann ich wenigstens in Ruhe Michaels Notizen lesen.

„Ich werde Ihre Bitte prüfen lassen. Nun sollten Sie sich ein wenig ausruhen, ehe die Videokonferenz beginnt."

Jan ließ sich auf die Couch sinken und nahm die Fernbedienung für das Multikom, doch er ließ die Hand wieder sinken.

Spüren ...

Dies waren die ersten Minuten dieses Tages, in denen niemand etwas von ihm wollte. Er war allein in völliger Ruhe. Lediglich die Lüftung gab ein leises Summen von sich, ansonsten war es friedlich wie an einem Spätsommerabend nach einem heißen Tag in Kala Nera. Natürlich fehlte der weite Blick über den Golf von Pagasitikós, die letzten wärmenden Strahlen der Sonne, die soeben hinter den fernen Bergen Zentralgriechenlands unterging, der würzige Duft zahlloser Kräuter in der trockenen Abendluft, der Brandy von Stavros – und Meike, die im Wasser des Pools schwebte.

Jan schossen die Tränen in die Augen, und er verspürte Stiche in der Herzgegend.

Meike ...

Der Gedanke an seine Schwester erfüllte ihn mit Wut und Scham. Er konnte nichts unternehmen, um ihr zu helfen, er wusste nicht, ob sie überhaupt noch lebte. Nicht einmal über sich selbst konnte er frei entscheiden. Es schien eine Art von Schicksal für ihn zu geben, das ihm alle Entscheidungen aus den Händen nahm, ihn aber am Leben ließ. Auch seine Entscheidung, sich Skylla zu verabreichen, war letztlich nicht frei gewesen. Nur den Zeitpunkt hatte er bestimmen können. Als letzte freie Entscheidung, so meinte er, war er ins Bordell von Volos gefahren, aber das schien ganze Zeitalter hinter ihm zu liegen. Seit jenem Abend bestimmten andere Menschen über ihn. Und so würde es nun weitergehen, nachdem er Skylla überstanden hatte. Er hatte überlebt, um zu überleben, das war alles.

Immerhin konnte er wieder *spüren*. Die altvertraute Gabe stand ihm noch nicht in früherer Stärke zur Verfügung, aber sie kehrte zurück. Bald würde er die Dinge wieder wahrnehmen, wie er es gewohnt war. So ließ er nun die Tränen laufen, schloss die Augen, lehnte sich zurück und *spürte* die Quarantänestation. Das dreidimensionale „Bild“ flackerte nicht mehr. Hier und da war es noch ein wenig undeutlich, aber es umfasste immerhin schon das gesamte Zimmer, auch die Bereiche hinter dem Paravent, die er von der Couch aus nicht sehen konnte.

Wann ich wohl wieder Dinge bewegen kann?

Zuletzt war ihm dies im Bordell in Volos mit einem Whiskyglas auf dem Nachbartisch gelungen. Der Mann, der aus diesem Glas getrunken hatte, war vermutlich Scott McGrewgious, Agent eines Geheimdienstes namens *External Affairs Division.*

An jenem Abend wurde mir die Freiheit genommen.

Er würde niemandem von der Gabe erzählen. Sie war sein Eigen. Er mochte in der Hand höherer Mächte sein, die sich ausführender Organe wie Al-Maphrut und Dr. Latif bedienten, aber solange sie nichts von seiner Gabe wussten, war ihre Macht über ihn nicht absolut. Die Gabe war ein kleiner Trumpf – wozu auch immer das vielleicht noch gut sein mochte. Ansonsten würde er tun müssen, was von ihm verlangt wurde: Er würde nach Strategien gegen Skylla suchen. Und danach wartete die Mumie aus dem Swat-Tal auf ihn.

Jan hatte sich zwar geschworen, niemals bei der Entwicklung von Biowaffen zu helfen, aber diesen Schwur hatte er unter anderen Vorzeichen geleistet. Wenn er jetzt der *Islamischen Allianz* zu Biowaffen verhalf, dann um Biowaffen abzuwehren und das Leben von Menschen wie Abdallah zu schützen. Der jordanische König hatte das Zeug zum Reformer. Er konnte der Welt einen Zuwachs an Frieden bringen. Damit war er ein Ziel für Attentate, so wie vor ihm John F. Kennedy oder Jitzchak Rabin. Im Hintergrund des Weltgeschehens wirkten Kräfte, die kein Mehr an Frieden wollten. Jan würde helfen zu verhindern, dass sie Erfolg hatten. Auch wenn er sich dafür mit Leuten verbünden musste, die ihm keine Wahl ließen und die wie die Gegenseite zu fragwürdigen Methoden neigten.

Es gibt kein Gut und Böse. Es gibt nur Grau.

Um Punkt 15 Uhr meldete sich Dr. Latif und forderte Jan auf, sich an den Schreibtisch zu setzen und ein bestimmtes Programm auf dem Notebook hochzufahren. Daraufhin erschienen nebeneinander mehrere Fenster mit den Gesichtern von Al-Maphrut, Dr. Latif und Omar dem Taliban, dessen Augen aufleuchteten, als er Jan sah.

„Allah ist groß! Ich habe nicht erwartet, Sie lebend wiederzusehen. Wissen Sie eigentlich, wie sehr Sie Allah versucht haben?“

„Ja“, gab Jan zurück. „und er hat mich spüren lassen, wie sauer er deswegen auf mich war.“

„Sauer? Allah?“ Omars Gesicht zuckte. „Das kann nicht Allah gewesen sein. Der rast immer gleich vor Wut.“

„Kommen wir zur Sache“, sagte der Kommandant mahnend. „Wir müssen dringend Entscheidungen treffen. Dr. Metzner, sind Sie auf dem Stand der Dinge, was die Weltnachrichten betrifft?“

„Ich habe einiges aufgeschnappt“, antwortete Jan. „Die *Queen Mary 2* sollte gestürmt werden, aber ich weiß nicht, ob …“

„Bisher hat die Stürmung nicht stattgefunden. In New York ist es jetzt 9 Uhr morgens. In 45 Stunden läuft das Ultimatum ab. Wir müssen uns nun um zwei Menschen kümmern, die für uns wichtig sind: König Abdallah und Joey Calderon."

„Calderon?", entfuhr es Jan. „Sie sorgen sich um einen amerikanischen Politiker?"

„Professor Schwartz sorgte sich um ihn. Sie nicht?"

„Ist er denn inzwischen als Präsidentschaftskandidat nominiert?"

„Er hat die Nominierung sicher", sagte Al-Maphrut. „Was er sagt, deckt sich in vielen Punkten mit unseren Anliegen. Zum Beispiel will er Wirtschaft und Politik entflechten, um den Einfluss der Wall Street und des militärisch-industriellen Komplexes auf Washington zu verringern."

„Glauben Sie im Ernst, dass er dieses Programm durchzieht, falls er gewählt wird?"

„Sie nicht?"

„Mit amerikanischen Politikern ist das so eine Sache. Die Erfahrung zeigt, dass sie, wenn sie sich für den Sprung ins Präsidentenamt bereit machen, längst vom Politsystem der USA geprägt und geformt sind, so dass sie Teil davon sind. Grundsätzliche Reformen aus dem System heraus – ich bin skeptisch."

„Ich teile diese Bedenken", erwiderte der Kommandant, „aber Calderon präsentiert sich als neuer Kennedy, während die Republikaner für ‚Weiter so' stehen. Calderon hat angekündigt, mit der islamischen Welt in Dialog zu treten. Die *Islamische Allianz* nimmt das sehr ernst. Also wollen wir versuchen, ihn vor Skylla zu beschützen."

„Das leuchtet mir natürlich ein." Jan nickte.

„Sie halten das amerikanische System für nicht reformierbar?", warf Omar ein. „Das hat es dann wohl mit dem Islam gemeinsam. Den halten viele ebenfalls für nicht reformierbar."

„Unser strategisches Ziel ist es", fuhr Al-Maphrut fort, „einen Präsidenten Calderon als Führer des Westens und zugleich einen König Abdallah als Führer der islamischen Welt zu unterstützen, um eine Aussöhnung der Kulturen zu erreichen. Dem Terror muss endlich das Wasser abgegraben werden, im Westen wie in der islamischen Welt. Dann wäre die *Islamische Allianz* am Ziel, ohne Unmengen von Blut vergossen zu haben."

Jan unterstützte dieses Ziel. Al-Maphrut hatte schon früher behauptet, die *Islamische Allianz* habe im Kern eine Friedensmission, auch wenn sie zu drastischen Methoden greife. Bestimmte Details passten jedoch nicht zu dieser Lauterkeit – zum Beispiel Jans ruppige Entführung. Oder die Tatsache, dass die *Islamische Allianz* nicht davor zurückschreckte, einen Wohltäter wie Bill Gates umzubringen, nur um die eigene Version der Charybdis-Skylla-Waffe zu testen. Jan hatte keine Zweifel, dass Al-Maphrut genau das meinte, was er sagte, und dass er lautere Absichten hegte, aber Al-Maphrut war nicht die *Islamische Allianz*, sondern lediglich einer ihrer Offiziere.

„Woher wissen Sie, dass Calderon mit Charybdis infiziert wurde?", fragte Jan.

„Alle Entscheidungsträger in den USA wurden infiziert. Ohne ihr Wissen, nach einem geheimen Programm namens *Free Mind.* Mit Sicherheit wird *SCOUT* keinen US-Präsidenten zulassen, der nicht mit Charybdis infiziert ist. Sie sind noch nicht vollständig über *SCOUT* informiert? Im Intranet gibt es eine umfangreiche Dokumentation, die auf Informationen beruht, welche Professor Schwartz nach Al-Isrā brachte. Nehmen Sie sich in den kommenden Tagen unbedingt Zeit, dieses Material zu studieren. Omar, bitte berichten Sie."

„Ich habe mich schon gefragt, ob wir überhaupt noch darauf zu sprechen kommen", versetzte der Taliban spitzzüngig. „Ich habe einen Durchbruch zu verkünden: Unser Team hat einen Charybdis-Test entwickelt – mit Dr. Metzners entscheidender Hilfe. Wir konnten Antikörper aus seinem Blut isolieren. Weil die Infektion gerade erst abgeklungen ist, war es voll davon. Die Chancen stehen gut, dass Dr. Metzner bald wieder frei in Al-Isrā herumlaufen kann."

„Warum ist Professor Schwartz nicht auf diese Idee gekommen?", fragte Al-Maphrut.

„Ist er", lautete die lapidare Antwort, „aber er hatte keine Antikörper – und Infektionen lassen sich nun mal seit jeher am besten anhand von Antikörpern nachweisen."

„Michael muss selbst Antikörper gegen Charybdis gehabt haben", wandte Jan ein, „denn er war damit infiziert."

„Das wusste er aber nicht", widersprach Omar, „und das ist das Tragische an seinem Fall. Außerdem ist die Sache etwas komplizierter. Es gibt jenen Erreger, den wir als Vorstufe für Skylla einsetzen und den wir Charybdis nennen. Und es gibt den Erreger, den die Amerikaner analog dazu benutzen. Er tut dasselbe, muss aber noch lange nicht mit unserer Charybdis identisch sein. Die Amerikaner nennen ihn ‚Dulce'.

Das Problem war, dass wir ‚Dulce' nachweisen mussten, nicht Charybdis. Bisher hatten wir keine ‚Dulce'-Infizierten in Reichweite – oder glaubten dies zumindest. Nun aber haben die Amerikaner uns jemanden geschickt, der frisch mit ‚Dulce' infiziert war, nämlich Dr. Metzner."

„Können Sie mit Ihrem Test auch Infektionen nachweisen, die länger zurückliegen?", fragte Dr. Latif mit skeptischer Miene.

„Ja. Ein Organismus, der einmal mit Charybdis bzw. ‚Dulce' infiziert war, behält die Erinnerung daran für den Rest seiner Existenz in Gestalt von Antikörpern, die leicht nachzuweisen sind."

„Das sind gute Nachrichten", sagte Al-Maphrut. „Als erstes sollten wir die Besatzung von Al-Isrā testen. Dann kann Dr. Metzner schnell an seinen Arbeitsplatz zurückkehren."

„Ich halte eine Woche Quarantäne für das Mindeste", meldete sich Dr. Latif auf der Stelle. „Niemand weiß, welche Gefahren er aus dem Hochsicherheitstrakt mitgebracht hat."

„Aber gegen den Reihentest auf Charybdis bzw. ‚Dulce' haben Sie keine Einwände?"

„Nein."

„Morgen können wir loslegen", sagte Omar. „Die Auswertung würde dann übermorgen gegen Mittag vorliegen."

„Ausgezeichnet!" Al-Maphrut nickte anerkennend. „Kommen wir zum zweiten Thema: Skylla. Dr. Latif, Sie haben aus der Beobachtung des Krankheitsverlaufs bei Dr. Metzner Erkenntnisse über das Virus gewonnen?"

„Ja. Es spricht einiges dafür, dass die Skylla-Variante, mit der sich Dr. Metzner infiziert hat, der Wildform des Virus ähnlich ist. Ich konnte diese Wildform ausfindig machen. In unserer Datenbank stieß ich auf historische Beschreibungen der Krankheitssymptome, wie ich sie bei Dr. Metzner beobachtet habe. Eine Gruppe britischer Forscher erkundete im 19. Jahrhundert unzugängliche Bergtäler im Dschungel Südostasiens und infizierte sich. Es gibt keine Berichte über Todesfälle oder Folgeschäden. Diese Ur-Skylla ist wenig spektakulär. Gefährlich wurde das Virus erst durch die Eingriffe, die von Menschen vorgenommen wurden. Der entscheidende Schritt war die Programmierung auf den VOTAR-Rezeptor."

„Entscheidend dürfte die Implantierung des Skyllin-Gens in das Erbgut der Skylla-Variante gewesen sein", widersprach Jan. „So wurde Skylla zum Vehikel, um dieses Gen in die Herzzellen zu bringen."

Dr. Latif verzog missmutig das Gesicht, nickte aber zustimmend. Er konnte es nicht leiden, wenn man ihn unterbrach.

„Damit stehen unsere Chancen nicht schlecht“, fuhr er fort, „ein Mittel gegen das Virus zu finden. Im Prinzip hätten wir es bereits, aber ich möchte davon abraten, es einzusetzen.“

„Sie meinen die Skylla-Variante, mit der Dr. Metzner sich infiziert hat“, riet Al-Maphrut. Der Gedanke lag nahe.

„Ja. Ich habe die Daten, die wir im Lauf der Infektion gewonnen haben, hochrechnen lassen und bin auf eine Letalitätsrate von unter einem Promille für diese Skylla-Variante gekommen, das heißt: Weniger als einer von tausend Infizierten stirbt daran. Diese Letalitätsrate liegt weit unterhalb jeder Grippe, ungefähr gleichauf mit der Letalität von Masern. Tödliche Verläufe gibt es vor allem bei Kleinkindern und alten Menschen. Im Fall Metzner verlief die Infektion untypisch schwer, weil das Immunsystem erst starten musste. Ein gesundes Immunsystem dürfte ohne medizinische Hilfe in drei Tagen mit dieser Skylla-Variante fertig werden.“

„Diese Skylla ist also eine Option für König Abdallah“, stellte der Kommandant fest. „Das sind gute Nachrichten.“

Erneut verzog Dr. Latif das Gesicht.

„Ich möchte erneut davon abraten, den König mit Skylla zu infizieren“, sagte er, „auch wenn es nur die schwache Variante ist. Zumindest sollte es unter ärztlicher Aufsicht geschehen.“

„Versteht sich“, versetzte Al-Maphrut. „Omar, wie stehen die Chancen dafür, dass wir einen milderen Weg finden?“

„Nicht schlecht“, antwortete der Taliban. „Wir warten auf die Ergebnisse der Tests an den Rhesusaffen.“

„Was für ein milderer Weg?“, fragte Dr. Latif.

„Wir haben die Skylla-Variante, die Dr. Metzner genommen hat, weiter abgeschwächt“, erläuterte der Taliban. „Um Schutz vor der tödlichen Skylla zu erlangen, kommt es darauf an, die VOTAR-Rezeptoren der markierten Herzzellen zu blockieren. Wir benötigen also keine voll funktionsfähigen Viren, sondern nur Virenpartikel, die an diesen Rezeptoren andocken. Darum haben wir Viren der sanften Skylla radioaktiv bestrahlt und so ihr Erbgut zerstört. Die Viren selbst bleiben funktionsfähig, so dass sie andocken können. Darüber hinaus sollte nichts weiter passieren. Keine Infektion, keine Krankheit. Und trotzdem wäre der Behandelte nun sicher vor einem Skylla-Attentat.“

„Entsteht daraus Gefahr für den König?“

„Wegen der Radioaktivität? Nein, die Viren selbst sind nicht radioaktiv.“

„Wie habt ihr das alles in der Kürze der Zeit geschafft?“, fragte Jan.

„Ich habe veranlasst, dass unsere Laborteams ihre Kräfte unter der Leitung von Professor Legrand bündeln“, antwortete der Kommandant. „Wann haben wir die Ergebnisse aus den Testreihen mit den abgeschwächten Viren?“

„Morgen, hoffe ich“, antwortete Omar.

Al-Maphrut machte ein nachdenkliches Gesicht.

„Ich hatte gehofft, dass wir schneller helfen können“, sagte er. „Die arabische Welt wartet auf ein Wort vom König.“

„Aber dazu muss er doch nicht persönlich auftauchen“, wandte Jan ein. „Warum hält er nicht einfach eine TV-Ansprache?“

„Das wird wohl das Mittel der Wahl sein müssen.“ Al-Maphrut nickte. „Ein persönlicher Auftritt in Amman wäre eindrucksvoller.“ Er sah auf die Uhr. „Vielen Dank für Ihren Einsatz, meine Herren. Ich habe in wenigen Minuten ein Gespräch mit der Führungsebene und werde von Ihren Fortschritten berichten.“

Doch Jan hatte noch ein Anliegen.

„Was ist mit dem Skyllin? Ich hatte angeregt, dass ihr versucht, seine Proteinstruktur aufzuklären, während ich krank bin …“

Omar zog leicht den Kopf zwischen die Schultern.

„Sorry, aber dazu blieb keine Zeit in all der Hektik.“

„Was wollten Sie denn damit erreichen?“, fragte Al-Maphrut. „Ich dachte, dieses Gift wirkt so schnell, dass wir bei der Suche nach einer Abwehr weiter vorn ansetzen sollten?“

Schlagartig fühlte sich Jan entsetzlich kraftlos und müde. Sollte er jetzt wirklich alles erklären, was ihm zu diesem Punkt durch den Kopf ging?

Was war noch der Grund dafür, warum ich das für wichtig halte?

„Wir wissen nichts über die Konstrukteure der Skylla-Waffe“, erklärte Jan. „Sie müssen über erhebliche kriminelle Energie verfügt haben und über Brillanz als Genetiker, aber dahinter steckt sicher noch mehr. Ein Protein wie Skyllin habe ich noch nie gesehen. Es ist wie nicht von dieser Welt – um Sie zu zitieren, Kommandant. Wenn wir mehr darüber herausfinden, erfahren wir mehr über diejenigen, die Skylla konstruiert haben. Außerdem bekommen wir vielleicht die Wirkung des Skyllin nach der Infektion in den Griff, so dass wir akut Infizierte retten können. Aber dazu müssen wir das Gift verstehen."

„Das glauben Sie im Ernst?", fragte Dr. Latif.

„Ich bin nicht bereit zu akzeptieren, dass die Sache aussichtslos sein soll", versetzte Jan. „Nicht ohne mir das Skyllin genau angesehen zu haben."

„Wenn Sie jemanden retten wollen, der akut infiziert ist, müssen Sie unglaublich schnell reagieren", wandte Dr. Latif ein. „Es dürfte auf Sekunden ankommen."

„Zweifellos."

„Sie sehen dennoch eine realistische Chance?", fragte Al-Maphrut.

„Ich will mir wenigstens das Skyllin genauer ansehen", wiederholte Jan. „Dazu wäre es hilfreich, wenn ich die Quarantäne möglichst schnell verlasse."

„In einer Woche", gab Dr. Latif gereizt zurück.

Al-Maphrut blickte auf seine Armbanduhr.

„In New York ist es jetzt 9:30 am Vormittag. Ich rechne mit dem Beginn der Stürmung frühestens mit Einbruch der Dunkelheit, also nicht vor 22 Uhr. Das wäre 4 Uhr unserer Zeit morgen früh. Drücken Sie unseren Leuten an Bord der *Queen Mary 2* die Daumen! Möge alles so laufen wie geplant!"

18. Juni 2024
Seattle

Gestern Abend hatte Hillary ihr Multikom absichtlich nicht mehr eingeschaltet, sondern war sofort zu Bett gegangen. Nach dem Essen und einem langen Spaziergang am Madrona Beach hatte sie sich müde genug gefühlt. Alle Gedanken an die *Queen Mary 2* hatte sie weit von sich zu schieben versucht. Sie ertrug es nicht, sich neben ihrem derzeitigen Fall und seinen Komplikationen auch noch über das Versagen der Nieten an der Ostküste aufregen zu müssen.

Sie hatte halbwegs gut geschlafen – fünf Stunden lang, ohne von schweren Träumen oder innerer Unruhe geplagt aufzuschrecken. Bei ihrer Morgentoilette hatte sie sich allerdings ungewohnt antriebslos gefühlt. Zum ersten Mal seit vielen Jahren, ja, sogar zum ersten Mal seit dem Ende ihrer Alkoholexzesse verspürte sie an diesem Morgen nicht die geringste Lust auf ihre Arbeit.

Wie gewohnt schaltete sie zuerst das Multikom an. Der Tag wäre gerettet gewesen, hätte die Nachricht gelautet:

„Die Geiselnahme an Bord der *Queen Mary 2* ist Geschichte. Die Terroristen sind tot, das Schiff wurde befreit."

Doch leider bekam Hillary die gleichen Bilder zu sehen wie gestern. Die *Queen Mary 2* lag weiterhin da, wo sie gestrandet war, blitzend im Sonnenlicht. Also mussten sich die Moderatoren und ihre Interviewpartner mit denselben Fragen abquälen wie am Tag zuvor, und die Experten konnten sich nur wiederholen. Immerhin war eine Pressekonferenz angesetzt worden, auf der sich der Befehlshaber der Sondereinsatzkräfte äußern würde, doch Hillary wusste, was davon zu erwarten war: nichts. General Morris hatte schon vor Tagen gezeigt, wie gut er reden konnte, ohne etwas zu sagen.

Normalerweise sah Hillary nur Fox News, aber im Lauf der vergangenen Tage hatte sie festgestellt, dass die Fragen, die sie beschäftigten, dort kaum verhandelt wurden. Daher war sie in der Krise zu CNN gewechselt. Dort wurde die Pressepolitik im Ausnahmezustand sehr viel kritischer hinterfragt als bei Fox, wo die Zensur respektiert und sogar begrüßt wurde, angeblich weil sie nötig sei, um den Streitkräften bei ihrer Arbeit den Rücken freizuhalten.

„Bei welcher Arbeit?", fluchte Hillary.

Irgendetwas lief grundlegend falsch.

Je länger sie am Fall Walsh arbeitete, desto klarer wurde ihr, dass er sich anders anfühlte als alle Fälle bisher. Zu Beginn stand sie normalerweise vor einer Mauer aus Schweigen, Vertuschung und Lügen, die eine Herausforderung darstellte – einer der Gründe dafür, warum sie ihren Job liebte. Sie verfügte über die Werkzeuge, sich in diese Mauer zu bohren und sich freien Blick auf jene menschlichen Abgründe zu verschaffen, die hinter der Tat steckten. Das, wovor sie gegenwärtig stand, fühlte sich jedoch nicht eher wie etwas aus Gummi an. Ihre Werkzeuge funktionierten nicht wie gewohnt. Es lag auf der Hand, dass sie nicht auf die üblichen Probleme stoßen würde, wenn sie weiter bohrte, nicht auf verletzte Gefühle, Eifersucht, Drogen und Kindheitstraumata. Vermutlich würde ihr das, was sie herausfinden würde, nicht gefallen. Sie würde am Ende nicht dastehen und sich zufrieden die Hände reiben.

Sollte sie den Fall abgeben? Captain Higgins hätte sie sofort entbunden, wenn er gewusst hätte, dass zwischen Harvey und Hillary etwas gelaufen war. Doch dann würde der Fall vielleicht nie aufgeklärt werden. Sie fühlte sich in der Verantwortung. Natürlich war sie befangen, aber das hatte niemanden zu interessieren, solange sie sich im Griff hatte; und darin war sie Meisterin. Niemand war besser geeignet, diesen heimtückisch eingefädelten Mord aufzuklären. Und nichts war besser dazu geeignet, die Trauer vorerst von ihr fernzuhalten.

Hillary verspürte Redebedarf. Ein Brainstorming. Strategien erarbeiten. Sich mit jemandem austauchen …

Unkonventionelle Polizeiarbeit! Der Begriff war ihr gestern wie selbstverständlich herausgerutscht. Den Täter täuschen. Ihn herausfordern. Finte auf Finte. Doch wie fädelte man so etwas am geschicktesten ein? Sie musste dabei auch an Leo denken, den Callboy, der nun schon die zweite Nacht in seiner Zelle verbracht hatte. Sie konnte ihn nicht endlos unter Verschluss halten.

Wenn sie nur nicht so antriebslos wäre! Was stimmte heute nicht? Sie hatte Kopfschmerzen, fühlte sich matt, als habe sie gezecht, und ihre Nasenschleimhäute waren unangenehm geschwollen. Hatte sie sich etwas eingefangen?

Nein, sie würde den Fall nicht abgeben. Und nein, sie würde keine Sommergrippe bekommen. Dafür würde das altbewährte Landsdale-Hausmittel sorgen: Kaffee, so heiß, dass man sich fast Zunge und Gaumen verbrannte, und der so schnell getrunken wurde, dass einem der Schweiß in Strömen ausbrach. Eine heiße Dusche, anschließend in dicke Handtücher einwickeln und für eine Viertelstunde ins Bett legen. Ein bisschen dösen, Nachrichten als Hintergrundrauschen. Dann aufspringen, anziehen und geheilt zur Arbeit gehen.

Zum ersten Mal seit Monaten kam Hillary an diesem Morgen pünktlich zur Arbeit – nicht zu früh, wie sonst. In der Abteilung Schwerverbrechen des *Seattle PD* herrschte Ruhe. Auffällig viele Arbeitsplätze waren leer.

„Die bauen Überstunden ab“, erklärte Captain Higgins ihr später. „Verbringen die Nächte wohl vorm Multikom.“

Hillary hingegen stürzte sich in die Arbeit.

Hank und Jeff waren bereits unterwegs, der eine zum Forensischen Institut, der andere zur Wohnung des Assistenten, um Kevin Haney ausfindig zu machen. Dessen Handy war weiterhin abgeschaltet.

„Ich wollte gerade anfangen, mit den Sicherheitsbehörden zu telefonieren“, sagte Marc. „Irgendjemand muss den Seuchenalarm bemerkt haben.“

„Fang bei unseren eigenen Leuten an“, sagte Hillary. „Aus unseren Systemen ist der Alarm ebenfalls verschwunden.“

„Schon erledigt“, gab Marc sanft zurück. „Der Systemcheck läuft. Heute Nachmittag wissen wir, ob die Systeme gehackt wurden.“

„Verstehst du was von IT-Sicherheitsarchitektur?“

„Ich weiß, was ein Backup ist“, sagte Marc. „Auch den Begriff Firewall hab ich schon mal gehört.“

„Dann geht's dir wie mir.“ Hillary grinste. „Wenn ein Angriff auf die nationale Sicherheit der USA erfolgt, muss angemessen reagiert werden. Also nicht so wie dort“ – sie deutete mit einer verächtlichen Geste aufs Multikom und die *Queen Mary 2* –, „sondern im Idealfall so, dass allen Feinden klar ist: Dein Angriff ist chancenlos, weil die USA sich zu verteidigen wissen. Logisch, oder?“

„Angesichts der zig Milliarden Dollar, die wir in den Schutz der nationalen Sicherheit stecken, sollte man das wohl erwarten dürfen.“

Hillary spann ihren Gedanken weiter:

„Das müsste doch auch dann gelten, wenn so ein Angriff mit irgendwelchen Krankheitserregern durchgeführt wird, oder?“

„Klar. Die Sicherheitsbehörden haben so ein Szenario tatsächlich erwogen. Sonst gäbe es die Direktive ORG/743-43 des Gouverneurs von Washington nicht.“ Marc las von dem Blatt ab, das vor ihm auf dem Schreibtisch lag: „Absperrung des kontaminierten Geländes, Quarantäne für alle, die möglicherweise Kontakt mit dem Erreger hatten, Einsatz von Gewalt erlaubt, um die öffentliche Sicherheit zu gewährleisten. Also genau das Maßnahmenpaket, das Pakistan im Swat-Tal einsetzt.“

„Aber warum hat es nicht funktioniert?“, fragte Hillary. „Warum kam der Alarm nicht dort an, wo er hätte ankommen müssen, zum Beispiel beim CDC?“

„Ich wollte gerade dort anrufen“, erwiderte Marc.

„Dann sollten wir das tun, bevor wir weitergraben“, sagte Hillary, „aber wir kennen die Antwort wohl schon. Wir hier am *Seattle PD* wissen nur deshalb von dem Alarm, weil eine altmodische Sekretärin solche Meldungen automatisch ausdrucken lässt. Wer hat ein Interesse daran, dass unser Alarmsystem nicht funktioniert? Wenn wir diese Frage beantworten, sind wir ganz dicht dran an Harveys Mörder.“

„Normalerweise würde ich sagen, dass so was im Interesse von Terroristen liegt“, sagte Marc, „aber welcher Terrorist kann einen Seuchenalarm aus unseren Systemen löschen, noch bevor er überall registriert worden ist?“

„Das ist der Punkt.“

Hillary starrte auf Marcs Monitor, auf dem sich soeben der Bildschirmschoner aktiviert hatte.

„Wir gehen davon aus“, fuhr Marc fort, „dass der Seuchenalarm wegen des Obduktionsergebnisses gegeben wurde. Dieses Ergebnis sollte unterdrückt werden.“

Hillary nickte nur.

„Diejenigen sind also vermutlich keine Terroristen“, sagte Marc mit leicht zitternder Stimme.

„Jedenfalls keine ausländischen“, korrigierte Hillary.

Sie sahen sich sekundenlang schweigend an und lasen in den Augen des Gegenübers die eigenen Gedanken.

„Wir müssen diesen Fall abgeben“, sagte Marc dann.

Hillary kniff die Lippen zusammen.

„Wenn das stimmt“, fuhr Marc fort, nun fast flüsternd, „dann wird die nationale Sicherheit der USA im Namen der nationalen Sicherheit durch Amerikaner bedroht. Das ist nicht unser Job. Das ist … pervers!“

Sie wusste, dass er recht hatte.

„Immerhin sind wir unabhängig voneinander zu demselben Schluss gekommen“, sagte sie. „Vielleicht werden wir noch ein richtig gutes Team. Den Fall behalten wir, solange wir so tun können, als würden wir wegen einfachem Mord ermitteln.“

Marc musterte sie prüfend.

„Geht es dir gut? Du näselst und hast glasige Augen.“

„Ein unwichtiger Infekt“, erwiderte Hillary. „Higgins trägt uns. *Die* wissen noch gar nicht, dass wir an *ihnen* dran sind. Ich habe bewusst keine Ermittlungen wegen des Verschwindens der Leiche eingeleitet. So können *sie* weiter davon ausgehen, dass sie es geschafft haben, den Seuchenalarm zu unterdrücken. Wenn wir stattdessen eine Task Force einsetzen oder den Fall ans FBI abgeben, wären sie alarmiert, aber so?“

„Logisch.“ Marc nickte nachdenklich. „Also einfach weitermachen?“

„Das wäre mein Vorschlag – aber ganz behutsam.“

„Okay, dann rufe ich jetzt beim *CDC* an.“

„Und ich beschaffe uns einen Termin bei Helen Scott-Gonzalez."

Bevor er fragen konnte, wer das war, hatte Hillary sich schon abgewandt.

Beim CDC, dem *Center for Disease Control*, der Seuchenschutzbehörde, hatte man keinen Seuchenalarm bemerkt. Marc fragte, ob es sich um einen Fehlalarm gehandelt haben könnte, der sofort wieder gelöscht worden sei. Die Mitarbeiterin bestritt, dass dies möglich sei: Ein Seuchenalarm lasse sich nicht einfach löschen. Selbst wenn er als Fehlalarm erkannt werde, müsse ein bevollmächtigter Experte sich die Dinge ansehen und dann entscheiden. Nur ein kleiner Kreis von Leuten sei in Washington State dazu autorisiert. Vorher aber werde der Alarm sofort automatisch in alle Protokolle und internen Kommunikationen geschrieben, damit die nötigen Maßnahmen ohne Verzögerung eingeleitet werden konnten. Das bedeutete, dass eine Menge Leute automatisch von diesem Alarm hätten erfahren müssen.

Mit diesen Neuigkeiten ging Marc zu Hillary, doch die hatte gerade kein Ohr für ihn, da sie telefonierte. Also rief er die nächste Stelle auf seiner Liste an. Im Fall einer Katastrophe wären die Feuerwehrleute neben der Polizeibereitschaft die ersten gewesen, die hätten ausrücken müssen.

Am 14. Juni hatte Officer Nancy Dschebril im *Seattle Fire Department* Nachtdienst gehabt. Sie antwortete sekundenlang nicht auf Marcs Frage, ob sie an jenem Abend einen Alarm bemerkt habe.

„Warum fragen Sie?", wollte sie dann wissen.

Marc antwortete ihr wahrheitsgemäß. Zu seiner Überraschung sprudelte es daraufhin nur so aus ihr heraus.

„Ich habe niemandem etwas davon gesagt. Man wird ja nicht gern für verrückt gehalten. Niemand hätte mir geglaubt, dass da für einen Augenblick ein Alarm gewesen ist. Im Alarmfall poppt bei uns ein Nachrichtenfenster mit der Eilmeldung auf, ganz egal, womit man beschäftigt ist. Ich hatte Nachrichten im Netz gelesen. Mein Mann hat Familie in Libyen, und dort läuft es ja gerade nicht gut. Da erscheint das Nachrichtenfenster. ‚Seuchenalarm im Forensischen Institut', lese ich, und da steht auch ‚Handlungsanleitung gemäß Direktive ORG/743-43 des Gouverneurs von Washington'. Mir ist klar, was zu tun ist. Habe die Direktive im Kopf, gehe in Gedanken die Stationen durch, die ich informieren muss, und will gerade Bio-Alarm geben. Zwischen Seuchenalarm und Bio-Alarm machen wir zunächst keinen

Unterschied, die ersten Schritte sind dieselben. ABC-Teams losschicken und so weiter. Da verschwindet die Eilmeldung. Einfach weg. Ich denke, das kann doch nicht wahr sein, und rufe die Protokolle auf, schaue in die Mails – nichts. Da war nie eine Eilmeldung. Ich denke: Erlaubt sich einer einen Scherz? Ich habe dann beim Forensischen Institut angerufen und hörte, dass dort alles in Ordnung sei. Da müssen mir wohl die Nerven einen Streich gespielt haben, dachte ich am Ende und habe versucht, die Sache zu vergessen."

„Wie lange konnten Sie die Eilmeldung sehen?"

„Zwei Sekunden, nicht länger."

„Vielen Dank, Officer", sagte Marc. „Sie haben sehr geholfen. Entschuldigen Sie – wie war Ihr Name?"

„Dschebril. Es war kein Fake, oder?"

„Das versuchen wir herauszufinden. Vielen Dank für Ihre Hilfe."

Hillary stand schon neben Marc.

„Du kannst während der Fahrt berichten", sagte sie. „Wir haben in einer Viertelstunde einen Termin bei Helen Scott-Gonzalez. Sie war früher bei *Homeland Security* und ist jetzt beim Krisenreaktionsstab des Bundesstaates Washington. Ich habe ihr schon gesagt, wonach wir suchen, und sie will nachsehen lassen, bis wir ankommen."

„Woher kennst du Leute aus diesen Kreisen?", fragte Marc.

„Im Lauf eines Lebens als Detective lernt man massenhaft Leute kennen", antwortete Hillary ausweichend. „Die meisten sollte man auf der Stelle wieder vergessen."

„Du hattest eine Affäre mit dieser Frau?", hakte Marc nach und machte dazu ein ungläubiges Gesicht.

Hillary blieb auf der Stelle fassungslos stehen.

„Wie bitte? Mit dieser Frau? Ich? Eine Affäre?" Dann sah sie, dass er grinste. „Du bist doch … Du weißt genau, wie ich zu Homos stehe!"

„Genau darum war das ein gelungener Scherz", verkündete Marc zufrieden.

Ohne ein weiteres Wort wandte sie sich ab und ging voraus. Im Wagen erzählte er ihr von dem Gespräch mit Nancy Dschebril, ohne dass Hillary seine Worte kommentierte. Er war momentan Luft für sie. Leider schien ihn das kaum zu beeindrucken, denn er trottete ihr zwar folgsam hinterher, als sie bei *Washington State Security* angekommen waren, grinste aber die ganze Zeit. Er musste aufpassen! Sie war imstande, solche Respektlosigkeiten dauerhaft übel zu nehmen.

Helen Scott-Gonzalez war eine hochgewachsene, schlanke Endfünfzigerin mit schulterlangen weißgrauen Haaren und klaren blauen Augen. Sie leitete die IT-Abteilung von *Washington State Security* und begrüßte die Detectives förmlich, aber interessiert. Hillary reichte ihr eine Kopie des Ausdrucks der Eilmeldung, den Kathy Clarridge vor dem Papierkorb gerettet hatte, und Marc berichtete, was er von der Feuerwehr gehört hatte.

Helen Scott-Gonzalez machte ein betrübtes Gesicht.

„Ich gebe zu, dass ich zuerst an einen schlechten Scherz dachte“, sagte sie, musterte Hillary prüfend und gab ihr die Kopie zurück, „aber inzwischen sind wir schlauer. Meine Leute sind noch bei der Arbeit, aber kurz bevor Sie eintrafen, gab es erste Ergebnisse. Unsere Sicherheitssysteme wurden tatsächlich manipuliert.“

Sie deutete auf die Stühle vor ihrem Schreibtisch und setzte sich selbst auf ihren Platz dahinter.

„Eine Hacker-Attacke?“, fragte Hillary.

„Nicht direkt“, antwortete Helen Scott-Gonzalez, „aber ein Angriff. Wenn Sie sich nicht gemeldet hätten, wüssten wir bis jetzt nichts davon. Wir konnten die Manipulation aufklären. Jemand hat sich von außen in unsere Systeme eingeloggt. Dabei hat er eine alte Anmeldung benutzt, die eigentlich nicht mehr funktionieren dürfte. Unsere Passwörter werden wöchentlich aktualisiert. Einer unserer ersten Schritte wird nun sein herauszufinden, warum dieses Passwort gültig war, obwohl es drei Jahre alt war, und warum dies niemandem aufgefallen ist.“

„Moment“, sagte Hillary. „Der Besucher hat sich regulär eingeloggt – aber es war trotzdem ein Angriff?“

„Dass sein Passwort funktioniert hat, heißt nicht, dass er die Berechtigung hatte, sich einzuloggen“, erklärte Helen Scott-Gonzalez. „Und vor allem heißt es nicht, dass er Sicherheitsroutinen löschen durfte. Das ist nämlich anscheinend passiert. Der Alarm vom Forensischen Institut ist aus unseren Protokollen verschwunden. Das ist eine Katastrophe. Die Bürgerinnen und Bürger müssen sich darauf verlassen können, dass wir im Krisenfall die Kontrolle behalten. Aber offenbar hat irgendjemand dafür gesorgt, dass wir in einem Alarmfall ahnungslos geblieben sind. Haben Sie eine Idee, wer dahinter stecken könnte? Was ist an jenem Abend im Forensischen Institut geschehen?“

„Es gab eine Obduktion. Dabei muss etwas aufgetreten sein, was den ausführenden Pathologen dazu brachte, den Seuchenalarm auszulösen. Vielleicht sah er die Gefahr des Entweichens gefährlicher Organismen. Der Alarm wurde jedoch verschluckt und der Pathologe einen knappen Tag später durch einen Schuss ins Herz ermordet."

„Von dem Mord an Harvey Walsh habe ich gehört", sagte die Abteilungsleiterin betroffen. „Ich verstehe. Die Obduktion war vor vier Tagen, nicht wahr? Ich muss sofort veranlassen, dass ABC-Teams losgeschickt werden, um den Obduktionssaal und die Umgebung auf gefährliche Organismen zu untersuchen."

Sie erhob sich, doch Hillary und Marc blieben sitzen.

„Das wäre nicht im Sinne unserer Ermittlungen", sagte Marc. „Wir sollten die Leute, die dahinter stecken, nicht mit der Nase darauf stoßen, dass wir ihnen auf der Spur sind. In dem Moment, in dem ABC-Trupps am Institut auftauchen, wird das aber offensichtlich."

„Dort ist möglicherweise ein gefährlicher Erreger entwichen!"

„Wenn es so wäre, wüssten wir es schon", entgegnete Marc. „Wie Sie selbst sagten: Die Obduktion war vor vier Tagen."

„Wir können nicht tatenlos bleiben", widersprach Helen Scott-Gonzalez und seufzte, „aber ich nehme Ihren Einwand zur Kenntnis. Ich werde mir etwas einfallen lassen, um Ihre Ermittlungen zu schützen. Wir werden natürlich ebenfalls Ermittlungen aufnehmen. Detectives, bitte haben Sie Verständnis dafür, dass ich mich jetzt mit aller Kraft um die Konsequenzen aus diesem Vorfall kümmern muss. Mein Vorzimmer hat Ihre Telefonnummern?"

Hillary nickte, während sie sich erhob, blieb dann aber vor dem Schreibtisch stehen.

„Eine letzte Frage", sagte sie. „Arbeitet bei Ihrer Sicherheitseinheit WSSU ein Agent namens Wilkinson?"

„Sie wollen eine Personalauskunft von mir?"

„Nur ein schlichtes Ja." Hillary zwinkerte ihr zu. „Oder Nein."

Helen Scott-Gonzalez ließ sich seufzend auf ihren Platz sinken, wandte sich dem Monitor zu und hatte Sekunden später die Antwort:

„Nein. Es gibt eine weibliche Wilkinson, aber keinen Mann dieses Namens in der WSSU."

„Danke, Ma'am", sagte Hillary. „Sie haben mir sehr geholfen."

„Nennen Sie mich nicht Ma'am", gab Helen unwirsch zurück.

Hillary wandte sich grinsend ab. Helen reagierte wie erwartet auf diese Anrede. Hillary hatte sich entschlossen, diese stromlinienförmige Karrierefrau nicht zu mögen, die garantiert demokratisch wählte.

Als sie mit Marc im Fahrstuhl nach unten fuhr, sagte sie:

„Ich muss noch einmal in die Lakeside Avenue."

„Zur McWeir-Witwe?"

Hillary nickte und erklärte:

„Die Agenten, die das Arbeitszimmer ihres Mannes ausgeräumt haben, gaben sich als Mitarbeiter der *Washington State Security Unit* aus. Einer von ihnen hat sich offiziell als Wilkinson ausgewiesen. Aber es gibt keinen Wilkinson bei der WSSU. Ich habe so eine Ahnung …"

„Wer steckt wohl hinter alldem?", fragte Marc. „Die CIA?"

„Die ist ein Auslandsgeheimdienst."

„Als ob sich die CIA jemals an Grenzen gehalten hätte."

„Manchmal sind die Grenzen eben fließend", versetzte Hillary scharf. Sie hatte keine Lust auf eine Debatte darüber, was Geheimdienste durften und was nicht. Das war eine Grauzone. Früher hätte sie aggressiv den Standpunkt vertreten, dass alles, was im Sinne der Nation sei, getan werden sollte, auch wenn es vielleicht nicht getan werden durfte. Doch sie wäre nie auf die Idee gekommen, dass sich mit dieser Argumentation womöglich Morde wie der an Harvey rechtfertigen ließen. Darum drückte sie sich jetzt vorsichtiger aus.

„Ich glaube nicht, dass es die CIA ist. Nein, wir haben es mit irgendjemandem zu tun, der was mit McWeir am Laufen hatte."

„Dieser ‚irgendjemand' konnte in die IT-Systeme des Staates Washington eindringen und sie manipulieren", wandte Marc ein. „Er muss bestens organisiert sein."

Hillary nickte. Sie hatte natürlich schon daran gedacht. Wenn die Unbekannten es schafften, in die Systeme der Regierung eines Bundesstaates einzudringen, dann waren *sie* IT-Asse, und die Sicherheitsvorkehrungen des PD waren vermutlich Peanuts für sie.

„Wir sollten die Sache abgeben", wiederholte Marc im gleichen Moment, in dem sich die Tür des Fahrstuhls öffnete.

Doch dazu war Hillary weiterhin nicht bereit.

„Ich fahre dich jetzt ins Department", sagte sie. „Du gehst zu den IT-Leuten und sagst ihnen, dass sie auf unbemerkte alte Anmeldedaten achten sollen. Ich muss etwas holen und fahre dann zur Witwe."

Mit dem Phantombild von Leos Klient fuhr sie zu Margret McWeir. Die erkannte den Mann auf den ersten Blick.

„Das ist der Agent, der sie angeführt hat", sagte sie. „Er nannte sich Wilkinson."

„Sind Sie sicher?"

"Sehen Sie diese auffällig schmale Nase? Ja, ich bin mir absolut sicher. Wer ist dieser Mann?"

„Der mutmaßliche Mörder des Pathologen, der Ihren Mann obduziert hat."

***

„Das war ein geisterhafter Vormittag."

Mit diesen Worten fasste Hank seine Erlebnisse am Forensischen Institut zusammen: ausweichende Reaktionen, ein Direktor, der sich verleugnen ließ, und ein kranker Pförtner, der abgetaucht war.

„Der Zugang zum Kühlraum wird mit Kameras überwacht", sagte Hank, „aber für den Zeitraum zwischen Mitternacht und sechs Uhr des 15. Juni ist alles gelöscht. Der Wachdienst will nichts Auffälliges bemerkt haben. Die Sache stinkt zum Himmel."

„Immerhin wissen wir jetzt, dass der Leichnam direkt nach der Obduktion aus dem Institut geholt worden ist", merkte Hillary an. „So können wir die Lücke in den Aufzeichnungen wohl deuten. Einwände?"

„Woher wussten *sie*, dass sich die Leiche dort befand?", fragte Jeff.

„*Sie* sind IT-Asse", sagte Marc. „Vielleicht hat der Pförtner bei der Einlieferung der Leiche einen Eintrag ins System gemacht, der *ihnen* aufgefallen ist?"

„Spätestens der Seuchenalarm wird sie aufmerksam gemacht haben", sagte Hank.

„Na klar!" Hillary sah in ihre Unterlagen. „Er wurde um 21:45 Uhr am 14. Juni gegeben."

„Und nach zwei Sekunden gelöscht", fügte Marc hinzu. „Vielleicht läuft da eine Software, die auf solche Alarmmeldungen reagiert?"

„Das klingt arg nach Science Fiction", murrte Jeff. „Dazu wäre unter anderem eine lückenlose Überwachung aller öffentlichen Computersysteme notwendig."

„Genau." Marc nickte. „Konnte die NSA so etwas nicht schon vor 15 Jahren?"

„Die NSA darf keine Amerikaner überwachen!"

„Offiziell!“, betonte Marc. „Aber hier haben wir es mit krimineller Energie zu tun. Diese Leute haben eine Menge Gesetze übertreten.“

„Aber warum unterdrücken *sie* einen Seuchenalarm?“, konterte Jeff. „Welchen Sinn hat das?“

Marc zuckte mit den Schultern.

„Meine Theorie würde zumindest erklären, warum *sie* so schnell von McWeirs Tod erfuhren“, sagte er. „Der Seuchenalarm hat sie alarmiert.“

„Wir sollten versuchen, die Typen vom Institut zum Reden zu bringen“, antwortete Hank. „Direktor und Wachpersonal wissen mehr, als sie zugeben, davon bin ich überzeugt. Ebenso der kranke Pförtner. Wir müssen den Druck erhöhen. Ihr wisst ja – eine isolierte Situation schaffen und dann mit ein paar gezielten Fragen …“

„Das sollten wir in Erwägung ziehen, ja“, gab Hillary zurück, „aber zurzeit wollen wir noch nicht aus der Deckung kommen. Sonst bemerken *sie* uns. Was ist mit Kevin Haney?“

„Immer noch verschwunden“, sagte Jeff.

„Seit dem Morgen des 15. Juni nicht zum Dienst erschienen“, fügte Hank hinzu, „und zwar ohne sich abzumelden.“

„Ich habe den Vormittag über seine Wohnung im Auge behalten.“ Jeff gähnte, um zu zeigen, dass es spannendere Aktivitäten gab. „Er war nicht dort und hat sich auch in den vergangenen Tagen nicht blicken lassen. Es würde mich nicht wundern, wenn bald seine Leiche auftaucht.“

„Wenn er noch lebt, müssen wir diesen Mann kriegen“, sagte Marc. „Er war bei der Obduktion dabei. Er kann uns helfen zu verstehen, was im Forensischen Institut vorgefallen ist.“

„Oder der hier“, sagte Hillary und hielt das Phantombild hoch, „unser spezieller Unbekannter, der uns für dumm verkaufen wollte. Hat sich als Agent Wilkinson von der WSSU ausgegeben und war am 15. Juni um zwei Uhr morgens Kunde von Leo. Wir sollten vielleicht doch allmählich versuchen herauszufinden, wer das ist.“

„Ohne jeden Anhaltspunkt?“, wandte Marc ein. „Wir haben keinen Namen. Wir könnten natürlich mit dem Bild eine Anfrage an die Rentenversicherung richten, aber dann wissen *sie*, dass wir ihnen auf den Fersen sind.“

„Was mich schon die ganze Zeit interessiert“, sagte Jeff, als Marc sich unterbrach: „Gegen wen ermitteln wir hier eigentlich? Wer sind diese IT-Asse?“

„Lasst uns ein Eis essen gehen“, schlug Hillary vor.

***

Hillary kannte Hank und Jeff gut genug, um zu wissen, dass die beiden sich längst ihre Gedanken gemacht hatten. Dass Hillary ähnliche Schlussfolgerungen zog, sorgte für Beklemmung, als sie darüber sprachen. Immerhin war die Frage, ob sie den Fall abgeben sollten, schnell geklärt. Keiner stellte Hillarys Entscheidung infrage.

Das übernahm Captain Higgins.

„Verschwunden?“, wiederholte er fragend, nachdem Hillary ihn über den Stand der Dinge im Fall Kevin Haney informiert hatte.

„So sieht's aus“, sagte Hillary.

„Bist du sicher, dass du die Sache noch im Griff hast? Das wächst sich ja langsam aus.“

Hillary zuckte die Schultern.

„Es ist nicht ungewöhnlich, dass Leute abtauchen, die Angst haben“, sagte sie. „Haney ist seit der Obduktion verschwunden. Wir müssen seine Wohnung observieren.“

„Woher soll ich die Leute dafür nehmen?“

Zehn Minuten später hatte Hillary zwei zusätzliche Kollegen, die sie sofort einwies und zu Haneys Wohnung schickte. Insgesamt hätte sie vier Leute zusätzlich gebraucht. Die Lücken in der Observierung musste sie aus dem eigenen Team schließen. Und weil Hillary immer bei sich selbst anfing, wusste sie schon jetzt, wie sie die kommende Nacht verbringen würde. Der Gedanke hatte fast etwas Tröstliches: Sie musste nicht um Schlaf kämpfen, sondern gegen ihn.

Derweil hatten Hank und Jeff alle erreichbaren Informationen über Kevin Haney zusammengetragen. Der Mann war kein allzu auffälliger Zeitgenosse, wenn man davon absah, dass er gern feierte. Das gesamte Sündenregister seines 41-jährigen Lebens summierte sich auf zwei Strafzettel wegen überhöhter Geschwindigkeit. Geburtsort, Eltern, College, Laufbahn – die Daten lieferten weder Ansatzpunkte für Ermittlungen noch Erkenntnisse darüber, wo Haney sich derzeit aufhalten könnte. Die einzige Option, die sich aufdrängte, führte ins Leere: Auf Hanks Bitte fuhr ein Polizist des Sheriff's Office von Bellingham bei

Haneys Eltern vorbei, um behutsam nachzufragen, ob sie etwas von ihrem Sohn gehört hätten. Dies war nicht der Fall.

Hank und Jeff hatten sich auf den Weg gemacht, um noch einmal Haneys Nachbarn zu befragen, und Marc war zur IT gegangen, um sich hinsichtlich der Sicherheitssysteme des *Seattle PD* zu informieren. Der Systemcheck war abgeschlossen, man hatte die Sicherheitslücke gefunden. Die Einbrecher hatten sich nicht etwa in das System gehackt, um den Seuchenalarm zu löschen, sondern *sie* hatten eine alte Anmeldung samt Passwort benutzt, so wie *sie* auch die Systeme der *Washington State Security* infiltriert hatten. Die Anmeldung lautete auf den Namen Gary Fichtner und existierte seit 15 Jahren, doch es gab keinen Gary Fichtner im *Seattle PD*. Bei den regelmäßigen automatisierten Durchmusterungen der Anmeldedaten war dieser Zugang – wie auch drei Dutzend weiterer Zugänge – nicht aufgefallen. Die IT-Experten um John „Johnboy" Faruggio waren in heller Aufregung. Wie ging das zu? Die Prüfroutinen mussten manipuliert worden sein, damit sie diese Anmeldungen übersahen – doch wie?

„Sie haben es mit derselben Masche geschafft wie bei deiner Freundin Helen", sagte Marc, als er zurückkam.

„Sie ist nicht meine Freundin", knurrte Hillary.

„Das Leck ist jetzt geschlossen."

Er berichtete, und Hillary schüttelte ungläubig den Kopf. Immerhin war das *Seattle PD* mehrfach wegen seiner Erfolge im Kampf gegen Cyber-Kriminalität ausgezeichnet worden. Eine solche Sicherheitslücke bedeutete eine ziemliche Blamage.

„Aber jetzt sind wir sicher davor, abgehört zu werden?", fragte sie.

„Nach menschlichem Ermessen: Ja. Und vor deiner Erkältung scheinen wir auch sicher zu sein."

Hillary sah ihn fragend an. Manchmal kam sie bei seinen Gedankensprüngen nicht hinterher. Dann aber begriff sie. Ja, ihr Anflug einer Erkältung war Geschichte. Hillary fühlte sich nicht mehr krank.

„Das Landsdale-Anti-Grippe-Erfolgsrezept", wollte sie sagen, doch da deutete Marc auf das stummgeschaltete Multikom und griff zur Fernbedienung.

„Droht eine Regierungskrise?", fragte das Nachrichtenlaufband von CNN. „*Tea-Party*-Hinterbänkler proben den Aufstand."

Tanja Franklin war eine jener Abgeordneten, die Hillary nicht ausstehen konnte. Es war vor allem die kompromisslose, streitlustige Art, wie diese Frau auftrat, die Hillary nervte. Diese Franklin war schlicht von Ehrgeiz zerfressen. Natürlich ließ sie sich keinen Maulkorb verpassen, auch nicht von Timothy Carlyle, von dem die Losung stammte: „In der Krise stehen wir selbstverständlich hinter der Präsidentin!"

Eine solche staatstragende Haltung war nicht Franklins Sache. Sie sprach für eine Gruppe von einem Dutzend *Tea-Party*-Rabauken, die eine Fraktion innerhalb der Fraktion gebildet hatten.

„Dieses Land braucht Führung!", sagte Franklin mit versteinerter Miene. „Die Krise ist zu guten Teilen hausgemacht. Nach nichts verzehrt sich Amerika mehr als nach Führung. Doch diese Führung wird ihm vorenthalten. Präsidentin Preston spricht nicht zu ihrem Volk. Sie lässt uns in der Krise allein. Ihre Antwort auf den Terrorismus ist Schweigen. Daher begegnen die Amerikanerinnen und Amerikaner ihrer Präsidentin mit tiefem Misstrauen. Lindsay Preston ist gewählt worden, um dieses Land zu führen. Warum tut sie es nicht? Warum gibt sie den Befehl zur Stürmung nicht? Ich fordere Präsidentin Preston auf, die unerträgliche Schande endlich aus dem Antlitz der Vereinigten Staaten von Amerika zu tilgen und den Terroristen in der einzigen Sprache zu antworten, die sie verstehen. Frau Präsidentin – lassen Sie stürmen oder treten Sie zurück!"

Hillary ließ sich seufzend auf ihren Stuhl sinken. Ihre eigenen Gedanken aus dem Mund dieser Frau! Doch in der Krise hatte man zusammenzustehen, genau wie Carlyle es gefordert hatte. Alles andere war wie ein Dolchstoß in den Rücken. Franklin hingegen nutzte die Krise, um sich zu profilieren.

„Nicht gut", kommentierte Marc. „Ich habe Preston nicht gewählt, aber so kann man nicht mit ihr umgehen."

„Prestons Zeit ist vorbei", knurrte Hillary.

„Du meinst, diese Franklin handelt richtig?"

„Franklin ist eine Verräterin", kommentierte Hillary, stand auf und ließ Marc sitzen.

***

Kevin Haneys Wohnung befand sich in einem lebhaften Viertel mit vielen kleinen Restaurants und Bars. Ein kleiner Rundgang um ein paar

Blöcke genügte, und Hillary wusste, dass der Mann ein unbeschriebenes Blatt sein mochte, was seine Kontakte mit der Polizei betraf, dass er aber dennoch ein abwechslungsreiches Leben führte – oder geführt hatte. Wer nach der Arbeit Ruhe suchte, der würde sicher nicht in eine Gegend ziehen, in der es nachts erst zu später Stunde ruhig wurde.

Doch Hillary glaubte zu wissen, was Haney in diese Gegend getrieben hatte. Wenn sie so viel mit dem Tod zu tun hätte wie er oder Harvey, dann hätte auch sie nach der Arbeit das Leben gesucht. Zumal wenn sie zwanzig Jahre jünger wäre.

Dazu passte, was Hank und Jeff bei den Nachbarn über Haney herausgefunden hatten. Offenbar hatte der Pathologe mehr als nur einmal Partys gefeiert, bei denen es lautstark zugegangen war. Eine feste Beziehung hatte er offenbar nicht, seine Bekanntschaften schienen zu wechseln. Er wurde als gutaussehend, hochgewachsen und sympathisch beschrieben, ein lebensfroher Mann im besten Alter.

Hillary hatte sich einen Kaffee im Pappbecher geholt und sich wieder ins Auto gesetzt. Von hier aus hatte sie den Eingang zum Apartmenthaus im Blick. Hier würde sie die Nacht verbringen – eine der kürzesten Nächte des Jahres. Es war kurz vor 21 Uhr, die Sonne war noch nicht untergegangen. Die Nähe zahlreicher Restaurants, wo sie sich jederzeit schnell etwas holen konnte, ohne das Haus aus den Augen lassen zu müssen, wirkte beruhigend auf ihren angekratzten Magen. Bisher hatte sie allerdings noch keinen Hunger.

Wenn sie an Präsidentin Prestons Stelle wäre, würde sie jetzt die Stürmung befehlen. Völlig egal, welche Gründe dagegen sprechen mochten, die Hillary als Außenstehende nicht kannte.

Noch 30 Stunden bis zum Ende des Ultimatums.

Hillary schaltete das Multikom ihres Wagens ein. Gegen ihre Gewohnheit aktivierte sie sogar den Monitor, um die Sendung zu sehen. Hillary stöpselte sich die Lautsprecher in die Ohren, wobei sie den Eingang zum Apartmenthaus nicht aus den Augen ließ.

„… Mitternacht an der Ostküste“, sagte Phil Ashby gerade. „Soeben erhalten wir Meldungen, wonach mehrere Hubschrauber von Battery Park gestartet sein sollen. Offenbar handelt es sich um Mannschaftstransporter des Militärs. Sechs Kampfhubschrauber umkreisen derweil die *Queen Mary 2*.“

Bei CNN schien man sämtliche Zensur-Bestimmungen zur Hölle geschickt zu haben.

„Ich höre, dass insgesamt sechs Mannschaftstransporter gestartet sein sollen. Jeder von ihnen kann 20 Mann an Bord nehmen. Das ergäbe eine Stärke des Sturmtrupps von 120 Marines. Dies sind unbestätigte Meldungen aus inoffiziellen Quellen, die uns trotz Nachrichtensperre erreichen. Sie deuten darauf hin, dass die Stürmung der *Queen Mary 2* begonnen haben könnte, jetzt, kurz vor Mitternacht Ostküstenzeit. Wir haben leider wegen der Zensur keine Live-Bilder, aber das Ziel der Hubschrauber scheint die *Queen Mary 2* zu sein. Präsidentin Preston scheint also den lang erwarteten Befehl zum Angriff gegeben zu haben. Jetzt werden wir sehen, was von den Drohungen der Terroristen zu halten ist. Sie besitzen möglicherweise größere Bestände von Milzbrand-Erregern und wollen diese auf Manhattan abschießen, wenn … Nach inoffiziellen Meldungen gibt es ein erstes Feuergefecht. Die Apache-Kampfhubschrauber, die das Kreuzfahrtschiff umkreisen, haben zu schießen begonnen. Lassen Sie uns an die rund 3000 Menschen denken, die …“

Der Kaffeebecher in Hillarys Hand zitterte bedenklich. Sie stellte ihn rasch in den dafür vorgesehenen Halter, ehe sie etwas verschütten konnte.

18. Juni 2024, 22 Uhr ESST
New York

Nachdem die Sonne untergegangen war, verließ Justin die Baracke, in der er die vergangenen Nächte zwischen den Rückständen der Jahrzehnte verbracht hatte. Nein, herbeigesehnt hatte er diesen Moment nicht. Trotzdem war es jetzt soweit. Keine weitere Nacht, kein weiterer Tag im Abfall! Er hatte einen Plan, und dieser Plan war der beste, der ihm jemals einfallen würde.

Vorsichtig blickte er sich um, geduckt und in Deckung. Er trug bereits seinen Neoprenanzug. Gesicht, Arme und Schenkel waren mit Schuhcreme geschwärzt. Niemand würde ihn bemerken, der nicht zufällig den Strahl einer Taschenlampe direkt auf ihn richtete.

Da waren die Lichtkegel der beiden Wachmänner. Sie entfernten sich zwischen den Baracken. Auf deren Dienstplan war Verlass. Ohne nennenswerte Abweichungen gingen sie jeden Abend dieselbe Runde zur selben Zeit. In einer Stunde würden sie wieder vorbeikommen, doch dann würde Justin längst im Wasser sein.

Es war ein Wunder, dass er überhaupt so weit gekommen war. Niemand schien nach ihm zu suchen, niemand war auf die Idee gekommen, genau hier nachzusehen, in Sichtweite des Schiffes; dabei war der Gedanke naheliegend, fand Justin. Vielleicht hatte Sonja mitgedacht und die Agenten auf eine falsche Fährte gelockt?

Er musste sich jetzt konzentrieren. Er schob alle kritischen Gedanken von sich, all das, was die Medien an Szenarien von der Stürmung entwickelt hatten, aber auch den Gedanken, dass er es nicht schaffen würde, nicht schaffen konnte. Was wäre das auch für eine aberwitzige Geschichte, wenn es ihm gelänge, mit seinem aus Resten zusammengezimmerten Floß tatsächlich Liberty Island zu erreichen und dann gar noch an Bord der *Queen Mary 2* zu gelangen! Der Gedanke war schlicht absurd. Darum ignorierte Justin ihn und konzentrierte sich auf den ersten Schritt. Es war alles vorbereitet, so gut es ging. Das Ruspirocyclin für seine Jungen befand sich im Rucksack, zusammen mit einigen Flaschen Trinkwasser und genug Vorräten für zwei Tage, eingewickelt in mehrere sorgfältig verklebte Lagen von Plastikfolie. So würde es im Wasser trocken bleiben – denn Justin hatte den Rucksack auf der Unterseite der *Kon-Tiki* befestigt.

So nannte er das Floß aus alten Brettern und Balken, die er so fest wie möglich zusammengebunden hatte. Die Schnüre würden sich im Wasser allmählich lockern, aber bis Liberty Island würde die *Kon-Tiki* halten, hoffte er. Sie diente seiner Tarnung. Aus der Luft würde sie wie ein Konglomerat von Treibholz aussehen, hoffte er. Dass sich darunter ein Mensch verbarg, sollte aus der Luft nicht zu erkennen sein.

Der Plan hatte allerdings zwei Schwachpunkte. Der eine war der Schnorchel. Justin hatte ihn mit der Mundöffnung nach unten fest zwischen die „Planken“ gezwängt und auf der Oberseite getarnt, so gut es ging, aber ob das reichte, wenn die Helikopterbesatzungen genau hinsahen? Hin und wieder musste er außerdem auftauchen, um seinen Kurs zu kontrollieren. Fast blind im trüben Wasser der Bay musste er die Mundöffnung unter Wasser wiederfinden, um atmen zu können, nachdem er unter die *Kon-Tiki* getaucht war.

Der zweite Schwachpunkt bereitete Justin größere Sorgen. Es hing alles davon ab, wie aufmerksam die Beobachter in den Hubschraubern waren. Wenn ihnen auffiel, dass das Treibholz sich gegen die Strömung bewegte, würde Justin möglicherweise nicht mehr viel Zeit haben, Liberty Island zu erreichen. Dem Augenschein nach war die Strömung kaum nennenswert. Trotzdem driftete das Wasser, wie langsam auch immer, in Richtung Meer, während sich die *Kon-Tiki* in die entgegengesetzte Richtung bewegen würde. Justin musste versuchen, das Floß so zu dirigieren, dass es nicht in die Lichtkegel der Hubschrauberscheinwerfer geriet. Das war vermutlich der schwierigste Punkt seines Vorhabens, bis er Liberty Island erreicht hatte.

Er huschte um die Ecke der Baracke und wagte einen Blick auf die Straße zwischen den alten Gebäuden. Früher mochte dies ein reger Umschlagplatz für allerlei Güter gewesen sein, doch irgendwann hatte dieser Teil des Hafens den Anschluss an die moderne Zeit verloren und war zur Industriebrache verfallen – so nah am vibrierenden Hightech-Manhattan. Aber dieses Manhattan war eine Metropole der Dienstleistungen. Produzierendes Gewerbe war längst nach Asien abgewandert, und für die großen Containerschiffe, die heutzutage Güter um die Welt transportierten, war die New York Bay zu flach.

Justin lief gebückt an einer Wand entlang, querte die nächste Straße, die von düster aufragenden Lagerhallen gesäumt wurde, und erreichte den leeren Kai. Hier hatte er freien Blick hinüber auf das Lichtermeer von Manhattan, das völlig unbeeindruckt wirkte. Doch Justin wusste aus den Nachrichten, dass Manhattan – zumindest der südliche Teil – inzwischen evakuiert war. Er spürte mit bedrückender Gewissheit, dass Manhattan in Wirklichkeit zutiefst beeindruckt war, dass es in Erwartung der Wolken von Anthrax-Sporen zitterte.

Links vor Manhattan lag die *Queen Mary 2*. Wie in den Nächten zuvor leuchteten die Außenscheinwerfer des Kreuzfahrtschiffes, als habe es nicht schweren Maschinenschaden erlitten, sondern werde im nächsten Moment ablegen, und ließen den oberen, weiß gestrichenen Teil des Giganten hell leuchten wie eine Wolke im Sonnenschein, während der schwarz gestrichene Rumpf darunter kaum auffiel. Und wie in den Nächten und Tagen zuvor war das Schiff umgeben von einem Schwarm von Hubschraubern. Vermutlich gab es kaum einen Ort an Bord, wo der zermürbende Krach der Rotoren nicht zu hören war. Es war ein beeindruckender und verstörender Anblick. Andere Hubschrauber zogen ihre Kreise weiter draußen über der Bucht, doch genau wie gestern galt ihre Aufmerksamkeit wie auch die der Patrouillenboote hauptsächlich den Gewässern zwischen Ellis Island und Governors Island, der Durchfahrt nach Manhattan. Offenbar hielten sie die Uferbereiche im Süden von Liberty Island für ausreichend gesichert. Tatsächlich hatte die Nationalgarde ihr Bestes gegeben. Trotzdem stand Justin nun hier am Kai.

Eine warme Frühsommernacht mit wenigen dünnen Schleierwolken, die aufgehende Sichel des zunehmenden Mondes tief im Osten jenseits von Brooklyn – Justin atmete tief durch. Er würde es nun tun. Auch wenn dies den Bruch mit seinem bisherigen Leben bedeutete, einem Leben, in dem er einem Staat gedient hatte, der ihn und das Leben seiner Söhne jedoch nicht hatte schützen können. Also musste Justin seine eigenen Entscheidungen fällen. Er hatte keine Wahl. Das würde Konsequenzen haben, aber seine Entscheidung fühlte sich immer noch richtig an. Wenn Matthew und John gerettet waren, würde Justin jedes Urteil akzeptieren – aber erst dann.

Jetzt kam es drauf an. Justin sah auf die Uhr. 22:10 Uhr. Noch 32 Stunden bis zum Ende des Ultimatums. Um 23 Uhr würde die Wachmannschaft auf ihrer nächsten Runde vorbeikommen. Er machte sich auf den Rückweg.

Die *Kon-Tiki* ruhte in der Baracke quer über der Ladefläche einer alten Schubkarre. Justin überzeugte sich davon, dass der Rucksack sich dort befand, wo er ihn befestigt hatte. Oben auf der *Kon-Tiki* lagen seine Taucherflossen und Taucherbrille.

Justin war jetzt ganz ruhig. Draußen war niemand zu sehen. Das Schloss des großen Tores der Baracke hatte er schon in der vergangenen Nacht aufgebrochen. Jetzt stemmte er das Tor mit reiner Körperkraft auf. Es ging leichter als erwartet. Das Tor war seit Jahrzehnten nicht mehr geöffnet worden, doch außer einem leisen Protestquietschen der rostigen Rollen in ihren Schienen leistete es keinen Widerstand.

Justin packte die Griffe der Schubkarre.

Hob sie an.

Spürte das Gewicht, stemmte sich dagegen, setzte die Masse in Bewegung und kam sich plötzlich vor, als sei er drauf und dran, die Welt zu verändern.

Zweihundert Meter bis zum Wasser.

Und dann zwei Kilometer bis zur *Queen Mary 2*.

Enorme Kräfte durchfluteten ihn, ungekannte Kräfte. Er wusste, dass er stark war, aber er hatte seine Kraft nie ausgereizt, war nie an seine körperlichen Grenzen gegangen. Im Training waren ihm viele Ratschläge zuteil geworden, wie er mehr aus sich machen konnte, indem er die Hanteln und Gewichte eher als Gegner begriff statt als Freunde, die er ein bisschen durch die Luft schwang. Doch darum war es ihm nie gegangen: mehr aus sich zu machen. Er wollte nur das sein, was er war, und dabei wollte er am liebsten in Ruhe gelassen werden. Vielleicht hatte Sonja recht, und ihm fehlte es tatsächlich an Biss.

Wenn Sonja ihn jetzt sehen könnte …

Das Erlebnis seiner Kraft euphorisierte ihn. Wer wollte sich ihm in den Weg stellen? Er sollte es nur wagen!

Unentdeckt erreichte Justin die Kaimauer. Es war geradezu, als zöge es die *Kon-Tiki* zu Wasser, als sie auf der schwerfälligen Karre die Rampe hinab rumpelte, bis Justin die Griffe der Schubkarre einfach losließ. Die Karre versank im dunklen Wasser des Hafens. Die *Kon-Tiki* aber tat, was von ihr erwartet werden konnte: Sie schwamm.

Justin prüfte, ob der Schnorchel fest genug saß. Nicht dass er aus der Halterung rutschte und im Wasser versank! Dann nahm er Flossen und Taucherbrille, legte sie an den Fuß der Rampe und stieg noch einmal hinauf auf die Kaimauer, um das Floß von oben zu betrachten. Die Schnüre waren deutlicher zu erkennen als erwartet, aber daran konnte er jetzt nichts mehr ändern. Er hätte die Schuhcreme aus dem Rucksack holen müssen, um sie einzuschmieren und zu tarnen. Daran hatte er nicht gedacht. Der Rucksack befand sich nun unter Wasser. Aber die Hubschrauber schienen sich ohnehin nicht für die südliche Bay zu interessieren.

Während die *Kon-Tiki* bereits langsam, getrieben vom sanften ablandigen Wind, vom Kai wegdriftete, setzte sich Justin ans untere Ende der Rampe, zog die Taucherflossen an und nahm die Brille, ehe er sich ins Wasser gleiten ließ. Es war kühler als die Luft, kaum mehr als 15 oder 16 Grad. Justin würde in Bewegung bleiben müssen, um sich halbwegs warm zu halten, aber das hatte er erwartet.

Mit wenigen knappen Bewegungen seiner Flossen holte er das Floß ein. Ein letzter Blick zurück zum Kai. Niemand zu sehen. Er legte seine Unterarme auf das schmale Ende der *Kon-Tiki* und zog seinen Oberkörper ein Stück hinauf, während er mit den Füßen zu paddeln begann. Rasch fand er zu einem langsamen, gleichmäßigen Rhythmus, den er lange würde durchhalten können. Er musste nur darauf achten, die Flossen unter Wasser zu halten, damit sie keine Geräusche erzeugten. So glitt er hinaus. Zuerst trieb er die *Kon-Tiki* im rechten Winkel vom Kai fort. Das brachte ihn zwar nicht näher an die *Queen Mary 2* heran, verringerte aber das Risiko, dass er vom Land aus jetzt noch entdeckt wurde. Als er sich weit genug von den Kaianlagen entfernt glaubte, ließ er sich ein wenig treiben, um ein Gespür für die Strömung zu bekommen. Sie war schwach, kaum wahrnehmbar.

Plötzlich hatte er das Gefühl, so viel Zeit zu haben, wie er wollte. Er hatte sich vom Land gelöst wie von seinem bisherigen Leben und trieb nun im Wasser der New York Bay, er war aus der Welt und in der Welt zugleich. In der Schwebe. Wie leicht alles plötzlich war! Alle Entscheidungen waren getroffen. Nur eine stand ihm bevor. Was er jetzt tat, würde alles verändern. Er würde natürlich zur *Queen Mary 2* hinüberschwimmen, denn darum war er hier, aber ebenso konnte er sich in genau diesem Moment dafür entscheiden, jede andere Richtung einzuschlagen und damit alle Pfade zu verlassen, die irgendjemand für ihn ausgewählt haben mochte. Sein Vater, die indianische Herkunft mit all den leidvollen Geschichten, Sonja, ihre mit Schuld beladene Familie, seine Bakterien, die er für eine gute Idee gehalten hatte – nichts von alldem hatte in diesem Moment Macht über ihn. Selbst die Sorge um seine beiden Söhne wirkte unwirklich und distanziert.

Er konnte alles tun.

Zum ersten Mal in seinem Leben war Justin Darkwater ein freier Mann.

Für ein paar Sekunden.

Er musste an die Worte von Helen Clegg denken, einer Professorin, die er am Nachmittag in einer Talkrunde auf CNN gehört hatte:

„Was da passiert, wird einmal als Zeitenwende bezeichnet werden."

Zeitenwende.

Justin spürte es schon seit Tagen, ihm war sogar derselbe Begriff dafür eingefallen, aber jetzt kondensierten die diffusen Eindrücke, das Gefühl wurde greifbar. Er spürte es am eigenen Leib. Er schwebte. Wie die ganze Welt. Sie würde eine neue Richtung einschlagen.

„Wir erleben einen Höhepunkt, der das Krisenhafte unserer Zeit herauskehrt und zuspitzt", hatte die Professorin gesagt.

Diese Frau war nicht irgendwer, sondern hatte den renommierten Huntington-Lehrstuhl an der Princeton Universität inne, der seinen Namen von Samuel P. Huntington hatte, dem Politikwissenschaftler, der die Theorie der Kulturkreise und ihres Zusammenstoßes entwickelt und damit die aggressive Politik des US-Präsidenten George W. Bush ideologisch unterfüttert hatte. Doch Helen Clegg verstand Huntingtons Theorien lediglich als Grundlage für weitere Debatten und stellte sie wieder und wieder öffentlich infrage. Für das konservative Establishment war Clegg auch deswegen ein rotes Tuch, weil sie mit einer Frau verheiratet war, mit der sie zwei Kinder hatte.

„Diese USA sind genau das geworden, wogegen sie einst rebelliert haben: ein Imperium“, hatte Clegg gesagt. „Diese USA haben ihr eigenes Wertesystem, ihren eigenen Kulturkreis verraten, um ihre Macht zu erhalten.“

Justin sah auf seine wasserdichte Armbanduhr. 22:34 Uhr. Es wurde Zeit, dass er Kurs auf die *Queen Mary 2* setzte.

Er nahm seine Taucherbrille, verrieb Speichel auf der Innenseite des Glases und setzte sie auf.

Solange er sich vor den Hubschraubern sicher fühlte, paddelte er, indem er sich bis zur Brust auf die *Kon-Tiki* stützte. Als er ungefähr die Hälfte der Strecke bewältigt hatte, ließ er sich ins Wasser gleiten, tauchte unter das Floß und suchte das Mundstück des Schnorchels, das zwischen den Planken nach unten ragte. Er blies das Wasser aus und holte zunächst tief Luft. Dann griff er nach den beiden Schlaufen, die er unterhalb des „Bugs“ der *Kon-Tiki* links und rechts in Armreichweite befestigt hatte, und begann, sein Floß mit gleichmäßigen Schlägen seiner Flossen voranzutreiben. Er sah nicht, wohin es ging, er schwamm blind, aber als er nach fünf Minuten auftauchte, um die Lage zu sondieren, war er der *Queen Mary 2* erkennbar näher gekommen, ohne nennenswert vom Kurs abgewichen zu sein. Und niemand hatte Notiz von der *Kon-Tiki* genommen.

Das Schiff schien schon zum Greifen nah. Justin sah auf die Uhr, während er vorsichtig den Kopf aus dem Wasser hob. 23:25 Uhr. Die Hubschrauber hatten ihr Verhalten nicht verändert, sie umkreisten das Kreuzfahrtschiff weiterhin mit ohrenbetäubendem Lärm, der auch unter Wasser deutlich zu hören war.

Justin visierte einen Punkt hinter dem südlichen Landungspier an, wo es ein winziges Reststück natürlichen Strandes gab. Dessen hatte er sich heute noch einmal in einem Internet-Café auf den Seiten eines Mapping-Anbieters versichert. Abgesehen von diesem Strandstück bestand das Ufer der Insel fast durchweg aus gemauerten Böschungen. Alternativ konnte er auch den Landungspier selbst nutzen, um aus dem

Wasser zu steigen. Zur Insel hin war der Pier überdacht, so dass Justin vor suchenden Blicken von oben sicher wäre, doch er bevorzugte den Strand und den Sichtschutz der Ufermauern. Außerdem war der Strand etwas weiter von der *Queen Mary 2* entfernt.

Erneut tauchte er, um zu schwimmen. Er fühlte sich dabei sonderbar leicht und zugleich sicher. Das Knattern der Rotoren half bei der Orientierung. Trotzdem tauchte er bald wieder auf. Er befand sich noch etwa zweihundert Meter vom Südpier entfernt. Die riesige *Queen Mary 2*, länger als ganz Liberty Island und höher als jeder Baum und jedes Gebäude auf der Insel, lag rechterhand von ihm. Justin drückte sich eng an sein Floß für den Fall, dass einer der Hubschrauber ihn mit dem Scheinwerfer erfasste. Die Maschinen kreisten unmittelbar über seinem Kopf. Doch die Besatzungen schienen sich ausschließlich auf die *Queen Mary 2* zu konzentrieren. Alle Scheinwerfer waren dorthin gerichtet – scheinbar überflüssig, denn das Schiff war hell erleuchtet. Es ging wohl um psychologische Kriegsführung. Das Scheinwerferlicht dürfte ständig durch die Fenster ins Schiffsinnere blitzen.

Justin blickte hinauf zu den sich türmenden Aussichtsgalerien des Kreuzfahrtgiganten. Niemand war zu sehen. Wenn er jetzt an Bord wäre, würde er Schutz tief im Inneren des Schiffes suchen. Immer auf Distanz zu den Fenstern und Türen achten! Er hoffte inständig, dass seine Schwiegermutter Matthew und John an einem solchen Ort in Sicherheit gebracht hatte. Am besten wäre wohl ein Versteck auf einem der unteren Decks Richtung Achterschiff.

Nun war er dicht am Pier. Auf der Insel selbst schien es kein Licht zu geben, aber die *Queen Mary 2* in ihrer Lichtflut erhellte große Teile von Liberty Island und auch den Landungspier, dessen Schatten auf das Wasser fiel. Justin bugsierte die *Kon-Tiki* in den Schatten, um sich an der scharfen Grenze zwischen Licht und Schatten über ihm an der Wasseroberfläche zu orientieren.

Schließlich streckte er für Sekunden den Kopf aus dem Wasser, um die Richtung zum Strand zu bestimmen. Trotz des Neoprenanzugs wurde ihm nun kalt. Doch das Ufer war in greifbarer Nähe, und dann kam der Moment, in dem er im geisterhaften Schein des Streulichts im trüben Wasser einen großen Stein unter sich am Grund der Bay sichtete – kaum eine Armlänge entfernt.

Einige Meter weiter wurde das Wasser so flach, dass Justin nicht mehr schwimmen konnte. Die Ufermauer warf Schatten auf das Wasser und den Strand. Er löste sich vom Floß und glitt das kurze Stück dorthin, ehe er sich kniend im Wasser aufrichtete und die Taucherbrille abstreifte. Da hörte er hinter sich ein Knarren und ein Geräusch wie von einem Zusammenstoß. Erschrocken fuhr er herum, aber es war nur die *Kon-Tiki*, die gegen die Ufermauer getrieben worden war. Er zog das Floß zu sich heran und schob es dann vor sich her bis zum Strand, der im tiefen Schatten eines Gebäudes lag, das gleich rechts über Justin aufragte.

Er musste sich völlig auf seine Augen verlassen. Seine Ohren waren in dieser Situation nutzlos, denn die Rotoren überdröhnten jedes andere Geräusch. Selbst wenn in dieser Sekunde oben auf der Mauer ein Lastwagen gestartet worden wäre, hätte er es nicht gehört. Und noch etwas störte: die Helligkeit. Hier, direkt vor Ort, wirkte die *Queen Mary 2* wie ein gigantischer Leuchtkörper. Damit hatte Justin nicht gerechnet. Wie sollte er unbemerkt näher an sie heran gelangen?

Eines nach dem anderen. Er hatte Liberty Island erreicht. Das war sein erklärtes Ziel gewesen. Unwahrscheinlich genug, dass er es geschafft hatte! Nun musste er sich umsehen und dann entscheiden, wie es weitergehen sollte. Vorher musste er die *Kon-Tiki* sichern, denn er benötigte sie für den Rückzug. Außerdem brauchte er den Rucksack. Es war Zeit für die nächste Ruspirocyclin-Dosis.

Er zog seine Flossen aus und legte sie auf das Floß, das er halb auf den Strand zog, so dass es sich nicht selbständig machen konnte. Dann schlich er über den kühlen Sand entlang der Mauer den Strand hinauf und spähte oben um die Ecke des Gebäudes. Er sah einen asphaltierten Platz, der teilweise im Schatten zweier einstöckiger Gebäude auf der anderen Seite lag. Zwischen den Gebäuden standen geparkte Autos und Kleintransporter der Parkgesellschaft. Menschen waren nicht zu sehen. Ebenso wenig Anthrax-Staub.

Zurück beim Floß, nahm er das Antibiotikum und zog sich die Schuhe aus seinem Rucksack an. Dann prüfte er seine Tarnung. Die Schuhcreme hatte dem Wasser widerstanden, eine Erneuerung war nicht nötig. Einen Moment sammelte er sich, indem er den Flusswellen zusah. Er verspürte keinerlei Nervosität. War das normal?

Nun war er schon ganz nahe bei seinen Söhnen. Gegen Anthrax war er gewappnet, und die Besatzungen der Hubschrauber kümmerten sich bisher nicht um ihn. Es konnte weitergehen.

Er schulterte seinen Rucksack, lief über den verlassenen Platz vor einem Souvenirshop und tauchte links daran vorbei in den Schatten der

Bäume. Flagpole Plaza mied er, den großen, runden Platz, auf dem die US-Flagge wehte, obwohl er hier erstmals helle Flecken auf dem Boden entdeckte, die wie Anthrax-Staub aussahen.

Im Schatten der dicht belaubten Bäume schlich Justin geduckt weiter, bis vor ihm die riesige Masse des Bugs der *Queen Mary 2* auftauchte – und davor die Reste dessen, was einmal das monumentale Fundament der Freiheitsstatue gewesen war. Justin hatte erwartet, dass der helle Stein des Fundaments weithin sichtbar zwischen den Bäumen hindurch zu sehen sein würde, doch der gewaltige Bug der *Queen Mary 2* warf tiefen Schatten über das Trümmerfeld. Nur der abgerissene Arm der Statue, der früher die Fackel der Freiheit gereckt hatte, war weit genug davon geschleudert worden, um nun etwas vom Licht der *Queen Mary 2* abzubekommen.

Justins Herz schlug schneller, als er begriff, dass es leicht sein würde, in die unmittelbare Nähe des Schiffes zu gelangen, denn der Schatten des Bugs vereinigte sich mit dem Schatten der Bäume in Justins Nähe, so dass er in einem günstigen Moment, wenn gerade kein Hubschrauber seine Scheinwerfer dorthin richtete, hinüber eilen und zwischen den Trümmern Deckung suchen konnte.

Noch etwas beschleunigte seinen Puls: der weiße Staub! Spuren davon waren zwischen den Bäumen auf die Wege gesunken und bildeten weiße Beläge dort, wo sonst Touristen flanierten. Justin ging in die Hocke, zog sein Taschenmesser aus einer Seitentasche des Rucksacks und schabte mit der Klinge etwas Staub vom Asphalt ab. Nun brauchte er ausnahmsweise etwas mehr Licht. Zwischen den Bäumen gab es vereinzelte Flecken, wo das Licht der *Queen Mary 2* bis auf den Boden durchdrang. Er hielt die Klinge in eine Lichtbahn und musterte das Pulver.

Das sollten Anthrax-Sporen sein?

Justin musste es genauer wissen. Aus einem Mülleimer fischte er einen Getränke-Pappbecher, den er mit dem Taschenmesser aufschnitt. Er brauchte nur das Bodenstück mit Rand. Diese provisorische Petrischale spülte er mit Wasser aus seinem Trinkvorrat aus, stellte sie ab und ließ Wasser hinein rinnen. Dann schabte er mit dem Messer so viel von den weißen Belägen auf, dass sie auf der Klinge kleine Häufchen bildeten, und schüttete sie in die Petrischale. Sofort fiel ihm auf, dass das weiße Pulver eine hohe Neigung zeigte, an der Oberfläche zu schwimmen. Es klumpte sogar, als er mit der Messerspitze um rührte.

Die Bestandteile dieses Staubs zeigten hohe Kohäsion und verhielten sich praktisch wasserabweisend. Von Anthrax-Sporen hingegen, die kaum größer als ein Mikrometer, also ein Tausendstel eines Millimeters waren, hätte Justin erwartet, dass sie ein sehr viel feineres Pulver bildeten, das in Wasser schnell unterging.

Wenn ihn nicht alles täuschte, bestand der Staub nicht aus Anthrax-Sporen. Der Gedanke war verwegen, aber Justin war sich so gut wie sicher, dass er es mit gewöhnlichem Mehl zu tun hatte.

Trotzdem schreckte er davor zurück, davon zu kosten und sich endgültige Gewissheit zu verschaffen. Obwohl er dank Ruspirocyclin vorbereitet war, wollte er es nicht darauf ankommen lassen.

Die Konsequenz lag auf der Hand: Die Terroristen hatten kein Anthrax! Sie besaßen nicht die Macht, Manhattan zu verseuchen. Das Ganze war eine Finte! Sie machten sich die Ängste der Menschen zunutze, nichts weiter.

Das war frech.

Justin richtete sich auf, blickte hinüber zum schweigenden, finsteren Bug der *Queen Mary 2* und fragte sich, wer sich das alles hatte einfallen lassen. Die Entführung, die Tribunale, die Zerstörung der Freiheitsstatue, die Sache mit dem Anthrax-Placebo – dies alles war doch gewiss durchkalkuliert. Was hatten die Terroristen wirklich vor? Und welche böse Frechheit hatten sie für den Fall vorbereitet, dass ihr Schwindel aufflog?

Zugleich fiel Justin ein Stein vom Herzen. Zumindest drohte seinen Söhnen keine Gefahr durch Anthrax. Wann auch immer die Marines stürmten – das weiße Zeug, durch das sie stapfen mussten, würde niemanden an Bord gefährden. Oder?

Justin musterte die weißlichen Klumpen skeptisch, die in seiner provisorischen Petrischale schwammen.

Da veränderte sich etwas in der Geräuschkulisse, die Justins Ohren betäubte. Es wurde noch lauter. Durch die Lücken im Blätterdach über sich sah Justin Hubschrauber. Andere Hubschrauber als die, die um die *Queen Mary 2* kreisten, größere Hubschrauber, bullige Mannschaftstransporter. Er kannte diese Dinger aus den Kriegsspielen der Generäle.

Sie schienen von Manhattan zu kommen. Kaum waren sie über der *Queen Mary 2* angekommen, als sich auch schon Männer abzuseilen begannen. Fast im selben Moment eröffneten die Apache-

Kampfhubschrauber mit ihren 30-Millimeter-Bordkanonen das Feuer auf die *Queen Mary 2*.

Justin blickte entsetzt hinauf in den Blätterhimmel, der das zuckende Licht des Mündungsfeuers filterte, sah hinüber zum dunklen Bug des Schiffes, in dem in diesem Moment seine beiden Söhne weinend und in Panik Schutz suchten. Keine Zeit mehr für umsichtiges Verhalten. Er musste an Bord. Jetzt!

Wie hatte es nur so weit kommen können!

Etwa zwei Jahre zuvor
Oktober 2022
Zentralsahara

Die ersten 700 Kilometer bis zur Grenze bewältigte Michael via Autobahn auf dem Rücksitz einer Limousine eines deutschen Herstellers. Bassam Al-Faris saß entspannt neben ihm. Während der Fahrt tauschte er durch die offenen Fenster mehrfach SIM-Karten mit Insassen anderer Wagen. Sobald ihm eine SIM-Karte gereicht worden war, legte er sie in sein Handy, schaltete es ein und ließ es einige Sekunden am Netz, ehe er erst den Akku und dann die Karte wieder entfernte. Anschließend reichte er die SIM-Karte durch das Fenster an ein anderes Auto weiter, das in halsbrecherischer Fahrt auf der Überholspur heran geschossen war, nun aber seine Geschwindigkeit anpasste. Dann überholte es, um später wieder von ihnen überholt zu werden.

Michael durchschaute das System. Die Limousine, in der er saß, fuhr in einem lockeren Konvoi mit sechs oder sieben anderen Wagen, die einander überholten, zurückfielen, sich wieder überholen ließen und wieder aufschlossen. Und bei jeder sich bietenden Gelegenheit gaben sie SIM-Karten durch die Fenster weiter. Falls jemand die Signale der Handys zu verfolgen versuchte, ergab sich ein unentwirrbares Durcheinander.

Al-Faris registrierte Michaels fragenden Blick. Er saß rechts, so dass er Michael die linke, unversehrte Gesichtshälfte zuwandte.

„Das ist nur für den Fall, dass *sie* uns beobachten“, sagte er.

„Ist das denn möglich?"

„Es ist jedenfalls nicht unmöglich."

„Und diese Maßnahme reicht, um *sie* abzuschütteln?"

„Nein, sie soll nur verhindern, dass *sie* die anderen Maßnahmen bemerken."

„Andere Maßnahmen?"

„Geheimnis!", flüsterte Al-Faris und wandte Michael dabei sein ganzes Gesicht zu. Michael registrierte, dass die entstellte rechte Gesichtshälfte des Agenten längst nicht so amüsiert wirkte wie die intakte linke. Unbarmherzig enthüllte das Sonnenlicht jede Narbe. Ein kalter Schauer rann Michaels Rücken hinab.

Al-Faris bemerkte seinen Lapsus, und sein Lächeln gefror.

„Entschuldigen Sie", sagte er. „Ich wollte Sie nicht erschrecken."

„Wissen Sie, wer Johann Caspar Lavater war?", fragte Michael.

Al-Faris schüttelte den Kopf.

„Ein Philosoph des 18. Jahrhunderts", fuhr Michael fort. „Er hat die Theorie der Physiognomik mitentwickelt. Damals glaubte man, den menschlichen Charakter anhand von Gesichtszügen und Körperformen bestimmen zu können."

„Ich verstehe", gab Al-Faris gedehnt zurück. „Nach dem Motto ‚verbranntes Gesicht, verbrannte Seele'?"

„Daran musste ich denken", gab Michael mit belegter Stimme zu. „Aber Ihre Verbrennungen sind kein vererbtes, sondern ein erworbenes Merkmal."

„Trotzdem könnten sie mich psychisch gezeichnet haben."

„Das wäre wohl nur zu verständlich. Ist es so?"

„Sie wollen wissen, ob ich vor Hass auf die Amerikaner brenne?", gab Al-Faris zurück und blickte nach rechts aus dem Fenster. Als er Michael wieder ansah, lächelte er nicht mehr. Er sagte: „Vielleicht reicht es Ihnen zu wissen, dass ich sie jedenfalls nicht gerade liebe."

Michael schluckte und entschied sich dafür, offen zu sprechen.

„Eigentlich reicht mir das nicht. Ich möchte gern mehr wissen, aber ich würde es verstehen, wenn Sie Ihre persönlichen Dinge …"

„Kein Problem, Michael." Al-Faris nannte ihn erstmals beim Vornamen. „Ich war 29 Jahre alt, als die Nato angriff und ich in den brennenden Trümmern verschüttet wurde. Wenn Sie gelegentlich Nachforschungen über mich anstellen, werden Sie erfahren, dass ich bis dahin nicht gerade ein Vorbild war, aber ich war nicht blöd. Mein Vater

Muammar al-Gaddafi war ein unnahbarer Mann. Ich kannte ihn gut genug, um zu verstehen, warum die Amerikaner und die Nato ihn loswerden wollten. Dass sie dabei verbrannte Erde hinterließen, ist so typisch für die amerikanische Politik, dass man wortlos darüber hinweggehen könnte, wenn es sich nicht um Libyen handeln würde, meine Heimat. Dieser Heimat ging es unter der Herrschaft meines Vaters bedeutend besser als heute."

„Also doch Hass", versetzte Michael, erstaunt darüber, dass Al-Faris sich ihm so weit öffnete.

„Nein, das wäre zu billig", entgegnete Al-Faris. „Es ist eher so etwas wie tiefes Unverständnis. Ich verstehe die Amerikaner einfach nicht."

„Was ist an ihnen so schwer zu verstehen?", fragte Michael. „Wenn es um Außenpolitik geht, handeln sie meistens nach der Devise ‚Der Feind meines Feindes ist mein Freund'. Ich finde das sehr leicht durchschaubar und auch berechenbar."

„Genau das ist es, was ich nicht leicht finde", versetzte Al-Faris. „Eine Nation, die der Welt so viel Gutes gebracht hat, sollte in der Lage sein zu verstehen, dass zwischenstaatliche Beziehungen so komplex sein können wie zwischenmenschliche Beziehungen. Sie sollte wissen, dass man besser beraten ist, an diese Dinge mit psychologischem Geschick heranzugehen als mit Kampfgeschwadern. Es gibt so viele kluge Menschen in den USA. Das beste Beispiel dafür sind Sie, Michael. Trotzdem ist dieses Land nicht in der Lage, eine kluge Politik zu machen. Lieber erfinden diese klugen Leute Comicfiguren mit übermenschlichen Kräften und legen ihnen Worte in den Mund wie ‚Aus großer Macht folgt große Verantwortung'. Worte, die niemand auf die Realität überträgt."

„Spiderman", sagte Michael.

Al-Faris grinste.

„Tolle Filme, oder?", fragte er.

Ihr Wagen fuhr in einen Tunnel, verlangsamte abrupt und hielt auf dem Standstreifen an.

„Aussteigen, rasch", kommandierte Al-Faris. „Hier entlang!"

Von der plötzlichen Hektik völlig überrumpelt, brach Michael in Gelächter aus, doch Al-Faris packte ihn am Arm und zog ihn kraftvoll auf seine Seite hinüber. Kurz darauf stand Michael zwischen Wagen und Tunnelwand. Jemand kam und drückte ihm seinen Rucksack in die

Hand, der im Kofferraum gelegen hatte, und stieg dann in den Wagen, der anfuhr, beschleunigte und Michael und Al-Faris im Halbdunkel zurückließ. Die ganze Aktion hatte kaum zehn Sekunden gedauert.

Aus Angst vor den vorbeidonnernden Fahrzeugen drückte sich Michael gegen die Wand des Tunnels. Al-Faris hingegen blieb mitten auf dem Standstreifen stehen und blickte in die Richtung, aus der sie gekommen waren.

„Soll das ein Täuschungsmanöver werden?“, fragte Michael mit zitternder Stimme.

„Es ist schon eines“, lautete die Antwort.

Wenige Sekunden später hielt ein staubiger Van eines französischen Herstellers vor ihnen. Diesmal gehorchte Michael sofort, als Al-Faris ihn einzusteigen hieß. Der Van beschleunigte auf dem Standstreifen und rollte dann behäbig auf die Fahrspur.

Außer dem Fahrer und ihnen waren nur Einheimische im Wagen. Offenbar handelte es sich um ein Sammeltaxi.

„In dem Tunnel gibt es keine Videoüberwachung“, flüsterte Al-Faris Michael ins Ohr. „Die Anlage fällt immer wieder aus, so oft sie auch repariert wird – Sie verstehen? Außerdem habe ich jetzt kein Handy mehr. Muss ich wohl im anderen Wagen vergessen haben. Und die Kollegen spielen ihr lustiges SIM-Karten-Spiel natürlich weiter.“

„Um den Verdacht auf sich zu lenken“, spann Michael den Gedanken zu Ende.

„Falls es einen Verdacht gibt – und jemanden, der ihn hegt. Und jetzt, Michael, sollten Sie ein wenig schlafen. Es sind noch ein paar Stunden bis zur Grenze, und wir werden die Nacht über zu Fuß unterwegs sein.“

„Zu Fuß?“, wiederholte Michael ungläubig, doch Al-Faris hatte sich bereits ausgestreckt, sofern das unter den Verhältnissen im Van möglich war, und seinen Kopf seitlich auf den verschlissenen Bezug der Lehne gebettet.

***

Seit vielen Jahren gab es keinen offiziellen Grenzverkehr zwischen Marokko und Algerien. Wer hinüber wollte, musste über Almeria in

Südspanien reisen, dessen Hafen von Fähren beider Länder angesteuert wurde – oder er musste es über Ziegenpfade zu Fuß versuchen.

Das Sammeltaxi brachte sie in ein staubiges Dorf nahe Oujda, der Grenzstadt. Sie mussten eine halbe Stunde warten. Dann wurden sie von einem Pickup aufgelesen, auf dessen Ladefläche sie über eine Piste durch die Wüstennacht rumpelten. Irgendwann hielt der Wagen an, und Michael konnte seine geschundenen Glieder strecken, während Al-Faris mit jugendlichem Elan vom Wagen sprang und sich zu einigen Männern gesellte, die ihn erwartet zu haben schienen. Wenig später kam er zu Michael, ein Gewehr auf dem Rücken und zwei Handfeuerwaffen in Holstern an seinen Hüften, und sagte:

„Es geht los."

„24", merkte Michael an.

„Davon waren nur die ersten beiden Staffeln gut", kommentierte Al-Faris trocken.

Sie marschierten ein trockenes Flusstal hinauf und folgten Ziegenpfaden an Hügelflanken. Einzig Mond und Sterne spendeten Licht, doch in der klaren, kühlen Luft gewann dieses Licht eine Intensität, die Michael vollauf genügte.

„Die algerischen Grenzer sind manchmal ein bisschen heikel", sagte Al-Faris, der den Weg gut zu kennen schien.

Doch niemand behelligte sie.

Bei Morgengrauen blickten sie von einer trockenen Anhöhe auf eine Kleinstadt hinab. Von dort ging es erneut mit einem Pickup weiter. Diesmal konnten sie neben dem Fahrer sitzen. Über Wüstenpisten rumpelte der Wagen durch unwegsames Gelände. Michael war todmüde und kämpfte um Schlaf, doch er schaffte es nicht, mehr davon zu bekommen als lediglich ein paar Sekunden, ehe der Wagen durch das nächste Schlagloch bretterte.

Am späten Vormittag erreichten sie eine Gruppe von Zelten, wo sie freundlich empfangen wurden. Al-Faris fand sich problemlos zurecht, wie bisher überhaupt jeder Schritt dieser Reise perfekt vorbereitet zu sein schien. Michael wurde zu einem Zelt geführt, wo er auf einem Tablett Fladenbrot, Humus und Datteln vorfand. Er aß, bis der Schlaf zum dominanteren Bedürfnis wurde, ließ sich auf eine am Boden liegende, geflochtene Matte sinken und war im nächsten Moment eingeschlafen.

So ging es weiter. Mal bewegten sie sich mit öffentlichen Verkehrsmitteln, wenn es welche gab, mal warteten Geländewagen und transportierten sie in einer Art Staffellauf, und überall, wo Al-Faris ankam, begrüßte man ihn wie einen guten Bekannten. Niemals sah Michael seinen Begleiter ein Handy benutzen, niemals gab es Schwierigkeiten. Al-Faris bewegte sich unter sesshaften Einheimischen mit der gleichen Selbstverständlichkeit wie unter Beduinen.

Ihr Weg führte sie in Nord-Süd-Richtung quer durch den Östlichen Großen Erg, das größte Sandmeer der Sahara. Sie waren auf Kamele umgestiegen.

„Ich hatte es Ihnen ja versprochen“, feixte Al-Faris.

„Was für ein Aufwand, nur um mich an den gewissen Ort zu bringen.“

„Unbemerkt, Michael. Bitte fügen Sie dieses Wort hinzu. Unbemerkt. Ganz wichtig. Wir unternehmen alles, um Al-Isrā zu schützen.“

„Und alles mit persönlicher Betreuung …“

„Gewiss doch. Würden Sie den Weg denn allein finden?“

„Natürlich nicht, aber …“

„Glauben Sie mir, ich genieße diese Wüstenreise. Es ist wie ein Ritual. Es reinigt. Die Wüste …“

„… ist sauber“, vervollständigte Michael.

„Soweit würde ich nicht gehen“, entgegnete Al-Faris, „aber wenigstens trifft man hier recht selten auf Amerikaner.“

„Sie haben das Filmzitat nicht erkannt“, versetzte Michael.

„Natürlich habe ich es erkannt. Die berühmten Worte des ‚Lawrence von Arabien‘. Ich sehe das etwas anders. Ich glaube, kein Wüstenreisender würde mir widersprechen, dass die Wüste in Wirklichkeit ziemlich staubig ist.“

„Lawrence meinte es als Metapher“, glaubte Michael erklären zu müssen, „Die Wüste ist sauber, weil es in ihr keine Politik und keine Intrigen gibt.“

„Das hat schon zur damaligen Zeit nicht gestimmt“, widersprach Al-Faris. „Lawrence hat es wohl kaum als Metapher gemeint, denn er war ein kluger Mann. Es war das trotzige politische Statement eines Mannes, der bereits ahnte, dass sein Idealismus an der Realität scheitern würde.“

***

Nach zwei Tagen hatte Michael sich endlich an den Wiegeschritt seines Wüstenschiffs gewöhnt, ja, er begann sogar, Antonia zu mögen. Auf diesen Namen reagierte sein Kamel tatsächlich, wenn er es ansprach.

Schließlich machte ihm auch der Geruch nichts mehr aus.

Sie folgten mit einer kleinen Karawane einer alten Route der Wüstenhändler nach Awbari, einem Oasengebiet im Südwesten Libyens, das von der Grenze etwa 400 Kilometer entfernt war. Michael war nicht entgangen, dass einige der Kamele Waffen transportierten, und er fragte sich, ob sie für das geheimnisvolle Al-Isrā bestimmt waren, aber er sprach seinen Begleiter nicht darauf an. Al-Faris wurde von Tag zu Tag unzugänglicher.

Welchen Aufwand musste die *Islamische Allianz* treiben – und welche Verbrechen dafür begehen –, um in dieser abgelegenen Weltgegend, in der es nichts gab außer Hitze, Sand, Staub, brennend heiße Felsen, Schluchten, Berge und natürlich die Sonne, ein Hochsicherheitslabor der Stufe 4 zu unterhalten?

Michael war überrascht, als sich Al-Faris am fünften Abend nach dem Grenzübertritt zu ihm setzte. Die Karawane hatte ihr Lager auf einem Plateau aufgeschlagen, wo sich eine beeindruckende Sicht auf die leere Wüste bot. Michael hatte sich nach dem Abendessen am Rand des Plateaus einen Stein gesucht, um sich hinzusetzen. Al-Faris hingegen setzte sich in den Sand zu Michaels Füßen und lehnte sich gegen den Stein.

„Fühlen Sie sich wirklich nicht als Verräter?“, fragte er unvermittelt.

Michael antwortete nicht gleich, sondern biss auf seiner Unterlippe herum, ehe er sagte:

„Das ist keine gute Frage.“

„Sie geht mir schon lange durch den Kopf“, gestand Al-Faris. „Mir ginge es wohl so, wenn ich versuchen würde, etwas wie das, was Sie im Gepäck haben, an die Feinde meines Landes weiterzugeben.“

„Mein Land existiert nicht mehr. Es ist also kompliziert.“

„Sollte mir wirklich entgangen sein, dass die USA von der Landkarte verschwunden sind?“

„Die USA existieren natürlich noch, aber sie sind nicht mehr mein Land. Dafür wäre ein wenig mehr nötig.“

„Was zum Beispiel?“

„Werte."

„Wie Freiheit und Gerechtigkeit?"

„Zum Beispiel."

„Präsidentin Preston redet von nichts anderem", sagte Al-Faris. „Keine Rede, in der sie nicht genau diese Werte bemüht."

„Natürlich tut sie das. Und zwar umso mehr, je weniger davon übrig ist. Man kann diese Werte aber nicht ständig nur behaupten. Man muss sie auch leben. Erst recht dann, wenn man daraus das Recht ableitet, Führungsmacht der Welt zu sein."

„Und Sie leben also diese Werte?"

„Ich versuche es, aber es ist nicht einfach. Meine Werte führen dazu, dass ich mich von Ihnen fragen lassen muss, ob ich mich nicht als Verräter fühle."

„Und – fühlen Sie sich so?"

Michael suchte nach den richtigen Worten.

„Ich bin ein Whistleblower", antwortete er schließlich. „Ich folge meinem inneren Kompass und versuche, das Richtige zu tun."

„Sie haben Ihr geheimes Wissen bisher nicht veröffentlicht", wandte Al-Faris ein. „Ein Whistleblower würde das tun. Er würde die Öffentlichkeit über die Biowaffe informieren. Sie hingegen sagen sich: Wenn die Amerikaner diese Waffe haben, dann muss die *Islamische Allianz* sie ebenfalls bekommen. Gleichgewicht der Kräfte. Das ist ein nachvollziehbarer Gedanke. Aber ist er auch gerecht?"

„Nach meinem Empfinden ist er es", antwortete Michael, „doch wie gesagt: Es ist kompliziert."

„Vielleicht deswegen, weil Sie Ihr subjektives Gerechtigkeitsempfinden über alles stellen? Sogar über die Gesetze ihres Landes?"

„Fürchterlich, nicht wahr?" Michael grinste hilflos. „Und trotzdem kann ich meine Entscheidung verantworten und werde sie immer vertreten. Es war eine sehr einsame Entscheidung, und ich hoffe, dass sie richtig war, aber ich hatte keine Wahl. Die Gesetze der USA sind mir dabei völlig egal. US-Amerikaner morden insgeheim mit eben dieser Biowaffe. Wenn solche Menschen sich über US-Gesetze hinwegsetzen dürfen, dann darf ich das auch. Dann muss ich das sogar. Im Sinne einer höheren Gerechtigkeit."

„Sie werden religiös", versetzte Al-Faris.

„Nur scheinbar. Höhere Gerechtigkeit – das könnte zum Beispiel die nationale Sicherheit bedeuten."

„Und woher bezieht Ihre höhere Gerechtigkeit ihre Legitimation?"

„Das ist erneut keine gute Frage", wiederholte Michael und lachte leise. „Sie als gläubiger Muslim hätten es da wohl ein wenig leichter, nicht wahr? Sie könnten sagen: von Gott."

„Sie als Christ könnten das ebenfalls."

„Das würde aber nur bedeuten, das Nachdenken über irdische Gerechtigkeit auf eine metaphysische Ebene zu verschieben. Das halte ich für unehrlich. Die höhere Gerechtigkeit bezieht ihre Legitimation allein aus mir selbst."

„Der Mensch des Westens, wie er leibt und lebt."

„Spotten Sie nur, doch wie ist es mit Ihnen? Sie sind Agent der *Islamischen Allianz*, also einer Gruppe von politischen Aktivisten. Was sagt Ihnen, dass Sie auf dem richtigen Weg sind? Allah?"

„Das ist keine gute Frage, Michael", antwortete Al-Faris, ohne zu lachen, aber ein Glitzern in seinen Augen verriet Michael, dass die Frage ihn amüsierte. „Allah redet nicht mit mir."

„Dann also Ihr eigener innerer Kompass?"

„Wie wäre es mit den Bomben auf Tripolis in der Nacht des 30. April 2011, als ich offiziell starb – als Saif al-Arab al-Gaddafi, wie ich damals noch hieß?"

Michael nickte.

„Wir schleppen alle unseren Ballast mit uns herum", sagte er. „Wenn es nach mir ginge, würde ich Verbrecher wie die, die meinen Vater umgebracht haben, lebendig in ein Museum stecken, das ich eigens für sie bauen würde. Das Publikum würde an ihren Zellen vorbeiwandern und auf Schautafeln lesen, was die Inhaftierten verbrochen haben. ‚Samuel McWeir, Nobelpreisträger für Medizin', stünde da, ‚Entwickler einer Zwei-Komponenten-Biowaffe, die eingesetzt wurde, um politisch missliebige Menschen aus dem Weg zu schaffen. Verurteilt für Verbrechen gegen die Menschlichkeit. Samuel McWeir starb am 12. Mai 2024 an den Folgen der eigenen Entwicklung'."

Al-Faris starrte Michael erstaunt an.

„Am 12. Mai 2024?", fragte er. „Das ist ein Tag in der Zukunft."

„Na und?" Michael zuckte die Schultern. „An diesem oder einem anderen Tag bekommt er Post von mir."

„Sie wollen McWeir das Virus schicken?"

Michael nickte und sagte:

„Er soll die Konsequenzen für seine Taten tragen."

„Die Todesstrafe für Ihren berühmten Mentor?“ Al-Faris lachte leise. „Wenn das mal nicht nach Rache riecht …“

Diesmal widersprach Michael nicht. Es roch wirklich nach Rache.

***

„Wir sind da“, sagte Al-Faris eines Tages völlig unerwartet.

Ringsum war nichts zu sehen außer Wüste. Hinter ihnen erhoben sich über der Piste, die sie vorhin überquert hatten, einige Staubwolken, von Autos aufgewirbelt, die nach Süden unterwegs waren. Die flachen Gebäude eines Dorfes in einigen Kilometern Entfernung waren bereits wieder hinter dem Horizont versunken. Die Gegend war sagenhaft unspektakulär. Die einzige Geländemarke weit und breit war ein Felsensporn, Ausläufer eines Höhenzuges, an dessen Fuß sich, wie es schien, in einer Bodensenke Beduinenzelte schmiegten. Michael sah Palmen, grüne Tupfer in der Ferne. Offenbar gab es dort Wasser.

Kein Laborkomplex, kein abgesperrtes Militärgelände, keine Wachen …

„Al-Isrā liegt unterirdisch?“, fragte Michael. „Was für ein Aufwand!“

„Mein Vater war mit Größenwahn gesegnet“, versetzte Al-Faris.

Sie warteten bis zum Einbruch der Dämmerung. Dann ordnete Al-Faris an, die Decken überzuwerfen, wie er das nannte. Plötzlich kam Betriebsamkeit in die Mannschaft der Karawane, die mit enormer Geschwindigkeit und geübten Griffen dünne Folien zwischen den Kamelen aufspannten, welche auf der Oberseite sandfarben beschichtet waren.

Al-Faris sah Michaels fragenden Blick und deutete zum Himmel.

„Abschirmung“, sagte er. „Satelliten.“

Den letzten Kilometer bis zum Beduinendorf, das wohl als Tarnung für den Zugang zu Al-Isrā diente, legten sie zu Fuß zurück, zwischen den Kamelen, die als mobile Stützpfosten für die Schutzfolie fungierten. Im Dorf ging dann alles sehr schnell. Michael schlüpfte hinter Al-Faris in ein Zelt, während die Karawanenmannschaft die Folie abspannte. Die Kamele wurden in geräumige Zelte geführt, die aus derselben Folie bestanden.

„Sehen Sie noch einmal zum Himmel hinauf", rief ihm Al-Faris noch zu. Dann wurden sie getrennt. Jemand packte Michael am Arm und wollte ihn fortziehen, doch Michael befreite sich.

„Moment!", fuhr er den Beduinen an.

Bevor er das Zelt betrat, blickte er tatsächlich noch einmal in die Höhe. Es könnte sein, dachte er, dass er den Himmel zum letzten Mal sah. Er rechnete sogar damit. Er glaubte nicht, dass diese Leute ihn jemals wieder gehen lassen würden. Wohin auch?

Vielleicht als Zach Sturbinsky …

Nein, sein Weg führte ihn in dieses Zelt und dann in die Unterwelt.

Es war Zeit für den Abschied.

„Kommen Sie", drängelte der Libyer und deutete zum Himmel.

Satelliten!

Das Innere des Zeltes war leer bis auf eine Vorrichtung für einen provisorischen Lastenfahrstuhl mit Handkurbel über einem Schacht. In dessen Wände waren Sprossen eingelassen. Michael kletterte hinab. Unten war ein leicht abschüssiger Gang. Der Libyer ging voraus. Nach gut hundert Metern weitete sich der Gang. Ein anderer mündete linkerhand, ein weiterer wenige Schritte danach von rechts in ihren Korridor. Offenbar war der Höhenzug, zu dem der Felsensporn gehörte, von einem ganzen System solcher Gänge durchzogen – und zwar einem offenbar sehr alten System, denn als sie eine Halle durchquerten, entdeckte Michael an den Wänden Malereien, die ihn an die steinzeitlichen Höhlenzeichnungen von Lascaux erinnerten.

Schließlich gelangte er in eine weitläufige Felsenhalle mit zahlreichen Zugängen. Einige von ihnen – die weitesten, durch die sogar Lastwagen gepasst hätten – waren mit großen Steinen blockiert. Wie tief unter der Erdoberfläche er sich hier wohl befand.

Mitten in der Halle stand eine Baracke aus Wellblech, in der sich ein auffallend moderner Fahrstuhl samt Motorenanlage befand. Am offenen Eingang des Fahrstuhls wartete Al-Faris auf ihn. Wortlos betraten sie die Kabine, die geräumig genug für zehn Menschen war. Al-Faris drückte einen Knopf. Die Tür schloss sich und öffnete sich zehn Sekunden später wieder, als der Fahrstuhl hielt.

„Willkommen in Al-Isrā", sagte Al-Faris.

***

Michaels Zimmer maß drei mal vier Meter. Die Einrichtung bestand aus einem Bett mit Nachttisch, einem Schreibtisch samt Bürostuhl, einem Multikom und einem wandhohen Regal, in dem die beiden Bücher, die Michael in seinem Rucksack aus den USA mitgenommen hatte – „Endstation Sehnsucht“ von Tennessee Williams und „Unabhängigkeitstag“ von Richard Ford – ziemlich verloren wirkten. Sie würden wohl kaum nennenswerte Gesellschaft bekommen. Das Regal bot einen Anblick von betrüblicher Kargheit für Michael, der prall gefüllte Bücherregale liebte.

Trotzdem fühlte Michael sich wohl. Im Lauf der Zeit würde er der Einrichtung das eine oder andere Stück hinzufügen. Vor allem fehlte ihm natürlich ein Fenster. Doch Michael hatte schon eine Idee, wie er dem Mangel abhelfen konnte: Er würde ein Aquarium in das Regal stellen. So eines, wie sein jüngerer Bruder Philipp es gehabt hatte.

Mit Neonfischen darin.

Falls hier welche zu bekommen waren.

Auch das Foto der Familie Schwartz bekam einen Platz im Regal. Es war das einzige Erinnerungsstück, das Michael mitgenommen hatte. Er wusste noch, wie es entstanden war. Am 65. Geburtstag seiner Mutter Amy, die in einem Korbstuhl im Zentrum des Bildes saß wie eine Matriarchin, hatte ein namhafter Fotograf die ganze Familie arrangiert. Philipp Schwartz, der Senator, stand neben Amy, eine Hand auf ihre Schulter gelegt, den anderen Arm um Maggie geschlungen, Michaels Schwester. Links und rechts neben dem Korbstuhl hockten Philipp jr. und Jonathan im Vordergrund im Gras, Michaels jüngere Brüder. Phil jr. war gerade aus Europa zurückgekommen, Jonathan hatte soeben angefangen zu studieren. Die jungen Männer lachten unbefangen in die Kamera. Michael selbst stand links neben seiner Mutter hinter Phil und rang sich ein verkrampftes Lächeln ab. Ja, er konnte sich gut an die Situation erinnern, in der das Foto entstanden war. Wie schwer war es ihm gefallen, heiter zu wirken im Angesicht des auf ihn gerichteten Kameraobjektivs!

Seufzend stellte Michael das Bild ins Regal, zog ein Taschentuch hervor, steckte es aber wieder weg und ließ die Träne rollen. Obwohl sein Vater nicht mehr lebte, seine Mutter in Vermont war und seine Geschwister sich entlang der Ostküste der USA verteilt hatten, fühlte er sich seiner Familie in diesem Moment so nahe wie lange nicht mehr.

Was er nun tun würde, tat er auch für sie.

Es klopfte. Al-Faris wollte ihm Al-Isrā zeigen. Michael löschte das Licht und schloss eben die Tür hinter sich, als ihn ein eigentümliches Gefühl beschlich. War da jemand in seinem Zimmer? Saß da jemand auf seinem Bett? Was war das für ein eigenartiger Geruch? Wie von einem Rasierwasser, das er kannte ...

Er schaltete das Licht wieder ein, doch das Zimmer war leer. Er schnupperte und musste doch an Cincinnati denken, an sein Studium – und an Jan.

„Lassen Sie uns bitte gehen“, drängelte Al-Faris. „Sie haben noch viel Gelegenheit, sich Ihr Zimmer gründlich anzusehen.“

Michaels letzter Blick, bevor er das Licht ausschaltete, fiel auf das Familienbild im Regal. Dann zog er die Tür hinter sich zu.

***

608 Tage später und rund zehntausend Kilometer entfernt betrachtete Philipp Schwartz jr. das Familienfoto, auf dem er vorne links zu sehen war, hockend wie auf einem Mannschaftsfoto zu High-School-Zeiten, unbeschwert lachend. Die Stimmung an jenem Geburtstag seiner Mutter war ihm noch präsent. Wie gut es tat, sich zu erinnern!

Es klopfte, aber Phil war in Gedanken.

Jonathan hatte ihn kurz vor der Aufnahme angegiftet wegen irgendeiner Kleinigkeit, doch bevor es zu einem Streit hatte kommen können, hatte Michael Phil in den verlängerten Rücken getreten und ihm „Freundlich sein!“ ins Ohr gewispert. Phil hatte Sehnsucht nach diesen Tagen. Zwei der sechs Menschen, die auf dem Foto abgebildet waren, lebten nicht mehr: sein Vater und Michael. Was Michael betraf, gab es allerdings keine endgültige Klarheit. Niemand wusste, was aus ihm geworden war. Angeblich war er in die Wälder gegangen, doch es gab keinerlei Lebenszeichen von ihm. Seine Mutter glaubte immer noch, dass er wieder auftauchen würde. Phil hingegen rechnete nicht mehr damit. Michael war immer ein Einzelgänger gewesen, einer, der die Dinge mit sich selbst ausmachte. Phil hatte das Gefühl, ihn nicht richtig gekannt zu haben, trotz jener Tage, als sie nach dem Seuchenalarm in Vermont gemeinsam in Quarantäne gelebt hatten.

Es klopfte erneut.

Seufzend und niedergeschlagen legte Phil das Bild weg.

Er fühlte sich nicht wohl in diesem kargen Zimmer im Wohnheim. In dessen Zimmern war das halbe Wahlkampfteam von Joey Calderon untergebracht. Bett, Schreibtisch – wenn er wenigstens ein Aquarium gehabt hätte, dann hätte es vielleicht eine Chance gegeben, sich ein bisschen wie zu Hause zu fühlen. Ein Aquarium mit Neonfischen. Doch Phil war nur auf der Durchreise.

„Herein!“, sagte er müde.

Es war Jenny, eine der Studentinnen, die im Wahlkampfteam ein Praktikum absolvierten. Phil war schon aufgefallen, dass sie Nähe zu ihm suchte, aber er blieb auf Distanz.

„Phil, komm schon“, drängelte sie, „wir müssen rüber in die Zentrale. Joey ruft.“

Phil sah auf das Display seines Handys. Tatsächlich war vor drei Minuten eine SMS hereingekommen, die er nicht bemerkt hatte. Von Joey Calderon über den Sammelverteiler.

Da weilte er mal für wenige Minuten in einer anderen Welt, und dann geschah so etwas!

Es war vier Minuten nach Mitternacht am Morgen des 19. Juni 2024. Noch 30 Stunden bis zum Ablauf des Ultimatums.

„Was ist los?“, fragte er, während er in seine Sneakers schlüpfte.

„Endlich wird die *Queen Mary 2* gestürmt“, sagte Jenny aufgeregt und hielt ihr Handy mit dem Nachrichten-Livestream hoch. „CNN hat es gerade gebracht!“

„Verdammt!“, entfuhr es Phil. Er sprang auf und schnappte sich eines seiner Sakkos.

Er war einer der Wahlkampfberater des nächsten US-Präsidenten – mit seinen 27 Jahren der jüngste! In Situationen wie dieser hatte er an der Seite von Joey Calderon zu sein! Das konnte entscheidend sein – nicht zuletzt für Phils eigene Karriere.

6. Kapitel
Zeitenwende

19. Juni 2024
Baltimore, New York, Al-Isrā, Seattle

Die offizielle Zentrale von Joey Calderons Kampagnenteam erinnerte mit Absicht an die Redaktion einer Schülerzeitung. So sollte der Gigantismus der Wahlkampagne von Chris Kerry karikiert werden, dem wahrscheinlichen Gegenkandidaten von den Republikanern. Kerry machte keinen Hehl daraus, dass tausende von Menschen für ihn arbeiteten und dass hinter seiner Kampagne eine gewaltige Maschinerie und viel Geld steckten. Indem Calderon sich bescheiden gab, wurde daraus ein David-Goliath-Spiel.

Zugleich wurde nicht mit historischen Anleihen gespart. Überall hingen Bilder von John F. Kennedy, mit dem Calderon entfernt verwandt war, die Einrichtung war jener Zeit nachempfunden, es gab Kabeltelefone und echte Fernschreiber, die ratternd Nachrichten ausdruckten. Der Gag funktionierte: Calderon galt in der Öffentlichkeit als der Bescheidenere und Besonnenere mit dem größeren historischen Hintergrund. Dass die Gegenseite ihm den Gefallen getan hatte, ihm Frauengeschichten nachzusagen, passte zum JFK-Image des Kandidaten. Calderon kommentierte diese Attacken nicht. Bisher hatten sie ihm nicht geschadet.

Tatsächlich war Calderons Wahlkampfzentrale keineswegs kleiner als Kerrys. Seit klar war, dass Calderon die Nominierung zum Präsidentschaftskandidaten nicht mehr genommen werden konnte, hatte er eine ganze Etage im *Transamerica Tower* angemietet, dem höchsten Gebäude von Baltimore. Es gab Büros, Ruhe- und Besprechungsräume, ein kleines Café, eine Teeküche und eine medizinische Ambulanz. Auch für Calderon arbeiteten tausende von Menschen, meist als Ehrenamtliche und Praktikanten.

Wegen *six/eleven* und der Folgen schien das politische Washington wie ein Dampfkochtopf bei größter Hitze kurz vor der Explosion zu stehen. Die heiße Phase des Wahlkampfs lief bereits, obwohl die Kandidaten noch nicht offiziell nominiert waren; das würde erst auf den Parteitagen der Demokraten und Republikaner geschehen. Nicole Harris, Calderons Managerin, war die Anspannung anzusehen, als Phil den

Konferenzraum betrat. Ihre Drähte nach Washington glühten derzeit wahrscheinlich. Phil hatte den Eindruck, dass dort niemand mehr klar denken konnte.

Am Eingang zum Konferenzraum wurde Phil von Jenny getrennt.

„Du kannst hier leider nicht rein“, sagte der Wachmann zu Jenny, „tut mir leid. Die brauchen Luft zum Atmen da drin.“

„Ich darf?“, fragte Phil.

„Klar.“

Phil schenkte Jenny ein Lächeln und hielt seine rechte Hand mit ausgestrecktem Daumen und kleinem Finger wie einen Telefonhörer ans Ohr, doch er würde sie nicht anrufen. Sie war nicht die, die er für sein Leben brauchte. Und für das flüchtige Vergnügen fehlte ihm die Zeit. Zudem wusste er nur zu gut, welche Fallen die Schlangengrube Washington aufstrebenden Talenten stellte. Sein Bruder Michael hatte ihm ein Dossier hinterlassen, ein Sündenregister der Hauptstadt, in dem so gut wie alle Politiker und Politikerinnen mit Rang und Namen vorkamen. Phil wollte niemals in einer solchen Liste auftauchen. Die Unbeschwertheit anderer junger Männer im Team würde er daher nie erleben, doch dafür würde er eine völlig reine Weste behalten.

Ohne das Dossier wäre sein Leben vielleicht anders verlaufen, doch er war Michael trotzdem dankbar. So hatte er von Anfang an darauf achten können, alles richtig zu machen. Dass ihn die anderen für einen „trockenen Knochen“ hielten, kümmerte ihn nicht. Gewurmt hatte ihn allerdings, dass die Schwulen im Team zu glauben begannen, er sei einer von ihnen. Er versuchte, ihre Annäherungsversuche entspannt abzuwehren, indem er sich vorstellte, derjenige wäre Jonathan, sein schwuler Bruder, aber es kostete Kraft. Diese Flirts empfand er als übergriffig. Inzwischen wurde er jedoch in Ruhe gelassen.

Die Kernmannschaft des Kampagnenteams war bereits vollzählig. Auch Randy Weaver war da, der Impulsgeber. Auf ihn ging die Idee mit der altmodischen „Zentrale“ zurück wie auch die meisten anderen Ideen, die Calderons Kampagne prägten. Randy wurde wegen seines bulligen Äußeren und hitzigen Auftretens respektvoll „Dampframme“ genannt. Er war immer dicht dran an Nicole, und er war ein Naturtalent, wenn es darum ging, im richtigen Moment zur Stelle zu sein und sich selbst ins beste Licht zu rücken. Phil wunderte sich, dass niemand dieses Verhalten als aufdringlich zu empfinden schien, aber vielleicht musste man als Wahlkampfmanager so sein.

Phil und Randy waren Gegner vom ersten Moment an, ohne dass Phil etwas dafür konnte. Calderon hatte ihn wegen seiner Herkunft ins Team geholt, als ein Gesicht für die Medien und als ein Statement über Calderons Ansichten: Phil war noch jung, aber er stand für dieselben liberalen Werte wie sein Vater. Randys druckvolle Dominanz im Team ließ ihm allerdings kaum Luft zum Atmen. Bisher jedenfalls. Doch Phils Moment würde kommen, davon war er überzeugt.

„Seid mal bitte ruhig!“, brüllte jemand vorn am Tisch, aus der Gruppe um Calderon. „Ruhe, Leute!“

Auf den Monitoren liefen verschiedene Nachrichtensender. Alle Geräte waren auf stumm geschaltet. Ein Blick genügte: Fast überall redeten aufgeregte Berichterstatter über eine Nachrichtenlage, über die es wegen der Zensur kaum Informationen gab. Hier gab es vielleicht ein Telefoninterview mit jemandem im Battery Park, dort Gespräche mit Experten, von denen keiner die Zukunft vorhersagen konnte. Nichts davon war überraschend. Einzig *Univision-NY* erregte Phils Interesse, ein Sender der Hispanics, der großen Gruppe spanisch sprechender Einwanderer und ihrer Nachfahren. Er zeigte trotz Zensur Live-Bilder von der *Queen Mary 2* im vollen Schein ihrer Außenbeleuchtung. Das Schiff wurde von mehreren Hubschraubern umkreist, während sich über dem Oberdeck eine Gruppe von Hubschraubern versammelt hatte. Offenbar seilten sich in diesem Moment Landetruppen ab. Zu sehen war davon kaum etwas, denn die Bilder wackelten stark, sie schienen aus großer Entfernung aufgenommen zu werden.

Phil zwängte sich zwischen den Menschen hindurch, die zuerst protestierten und ihn nicht durchlassen wollten. Doch als sie ihn erkannten, wichen sie zur Seite. Phil bedankte sich freundlich nach allen Seiten, bis er vorn am Tisch angekommen war. Die Teammitglieder, die sich um Calderon geschart hatten, starrten auf den Monitor eines Tablet-Computers, der vor ihnen auf dem Tisch lag.

Phil tippte Nicole auf die Schulter. Sie blickte kurz auf, nickte ihm zu und machte dann Joey Calderon auf Phil aufmerksam. Der angehende Präsidentschaftskandidat lächelte ihm kurz und angespannt zu und widmete sich dann sofort wieder den Bildern, die auf dem vergleichsweise kleinen Tablet zu sehen waren.

Calderon war ein mittelgroßer, schlanker Mann vom Typ „Schwiegermutters Liebling“, der umwerfend charmant sein konnte und über ein strahlendes Lachen verfügte. Andererseits konnte er ausgesprochen störrisch sein, und es hieß, er sei nachtragend. Im Multikom und auf der Bühne kam er erstaunlich hochgewachsen rüber, wenn er nicht gerade neben seiner Frau Avery stand, die ihn um einen halben Kopf überragte. Man musste immer darauf aufpassen, wie er arrangiert wurde. Glücklicherweise war Linda, die Frau des Republikaners Chris Kerry, sogar fast einen Kopf größer als ihr Mann.

Joey hatte tatsächlich – trotz eines dunklen Teints, den er seinem Hispanic-Großvater verdankte – eine gewisse Ähnlichkeit mit John F. Kennedy, die er durch seine Frisur geschickt unterstrich: Sein dichtes, dunkelbraunes Haar vermittelte stets den Eindruck, als lasse es sich nur widerwillig zu einem akkuraten Scheitel bändigen und nutze jede unkontrolliert-schwungvolle Kopfbewegung, um die Form zu sprengen. Wie John F. Kennedy würde Joey Calderon 43 Jahre alt sein, sollte er die Wahl am 5. November gewinnen. Ob seine Jugend ihm im Vorwahlkampf zum Vorteil oder zum Nachteil gereichte, darüber stritten die PR-Strategen. Tatsache war jedenfalls, dass er, wo auch immer er auftrat, von einer Aura der Sinnlichkeit umgeben war, sobald er das Jackett auszog und die Ärmel hochkrempelte, während Chris Kerry in derselben Pose immer dicklich und verzagt wirkte.

„Sie kriegen den Beamer nicht in Gang“, sagte Joyce Hamilton. Phil hatte nicht bemerkt, dass sie zu seiner Linken stand, so sehr war er auf das fokussiert, was auf dem Tisch und im Zentrum um Calderon geschah – oder besser: nicht geschah. Er konnte kaum etwas erkennen.

„Der Beamer ist am Nachmittag ausgefallen“, gab Phil zurück. „Carl wollte sich drum kümmern. Irgendein Teil …“

„Carl mal wieder.“

„Er konnte nicht wissen, dass der Beamer so bald gebraucht wird.“

Phil sah hinüber zu dem Monitor, auf dem *Univision-NY* lief. Dort hatte es geblitzt, aber Phil hatte nicht schnell genug hingesehen. Kaum jemand registrierte es.

Er beugte sich vor und versuchte, mehr von dem zu erkennen, was der Tablet-Computer zeigte, aber er wurde nicht schlau daraus.

„Embedded“, sagte Joyce nur, und Phil verstand: Offenbar kam Joey in den Genuss einer Vorzugsbehandlung, indem sein persönlicher Computer – jener Tablet auf dem Tisch – die Live-Bilder von der Stürmung der *Queen Mary 2* empfangen durfte, und nun versuchten die schwitzenden Techniker, den Beamer zum Laufen zu bringen, damit diese Bilder an die Wand projiziert werden konnten.

„Hast du sonst noch was mitbekommen?“, fragte Phil.

Joyce schüttelte den Kopf.

„War ziemlich turbulent heute, und ich war nicht gut drauf.“

„Was war los?“, fragte er, obwohl es ihn eigentlich nicht sonderlich interessierte. Doch Joyce hatte nie mit ihm geflirtet, nie seine Zeit überbeansprucht und schien überdies völlig zufrieden damit, dass er umgekehrt nicht anders mit ihr umging. Sie war nicht besonders auffällig und schien auch keinerlei Interesse daran zu haben, sich auffälliger zu machen. Sie war einfach Joyce. Das gefiel ihm.

„Willst du es wirklich wissen?“, fragte sie.

„Sonst würde ich nicht fragen.“

„Mein Lieblingsonkel ist gestorben.“

„Das tut mir leid“, sagte Phil und schluckte. Das war eine beklemmende Situation. Er redete nicht gern über den Tod, seitdem er so dicht dran gewesen war, damals in Montpelier. „War es ein Unfall?“

Joyce war ungefähr so alt wie er. Phil fand es schwer vorstellbar, dass sie einen Onkel haben könnte, der alt genug war, um eines natürlichen Todes zu sterben.

„Es war Mord“, antwortete sie trocken.

„Wie bitte?“

Phil war aufrichtig entsetzt.

„Ein Stricher soll ihn erschossen haben“, sagte Joyce, und ihre Augenwinkel funkelten feucht. „Dabei war er gar nicht schwul.“

Jonathan hätte jetzt sicher geantwortet: Oder du hast es nicht gewusst. Phil schämte sich fast dafür, dass ihm diese Worte scheinbar wie von selbst einfielen.

„Oder ich habe es nicht gewusst“, sagte Joyce, „aber …“

In diesem Moment nahm der Beamer seine Arbeit auf und projizierte Bilder an die Wand, und die Menschen im Raum riefen:

„Licht aus!“

Joyce’ Worte gingen unter.

Anstelle einer Antwort ergriff Phil ihre Hand und drückte sie kurz, und Joyce drückte zurück. Phil registrierte, dass diese kleine Geste, dieses stillschweigende Verständnis seinen Puls anheizte, und warf einen kurzen, erstaunten Seitenblick auf diese unauffällige Frau.

„Ruhe bitte!“, rief Nicole. „Joey möchte etwas sagen. Kenny, schließ bitte die Tür. Wir wollen unter uns sein – nur die Kernmannschaft.“

Sofort kehrte Stille ein.

„Nur ganz kurz“, sagte Joey, während die Leute vor ihm zurückwichen, so dass sich ein Halbkreis freien Raums um ihn bildete, „ich begehe gerade Rechtsbruch. Diese Bilder sind eigentlich nur für mich persönlich bestimmt. Aber ich brauche euer Urteil. Die Präsidentin hat angeordnet, dass mein persönlicher Tablet denselben Stream empfängt, der in diesen Sekunden auch im Weißen Haus verfolgt wird. Das ist eine große Geste. Wir sehen die Erstürmung der *Queen Mary 2* aus der Perspektive eines Militärberichterstatters, der dabei ist. Die Marines haben mit dem Abseilen begonnen.“

Offenbar wurden die Bilder von einer Helmkamera aufgenommen. Das schloss Phil aus der Perspektive: Man blickte den Soldaten und Soldatinnen direkt in die kantigen, entschlossenen, geschwärzten Gesichter. Sie umklammerten ihre Karabiner, die sie sich erst über die Schulter warfen, als sie dran waren auszusteigen.

„Um das jetzt schon klar zu sagen“, fügte Joey hinzu: „Ich werde mich hinter die Präsidentin stellen, egal wie die Sache ausgeht. Wenn die Stürmung vorbei ist, herrscht für ein paar Minuten kein Wahlkampf, sondern dann sind wir eine Nation. Nicole hat eine entsprechende Presseerklärung vorbereitet.“

Phil nickte. So hätte er es Calderon geraten. In der Krise stand das Land zusammen. Eine klare, kluge Entscheidung. Randy war allem Anschein nach nicht gefragt worden; so deutete Phil jedenfalls dessen Mimik.

Jetzt war der Berichterstatter an der Reihe, sich abzuseilen. Die Helmkamera zeigte den Rahmen der Helikoptertür. Unendlich weit unten, so schien es Phil, war das Oberdeck der *Queen Mary 2* zu sehen, auf dem soeben Männer mit vorgehaltenen Gewehren ausschwärmten. Im Hintergrund Richtung Bug erblickte Phil die geborstenen Reste der Kommunikationsanlagen. Die Tiefe des Explosionstrichters im Vorschiff konnte er nur erahnen. Ein ehemaliger Antennenmast lag quer auf dem Deck, von den einstigen Deckaufbauten waren nur geschwärzte Trümmer übrig. Daneben allerdings war im hellen Schein der Deckbeleuchtung noch der Rest eines Tennisgrüns auszumachen. Dann schwenkte die Kamera in die andere Richtung über das Oberdeck hin zu dem riesenhaften Schornstein, der fast bis zum Helikopter aufragte und den Blick auf das hintere Oberdeck teilweise verstellte. Dort seilten sich weitere Marines ab; Helikopter schwebten in der Luft.

Jetzt schwang sich auch ihr Berichterstatter in die Luft, und Phil hörte Joyce ächzen. Ihm wurde für einen Moment schwindlig, aber er sah nicht weg. Der Blick nach oben auf den ruhig in der Luft stehenden Helikopter besänftigte seinen Magen wieder.

Calderons Tablet mochte eine Soundanlage besitzen, die für ein Gerät dieser Größe eine fantastische Tonqualität lieferte, aber sie reichte nicht für den ganzen Konferenzraum. Phil verstand nur dann, was an Bord gesagt wurde, wenn es im Zimmer völlig still war. Einerseits die groß an die Wand projizierten Bilder, andererseits der mickrige Ton – der Kontrast war grotesk. Carl und seine Techniker hatten es noch nicht geschafft, das Tonsignal der Übertragung auf die Lautsprecher des Besprechungszimmers zu schalten.

„Kontakt“, hörte Phil mit Mühe den Berichterstatter sagen. „Bin auf dem Deck. Klinke mich aus. Corporal George Crossland meldet sich zur Stelle, Sir.“

„Sie sind der mit dem Regisseur in der Familie?“, fragte der kommandierende Offizier, bei dem sich Crossland gemeldet hatte.

„Ja, Sir. Großneffe von Harvey Crossland. Er hat einen Film über die *Queen Mary 2* gemacht.“

„Mal sehen, ob uns das hier was nützt. Sie gehen mit dem Zug von Lieutenant Bates durch das Steuerbord-Treppenhaus.“

„Ja, Sir!“

Dennoch blieb der Corporals zunächst einfach stehen und drehte sich um die eigene Achse, so dass ruhige Bilder vom Oberdeck zustande kamen. Sie zeigten Marines, welche die Zugänge zu den Treppenhäusern sicherten, während sich weitere Soldaten abseilten. Trupps von Marines drangen in Deckaufbauten ein.

Die Bilder zeigten noch etwas anderes, worauf Corporal Crossland seine Zuschauer aufmerksam machte:

„Keine Spuren von Anthrax-Staub. Das Deck ist blitzeblank gewaschen. Anscheinend hat die Wäsche aus der Luft etwas genutzt. Aber wir sind natürlich alle geimpft.“

Crossland erlaubte sich einen Ausflug in die Aufbauten, die als gesichert galten. Einer der Räume, der einmal überdacht gewesen war, beherbergte einen Pool. Das Glasdach hatte die Kollision jedoch nicht überstanden. Der Boden war übersät mit Scherben, Liegestühle lagen kreuz und quer durcheinander. An Bord mussten bei der Kollision ungeheure Kräfte gewirkt haben. „Antreten!“, brüllte jemand.

Corporal Crossland schien sich nicht gemeint zu fühlen. Er schlenderte entspannt aufs Oberdeck zurück, wo sich die Soldaten sammelten. Sein Außenmikrofon übertrug die Meldungen:

„Da vorn geht nichts! Schwere Zerstörungen. Alles verkantet und verkeilt. Kein Zugang ins Innere möglich."

„Wir gehen vor wie besprochen. Denkt daran, Leute: Wenn ihr diesen Mistkerl namens Bin Laden seht, zielt auf seine Beine. Wir wollen ihn lebend, verstanden? Das gilt auch, wenn ihr auf Vermummte trefft. Zugführer – es geht los."

Die zynische Frage schoss Phil durch den Kopf, welche „Kollateralschäden" unter den Passagieren die Trupps wohl bereit waren, in Kauf zu nehmen? Ob dieser Gedanke für sie überhaupt eine Rolle spielte?

„Okay, meine Damen und Herren", sagte der Corporal, direkt an seine Zuschauer gewandt, „ich möchte Sie vorwarnen: Das werden ziemlich unruhige Bilder, wenn wir einsteigen, denn …"

Da wurde es plötzlich stockdunkel.

Ein Schrei wie aus einer Kehle gellte durch den Besprechungsraum. Auch Phil zuckte zusammen.

An Bord der *Queen Mary 2* war das Licht erloschen.

***

Im Schutz der von weißem Staub bedeckten Trümmer der Freiheitsstatue war Justin unbemerkt dicht an den Rumpf der *Queen Mary 2* gelangt. Einen Schreckmoment hatte es gegeben, als er eine menschliche Hand entdeckte, die unter einem Trümmerstück hervor lugte. Es war also doch noch jemand im Inneren der Freiheitsstatue gewesen, als die *Queen Mary 2* aufgeprallt war. Justin erschauerte bei dem Gedanken an das furchtbare Ende dieses Menschen.

An einen anderen Gedanken hingegen hatte er sich gewöhnt: Bei dem weißen Staub, der die Trümmerlandschaft bedeckte, handelte es sich wohl nur um Mehl. Er war unentschlossen, ob er die Terroristen für diesen Einfall bewundern oder hassen sollte. Letzteres lag näher, weil sie erneut die ganze Welt an der Nase herumgeführt hatten. Doch mit dieser Kriegslist brachten sie keine Menschenleben in Gefahr.

Nun hatte er den Rand des Trümmerfeldes erreicht. Wenn er nach oben blickte, konnte er den eingedrückten Bug der *Queen Mary 2* sehen – unerreichbar fern, vierzig Meter über ihm. Vor ihm bis zum Bug war der Boden von Liberty Island zu einer durchfurchten Hügellandschaft aufgeworfen. Der massige Bugwulst des Schiffes musste sich hier tief in den Grund der Insel gebohrt haben. Dabei war das Schiff angehoben worden; sein Bug ragte höher auf als das Heck, wie im Multikom deutlich zu sehen gewesen war.

Ein Schritt trennte Justin noch von seinen Söhnen: Er musste irgendwie ins Innere des Schiffes gelangen. Doch als er an dem gewaltigen Schiffsrumpf hinauf und entlang blickte, befiel ihn Ratlosigkeit. Ihm war immer bewusst gewesen, dass er die Frage, wie er hineinkam, erst würde beantworten können, wenn er vor Ort war. Und nun zeigte sich, dass der Bug des Schiffes ihm nicht die geringste Chance ließ. Der Stahl war wie eine Mauer. Klettern war unmöglich. Auch die gewaltigen Ankerluken boten keine Option. Sie befanden sich in unerreichbarer Höhe. Zudem waren die Anker natürlich eingezogen. Dahinter, einige Meter weiter Richtung Heck, mussten sich die Lotsenschotts befinden, doch das Licht reichte nicht, um sie zu erkennen. Auch sie befanden sich unerreichbar weit oben.

Justin lief die Zeit davon. Oben seilten sich gerade die Sturmtruppen ab. Derweil hatten die sechs Apache-Hubschrauber ihre Positionen seit Minuten nicht mehr geändert, seitdem sie das Feuer eingestellt hatten. Justin wusste nicht, auf wen sie geschossen hatten. Vielleicht hatten ihre Salven nur die Verteidiger in Deckung zwingen sollen, damit sich die Marines sicher abseilen konnten. Mit donnernden Rotoren standen die Apaches nun in der Luft, eine düstere, waffenstarrende Drohung.

War der Rumpf des Schiffes wirklich unbeschädigt geblieben? Justin konnte es sich kaum vorstellen. Die *Queen Mary 2* hatte Liberty Island in voller Fahrt gerammt. Dabei mussten ungeheure Kräfte auf das Schiff gewirkt haben. Justin verstand nicht viel von Statik und so gut wie nichts von Schiffskonstruktion, aber für derlei Belastungen war der Rumpf des Schiffes gewiss nicht ausgelegt. Dass er hier vorn am Bug unversehrt wirkte, mochte am schwarzen Anstrich und dem Schatten liegen. Da konnte Manhattan noch so optimistisch herüber leuchten – es war einfach zu dunkel. Justin musste also näher ran. Auch auf die Gefahr hin, entdeckt zu werden.

Jetzt kam es drauf an. Er musste vorsichtig sein und schnell.

Da wurde es plötzlich noch dunkler. Überrascht sah Justin sich um. Die Bordbeleuchtung der *Queen Mary 2* war erloschen! Ob bewusst abgeschaltet, ob ausgefallen – Justin wusste es nicht, aber er deutete es als Hinweis darauf, dass Kampfhandlungen bevorstanden.

Diesen Moment der Überraschung musste er nutzen. Die Besatzungen der Hubschrauber würden jetzt kaum darauf achten, was vorn am Bug des Schiffes geschah, sondern würden sich auf das Oberdeck konzentrieren, wo ihre Leute waren. Kurzentschlossen sprang Justin auf und rannte hinüber zum Schiff, ging in die Hocke, als er den Rumpf erreichte, und watschelte im Schutz von meterhoch aufgeworfenem Erdreich im Entengang daran entlang. Aus der Nähe wirkte der Stahl keineswegs glatt, tatsächlich war er sogar leicht gewellt, hier und da fast wie aufgefaltet – eine Folge der Kollision? Je weiter Justin Richtung Mittschiff vorstieß, desto faltiger wurde der Rumpf und zeigte hier und da sogar feine Risse.

Ein paar Schritte weiter, fast schon am Ufer von Liberty Island, verharrte Justin tief geduckt zwischen Bodenwellen und Trümmern der einstigen Inselböschung. War das wirklich ein Spalt im Schiffsrumpf, was er da vor und über sich hatte? Der Rumpf wirkte hier noch dunkler entlang einer Struktur, die von weit oben bis hinab zum Boden reichte. Gegen das Licht vom Ostufer der Bay, wo Brooklyn lag, konnte Justin Stahl sehen, der vom Schiff fortragte wie lange, dicke Dornen, als wäre der Rumpf an dieser Stelle aufgeplatzt und als wäre der Stahl dabei von innen nach außen gedrückt worden. Vielleicht war der vordere Teil des Schiffes beim Aufprall abrupt gebremst worden, während die Maschinen hinten mit voller Kraft weitergearbeitet hatten. Die ganze hintere Masse, also viele tausend Tonnen Stahl, musste gegen die vordere gedrückt worden sein. Als die Maschinen dann ausgefallen waren, mochte das Heck zurückgesackt sein und dabei den Stahl, der erst zusammengedrückt worden war, auseinander gerissen haben. Das könnte einen solchen Spalt im Schiffsrumpf verursacht haben.

Der Spalt war breit genug, um Justin seitlich gehend durchzulassen. Einige Meter höher wurde der Spalt gar so breit, dass Justin in voller Breite hindurch gepasst hätte, aber um diese Zone zu erreichen, müsste er klettern, und das erhöhte die Gefahr der Entdeckung. Überdies war der gesplitterte Stahl mit Sicherheit scharfkantig.

Justin nahm seinen Rucksack ab und suchte nach der Taschenlampe. Er gab sich der Entdeckung preis, wenn er sie einschaltete, aber er musste sich den Spalt genauer ansehen. Wenn er schnell genug war, schneller als die Besatzungen der Hubschrauber, konnte er trotzdem im Schiff sein, bevor sie reagieren konnten. Dann wäre er in Sicherheit.

Und am Ziel!

Plötzlich wurde es gleißend hell um ihn, als sich ein Scheinwerfer auf ihn richtete.

Er war entdeckt worden!

Beinahe hätte er aufgeblickt. Dann wäre er geblendet worden und hätte für die nächsten Sekunden nichts mehr gesehen. Stattdessen schloss er geistesgegenwärtig die Augen und gab ihnen einige Sekunden, um die plötzliche Lichtflut zu verdauen. Sie konnte nur von einem der Helikopter stammen.

„Stehen Sie auf und heben Sie die Hände über den Kopf!“, dröhnte es aus Lautsprechern jenseits der Lichtquelle. Das Knattern von Rotoren war lauter geworden, scharfer Wind blies Justin beinahe um.

Justin stand auf, hob die Hände und drehte sich, so dass sein Gesicht zum Schiffsrumpf wies. Dann öffnete er die Augen. Die Helligkeit zwang ihn zu blinzeln, aber nun genügte ein schneller Seitenblick, um zu erkennen, dass er sich nicht geirrt hatte: Der Spalt im Schiffsrumpf existierte und er war groß genug für Justin. Der Stahl war aufgeplatzt, als sei er mit großer Wucht nach außen gedrückt worden. Justin sah scharfe Kanten.

„Werfen Sie Ihre Waffen weg!“, dröhnte es aus dem Lautsprecher.

Justin wedelte mit den Händen, um zu zeigen, dass er keine Waffen bei sich hatte. Das mussten die Leute im Hubschrauber doch erkennen! Justin trug nichts weiter als seinen Neoprenanzug. Sein Rucksack lag am Boden, dort, wo er nach der Taschenlampe gekramt hatte, und ansonsten hatte er nichts am Leib außer seinen Schuhen.

Drei Meter bis zum Spalt.

Er musste schnell sein, schneller als jemals zuvor.

Vermutlich hatte der Bordschütze gerade die Finger auf dem Knopf. Justin war klar, dass ein einziger Treffer des Bordgeschützes ihm den Kopf wegreißen würde. Sonderbarerweise ängstigte ihn dieser Gedanke nicht. Er musterte kühl den Schatten, den er selbst auf die Schiffswand warf, als handle es sich um einen entfernten Bekannten.

Nun war es offiziell: Die USA waren seine Feinde.

Da drangen über das ohrenbetäubende Knattern der Rotoren hinweg Schüsse an Justins Ohren. Im ersten Augenblick dachte er, das

Feuer sei auf ihn eröffnet worden, aber dann hätte er wohl kaum noch darüber nachdenken können. Die Schüsse klangen weit entfernt. Ob von einem der Hubschrauber oder an Bord des Schiffes – sie galten jedenfalls nicht Justin.

Er handelte blitzschnell und ohne langes Nachdenken, denn gerade musste im Funk der Sturmtruppen eine Menge los sein. Vielleicht genug, um die Besatzung des Hubschraubers für eine Sekunde abzulenken. Er lief los, drückte sich flach gegen den Schiffsrumpf und glitt durch den Spalt.

Gleich darauf verlor er den Halt und stürzte für einen schrecklich langen Moment in die Dunkelheit, schlug auf, stieß irgendwo an und rollte ein Stück weiter. Instinktiv zog er den Kopf zwischen die Schultern und winkelte Arme und Beine an, bis er liegen blieb. In diesem Moment begann der Hubschrauber zu feuern. Die Geschosse durchschlugen die Außenwand der *Queen Mary 2* mühelos und pfiffen über Justin hinweg in die Tiefe des Schiffes, wobei sie weitere Wände durchschlugen. Sie konzentrierten sich dabei auf den Spalt in der Höhe, in der Justin im Schiff verschwunden war. Hätte der Schütze nur wenig tiefer gezielt, wäre Justin jetzt ein Sieb. Der Sturz war sein Glück.

Justin reckte den Kopf. Er fühlte sich unverletzt. Im Licht des Scheinwerfers, das durch den Spalt herein zuckte, erkannte er seine Umgebung als Wäschelager. Die Regale waren umgestürzt. Massen von Bettlaken, Bezügen und Handtüchern lagen herum, Boden und Wände waren geborsten, die Tür war aus dem Rahmen gesprungen. Auf allen Vieren kroch Justin in deren Richtung. Dahinter lag ein Korridor, der so dunkel war, dass Justin kaum noch etwas erkennen konnte.

Er tastete sich an der Wand entlang Richtung Mittschiff, während hinter ihm noch sekundenlang Geschosse die Wände durchschlugen. Dann wurde der Beschuss eingestellt, und in der Wäschekammer wurde es dunkel. Der Hubschrauber musste abgedreht haben.

Fast im selben Moment verspürte Justin den Schmerz. Er ging von seinem linken Oberschenkel aus. Da Justin in der Dunkelheit so gut wie blind war, tastete er nach der Quelle des Schmerzes und fasste in etwas Flüssiges, Warmes, was über seine Finger rann. Er leckte an seinen Fingern.

Blut. Mengen davon.

Er konnte sich nicht erinnern, beim Eindringen Kontakt mit dem scharfkantigen Stahl gehabt zu haben, aber wenn ihn nicht alles täuschte, hatte er am linken Oberschenkel eine tiefe Schnittwunde davongetragen, knapp unterhalb des Neoprens.

War etwa die Beinschlagader durchtrennt?

Das Adrenalin musste den Schmerz zunächst abgeschaltet haben, doch jetzt brach er umso massiver über Justin herein. Er hörte sich vor Pein keuchen. Und noch mehr spürte er: In warmen Pulsen rann etwas an seinem Unterschenkel hinab.

Er würde in Kürze verbluten!

***

Auf dem Stockwerk von Al-Isrā, auf dem sich Jans Quarantäne-Kabine befand, waren die Alarmsirenen abgeschaltet worden.

„Ich möchte nicht, dass Sie einer Herzattacke erliegen, wenn was passiert“, hatte Al-Maphrut gesagt.

Jan erwachte trotzdem, als er in der Ferne den Alarm auf den anderen Etagen hörte. Die unruhige Vorahnung, dass es in dieser Nacht so weit sein würde, hatte ihn bis in seine Träume verfolgt. Er war sofort hellwach und schwang die Beine aus dem Bett. Erst das erschrockene Hämmern seines Herzens erinnerte ihn daran, dass ihm geraten war, sich langsam zu bewegen. Er blieb im Dunklen auf der Bettkante sitzen und tastete nach seinem Puls. Zu seiner Erleichterung beruhigte sich sein Herz rasch. Es holperte diesmal nicht, sondern verhielt sich wie früher, gut trainiert durch reichlich Ausdauersport.

Ohne das Licht einzuschalten, griff er nach der Fernbedienung des Multikom, die er *spürte* wie jedes andere Detail seiner Umgebung. Erst als der Monitor aufleuchtete, fiel ihm ein, dass sein Verhalten ungewöhnlich erscheinen könnte, weil er nicht zuerst Licht gemacht hatte.

Doch wirklich ungewöhnlich und auffällig wäre es gewesen, wenn er das Licht angeschaltet hätte, ohne aufzustehen und den Schalter zu betätigen. Er konnte ihn *spüren* und seine Kontur fühlen, und er fragte sich, ob er es vielleicht fertigbrächte, ihn zu drücken, ohne ihn physisch zu berühren. Doch er ließ es bleiben und schaltete auf konventionelle Weise die Nachttischlampe ein.

Auf dem Monitor des Multikom tauchte die Startseite des Intranets von Al-Isrā auf. Die Zahlen sprangen Jan sofort ins Auge:

29:59:03. Gleich darauf 29:59:02.

Darunter die Alarmmeldung:

„Stürmung der *Queen Mary 2* hat begonnen."

Knapp 30 Stunden noch bis zum Ablauf des Ultimatums.

Die mit ihren Ultimaten!

Was die *Islamische Allianz* wohl vorhatte? Die Entscheider der *Allianz* glaubten doch gewiss nicht, dass die Amerikaner wirklich ihre Flugzeugträger versenkten? Dieses Ultimatum war hinterhältig, es verfolgte irgendein anderes Ziel. Jan hatte Al-Maphrut gefragt, aber der Kommandant hatte gelassen reagiert:

„Lassen Sie es auf sich zukommen."

Es bleibt mir ja nichts anderes übrig.

Jan wählte CNN. Dort bewies Moderator Marc Ryan gerade seine ganze Professionalität.

„... warten noch immer auf die offizielle Bestätigung dafür, dass der Angriff auf die *Queen Mary 2* begonnen hat. Wir bekommen Mitteilungen aus unserem Netzwerk, dass mehrere Helikopter mit Truppen an Bord zur *Queen Mary 2* gestartet sein sollen, aber wegen der Zensur haben wir weder Bilder noch eine offizielle Bestätigung. Ungefähr 120 Marines sind auf dem Weg, um die *Queen Mary 2* zu stürmen. Uns liegen keine Informationen darüber vor, wie groß die Zahl der Verteidiger, also" – Ryan räusperte sich – „der Terroristen ist. Okay, ich höre, dass das Oberkommando eine Presseerklärung herausgeben wird, sobald die Aktion abgelaufen ist. Das ist natürlich sehr hilfreich. Meine Damen und Herren, leider können wir Ihnen keine Bilder vom Sturm auf die *Queen Mary 2* zeigen, weil die US-Zensur dies nicht zulässt. Aus Gründen der nationalen Sicherheit wurde die freie Berichterstattung eingeschränkt. Ich möchte zum wiederholten Male darauf hinweisen, dass CNN diese Maßnahme verurteilt, weil sie uns daran hindert, die Öffentlichkeit unabhängig zu informieren, wie es unsere Pflicht ist. Sie zwingt uns zu Spekulationen. Ich kann mir kaum vorstellen, dass dies im Interesse der nationalen Sicherheit der USA ist. Bei mir ist Gerald Altenburg, Militär- und Islamismus-Experte. Mr. Altenburg, läuft da Ihrer Einschätzung nach gerade ein massiver Angriff?"

„Ja, Mr. Ryan, alles deutet darauf hin. Sie dürften mit der geschätzten Zahl von 120 Marines ziemlich richtig liegen."

„Sind das nicht ziemlich viele?“

„Die *Queen Mary 2* ist eines der größten Passagierschiffe der Welt. Sie hat 13 Passagierdecks, mehrere Mannschaftsdecks kommen hinzu. Die Marines werden zunächst ihre Basis an Bord sichern, vermutlich das Oberdeck. Dort können Hubschrauber landen. Ich vermute, dass sofort Nationalgardisten nachrücken werden, sobald der Sturmtrupp beginnt, das Schiff Deck für Deck zu übernehmen. 120 Marines sind daher als Sturmspitze ganz sicher nicht zu viel. Das ist ein ziemlich schwieriger Job. Unsere Jungs müssen versuchen, die Terroristen auszuschalten, ohne sie zu töten und ohne die Passagiere in Gefahr zu bringen. Die Erfahrung zeigt aber, dass Islamisten gern unbeteiligte Zivilisten als menschliche Schutzschilde missbrauchen. Die Stürmung des Schiffes wird kaum ohne Verluste an Menschenleben ausgehen.“

„Die Terroristen haben sich oft genug unberechenbar verhalten“, wandte Marc Ryan ein.

„Das macht den Job für unsere Jungs nicht leichter.“

„Vermutlich befinden sich auch Frauen unter den Jungs“, merkte Ryan an. „Fünf Prozent der Marines sind weiblich, habe ich heute gelernt.“

„Das spielt keine Rolle hinsichtlich des militärischen Vorgehens“, wandte Altenburg ein, „und ich wüsste auch nicht, was sonst noch damit ausgesagt sein sollte. Wichtig ist: Sie gehen rein, sichern den Laden und schalten feindliche Ziele aus, indem sie möglichst das Leben von Zivilisten schonen.“

„In diesem Fall auch das Leben der Terroristen“, wandte Ryan ein. „Wir wollen schließlich aus deren Mund hören, was sie angetrieben hat. Ich höre gerade, dass sich im Netz etwas tut. Jamie, was gibt es?“

„In den Netzwerken geht es rund“, berichtete Jamie Beaver, die wie immer vor einer Phalanx von Monitoren stand, an denen Menschen arbeiteten. „Zuerst zeige ich Ihnen aber Bilder des Fernsehsenders *Univision NY*, der offenbar einen Kameramann auf Ellis Island hat. Diese Bilder laufen auch bereits auf mehreren Youtube-Kanälen. Die Kamera kann mal ein bisschen näher rangehen …“ Während einer der Monitore herangezoomt wurde, auf dem ein verwackeltes Bild der hell erleuchteten *Queen Mary 2* zu sehen war, fuhr Beaver fort: „Wir haben bei *Univision NY* angefragt, ob CNN diese Bilder übernehmen darf, haben aber noch keine Antwort. Daher zeigen wir sie hier nur kurz so, wie sie im Netz zu sehen sind. Ellis Island, wo früher der Sitz der US-

Einreisebehörde war, ist etwa einen halben Kilometer von Liberty Island entfernt. Die Bilder sind leider ziemlich verwackelt, aber es besteht kein Zweifel an ihrer Echtheit. Damit kann als bestätigt gelten, dass die Stürmung der *Queen Mary 2* begonnen hat. Deutlich zu sehen sind die Scheinwerfer der Kampfhubschrauber und die Lichter der großen Mannschaftstransporter über dem Oberdeck. Es sieht so aus, als ob die Marines sich in diesen Minuten …"

Sie stieß einen Laut des Erstaunens aus, als das Bild plötzlich dunkel wurde.

„Was ist los?", fragte sie. „Das Bild ist weg."

„Nein, *Univision* ist auf Sendung", antwortete ein Mitarbeiter in der Nähe. „Aber das Licht ist aus. Die Scheinwerfer der Hubschrauber sind immer noch zu sehen …"

Jamie Beaver wandte sich an den Moderator.

„Die Dinge nehmen eine unerwartete Wendung. Die *Queen Mary 2* liegt jetzt im Dunkeln, ihr Eigenlicht wurde offenbar abgeschaltet. Wir wissen nicht, was …"

„Danke, Jamie. Wir kommen gleich zurück zu Ihnen. Ich möchte die Frage durchreichen an Gerald Altenburg. Was bedeutet das?"

„Ich tippe auf eine Verteidigungsmaßnahme der Terroristen. So müssen sich unsere Soldaten im Dunkeln durch das Schiff vortasten. Sie sind natürlich dafür ausgerüstet, aber da die Terroristen sich an Bord besser auskennen, verschafft die Dunkelheit ihnen Vorteile."

„Immerhin haben die Terroristen noch keinen Gegenangriff gestartet", wandte Ryan ein. „Sie hatten gedroht, Manhattan mit Anthrax zu verseuchen."

„Ja, zum Ablauf des Ultimatums. Das ist erst in gut 29 Stunden. So weit sind wir noch nicht. Als Maßnahme gegen unsere Marines ist ein Angriff auf Manhattan völlig sinnlos."

„Das heißt, die Terroristen gehen zu diesem Zeitpunkt davon aus, dass sie die Kontrolle über die *Queen Mary 2* behalten?"

„Man kann diesen Eindruck bekommen, ja."

„Wir bewegen uns hier natürlich auf dem Gebiet der Spekulation. Vielen Dank, Mr. Altenburg. Jamie, Sie sind zurzeit dichter am Geschehen als wir. Was geht im Netz vor?"

„Es schwirrt nur so, Marc. In Jersey City eskaliert die Lage. Eine Gruppe von Menschen, die sich anscheinend über Facebook organisiert haben, hat im Stadtteil Greenville Absperrungen an den Zugängen zum

Liberty Park überrannt. Sie rufen ‚Nieder mit der Zensur' und sind empört darüber, dass ihnen Informationen vorenthalten werden. Liberty Park ist Sperrgebiet, aber das scheint sie nicht zu kümmern. Vom Ufer des Parks sind es an der engsten Stelle nur rund 300 Meter bis Liberty Island, und schon werden die ersten Videos hochgeladen. Sie zeigen die Hubschrauber aus größerer Nähe, und ..."

Plötzlich blitzte es auf den Bildern auf.

Die Perspektive war eine andere als auf den Bildern von *Univision*. Vom Liberty Park aus sah man den Schatten der *Queen Mary 2* von vorn. Er war trotz der nächtlichen Dunkelheit klar auszumachen, weil das Schiff die Lichter von Brooklyn und Red Hook am gegenüberliegenden Ufer der Bay verdeckte. Außerdem huschten die Lichtkreise der Scheinwerfer an ihm entlang und über seine Decks. Doch was da plötzlich aufblitzte, war eindeutig Mündungsfeuer. Man sah Funken stieben, aber worauf geschossen wurde, war nicht zu erkennen, weil die Sicht durch Bäume auf Liberty Island verdeckt wurde. Das Ziel schien sich dicht am Erdboden zu befinden, seitlich am Rumpf der *Queen Mary 2*. Das Feuer ging von einem einzelnen Hubschrauber aus.

Plötzlich brach das Video ab.

„Die Nationalgarde greift ein", sagte Beaver.

„Jamie, ich muss Sie unterbrechen", sagte Marc Ryan. „Wir haben eigene Bilder aus Greenville, die nicht der Zensur unterliegen, da sie außerhalb des Sperrgebiets aufgenommen wurden. Ein CNN-Kamerateam befindet sich vor Ort. Harry Stewart, was haben Sie zu berichten?"

„Sehen Sie selbst", sagte Harry Stewart und deutete über seine Schulter. Er war ein grauhaariger, hagerer Journalist an der Schwelle zum Ruhestand – und die Ruhe in Person. Hinter ihm waren mehrere Panzer zu sehen, die über den Rasen von Liberty Park walzten und umstandslos Gebüsch plattmachten. Die Menschen im Park wichen vor ihnen zurück. Steine flogen.

„Ich zähle vier Panzer der Nationalgarde, hinter denen bewaffnete Einheiten zu Fuß aufmarschieren", berichtete Stewart. „Die Menschen werden per Lautsprecher aufgefordert, den Park zu verlassen, aber zurzeit sieht es nicht so aus, als ob sie Folge leisten wollen. Die Nationalgarde tritt ziemlich drastisch auf, um keinen Zweifel an der Ernsthaftigkeit ihres Einsatzes aufkommen zu lassen. Gouverneur Bowden, der diesen Einsatz angeordnet haben muss, will anscheinend durchgreifen. Ich habe Zweifel, ob diese auftrumpfende Strategie erfolgreich sein wird. Ich war in den vergangenen Tagen viel hier in Greenville und den anderen Städten an der Bay unterwegs, und die Leute sind hier doch sehr angesäuert wegen der Zensur und des kompromisslosen Verhaltens der Sicherheitskräfte. Sie glauben, ein Recht darauf zu haben zu erfahren, was direkt vor ihrer Haustür vorgeht. Tatsächlich sind es ja von hier, wo ich mich gerade befinde, bis zur *Queen Mary 2* nicht mehr als eineinhalb Kilometer. Anscheinend bricht sich diese Frustration nun Bahn. Wie wir gerade sehen, setzt die Nationalgarde Tränengas gegen die aufgebrachten Bürger ein. Bilder wie diese kennen wir in den USA eigentlich nur von Rassenunruhen. Es sind wohl auch ein paar Afroamerikaner und Hispanics unter den wütenden Menschen, aber mein Eindruck ist, dass die Masse eher aus Weißen besteht. Es sind ungefähr 500 Menschen. Sie versuchen, den Wolken von Tränengas auszuweichen. Die Strategie scheint zu sein, sie auseinanderzutreiben, und es sieht auch so aus, als ob das funktioniert. Hier kommt jemand … Warten Sie mal, junger Mann! Harry Stewart, CNN. Warum dieser Gewaltausbruch?"

„Fuck!", schrie der junge Mann, der kaum aus seinen geschwollenen Augen sehen konnte. „Das fragst du? Die haben meinen Park dicht gemacht. Ich bin hier groß geworden. Und dann liegt da dieses Schiff, und …" Er stieß einen Wutschrei aus. „Diese Regierung verarscht uns von vorn bis hinten und rührt nicht den kleinsten Finger für uns. Wieso dauert das vier Tage, bis die endlich stürmen? Und wir sollen nicht mal nachsehen dürfen, was da los ist? Aber wir sind dann die ersten, die am Milzbrand krepieren. Fair, oder? Fick dich, Opa!"

„Die Straße kocht – bürgerkriegsähnliche Zustände in Greenville, New Jersey, nur wenige Kilometer von Manhattan entfernt", kommentierte Ryan.

Der Monitor von Jans Notebook leuchtete plötzlich auf, als das Gerät aus dem Ruhezustand erwachte, ohne dass Jan etwas getan hätte. Ein Fenster öffnete sich, und das Gesicht von Kommandant Al-Maphrut erschien. Zugleich gab das Gerät einen Klingelton von sich.

Jan erhob sich, setzte sich an seinen Schreibtisch und nahm den Videoanruf entgegen.

„Geht es Ihnen gut?", fragte Al-Maphrut, nachdem er einen guten Morgen gewünscht hatte.

„Ich schaue CNN, ja."

„Natürlich. Ich hoffe, dass Sie das schon sehr bald wieder im Kreis anderer Menschen tun können.“

„Und ich hoffe“, gab Jan schnippisch zurück, „dass die Stürmung der *Queen Mary 2* keine ganze Woche dauert.“

„Das hoffen wir alle. Ich habe eine Information für Sie. Ihre Überprüfung hat ergeben, dass Sie zu 95 Prozent sauber sind.“

„Meine …“ Jan schluckte. „Was für eine Überprüfung?“

„Die Überprüfung durch unsere Abteilung *Aynayya*, also durch unsere IT-Spezialisten. Die Amerikaner würden sagen: Cyber-Terroristen. Nur dass diese Cyber-Terroristen so gut und unauffällig sind, dass die Amerikaner nicht die leiseste Ahnung von *Aynayyas* Existenz haben. *Aynayya* ist arabisch und bedeutet ‚die Augen‘.“

„Und die haben mich überprüft?“, fragte Jan ungläubig.

„Sie waren U-Boot der Amerikaner, schon vergessen? Das hat unseren wissenschaftlichen Kopf gekostet. Ich halte es für legitim, dass der General eine Überprüfung Ihrer Person angeordnet hat.“

„Wer ist der General?“

„Bassam al-Faris, der Chef des Geheimdienstes der *Islamischen Allianz*. Ich hoffe, Sie bemerken die Offenheit, mit der ich spreche. Es gab von Anfang an einen Dissens zwischen dem Geheimdienst und mir in der Frage, wie wir mit Ihnen umgehen sollen. Ich habe mich für größtmögliche Offenheit entschieden. Das hat nicht allen gefallen. Aber nach der Überprüfung Ihrer Person sind die Bedenken geschwunden. Deswegen rufe ich an: Sie bekommen das Notebook von Professor Schwartz. Darauf befinden sich Unterlagen über *SCOUT*, mit denen Sie sich vorrangig befassen sollten. Und nun …“

„Moment bitte!“, rief Jan. „Wieso bin ich nur zu 95 Prozent *sauber*?“ Er betonte dieses Wort in einer Weise, die Al-Maphrut klar signalisieren musste, dass Jan mit dieser Überprüfung durch *Aynayya* keinen Moment lang einverstanden war. „Damit wollen Sie doch sicher sagen: ungefährlich für die *Allianz*?“

„Oh, 95 Prozent ist ein hervorragender Wert.“

„Was ist mit den restlichen fünf Prozent?“

Al-Maphrut zuckte die Schultern.

„Wieso bin ich nicht zu hundert Prozent sauber?“, insistierte Jan. „Das würde mich wirklich sehr interessieren.“

„Mit 95 Prozent gehört Ihr Fall in die Kategorie ‚mit an Sicherheit grenzender Wahrscheinlichkeit‘“, erläuterte Al-Maphrut. „Das reicht.

Es gibt in jedem Menschenleben Bereiche, die selbst für *Aynayya* nicht einsichtig sind, und die machen natürlich misstrauisch. Da, wo *Die Augen* nicht hinschauen können, herrscht Dunkelheit. In Ihrem Fall hat es, glaube ich, unter anderem mit dem Tod Ihrer Eltern zu tun.“

Jan musste schlucken.

„Und nun will ich Sie nicht länger von wichtigeren Dingen abhalten“, sagte Al-Maphrut. „Drücken Sie alle Daumen, dass *Aynayya* auch im Fall der *Queen Mary 2* ganze Arbeit geleistet hat. Genau darauf kommt es in diesen Minuten für unsere Leute da drüben an.“

Das Fenster wurde geschlossen.

Was hat Aynayya *mit der* Queen Mary 2 *zu tun?*

Jan starrte auf den Monitor des Multikom, den er auf stumm geschaltet hatte.

Mit dem Tod meiner Eltern?

Er war schockiert. Plötzlich brachen Erinnerungen über ihn herein, und er wurde fortgespült von Bildern und Stimmen und Gerüchen, an die er sich schlagartig erinnerte – als stünde seine Mutter in diesem Moment leibhaftig vor ihm und sagte:

Diese fünf Prozent, das bist du. Das ist das, was sie von dir nicht verstehen. Das macht dich aus. Aber es gibt da noch ein paar weitere Prozente, von denen sie keine Ahnung haben können.

Sie meinte seine Gabe.

Er schüttelte sich. Nein, seine Mutter stand nicht wirklich vor ihm, und doch war es, als hätte sie direkt zu ihm gesprochen.

Ich halluziniere.

Das Multikom zeigte immer noch dieselben Bilder. Nichts deutete darauf hin, dass jene ominöse Abteilung *Aynayya* gerade jetzt besonders aktiv wäre. Immerhin dies schien Wirklichkeit zu sein.

***

Phil fing sich schnell wieder, nachdem das Licht ausgegangen und die *Queen Mary 2* in Dunkelheit gefallen war, schneller jedenfalls als Joyce, die neben ihm stand und gegen ihn taumelte.

„Sorry“, nuschelte sie und löste sich hastig wieder von ihm. „Wollte nicht …“

„Alles in Ordnung?“, fragte er, traute sich allerdings nicht, sie fragend anzusehen oder gar aufmunternd zu lächeln. Sie könnte diese Geste missverstehen. Also heftete er seine Blicke auf das vom Beamer projizierte Bild und fragte sich zugleich, wie Joyce überhaupt aussah. Irgendwie unauffällig, erinnerte er sich.

„Geht schon, danke“, erwiderte Joyce.

„Kriegen wir jetzt bald mal einen Ton?“, rief Joey.

Der Kandidat schien ungeduldig zu werden. Für eine Weile hatte er akzeptiert, dass auch die Techniker Zeugen des Geschehens werden wollten und lieber den Bildern folgten, als sich endlich um den Ton zu kümmern, aber jetzt, wo es auf der *Queen Mary 2* dunkel geworden war, kam dem Ton eine wichtigere Rolle zu. Alle wollten hören, was an Bord vorging. Zehn Sekunden später wurde die Lautstärke aufgedreht, aber der Ton kam noch immer nicht aus den Lautsprechern des Konferenzzimmers.

Derweil bereiteten sich die Soldaten um Corporal Crossland offenbar darauf vor, in das Steuerbord-Treppenhaus einzudringen. Soldaten rannten, aber sie waren immer nur kurz zu sehen, oft nur ihre Beine, dann mal ein Arm, eine Waffe oder eine zur Tarnung geschwärzte Wange, je nachdem, was gerade in den Lichtkegel von Crosslands Helmscheinwerfer geriet. Phil fühlte sich an einen Film erinnert, den er als Achtjähriger gesehen hatte – verbotenerweise, an einem Abend, als seine Eltern nicht zu Hause gewesen waren: *Blair Witch Project*, einen Horrorfilm, der vorgab, ein Dokumentarfilm zu sein. Die ständig wackelnden und schaukelnden Bilder aus der Handkamera hatten Phil schlaflose Nächte bereitet. Genau solche Bilder sah er nun wieder. Sein Magen begann zu revoltieren.

Damit war er anscheinend nicht allein.

„Das kann ja niemand ansehen“, keuchte Nicole.

„Aber das ist die Realität“, widersprach Randy Weaver. „Diese Übertragungen über die Helmkamera – das ist genau das, was unsere Männer da gerade sehen. Das ist die Situation. Die sind da mitten drin. Unsere Männer.“ Und er wiederholte: „Das ist die Realität.“

Blödsinn, dachte Phil. Das war höchstens der Teil der Realität, den das Militär sie sehen ließ. Was passierte darüber hinaus?

„Lauter!“, rief jemand im Raum.

Im nächsten Moment ruckten drei Dutzend Hände in die Höhe, um schützend gegen gepeinigte Ohrmuscheln gepresst zu werden.

„*Scoobeedoo 3* hat Sichtung, höre ich!“, dröhnte Crosslands Stimme aus den Lautsprechern des Konferenzzimmers. „Mutmaßlicher Feindkontakt via Infrarotortung. Ein Mann auf Liberty Island. Sie gehen tiefer und sehen mal nach.“

„Das war ein bisschen zu viel des Guten“, kommentierte Joey brüllend, zeigte Carl aber den nach oben gestreckten Daumen. Nun wurde die Lautstärke reguliert, und endlich gab es ordentlichen Ton!

„Vielleicht kommt einer der Terroristen gerade vom Landgang zurück“, scherzte Crosslands Nachbar, worauf der Corporal ein trockenes Lachen hören ließ.

Auch Randy lachte, doch sonst blieb es still im Raum. Alle lauschten angespannt auf weitere Informationen.

Scoobeedoo 3 musste einer der Kampfhubschrauber sein. Phil fühlte sich an eine Zeichentrickserie für Kinder erinnert.

„Oberdeck gesichert. Zugänge besetzt. Keine Passagiere angetroffen. Wir schauen uns jetzt das Treppenhaus an. Umschalten auf Nachtsichtgeräte und Restlichtaufheller.“

Die Helmscheinwerfer erloschen. Das Bild schien zu verschwinden. Doch es war sehr wohl noch da, allerdings bestand es jetzt aus Blau- und Grautönen verschiedener Intensitäten, als befände sich die Szene unter Wasser. Bei schnellen Bewegungen verschwammen die Bilder des Restlichtaufhellers, die Phil kaum Anhaltspunkte zur Orientierung boten. Nur wenn Corporal Crossland seinen Kopf ausnahmsweise stillhielt, konnte Phil Details erkennen: Marines in Kampfanzügen, die seitlich einer Tür in die Hocke gegangen waren, die Waffen im Anschlag. Mit gesenkter Stimme wandte sich der Corporal direkt an seine Zuschauer:

„Sorry, aber mit unseren Helmscheinwerfern können wir schlecht ins Schiff spazieren. Wir wären leichte Ziele für die Terroristen.“

Einer der Soldaten gab ein Zeichen. Darauf liefen alle los, stürmten durch die Tür, die jetzt offenstand, und dann waren nur noch wackelnde Bilder zu sehen, während es eine Treppe hinab ging. Phils Magen begehrte auf. Er griff zu einem Trick: So wie Seekranke die Blicke auf den Horizont heften sollten statt auf die Reling des Schiffs, so hielt er sich einfach mit Blicken am Handlauf des Treppengeländers fest, wo immer wieder die sichere Hand des Corporals auftauchte.

Ein Stockwerk tiefer. Die Männer bekamen ihre Atmung schnell unter Kontrolle.

„Nationalgarde rückt von oben nach“, flüsterte Crossland.

Da waren Schüsse zu hören, irgendwo in der Ferne. Das Bild kam ins Rutschen, als der Corporal sich instinktiv hinkauerte. Dabei verlor er offenbar für einen Moment den Halt auf der Treppe. Ein Arm tauchte im Bild auf, der auf wohltuende Weise stabilisierend wirkte.

„Danke", hörte man den Corporal sagen. „Irgendwo an Bord sind Schüsse gefallen. Wir waren es nicht, aber es gibt andere Trupps."

Erneut Schüsse – lauter im Vergleich zum ersten Mal und mit hoher Frequenz, aber ebenfalls weit entfernt. Das hörte sich selbst für Phils ungeübtes Ohr eher nach einem Maschinengewehr als nach einem der Karabiner an, mit denen die Sturmtruppen bewaffnet waren.

„Das klingt nach einem 30-Millimeter-Geschütz", sagte Corporal Crossland. „Einer der Hubschrauber. Ja, ich höre gerade, das war *Scoobeedoo 3.* Sie haben auf den Terroristen geschossen. Er hat versucht, sich zu entziehen, und ist … Okay. Keine weitere … Verstanden. Der Zug rückt vor. Wir haben Deck 12 vor uns. Kabinentrakt. Im Eingangsbereich befindet sich ein Servicecounter."

Es ging voran, und Phil war mehr als glücklich darüber, dass der Corporal, der eben noch getaumelt war, seine Schritte treppabwärts nun ausgesprochen kontrolliert setzte. Womöglich hatte der Mann Anweisung bekommen, stabilere Bilder zu liefern. Gab es auch im Oval Office empfindliche Mägen?

Phil wartete auf erklärende Worte zu den Schüssen, aber der Berichterstatter verlor kein Wort darüber.

„Er hat Anweisung bekommen, nichts mehr über *Scoobeedoo 3* zu sagen", kommentierte Randy Weaver.

Es gab also Dinge, die selbst die Präsidentin nicht ungefiltert erfuhr? Lindsay Preston verfolgte dieselbe Übertragung in diesem Moment im Oval Office. Warum sollte niemand etwas über den Terroristen erfahren, der an Bord zu gelangen versuchte? Oder richtete sich diese Maßnahme gegen Calderon?

Es mochte Zufall sein, aber als Phil in diesem Moment in die Runde sah, stieß er auf Calderons Blicke, die ihn zu suchen schienen. Phil nickte ihm zu. Ja, es musste im Hintergrund etwas vorgefallen sein, was den Charakter der Berichterstattung veränderte. Die Sache mit dem Terroristen sollte verschleiert werden.

„Achtung, Blendgranate", sagte Corporal Crossland.

Doch damit kam er zu spät für alle hier im Konferenzzimmer. Grelles Licht erstrahlte. Nur einer lachte: Randy.

„So machen wir das“, kommentierte er. „Direkt aus dem Lehrbuch für Häuserkampf.“

„Sei endlich still“, herrschte ihn jemand an.

Die Marines stürmten den Bereich des „Servicecounters“ – ein Understatement angesichts der luxuriösen Ausstattung. Luxuslounge hätte es besser getroffen. Bequeme Sessel, gediegene Tische, Gemälde an den Wänden, überall Holz verbaut – und weit und breit war niemand zu sehen.

„Sicher!“

„Sicher!“

Die Meldungen erfolgten rasch aufeinander. Crosslands Außenmikro übertrug sie ungefiltert.

Da torkelte eine Gestalt mit gereckten Armen ins Bildfeld, ein Mann in Uniform, der sich mit weit aufgerissenen Augen ängstlich umsah.

„Ich ergebe …“, rief er. Im nächsten Moment brach er zusammen, als die Geschosse der M4-Karabiner ihn durchsiebten. Jeder einzelne Schuss der Marines wurde übertragen. Phil sah mindestens vier Gewehrläufe, die auf den Mann zielten.

„Feuer einstellen!“, brüllte jemand, aber da lag der Mann schon leblos am Boden.

„Großer Gott!“, stöhnte Nicole.

„Gott hat damit nichts zu tun“, entfuhr es Phil trocken. Noch im selben Moment wurde ihm bewusst, dass sein Vater das an seiner Stelle ebenfalls gesagt hätte. Ja, es würde durchaus zu Philipp sen. passen, Leuten zu widersprechen, denen einfach etwas über die Lippen gerutscht war, was in Wirklichkeit nicht so einfach war.

Wer war schon Gott angesichts solcher Bilder?

Nicole strafte ihn mit einem wütenden Blick, doch aus den Augenwinkeln sah er, dass Joey grinste. Da musste er selbst grinsen, aber sein Gesicht gefror, als seine Blicke wieder auf den Leichnam in der Lounge der *Queen Mary 2* fielen.

„Immerhin“, kommentierte Randy Weaver, „die Reflexe funktionieren.“

Zum Glück war Phil nicht der einzige, der sich unbeliebt machte.

***

Hillary konnte es nicht mehr ertragen. Sie hörte und sah sich das alles jetzt seit gefühlten Ewigkeiten über ihr Multikom im Wagen an und versuchte dabei, den Eingang des Hauses im Auge zu behalten, in dem Kevin Haney wohnte, doch was wurde ihr geboten? Langatmige Spekulationen und ein paar Bilder von Leuten, die am Ufer der New York Bay den Aufstand probten. Wenn die Welt keine anderen Probleme hatte …

Hillary stieg aus. Mit wütendem Schwung warf sie die Tür ihres Wagens zu, stapfte hinüber zum Texmex-Imbiss, dem lebhaftesten Ort in der Nachbarschaft, und bestellte Nachos Jalapeño. Nicht weil sie hungrig war, sondern weil sie sich streiten wollte. Sie wusste aus Erfahrung, dass diese Texmex-Buden grundsätzlich mit der Schärfe knauserten, weil es Gerichtsurteile gegeben hatte. Da hatten Leute à la Jalapeño bestellt und sich dann über die Schärfe beschwert. Selbst schuld? Nein, das Gericht hatte den Klägern Recht gegeben, weil die Anbieter nicht ausreichend darüber informiert hatten, dass da, wo „Jalapeño“ draufstand, unter Umständen auch Jalapeño drin war.

Es kam genau wie vorhergesehen.

„Das soll scharf sein?“, beschwerte sie sich.

Ein bisschen wunderte sie sich über sich selbst, aber sie brauchte jetzt Krawall, und zugleich hoffte sie, dass genau in diesem Moment drüben in der Upper Bay von New York die Fetzen flogen. Natürlich ohne dass dabei Menschen zu Schaden kamen, das verstand sich von selbst. Terroristen hingegen durften durchaus zu Schaden kommen. Auch das verstand sich von selbst.

„Du Arschloch!“, fuhr sie das arme Hispanic-Würstchen hinter der Theke an und wiederholte ihre Frage: „Das soll scharf sein?“

„Willst du motzen, Mutter?“, gab der Bursche frech zurück.

Zu ihrer Überraschung musste Hillary grinsen.

„Wann ist dir denn zuletzt einer gelutscht worden?“, entfuhr es ihr. „Du wirkst leicht unausgeglichen …“

„Schnauze!“, rief jemand von hinten. Der Laden hatte tatsächlich Gäste, die sich hingesetzt hatten? „Sie stürmen. Ich will das sehen.“

„Da ist nichts zu sehen“, knurrte ein anderer. „Nur Scheiß.“

„Kopfkino“, gab der erste zurück.

„Mist und Müll!“, knurrte der andere. „Die verarschen dich.“

„Schnauze, hab ich gesagt!“

„Wirst sehen, morgen steht’s irgendwo im Netz. Alles eine abgekartete Sache. Verschwörung und so weiter.“

„Arsch, was soll der Scheiß? Halt endlich die Schnauze, sonst …“

Der Mann sprang auf und drohte dem anderen mit der Faust. Der machte eine wegwerfende Handbewegung, stand auf und verließ den Gastraum.

„Ist mir heute zu unentspannt hier bei dir, Mexie“, sagte er zu dem Hispanic. „Ich brauch’ jetzt Porno.“

„Alles klar, Gringo. Bis demnächst.“

Hillary hatte sich schon darauf gefasst gemacht einzugreifen, obwohl sie größtes Verständnis dafür hatte, dass Menschen in solchen Situationen nicht wussten, wohin sie mit ihren Aggressionen sollten. Sonderbarerweise besänftigte sie dieser Gedanke, und sie beschloss, „Mexie“ die Sache mit der Mutter nicht nachzutragen.

„Mach einfach scharf“, sagte sie beinahe sanft. „Richtig scharf! Wenn ich vorher eine Einverständniserklärung unterschreiben muss, dann her mit dem Wisch.“

Nun waren die Nachos endlich zu ihrer Zufriedenheit.

***

„Sicher!“

Phil konnte es nicht mit ansehen, aber wegsehen half nicht. Wenn er die Ansagen der Soldaten hörte, hatte er trotzdem die Bilder im Kopf. Sein Kopfkino füllte die verschwimmenden Bilder der Übertragung auf! Er sah die Soldaten, wie sie die Gänge sicherten und dabei ohne auch nur das geringste Anzeichen von Anteilnahme über den Leichnam hinweg stiegen, der mitten in der Lounge liegen geblieben war. Auch der Corporal hatte anderes im Kopf.

„Idealer Ort für einen Hinterhalt“, kommentierte er, als wolle er andeuten, dass der Mann, der erschossen worden war, Teil eines Täuschungsmanövers der Terroristen gewesen sein könnte. Als wolle er dessen Tod rechtfertigen!

Die Soldaten hatten die Lounge gesichert. Weit und breit waren keine Terroristen oder Passagiere zu sehen. Dennoch stießen die Marines nicht sofort weiter vor.

„Zwei Dinge stehen jetzt im Vordergrund“, erläuterte der Corporal. „Erstens: Sicherung der Operationsbasis, also des Oberdecks. Zweitausend Mann von der Nationalgarde stehen bereit, um auf das Schiff vorzurücken. Wir Marines sind nur die Speerspitze. Zweiter Punkt: Anthrax. Unsere Spezialisten machen in diesen Minuten Tests, um herauszufinden, ob sich noch Anthrax-Reste an Bord befinden. Davon hängt ab, ob wir schnell weiter vorstoßen können."

Diese Worte richteten sich wohl in erster Linie an das Weiße Haus.

„Gegen Anthrax gibt es keinen sicheren Vollschutz", erläuterte Randy Weaver. „Der beste Impfstoff, von dem ich gehört habe, schützt zu etwa 50 Prozent. Das kann man nicht als sicher bezeichnen."

„Die Einheiten der Nationalgarde beginnen zu landen, sobald Entwarnung gegeben wurde", fuhr der Corporal fort. „Wir … Ich bekomme eine Nachricht. Ist das offiziell? Darf ich das durchgeben? Okay, Madam President, Damen und Herren, halten Sie sich fest! Wir sind einem Riesenschwindel aufgesessen. Bei dem Staub, den die Terroristen über das Schiff verteilt haben, handelt es sich nicht um Anthrax, sondern" – er räusperte sich – „um Weizenmehl!"

Phil blickte in die erstaunten Gesichter der Marines, die den Corporal in diesem Moment entgeistert anstarrten, ehe sie – vermutlich vor Erleichterung – zu lachen anfingen. Doch da gellte eine befehlsgewohnte Stimme:

„Konzentration!"

„Du hattest also recht", sagte Joey zu Nicole.

Phil musterte Nicole erstaunt. Sie war auf den Gedanken gekommen, dass es sich bei dem Anthrax-Staub lediglich um ein Täuschungsmanöver handeln könnte? Phil war beschämt. Ihn selbst traf die Nachricht völlig unvorbereitet: Schon wieder an der Nase herumgeführt! Er hatte sich eingebildet, schnell zum engsten Kreis gehören zu können, aber dazu musste er offenbar noch einiges lernen. Es fühlte sich wie eine Niederlage an. Ein Jahr als Praktikant im Büro des Abgeordneten Howard J. Russell machte ihn eben noch lange nicht zum Politprofi, auch wenn es ihm viele interessante Einsichten beschert hatte. Um so weit zu kommen wie Nicole, die sicher auch Calderons engste Beraterin bleiben würde, falls er ins Oval Office einzog, brauchte es deutlich mehr. Er würde es sich merken.

Die Anthrax-Drohung – nur eine Finte!

Solche Täuschungsmanöver unternahm man, wenn man etwas verbergen oder Zeit gewinnen wollte. Mit dieser Finte hatten die Terroristen erreicht, dass Manhattan evakuiert worden war, dass ein Drittel der

Amerikanerinnen und Amerikaner die Versenkung der Flugzeugträger befürwortete und dass die Stürmung der *Queen Mary 2* sich um Tage verzögert hatte. Die Kriegslist hatte also bestens funktioniert. Steckte noch mehr dahinter?

„Weizenmehl!“, flüsterte Joyce an Phils Seite. „Das ist krass. Nein, frech.“

„Allerdings“, gab Phil zurück.

„Weizenmehl!“, wiederholte Joyce und begann zu kichern. „Madam President, wie möchten Sie Ihre Pancakes heute Morgen – staubig à la Anthrax?“

Alle im Raum brachen in schallendes Gelächter aus, auch Phil. Ja, die Kriegslist der Terroristen würde die Präsidentin schlecht aussehen lassen. Eingeschüchtert durch Weizenmehl!

Jetzt kam wieder Bewegung in die Soldaten. Schwerbewaffnete Männer stapften in die Lounge, und jemand sagte:

„Wir übernehmen.“

„Nationalgarde“, erklärte Randy Weaver. „Sie besetzen und halten die gesicherten Stellungen, während der Sturmtrupp weiter vorrückt.“

Phil fiel auf, dass der Leichnam nicht mehr mitten in der Lounge lag. Dafür schaute hinter dem Tresen des Servicecounters ein Paar Schuhe hervor, das sich leicht übersehen ließ.

Die Marines traten am Zugang zum Treppenhaus an. Die verwackelten Bilder, die folgten, als sie auf das nächsttiefere Deck vorrückten, ähnelten jenen von vorhin zum Verwechseln – mit dem Unterschied, dass die Spannung nachgelassen hatte. Die Nervosität war mit der Anthrax-Drohung verschwunden. Es gab eine Blendgranate, Befehle wurden gerufen, dann folgte das „Sicher!“-Echo – und was fanden die Soldaten schließlich auf Deck 11 vor? Menschenleere, endlos lange Korridore, Zugänge zu unzähligen Passagierkabinen.

Mit bewundernswerter Präzision sicherten die Marines die Halle und die angrenzenden Korridore. Wieder rückten die Männer von der Nationalgarde nach. Für die Marines hieß das: Weiter nach unten.

„Dass wir bisher nicht auf Terroristen gestoßen sind“, flüsterte Corporal Crossland im Treppenhaus, „kommt für uns nicht unerwartet. Hier oben im Kabinentrakt kann man wunderbar Häuserkampf veranstalten, wenn man genug Leute hat, aber das dürfte auf die Terroristen nicht zutreffen. Sie werden ihre Geiseln irgendwo tiefer im Inneren des Schiffs zusammen eingesperrt haben, wahrscheinlich in den Speisesälen oder im Theater. Sturmtrupps rücken derzeit an sechs Stellen des Schiffes gleichzeitig vor. Unsere Aufgabe ist es, eines der vier wichtigsten Treppenhäuser des Schiffes zu sichern und den Kameraden im Zentrum Flankenschutz zu leisten. Dasselbe tun drei weitere Trupps in den anderen Treppenhäusern."

Diese Informationen hätte Phil sich schon viel früher gewünscht.

Jetzt war Deck 10 dran. Es wurde widerstandslos eingenommen. Wieder rückten Einheiten der Nationalgarde nach und übernahmen, erneut ging es dann abwärts durchs Treppenhaus, wieder zuckte das Licht einer Blendgranate.

„Hier ist jemand!"

Sofort ruckte die Helmkamera herum – doch in die falsche Richtung: Sie zeigte nicht, wen die Soldaten entdeckt hatten, sondern filmte den Zugang zur Halle vom Treppenhaus her, durch den weitere Soldaten des Stoßtrupps vordrangen, die Waffen im Anschlag.

„Hey!", rief Joyce. „Ich will sehen, wen ihr entdeckt habt!"

Der Corporal hörte sie natürlich nicht.

„Absicht", erklärte Randy das Offensichtliche. „Sie wollen vermeiden, dass wir weitere Kollateralschäden zu sehen bekommen."

„… Entwarnung gegeben", sagte der Corporal. „Es geht dem Mann den Umständen entsprechend gut. Er gehört zur Schiffsbesatzung und ist unverletzt. Offenbar konnte er sich den Terroristen entziehen. Übrigens hat auch ein anderer der Stoßtrupps Menschen aufgegriffen, die sich vor den Terroristen versteckt haben. Die Sanitäter der Nationalgarde kümmern sich um sie. Hier geht's weiter …"

„Hier ist niemand, nur wir!", rief jemand.

Deutlich hörbar übertrugen Crosslands Außenmikrofone diese Worte.

Kurz darauf kamen ein Mann und eine Frau von etwa 60 Jahren die Treppe herauf, beide in Abendgarderobe, die sie offenbar seit Tagen trugen, beide verschwitzt, doch sichtlich erleichtert. Phil fragte sich, was diese Leute riskiert haben mussten. Wie er sich wohl als Passagier auf dem gekaperten Schiff verhalten hätte?

„Im *King's Court* habe ich vor zwei Tagen Terroristen gesehen", sagte der Mann im Vorübergehen, als er sich in der Höhe von Corporal Crossland befand. „Dort halten sie auch Passagiere gefangen."

„Warten Sie bitte!", rief ihm ein Soldat hinterher. Gleich darauf kam ein Marine die Treppe herauf, immer zwei Stufen zugleich nehmend, bis er den Passagier eingeholt hatte.

„Zugführer Lieutenant Nick Bates“, erläuterte der Corporal, „Er interessiert sich für den Bericht der Passagiere. Das *King's Court* ist eines von sieben Restaurants an Bord, ein Büffet-Restaurant. Es befindet sich auf Deck 7, dem Promenadendeck. Wir sind inzwischen auf Deck 9. Jetzt wird die Information bestätigt, dass sich in *King's Court* Terroristen aufhalten könnten. Das Restaurant soll ziemlich unübersichtlich sein wegen zahlreicher Theken und Auslagen. Wir werden koordiniert vorrücken. Alle sechs Stoßtrupps gehen gleichzeitig auf Deck 7. Weitere Einzelheiten später. Damen und Herren, wir haben noch ein Deck zu sichern, und dann geht es los.“

„O Dio“, keuchte Joyce neben Phil. „Ich weiß nicht, ob ich das sehen will. Das wird ein Massaker.“

Phil ließ die Schultern hängen. Wenn die Terroristen die Geiseln wirklich im *King's Court* zusammengetrieben hatten, um sie als menschliche Schutzschilde zu benutzen, würde Joyce recht behalten.

„Randy, du verstehst von uns wohl am besten, was da gerade vorgeht“, sagte er so laut, dass Randy ihn trotz der lautstarken Übertragung hören musste.

„Ich überschaue die Lage an Bord so wenig wie du“, gab Randy defensiv zurück. „Ich kenne das Innere der *Queen Mary 2* nicht.“

„Aber du kennst die militärischen Taktiken“, erwiderte Phil. „Was haben sie vor? Eine Art Zangenangriff?“

Randy wand sich sichtlich, obwohl er sich die Rolle des Experten durch seine Bemerkungen von vorhin selbst zugeschrieben hatte, und räusperte sich zweimal, ehe er antwortete:

„Sieht so aus. Ich vermute, die Marines werden sich in den Fahrstuhlschächten bis zu Deck 7 abseilen, während die Stoßtrupps über die Treppenhäuser vordringen.“

Corporal Crosslands Trupp hatte den Zugang zum Treppenhaus auf Deck 8 gesichert. Wieder waren Passagiere aufgetaucht und in Sicherheit gebracht worden. Der entscheidende Moment rückte näher.

„Alle sechs Trupps sind startbereit“, sagte Crossland. „Wir gehen jetzt runter.“

Täuschte sich Phil, oder bewegten sich die Marines diesmal extrem vorsichtig und leise? Das Außenmikro des Corporals fing kaum Geräusche auf, nur das Atmen des Corporals selbst war deutlich zu hören, aus nächster Nähe des Mikrofons. An der Wand des Treppenhauses prangte deutlich sichtbar die Zahl 7.

Lieutenant Bates an der Spitze des Zuges ging neben der geschlossenen Tür zu Deck 7 in die Hocke, zeigte auf zwei seiner Leute und anschließend auf die Tür. Dann öffnete er sie vorsichtig und leise, bis der Spalt breit genug war, und schleuderte die Blendgranate hindurch.

Schon bevor die Granate explodierte, waren Rufe und Schreie zu hören. In *King's Court* befanden sich tatsächlich Menschen! Offenbar war einer der Trupps etwas schneller gewesen als der von Corporal Crossland. Helles Licht zuckte durch das weitläufige Deck. Eine Sekunde später stürmten die ersten Marines mit vorgehaltenen Gewehren durch die Tür, und der ganze Trupp flog hinterher.

„Waffen weg! Flach auf den Boden legen, Hände hinter dem Kopf falten. Sofort hinlegen!"

Ängstliche Schreie gellten, Kinder weinten. Crosslands Kamera fing verwackelte Bilder ein von Menschen, die auf dem Boden saßen und nicht wussten, wie ihnen geschah, denn sie konnten nichts sehen. Verstört und verängstigt starrten sie ins Dunkel. Es schien sich um sehr viele Menschen zu handeln. Manche warfen sich schützend über Kinder. Eine Frau sank ohnmächtig gegen einen Mann, der gerade auf die Knie ging. Alte Menschen klammerten sich aneinander, unfähig zu jeder Reaktion. Sie schienen alle hier im Dunkeln ausgeharrt zu haben, seit das Licht ausgefallen war, ohne Kenntnis dessen, was vor sich ging, geplagt von schlimmen Ahnungen. Es waren albtraumhafte Bilder von orientierungslosen Menschen, die nicht wussten, wohin sie sehen sollten und die bei jedem der gellenden Schreie zusammenzuckten.

Noch immer gellten die Rufe der Marines:

„Waffen weg!"

„Wir haben keine Waffen", rief ein Mann, einer der wenigen, die noch stehen geblieben waren. „Hier ist niemand, der Waffen hat. Wir sind friedliche Passagiere, wir wollen …"

Da krachte ein Schuss und machte das Chaos perfekt.

***

Justin hatte nicht die geringste Ahnung, wo er sich befand. Sein Bein schmerzte, und ihm war schwindlig. Er musste bereits viel Blut verloren haben. Ihm war klar, dass er sich zuallererst um sich selbst kümmern musste, da er sonst seinen Söhnen keine Hilfe mehr bringen konnte, aber er wusste nicht wie. Er hatte nichts dabei, um sein Bein abzubinden, er trug nichts am Leib als seinen Neoprenanzug. Den Rucksack hatte er vor dem Schiff zurücklassen müssen. Vielleicht sollte er zurückhumpeln? Aber in der Dunkelheit würde er den Weg nicht finden. Nein, er musste versuchen, Hilfe an Bord zu finden. Hier musste es doch Sanitäter geben!

Er tastete sich seit einer gefühlten Ewigkeit an einer Wand entlang, ohne bisher auf eine Tür gestoßen zu sein. Diese Wand war sein einziger fester Kontakt zur Welt, abgesehen vom Boden unter seinen Füßen. Etwas sagte ihm, dass er sich in einem größeren Raum befand, vielleicht einem Foyer. Und er war nicht allein! In der Dunkelheit hörte er sonderbare, gedämpfte Geräusche, die nicht von ihm stammten, ein Raunen oder Summen wie von einer Menschenmenge in einem Kinosaal, der in der erwartungsvollen Spannung vor dem Film von Gesprächen schwirrte. Ohne diese Geräusche hätte Justin sich wie der einzige Mensch auf Erden gefühlt. Aber wo waren diese Menschen? Bewegte er sich auf sie zu oder von ihnen weg? Wie gelangte er zu ihnen?

Das Bedürfnis wurde stärker, sich auszuruhen, doch er durfte sich jetzt nicht sinken lassen. Er würde verbluten, so kräftig er auch seine Hand auf die offene Wunde presste, er würde nicht wieder auf die Beine kommen. Seine einzige Chance bestand darin, sich geduldig an dieser Wand entlang vorwärts zu tasten, bis er irgendwann auf eine Tür stieß. Justin befand sich im Innern eines Kreuzfahrtschiffes. Hier hatte jede Wand Türen. Und wenn er diese Tür gefunden hatte, würde er auch die Quelle des Summens finden.

Sein verletztes Bein zitterte, er konnte es kaum noch belasten. Viel zu langsam, wie ihm schien, humpelte er an der Wand entlang. Doch dann kam der Moment, den er herbeigesehnt hatte! Seine Finger entdeckten eine Kante, glitten um eine Ecke und stießen gleich danach wieder auf eine Oberfläche, die jedoch deutlich härter war als die Textiltapete. Wenn er sich nicht täuschte, handelte es sich um Holz. Rasch tastete er sich voran, stieß gegen etwas Hartes, Kaltes, befühlte es, identifizierte es als Türklinke und drückte sie hinab.

Die Tür ließ sich tatsächlich öffnen!

Ein Schwall verbrauchter, warmer Luft floss ihm entgegen und brachte Gerüche nach ungewaschenen Menschenkörpern mit sich.

Genau das war es, was er jetzt brauchte: Menschen. Er schleppte sich vorwärts. Es gab Licht hier drin, Licht von zahlreichen Kerzen, die am Boden oder auf Tischen standen, es blendete Justin kaum.

Er schleppte sich eine Treppe hinauf und fand sich zwischen ansteigenden Sitzreihen wieder, die voller Menschen waren. Dann sah er die Bühne und begriff, dass er im Theater war. In jenem Theater, das die größte mediale Niederlage der USA gesehen hatte. Hier waren die Tribunale inszeniert worden.

Jemand schrie, und sofort kam Bewegung in die apathischen Menschen. Sie sprangen auf und wichen vor Justin zurück. Er verstand diese Reaktion nicht sofort; war es denn nicht offensichtlich, dass er unbewaffnet war und Hilfe brauchte? Doch dann machte er sich klar, dass er in einem Neoprenanzug vor ihnen stand, er, ein Mann von mehr als zwei Metern, dass er immer noch stark blutete und dass sein Gesicht und seine Arme mit dunkler Schuhcreme eingeschmiert waren. Er musste wohl bedrohlich aussehen, vielleicht sogar gespenstisch.

„Hilfe!“, rief er und hob beide Arme. „Ich brauche Ihre Hilfe. Ich bin verletzt! Hat jemand einen Gürtel?“

Täuschte er sich, oder hielten die Menschen inne – zumindest die in unmittelbarer Nähe?

„Bitte, kann mir jemand helfen? Ich blute …“

Ein Mann kam zwischen den Sitzreihen auf ihn zu, ohne auch nur im Mindesten erschrocken zu wirken. Die Blicke seiner klaren grauen Augen hatten sich sofort auf Justins Wunde geheftet.

„Das muss verbunden werden“, sagte er. „Können Sie noch gehen? Sie verlieren Blut! Kommen Sie hierher. Meine Herren, können Sie bitte Platz machen? Dieser junge Mann braucht unsere Hilfe. Ich bin Arzt, ich kann helfen. Setzen Sie sich hierhin. Und nun strecken Sie das Bein aus und lassen mich nachsehen …“

Justin wurde vor Erleichterung fast ohnmächtig. Er ließ seinen Kopf gegen die Lehne des Sitzes sinken und schloss die Augen.

„Sie sind kein Passagier“, hörte er den Arzt sagen.

In diesem Moment zuckte ein schneidender Schmerz, ausgehend vom Bein, durch seinen Körper. Er schrie auf. Als er die Augen öffnete, begegnete er zahlreichen neugierigen Blicken, und er sah, dass der Arzt ein Desinfektionsmittel auf die Wunde gesprüht hatte.

„Woher kommen Sie?“, fragte der Arzt.

„Bethesda, Maryland“, antwortete Justin und beruhigte sich, als er merkte, dass der Mann wirklich Profi war. Das warf allerdings Fragen auf. Etwa die, woher der Arzt das Desinfektionsspray hatte.

„Da bin ich nie gewesen“, sagte der Mann. „Sie haben hier einen tiefen Schnitt im Oberschenkelmuskel, aber sie hatten Glück, denn die Schlagader wurde nur verletzt. Sonst wären Sie nicht mehr am Leben. Wie ist das passiert?“

„Ich bin gesprungen“, antwortete Justin wahrheitsgemäß. „Durch einen Spalt im Rumpf.“

„Hinein?“, fragte der Arzt mit ungläubiger Miene. „Ins Schiff?“

„Ja. Ich muss mich wohl an einer Kante geschnitten haben.“

„Viele Leute wären froh, wenn sie hier heraus kämen. Vielleicht können Sie uns den Ausweg zeigen?“

„Es ging alles sehr schnell. Man hat auf mich geschossen. Ich hatte keine andere Wahl.“

„Ich werde jetzt einen Druckverband anlegen“, sagte der Arzt. „Das wird wehtun. Wer hat auf Sie geschossen?“

„Die Hubschrauberbesatzung“, antwortete Justin wahrheitsgemäß, während er zusah, wie der Arzt mit Hilfe eines Passagiers, der zudrückte, Justins Bein mit Kompresse und Mullbinden verarztete. „Woher haben Sie all das Zeug? Sind Sie kein Passagier?“

„Doch, aber ich wurde zum Sanitäter befördert.“

„Von den Terroristen?“

„Wenn Sie sie so nennen wollen … Sie haben mich beauftragt, für die Gesundheit im Saal zu sorgen.“

„Wie nennen Sie diese Leute denn?“, fragte Justin.

„Schwierige Frage“, gab der Arzt zurück, während er letzte Hand an Justins Verband legte. „Kann ich nicht beantworten.“

„Ich glaube, manchem hier haben sie die Augen geöffnet“, sagte eine ältere Frau in der Nähe, doch eine andere Frau widersprach sofort:

„Anmaßend waren sie und besserwisserisch! Die USA für alles Übel in der Welt verantwortlich zu machen – nichts leichter als das.“

„Sie haben niemanden umgebracht“, wandte die erste Frau ein.

„Sie wollen aber hoffentlich nicht behaupten, dass diese Leute gewaltfrei vorgegangen sind?“, konterte die zweite.

Der Arzt zuckte die Schultern.

„Diese vermeintlichen Terroristen waren jedenfalls so besorgt um das Wohlergehen der Menschen hier, dass sie mich mit allem ausgestattet haben, was ich brauche, um als Notarzt zu helfen. Und noch zwei andere Ärzte hier im Raum. Was wollen Sie an Bord?“

Justin hob den Kopf und sah sich um. Das Auditorium war voller Menschen. Es mussten Hunderte sein, vielleicht sogar tausend; angesichts der Lichtverhältnisse war ihre Zahl nicht festzustellen. Doch wo waren die Terroristen? Justin sah Männer, Frauen, Kinder, Jugendliche, aber keine Vermummten mit Kalaschnikows.

„Und wo sind die Terroristen jetzt?“, fragte er.

„Gute Frage“, antwortete der Arzt. „Ich fürchte, auch darauf weiß ich keine Antwort.“

Selbst die Bühne, diese Bühne, war dunkel und leer.

In diesem Moment flammte der große Kronleuchter auf, und es wurde übergangslos hell. Die Menschen schrien vor Überraschung auf.

Justin sah sich um.

Wo waren die Terroristen?

***

„Sir, wir können keine Terroristen entdecken“, sagte einer der Marines in Corporal Crosslands Nähe. Das Außenmikrofon übertrug ungefiltert. „Hier scheinen nur Passagiere zu sein, einfache Leute …“

In Calderons Besprechungszimmer wurde gelacht. Einfache Leute? Nun, es mochte wirklich einfache Leute geben, die lange sparten, um sich den Traum von einer Passage auf der *Queen Mary 2* zu erfüllen. Der Sergeant meinte jedoch Zivilisten.

„Ehrlich gesagt, ich kann überhaupt nichts erkennen“, murmelte Joyce, und Phil gab ihr recht. Er sah nur zahllose Menschen, die am Boden kauerten und die Hände hinter dem Kopf gefaltet hatten, wie es ihnen befohlen worden war. Wie sollte man so einen Terroristen erkennen?

„Wie ist es mit Waffen?“, hörte man Lieutenant Bates brüllen, und der Sergeant antwortete:

„Keine Waffen. Nicht einmal Kleinkaliber.“

„Damen und Herren, Sie hören es selbst – es gibt Diskussionen.“ Das war wieder Corporal Crossland. „Woran erkennt man einen Terroristen? Trotzdem kann ich eine Erfolgsmeldung durchgeben: *King's Court* ist gesichert. Lieutenant, wollen Sie dazu was sagen?“

„Wenden Sie sich an den kommandierenden Offizier“, knurrte Lieutenant Bates. „Für meinen Geschmack ist es zu früh für Erfolgsmeldungen. Sorry, Madam President.“

„Dann wollen wir mal sehen, ob wir den Colonel finden. Dort vorn müsste er sein.“

Zum ersten Mal schien sich Corporal Crossland frei zu fühlen, echte journalistische Fragen zu stellen, doch er bekam eine derbe Abfuhr: Auch der Kommandant der Sturmtruppen war nicht bereit, etwas zur Lage der Dinge zu sagen. Es mochte etwa eine Stunde her sein, dass derselbe Colonel Hawkins mit dem Corporal auf dem Oberdeck ein kurzes, launiges Gespräch über Crosslands Verwandten, den Regisseur, geführt hatte, aber hier unten im Bauch der *Queen Mary 2* war nicht der richtige Zeitpunkt, an derlei anzuknüpfen, schon gar nicht im Plauderton. Hawkins bügelte den Corporal brüsk ab.

„Gehen Sie mir aus dem Weg. Wann gibt es endlich Licht?“

Da war er wieder, dieser pseudo-dokumentarische Charakter der Übertragung: Kaum klare Bilder, überall nur zuckende Lichter, aber herrische Mimik, für den Moment dem Dunkel entrissen ebenso wie muskulöse Leiber in Kampfanzügen, dazu eine Männerstimme, die harsch zurückgab:

„Die Leute von der Nationalgarde sind an der Arbeit.“

„Okay, hier bekomme ich offenbar keine Einschätzung der Lage“, hörte man den Corporal sagen. „Lieutenant Edwards, Sir, darf ich von Ihnen erfahren, was damit gemeint war, dass die Leute von der Nationalgarde ...“

In diesem Moment flammte das Deckenlicht auf, und Lieutenant Edwards, Führer des zweiten Zuges, knurrte in die Kamera:

„Genau das da, du Schwanzlutscher.“

Und ließ den Corporal stehen.

„Ich hatte eigentlich nicht vor, über sexuelle Vorlieben zu diskutieren“, kommentierte dieser schlagfertig, doch dann verließ ihn der Schwung, und er wandte sich in beinahe entschuldigendem Ton an seine Zuschauer. „Madam President, der Ton beim Militär ist manchmal ein bisschen rau. Ich ... Ja. Äh ... Also, wir haben jetzt Licht. Das ist ja schon mal was.“

Phil spürte, dass er einen roten Kopf bekam. Er musste an seinen Bruder Jonathan denken, der in diesem Moment bestimmt laut gelacht hätte. Zum Glück war es dunkel im Besprechungszimmer.

„Die Nationalgardisten haben die Stromversorgung der *Queen Mary 2* repariert", sagte der Corporal. „Das ist eine gute Nachricht. Ich höre, dass sich die Passagierdecks 13 bis 7 vollständig unter unserer Kontrolle befinden. Das entspricht einem guten Drittel der *Queen Mary 2*. Leider ohne dass bisher einer der Terroristen gefangen worden wäre ..."

„Carl, mach mal den Ton aus. Ich will was sagen."

Das war Joey Calderon.

Es wurde still. Das Deckenlicht flammte auf. Phil blinzelte überrascht.

„Ich glaube, jeder hier im Raum ist sich der Tatsache bewusst, dass sich unser Land in einer schwierigen Situation befindet", sagte Joey und deutete auf die Projektion, „vielleicht sogar in der schwierigsten seiner ganzen Geschichte. Was da gerade passiert, hat es noch nie gegeben, und es ist nicht leicht, darauf Antworten zu geben. Niemand hat die USA jemals derart an der Nase herumgeführt wie diese Terroristen. Wir sollten uns auf weitere Überraschungen einstellen. Vielleicht denkt ihr in diesem Moment schon darüber nach, was diese Vorgänge für meine Kampagne bedeuten. Bitte denkt dabei nicht in Kategorien von Rache und Vergeltung. Das überlassen wir Kerry. Denkt eher daran, dass ein Drittel aller Menschen in unserem Land den Terroristen indirekt Recht gibt, indem es die Versenkung der Flugzeugträger befürwortet. Denkt daran, dass *six/eleven* das Ergebnis einer US-Politik sein könnte, die jahrzehntelang nur auf Konfrontation gesetzt hat. Versucht, das Ungewöhnliche an den Vorgängen zu verstehen. Genau darauf muss mein Wahlkampf reagieren."

Er kratzte sich am Hinterkopf, eine kleine Geste der Verlegenheit, als wüsste er nicht, ob es richtig sei weiterzusprechen.

„Gestern fiel ein Wort, das sich mir eingeprägt hat", fuhr er dann fort. „Es stammt von Helen Clegg, einer Politikwissenschaftlerin, die ich sehr schätze. Sie sagte: ‚Was da gerade passiert, wird einmal als Zeitenwende bezeichnet werden'. Ich glaube, damit hat sie völlig recht: Zeitenwende! Lasst uns das berücksichtigen. Wir sollten Antworten zu geben versuchen, die den Menschen in diesem Land als Problemlösung einleuchten und die zukunftsfähig sind. Mit anderen Worten: Ich ernenne euch heute zu Terroristenverstehern."

„Dazu fällt mir ein, was Richard Perle einmal gesagt hat", meldete sich Randy zu Wort. „Jeder Versuch, die Wurzeln von Terrorismus zu diskutieren, ist ein Versuch, Terrorismus zu rechtfertigen."

Jeder hier im Raum wusste, wer Richard Perle war: einer der Vordenker der Bush-Ära, ein Ultrakonservativer, unter anderem maßgeblich daran beteiligt, den Irak-Krieg herbeizureden.

„Vielen Dank für diese Anmerkung", sagte Calderon und nickte Randy lächelnd zu. „Die Gegenseite wird nach genau diesem Motto verfahren, denn das ist schlicht die konservative Denkart, und so machen es die Republikaner seit Jahrzehnten. Aber was haben die Terroristen in ihren Tribunalen behauptet?" Calderon senkte den Kopf und sprach deutlich leiser weiter, doch alle im Raum verstanden ihn. „Ich fürchte, dass das meiste davon stimmt. Mit dieser Schande müssen wir irgendwie umgehen."

Corporal Crossland war eine Weile mehr oder weniger ziellos durch *King's Court* gegangen und hatte Menschen gefilmt, mit einigen von ihnen gesprochen, hatte Bilder von Marines und Nationalgardisten gemacht und dabei immer wieder von einem gewissen Unbehagen gesprochen, weil niemand wusste, wo die Terroristen waren. Den Nationalgardisten folgten ganze Schwärme von Sanitätern. Sie hatten Tragen dabei, und als die erste auseinandergefaltet wurde, um eine Passagierin abzutransportieren, war der Corporal sofort zur Stelle. Die allermeisten Passagiere waren physisch unversehrt, doch dieser Frau ging es nicht gut. Sie hatte offenkundig Schmerzen und war nicht ganz bei sich, doch als sie die Kamera sah, die auf sie gerichtet wurde, streckte sie flehend die Hände aus und rief unter Tränen:

„Bitte tun Sie etwas! Sie haben meine Enkel mitgenommen. Matthew und John sind zehn und sechs Jahre alt. Matthew und John Darkwater! Ich konnte sie nicht beschützen. Es war alles ein einziges Durcheinander …"

Sie sank erschöpft auf die Trage zurück, die in diesem Moment angehoben wurde. Vier Sanitäter transportierten sie zum Aufzug, der nun wieder funktionierte. Nationalgardisten eskortierten sie.

„Hier werden offenbar Kinder vermisst", sagte Corporal Crossland. „Das wird kaum jemanden wundern, der dieses Chaos sieht, aber ich gebe die Meldung natürlich ans Oberkommando weiter. Zwei Jungen, zehn und sechs Jahre alt, Matthew und John Darkwater. Fragen Sie bei den Sanitätern nach. Bitte auf die Vermisstenliste setzen. Zum Glück scheint es den meisten Menschen, auf die wir hier treffen, halbwegs gut zu gehen. Das ist erstaunlich, wenn ich daran denke, was sie auszuhalten hatten. Hier ist ein junger Mann. Hallo? Corporal George

Crossland, US-Marinecorps. Sir, fühlen Sie sich in der Lage, ein paar Fragen zu beantworten? Wie heißen Sie?"

„Derek Callaham. Danke, dass Sie endlich gekommen sind."

Ob der Mann wusste, dass die Präsidentin persönlich zusah? Vermutlich nicht. Er wirkte erschöpft und zugleich zutiefst erleichtert.

„Wie lange halten Sie sich schon in *King's Court* auf?", fragte Crossland.

„Seit fünf Tagen. Wir wurden hier zusammengetrieben, bevor die *Queen Mary 2* die Freiheitsstatue gerammt hat. Seitdem sind wir hier."

„Zusammengetrieben? Mit Gewalt?"

„Mit vorgehaltenem Gewehr. Ist das mit Gewalt?"

„Haben Sie Terroristen gesehen?"

„Natürlich, die sind ja dauernd hier herumgelaufen."

„Können Sie sie beschreiben?"

Derek Callaham machte ein nachdenkliches Gesicht.

„Das ist nicht so einfach. Sie waren komplett vermummt, man hat kaum mehr von ihnen gesehen als ihre Augen. Ich glaube, es waren auch Frauen dabei, denn einige von ihnen trugen lange Gewänder mit Gesichtsschleier. Das waren die gruseligsten von allen, weil man nichts, rein gar nichts von ihnen gesehen hat. Nicht mal Beine."

„Haben die Terroristen mit Ihnen gesprochen?"

„Mit mir persönlich nicht, aber ich habe ihre Stimmen natürlich gehört. Das war gruselig."

„Warum war das gruselig?"

„Sie benutzten Stimmverzerrer. Es hörte sich völlig unnatürlich an, und jeder, der so angesprochen wurde, bekam Angst. Aber Gewalt wurde nicht angewendet. Die Piraten waren nie aggressiv. Ich hatte keinen Moment lang das Gefühl, dass sie mir etwas tun würden. Das war schwierig auf die Reihe zu bekommen, weil es ja auf der anderen Seite eindeutig war, dass sie uns gefangen hielten. Sie waren natürlich auch total dominant. Aber nicht bösartig. Ist das da eine Kamera, Corporal? Wer sieht uns gerade zu?"

„Unter anderem die Präsidentin der Vereinigten Staaten von Amerika."

„Präsidentin Preston schaut selbst zu? Frau Preston, was Sie und Ihresgleichen diesem Land angetan haben, ist eine Schande. Ich hoffe, Sie haben sich die Tribunale angesehen. Ich schäme mich, Amerikaner zu sein! Pfui über Sie!"

„Okay, das dürfte angekommen sein“, kommentierte der Corporal mit belegter Stimme, während er sich rasch von seinem Interviewpartner abwandte. „Ich sehe hier aber auch viele dankbare und erleichterte Gesichter.“

Wo diese Gesichter zu finden sein sollten, blieb sein Geheimnis. Alle Gesichter, die Phil erblickte, wirkten müde und erschöpft, und in einigen von ihnen schien gar offener Vorwurf zu stehen: Warum hat es so lange gedauert, bis ihr gekommen seid?

Als eine Gruppe von Männern auf den Corporal zukam, um ihn anzusprechen, nahm Crossland Reißaus. Möglicherweise hatten diese Männer gesehen, wie er Derek Callaham interviewt hatte. Seine Stimme klang erleichtert, als er nun sagte:

„Wie ich gerade höre, sollen wir antreten. Kurze Zwischenbilanz: Die Zahl der Passagiere, die allein hier in *King's Court* gerettet werden konnten, beläuft sich auf gut 800 Menschen, also etwa ein Viertel aller Menschen, die sich an Bord befinden. Den meisten geht es den Umständen entsprechend gut. Mehr als 2000 weitere Menschen warten auf Rettung. Terroristen wurden bisher nicht entdeckt. Vielleicht haben sie sich tiefer im Schiff verschanzt, in den großen Sälen. Colonel Hawkins hat Befehl gegeben, dass wir auf Deck sechs vorrücken. Stoßrichtung ist die Grand Lobby der *Queen Mary 2,* generell die Decks zwei und drei und die großen Säle wie das Theater. Es geht los.“

***

Jan aß sein Frühstück, während er der Übertragung folgte. Er hatte große Lust auf deftiges Rührei mit gebratenem Speck, doch die Küche von Al-Isrā servierte ihm Schonkost.

Vorsicht, Herzprobleme!

Jan nahm es zähneknirschend hin. Immerhin, das getoastete Brot war frisch und köstlich, und das Mus aus Datteln, Feigen und Rosinen, das ihm dazu serviert wurde, hatte er schon vor Tagen in der Kantine von Al-Isrā zu schätzen gelernt.

Die Übertragung auf CNN nahm ihn körperlich mit, weil man nichts erfuhr. Der Sender legte es offenkundig darauf an, Druck auf das Militär auszuüben. Keine Minute verging, ohne dass die Nachrichtensperre thematisiert wurde, dauernd fielen Bemerkungen wie „… aus Gründen der nationalen Sicherheit hindert uns die Militärverwaltung …“ oder „… können wir nur mutmaßen, da entsprechende Informationen der Zensur unterliegen …“. Immerhin: Jamie Beaver und Harry Stewart hatten viel zu berichten, denn in den Online-Netzwerken war ein Shitstorm sondergleichen über die Regierung hereingebrochen, und die Menschen in New Jersey und nun auch in Brooklyn dachten nicht daran, klein beizugeben: Nachdem sich das Tränengas verzogen hatte, kehrten die Empörten in den Liberty Park zurück, diesmal zu Tausenden, und lieferten sich Schlägereien mit den Nationalgardisten. Doch bevor der erste Schuss fiel, zog der Gouverneur die Einheiten und die Panzer zurück.

Aufblitzende Vernunft in all dem Chaos.

Marc Ryan fasste Jans Stimmung passend zusammen.

„Die Lage ist weiterhin völlig undurchsichtig. Wie kommen die Sturmtruppen voran? Gibt es Gefechte? Auf diese Fragen müssen wir zunächst die Antwort schuldig bleiben, ebenso wie auf die beiden großen, besonders drängenden Fragen: Wenn die Terroristen Anthrax besitzen – wann setzen sie es ein?“

***

„Und wenn sie in der Lage sind, das Schiff zu sprengen, wie im Vorfeld ja immer wieder vermutet wurde – wann tun sie es?“

Hillary hieb auf das Lenkrad ihres Wagens.

„Das würde dir wohl sogar noch gefallen, du liberales Arschloch!“, brüllte sie Marc Ryans Gesicht auf dem kleinen Monitor ihres Multikom an und ließ sich dann aufseufzend zurücksinken.

Ryan hatte nur eine Frage gestellt – und die war völlig berechtigt. Wenn Hillary ehrlich zu sich selbst war, musste sie sich eingestehen, dass sie inzwischen bereit war, selbst eine Sprengung des Schiffes hinzunehmen – nur damit diese entsetzliche Spannung endlich vorbei war. Doch die Gnade eines Schlussstrichs wurde diesem Land nicht gewährt. Die Bilder von der *Queen Mary 2*, dem stahlgewordenen schlechten Gewissen der USA, brannten sich in jeden Kopf.

Wann wurde dieser Quatschkopf namens Marc Ryan endlich abgelöst? Es war jetzt bereits nach 22 Uhr in Seattle, während an der Ostküste schon seit mehr als einer Stunde der 19. Juni angebrochen war – noch 29 Stunden bis zum Ablauf des Ultimatums. Auch daran konnte Hillary nicht denken, ohne dass ihr fast übel wurde. Diese verdammten Terroristen hatten es geschafft, die USA komplett in die Enge zu drängen. Damit musste endlich Schluss sein! Irgendwie musste es doch möglich sein, wieder in die Offensive zu kommen!

Auf der Straße waren kaum Leute unterwegs. Die Geschäfte gingen heute schlecht für „Mexie" und seine Bude. Die paar Menschen, die vorbeikamen, sahen kaum von den Displays ihrer Handys auf. Es waren deutlich weniger Autos unterwegs als in normalen Nächten. Amerika kam in dieser Nacht auf eine Weise zur Ruhe, die Hillary überhaupt nicht gefiel.

„Dann sprengt das Ding doch endlich!", knurrte sie.

Da fiel ihr Blick auf zwei Männer, die Arm in Arm die Straße heraufkamen.

Der Untergang des Abendlandes war perfekt.

Die beiden waren groß und stattlich – bessere Wörter fielen Hillary auf die Schnelle nicht ein – und sahen blendend aus. Niemals wäre sie auf die Idee gekommen, dass es sich um Homos handeln könnte, wenn sie einander nicht die Arme um die Hüften gelegt hätten. Was trieb solche Männer zueinander? Hillary verstand es nicht, würde es nie verstehen und wollte es nicht verstehen. Und jetzt verschwanden sie auch noch in dem Haus, in dem Kevin Haney wohnte!

Kevin Haney.

Wegen dem war sie hier.

Hillary erstarrte.

Das Bild von Haney lag neben ihr auf dem Beifahrersitz. Kein Zweifel, er war es. Harveys Assistent bei der Obduktion des Nobelpreisträgers!

Einer der beiden Homos.

Hatten die Nachbarn nicht von lauter Frauengeschichten erzählt?

Hillary atmete tief durch, stieg aus dem Wagen und schritt zur Tat. Wenigstens etwas, was sie tun konnte.

***

Justin empfand das Pochen in seiner Wunde unter dem Verband als wohltuend. Sein Bein war noch da, er würde es behalten.

„Sie müssen sich schonen", sagte Walter Headington, der Arzt. „Sie haben Blut verloren. Legen Sie Ihr Bein hoch und lassen es ausruhen. Dann ist Ihre Genesung eine Sache von zwei oder drei Wochen."

„Vielen Dank für Ihre Hilfe", antwortete Justin, „aber ausruhen kann ich mich später. Erst muss ich meine beiden Söhne finden. Deswegen bin ich an Bord gekommen. Haben Sie sie vielleicht gesehen? Sie heißen Matthew und John Darkwater und sind zehn und sechs Jahre alt. Sie sind blond. Das ist besonders auffällig, weil sie gleichzeitig ein wenig … nun … ein wenig indianisch aussehen."

Das Wort kam Justin nur schwer über die Lippen. Er redete nicht gern über seine ärmliche Herkunft, in der es von Alkoholikern und verkrachten Existenzen nur so wimmelte. Dort gab es nichts, worauf er hätte stolz sein können. Aber jetzt ging es darum, den Leuten möglichst prägnant zu erklären, wie seine Söhne aussahen, und da lag dieses Wort nahe: indianisch. Es stimmte ja – Matthew und John hatten diese auffälligen Wangenknochen und diesen Teint, und wenn sie nicht zugleich beide strohblond gewesen wären, hätte jeder sie auf den ersten Blick als direkte Abkömmlinge der amerikanischen Ureinwohner identifiziert.

„Sie sind beide ungewöhnlich schön", fügte er hinzu und ärgerte sich, als Dr. Headington zurückgab:

„So spricht ein jeder Vater über seine Söhne."

Der Arzt erhob sich und wandte sich an die Menschen, die um sie herum standen.

„Hat jemand Matthew und John gesehen?", rief er. „Zwei Jungen im Alter von zehn und sechs Jahren, die auffallend blond sind. Matthew und John Darkwater, seid ihr hier im Theater? Dann kommt bitte zu mir. Euer Vater ist gekommen, um euch zu beschützen."

Die Nachricht pflanzte sich im großen Rund fort, und Justin war für schöne Momente voller Hoffnung, doch nach Minuten wurde der ganze Saal stumm, und alle sahen herüber. Matthew und John befanden sich nicht im Theater.

„Ihre Söhne sind doch in Begleitung an Bord?", fragte Dr. Headington.

„Norah Winter", antwortete Justin. „Meine Schwiegermutter."

Headington ließ auch Norah ausrufen – mit demselben Ergebnis. Sie befand sich nicht unter den Passagieren hier im Theater.

Zum Glück kam niemand auf die Idee, dass ein gewisser Alfred Winter ebenfalls etwas mit Justin zu tun haben könnte – ein Alfred Winter, dem auf jener Bühne der Prozess gemacht worden war.

Was wohl mit ihm geschehen war?

Justin stand auf. Sein Bein quittierte die plötzliche Bewegung mit abruptem Schmerz, so dass er es anhob und sich nur mit der Zehenspitze abstützte.

„Sie sollten sich wieder hinsetzen und das Bein entlasten", wandte Dr. Headington ein.

Justin nickte nur und klopfte ihm auf die Schulter.

„Ist gerade nicht wichtig", sagte er.

Er konnte seine Blicke nicht mehr von der Bühne abwenden. Vor seinem geistigen Auge wurde der Saal plötzlich dunkel, die Scheinwerfer erstrahlten, und dort oben stand Osama bin Laden und hielt die Spritze mit dem tödlichen Impfserum in die Höhe, das Alfred Winter an den Afghanen hatte erproben lassen. Alfred, der Fuchs, der sich bei *MediGen* bis an die Spitze vorgearbeitet hatte.

„Sir, setzen Sie sich bitte wieder", sagte Dr. Headington mit flehender Stimme. „Sie haben einen tiefen Schnitt und viel Blut verloren."

„Ich danke Ihnen sehr", gab Justin zurück, ohne den Mann anzusehen; seine Blicke waren wie an die Bühne genagelt.

„Sie zeigen Anzeichen eines Schocks. Bitte …"

„Es geht, Doktor. Es tut schon fast nicht mehr weh. Ich werde mich gleich wieder hinsetzen. Ich muss nur erst etwas überprüfen."

„Was denn? Auf der Bühne ist nichts!"

Doch Justin schüttelte die Hand des Arztes ab und humpelte weiter, die Treppe hinab.

„Dort sind Ihre Söhne nicht", rief Dr. Headington ihm hinterher.

Nein, seine Söhne sicher nicht. Und auch Alfred Winter nicht; nach dem würde Justin zuallerletzt suchen. Er wusste selbst zunächst kaum, was ihn trieb, aber es wurde ihm dann nach und nach klar.

Da war die Bühne. Dort vorn, dort oben waren widerliche Dinge geschehen und öffentlich gemacht worden. Die Passagiere achteten auf Abstand. Justin zog es genau dorthin. Auf dieser Bühne war über einen Teil seines Lebens gerichtet worden – jenen Teil, den er immer für den wichtigsten gehalten hatte. Andere Teile seiner selbst hatte er nicht direkt verleugnet, aber zurückgestellt. Sie nicht für wichtig gehalten. Vielleicht für störend, manchmal. Das alles wurde plötzlich greifbar.

Seine Existenz kondensierte, und schlagartig kam es ihm so vor, als habe er nicht seine Söhne schützen wollen, als er zur *Queen Mary 2* aufgebrochen war, sondern sich selbst und seine Lebenslügen. Irgendwo im Hintergrund spielte die Sorge um seine Söhne sicher eine Rolle, aber vor allem ging es in diesem Moment um nichts anderes als um ihn selbst. Nicht um seine Söhne.

Auf dieser Bühne war alles zerfetzt worden, woran er jemals geglaubt und wonach er gestrebt hatte, auf dieser Bühne hatte Osama bin Laden den amerikanischen Traum geschreddert, der darin bestand, dass ein Mann werden konnte, was er wollte. Justin hatte in der Tat alles geschafft, was er sich vorgenommen hatte. Er war sogar bis auf die *Queen Mary 2* vorgedrungen – eine der unwahrscheinlichsten Reisen aller Zeiten. Und jetzt war er hier, und da war diese Bühne, und er wollte nachsehen, ob da oben, wo das Kettensägenmassaker passiert war, noch etwas von ihm übrig war. Irgendetwas. Ein einziger winziger Schnipsel dessen, was ihn ausgemacht hatte, hätte ihm genügt.

Justin stieg hinauf und machte die erstaunliche Erfahrung, dass plötzlich Ruhe im Auditorium einkehrte. Das Summen, das bisher den Saal erfüllt hatte, gespeist aus vielen hundert Stimmen, wurde leiser und leiser und verstummte vollständig, als die Leute sahen, dass wieder jemand auf der Bühne – dieser Bühne! – erschienen war. Justin blieb am Rand der Bühne stehen, da, wo vor wenigen Tagen noch Osama bin Laden auf und ab gegangen war, und starrte vor sich hin.

Wo war der amerikanische Traum?

Warum sahen ihn all die Leute an?

Warum war es so still geworden?

Da flogen die Türen auf, Männer in Kampfanzügen mit vorgehaltenen Gewehren stürmten herein und brüllten:

„Waffen runter! Auf den Boden! Legen Sie sich flach hin! Falten Sie Ihre Hände hinter dem Kopf!"

Justin sah erstaunt zu, wie die Marines ausschwärmten, und noch erstaunter war er, als sich plötzlich mehrere Gewehrläufe auf ihn richteten. Doch weder ließ er sich auf den Boden fallen, noch hob er die Hände. Er blieb einfach auf der Bühne stehen und fragte leise:

„Matthew? John?"

Und noch leiser:

„Justin?"

7. Kapitel
Restalkohol

19. Juni 2024
Al-Isrā, Stützpunkt der Islamischen Allianz

Jan vermisste menschliche Gesellschaft. Er hätte die Übertragung aus New York lieber in der Kantine verfolgt, zusammen mit der Besatzung, auch wenn sie grundsätzlich an den falschen Stellen jubelte. So wäre die Ungewissheit vielleicht auszuhalten gewesen. Hin und wieder meldete sich Maria Francesca zwar über das Videosystem und erkundigte sich nach seinem Befinden, aber das war nicht dasselbe wie ein direktes Gespräch oder eine Diskussion.

Eigentlich sollte er das Multikom besser abschalten, sich einfach im Bett zusammenrollen und die nächsten Stunden verschlafen, bis endlich jemand wusste, was in New York eigentlich vor sich ging oder gegangen war auf diesem Schiff, von dem es nichts zu sehen gab als immer wieder dieselben Archivbilder und hin und wieder schlechte Amateurvideos. Wenn Jan dann aufwachte, wäre alles vorbei. Doch er blieb sitzen und folgte der Übertragung, denn immer wieder wurden Fetzen von Informationen präsentiert, die gedeutet werden wollten, auch wenn kaum etwas anderes dabei herauskam als die Erkenntnis, dass auf dem Schiff etwas vor sich ging. Eines der Videos aus dem Liberty Park zeigte Menschen, die sich auf dem Promenadendeck der *Queen Mary 2* bewegten. Passagiere? Terroristen? Aus dem Hauptquartier im Battery Park sickerte durch, dass man recht zufrieden sei. Außerdem stieg über dem Schiff einmal ein weißes Wölkchen auf. Anthrax? Und was war mit dem anderen finalen Szenario, an das Marc Ryan so prägnant erinnert hatte: der Sprengung?

Ich bin nicht allein. Milliarden Menschen sehen in diesem Moment dieselben Bilder.

Dieser Gedanke fachte seine Sehnsucht nach Gesellschaft nur an, denn er fühlte sich mit diesen Milliarden nicht verbunden. Wie diese Masse solche Nachrichten wohl aufnahm? Oder auch andere Nachrichten wie die von der Schießerei am abgesperrten Swat-Tal? Menschen, die aus dem Tal zu fliehen versuchten, waren an den Absperrungen zu Dutzenden von Sicherheitskräften niedergeschossen worden. Oder die Nachrichten über die Schura von Amman, der nach dem Willen Israels keine Bleibe in Jerusalem gestattet werden sollte, solange die Verstrickung der *Islamischen Allianz* in die Vorgänge um die *Queen Mary 2* nicht vollständig geklärt war? Ob die Menschen die Meldung registrierten, die CNN von *Al-Dschasira* übernahm: dass einer der Köpfe der ägyptischen Muslimbruderschaft, Umar al-Tilimsani, einer der lautesten Hetzer, einer Herzattacke erlegen war?

„Das war der dritte Hassprediger, der innerhalb einer Woche gestorben ist", merkte Marc Ryan auf CNN an und fügte ironisch kommentierend hinzu: „Es scheint dem Herzen nicht besonders zuträglich zu sein, gegen den Westen zu hetzen."

Jan entfuhr ein grimmiges Lachen.

Du weißt ja gar nicht, wie recht du hast!

Die Verantwortlichen für diese Attentate mussten künftig vorsichtiger vorgehen. Die Häufung der Todesfälle begann aufzufallen. Irgendwann würde jemand die richtigen Fragen stellen, und wenn darauf die richtigen Antworten gegeben wurden, konnte es sein, dass selbst Skylla, dieser Geniestreich eines verrannten Nobelpreisträgers, zum stumpfen Schwert wurde.

Immerhin – heute mal keine neuen Horrormeldungen vom „Marsch der Millionen".

Ob all die Milliarden rund um den Globus Jans Eindruck teilten, dass die Dinge sich zuspitzten? Die Entwicklung in New York jedenfalls befand sich auf dem Höhepunkt, es fehlte nur noch das Finale. Bisher war die *Queen Mary 2* nicht gesprengt worden, aber jeder echte Terrorist musste genau diesen Moment für den besten halten. Gerade jetzt würde eine Sprengung die größtmögliche Zahl an Menschenleben kosten und so, folgte man dieser zynischen Logik, den größtmöglichen Terror verbreiten, denn zu den 3000 Zivilisten an Bord kamen all die Marines und Nationalgardisten.

Die Welt schauderte vor dieser drohenden Katastrophe.

Aber das werden sie nicht tun. Nicht so. Sie sind keine Terroristen, sie tun nur so.

Das war auch der Grund dafür, dass ihnen die ganze Welt bisher auf den Leim gegangen war: Nur so zu tun, als wäre man Terrorist, das war schlicht undenkbar und abscheulich. So was tat man nicht.

Es ist aber auch brillant – in einem gemeinen, zynischen Sinn.

Wer hat sich das ausgedacht? Bassam al-Faris?

Dieses Spiel war noch nicht zu Ende.

Es war inzwischen neun Uhr morgens, drei Uhr nachts also in der Stadt, die niemals schlief – ein Etikett, das zur Pointe geworden war, denn zumindest im südlichen Manhattan schlief tatsächlich niemand mehr, da alle Bewohner evakuiert waren. Marc Ryan war immer noch auf Sendung, der leicht angegraute 50-jährige Nachrichtenprofi, der nie den Überblick verlor und fast immer die richtigen Worte fand.

„Drei Uhr an der Ostküste der USA", sagte er, während oben links außerdem die Ziffernfolge „26:59" eingeblendet wurde – noch knapp 27 Stunden bis zum Ablauf des Ultimatums.

Marc Ryan verkündete, dass der Kommandeur des Sturms, General Morris, in einer halben Stunde eine Pressekonferenz geben werde.

„CNN wird live dabei sein. Wir wollen die Zeit bis dahin nutzen, um noch einmal zusammenzufassen."

Ob Al-Maphrut via *Aynayya* schon wusste, was in New York vorgegangen war?

Jan rief über das Intranet in der Zentrale an. Das Gespräch wurde von Al-Maphruts Adjutant entgegengenommen, einem jungen Mann mit einem komplizierten arabischen Namen, den Jan sich nicht merken konnte. Er wirkte übernächtigt. Offenbar hatte die Besatzung der Zentrale eine anstrengende Nacht hinter sich. Jan bat darum, den Kommandanten sprechen zu dürfen, doch der Adjutant sagte:

„Das ist zurzeit leider nicht möglich."

„Können Sie dann bitte wenigstens veranlassen, dass er mir ein Glas Whisky schicken lässt? Ich brauche was für meinen Magen wegen notorischer Übelkeit."

„Es ist neun Uhr morgens, Sir."

Jan grinste. Eigentlich hätte der Adjutant sagen müssen:

„Es gibt keinen Alkohol in Al-Isrā. Wir sind ein Stützpunkt der *Islamischen Allianz*!"

„Ich bitte darum", antwortete Jan. „Oder Ihr Chef soll zu mir kommen und mir Gesellschaft leisten."

Kurz darauf rief Dr. Latif an und gab durch, dass Jan keinen Alkohol bekommen werde; sein Zustand erlaube das nicht. Aber ein Beruhigungsmittel für seinen Magen sei jederzeit drin, ebenso eines für den Kopf. Jan bedankte sich, sagte, er werde es sich überlegen, schaltete das Multikom auf stumm, streckte sich im Sessel aus, schloss die Augen und stellte sich vor, an seinem Pool in Kala Nera zu sitzen und an Stavros' Selbstgebranntem zu nippen.

Diese Erinnerung war untrennbar mit einer anderen verbunden.

Meike!

Ob sie noch lebt? Wo sie wohl ist? Wie es ihr geht?

Resigniert schaltete er den Ton wieder an, denn die Pressekonferenz begann.

„Guten Morgen, meine Damen und Herren", sagte der General, „und dies ist wirklich ein guter Morgen für uns."

Sein kühles, beherrschtes Gesicht ließ keine Freude erkennen.

„Ich kann mitteilen, dass sich die *Queen Mary 2* fest in unserer Hand befindet. Die Passagiere sind am Leben. Es gibt unter ihnen einige Verletzte, die sich bereits in Behandlung befinden. Ihre Verletzungen entstanden bei der Kollision der *Queen Mary 2* mit Liberty Island. Es geht ihnen den Umständen entsprechend gut. Niemand ist in Lebensgefahr. Bei der Durchsuchung des Schiffes sind unsere Spezialkräfte weder auf biologische Kampfstoffe noch auf Sprengsätze gestoßen. Es gibt kein Anthrax an Bord der *Queen Mary 2*. Dazu gleich mehr Details direkt vom Chef des Spezialkräfte-Räumkommandos, Major Perry Allenby, der hier neben mir sitzt."

Morris blickte kurz auf seine Hände, als habe er den Faden verloren und suche ein Skript.

„Leider ist die Befreiungsaktion nicht ohne Verlust an Menschenleben abgegangen", fuhr er fort. „Wir haben einen Toten zu beklagen, einen jungen Mann, der in einer schwierigen Phase des Sturms auf einen unserer Trupps traf. Ich bedaure diesen unglücklichen Vorfall aufrichtig und möchte die Eltern und Angehörigen um Entschuldigung bitten. Das werde ich natürlich nicht nur von hier aus tun, sondern ich werde Ihnen mein Beileid persönlich aussprechen."

Nun ließ sein beherrschtes Gesicht doch endlich eine Regung erkennen: Erleichterung. Vermutlich darüber, diesen schwierigen Punkt der Erklärung hinter sich gebracht zu haben.

Weiter im Text, wir wollen es alle wissen!

„Darüber hinaus beklagen wir Verluste an Menschenleben unter der Besatzung. Sechs britische Ex-Soldaten starben, als die Terroristen das Schiff kaperten. Sie reisten im Auftrag der Reederei zum Schutz des Schiffes mit. Eine noch unbekannte Zahl von Besatzungsmitgliedern und Passagieren starb infolge des Beschusses durch die *USS Idaho*, bei dem die Brücke und benachbarte Teile des Schiffes zerstört wurden. Unter den Opfern befindet sich auch der Erste Offizier. Kapitän William Humphrey hingegen ist wohlauf. Es wird mindestens einen Tag dauern, bis wir Gewissheit über die Identitäten der Toten und ihre genaue Zahl haben werden."

Er blickte gelassen in die Runde. Seine Hände lagen gefaltet vor ihm auf dem Tisch.

„Einen der Terroristen konnten wir lebend fangen. Er wurde ruhiggestellt und inhaftiert. Er ist verletzt, wird aber überleben. Wir erhoffen uns interessante Informationen von ihm."

In diesem Moment wurde das Schweigen in der Kantine von Al-Isrā vermutlich zum Schneiden dick. Einer ihrer Leute – gefasst? Das war keine gute Nachricht! Der Mann war nicht zu beneiden, denn die Amerikaner würden ihn mit allen Mitteln ausquetschen.

Bedeutete dies, dass *Aynayya* Fehler gemacht hatte?

Wie zu erwarten, lautete die erste der Fragen der Journalisten:

„Der gefangene Terrorist – handelt es sich um Osama bin Laden?"

„Nein."

„Haben Sie Osama bin Laden festgenommen?"

„Der genannte Terrorist konnte bisher nicht festgenommen werden."

„Warum nicht?"

„Anscheinend befindet er sich nicht an Bord. Das Schiff wird weiterhin durchsucht. Dabei kommen auch Spürhunde zum Einsatz."

„Ist die Identität des gefangenen Terroristen bekannt?"

„Ja. Details werden später veröffentlicht."

„Sie haben einen der Piraten gefangen genommen", hob eine Journalistin von *Univision NY* an. Jan nickte anerkennend. Diese Frage zeugte vom Willen zur Objektivität. Den Entführern der *Queen Mary 2* Piraterie nachzuweisen, würde eine Kleinigkeit sein. Hinzu käme noch Sachbeschädigung. Immerhin war ihnen die Freiheitsstatue zum Opfer gefallen. Als Terroristen hatten sie sich hingegen nicht hervorgetan so ganz ohne Bombe oder Biowaffenattentat.

„Wo sind die anderen Piraten?", fragte die Journalistin.

„Darüber liegen bisher keine Erkenntnisse vor", sagte der General mit reglosem Gesicht. „Das Schiff wird wie gesagt immer noch durchsucht. Es ist ein sehr großes Schiff mit tausenden von Kabinen. Wir gehen davon aus, dass sich die Terroristen an Bord versteckt haben. Sie kommen nicht ungesehen von der *Queen Mary 2* herunter. Inzwischen haben unsere Spezialkräfte auch die Bordüberwachung wieder in Betrieb genommen."

„Wenn Sie die Bordüberwachung haben“, fragte ein Journalist der *New York Times,* „verfügen Sie damit auch über die Aufzeichnungen der vergangenen Tage?“

„Die Speicher der Überwachungsanlage und das Backup wurden zerstört vorgefunden“, antwortete der General. „Unsere Spezialisten für Rekonstruktion versuchen zu retten, was zu retten ist. Mehr kann ich zum jetzigen Zeitpunkt nicht dazu sagen.“

„Was sagen die Passagiere über den Verbleib der Terroristen?“, fragte eine Journalistin.

„Die Passagiere befinden sich durchweg in angespanntem Zustand. Viele sind traumatisiert. Wir konnten sie daher noch nicht befragen. Meine Damen und Herren, ich übergebe nun an Major Allenby, der einen detaillierten Bericht über den Einsatz der Einheiten für Kampfmittelräumung hat. Vielen Dank für Ihre Aufmerksamkeit.“

Der Bericht fiel wirklich detailliert aus und handelte vor allem davon, dass weder Spezialisten noch Spürhunde etwas gefunden hatten. Jans Gedanken schweiften ab. Was ging in diesem Moment in der Kommandozentrale von Al-Isrā vor? Hätte Al-Maphrut nicht längst eine Durchsage gemacht, wenn alles in Ordnung gewesen wäre?

CNN stieg aus der Übertragung von der Pressekonferenz aus.

„Unsere Reporter sind vor Ort“, sagte Marc Ryan. „Sobald sich etwas Wichtiges ergibt, schalten wir zurück. Bei mir ist der Militär- und Islamismus-Experte Gerald Altenburg. Sir, General Morris hat gesagt, dass einer der mutmaßlichen Terroristen gefasst wurde. Einer! Kann die *Queen Mary 2* zuletzt unter der Kontrolle von lediglich einem einzigen Terroristen gestanden haben?“

„Das halte ich für ausgeschlossen. Die Terroristen mussten zweifellos Präsenz an Bord zeigen, um die Passagiere und die Besatzung unter Kontrolle zu behalten, und das ist unmöglich von einem einzelnen Islamisten zu bewerkstelligen.“

„Wie viel Mann wären nach Ihrer Einschätzung nötig, um das Schiff zu kontrollieren?“

„Wenn sie es geschafft haben, die Passagiere an wenigen Orten des Schiffes zu konzentrieren, könnten vielleicht zehn Mann genügen, aber für die Kaperung des Schiffes reicht das ganz sicher nicht.“

„Zehn Mann verschwinden aber nicht so einfach“, wandte Ryan ein. „Entweder sie sind noch an Bord, oder sie haben das Schiff verlassen – bis auf einen.“

„Der Mann hat sich fangen lassen“, erwiderte der Experte. „Das passt nicht zu Islamisten. Wenn einer taff genug ist, so etwas durchzuziehen wie die Kaperung dieses Schiffes und die Folgen durchzustehen, den ganzen Nervenkrieg, denn man darf ja nicht vergessen, dass die Menschen an Bord tagelang mit Mitteln der psychologischen Kriegsführung angegriffen worden sind, und das muss auch an den Terroristen gezehrt haben ...“

Altenburg hatte offensichtlich den Faden verloren.

„Sie meinen, der Terrorist hätte sich gewehrt?“, half Marc Ryan.

„Oder sich zum Märtyrer gemacht, ja.“

„Vielleicht hat es ja einen Kampf gegeben. General Morris hat gesagt, der Gefangene sei verletzt.“

„Jemand, der das alles durchgestanden hat, lässt sich nicht einfach fangen“, brachte Altenburg seinen Gedanken von vorhin zu Ende, „sondern er drückt den Knopf und reißt 3000 Menschen mit sich in den Tod. Sie müssen sich vorstellen, was das aus Sicht eines Islamisten für eine ‚Chance‘ war. Die ganze Welt hätte die nächsten hundert Jahre über ihn geredet, so wie Mohammed Atta noch heute in aller Munde ist, sobald über *nine/eleven* gesprochen wird!“

„Wo könnte sich Osama bin Laden versteckt halten?“

„Jemand mit seinem Bekanntheitsgrad kann nicht mehr inkognito leben“, antwortete Altenburg. „Wir werden sehen, ob die Marines ihn erwischen. Meines Erachtens ist das nur eine Frage der Zeit. Wie sollte er von Bord verschwunden sein?“

„Auf dieselbe Weise, wie er an Bord gelangte?“, fragte Ryan. „Im Netz kursieren Spekulationen über ein unbekanntes U-Boot, das die *Ticonderoga* schwer beschädigt und die *Idaho* versenkt haben soll.“

„Ich halte das tatsächlich für Spekulationen.“

„Wir sehen, es sind noch viele Fragen offen“, sagte Ryan, an sein Publikum gewandt, „und das Militär ist uns noch viele Antworten schuldig. Jetzt schalten wir noch einmal zu Jill Connor, unserer Berichterstatterin vom Battery Park ...“

Aus den Augenwinkeln sah Jan, wie auf dem Monitor seines Notebooks ein Fenster aufging. Video-Anruf. Es war Al-Maphrut. Jan schaltete das Multikom auf stumm, nahm den Anruf entgegen und hörte im selben Augenblick, wie draußen auf den Korridoren das inzwischen vertraute Knacken in der Kommunikationsanlage durch Al-Isrā klang, wie immer, wenn die Zentrale eine Durchsage machte.

„Hier spricht der Kommandant“, sagte Al-Maphrut. „Was wir aus New York hören, ist nicht ganz das, was wir zu hören erwartet haben. Der sogenannte Terrorist, den die Amerikaner ergriffen haben, ist aber wahrscheinlich keiner von uns. Unsere Leute hatten klare Anweisungen für den Fall, dass sie in Gefangenschaft zu geraten drohen, und ich bin überzeugt davon, dass sie diesen Anweisungen gefolgt wären. Machen Sie sich also bitte keine Sorgen. Sobald wir nähere Informationen haben, lasse ich es Sie wissen.“

Es knackte erneut in den Lautsprechern, das Videofenster schloss sich.

Jan gefiel die Offenheit, mit der in Al-Isrā alle gleichermaßen informiert wurden, vom Techniker bis zur obersten Ebene, aber das konnte man sich hier, in dieser abgeschlossenen Gemeinschaft, natürlich gefahrlos leisten. Was Jan hingegen nicht gefiel, waren Al-Maphruts Worte.

Sie hätten es durchgezogen ...

Aber General Morris hatte doch gesagt, dass die Suchtrupps keinen Sprengstoff gefunden hatten …

Lügt der General, um die Öffentlichkeit zu beruhigen?

19. Juni 2024
Seattle

Hillary schreckte auf, als ihr jemand auf die Schulter klopfte. Im ersten Reflex griff sie nach ihrer Waffe, doch das Holster war leer. Die Waffe lag vor ihr auf dem Tisch, wie sie blinzelnd registrierte.

Auf welchem Tisch?

„Hast du im Büro geschlafen?“, fragte Marc, der sie geweckt hatte.

Für einen Moment rang Hillary um Orientierung. Der Schreibtisch, der Monitor, der Stuhl – das alles sah wirklich nach ihrem Büro aus.

„Und gefeiert hast du auch?“, fragte er weiter und griff nach der Flasche, die vor ihr auf dem Schreibtisch stand. „Glenmorangie? Hast du auf unseren Sieg angestoßen?“

„Unseren was?“, fuhr sie ihn an. „Genau das ist das Wort, das ich von diesem demokratischen Weichei … diesem … diesem General

Morris hören wollte. Er hätte es sagen müssen, oder? Warum hat er es nicht getan?"

„Das ist doch sowieso alles nur PR-Gewäsch." Marc kam näher und schnupperte. „Du hast Restalkohol, und zwar nicht zu knapp."

Beide sahen die Flasche an. Sie war halb leer.

„Was für ein trauriger Sieg", murmelte Marc.

„Ein einziger Terrorist!" Plötzlich fauchte sie ihn an: „Guck nicht so von oben herab! Ja, ich bin schwach geworden …"

Sie packte die halbleere Whiskyflasche und warf sie in den Papierkorb.

„Der Terrorist ist tot", sagte Marc. „Er ist über Nacht in seiner Zelle verblutet. Offenbar war er schwerer verletzt, als man bemerkt hatte. Es kam vorhin in den Nachrichten."

Hillary starrte ihn entsetzt an, ehe es aus ihr herausbrach:

„Das stinkt doch zum Himmel."

Marc zuckte die Schultern.

„Wer sollte ein Interesse daran haben, diesen Terroristen umzubringen?", fragte er. „Immerhin versprach man sich jede Menge Informationen von ihm." Er musterte sie prüfend. „Du siehst aus, als könntest du einen Kaffee brauchen. Willst du bis elf Uhr wieder fit sein? Dann will die Präsidentin eine Rede an die Nation halten, diese schräge Frau, die du gewählt hast."

„Elf Uhr? Und jetzt ist es …"

„… neun."

„Das heißt, in Washington ist Mittag. Und der Countdown?"

„Was interessiert der Countdown? Die *Queen Mary 2* wurde erobert, es wurde kein Anthrax gefunden. Also haben die Terroristen kein Druckmittel mehr. Ende der Durchsage."

„Er läuft aber noch", sagte Hillary mit Blick auf das Multikom, das Marc eingeschaltet hatte. „Dürfen die Evakuierten schon nach Manhattan zurückkehren?"

„Keine Ahnung. Davon kam nichts in den Nachrichten."

„Dann ist da was im Busch. Noch 18 Stunden, oder?", gab Hillary ungerührt zurück und nickte, sich selbst bestätigend. Dann versuchte sie ein Lächeln, aber es wirkte verkrampft. „Lieber Marc, wenn du das einzige mitfühlende Wort, das du heute Morgen bisher gebraucht hast, noch einmal wiederholst, verrate ich dir ein Geheimnis."

„Welches mitfühlende Wort?"

Sie erhob sich und flüsterte es ihm ins Ohr, und er wiederholte laut: „Kaffee?“

„Guter Mann!“ Hillary brachte sogar ein Lächeln zustande. „Und jetzt das Geheimnis: Ich habe Haney!“

Da fiel Marcs Kinnlade hinab.

„Erst der Kaffee“, sagte Hillary.

Das Verhör führte Marc, während Hillary sich hinter dem Bobachtungsfenster sammelte. Er machte es besser, als sie es in ihrer derzeitigen Verfassung gekonnt hätte. Er hatte „antizipiert“, wie er das nannte: Nachdem Hillary ihm erzählt hatte, wie sie Haney geschnappt und was sie dann mit ihm gemacht hatte, war Marc zu dem Schluss gekommen, dass der Mann freundlich und zuvorkommend behandelt werden sollte. Hank musste ein komplettes Frühstück von „Williams' Own“ besorgen, das im Verhörraum ansprechend aufgetischt wurde, bevor man Haney hereinholte. Captain Higgins gesellte sich zu Hillary.

„Warum hast du das gemacht?“, fragte er, während Hillary bleich ihren Kaffee schlürfte. „Ihn einfach in der Eingangshalle seines Apartmenthauses verhaftet?“

„Gefahr im Verzug“, gab sie knapp zurück. „Er hatte einen Kerl im Arm. Den musste ich beschützen.“

„Manchmal frage ich mich wirklich“, sagte Higgins kopfschüttelnd, „ob du sie noch alle hast.“

„War ein Scherz“, entgegnete sie. „Aber Gefahr im Verzug stimmt – die Gefahr, dass Haney wieder untertaucht. Ich wollte ihn nur in Sicherheit bringen. Hoffentlich packt Marc es richtig an.“

Nach der Nacht in der Ausnüchterungszelle war Haney natürlich wütend, doch er widerstand dem Duft von Kaffee und Rühreiern mit Speck nicht. Er aß hungrig und war danach schon halb besänftigt, und als er nun in Marcs freundliches Gesicht blickte, lächelte er sogar.

„Marc flirtet mit ihm!“, entfuhr es Hillary.

„Dir entgeht aber auch wirklich gar nichts“, gab Captain Higgins zurück.

„Das ist abgeschmackt!“

„Er bügelt deine Fehler aus.“

Hillary sank in sich zusammen.

„Überall Homos“, seufzte sie.

„Hillary, Marc macht einen Job!“

Und den machte er gut, das musste sie zugeben.

„Ich möchte Sie im Namen des *Seattle Police Departments* um Entschuldigung bitten", sagte Marc. „Ich glaube, es wurde vergessen, Ihnen mitzuteilen, dass die Verhaftung zu Ihrer Sicherheit geschah. Ich hoffe, dass dies nicht zu Komplikationen zwischen uns führt, und habe ein paar Fragen an Sie."

„Zu meiner Sicherheit? Was hat das zu bedeuten?"

„Nach der Obduktion des Leichnams von Samuel McWeir verschwanden zwei Männer", antwortete Marc. „Einer der beiden, Harvey Walsh, Ihr Chef, wurde ermordet. Der andere sind Sie. Sie waren doch bei der Obduktion dabei?"

„Ja, aber ich bin nicht sicher, ob Sie mich deswegen einfach verhaften durften", gab Haney zurück.

„Sie waren abgetaucht. Warum?"

„Ich möchte nicht darüber reden."

„Mr. Haney, Sie sind Zeuge im Mordfall Walsh", setzte Marc neu an. „Diese Befragung dient seiner Aufklärung. Ich muss Sie dringend bitten zu kooperieren!"

Haney seufzte und blickte zur Decke.

„Ich war abgetaucht, weil ich geschockt war und Angst um mein Leben hatte. Später habe ich mich deswegen geschämt. Ich hätte sofort zur Polizei gehen sollen, aber je länger ich damit gewartet habe, desto weniger konnte ich mich überwinden. Außerdem hatte ich Zweifel. Die beiden Männer traten auf wie Polizisten. Drahtig, trainiert, selbstbewusst."

„Welche beiden Männer?"

„Ich kam gerade von der Toilette", begann Haney. „Wir waren mit der Obduktion fertig und warteten auf das ABC-Team."

„Sie hatten Seuchenalarm gegeben", fügte Marc hinzu.

„Ja. Ich wunderte mich darüber, dass die ABC-Leute so lange auf sich warten ließen. Die Einsatzpläne für den Notfall sehen eine Reaktionszeit von nicht mehr als zwanzig Minuten vor. Zu jenem Zeitpunkt war aber schon mehr als eine Stunde vergangen. Ich überlegte, ob ich bei der Feuerwehr anrufen sollte."

„Warum war der Alarm ausgelöst worden?"

„Das war Harveys Entscheidung. Bei der Obduktion hatten wir entdeckt, dass alle vom Herzen wegführenden Blutgefäße des Toten zerplatzt waren. Schlicht aufgerissen. Der Tod musste sehr schnell eingetreten sein. Das Innere des Brustkorbs bot einen grauenvollen Anblick.

Ich habe so etwas noch nie gesehen. Harvey fühlte sich an Ebola erinnert. Wir diskutierten kontrovers, weil Ebola zwar innere Blutungen verursacht, aber dabei handelt es sich um Einblutungen ins Gewebe, nicht um platzende große Blutgefäße. Trotzdem meinte Harvey, eine Analogie zu erkennen. Er sprach von einem radikal-hämorrhagischen Fieber. Immerhin waren wir uns einig, dass wir es möglicherweise mit einem gefährlichen und unbekannten Krankheitserreger zu tun hatten. Also gab Harvey Alarm. Und dann kamen eine gute Stunde später diese beiden Typen hereinspaziert."

„Wann genau?"

„Gegen 23 Uhr. Harvey schrieb gerade seinen Bericht. Ich kam wie gesagt von der Toilette und fand mich mit dem Gedanken ab, eine Woche in Quarantäne zu verbringen. Das ist vorgeschrieben in solchen Fällen. Ich wollte in den Obduktionssaal zurück und öffnete gerade die Tür, als ich Harveys Stimme hörte. ‚Wer sind Sie?', fragte er. Durch die Tür sah ich zwei Männer in Anzügen, die mir den Rücken zuwandten. Einer von ihnen hielt Harvey etwas hin. Harvey starrte darauf. Sie sagten kein Wort und handelten schnell. Alles wirkte sehr routiniert. Erst gingen sie gleichzeitig schnell auf Harvey zu, der eine packte ihn, der andere presste ihm einen Druckinjektor an den Hals. Harvey brach zusammen. Sie legten ihn auf das Rollbett, auf dem vorher die Leiche hereingebracht worden war. Dabei sahen sie mich. Ich war wie gelähmt, aber als sie Waffen zogen, nahm ich die Beine in die Hand. Ich glaube, ich bin noch nie so schnell gerannt."

„Wurde geschossen?"

„Nein, und ich kann Ihnen auch nicht sagen, wie lange oder wie weit mich die Typen verfolgt haben. So schnell, wie sie vorgegangen sind – ich hatte den Eindruck, dass sie unter Zeitdruck standen. Vielleicht sind sie gleich wieder umgekehrt und haben erst ihren Job erledigt. Jedenfalls bin ich ihnen entkommen. Ich kenne mich im Forensischen Institut natürlich gut aus. Aber mir war klar, dass diese Typen nach mir suchen würden. Also bin ich nach Hause gerast, hab schnell Sachen zusammengepackt, habe das Handy abgeschaltet und die SIM-Karte entfernt und bin zur Bank, um Geld abzuheben, das für eine Weile reichen sollte. Ich wollte abtauchen."

„Zur Polizei zu gehen, kam Ihnen nicht in den Sinn?"

„Doch, natürlich. Aber wie gesagt, die beiden Typen sahen aus wie Polizisten. Ich hielt sie für Polizisten oder Agenten."

„Sie glauben, dass Polizisten so arbeiten?“

„Ich behaupte nicht, in diesem Moment rational gehandelt zu haben. Ich war in Panik. Es war das erste Mal in meinem Leben, dass jemand eine Waffe auf mich gerichtet hat. Ich … Später wurde mir klar, dass die Männer wegen der Leiche gekommen sein mussten, wegen dem, was wir in ihrem Brustkorb gesehen haben. Es war ein Vertuschungsmanöver. Dann hörte ich in den Nachrichten vom Mord an Harvey, und ich wusste, dass ich auf jeden Fall zur Polizei gehen musste, aber ich schämte mich für mein Verhalten und schob das vor mir her.“

„Wo sind Sie in dieser Zeit gewesen?“

„Bei einer Freundin und bei Freunden. Jeweils nur für eine Nacht.“

„Und gestern fühlten Sie sich sicher genug, um wieder zu Ihrer Wohnung zurückzukehren?“

„Es war drei Tage lang nichts passiert. Also wollte ich mal vorbeischauen. Zur Sicherheit nahm ich Alan mit, natürlich ohne ihm die ganze Geschichte zu erzählen. Alan hat den schwarzen Gürtel.“

„Sie haben die Gesichter der beiden Männer gesehen, die Mr. Walsh betäubten?“

„Ja.“

Marc schob das Phantombild über den Tisch, das mit Leos Hilfe angefertigt worden war, und Kevin Haney nickte.

„Das war einer der beiden. Er hat Harvey festgehalten, während der andere ihm die Injektion verpasste.“

„Sie haben diesen Mann vorher noch nie gesehen?“

„Nein.“

„Vielen Dank, Mr. Haney. Ich möchte Sie bitten, uns dabei zu helfen, ein Phantombild von dem zweiten Mann herzustellen.“

Haney war Marcs Blick während des Gesprächs meist ausgewichen. Jetzt sah er ihn erstaunt an und fragte:

„Das war alles?“

„Gibt es mehr, was Sie uns erzählen wollen?“

„Nein, aber was soll ich jetzt machen? Wie wäre es zum Beispiel mit Polizeischutz?“

„Würden Sie sich denn inzwischen wieder von der Polizei geschützt fühlen?“

Haney antwortete nicht.

„Alternativ könnte ich Ihnen die Unterbringung hier bei uns anbieten“, setzte Marc nach.

„Etwa in einer Ihrer Zellen?“ Haney lachte.

„Das ist kein besonders attraktives Angebot“, sagte Marc und lächelte entspannt. „Es gäbe noch eine dritte Möglichkeit: Sie gehen nach Hause und beginnen, Ihr normales Leben zu leben, und wir behalten Sie im Auge.“

„Als Köder!“, entfuhr es Haney.

Hillary nahm aus den Augenwinkeln wahr, wie Captain Higgins zusammenzuckte.

„Das hätte er absprechen müssen“, sagte Higgins.

„Es hat sich aus dem Gesprächsfluss ergeben“, widersprach Hillary. „Marc kann doch jetzt nicht unterbrechen! Gerade hat er Haney so schön am Wickel.“

Higgins musterte sie wenig amüsiert.

„Unkonventionelle Polizeiarbeit, was?“

„Marc ist jedenfalls richtig gut“, sagte Hillary schulterzuckend.

„Ich habe ihn nicht aus einer Bierlaune heraus zu deinem Partner gemacht“, gab Higgins zurück. „obwohl er eigentlich zu jung für dich ist.“

„Weißt du, was mir als erstes an ihm aufgefallen ist?“, fragte sie und gab gleich die Antwort: „Sein süßer Hintern.“

„Irgendwo hab ich mal gelesen, dass Frauen auf so was schauen. Das habt ihr wohl mit den Schwulen gemein.“

Hillary seufzte.

„Es ist Ihre Entscheidung, Mr. Haney“, sagte Marc. „Sie bekommen Polizeischutz, wenn Sie wollen.“

„Es gibt noch eine vierte Möglichkeit“, gab Haney zurück. „Ich könnte wieder untertauchen. Irgendwann hören diese Typen sicher auf, nach mir zu suchen.“

„Aber wann?“, fragte Marc. „Woher wissen Sie, dass Sie von nun an in Sicherheit sind? Nein, Mr. Haney, die einzige Möglichkeit, die Sache zu Ende zu bringen, ist die, dass Sie den Lockvogel spielen. Das wäre vielleicht nicht ganz ungefährlich, aber wir haben Erfahrung in diesen Dingen. Wir brauchen dringend mehr Informationen.“ Er deutete auf das Phantombild. „Wir kennen nicht einmal den Namen dieses Mannes. Wir wissen nur, wie er aussieht und dass er offenbar völlig skrupellos ist. Ihre Mitarbeit wäre daher wirklich sehr hilfreich, aber natürlich müssen sie sich nicht sofort entscheiden.“

„Demonti“, murmelte Haney.

„Wie bitte?“

„Demonti“, wiederholte der Pathologe und deutete auf das Phantombild. „Dieser Typ hier hat Harvey irgendetwas gezeigt, als er im Institut auf ihn zugegangen ist. Ich weiß nicht genau was, weil ich die beiden Männer nur von hinten sah, aber es könnte ein Ausweis gewesen sein. Jedenfalls hielt der hier etwas hoch, und Harvey starrte darauf. Klingt doch stimmig, oder? Da stürmen zwei Typen in den Obduktionssaal, und damit Harvey nicht gleich Alarm gibt, signalisiert einer mit seinem Dienstausweis, dass sie in irgendeiner offiziellen Sache was von ihm wollen. Damit ist gewährleistet, dass Harvey stillhält, bis sie nahe genug sind, und dann, zack – rein mit dem Betäubungsmittel in die Halsschlagader.“

„Das haben Sie aber nicht gesehen.“

„Den Stich in die Halsschlagader habe ich gesehen.“

„Ich meine den Ausweis.“

„Nein, den habe ich nicht gesehen. Aber ich erinnere mich, dass Harvey fragte: ‚Demonti?‘ Ich habe dem bisher keine Bedeutung beigemessen, aber jetzt, wo Sie mich bedrängen …“

„Mr. Haney, seien Sie sicher: Ich bedränge Sie nicht. Aber offenbar habe ich Sie an die Situation herangeführt, so dass Sie sich nun an Details erinnern. Demonti also …“

Hillary lief sofort hinüber ins Büro, wo Hank und Jeff sich mit Routinearbeiten langweilten, und beauftragte sie mit einer Stichwortsuche im PIRAD – der *Polices Investigation and Registrated Activities Database* – nach dem Namen Demonti.

„Damit kommen wir weiter, hoffe ich“, sagte sie, als sie in den Nebenraum des Verhörzimmers zurückkehrte. „Jedenfalls dann, wenn der Kerl nicht schon wieder eine Fake-Identität benutzt hat.“

Higgins machte ein nachdenkliches Gesicht.

„Ich habe zunehmend das Gefühl“, sagte er, „dass wir hier an etwas kratzen, was besser ruhen sollte.“

„Wir haben einen Mord aufzuklären“, gab Hillary zurück. „Das ist unser Job.“

Währenddessen verabschiedete Marc Kevin Haney.

„Vielen Dank für Ihre Hilfe. Haben Sie sich schon entschieden wegen des Polizeischutzes?“

„Nein, aber in Ihrer Zelle bleibe ich nicht. Ich übernachte bei Alan. Kann ich Sie morgen anrufen?“

Marc reichte ihm seine Visitenkarte."

„Wenn Sie mir Alans Adresse geben", sagte er, „platziere ich jemanden in der Nähe, der ein Auge auf Sie hat."

Wenig später trat Marc zu Hillary und Captain Higgins in den Beobachtungsraum und sagte:

„Sie machen jetzt das Phantombild. Manöverkritik?"

„Ging ein bisschen arg kuschelig zu da drin", gab Hillary zurück. „Ihr habt euch gut verstanden, was?"

Marc beugte sich zu ihr vor und raunte:

„Hast du seinen knackigen Hintern gesehen?"

Captain Higgins brach in schallendes Gelächter aus. Hillary hingegen verzog kaum das Gesicht.

„Der zeitliche Ablauf ist jetzt wohl klar", sagte sie. „Die Obduktion begann um 20 Uhr. Seuchenalarm wurde um 21:45 Uhr gegeben, und um 23 Uhr wird Harvey überwältigt. Möglicherweise ist er von diesem Moment an bis zu seinem Tod nicht mehr zu Bewusstsein gekommen. Später bucht Demonti den Callboy und leitet das Täuschungsmanöver ein. Die beiden treffen sich um zwei Uhr nachts. Um 17 Uhr stirbt Harvey in seiner Wohnung, die sorgfältig mit Spuren von Leo präpariert wurde. Im Institut wurden alle Spuren getilgt bis hin zu den Berichten im Computersystem und den Videoaufzeichnungen. Außerdem wurde ein gefälschter Obduktionsbericht in Umlauf gebracht, den auch ich am nächsten Tag bekommen habe und dessen Autor wir nicht kennen. Die Leiche des Nobelpreisträgers wurde entfernt. Wir wissen nicht, wo sie sich befindet."

„Woher wussten Demonti und sein Kollege überhaupt von der Obduktion?", fragte Higgins.

„Der Seuchenalarm", sagte Marc und wiederholte seine Theorie. „Diese Leute müssen über eine Überwachungssoftware verfügen, die auf solche Alarmfälle achtet. Sie verstehen was von Cybertricks. Sie löschen Obduktionsberichte und Überwachungsvideos, dringen unbemerkt in die Systeme der *Washington State Security* ein, und auch bei uns sind sie aktiv gewesen."

„Jetzt aber nicht mehr, oder?", fragte Hillary beunruhigt.

„Die Kollegen sagen, nach dem Check seien unsere Systeme sicher", antwortete Marc schulterzuckend.

„Aber wer sind *sie*?", fragte Captain Higgins. „Das ist die Frage, die mir am meisten Sorgen macht. Wenn Ihr Verdacht stimmt, Marc, dann gibt es im Hintergrund eine Infrastruktur, wie sie wohl typisch für einen Geheimdienst ist."

„Jedenfalls sind sie nicht von der WSSU", gab Hillary zurück, äußerlich unbeeindruckt. „Ich denke, damit sind wir einen großen Schritt vorangekommen. Jetzt warten wir ab, was PIRAD sagt."

Wenn Demonti tatsächlich ein Cop war, wie Haney vermutet hatte, oder ein Agent, wie Hillary glaubte, dann musste er in irgendeiner Weise im öffentlichen Dienst angestellt sein. Es gab in den USA mehr als 13.000 Institutionen, die Polizisten beschäftigten. Es war nicht überall so einfach wie in Seattle, wo das *Seattle Police Department* für das Stadtgebiet zuständig war mit Ausnahme des Geländes der Universität, für welches das *University of Washington Police Department* verantwortlich zeichnete. Jede Stadt, jedes County, jedes Bundesland und natürlich der Bund selbst hatte Polizei-Angestellte – und darüber hinaus noch viele weitere Angestellte für andere öffentliche Aufgaben. Einige davon hätte man in anderen Ländern der Welt als Beamte bezeichnet. Sie alle waren in den Datenbanken der SSA verzeichnet, der Staatlichen Rentenversicherung. Außerdem aber hinterließen sie Spuren in PIRAD, einer Datenbank, die ursprünglich eingerichtet worden war, um die Arbeit der verschiedenen Polizeibehörden zu verzahnen. Wann immer in den USA etwas geschah, was ein polizeiliches oder juristisches Nachspiel haben könnte, wurden Einträge in PIRAD generiert. Die meisten flossen automatisch ein – Polizeimeldungen, Feuerwehr- und Notarztberichte und vieles andere mehr. Es hieß, dass es unmöglich sei, Amerikaner zu sein und *nicht* in PIRAD aufzutauchen. Das bezog die Menschen ein, die für die Sicherheitsorgane arbeiteten und solche Einträge generierten: Auch sie tauchten namentlich auf, als Autoren der Berichte. Hillary hoffte, dass dies auch für Demonti galt.

Das System wurde auch zur Terrorabwehr genutzt. Hillary selbst hatte vor längerer Zeit in PIRAD aus reiner Neugier nach Einträgen über Anwar al-Awlaki gesucht, einen US-Staatsbürger und Islamisten, der für Al-Qaida aktiv gewesen sein sollte. Es gab hunderte von PIRAD-Einträgen aus jener Zeit, als er noch in den USA gelebt hatte. Der Mann hatte nicht auf die Toilette gehen können, ohne dass irgendein Agent dies für berichtenswert gehalten hatte.

Wenn es etwas über Demonti gab, stand damit natürlich noch lange nicht fest, dass es sich um den Demonti handelte, auf den sich Hillarys Neugier nun konzentrierte, ja, es war nicht einmal sichergestellt, dass

Demonti tatsächlich der richtige Name dieses Mannes war; aber es wäre wenigstens eine Spur. Demonti war nicht gerade ein Allerweltsname. Hillary hoffte, dass sich die Zahl der Einträge in Grenzen hielt, doch wie sie ihr Glück kannte, hatten zahlreiche Träger dieses Namens als Mafia-Mitglieder hunderte Einträge verursacht.

PIRAD war noch aus einem weiteren Grund ideal für die Suche nach solchen Anhaltspunkten: Eine Anfrage an das System war niederschwellig und unverdächtig. Tausende von Polizistinnen und Polizisten nutzten es täglich. Eine offizielle Anfrage nach Demonti an die Rentenversicherung hingegen wäre mit Sicherheit aufgefallen. Hillary hoffte, dass die Organisation, für die Demonti arbeitete, noch immer keine Ahnung hatte, in welche Richtung das Seattle PD tatsächlich ermittelte.

Leider war eine Suche via PIRAD zeitaufwendig. Es konnte Stunden dauern, bis Ergebnisse vorlagen. Die PIRAD-Server, die irgendwo in Illinois in einer Bundesbehörde standen, waren ebenso veraltet wie die umständlichen Anfragemasken, doch niemand traute sich an diese Datenmonster heran, auf denen inzwischen mehrere Petabyte an Daten liegen mochten, Millionen von Gigabyte. Der Streit um die überfällige Modernisierung währte seit Jahren, niemand fühlte sich zuständig. Aber PIRAD lief zuverlässig, wenn auch langsam.

Darum wunderte sich Hillary nicht, als sie Hank und Jeff mit hochgelegten Beinen antraf, derweil sie auf die Monitore starrten.

„Entwicklungsland USA“, kommentierte Hillary, aber die Pause kam ihr im Grunde recht. Sie konnte seit einigen Minuten endlich wieder an Essen denken, ohne dass ihr übel wurde. Es war viertel vor elf. Noch eine Viertelstunde, bis die Präsidentin ihre Rede an die Nation halten würde.

„WO397!“, sagte sie im Befehlston zu Marc.

19. Juni 2024
Baltimore

Joey Calderon sah müde aus, die vergangene Nacht steckte ihm sichtlich in den Knochen. Er hatte gemeinsam mit seinem Team die

Berichterstattung bis zum Auftritt des Generals verfolgt. Dann hatte Nicole sie alle ins Bett geschickt, denn ihnen stand ein mit Terminen vollgepackter Tag bevor. Der Kandidat, sonst stets jugendlich und voller Schwung, wirkte erschöpft. Phil bezweifelte, dass Joey wirklich gleich ins Bett gegangen war. Doch er wusste, dass der Mann nur eine Bühne betreten musste, um ein komplett anderer Mensch zu werden.

Joey sank schlaff in seinen Sessel. Er war der letzte, wegen ihm startete der Bus verspätet – sein Kampagnenbus, der ihn zu Wahlkampfeinsätzen brachte. Der Innenraum war zu einem Konferenzzimmer umgebaut, außen prangte neben dem Konterfei des Kandidaten noch der schwunglose Slogan „Freiheit und Wohlstand“ aus der Anfangszeit seiner Kampagne.

Als der Bus sich in Bewegung setzte, blickte Joey auf die Uhr, auf der Suche nach weiteren Minuten, um die Augen schließen zu können.

„Wie viele Termine?“, fragte er.

„Zwei“, antwortete Nicole.

„Ich dachte, der Tag wäre vollgepackt?“

„Wegen der besonderen Umstände habe ich Termine abgesagt. Die alten Leute von der Seniorenresidenz Victoria Park waren natürlich untröstlich, und der Vorsitzende des IT-Verbandes Pennsylvania hätte zu gern mit dir über den Ausbau der digitalen Infrastruktur diskutiert, aber sie hatten ein Einsehen. Ich bin davon ausgegangen, dass du hören willst, was die Präsidentin und Chris Kerry sagen. Zwei Termine habe ich beibehalten: 18 Uhr Industrie- und Handelskammer von Gettysburg, 20 Uhr Dinner mit dem Bürgermeister und den Granden von Gettysburg und Umgebung.“

„Heute ist Gettysburg dran? Was für ein Zufall! Ausgerechnet dort werde ich diese wichtige Rede halten …“

„Das ist wirklich Zufall. Die Termine stehen seit Monaten fest. Bei welchem Termin willst du die Rede halten? Ich muss das den Medien stecken. Von sich aus haben die Networks Gettysburg nämlich nicht auf dem Plan, jedenfalls nicht für die Prime Time.“

„Wir nehmen den Termin um 18 Uhr“, entschied Joey. „Dann haben sie genug Zeit bis zur Hauptsendezeit. Es wird ein bisschen dauern, bis sie begriffen haben, was ich sage.“

Gettysburg war eine Kleinstadt von kaum mehr als 8000 Einwohnern – ungefähr so groß wie Phils Geburtsstadt Montpelier. Hier hatte eine der entscheidenden Schlachten des amerikanischen Bürgerkriegs stattgefunden. Zu Ehren der rund 6000 Gefallenen hatte Abraham Lincoln in Gettysburg eine berühmte Rede gehalten.

„Dann haben wir ja etwas Zeit“, sagte Randy Weaver aufseufzend.

„Wann redet die Präsidentin?“, fragte Calderon

„In drei Stunden“, antwortete Nicole. „Aber im Grunde ist es nebensächlich, was sie sagt. Sie steht nicht zur Wahl. Sie wird versuchen, ihr Gesicht zu wahren. Kerrys Rede ist wichtiger.“

„Wie viel Zeit bleibt uns bis zum Ende des Ultimatums?“

„Was kümmert dich dieses Ultimatum?“, fragte Randy Weaver. „Die Terroristen sind erledigt, also vergessen wir dieses bescheuerte Ultimatum und konzentrieren uns auf die wichtigen Fragen.“

„Ich hab ein blödes Gefühl“, gab Joey zurück. „Da passiert noch was! Wie viele Stunden also noch? Rechnet das bitte mal jemand schnell für meinen müden Kopf aus?“

„Um 14 Uhr werden es noch 16 Stunden sein“, sagte Nicole. „Kerry redet um 16 Uhr. Er hat einen Auftritt auf großer Bühne in Atlanta. Bis du um 18 Uhr auf die Bühne musst, haben wir also genug Zeit, unsere Reaktion zu entwerfen.“

„Wissen wir nicht schon, was er sagen wird?“ Joey gähnte. „Wir müssen wohl kaum darauf warten, dass er es noch einmal ausspricht.“

„Vielleicht ist es ein Fehler, Kerry für dermaßen berechenbar zu halten“, wandte Nicole ein.

„Was soll er denn tun? Er wird natürlich Härte versprechen und Sicherheit in alle Ewigkeit.“ Joey kratzte sich am Kopf, und wie immer, wenn er das tat, fürchtete Phil um den Scheitel. „Gibt es was Neues von dem gefangenen Terroristen? Hat er schon gesungen?“

Ein Dutzend erstaunte Blicke richteten sich auf ihn, und er sagte:

„Okay, verstehe. Mir ist etwas entgangen. Ich gebe zu, ich habe seit dem Aufstehen noch keine Nachrichten gesehen, gehört oder gelesen. Ich hatte das Gefühl, den Kopf nicht mehr freizubekommen von all den Neuigkeiten. Also, was ist geschehen?“

„Der Mann ist tot“, klärte Nicole ihn unumwunden auf. „Man fand ihn in seiner Zelle, verblutet. Wie das geschehen konnte, ist nicht bekannt. Er hatte wohl eine tiefe Schnittwunde am Oberschenkel, die versorgt worden ist. Er muss sich den Verband abgenommen haben, um die Wunde wieder zu öffnen, und so …“

„Das ist ja furchtbar!“, entfuhr es Joey. „Woher hat er diese Schnittwunde?“

Nicole zuckte die Schultern.

„Wie gesagt, die Sache wird untersucht“, sagte sie.

„Gettysburg“, sagte Joey nachdenklich. „Ausgerechnet heute.“

„Ein geeigneter Ort, um etwas über amerikanische Identität zu sagen“, schaltete sich Phil ein. Es waren nur wenige Worte, aber sie hatten einen unerwarteten Effekt: Joey blickte ihn erstaunt an, so dass Phil den Eindruck hatte, dass er ebenfalls in diese Richtung gedacht hatte. Randy hingegen musterte Phil abfällig und sagte:

„Amerikanische Identität? Wenn wir etwas sagen müssen, dann über amerikanische Zukunft!“

„Das auch, natürlich“, erwiderte Phil, „aber das ist nicht getrennt von amerikanischer Identität zu denken – und die ist es doch, wofür uns die ganze Welt bewundert, nicht wahr?“ Es platzte geradezu aus ihm heraus. „*The land of the free*. Jeder kann in diesem Land werden, was in ihm steckt. Dieses Land holt gewissermaßen das Beste aus dir raus, wenn du willst. So soll es doch mal gewesen sein, oder? Das ist der amerikanische Traum. Du kannst werden, was du bist. Freiheit für alle, alle Menschen sind gleich geschaffen. Das hat Abraham Lincoln übrigens in Gettysburg gesagt, und das war damals keineswegs selbstverständlich. Hier geht es um Ideale, die auf der Strecke geblieben sind. Die sollten wir ansprechen – und zwar schonungslos. Wir sagen den Leuten nicht, was sie hören wollen, sondern was sie selbst mehr oder weniger längst wissen, worüber sie aber nicht sprechen. Gerade hier in Gettysburg ist der ideale Ort dafür.“

Er sah, dass Calderon lächelte, während Randy noch überlegte.

„Ich bin absolut dafür, an amerikanische Werte zu appellieren“, sagte er dann, „gerade hier, aber …“

„Nicht nur appellieren“, widersprach Phil, „sondern es geht darum, sie zu *verkörpern*. Wer könnte das besser als Joey? Er ist ein Kennedy!“

„Das ist ein zweischneidiges Schwert, Phil“, wandte Randy mahnend ein. Es war das erste Mal, dass er Phil in einer solchen Runde beim Vornamen nannte – fast als hätte er ihn soeben erstmals wahrgenommen. „Kennedy hat einen Nimbus, zweifellos, und wir nehmen uns das Beste davon für unsere Kampagne, aber man kann JFK auch für ein immergeiles Vatersöhnchen halten. Das sind ganz sicher nicht die amerikanischen Werte.“

„Aber man kann daran andocken“, widersprach Phil. „Das ist doch dein Lieblingswort – andocken.“

„In Gettysburg müssten wir eher an Abraham Lincoln andocken“, gab Randy zurück.

„Genau!“, rief Phil. „Lincolns Rede von damals, die *Gettysburg Address*. Ich kann die Rede auswendig: ‚Vor 87 Jahren gründeten unsere Väter auf diesem Kontinent eine neue Nation, in Freiheit gezeugt und dem Grundsatz geweiht, dass alle Menschen gleich geschaffen sind …‘“

„Das muss natürlich angepasst werden“, wandte Joey ein. „Nicht zu viel Pathos, bitte!“

„Aber auch nicht zu wenig“, sagte Phil. „Mit Pathos kriegen wir die Leute. Sie müssen feuchte Augen haben, wenn du mit deiner Rede fertig bist. Vielleicht können wir außerdem an die Friedensrede von John F. Kennedy vom 10. Juni 1963 andocken. Beiden Reden ist gemein, dass sie Reaktionen auf schwere Konflikte sind – Lincolns Rede auf den Bürgerkrieg, Kennedys Rede auf die Kubakrise. Und so redet Joey Calderon heute über die *Queen-Mary*-Krise.“

„Das kommt mir aber so nicht ins Skript“, sagte Joey lachend. „*Queen-Mary*-Krise! Das klingt zu sehr nach Tantentee. Sagen wir lieber *Six-Eleven*-Krise dazu.“

„Einfach *six/eleven*“, sagte Randy.

„Stichwort Zeitenwende“, fügte Phil hinzu. „Wir müssen Antworten geben, die als Problemlösung zukunftsfähig sind. Nachdenklich sein statt aggressiv. Die *Queen-Mary*-Tribunale im Kopf behalten.“

Joey nickte und hob an, etwas zu sagen, als aus der Ecke hinter ihm ein Geräusch erklang, als entwiche Luft aus einem Luftballon. Alle wandten sich zu Mary O'Donnell um, die in ihrem Sessel zusammengesackt war und ziemlich unglücklich aussah. Sie war hauptverantwortlich für Joeys Reden.

„Alles in Ordnung, Mary?“, fragte Joey.

„Alles für die Katz, würde ich eher sagen“, antwortete sie müde. „Dann hab ich wohl die Nacht umsonst durchgearbeitet. Auf Lincoln bin ich noch allein gekommen, und was die Zukunftsfähigkeit betrifft, hab ich mir deine Anmerkungen zu Herzen genommen, aber JFK und seine Friedensrede … Was wollt ihr noch da alles hineinpacken?“

„Wir wollen vor unseren Meinungsverschiedenheiten nicht die Augen verschließen“, zitierte Phil, „wir wollen aber unser Augenmerk auf unsere gemeinsamen Interessen und auf jene Möglichkeiten richten, durch die diese Differenzen sich beseitigen lassen.“

Er hatte Kennedys Rede vor der Amerikanischen Universität in Washington aus seinem persönlichen Archiv hervorgeholt, das sich auf seinem Notebook befand, und las die Worte vom Monitor ab.

„Dass die USA und die Sowjetunion im Kalten Krieg gemeinsame Interessen hatten, ist völlig klar“, schaltete sich Randy nun wieder ein. „Einen Atomkrieg konnten beide Länder nicht wollen. Aber welche gemeinsamen Interessen haben wir mit Islamisten?“

„Keine, aber wir haben gemeinsame Interessen mit den Muslimen“, konterte Phil. „Wollen wir nicht alle in Frieden leben? Hat nicht gerade in Amman ein Konzil begonnen, das dem Islamismus den Nährboden entziehen will?“

„Das sollen wir glauben, ja.“ Randy schüttelte den Kopf. „Und gleichzeitig greifen sie uns auf diese Weise an.“

„Eine sonderbare Form des Angriffs, nicht wahr?“ Das war wieder Joey. „Ich halte König Abdallah für einen integeren Mann, und ich glaube nicht, dass der Rat von Amman nur eine Show-Veranstaltung ist.“ Zu diesen Worten erhob er sich. „Ihr macht das schon. Ich werde mich jetzt ein bisschen hinlegen, bis die Präsidentin spricht. Bis dahin ist ja vielleicht schon ein neuer Rede-Entwurf fertig.“

Er ging nach hinten, wo sich ein Ruhe-Abteil befand. Im Vorbeigehen klopfte er Phil anerkennend auf die Schulter.

„Also gut, dann wollen wir mal“, sagte Nicole.

Sie versammelten sich um den Tisch und ließen die Köpfe rauchen. Randy hielt sich dabei auffallend zurück und ließ Phil den Vortritt – vielleicht um später, falls es schiefging, sagen zu können, dass diese Rede vor allem Phils Kind war? Obwohl Mary völlig übernächtigt war, entwickelte sie mit Phil zusammen genug Schwung, um tatsächlich bis 14 Uhr einen Entwurf präsentieren zu können.

Calderon nahm die ausgedruckten Seiten entgegen, als er aus seinem Abteil auftauchte, setzte sich und ließ seinen Blick über die ersten Zeilen gleiten. Seinem Gesicht war nicht anzusehen, was er davon hielt. Dann schaltete Nicole den Ton des Multikom an. CNN übertrug die Rede der Präsidentin an die Nation live. Im Hintergrund war die doppelflügelige Tür zu sehen, im Vordergrund das Rednerpult, dessen Nähe Präsidentin Preston seit Beginn der Krise nicht gerade oft gesucht hatte.

„Meine Damen und Herren – die Präsidentin der Vereinigten Staaten von Amerika“, kündigte ein Sprecher an und trat sofort wieder vom

Pult zurück. Es war die gleiche Inszenierung wie vor sechs Tagen, als Lindsay Preston zuletzt an diesem Ort aufgetaucht war. Wieder war ihr Mann dabei; die Kinder allerdings fehlten diesmal. Wieder trug sie ein dunkelblaues Jackett mit dem Button der amerikanischen Flagge am Revers, und wieder war sie auffallend unauffällig geschminkt, wirkte konzentriert und energisch, wie man sie kannte.

„Meine amerikanischen Landsleute", begann sie gewohnt klar und langsam artikulierend, „dies ist ein erfreulicher Tag für unser Land und für alle Menschen, die in Frieden leben wollen. Wir haben die Krise gemeistert. Dank des beherzten und umsichtigen Eingreifens der Frauen und Männer des US-Marinecorps und der Nationalgarde ist die *Queen Mary 2* nun fest in unserer Hand, und niemand wird mehr sagen können, dass diese Krise mit der vom 11. September 2001 vergleichbar wäre."

Es folgte eine längere Danksagung, in der Preston die Einsatzleitung ausführlich lobte. Zu den Protesten von New Jersey, die immerhin eine Folge dieses „umsichtigen Vorgehens" waren, äußerte sie sich ebenso wenig wie zu der Frage, ob die Zensur wirklich nötig war. Auch den Shitstorm, der in den Online-Netzwerken über die Regierung hereingebrochen war, ließ sie unerwähnt. Dass ihr die Vorwürfe nahegegangen sein mochten, ließ sie allenfalls indirekt erkennen, indem sie das Gegenteil behauptete:

„Wir haben die hinterhältigen Angreifer in die Schranken verwiesen, weil wir einig waren", sagte sie. „Wir hielten zusammen und standen zueinander, und so haben wir der Welt gezeigt, dass Amerika eine Nation ist, die sich nicht erschüttern lässt."

„Das ist frech", kommentierte Joey grinsend.

Die Präsidentin machte eine Pause und begann dann zu lächeln.

„Meine amerikanischen Landsleute, in den vergangenen Tagen sind Forderungen an unser Land herangetragen worden, die nun vom Tisch sind. Wir sollten uns nicht davon irritieren lassen, dass der Countdown im Netz weiterläuft. Dieses Land hat gezeigt, dass es mit jeder Situation fertigwerden kann, und das wird sich in Zukunft ganz gewiss nicht ändern, nur weil ein paar fehlgeleitete Seelen glauben, uns an der Nase herumführen zu dürfen. Diesen Leuten sage ich: Alles im Leben hat Konsequenzen! Seid euch bewusst, dass der lange Arm Amerikas euch erreichen wird.

Es ist nun an der Zeit, wieder zuversichtlich in die Zukunft zu blicken. Wir werden die Lähmung abschütteln, die uns im Griff hatte. Wir sind Teil dieser Welt, und darum können wir auch in den USA selbst zum Ziel werden. Das ist etwas, was wir aus unserer Geschichte bis zum 11. September 2001 nicht gewohnt waren. Es ist erneut passiert, und wir haben erneut die Oberhand behalten. Lassen wir uns also nicht verunsichern! Wir lassen keinen Zweifel an der Härte und Zielsicherheit unserer Reaktion, während wir zugleich gelassener werden sollten, was uns selbst betrifft. Wenn diese Krise etwas gezeigt hat, dann dies: Es nicht möglich, die Vereinigten Staaten von Amerika zu besiegen. Was auch immer die Angreifer versuchen, niemand kann diese große Nation in die Knie zwingen. Wir sind 330 Millionen Menschen! Wir sind stark, mutig und entschlossen! Und so werden wir unsere Sicherheit und unsere Freiheit auch künftig verteidigen und genießen: stark, mutig und entschlossen! Denn wir sind die USA, die Heimat der Freiheit! Meine amerikanischen Landsleute – Gott segne Amerika."

„Die mit ihrer ‚Heimat der Freiheit'", kommentierte Nicole.

„Dieser Slogan hat sie zweimal zur Präsidentin gemacht", erwiderte Joey und fragte in die Runde: „Was meint ihr zu der Rede?"

Als niemand gleich etwas sagen wollte, forderte er Phil direkt zu einer ersten Einschätzung auf.

„Preston war erstaunlich zurückhaltend", gestand Phil. „Was sie über Gelassenheit gesagt hat, könnte auch in unserer Rede stehen …"

„Es steht sogar darin", fügte Mary hinzu. „Nicht wörtlich genauso, aber sinngemäß."

„Der Anfang der Rede war lasch und langweilig", fuhr Phil fort, „aber der Schluss war stark. Natürlich, dieses nationalistische Zeug muss sie bringen, das erwartet man von ihr. Ich hätte allerdings erwartet, dass sie konkreter wird, was die Konsequenzen für die Terroristen betrifft. Aber sie hat kaum gedroht, und da, wo sie es getan hat, ist sie wolkig geblieben."

„Das ist sonderbar, nicht wahr?" Joey sah nachdenklich aus. „Als ob sie in Wirklichkeit nichts mehr zu sagen hätte."

„Sie hält sich zurück und überlässt die starken Gesten Kerry", sagte Randy.

„Du meinst, sie haben sich abgesprochen?" Nicole schüttelte den Kopf. „Das wäre gegen die Gepflogenheiten. Die Präsidentin steht über den Parteien."

„Ich glaube, Randy hat recht", sagte Phil. „Kerry wird vermutlich eine harte Rede halten."

„Damit täte er uns den größtmöglichen Gefallen“, wandte Nicole ein. „Wir sollten nicht zu früh urteilen.“

„Wir sehen uns die Rede natürlich an“, sagte Calderon. „Sie wird doch irgendwo übertragen?“

„Per Streaming auf der Webseite der Republikaner.“

„Gut, dann sollten wir uns inzwischen mit eurem Entwurf beschäftigen. Der Einstieg gefällt mir noch nicht, aber der Rest ist ziemlich gut. Da wären ein paar Details …“

19. Juni 2024
Al-Isrā, Stützpunkt der Islamischen Allianz

„Hier spricht der Kommandant“, drang Al-Maphruts Stimme aus dem Lautsprecher des Notebooks. „Entschuldigen Sie bitte die späte Störung. Einige von Ihnen werden sich schon schlafen gelegt haben. Ich wollte Ihnen die Neuigkeit trotzdem nicht vorenthalten: Die Auswertung des Charybdis-Reihentests hat ergeben, dass sich keine Infizierten unter uns befinden. Al-Isrā ist sauber. Dank an unser Laborteam für die schnelle Arbeit. Ihnen allen eine gute Nacht!“

Es war 22 Uhr. Noch 14 Stunden bis zum Ende des Countdowns. Jan war müde, aber er wusste, dass er keinen Schlaf finden würde, wenn er sich jetzt hinlegte. Das Herumsitzen und -liegen in der Quarantänestation erschöpfte ihn. Er war dieses nervtötende Nichtstun schlicht nicht gewohnt. Es zwang ihn dazu, die Zeit totzuschlagen. So kam es, dass er über den beginnenden Wahlkampf in den USA besser unterrichtet war als über jeden anderen Wahlkampf, der bisher seine Aufmerksamkeit gefordert hatte, denn er hatte alles gelesen, was das Intranet von Al-Isrā darüber bereithielt. Etwa die detaillierten Dossiers über die beiden mutmaßlichen Kandidaten, aus denen ersichtlich wurde, wie unterschiedlich diese beiden Männer waren.

Hier Chris Kerry, der Republikaner, 57 Jahre alt, verheiratet, drei Söhne. Spross einer Politiker-Dynastie, die mehrere Gouverneure von Texas hervorgebracht hatte. Student der Wirtschaftswissenschaften an der Elite-Universität Yale, Mitglied des studentischen Geheimbunds *Skull & Bones*, dem auch andere hochrangige US-Politiker angehört hatten, etwa der frühere US-Präsident George W. Bush. Wie seine Vorgänger verfolgte Kerry als Gouverneur eine strikte Law-and-Order-Politik und hatte bisher alle Gnadengesuche abgelehnt. 13 von 18 Hinrichtungen des Jahres 2023 in den USA waren in Texas vollzogen worden. Kerry war praktizierender Methodist. Vor seiner politischen Laufbahn war er Manager des Rüstungskonzerns *United Steel & Weapons*, dessen Zentrale sich in Dallas/Texas befand. Er besuchte regelmäßig USW-Empfänge. USW war auch einer der größten Spender für seine Wahlkampagne. Seine bisherige Kampagne konzentrierte sich auf die Themen Sicherheit und Wirtschaft. Von manchen Forderungen, die er im Vorwahlkampf geäußert hatte, war er wieder abgerückt, etwa der, den Mindestlohn US-weit zu senken. Politische Kommentatoren stuften ihn als stramm konservativ ein.

Dort Joey Calderon, der Demokrat, 43 Jahre alt und damit im selben Alter, in dem John F. Kennedy Präsident geworden war. Er war Katholik und verheiratet, hatte einen Sohn und eine Tochter. Ph.D. der Politikwissenschaften an der Universität Berkeley. Arbeitete für den Wirtschaftsberatungsriesen Waterhousetroopers, bevor er 2014 zum Bürgermeister von Cincinnati/Ohio gewählt wurde. Seine entfernte Verwandtschaft mit John F. Kennedy, dem er ähnlich sah, sicherte ihm viele Sympathien; er und Kennedy hatten einen gemeinsamen Großvater mütterlicherseits, einen Mann namens John Francis Fitzgerald. Calderons Nachname ging auf seinen Großvater väterlicherseits zurück, einen mexikanischen Einwanderer. 2019 wurde Joey Calderon zum Gouverneur von Ohio gewählt. Er schaffte die Todesstrafe, die in Ohio seit 2014 nicht mehr vollstreckt worden war, im Bundesstaat endgültig ab. Calderon hatte Schlagzeilen gemacht, als er den Mindestlohn in Ohio um einen halben Dollar heraufsetzte. Der Kaufkraftzuwachs der Bevölkerung unterstützte die wirtschaftliche Entwicklung. Politische Gegner sprachen von „sozialistischen Methoden“. Calderon trat im Wahlkampf dafür ein, den Einfluss von Wall Street und Rüstungsindustrie auf Washington zu begrenzen; darum wollte er eine zweijährige Karenzzeit beim Wechsel von einem politischen Amt auf einen Posten der Wirtschaft einführen. Auf einer Pressekonferenz unter dem Eindruck von *six/eleven* hatte er davon gesprochen, die CIA aufzulösen.

Das klingt tatsächlich nach Richtungswahl. Unterschiedlicher können US-Politiker wohl kaum sein.

Doch wann hatte eine Wahl in den USA jemals zu einer echten Richtungsänderung geführt?

Schließlich glaubte Jan zu verstehen, warum Calderon für die *Allianz* ein Hoffnungsträger war, um den sie sich sorgte.

Heute Nachmittag hatte er mit Al-Maphrut und einem anderen Mann per Videokonferenz über Calderon gesprochen – über eine abgeschirmte Verbindung, wie Al-Maphrut betont hatte. Jan kannte den Mann nicht. Er war ungefähr in Jans Alter, doch eine seiner Gesichtshälften wirkte unecht und wie geschminkt. Die Haut war gewellt und vernarbt. Vielleicht lag es nur an der leichten Unschärfe des übertragenen Bildes; jedenfalls war der Mann schwer einschätzbar.

„Dr. Metzner, zugeschaltet ist der Chef des operativen Arms der *Islamischen Allianz*, General Bassam al-Faris“, fuhr Al-Maphrut fort. „Wir wollen mit Ihnen über Joey Calderon reden.“

Jan runzelte die Stirn, aber er hob die Hand zum Gruß und fragte: „Nur zu dritt? Was ist mit Dr. Latif?

„Nur wir drei“, bestätigte Al-Faris. „Ich freue mich, Ihre Bekanntschaft zu machen, Dr. Metzner, auch wenn Sie uns erhebliche Schwierigkeiten bereitet haben.“

„Gern geschehen“, parierte Jan. „Wollen wir mal zusammenfassen, welche Schwierigkeiten Sie mir bereitet haben? Unterm Strich dürfte herauskommen, dass ich was bei Ihnen gut habe.“

„Nun, unter anderem haben Sie Al-Isrā seines wissenschaftlichen Kopfs beraubt.“

„Das war ich nicht!“, widersprach Jan. „Ich habe nur das Virus übertragen. Der Tod von Professor Schwartz ist mir alles andere als gleichgültig. Wir waren langjährige Freunde!“

„Freundschaft ist in der Welt von heute ein Wert in einer exotischen Währung, die an keiner Börse gehandelt wird“, entgegnete Al-Faris. Aus seinen Worten sprach schneidende Kälte, aber auch analytische Präzision. „Wissen Sie, dass ich Befehl gegeben hatte, Sie exekutieren zu lassen?“

„Wenigstens spielen Sie mit offenen Karten“, sagte Jan und schluckte einen Kloß hinunter.

Warum hat er es nicht getan? Ich hätte eine Sorge weniger.

„Ich schlage vor, Sie beide stecken die Klingen nun weg“, schaltete sich Al-Maphrut ein. „Dr. Metzner wird uns noch guttun. Jetzt aber müssen wir Gedanken zu Ende denken, die Professor Schwartz begonnen hat, und Entscheidungen treffen, denn die Zeit drängt. Wir müssen zwei Männer schützen, die in akuter Gefahr sind: Joey Calderon und König Abdallah. Die Idee, den Hofstaat in Amman mit Charybdis zu infizieren, wurde inzwischen umgesetzt, so dass der König in Kürze zurückkehren kann."

Al-Faris nickte zufrieden.

„Diese Idee hätte von mir sein können", sagte er und nickte Jan anerkennend zu, dem es eiskalt den Rücken hinablief. Auf dieses Kompliment würde er niemals stolz sein.

„Bevor der König in Amman eintrifft", fuhr Al-Maphrut fort, „wird er durch eine zweite Maßnahme geschützt sein. Wir können nämlich jetzt unschädliche Skylla herstellen, die in der Lage ist, die Infektion mit der tödlichen Skylla zu verhindern. Mit den vorhandenen Kapazitäten können wir genug von dieser unschädlichen Skylla produzieren, um König Abdallah und Mr. Calderon zu schützen."

„Wie funktioniert das genau?", fragte Al-Faris.

Jan kannte die Antwort.

„Wir beschießen Skylla-Partikel mit radioaktiven Isotopen", erklärte Al-Maphrut. „Dabei wird Skyllas Erbsubstanz so stark beschädigt, dass eine Infektion unschädlich verläuft. Trotzdem sind diese Virenpartikel noch in der Lage, die VOTAR-Rezeptoren auf den Membranen der Herzzellen zu besetzen. Damit kann dort kein anderes Skylla mehr andocken. Das betreffende Herz ist künftig in Sicherheit. Dr. Metzner, habe ich das richtig formuliert?"

„Perfekt", antwortete Jan. Sonst hatte der Kommandant immer Dr. Latif vorgeschickt, wenn es um wissenschaftliche oder medizinische Fragen gegangen war. „Das ist eine gute Nachricht. Wir sollten schnell ausreichende Mengen dieser verstümmelten Skylla herstellen."

„Ausreichend für zwei Menschen auf dieser Welt", fügte Al-Maphrut hinzu, „mehr nicht. Unsere Ressourcen sind beschränkt, was die Isotopen betrifft. Ich habe schon vor längerer Zeit …"

General Al-Faris winkte ab.

Sie haben ein Rohstoffproblem!

„Diese zwei reichen, um die Welt zu verändern", sagte Al-Faris.

„Die Dosis für den König ist bereits auf dem Weg. Jetzt sollten wir über den anderen …"

„Wenn ihr den Attentäter erwischen wollt, wartet ihr ein bisschen mit der Rückkehr des Königs", unterbrach Jan.

Seine Gesprächspartner blickten ihn erstaunt an.

„Den Attentäter erwischen?“, wiederholte Al-Maphrut. „Lebend?“

„Ein Toter kann keine Informationen mehr liefern, oder?“

„Es wäre durchaus interessant, den Attentäter lebend zu fassen“, sagte Al-Faris, „aber ist der Kontakt mit Skylla nicht absolut tödlich?“

„Der Schlüssel ist das Skyllin“, antwortete Jan, „ein hochgiftiges Protein, die eigentliche Todesursache. Wenn wir es besser verstehen, finden wir vielleicht eine Möglichkeit, Skylla-Opfer am Leben zu erhalten. Wenn wir das schaffen, kontrollieren wir die Skylla-Waffe vollständig. Erst dann! Ich habe die Anregung zu entsprechenden Untersuchungen schon vor Tagen gegeben, aber es scheint in dieser Sache noch nicht viel geschehen zu sein, oder?“

„Wann denn?“, gab Al-Maphrut zurück. „Unsere Laborteams hatten alle Hände voll zu tun mit dem Charybdis-Test und mit den Tests an den entschärften Skylla-Varianten. Ich denke, ich kann diese Reihenfolge der Prioritäten auch sehr gut rechtfertigen.“

Jan lächelte. Es gefiel ihm, dass sich der Kommandant rechtfertigte.

„Sie halten es tatsächlich für möglich“, fragte Al-Faris, „dass jemand ein Skylla-Attentat überlebt?“

„Ich halte es jedenfalls nicht für unmöglich. Angesichts der Geschwindigkeit, mit der das Gift wirkt, müsste allerdings binnen Sekunden reagiert werden.“

„Dann soll das die nächste Aufgabe für unser Laborteam sein“, sagte Al-Maphrut. „So kommen wir zu dem Punkt, der mich veranlasst hat, Dr. Metzner in unser Gespräch einzubeziehen. König Abdallah wird das Mittel vermutlich sofort nehmen, wenn er erfährt, wozu es dient, aber wie bringen wir Mr. Calderon dazu, es zu nehmen? Der Haken ist nämlich: Es muss injiziert werden. Nur dann ist der Erfolg zu hundert Prozent gewährleistet. Die bestrahlte Skylla ist sehr träge. Dr. Metzner, Ihnen fällt nicht zufällig ein Weg ein, wie wir Calderon dazu bringen könnten, sich diese Spritze geben zu lassen?“

„Mir?“ Jan gluckste erheitert. „Ich fürchte, ich muss Sie enttäuschen. Ich kenne diesen Calderon nicht.“

„Dann stehen wir vor einem Problem“, bekannte Al-Maphrut. „Ich hatte gehofft, dass Sie uns helfen könnten. Immerhin haben Sie zu der Zeit in Cincinnati studiert, als Calderon dort Bürgermeister war.“

„Tut mir leid. Sie gehen davon aus, dass er im Rahmen des *FreeMind*-Programms mit Charybdis markiert wurde?“

„Mit ‚Dulce'", korrigierte Al-Faris.

„Das ist so gut wie dasselbe", sagte Jan. „Ich habe mir in meiner Quarantäne ein bisschen Zeit abgezwackt und die vorliegenden Daten über ‚Dulce' und Charybdis verglichen. Im Ergebnis tun beide Erreger dasselbe: Sie veranlassen die Herzzellen, den VOTAR-Rezeptor auf ihren Membranen zu zeigen, der Skylla anlockt. Wenn Sie Calderon schützen wollen, warum machen Sie es dann nicht auf die einfache Tour? Infizieren Sie ihn mit der Skylla-Variante, die auch ich überlebt habe. Die lässt sich einfach übertragen."

„Das würden Sie nicht vorschlagen, wenn Sie gesehen hätten, wie krank Sie waren."

Jan zuckte mit den Schultern.

„Meine Geschichte sollte man nicht auf andere übertragen. Fragen Sie Dr. Latif."

„Ich kann mir denken, was er sagen wird", gab Al-Maphrut zurück. „Nur unter ärztlicher Aufsicht."

„Das kann man sicher deichseln", sagte Jan. „Erst infiziert man Calderon mit Hilfe eines ahnungslosen Überträgers, dann lässt man ihm Informationen über die ideale Behandlung zukommen."

„Ihn zu infizieren wäre vermutlich nicht das Problem", überlegte Al-Faris. „Calderon ist im Wahlkampf und damit ein leichtes Ziel. Wir brauchen für die Übertragung des Virus jemanden, der nahe genug an Calderon herankommt und unverdächtig ist."

„Vorsicht!", mahnte Al-Maphrut. „Wenn auch nur das geringste Gerücht auftaucht, dass Calderon Kontakt zur *Islamischen Allianz* hat oder gar von ihr unterstützt wird, ist die Wahl für ihn gelaufen."

„Derjenige wird nichts davon bemerken, dass er zum Überträger gemacht wurde", entgegnete Al-Faris. „Wir haben soeben eine Datenbankabfrage veranlasst. Calderon hat ein Wahlkampfteam, das ihn managt und seine Reden schreibt. Jemand aus diesem Kreis wäre der ideale Anknüpfungspunkt. Wir haben eine Agentin in Reichweite, Deckname *Al Fata*, das ist Arabisch für *Mädchen*. Es sollte also vielleicht ein lediger junger Mann sein. Wir machen es genau so, wie Dr. Metzner vorgeschlagen hat – auf die klassische Methode. *Al Fata* überträgt Skylla auf einen Zwischenträger, der Calderon ansteckt. Hier kommen die Daten über das Team. Wir sieben die Frauen aus und die verheirateten Männer, bleiben sieben Namen übrig. Ich schicke Ihnen die Bilder und Kurzporträts auf Ihre Monitore. Vielleicht fällt Ihnen dazu etwas ein."

Jan dachte, er sah nicht richtig. Das zweite Bild zeigte jemanden, den er kannte! Er hatte Philipp Schwartz jr. zwar seit mindestens neun Jahren nicht gesehen, war aber trotzdem sicher, dass es sich um ihn handelte – auch wegen der Ähnlichkeit zu Michael.

„Ich deute Ihren Gesichtsausdruck richtig? Sie haben ihn erkannt?" Al-Faris nickte. „Den nehmen wir. Eigenständiger Kopf, nicht an den US-Ideologie-Mainstream gekoppelt, häufig in Calderons Nähe. Wir schicken ihm *Al Fata.* Die Behandlungsratschläge reichen wir nach."

„Dr. Metzner, geht es Ihnen gut?", fragte Al-Maphrut.

„Ich bin damit nicht einverstanden!", platzte es aus Jan heraus. „Sie dürfen Phil nicht in Gefahr bringen."

„Das hat niemand vor", versetzte Al-Faris kühl. „Er überträgt das Virus, ohne etwas zu bemerken. Sie wissen doch, wie das läuft! Vielen Dank für das Gespräch, meine Herren."

Sein Videofenster wurde dunkel, als Al-Faris sich ausloggte.

„Ich bin gegen dieses Vorgehen!", protestierte Jan erneut, doch Al-Maphrut zuckte nur mit den Schultern.

„So verübt man heutzutage eben Attentate", sagte er. „Willkommen im Virenkrieg! Trösten Sie sich mit dem Gedanken, dass dieses Attentat Calderons Schutz dient."

Und wenn nicht? Wenn Al-Faris ein doppeltes Spiel spielt?

„Noch eine Frage, Dr. Metzner", fügte Al-Maphrut hinzu. „Sie möchten sich darum bemühen, das Skyllin besser zu verstehen. Sind Sie sicher, dass Sie damit die Prioritäten richtig setzen? Da wäre der Erreger aus dem Swat-Tal, um den wir uns dringend kümmern müssten."

Jan dachte eine Sekunde nach, ehe er antwortete:

„Ich bin gerade mit den Gedanken woanders. Lassen Sie uns das morgen nachholen."

„Einverstanden", sagte Al-Maphrut und hob beide Hände, um sein Bedauern auszudrücken. „Gott schütze Sie."

Das hat er schon einmal getan, leider ...

Das Videofenster wurde dunkel.

Jan hatte schon viele Politiker erlebt, die das eine sagten und das andere taten. Calderon hingegen hielt er für glaubwürdig. Vermutlich war es höchste Zeit, ihn aus der Schusslinie zu nehmen.

Zumindest aus der von Skylla.

Jan war immer noch nicht müde. Er schaltete das Multikom ein und wählte *Al-Dschasira,* weil Al-Maphruts Worte über den Erreger aus dem Swat-Tal in ihm nachhallten. Über die Ereignisse in Pakistan würde er auf diesem Weg mehr erfahren als via CNN, denn als wichtiger Sender der arabischen und islamischen Welt hatte *Al-Dschasira* einen anderen Fokus auf die Weltnachrichten. Der Aufmacher der Hauptnachrichten beschäftiget sich mit Pakistan und dem Massaker an den Menschen aus dem Swat-Tal. Die Sicherheitskräfte waren offenkundig ihren Befehlen gefolgt, als sie Dutzende von Fliehenden erschossen hatten – und das konnte sich, dachte Jan, noch als Glücksfall für Pakistan erweisen, denn so war der tückische Erreger am Entweichen aus dem Tal gehindert worden. Vor allem Fundamentalisten griffen die Regierung dennoch scharf an, mussten sich aber ihrerseits scharfe Reaktionen gefallen lassen: Ein angesehener Imam hatte die Radikalen in einem Interview kritisiert und die These vertreten, dass die Seuche die Strafe Gottes für die Verbohrtheit der Fundamentalisten sei. Das Swat-Tal war deren Kernland.

Dann aber war auch auf *Al-Dschasira* die *Queen Mary 2* dran. Nunmehr schien endgültig festzustehen, dass es an Bord weder Sprengstoff gab noch Anthrax noch Terroristen. Das ganze Schiff war durchsucht worden. Die Unruhen in New Jersey weiteten sich trotzdem aus. Die Leute fühlten sich übergangen, von oben herab behandelt, und zudem brach sich wohl auch lang angestauter Zorn auf die Regierung Bahn. Die Sicherheitskräfte bekamen die Lage nicht in den Griff.

„Die Regierung beschützt uns nicht", rief ein Mann in die Kamera und wies zur *Queen Mary 2* hinüber. „Sie lässt zu, dass so etwas direkt vor unserer Haustür passiert. Und dann predigt Preston, dass wir gelassen bleiben sollen! Das nenne ich eine Frechheit!"

Eigentor, Frau Präsidentin.

„Nach bisher unbestätigten Berichten sind anscheinend doch nicht alle Passagiere der *Queen Mary 2* gefunden und in Sicherheit gebracht worden", fuhr die Nachrichtensprecherin fort. „Ein Abgleich der Passagier- und Personalliste mit den Daten, die von den Sicherheitskräften nach der Rückeroberung aufgenommen wurden, soll ergeben haben, dass knapp 60 Personen fehlen. Dabei könnte es sich um Opfer des Raketenangriffs der *Idaho* handeln. Auch die Angeklagten der Tribunale befinden sich unter den Vermissten, außerdem fünf Wall-Street-Manager. Von ihnen fehlt jede Spur."

Jan horchte auf. *Al-Dschasira* nannte keine Quelle? „Nach bisher unbestätigten Berichten", „soll ergeben haben" – auf welcher Basis brachte der Sender eine solche Meldung? Sollte da eine Nachricht gestreut werden? Es war bekannt, dass Al-Dschasira, was Journalismus betraf, nicht immer nach westlichen Standards arbeitete.

Fünf Wall-Street-Manager verschwunden – was hat das zu bedeuten?

Es folgte eine Meldung über Chris Kerry, die einen konfusen Eindruck machte, als sei sie hastig ins Programm gehievt worden.

„Auf einer Wahlkampfveranstaltung in Atlanta hat Chris Kerry, der wahrscheinliche Präsidentschaftskandidat der Republikanischen Partei, dem Islam den ‚absoluten Krieg' erklärt. In einer Rede, für die er viel Applaus bekam, nannte Kerry den Islam eine ‚faschistische Ideologie'. Der Islam greife nach der Weltherrschaft. Kerry versprach, seine ganze Kraft in den Dienst der Sicherheit der USA zu stellen. Zur Forderung der Terroristen, US-Flugzeugträger zu versenken, sagte er wörtlich: ‚Wir werden diesen Terroristen noch zeigen, wozu unsere stolze Marine fähig ist.' Die endgültige Entscheidung darüber, wer Präsidentschaftskandidat wird, ist noch nicht gefallen. Sowohl Republikaner als auch Demokraten haben ihre Nominierungsparteitage noch vor sich."

Jan schaltete das Multikom aus. Er hatte genug gehört. Ihm wurde übel. Chris Kerry warf mit Nazi-Begriffen um sich, die in Jans Ohren widerlich nachhallten. Was für die Nazis die Juden, waren für Kerry offensichtlich die Muslime.

Kerry wäre ein gutes Ziel für Skylla ... die echte Skylla ...

Jan schämte sich auf der Stelle für diesen Gedanken. Andersdenkende zu ermorden, war nie und nimmer Ausdruck von Kultur und Zivilisation.

Ich könnte kotzen!

Vermutlich kann Kerry jederzeit auf einen gut bezahlten Managerposten bei United Steel & Weapons *rechnen.*

Von der Tür her drang ein Summton an Jans Ohren. Er kannte das schon: Der Ton erklang immer dann, wenn ihm jemand durch die Handschleuse etwas hereinreichte. Jan stand auf und öffnete das Fach. Darin stand ein Whiskyglas, drei Finger breit gefüllt. Daneben ein Zettel, auf den jemand die Worte gekritzelt hatte:

„Ich weiß, wie es Ihnen geht."

Na dann ...

19. Juni 2024
Seattle

Hillary hatte die Rede der Präsidentin zusammen mit Marc bei *William's Own* verfolgt. Ihr Kater hatte sich weitgehend verflüchtigt, so dass sie sich ein verspätetes Frühstück gönnte, während Marc lustlos in einem Cesar's Salad herumstocherte.

Hillarys erster Kommentar zum Auftritt der Präsidentin war:

„Nicht Fisch, nicht Fleisch."

„Heiße Luft", brummte Marc.

Sie waren sich also einig, auch politisch – vielleicht zum ersten Mal seit Beginn ihrer Zusammenarbeit.

„Gelassen bleiben, ja?" Hillary schüttelte den Kopf. „Ich gebe zu, ich habe diese Frau zweimal gewählt, aber ich kann mich des Eindrucks nicht erwehren, dass dieses Amt den Charakter verdirbt."

„Sag es!", forderte Marc sie auf.

„Was denn?"

„Sag das Wort."

„Welches Wort?"

„Das Wort, das du für solche Leute immer auf der Zunge trägst, die nicht tun, was sie deiner Meinung nach tun sollten."

„Weichei?"

„Wie einfach kann die Welt doch sein", brummte er.

Im Department hielt mittlerweile nur noch Jeff die Stellung. Hank baute Überstunden ab. Captain Higgins grüßte sie mit den Worten:

„Dies ist ein erfreulicher Tag für unser Land und für alle Menschen, die in Frieden leben wollen."

Die Worte der Präsidentin!

„Wollen Sie, dass ich kündige?", fuhr Hillary ihn an.

„Wir leben in einer sonderbaren Zeit", gab er zurück, wobei er federnd durch das Büro schritt: „Ich bin ja so was von gelassen …"

Marc brach in Gelächter aus. Hillary verzog ihr Gesicht.

„Sie sind ein überzeugender Parodist, Captain", kommentierte Marc, und Higgins gab zurück:

„Wir sind ja unter uns. Hillary, wir sollten den Callboy nun laufen lassen. Ich kann seine Inhaftierung nicht länger rechtfertigen. Ebenso wenig kann ich anordnen, ihn zu seinem Schutz observieren zu lassen, nachdem wir schon einen Mann für Haney abgestellt haben …"

„Ich schlage Arbeitsteilung vor", sagte Marc. „Hillary lässt Leo frei, und ich baue Überstunden ab, indem ich ihn observiere."

„Moment!", rief Hillary, doch Marc fiel ihr ins Wort:

„Hier ist heute sowieso nichts mehr los. Unsere Ermittlungen hängen an der PIRAD-Abfrage. Niemand weiß, wann die endlich Ergebnisse liefert. Da gönne ich mir lieber etwas Freizeit, wenn das in Ordnung ist."

Higgins nickte, und Hillary schwieg seufzend.

Kurz darauf war der Callboy auf freiem Fuß und Marc verschwunden. Hillary ließ sich auf ihren Stuhl sinken, lehnte sich zurück und starrte an die Decke. Trotzdem mochte sie Marc. Irgendwie.

Sie wartete nur darauf, dass Jeff etwas sagte, um Dampf abzulassen, doch der hielt wohlweislich den Mund und löste Sudokus auf einem Tablet-Computer. Sein Schweigen nervte sie umso mehr, je länger sie saß. Fast wünschte sie, dass man sie zu einem Tatort rief, irgendwas mit möglichst viel Blut. Doch Captain Higgins schien Recht zu behalten: Dies waren sonderbare Zeiten. In Seattle, einer Stadt von immerhin 800.000 Einwohnern, war es erstaunlich ruhig. Seit Tagen schon. Als ob es plötzlich keine Kriminellen mehr gab. Oder als ob sie alle nicht mehr vom Multikom wegkamen wie die 330 Millionen „normalen Amerikanerinnen und Amerikaner", von denen die Präsidentin gesprochen hatte. Als ob diese Kriminellen alle eines der schwersten Verbrechen der Gegenwart bestaunten und sich, gelähmt vor Ehrfurcht, fragten: Warum bin ich nicht auf diese Idee gekommen?

Six/eleven würde Folgetäter anspornen, davon war Hillary überzeugt. Sicher war nicht jeder in der Lage, ein Kreuzfahrtschiff zu entführen, aber wozu gab es Überlandbusse oder Fähren?

Hillary verspürte tiefes Verlangen nach einem Schluck. Glenmorangie, ihr zweifelhafter Freund aus früheren Tagen, hatte ihr in der vergangenen Nacht eine herbe Niederlage beigebracht. Die Flasche befand sich nicht mehr im Papierkorb. Hillarys Blick streifte Jeff, der nicht auf sie achtete, die Schreibtische der anderen, die Papierkörbe, auf der Suche nach der Flasche. Ja, sie war wieder da, wo sie vor sechzehn Jahren einmal gewesen war.

Sie musste an Harvey denken, den feinfühligsten Mann, an den sie jemals geraten war. Standard bei solchen Dates war ein Glas Sekt zum Anwärmen. Harvey hatte ihr jedoch grünen Tee angeboten. Hillary liebte grünen Tee, und wie sich zeigte, wusste Harvey Bescheid um die

Besonderheiten von grünem Tee und der Teezeremonie. Das war keineswegs selbstverständlich. Der Gedanke an Harvey erfüllte sie mit Sehnsucht. Den Sex mit ihm hatte sie nicht gemocht, aber Harveys Nähe hatte sie genossen. Vielleicht hätten sie die Zweisamkeit auf die Reihe bekommen, wenn sie sich mehr Zeit gegeben hätten? Was vor allem bedeutete: wenn sie geduldiger gewesen wäre. Auch mit sich selbst. Ein bisschen mehr Vertrauen …

Aber es war so schwierig zu vertrauen!

Auf CNN kamen Nachrichten, dass Chris Kerry eine aggressive Rede gehalten hatte, aber Hillary hatte keine Lust auf Nachrichten. Kerry mochte der Kandidat der Republikaner sein, doch sie hielt ihn trotzdem für einen Idioten. Zum ersten Mal, seit sie wählen durfte, würde sie wahrscheinlich nicht zur Wahl gehen. Das war eine schwere Entscheidung und noch lange nicht ausgemacht, aber es gab zumindest eine Tendenz. Da konnte Kerry das Wort „Sieg" noch so oft in den Mund nehmen, wie er es in Atlanta offenbar getan hatte, und von einem „siegreichen Tag" sprechen, an den sich dieses Land noch lange erinnern werde, einen Tag, an dem „die Freiheit über die Mächte des Bösen obsiegt" habe. Und auch dass Kerry die Feinde der USA im militanten Islam ausmachte, konnte Hillary nicht für ihn einnehmen. Er sprach zwar vom Islam als „menschenfeindlicher Ideologie", die nach der Weltherrschaft greife, und das entsprach exakt dem, was Hillary glaubte, aber Kerry funktionierte nicht als christliches Vorbild. Er war einer dieser Typen, die Kinder von mehreren Frauen hatten und trotzdem in Sonntagsreden von der Ehe als Bund fürs Leben predigten, einer, der zwischen Industrie und Politik hin und her schlüpfte wie seinerzeit Richard Cheney. Hillary war selten mit den Demokraten einer Meinung, aber Cheney war in ihren Augen korrupt, genau wie es jener Senator aus Vermont damals gesagt hatte, der aus dem Fluss gefischt worden war, Senator Schwartz, der Vater des Mannes, der Samuel McWeir jenen sonderbaren Brief geschrieben hatte.

Irgendwie hing das alles mit allem zusammen.

Wenn Hillary diese Worte vom Islam als Quelle des Bösen aus Politikermund hörte, war ihr klar, dass Kerry sich als Hardliner profilieren wollte. Doch Hillary war diese Auseinandersetzung allmählich leid. Wenn die Ziegenbärte einerseits weder Demokratie noch Freiheit wollten, wenn man sich aber andererseits nicht dazu entschließen konnte, das Problem per Atombombe zu beseitigen, dann sollte man diese Typen einfach in Ruhe lassen, damit sie ihre Unfreiheit leben konnten, wenn sie das unbedingt wollten. Der Islam war eine menschenfeindliche Ideologie – aber warum wertete man ihn auf, indem man überhaupt über ihn redete? Ihn zu überwinden wäre Sache der Ziegenbärte allein. Doch es ging ja gar nicht um den Islam, sondern um Kerrys Wahlchancen. Er spannte den Hass auf den Islam vor seinen Karren, um Wählerstimmen einzufangen. Hillary glaubte ihm nicht, dass er es ehrlich meinte. Dass sie Republikanerin durch und durch war, hieß noch lange nicht, dass sie sich das eigenständige Denken abgewöhnt hatte.

Interessanter fand sie da schon die Meldung, die CNN anschließend brachte: Es gab Vermisste – jene fünf Männer waren verschwunden, denen der Prozess gemacht worden war, aber auch fünf namhafte Wall-Street-Manager. Hillary hatte sich schon gefragt, was mit den „Verurteilten" passiert war. Sie an deren Stelle wäre umstandslos über Bord gegangen.

Wohin waren diese fünf Wall-Street-Manager verschwunden?

Plötzlich ärgerte es sie, dass das Nachdenken über die *Queen Mary 2* und die Zusammenhänge sie so sehr von ihrem Fall ablenkte. Sie wollte viel lieber an Harvey denken.

„Sechzig Treffer", hörte sie Jeff sagen.

Es war drei Uhr nachmittags – Hillary rechnete rasch: Zwölf Stunden noch bis zum Ablauf des Ultimatums. Sie war sofort mit den Gedanken bei der Sache.

„Seit wann ist PIRAD so schnell?" fragte sie ironisch, stand auf und ging hinüber zu Jeff. „Nur sechzig Treffer?"

Sie hatte deutlich mehr erwartet. PIRADs Einträge reichten bis 1985 zurück. In diesen Textmassen sollten selbst die exotischsten Suchbegriffe mehrfach auftauchen. So ausgefallen war der Name Demonti nun auch wieder nicht. Waren die US-Demontis besonders gesetzestreue Menschen? Oder hatte jemand saubergemacht? Doch das warf die Frage auf, warum sechzig Einträge stehen gelassen worden waren. Vielleicht weil sie gezielt auf falsche Fährten führten?

„Zeig mal", sagte Hillary und beugte sich über Jeffs Schulter. Nebenbei nahm sie wahr, dass er kurz vor ihr zurückzuckte und tief die Luft einsog. Roch sie immer noch nach Alkohol? Sie ging darüber hinweg. „Was haben wir denn da … Kannst du die rausschmeißen, die ohne Bilder sind? Unser einziger Anhaltspunkt außer seinem Namen ist das Phantombild."

„Das habe ich schon bei der Suchanfrage berücksichtigt", antwortete Jeff. „Diese Einträge sind alle mit Bildern."

„Dann bleibt uns nichts anderes übrig, als sie alle durchzugehen."

Hillary seufzte und zog ihren Stuhl heran.

Verkehrsdelikte, Schlägereien, Ladendiebstähle – mit dem Namen Demonti verband sich nichts als langweiliger Alltag. Nur ein Fall war halbwegs spektakulär: Ein Football-Talent der *Denver Broncos* war vor zwanzig Jahren nach einer Drogensache abgestürzt. Doch dieser Demonti hatte mit jenem, den Hillary suchte, schon rein optisch nichts zu tun. Sie blieben schließlich bei einem Eintrag aus dem Jahr 1995 hängen.

„IT-Steinzeit", schimpfte Jeff.

In einem Polizeibericht aus New Jersey war festgehalten worden, dass mehrere minderjährige Jungen beim Kiffen erwischt worden waren. Der Verfasser legte Wert auf die Feststellung, dass die Jungen allesamt italienischer Herkunft seien. Die Sache schien damals Wirbel verursacht zu haben, weil es sich bei einem der Jungen um den Sohn des Bürgermeisters von Keansburg gehandelt hatte, einer Kleinstadt an der Lower New York Bay. Im System gab es Links zu Scans von Zeitungsartikeln der lokalen Presse. Der Name Demonti fiel nebenbei. Offenbar war das der Name eines der anderen beteiligten Jungen.

„1995?" Hillary betrachtete das Phantombild von Demonti. „Könnte hinkommen, wenn er heute ungefähr 40 ist. Hast du nicht gesagt, dass du nach Einträgen mit Bildern hast suchen lassen?"

„Hier sind Bilder", sagte Jeff, klickte und öffnete den Scan einer Zeitungsseite, auf der ein Bild der pubertierenden Missetäter zu sehen war. Ein treusorgender Officer hatte diese Berichterstattung offenbar für wichtig genug gehalten, um die Zeitungsseite ins System hochzuladen – ziemlich aufwendig für damalige Verhältnisse.

„Ich sag's ja immer – der allgemeine Verfall der Sitten", kommentierte Hillary. „Ist er das? Dreißig Jahre jünger? Diese Nase!"

Sie deutete auf einen der Jungen auf dem Bild.

„Könnte sein", antwortete Jeff mürrisch mit Blick auf das Phantombild. Er ahnte schon, worauf das hinauslief.

„Kontaktier mal bitte unsere Fachleute in der IT", sagte Hillary. „Da ist einer, der so was hochrechnen kann. Bilder von damals nach heute. Steht da vielleicht auch ein Vorname von Demonti?

Da wurde sie von Signalen des Multikom abgelenkt. Dort lief weiterhin CNN, auf stumm geschaltet, doch es blinkten „Breaking News":

„Calderon greift Kerry an – mit einer Friedensrede."

„Moment, das muss ich sehen", sagte Hillary, nahm die Fernbedienung und schaltete den Ton an.

„... habe den Eindruck, dass wir bald von Calderons Gettysburg-Rede sprechen werden wie von einem Fanal", sagte die Reporterin, während sie durch eine Menschenmenge ging. „Die Rede hat starken Eindruck auf die Leute hier im Saal gemacht. Wir sind in Gettysburg, einer Kleinstadt von rund 8000 Einwohnern. Gefühlt jeder vierte Einwohner ist heute Abend zu diesem Empfang der Handelskammer gekommen. Ich frage einfach jemanden. Hallo, ich bin Shirley Wright von CNN. Was denken Sie über Calderons Rede?"

„Ich bin völlig geflasht", antwortete die Frau, „ich weiß nicht, was ich sagen soll. Er hat gesagt, was ich schon immer gedacht habe, aber das war irgendwie nicht das, was ich erwartet habe ..."

„Was haben Sie denn erwartet?"

„Eine Rede eben. Wie Politiker reden. Sie versprechen einem dies und das. Aber Joey hat nichts versprochen, sondern er hat gesagt, dass wir besser zuhören sollten. Ich glaube, er meint es ernst mit JFK."

Shirley Wright wandte sich wieder an die Kamera:

„Es war zeitweise sehr still im Saal, ungewöhnlich still für eine Wahlkampfkundgebung, aber als Joey Calderon mit seiner Rede fertig war, fingen die Leute an zu skandieren: JFK, JFK. Hier ist einer, den ich dabei beobachtet habe. Sir, warum haben Sie ‚JFK' gerufen?"

„Weil es eine unterdrückte Wahrheit gibt und weil ich hoffe, dass die Verantwortlichen die Konsequenzen tragen müssen. Die gesamte Geschichte wäre wohl anders verlaufen, wenn Kennedy weitergelebt hätte. Die Menschen wollten Frieden, der Apparat wollte Konflikt."

„Inwiefern steht Calderon für Sie in dieser Friedens-Tradition?"

„Er ist ein Kennedy! Er hat gesagt, wir sollen Frieden machen. Das ist genau das, was ich will."

Hillary starrte skeptisch auf den Monitor.

„Klingt gut", sagte Jeff, der neben ihr stand.

„Wäre schön, wenn wir mal hören könnten, was dieser Typ tatsächlich gesagt hat", knurrte Hillary.

CNN tat ihr den Gefallen und brachte Ausschnitte, die Hillary davon überzeugten, dass sie sich die Rede noch im Netz anhören würde.

„Wir sind heute eine Nation", hatte Calderon gesagt, „und wir stehen zusammen an einem außergewöhnlichen Tag, der unser Land prägen wird und schon geprägt hat. Es ist ein Angriff verübt worden auf unsere Art zu leben, wie es ihn noch nie gegeben hat. Selbst mit den Attentaten von 2001 ist er nicht vergleichbar, obwohl alle Welt ihn damit vergleicht, indem sie von *six/eleven* spricht. Doch *nine/eleven* war ein Fanal. *Six/eleven* hingegen ist ein Markstein. *Six/eleven* trifft viel tiefer, *six/eleven* trifft die amerikanische Seele. *Six/eleven* ist keine plumpe Attacke, *six/eleven* können wir nicht beiseite wischen, indem wir wie damals einfach in den Krieg ziehen. Das können wir deswegen nicht, weil wir bereits die halbe Welt mit Krieg überzogen haben. Es gibt kaum noch jemanden, gegen den wir außerdem noch Krieg führen könnten. Wir haben 25 Jahre Krieg hinter uns, meine amerikanischen Landsleute, in Afghanistan, im Irak, in Saudi-Arabien, Somalia, im Jemen und in Syrien, in Libyen und Ägypten, und das Ergebnis sehen wir heute. Meinetwegen nennen wir es *six/eleven*. Ich nenne es ‚die große Niederlage'."

Der Saal schien schockgefroren.

„Die große Niederlage", wiederholte Calderon mit erhobener Stimme, „weil es nicht wahr ist, dass Demokratie sich mit militärischen Mitteln verbreiten lässt. Die große Niederlage aber auch, weil wir unsere eigenen Werte verraten haben! Die große Niederlage, weil wir für das, was Demokratie ausmacht, nicht mit dem Wort, sondern mit der Waffe eingestanden sind. Wir müssen begreifen, dass dies ein Irrweg war. Wir haben uns geirrt, meine amerikanischen Landsleute. Wer Wind sät, wird Sturm ernten. Wir müssen aufhören, Wind zu säen!"

„Man kann sagen, was man will", knurrte Hillary, „aber der Mann hat Eier."

„Pass nur auf", gab Jeff zurück, „den knallen sie auch wieder ab."

20. Juni 2024
Dallas

Amerika schlief noch größtenteils, als die letzten Sekunden des Ultimatums verrannen. An der Westküste war es mitten in der Nacht, während die Ostküste erwachte. Derweil war in Libyen Mittagszeit, und in Pakistan, das eine Regierungskrise erlebte, war es 15 Uhr, als der Countdown auf null sprang.

Kein Nachrichtensender, bei dem der Ablauf des Ultimatums nicht im Mittelpunkt stand. Alle besorgten Blicke richteten sich erneut auf die *Queen Mary 2*: Würde das Schiff doch noch gesprengt? Die Sicherheitskräfte an Bord waren in Alarmbereitschaft. Alle 3000 Passagiere und Mannschaftsmitglieder waren längst evakuiert und nach Fort Wadsworth gebracht worden, einem ehemaligen Militärstützpunkt an der Lower Bay, wo in aller Eile ein Aufnahmelager errichtet worden war. Dort wurden die Menschen versorgt, derweil man ihre Aussagen zu Protokoll nahm.

Ansonsten geschah – nichts.

Um kurz nach sechs Uhr Ostküstenzeit durfte Catelyn Snow ein Interview mit Admiral Harold B. Lennon führen, dem Oberbefehlshaber der US-Mittelmeerflotte und Kommandanten der *George H. W. Bush*, dem Flugzeugträger, der mit seiner Begleitflotte zurzeit die Seeblockade vor der libyschen Küste anführte. Die *Bush* war einer der drei Flugzeugträger, deren Versenkung gefordert worden war. Der Admiral versicherte, dass alles an Bord seinen normalen Gang gehe, und ließ dazu Bilder zeigen, die belegen sollten, dass sich das riesige Schiff vollständig im Griff militärischer Routine befand.

Die Minuten verrannen und reihten sich aneinander, ohne dass etwas geschah. Irgendwann war der Uhrzeiger so weit von der letzten vollen Stunde entfernt, dass Catelyn Snow sagte:

„Es hat den Anschein, als sei das Ultimatum folgenlos verstrichen.“

Um 7:30 Uhr morgens – in New York war es bereits 8:30 Uhr – schloss Pamela Adams das Portal des Kindergartens der Oak Hill Academy in Dallas/Texas auf. Es war ein wundervoller Morgen. Die Ahnung eines schönen Sommertages lag in der Luft, die Ferien standen bevor. Pamela freute sich auf die kommenden Wochen mit ihrem neuen Freund. Ihr erstes Jahr als Erzieherin an dieser Einrichtung hatte sie ziemlich geschlaucht. So sehr sie die Kleinen liebte – die Art, wie sie vollständige Aufmerksamkeit forderten, konnte anstrengend sein. Immerhin durfte Pamela sich den Kindern mit ganzer Kraft widmen, da sie es nur mit einer Sechser-Gruppe zu tun hatte. Sie hätte sich daher niemals beklagt. Der Oak-Hill-Kindergarten war bestens ausgestattet, da er privat finanziert wurde. Die Reichen zahlten gut dafür, dass ihre Kleinen von Anfang an unter sich blieben. Pamela verdiente hier deutlich mehr als an einer Einrichtung des Staates oder der Stadt. Die andere Seite der Medaille war, dass die Eltern schwierig sein konnten. Pamela hatte keine guten Erinnerungen an ihre ersten Begegnungen mit ihnen, aber Susan Kinsella, ihre Chefin, stand hinter ihr und hatte ihr zugeraunt:

„Das wird schon."

Wie jeden Morgen nahm Pamela die Kinder an der Tür in Empfang, direkt aus den Händen ihrer Eltern, meistens der Mütter, die sie bis hierhin begleiteten, ehe sie wieder in ihre SUVs stiegen. Sie blickte in kleine, freundliche, runde Gesichter, die sich auf den Tag im Kindergarten freuten, froh, dem langweiligen Elternhaus entronnen zu sein. Pamela würde ihren Schützlingen auch heute wieder ein schönes Programm bieten.

Es gehörte zu Pamelas Aufgaben, in der Frühstückspause die Post in Empfang zu nehmen, während die Kleinen aßen. Sie waren dann leicht im Auge zu behalten. Das übernahmen die anderen Erzieherinnen und Luke, der einzige Mann in ihrem Team.

Pamela wunderte sich über die auffallend hohe Zahl von Päckchen in der Post, welche direkt an Kinder adressiert waren. Warum waren diese Päckchen nicht an die Eltern-Adressen geschickt worden? Doch sie dachte sich nichts dabei, sondern ging mit den Paketen in den Frühstücksraum zu den Kindern, die gerade mit dem Essen fertig waren, und sagte:

„Susan, Toby, Cindy, George und Mickey, kommt zu mir. Es ist Post für euch gekommen."

Susan Kinsella blickte kurz herüber, aber sie hatte gerade alle Hände voll mit der kleinen Sandra zu tun, die sich übergeben hatte.

Die fünf Kinder drangen auf Pamela ein und rissen ihr die Pakete fast aus der Hand.

„Sind das Geschenke?", fragten sie begeistert, und Pamela antwortete lachend:

„Ich weiß es nicht. Vorsicht beim Öffnen!"

Pamela half mit einer Schere.

Der kleine George war der erste, der sein Paket geöffnet hatte. Mit leuchtenden Augen hob er ein etwa handlanges, bronzefarben schimmerndes metallenes Etwas in die Höhe, dessen vordere Hälfte fehlte. Der Teil, wo die Spitze sein sollte, wirkte wie abgeplatzt, detoniert.

„Was ist das?", fragte der Junge erstaunt.

Pamela beschlich ein ungutes Gefühl. Sie hatte sehr wohl erkannt, dass es sich bei diesen „Geschenken" um Patronenhülsen handelte.

Inzwischen waren auch die anderen Kinder am Ziel und hielten ebenfalls Patronenhülsen in die Höhe. Aber da sie leer waren, dachte Pamela sich zunächst nichts dabei.

„Was ist das?“, fragte ihre Chefin, die hinzugetreten war. Susan nahm eines der leeren Päckchen und untersuchte es. Sie fand einen Zettel.

„Mit freundlichen Grüßen aus dem Irak“, stand darauf gedruckt.

Susan runzelte die Stirn und untersuchte die Päckchen auf Absenderdaten, aber es gab keine. Trotzdem klang ihre Stimme alarmiert und eindringlich, als sie die Kleinen aufforderte:

„Kinder, legt diese Dinger bitte in die Pakete zurück. Sofort! Und dann steht ihr auf und tretet zwei Schritte zurück. Wascht euch sofort die Hände. Luke, Geraldine – überwacht ihr das bitte? Diese Kinder müssen sich schnell und sehr gründlich die Hände waschen. Fasst euch bitte vorher nicht ins Gesicht, Kinder. Aufgepasst, das ist wichtig: Nicht ins Gesicht fassen oder in den Mund oder in die Nase. Worauf wartet ihr noch? Macht schon, geht mit Luke und Geraldine!“

Dann blickte Susan Pamela an und sagte:

„Du konntest das nicht wissen. Diese Patronenhülsen stammen aus dem Irak.“

Dazu deutete sie auf den Zettel, den sie wieder in das Paket zurückgelegt hatte.

„Wer macht so was?“, fragte Pamela. „Wer schickt Kindern leere Patronenhülsen?“

„Jemand, der sie vergiften will.“

„Vergiften? Womit?“

„Die Hülsen haben Munition enthalten, die mit Uran gehärtet war“, raunte Susan ihr zu. „Ich weiß das von meinem Ex. Der war im Irak, er hat mir Bilder von diesen Dingern gezeigt. Unsere Truppen haben dieses Zeug dort damals massenhaft verschossen.“

„Mit Uran gehärtet?“, wiederholte Pamela, die noch immer nicht verstand.

„Versteh doch, Süße“, antwortete Susan. „Die Dinger sind vielleicht radioaktiv! Ich hoffe sehr, dass ich mich irre, denn sonst haben die Kleinen Strahlen abbekommen.“

8. Kapitel
Wer fängt an aufzuhören?

Ende Juni 2024
Baltimore

In den Tagen nach dem Ende des Ultimatums war das Land von einer Lähmung befallen, die es kaum abzuschütteln imstande schien. Viele Menschen verfielen in hektische bis hysterische Aktivität, als gelte es, dem Alltag schnellstmöglich zur gewohnten Geltung zu verhelfen. Phil verfügte jedoch über ein feines Gespür, und er nahm viele scheinbar nebensächliche Details wahr, die darauf hinwiesen, wie angegriffen die Menschen in Wirklichkeit waren. Sein Friseur beispielsweise gab sich normalerweise gern hemdsärmelig und wusste auf jede Frage eine Antwort. Doch jetzt war jeder zweite seiner Sätze von einem Seufzer begleitet, und er richtete sogar eine Frage an Phil:

„Glauben Sie auch, dass wir selbst schuld sind?"

Der Mann war ein Hispanic, aber er sagte „wir", und seine Frage schien anzudeuten, dass er die Zahl derer, die das „auch" glaubten, für unbestimmbar groß hielt, vielleicht für überwältigend groß.

„Mein Vater hätte gesagt", antwortete Phil: „Wie man in den Wald hineinruft, so schallt es zurück. Gewalt erzeugt Gegengewalt."

„Ja, aber wer hat denn angefangen?"

„Welche Rolle spielt das?", gab Phil zurück. „Muss die Frage jetzt nicht eher lauten: Wer fängt an aufzuhören?"

Damit brachte er den Mann zum Lachen.

„Man sollte vielleicht nicht von Schuld reden", fügte Phil hinzu. „Das ist rückwärtsgewandt."

„Aber diese Leute haben uns angegriffen", beharrte der Friseur.

Er sagte „diese Leute". Nicht: die Terroristen. Es waren solche Feinheiten, auf die Phil sensibel reagierte. Etwas war geschehen. Die Menschen stellten sich ungewohnte Fragen. Ähnlich die Verkäuferin an der Frischtheke des Biomarkts oder der Besitzer des Kiosks, wo er sich die neueste *Time*-Ausgabe holte. Das Magazin hatte Calderons Gettysburg-Rede zur Titelgeschichte geadelt:

„The Peacemaker?", fragte *Time* kritisch. „Der Friedensstifter?"

Amerika war längst kriegsmüde. Seit Jahrzehnten führte das Land Krieg oder war in kriegerische Aktivitäten verwickelt. Egal wie man es nannte – fast täglich kehrten junge Menschen in verlöteten Zinnsärgen heim in die USA, ohne dass zu erkennen wäre, dass diese Opfer die Welt da draußen zum Besseren wendeten. Aber vielleicht waren diese Opfer auch Täter?

Ganz zaghaft begann das Land, über Schuld zu reden. In Zeitungsinterviews und Videoblogs mehrten sich die Stimmen, die zur Nachdenklichkeit aufriefen statt zu harten, drastischen Reaktionen. Auf *The American Standard Blog*, viel gelesen und islamophob, schrieb Kenneth Gamble, sonst ein Freund harter Worte:

„Wir sind getroffen. So kann es nicht weitergehen. Vielleicht haben wir etwas falsch gemacht?"

Er wurde heftig dafür beschimpft.

Auch die konservative Denkfabrik *The American Enterprise Institute* warf die Frage auf ihrer Webseite auf:

„Hat Amerika Schuld auf sich geladen?"

Es wurde zur Diskussion eingeladen, eine Veranstaltungsserie wurde angekündigt. Auf diese Weise versuchten die Konservativen, die Debatte in ihre Richtung zu biegen, bevor diese Debatte richtig begonnen hatte. Die Frage, so wie sie gestellt war, klang ergebnisoffen, und doch sollte am Ende der Debatte ein klares „Nein" stehen: „Nein, wir haben nur für Ordnung gesorgt." Doch zurzeit war das AEI nur einer von vielen Rufern. Wichtiger war der Auftritt von Helen Clegg bei Rachel Griffith, der Queen des Talks auf NBC. Clegg war jene prominente Politikwissenschaftlerin, die von der Zeitenwende gesprochen hatte. Sie kritisierte die US-Außenpolitik seit langem.

„Was wir in *six/eleven* erlebt haben", sagte sie, „ist ein klassischer Blowback. So nennen Geheimdienste Reaktionen auf ihre verdeckten Aktionen in anderen Ländern. Diese Blowbacks sind weder beabsichtigt noch zu vermeiden. Sie folgen der alten Regel: ‚Wie du mir, so ich dir'. *Six/eleven* ist ein geradezu gigantischer Blowback – die Quittung für eine lange Liste von Untaten der USA insbesondere in der arabischen Welt. Die Uran-Munition von Dallas ist ein Beispiel für eine solche Untat."

Darauf gab es viele harte Reaktionen, aber die Einschaltquoten der Griffith-Talkshow sprachen Bände: Mehr als 20 Millionen Menschen sahen die Sendung. In der zersplitterten Medienlandschaft der USA war das ein außergewöhnlich hoher Wert. Noch fünfmal höher war die Zahl der Klicks im Netz.

Das Interesse an diesen Fragen war riesig. Dennoch schien es so, als müsse sich das Land den ungewohnten Gedanken erst langsam nähern, als umkreise es sie zunächst in einem enger werdenden Orbit. Es begann, sich zu erinnern, dass es seit Jahren schon, nicht erst seit dem Irakkrieg, mahnende Stimmen von Denkern gegeben hatte, die von Schuld und Verantwortung gesprochen hatten. Amerika hatte diese Stimmen zwar kaum zur Kenntnis genommen, aber die Gedanken hatten sich trotzdem in den Köpfen eingenistet, und so hatte Calderons Rede auf fruchtbaren Boden fallen können. Halb Amerika ahnte, dass es sich während der vergangenen zwanzig Jahre nicht friedensfördernd verhalten hatte und dass keineswegs alles so gut gelaufen war, wie es dargestellt wurde. Was für eine Schmach, dass sich dieses Amerika von einem zweifelhaften Schauspieler in der angemaßten Rolle des Osama bin Laden hatte sagen lassen müssen, es habe Verantwortung für Verbrechen zu tragen, die im Namen des Volkes mit der Zustimmung der Wählerinnen und Wähler begangen worden waren!

Diese Worte des Showmasters hatten gesessen. Phils Friseur erinnerte sich daran ebenso wie die Verkäuferin im Biomarkt und der Kiosk-Besitzer, und auch *Time* sprach es an:

„Wie tief sind wir gesunken, dass wir uns von Terroristen an demokratische Prinzipien erinnern lassen müssen?“

Calderon war etwas gelungen, was ihm den Wahlsieg bringen konnte: Er hatte ein Thema gesetzt. Die Gegenseite hatte keine passende Antwort. Sie reagierte mit Härte, aber was Kerry von sich gab, waren nur Variationen dessen, was die Menschen in den vergangenen zweieinhalb Jahrzehnten zur Genüge gehört hatten. Phil konnte die Ratlosigkeit in Kerrys Lager förmlich riechen. Natürlich wurde nun versucht, Calderon lächerlich zu machen. Man erklärte ihn zum Schwächling. Sein Facebook-Auftritt erlebte einen Shitstorm, der sich gewaschen hatte. Kerry und sein Wahlkampfteam waren anscheinend nicht darauf vorbereitet gewesen, dass Calderon so gut wie alle Gesetze ignorieren könnte, die im Wahlkampf sonst galten. Wann hatte ein Präsidentschaftskandidat noch vor seiner Nominierung derart nachdenkliche Töne angeschlagen? Auch moderate Kandidaten hatten beim Thema Terrorismus immer Härte und Durchgreifen versprochen. Niemand wollte sich dem Vorwurf aussetzen, nicht alles Erdenkliche für die Sicherheit zu tun.

Es war Helen Clegg, die an das Wirken der Neocon-Falken vor 25 Jahren erinnerte: Trotz aller Warnungen hatte sich im Vorfeld des Irak-

Kriegs die Cheney-Doktrin durchgesetzt. Sie besagte, dass die USA auf jede ernst scheinende terroristische Bedrohung reagieren müssten, selbst wenn diese nur mit einprozentiger Wahrscheinlichkeit echt sei. Damit war der Kriegsgrund eindeutig gegeben, denn eine einprozentige Wahrscheinlichkeit dafür, dass Saddam Hussein Massenvernichtungswaffen besaß, konnte auch der überzeugteste Kriegsgegner nicht verneinen. Die „Bush-Doktrin" von 2002, die maßgeblich auf den neokonservativen Falken Paul Wolfowitz zurückging, nahm für die USA das Recht auf Präventivkriege in Anspruch. Das Völkerrecht untersagte Präventivkriege. Also führten spitzfindige Juristen den Präemptivschlag in die Liste der Optionen ein: einen vorbeugenden Militärschlag, der Gefahren im Keim erstickte. Seitdem galt, dass das US-Militär jederzeit überall auf der Welt in der Lage sein musste, mit schnellen Eingreiftruppen genug militärische Macht aufzubieten, um präemptiv zuschlagen zu können. Diese Doktrin war von den Präsidenten unterschiedlich ausgelegt worden, doch keiner von ihnen hatte eine neue Doktrin formuliert.

Es war, als realisiere Amerika erst jetzt, dass es Teil jener Welt war, die es zu dominieren versuchte, und dass es angegriffen wurde, weil es angegriffen hatte. *Six/eleven* hatte dies drastisch vor Augen geführt. Früher mochte Amerika weit von den Orten entfernt gewesen sein, an denen es Krieg führte, und die Art, wie es Krieg führte, mochte von dieser Distanz geprägt gewesen sein – siehe Hiroshima. Heute jedoch bekam es die Konsequenzen seiner Aktionen zu spüren, in den USA selbst. Diese Erfahrung war für viele Amerikanerinnen und Amerikaner trotz *nine/eleven* offenbar völlig neu.

Und dann die Sache mit den Patronenhülsen. Zuerst war es nur eine lokale Nachricht gewesen, doch als *Homeland Security* reagierte, schaffte es der Vorfall in die landesweiten Nachrichten. Seitdem hatte Amerika über *six/eleven* hinaus einen konkreten Anlass, über seine Schuld zu beraten: Urangehärtete Munition war radioaktiv. Sie war ein Alphastrahler. Die strahlenden Teilchen wurden dann gefährlich, wenn sie in den Körper gelangten. Dann konnten sie schwere Erkrankungen wie Krebs auslösen. Wenn man Bescheid wusste, war es relativ einfach, sich zu schützen: Alphastrahler durfte man nicht anfassen – doch sollte das trotzdem passiert sein, hieß es: Sofort die Hände waschen, auf keinen Fall an den Fingern lecken oder sie in die Nase stecken, wie Kinder es gern ohne nachzudenken taten.

Aber was, wenn man keine Ahnung hatte?

Die Patronenhülsen selbst enthielten kein Uran und strahlten nur leicht, wie erste Untersuchungen ergaben. Sie hatten jedoch einst strahlendes Material enthalten. Im Irakkrieg war urangehärtete Munition massiv eingesetzt worden, mit dem Ergebnis, dass die Panzerwracks der Armee Saddam Husseins noch heute als Alphastrahler erster Güte im Irak herumstanden. Die Geschosse zerplatzten beim Durchschlagen der Panzerung, so dass ein Aerosol aus Uranpartikeln entstand, das sich im Inneren der Panzer verteilte. Auf die Idee, dass einmal irakische Kinder diese Wracks zu ihren Spielplätzen machen könnten, war beim US-Militär niemand gekommen. Die Zahl der krebskranken Kinder in den ehemaligen Kriegsgebieten war jedenfalls immer noch auffällig hoch, viele waren längst gestorben. So sorgte der Irakkrieg auch zwei Jahrzehnte nach seinem Ende noch für Leid.

Natürlich reagierte Amerika zutiefst empört auf die Attacke auf die unschuldigen Kinder Oak Hill Academy. Erst die Meldung, dass niemand Schaden genommen hatte, weil die Erzieherinnen richtig reagiert hatten, nahm den Dampf aus der Debatte. Nun recherchierten die Medien, wer diese Kinder eigentlich waren – denn die Päckchen waren ja nur an fünf der Kinder in diesem speziellen Kindergarten geschickt worden. Warum? Findige Journalisten förderten es ans Licht: Die fünf Betroffenen waren allesamt Sprösslinge von Managern des Rüstungskonzerns *United Steal & Weapons*, der in Dallas seine Zentrale hatte. Und USW war einer der führenden Hersteller von urangehärteter Munition!

„Evil comes home“, titelte die *New York Times.*

Das Böse kommt heim.

Das war eine provozierende, geradezu bösartige Schlagzeile, aber die NYT konnte sich darauf berufen, schon vor 20 Jahren über urangehärtete Munition berichtet zu haben.

Die Schlagzeile feuerte die Debatte an. Amerikaner waren es gewohnt, sich auf der guten Seite zu wähnen.

Wie konnten Reste urangehärteter Munition aus dem Irak mit der Post verschickt werden? Die Ermittlungen führten zu einer Filiale des *US Postal Service* in Miami, Florida. Von den Angestellten konnte sich niemand an die Päckchen erinnern oder an die Person, die sie aufgegeben hatte, und eine Untersuchung der Filiale auf Spuren von Radioaktivität verlief ergebnislos. Erst die Untersuchung des außerhalb der Filiale angebrachten Postkastens ergab, dass die Päckchen hier eingeworfen worden sein mussten: Die Geigerzähler registrierten eine schwache Reststrahlung. Und damit war man am Ende der Möglichkeiten einer solchen Ermittlung angelangt, denn die Videoüberwachung erfasste nur die Innenräume der Filiale.

Wie hatten die Terroristen die Zustellung der Päckchen so genau terminieren können, dass sie mit dem Ende des Ultimatums zusammenfiel? Die US-Post galt als nicht besonders terminsicher. Die Täter mussten es ausprobiert haben, und zwar vermutlich mehr als einmal. Sie mussten irgendwo in jenem Zustellbereich von Dallas, in dem sich die Oak Hill Academy befand, eine Empfangsadresse besessen haben, an die sie ihre Testsendungen geschickt hatten. Auf dieses dünne Eis begaben sich nun die Ermittler, da sie keine anderen Anknüpfungspunkte hatten. Doch hingen die Pakete überhaupt mit dem Ablauf des Ultimatums zusammen? Was, wenn beides nur zufällig zur gleichen Zeit geschehen war? Es gab keinerlei Bekennerschreiben. Gleichwohl handelte es sich offenkundig um ein Attentat mit politischer Botschaft, da ausschließlich Kinder von USW-Managern betroffen waren.

Die Sache war und blieb rätselhaft, und die Ermittler konnten auf ihrer Pressekonferenz kaum Hoffnung auf baldige Aufklärung machen. Besorgte Bürger fragten sich, ob sie nun nicht einmal mehr ihre Post öffnen konnten, ohne Schaden zu nehmen. Andere besorgte Bürger erhoben Vorwürfe, weil solche Munition, die nach zwanzig Jahren immer noch strahlte, vom US-Militär eingesetzt worden war – und vielleicht noch immer eingesetzt wurde? Das Pentagon hatte den Einsatz nie zugegeben. Mit den Päckchen an die *Oak Hill Academy* war der Beweis praktisch erbracht, zumal die kriminaltechnische Untersuchung der Patronenhülsen einwandfreie Erkenntnisse darüber zutage förderte, wann und von wem die Munition produziert und wann und von wem sie im Irak eingesetzt worden war. Der Produzent war zweifelsfrei *United Steal & Weapons*, verschossen hatte man die Munition von Bord von „Warzenschweinen“, Flugzeugen des Typs Fairchild-Republic A-10, auch genannt *Thunderbolt II.* Diese Jagdbomber waren auf die Bekämpfung von Bodenzielen spezialisiert, also von Panzern.

„Evil comes home“ – die Schlagzeile traf den Nagel auf den Kopf.

Phil war klar, dass hier ein Skandal nahte, einer von der Art: Wir haben es gewusst, aber wir haben nichts gewusst. Das musste sich irgendwie für Joey Calderons Kampagne nutzen lassen.

Insgesamt ergab all dies eine Ausgangslage für einen Wahlkampf, wie es sie in den USA wohl noch nie gegeben hatte.

Und Phil war mittendrin!

Gute Nachrichten kamen von der *Queen Mary 2*. Zwar gab es noch immer keine Spur von den Terroristen und den Vermissten, aber endlich hatten die Behörden alles im Griff. Es wurden sogar schon Vorbereitungen getroffen, das Schiff für die Überführung nach Norfolk vorzubereiten, der größten US-Marinebasis am Atlantik, die über Werften und Trockendocks von ausreichender Größe verfügte. Darin wurden auch die Flugzeugträger der Navy gewartet. Die *Queen Mary 2* war schwer beschädigt, doch bei ruhiger See und Einsatz von Pumpen sollte die Überstellung gelingen, sofern die Maschinen zehn Knoten lieferten. Nur im Trockendock konnte festgestellt werden, ob sich eine Reparatur lohnte.

Es bestand also Aussicht, die nationale Schande namens *Queen Mary 2* aus den Augen New Yorks und New Jerseys zu tilgen. Es gab sogar schon Überlegungen, die Freiheitsstatue wieder zu errichten. Nachdem für Liberty Island keinerlei Sicherheitsbedenken mehr bestanden, war ein Expertenteam ans Werk gegangen, die Trümmer der Statue zu sichten. Der Leiter äußerte sich in einem Interview optimistisch, dass die Göttin Libertas schon bald wieder ihre Fackel recken könnte, doch er wagte keine Prognose darüber, ob die neue Freiheitsstatue aus den Originalteilen bestehen würde oder ob sie komplett neu gegossen werden musste.

In New York bildeten sich Komitees, um Spenden für die Wiedererrichtung zu sammeln, während alle Menschen rund um die Bay noch darauf warteten, dass aus Washington ein entschiedenes Ja kam: Ja, selbstverständlich finanzieren wir die Wiedererrichtung, denn die Freiheitsstatue war ein nationales Monument. Doch Washington schwieg mal wieder. Es war, als sei Präsidentin Preston am Ende ihrer zweiten Amtszeit den Menschen in den USA so weit entrückt, dass ihr selbst das geringste Gespür für deren Bedürfnisse abhanden gekommen war. Wer beriet sie da eigentlich im Weißen Haus?

Noch immer war die Frage ungeklärt, wohin Osama bin Laden und die Terroristen verschwunden waren und wie sie das angestellt hatten. Nur eines stand fest: Unter den knapp dreitausend Passagieren und Mannschaftsmitgliedern, die nach Fort Wadsworth gebracht worden waren, befanden sie sich nicht, und an Bord der *Queen Mary 2* hielten sich längst keine Menschen mehr auf, die dort nicht sein durften. Das Schiff war vollständig durchsucht, Scharen von Trupps mit Spürhunden hatten es durchkämmt. Zurzeit waren dort mehrere Trupps von Kriminaltechnikern damit beschäftigt, Spuren zu sichern. Zahlreiche Aussagen von Mannschaftsmitgliedern und Passagieren hatten Informationen über die Terroristen geliefert.

„Wir untersuchen Stühle, auf denen sie gesessen haben, Tische, an denen sie gegessen haben“, erläuterte Steven Ridley, Direktor des *Naval Criminal Investigative Service*. „Die kleinste Textilfaser kann uns auf eine entscheidende Spur bringen. Es ist eine Riesenaufgabe, aber uns entgeht nichts.“

Neben ihm sitzend hatte Janet Regan, Ministerin für Innere Sicherheit und Chefin von *Homeland Security*, diese Entschlossenheit ernst nickend bekräftigt.

„Wir haben noch längst nicht alle Aussagen aufgenommen oder gar ausgewertet“, erläuterte sie. „Dreitausend Menschen zu befragen, ist eine enorme Aufgabe. Dabei dürfen keine Fehler passieren, und trotzdem muss es schnell gehen, denn die Menschen wollen natürlich nach Hause.“

Inzwischen stand fest, dass sich alle Menschen, die sich im Sammellager in Fort Wadsworth aufhielten, seit dem Ablegen in New York an Bord des Schiffes befunden hatten. Die Passagierliste war vollständig – bis auf die Vermissten und Toten.

„Wir werden das aufklären“, versprach Ministerin Regan. „Wir widmen uns dieser Aufgabe mit aller erdenklichen Kraft.“

Wie hatten es die Terroristen angestellt, unbemerkt an Bord zu gelangen und ebenso unbemerkt wieder zu verschwinden? Das „Bubenstück“, wie die *Washington Post* es provozierend nannte, beschäftigte die ganze Nation. Im Netz kursierten Spekulationen über ein U-Boot, das die Terroristen benutzt haben könnten. Man erinnerte sich an die Katastrophe der *Idaho*. Erst jetzt, mit wachsender Ruhe und größer werdendem Abstand, wurde nicht nur auf CNN gefragt, warum es bisher keine Erkenntnisse über das U-Boot gab.

CNN grub ein Interview mit einem Marinebeobachter aus, das Catelyn Snow in den fiebrigen Tagen vor der Stürmung der *Queen Mary 2* geführt hatte. Ihr Gesprächspartner war Mitglied eines Clubs von Marine-Enthusiasten, welche die Bewegungen von US-Kriegsschiffen verfolgten, und hatte einen Film von der offensichtlich schwer beschädigten *Ticonderoga* gemacht, die durch die Chesapeake Bay gefahren war, ein Atom-U-Boot der *Los-Angeles*-Klasse, wie unabhängige Militärexperten bestätigten. Nun stand die Frage im Raum, wie diese Beobachtungen mit der *Queen Mary 2* und dem unbekannten U-Boot zusammenhingen. Woher die schweren Schäden? Hatte es einen Kampf mit jenem unbekannten U-Boot gegeben? Diese Spekulationen nährten den Verdacht, dass die Regierung mehr wusste, als sie zugab. Denn die *Ticonderoga* war nach Norfolk gefahren. Dort musste aufgefallen sein, wie schwer sie beschädigt war. Das musste eine Lawine von Fragen ausgelöst haben, für die sich gewiss auch Verteidigungsminister Benjamin M. Johnson interessiert haben dürfte. Doch die Öffentlichkeit erfuhr – nichts. Der Minister schwieg, ganz nach dem Vorbild seiner keineswegs strahlenden Chefin. Fast komisch wirkte die Verzweiflung von Phil Ashby auf CNN:

„Wir versuchen laufend auf allen Kanälen, eine Stellungnahme oder weitere Informationen aus Washington zu bekommen, aber in der Hauptstadt nimmt zurzeit niemand ab. Schalten wir mal zu Linda Hurt nach Washington. Linda, sind Sie sicher, dass Washington überhaupt noch existiert?“

„Ich bin hier, und Washington ist auch noch da, so viel steht fest“, gab die Korrespondentin lächelnd zurück. Doch dann wurde sie ernst. „Aber in der Tat, hier fragen sich viele, was derzeit im Weißen Haus und im Kapitol vorgeht, und viele gestandene Kolleginnen und Kollegen verstehen die Welt nicht mehr. Präsidentin Preston war noch nie sonderlich auskunftsfreudig. Aber in solchen Situationen haben wir Journalisten doch immer unter der Hand Signale von Informanten bekommen, die uns halfen, das Geschehen einzuordnen, auch wenn wir nicht direkt darüber berichten konnten. Das ist, wenn man so will, das normale Geschäft einer Korrespondentin. Doch zurzeit sind alle Kanäle wie abgestorben. Niemand hier im Pressecorps hat eine Ahnung, was im Weißen Haus vor sich geht. Warum redet das Weiße Haus nicht?“

Wegen des Shitstorms, dachte Phil, und sein Namensvetter Ashby von CNN merkte es sogleich an:

„Das Weiße Haus sieht sich derzeit einer Welle der Kritik ausgesetzt, wie es sie wohl noch nie gegeben hat. In den Online-Netzwerken ist die Hölle los. Die Vorwürfe sind massiv, sie reichen von Kritik am Krisenmanagement vor der Stürmung des Schiffes – manche nennen es Krisenverschlimmerung – bis hin zur Informationspolitik, die zahlreiche Bürger rund um die New York Bay auf die Barrikaden gebracht hat. Hinzu kommt der Skandal um die Patronenhülsen und nun auch noch der Verdacht, dass die Regierung Informationen über U-Boot-Kämpfe im Atlantik besitzt, die im Zusammenhang mit der Entführung der *Queen Mary 2* stehen könnten – und mit der Frage, wie die Terroristen an Bord gekommen sind. Auch die Zensur während des Ausnahmezustandes kam alles andere als gut an, sondern nährte bei vielen Menschen offenbar den Eindruck, dass die Regierung mehr weiß, als sie sagt. Schweigt Washington, weil es Angst vor den wütenden Bürgern hat?"

„Das wäre eine mögliche Erklärung, Phil", antwortete Linda Hurt. „Auf Facebook wurde eine Bewegung gegründet, die von Minute zu Minute wächst. Sie heißt *Without*: ‚Schutzlose Bürger in Wut'. Es gibt ein Gründungsstatut, das inzwischen die Likes von 200.000 Usern hat – innerhalb von nur drei Stunden! Darin wird die Regierung dazu aufgefordert, Härte zu zeigen, die amerikanischen Interessen zu vertreten und Amerikas Bürgerinnen und Bürger zu schützen."

Wut war oft ein Ausdruck von Angst, dachte Phil. Natürlich tauchten jetzt Leute auf, die nach harten Reaktionen schrien, die ihre Regierung ihrer Meinung nach vermissen ließ. So wie es während der vergangenen 25 Jahre gelaufen war. Diese Leute waren laut – aber wie wichtig waren sie in Wirklichkeit?

Phil konnte es nur ahnen.

***

„Wenn du in diese Richtung gehst, gibt es kein Zurück, Joey", mahnte Randy. „Dann haben wir einen echten Richtungswahlkampf. Du wählst eine gewagte Position. Dir muss klar sein, dass es nicht einfach wird, sie zu vertreten, denn die Amerikaner sind strukturell konservativ und mögen es nicht, mit Weltverbesserungsvorschlägen überrascht zu werden. Es wird harte Angriffe geben."

Randy hatte völlig recht. Alle wussten es, auch Phil. Aber Joey hatte bekräftigt, dass dies der Weg war, auf den er das Land führen wollte. Joey war kein Opportunist, sondern ein Politiker wie Phils Vater, für den Glaubwürdigkeit ein echter Wert gewesen war. Er wollte nicht einfach nur gewinnen, sondern er hatte eine Botschaft, vielleicht sogar so etwas wie eine Berufung. Das erklärte womöglich die fast magische Wirkung, die er auf die Menschen hatte.

Irgendwann würde Phil die Aussprache mit Randy suchen müssen, aber zurzeit war Randy kein Problem für ihn. Nach dem „Coup von Gettysburg“ hatte sich im Team herumgesprochen, dass Phil, nicht mehr Randy, nun Taktgeber der Kampagne war, und seitdem führte er hier, wenn er morgens im zerknitterten T-Shirt und in rutschenden Boxershorts in die Gemeinschaftsküche des Wohnheims kam, um Kaffee zu kochen, deutlich mehr Gespräche als früher, zum Beispiel über Kaffee. Im Wohnheim gab es niemanden, der Kaffee auf Phils Weise kochte – mit einer Alu-Kanne, die mit Wasser und Arabica-Pulver befüllt einfach auf die Herdplatte gestellt wurde. Für ihn war der dreifache Espresso mit viel Milch, sein spezieller Café au lait, der ideale Start in den Tag, und nebenher ergab sich die Gelegenheit, von der Zeit in Europa zu erzählen.

Die Gettysburg-Rede hatte die jungen Leute im Team begeistert. Viele waren gerade auf dem Sprung zum College oder kamen von dort. Sie alle hatten ihre Gründe, sich für Calderon zu engagieren – ein Praktikum absolvieren, Daten für eine politikwissenschaftliche Arbeit sammeln, Kontakte, ideelle Nähe. Jetzt aber gab es darüber hinaus eine Ahnung, dass es um mehr ging als um Karriere, sogar um mehr als darum, einen Kandidaten ins Amt zu befördern. Es ging um eine Idee. Etwas Großes, wofür es sich einzutreten lohnte: Frieden.

Phil wusste, dass er bald konkreter werden musste. Er freute sich schon auf das Brainstorming mit der Kampagnenleitung.

„Hast du die neuen Umfragewerte gesehen?“, fragte Joyce Hamilton ihn an diesem Morgen in der Küche. Drei Tage lag das Ende des Ultimatums nun schon hinter ihnen. Phil war gerade aufgestanden, hatte sich noch um nichts gekümmert und kam sich einen Moment lang bloßgestellt vor. Dann sah er Joyce an, fragte sich im selben Moment, wie er glauben konnte, dass sie ihn vorführen wollte, und schüttelte den Kopf. Er sah in viele junge Gesichter, die ihn fragend ansahen: Was – du hast die Umfragen nicht studiert?

„Hab gestern lange gearbeitet“, sagte er mürrisch. „Reden von Kennedy und so weiter.“

„Zwölf Prozent Vorsprung beim Direktvergleich mit Kerry in Ohio und zehn in Florida.“ Auch Joyce wirkte müde.

„Zwei *swing states*“, sagte Phil. „Das sind gute Nachrichten. Von Ohio war nichts anderes zu erwarten, dort ist Joey Gouverneur.“

„Wenn es dich interessiert“, fuhr Joyce fort, „auch aus den kleineren *swing states* kommen solche Nachrichten.“

„Swing states“ waren jene Bundesstaaten der USA, auf die es bei der Wahl ankam, weil sie mal für das eine Lager votierten, mal für das andere. Ohio und Florida waren die wichtigsten, denn sie entsandten entsprechend ihrer Einwohnerzahl viele Wahlfrauen und -männer in das *Electoral College*, die Wahlversammlung, wo der künftige Präsident mit ihren Stimmen gewählt wurde.

„Das sind gute Nachrichten“, wiederholte Phil. „Wir dürfen uns nur nicht zu sicher fühlen.“

„Da tritt gleich eine Ministerin zurück“, sagte einer der Praktikanten, die am Tisch der Gemeinschaftsküche saßen und frühstückten, und drehte den Ton auf.

„... Regierungskrise in Washington. In diesen Minuten tritt Kathleen Edwards, Handelsministerin im Kabinett von Präsidentin Preston, vor die Kameras. In einer knappen Mitteilung, die uns vorab zuging, hieß es, dass sie ihren Rücktritt erklären wolle. Wir gehen live in die Pressekonferenz und hören uns an, was sie zu sagen hat.“

Phil wusste nicht viel über Kathleen Edwards – nur dass sie langjährige Weggefährtin der Präsidentin war.

„Sie will ihre Felle in Sicherheit bringen“, vermutete Joyce.

„Damit sie nicht mit den anderen in der Regierungskrise runtergezogen wird“, fügte Frank hinzu, einer der Praktikanten.

Phil glaubte nicht, dass Preston am Ende war. Sie agierte ungeschickt, und nun drohten ihr die Zügel zu entgleiten, aber sie würde sich zu helfen wissen. Sie war eine Vollblut-Politikerin. Wahrscheinlich ordnete sie demnächst neue Luftangriffe auf Libyen an, um Handlungsfähigkeit zu beweisen.

Kathleen Edwards trug, passend zum Anlass, einen grauen Hosenanzug, der sie ernst wirken ließ. Ihre blauen Augen blickten klar und gefasst, aber dunkle Augenringe zeugten davon, dass sie eine schlaflose Nacht hinter sich hatte.

„Meine amerikanischen Landsleute“, begann sie im Tonfall der Präsidentin, „nach reiflicher Überlegung bin ich zu der Überzeugung gelangt, dass ich die gegenwärtige Regierung nicht mehr mit meiner Arbeit und meiner Kraft unterstützen kann. Diese Regierung hat zu viele Chancen ausgelassen, sich Ihnen, den Menschen dieses Landes, zu erklären, und sie zeigt auch weiterhin wenig Interesse daran. Ich halte das für einen schweren Fehler, denn damit wird das Vertrauen der Menschen in die Regierung erschüttert. Es sind Fehler passiert und es sind falsche Entscheidungen getroffen worden, welche die Krise verschärft haben. In der Krise ruft dieses Land nach Führung, nach klaren, kraftvollen Entscheidungen, um die Lage zu entschärfen. Dazu ist diese Regierung nach meiner Einschätzung inzwischen nicht mehr fähig. Daher trete ich mit sofortiger Wirkung von meinem Amt zurück. Ich danke Ihnen für das Vertrauen und die Unterstützung der vergangenen Jahre."

Sie nickte in Richtung Kamera, rang sich ein verkrampftes Lächeln ab und verschwand durch eine Tür im Hintergrund.

„Autsch!", sagte Frank.

„Hat es das schon mal gegeben?", fragte die junge Frau neben ihm. „Einen solchen Rücktritt im offenen Zorn?"

Sie sah Phil fragend an, doch auch er wusste es nicht.

„Normalerweise wird in solchen Fällen eine Sprachregelung gefunden", sagte Joyce.

„Sorry, ich muss nachdenken", sagte Phil, trank seinen Kaffee aus, stellte die Tasse in den Geschirrspüler und verließ die Gemeinschaftsküche.

Joey musste auf diese Entwicklung reagieren. Vermutlich dachte er in diesem Moment bereits über seine Optionen nach. Er würde zur Konferenz rufen. Dann wurden von Phil Vorschläge erwartet. Er musste nachdenken.

Er ging in sein Zimmer, zog sich an, verließ das Wohnheim und stieg auf sein Fahrrad, um zum Hafen von Baltimore zu fahren. Dort setzte er sich auf eine Bank und ließ den Blick über das Hafenbecken hinüber zur Skyline mit dem *Transamerica Tower* gleiten, wo sich die Wahlkampfzentrale befand. Vor Phil dümpelten an den Molen Motor- und Segelyachten. Die Piers für größere Schiffe befanden sich am gegenüberliegenden Ufer des Hafenbeckens und weiter östlich. Hinter Phil spielten einige Jungen Beach-Volleyball. Es war ein herrlicher, wolkenloser Vormittag, und nichts deutete darauf hin, dass die Schönwetterphase bald ein Ende finden könnte.

Wie sollte sich Joey in dieser Krise verhalten?

Noch ehe Phil den gedanklichen Einstieg gefunden hatte, setzte sich jemand neben ihn auf die Bank. Sofort fühlte er sich gestört. Es gab in der Nähe viele leere Bänke. Er wollte sich schon erheben und sich demonstrativ eine andere Bank suchen, doch da sah er die Person an und blieb sitzen.

„Hallo, Mr. Schwartz“, sagte die Frau, deren Anblick ihn bannte. Sie war schlank und zurückhaltend-elegant gekleidet, und ihre Augen waren von ungewöhnlicher grün-grauer Farbe, die in faszinierendem Kontrast zu ihrem dunklen Teint stand. Die Frau hatte unübersehbar afroamerikanische Wurzeln. Sie begegnete seinem Blick offen, für einen Moment begleitet, wie ihm schien, von einem gewissen Erstaunen, und begann zu lächeln, als sie seine Fassungslosigkeit bemerkte. Doch ihr Lächeln wirkte sonderbar aufgesetzt.

„Kennen wir uns?“, fragte Phil.

„Sie mich nicht. Ich Sie schon. Aber was heißt ‚kennen‘? Sagen wir so: Ich bin über Sie informiert.“

Ihr ebenmäßiges Gesicht, der vollkommene Schwung ihrer Augenbrauen, ihre schönen Lippen – Phil wusste nicht, was er sagen sollte. Sie schien seine Verlegenheit zu registrieren und redete einfach weiter.

„Sie sind nicht irgendwer. Sie sind der Sohn eines angesehenen Politikers, ein Politik-Talent. Als ich Calderons Rede in Gettysburg hörte, wusste ich gleich, dass sie Ihre Handschrift trägt. Irre ich mich?“

„Die Rede entstand in Teamarbeit“, stotterte Phil. Das entsprach der Wahrheit – und zugleich hatte die Frau recht.

„Natürlich.“

Sie lächelte und entblößte dabei ihre Zähne, perfekte Reihen von strahlendem Weiß. Wie alt mochte sie sein? Etwas älter als er, vielleicht Anfang dreißig? Ihre Augen faszinierten ihn.

„Sie wundern sich über die Störung, nicht wahr?“, fragte sie. „Bitte entschuldigen Sie. Ich lasse Sie gleich wieder in Ruhe. Aber ich suche schon seit Längerem nach einer Möglichkeit, mich kurz mit Ihnen zu unterhalten. Mein Name ist Ruth Brennan.“

Sie reichte ihm eine Visitenkarte. „Headley & Partners“, las Phil. Diese Agentur war ihm bekannt.

„Sie sind Headhunterin“, folgerte er.

„So nennt man das wohl landläufig“, bestätigte sie nickend, erhob sich und reichte ihm ihre Hand. „Ich nenne es lieber Expertin zur Kontaktanbahnung. Sollten Sie Lust verspüren, in relativ kurzer Zeit richtig Karriere zu machen – ich meine eine Karriere von der Art, die sich auszahlt –, sind Sie herzlich eingeladen, mich zu kontaktieren.“

Phil ergriff die Hand.

„Sie wollen schon gehen?“

„Ich will Sie nicht stören. Sie haben Wichtigeres zu tun“, sagte Ruth Brennan und schüttelte seine Hand.

„Darf ich Sie zum Essen einladen?“, fragte er und staunte im gleichen Moment über sich selbst. So offensiv im Umgang mit einer Frau? Er kannte sich kaum wieder. „Heute Abend? Japanisch?“

„Sie haben Wichtigeres zu tun“, wiederholte sie lächelnd und deutete mit der freien Hand auf die Visitenkarte. „Denken Sie über mein Angebot nach. Meinen Kontakt haben Sie. Für alle Fälle.“

Dann löste sie den Handschlag, wandte sich um und ging. Phil sah ihr hinterher wie vom Donner gerührt. Das Herz schlug ihm bis zum Hals. „Moment!“, wollte er ihr hinterherrufen, aber er ließ es bleiben. Es hätte einen Misston in die Begegnung gebracht. Er hätte ihr sagen wollen, dass sich Kontakte in den militärisch-industriellen Komplex für ihn verboten. Aber wenn Ruth Brennan ihn wirklich kannte, wie sie behauptete, musste sie das wissen. Vielleicht ergab sich noch eine Gelegenheit, es ihr zu erklären? Er meinte, in ihren Augen eine gewisse Sympathie entdeckt zu haben. Vielleicht trafen sie sich tatsächlich zum Abendessen. Sicher nicht heute Abend, aber vielleicht morgen?

Er sah sich ihre Visitenkarte an. Ja, da stand ihre Telefonnummer und ihre Mailadresse.

In diesem Moment vibrierte das Handy in seiner Hosentasche. SMS von Nicole.

„Konferenz um elf Uhr. Bitte alle kommen!“

Wie Phil erwartet hatte.

Ende Juni 2024
Al-Isrā

Jan hatte zurzeit kaum ein Ohr für die Dinge, die draußen in der Welt vorgingen. Marsch der Millionen, Regierungskrise in Pakistan und jetzt auch in Washington – zu Studienzeiten hätte er sich auf einen Abend mit Michael und den Freunden und auf heiße politische Diskussionen gefreut. Doch früher war vorbei. Es würde nie wieder so sein wie früher. Er war in Al-Isrā, Michael war tot, die USA waren fern, und Jan hatte andere Sorgen.

Nur zwei Ereignisse nötigten Jan jetzt noch vorübergehend Aufmerksamkeit ab. Einmal schien es, als seien die Ermittler nahe dran, die Identität eines der Terroristen zu lüften. Man hatte erstmals einen Namen in Erfahrung gebracht. CNN zeigte dazu ein Interview einer Reporterin mit zwei Jungen in Fort Wadsworth. Sie wurden als Matthew und John vorgestellt, zehn und sechs Jahre alt, und waren auffallend blond, was in einem sonderbaren Kontrast zu ihrem dunklen Teint stand, der gemeinsam mit dem Schnitt ihrer Gesichter auf indianische Wurzeln schließen ließ. Sie erinnerten Jan an jemanden, den er im Studium gekannt hatte, einen verschlossenen Hünen namens Justin Darkwater. Besonders Matthew, der ältere, war Justin wie aus dem Gesicht geschnitten.

Die beiden Jungen waren als vermisst gemeldet, doch nun wurde gezeigt, wie sie in die Arme einer Frau liefen, offenkundig ihre Mutter. Dann beantworteten sie der CNN-Reporterin Charlotte Freeman einige Fragen, wobei der jüngere der beiden weniger zurückhaltend war.

„Geht es euch gut? Wie war es auf dem Schiff?“

„Aufregend“, antwortete John und fügte stolz hinzu: „Wir haben sogar Osama bin Laden kennengelernt!“

„Ist das wahr? Wie war er?“

„Total cool. Alle mochten ihn. Er hat mir sogar ein Autogramm gegeben.“ Der Junge zeigte eine Serviette mit dem Emblem der *Queen Mary 2*, auf der ein mit Kugelschreiber gekritzelter Schriftzug zu erkennen war. John fuhr fort: „Als er nicht mehr aufgetaucht ist, war ich traurig, aber dann hat sich Yussuf um uns gekümmert. Yussuf war lustig.“

„Wer war dieser Yussuf?“, fragte Charlotte Freeman. „Hast du sein Gesicht gesehen?“

„Nein, nur seine Augen“, antwortete der Junge. „Er war ja vermummt. Aber seine Augen waren immer lustig.“

„Du hast keine Angst vor Yussuf gehabt?“

„Nein, warum denn?“

Die Reporterin kam nicht dazu, ihre nächste Frage zu stellen, denn Johns älterer Bruder sagte:

„Ich bin so müde!“, worauf sich die Mutter einschaltete:

„Das reicht jetzt. Meine Söhne haben eine Menge durchgemacht.“

Sie zog die Jungen mit sich fort.

Das zweite Ereignis, das Jan interessierte, war ein Interview mit Robert Giuliani, dem früheren Bürgermeister New Yorks, der ebenfalls zu den Passagieren zählte. Trotz seines hohen Alters – er war kürzlich 80 geworden, was auch der Anlass für die Kreuzfahrt war – wirkte er viril und zupackend, wie man es von ihm gewohnt war.

„Wie haben Sie die Bedrohung durch Osama bin Laden weggesteckt?“, fragte die Reporterin.

„Diese Kreuzfahrt ist anders verlaufen, als ich es mir gewünscht hätte“, antwortete Giuliani, „aber ich habe mich nie bedroht gefühlt, ausgenommen die Momente, in denen wir beschossen wurden. Sonderbar, nicht wahr?“

„Aber als Bin Laden mit CNN telefonierte, hat er damit gedroht, Ihnen eine Kugel in den Kopf zu jagen. Das klang so, als stünde er direkt neben Ihnen und habe Ihnen die Pistole an die Schläfe gehalten.“

Giuliani sah die Reporterin erstaunt an, während das Telefongespräch eingespielt wurde. Es war aufgezeichnet worden kurz bevor die *Queen Mary 2* in die New York Bay eingelaufen war. Die Korvette *Okeechobee* hatte einen Warnschuss auf das Kreuzfahrtschiff abgegeben. Bin Laden sagte wörtlich:

„Setzen Sie uns noch einen weiteren Schuss vor den Bug, und der Mann, der neben mir steht, bekommt eine Kugel in den Kopf. Es handelt sich um den früheren New Yorker Bürgermeister Giuliani.“

Giuliani runzelte die Stirn und sagte:

„Das höre ich zum ersten Mal. Dieses Telefonat soll am 14. Juni geführt worden sein? An diesem Tag bin ich Bin Laden nicht begegnet. Am Abend zuvor haben wir noch zusammen diniert.“

„Was heißt das: Sie haben diniert?“

„Er hat an unserem Tisch mit uns gegessen. Er saß direkt neben mir. Als er sich am ersten Abend zu uns setzte, wusste ich noch nicht, wer er war. Das erste Tribunal fand ja erst am Abend darauf statt. Er war der einzige der Piraten, der sich nicht vermummte. Er stellte sich vor als Harun al-Rashid. Es war eine merkwürdige Begegnung in beklemmender Atmosphäre, aber er war charmant, zugewandt und amüsant. Er trank ziemlich viel Wein. Er wirkte nicht gerade strenggläubig, um das mal so zu sagen. Bald mochte ihn jeder am Tisch. Als ich das erste Tribunal sah mit ihm in der Rolle des Anklägers, hatte ich natürlich ein zwiespältiges Gefühl. Wir sprachen am Tisch darüber, und er sagte: ‚Ich mache nur meinen Job. Ich bin Schauspieler. Es gibt ein Drehbuch, und ich habe meinen Text. Hier und da improvisiere ich ein wenig.‘ Genau das waren seine Worte.“

„Sie sagten, am Morgen des 14. Juni sei er nicht zum Essen erschienen. Wissen Sie etwas über den Verbleib von Bin Laden?“

„Nein, er tauchte nicht wieder auf. Er hat mir ganz gewiss niemals eine Pistole an den Kopf gehalten. Was auch immer er in diesem Telefonat behauptet hat, ist vermutlich nur eine weitere dieser Finten, mit denen er und seine Leute virtuos gearbeitet haben.“

„Das Verschwinden von Osama bin Laden stellt also nicht nur die ermittelnden Behörden vor Rätsel“, sagte die Reporterin mit ernstem Gesicht, als sie sich der Kamera zuwandte. „Außer ihm und den anderen Terroristen sind zehn Menschen von der *Queen Mary 2* verschwunden. Was mit ihnen geschehen ist, entzieht sich bisher jeder Kenntnis. Zurück ins Studio zu Marc Ryan.“

„Vielen Dank, Charlotte. Wir haben vorhin von den Spekulationen gehört, die im Netz kursieren: Bin Laden könnte auf ein U-Boot umgestiegen sein. Darüber werden wir uns … Ich höre, wir haben ein weiteres Interview in Fort Wadsworth. William Humphrey, der Kapitän der *Queen Mary 2* …“

Jan schaltete ab. Genug abgelenkt! Das alles hatte wenig mit ihm zu tun. Er war mit anderen Dingen beschäftigt. Viel wichtigeren! Sie waren drei an der Zahl und hießen: zur gewohnten Kraft zurückfinden / *spüren* trainieren / Skyllin verstehen. Vor allem der dritte Punkt forderte ihn enorm.

Es ging ihm von Tag zu Tag besser. Dies war nun schon der vierte Tag, den er hier festsaß, und er war beschwerdefrei. Die Quarantäne war kompletter Unsinn.

Heute Morgen hatte Jan Liegestütz geübt, immerhin fünfzehn nacheinander. Früher waren dreißig kein Problem gewesen, und vielleicht wären auch heute ein paar mehr drin gewesen, doch er wollte sich nicht überfordern. Er würde bald zur alten Form finden. Sein Herz steckte die Anstrengung weg, und niemand meldete Bedenken an, auch nicht Dr. Latif.

Zweite Aufgabe: Wieder *spüren* lernen.

Nicht nur Skylla, auch die dunklen Tage lagen hinter Jan. Die Gabe war vollständig zurückgekehrt, stärker denn je. Er trainierte sie nur, während es in der Kabine dunkel war und seine Sinne nicht durch optische Reize abgelenkt waren. Dann lag er in seinem Bett, das er vollständig *spürte,* jede Falte des Bezugs, jeden Kratzer am Rahmen. Ein Whiskyglas zu bewegen, ohne es anzufassen, hatte ihm früher durchaus Mühe bereitet. Die Multikom-Fernbedienung, die auf dem zwei Meter entfernten Couchtisch lag, war deutlich leichter. Doch darauf kam es nicht an. Er konnte sie schweben lassen. Das reale Gewicht, die reale Masse schien keine Rolle zu spielen. Was war real? All diese scheinbar realen Dinge waren relativ. Er konnte sich große Dinge kleindenken und schwere Dinge leichtdenken. Er machte Liegestütz im Kopf und schaffte es zu seinem eigenen Erstaunen, selbst das Multikom, das mindestens dreißig Kilo wog, ein wenig anzuheben, ohne es zu berühren. Das hätte er früher niemals für möglich gehalten. Er wünschte, er könnte seiner Mutter davon erzählen. Auch von den Kopfschmerzen, die er danach hatte und die erst nach ein paar Entspannungsübungen vergingen. Offensichtlich verspannte sich seine Nackenmuskulatur während der Übung, als arbeite sie mit.

Die Welt in meinem Kopf.

Das war sein Begriff dafür.

Ein eingeschränkter Begriff natürlich. Welt? Nein, nur seine Wahrnehmungswelt. Seine Umgebung, diese Kabine, die er bis ins kleinste Detail erkundet hatte, bis hin zu den winzigen Schrammen im Bodenbelag, die beim Verschieben von Möbeln entstanden sein mochten. Doch wie früher endete die Gabe an Wänden. Wenn es keinen Durchschlupf gab, kein Loch, keine Ritze, konnte er nicht *spüren*, was sich dahinter befand. Seine Quarantäne-Kabine war rundherum luftdicht, es gab nicht die kleinste Lücke, auch nicht durch die Handschleuse, durch die man ihm sein Essen und die Anti-Blausäure-Drinks hereinreichte.

Bis auf die offizielle Kamera unter der Decke hatte er keine Kameras entdeckt, keine Wanzen in den Winkeln und Ecken oder unter den Laken. Er war hier tatsächlich weitgehend privat. Es war etwas Besonderes für ihn, sich im Dunklen nackt auszuziehen, sich breitbeinig auf das Bett zu legen und mit sich selbst zu spielen. Das hatte er lange nicht mehr gemacht. Seine eigene Erektion im Kopf zu haben, sie zu *spüren* – auch das war jetzt anders. Die Wahrnehmung war kräftiger, konturierter – er fand keine anderen Worte dafür. Er *spürte* jede Ader, und als er kam, *spürte* er es nicht nur im Unterleib, sondern auch im Kopf.

Er dachte dabei an Maria Francesca. Er begehrte sie umso mehr, je länger er von ihr getrennt war. Was auch immer daraus erwachsen mochte – er wollte mit ihr zusammensein. Sie schien ihn zu verstehen, wenn er per Video Andeutungen machte, denn sie gab passende Antworten. So sehnte er sich nach dem Moment, an dem die Quarantäne endlich aufgehoben werden würde.

Die Hälfte der Frist war verstrichen. Seit zwei Tagen hatte Jan nichts mehr von Dr. Latif gehört. Interessierte der Arzt sich nicht mehr für Jans Entwicklung? Jan rief ihn einfach via Intranet an.

„Dr. Metzner, was kann ich für Sie tun?“, fragte Dr. Latif. Er sah ebenso überrascht wie übermüdet aus.

„Ich habe lange nichts von Ihnen gehört. Während ich krank war, haben Sie mir die Ohren vollgeplappert. Das fehlt mir.“

„Welch schönes Kompliment“, versetzte Dr. Latif ironisch. „Nun, manche Menschen bekommen Zeit, sich von Strapazen zu erholen, während andere Menschen gegenwärtig Strapazen ausgesetzt sind. Darüber hinaus überwache ich natürlich Ihre Daten und behalte Sie im Blick, auch wenn Sie davon nicht viel bemerken.“

„Mein Beileid!“, konterte Jan und fragte: „Was denn für Strapazen? Kann ich Sie irgendwie unterstützen?“

„Ich wüsste nicht wie“, gab Dr. Latif zurück.

Der Mann treibt irgendwas!

„Ich wollte Sie nicht behelligen“, sagte Jan. „Wie gesagt, Sie waren mir als fehlend aufgefallen.“

„Vielen Dank für die Anteilnahme. Wir sehen uns bald wieder.“

Er hat mich bewusst für eine Woche in der Quarantäne geparkt, um mich aus dem Weg zu räumen.

Es war nur ein Verdacht, doch Jan wurde diesen Gedanken nicht mehr los.

Er rief Al-Maphrut an. Wieder erwischte er nur den Adjutanten mit dem komplizierten Namen, aber da die Kommunikation auf diesem Weg schon einmal geklappt hatte – das Whiskyglas, inzwischen natürlich leer, stand auf Jans Couchtisch –, nahm Jan auch diesmal kein Blatt vor den Mund.

„Glaubt ihr immer noch, dass ich in die Quarantäne gehöre?“, fragte er den jungen Mann, der jedoch recht straff zurückgab:

„Natürlich. Dr. Latif hat es so angeordnet.“

„Alle meine Blutwerte sind optimal“, erwiderte Jan. „Wenn ich einen Keim aus dem Kern von Al-Isrā an mir hätte, wäre ich längst tot. Mich hier noch länger kaltzustellen, ist einfach absurd.“

„Kaltzustellen?“, wiederholte der Adjutant verblüfft. „Wie kommen Sie zu einer solchen Behauptung? Klappt die Zusammenarbeit mit Ihrem Team nicht?“

„Doch, aber …“

„Dr. Metzner, bei allem Respekt – wir haben hier zu tun. Bitte behelligen Sie uns nicht mit Screenshots ihrer Stimmungsbilder.“

Der Adjutant schaltete ab, und Jan schnappte nach Luft.

Diese ungewohnt schroffe Abfuhr wollte erst einmal verdaut sein.

Wir haben hier zu tun? Was denn?

Immerhin war damit klar, dass an der Quarantäne nicht zu rütteln war. Jan hakte diesen Punkt also endgültig ab. Immerhin war das Ende absehbar. Drei Tage noch. Trotzdem war es nicht einfach, geduldig zu bleiben, denn Maria Francesca ließ ihn über das Videosystem wissen, dass sie sich auf ein Treffen freute.

Also konzentrierte er sich auf das Skyllin-Problem und darauf, den Attentäter lebend zu erwischen.

Sein innerer Widerstand gegen seine Arbeit für die Allianz hatte deutlich nachgelassen, seit er besser über *SCOUT* Bescheid wusste. *Free Mind, Enduring Freedom* – jetzt verstand er Michael. Was der Freund getan hatte, war kein Landesverrat, sondern Notwehr. Jan bewunderte ihn für die Konsequenz, mit der Michael damals alle Brücken hinter sich abgebrochen hatte. Er war sich keineswegs sicher, ob er das an Michaels Stelle ebenfalls geschafft hätte.

Vielleicht war es sogar eine gute Sache, für die *Islamische Allianz* zu arbeiten. All das widerliche Zeug, das er über *SCOUT* gelesen hatte, gab seiner zögernden Motivation immerhin eine Richtung.

Die zahlreichen persönlichen Texte auf Michaels Notebook hingegen, jene sonderbaren Einträge, die mal mit Kalenderdaten begannen wie Tagebucheinträge, mal mit der direkten Anrede „Lieber Jan!“, als habe Michael einen Brief an seinen alten Freund geschrieben, diese Dateien mied Jan. Seine Nackenhaare sträubten sich, sobald er auf einen solchen Eintrag stieß. Wann immer er begann, einen dieser Texte zu lesen, stellte sich heraus, dass er sie nur schwer ertrug. Michael diskutierte darin Probleme seiner Arbeit mit ihm, als säße Jan direkt gegenüber, und sprach Jan immer wieder persönlich an, als würden sie Seite an Seite im Labor arbeiten. Aber dieser Jan war herrisch, reizbar und nachtragend. Jan konnte ihn nicht ausstehen. Die Zeit war noch nicht reif für ihn, diese Botschaften zu lesen.

Per Videosystem konnte Jan die Experimente und Untersuchungen seines Laborteams begleiten und Anweisungen geben. Omar der Taliban, Hassan, Naïra und Maria Francesca sequenzierten das Skyllin und bestimmten die Abfolge der Aminosäuren, aus denen es bestand. Das Ergebnis wurde durch die Datenbank gejagt. Das erschütternde Resultat: Null. Skyllin war mit nichts vergleichbar, was jemals biochemisch erforscht und erfasst worden war. In keiner der Datenbanken, in denen Al-Isrā nachsehen konnte, gab es Einträge, die Ähnlichkeiten aufwiesen.

Dieses Problem verursachte Jan Schweißausbrüche. Er war kein Biochemiker, sondern Mikrobiologe und Genetiker. Er kannte sich halbwegs mit Proteinen aus, aber hier stieß er an Grenzen.

Was soll dieses Scheißzeug? Wofür ist es nützlich?

Bisher war niemand auf diesem Planeten Vergleichbarem begegnet. Zugleich war Skyllin zweifellos eine der giftigsten Substanzen der Welt. Woher stammte es?

Die Möglichkeit, dass Biowaffeningenieure das Skyllin-Protein konstruiert hatte, konnte ausgeschlossen werden. Die Chance, dass bei mehr oder weniger zufälligen Kombinationsversuchen von Aminosäuren etwas wie Skyllin herauskam, war millionenfach geringer als ein Hauptgewinn im Lotto. Das Skyllin-Gen musste irgendwo auf der Erde auf natürliche Weise entstanden sein, und sein Produkt, das Skyllin, musste für den Organismus, der darübr verfügte, einen konkreten Sinn besitzen, einen Vorteil im täglichen Leben. So etwas entstand vielleicht durch Zufall, per Mutation, aber es wurde nicht zufällig vererbt.

Was mochte das für ein Organismus sein? Ein Bakterium? Eine Qualle? Ein Pfeilgiftfrosch? Jan tippte eher auf eine seltene Spinnen- oder Schlangenart, die in irgendeinem Dschungel regional begrenzt vorkam. Oder auf eine Meeresschneckenart aus tropischen Gewässern. Er glaubte nicht, dass Skylla von Natur aus Trägerin dieses Gens war. Es war dem Erbgut des Virus von findigen Biowaffeningenieuren hinzugefügt worden. Die kriminelle Energie hinter diesem Vorgang passte zu dem, was Jan über *SCOUT* wusste.

„Wir stecken in einer Sackgasse“, sagte Jan zum Team. „Wenn wir über die Sequenzdaten nicht weiterkommen, dann müssen wir wohl oder übel einen direkteren Weg wählen.“

Jan hasste den Gedanken, dass Kreaturen leiden mussten, um die Forschung voranzubringen. Er musste an die Nazi-Ärzte in seiner Familie denken. Doch er wusste keine andere Lösung: Wenn Skyllin so fremdartig war, ließen sich Erkenntnisse über dieses Gift nicht per Modellversuch im Computer gewinnen. Dann musste am realen Organismus experimentiert werden, und das bedeutete, dass einige der Rhesusäffchen, die in Al-Isrā gehalten wurden, sterben würden.

Etwas Derartiges war bereits geschehen: Shiva, einer der Affen, war an Skylla gestorben, wie es zuerst ausgesehen hatte. Doch Dr. Latif hatte den Affen obduziert. Das Herz des Tieres war vorgeschädigt gewesen, vermutlich infolge eines genetischen Defekts: Shiva hatte einen Herzklappenfehler. Für seinen Tod mochte eine Kombination aus den Folgen der Infektion mit Stress verantwortlich gewesen sein.

Drei weitere Affen starben bei den folgenden Experimenten. Einer von ihnen war mit Charybdis markiert. Er wurde einem Nebel von Skylla-Viren der scharfen Variante ausgesetzt, die ihn über die Atemwege infizierten. Es dauerte kaum zwei Minuten. Der Affe griff sich an die Brust, wo der Schmerz herrschte, schrie in Todesangst auf, sackte zur Seite und war tot. Die beiden anderen Affen waren nicht mit Charybdis infiziert und bekamen das Skyllin in reiner Form per Spritze, in verschiedenen Dosierungen. Der Affe, der die höhere Dosis bekam, starb schnell. Der andere quälte sich minutenlang.

Alle drei Tiere wurden von Jean-Marie Legrand obduziert. Dr. Latif war – aus welchen Gründen auch immer – für diesen Einsatz nicht zu bekommen gewesen.

Beim ersten Toten, dem markierten, stand der Befund schnell fest: Multipler Herzinfarkt, wie bei Skylla zu erwarten. Die Aorta war aufgeplatzt. Das Tier war sekundenschnell innerlich verblutet.

Beim zweiten Toten – dem Affen mit der hohen Skyllin-Dosis – musste Dr. Legrand etwas länger suchen, da er sich zunächst auf das Herz konzentrierte, das jedoch unversehrt war. Doch dann stieß er auf eine ungewöhnliche Verdickung eines zum Herzen führenden Gefäßes.

„Das sieht nach einer Thrombose aus“, sagte er.

Ein Schnitt ins Herz förderte die Erkenntnis zutage, dass die erste Herzkammer voll mit Brocken von geronnenem Blut war, welche die Herzklappen beschädigt und zum Kollaps des Herzens geführt hatten.

Im Fall des dritten Toten war es schließlich nicht anders: Auch bei ihm war das Herz äußerlich unversehrt und innen voll von geronnenem Blut. Dr. Legrand fand die Gefäßverstopfung, von der dieses geronnene Blut ausgegangen war, in einer Vene.

„Nach meiner Einschätzung verursacht Skyllin eine Art Thrombose", fasste Legrand zusammen, „und zwar selbst in Gefäßen, in denen das Blut schnell fließt. Ich kann nicht sagen, wie es das anstellt, aber der Befund bei Affe Nr. 2 ist eindeutig. Von einer Thrombose in der Oberarmvene sind Klumpen ins Herz gelangt und haben es irreversibel beschädigt. Die Folge war ein schneller Tod. Die Thrombose muss sich mit erstaunlicher Geschwindigkeit gebildet habe, innerhalb weniger Sekunden. Ich vermute, dass wir bei Objekt Nr. 3 letztlich zum gleichen Befund kommen, auch wenn die Thrombose sich woanders bildete."

Dr. Legrand überlegte einige Sekunden.

„Im Fall von Affe Nr. 1 könnte es ähnlich sein. Falls es stimmt, dass Skyllin Thrombosen verursacht, bildeten sich diese in den Gefäßen, die vom Herzen wegführen, was völlig kurios ist, weil das Blut darin am schnellsten fließt, so dass gerade dort die Gefahr von Thrombosen am geringsten ist. Die Thrombosen scheinen zu einem Blutstau geführt zu haben, den die Aorta nicht verkraftet hat."

So kam Jan zusammen mit Dr. Legrand und seinem Team zu einer Theorie über die Wirkung des Skyllin. Nach der Infektion mit Skylla musste erst die Skyllin-Produktion anlaufen. Das dauert ein paar Sekunden. Dann wurde das Skyllin aus den Herzzellen ans Blut abgegeben, um sofort, sobald es das Herz verlassen hat, eine Gefäßverstopfung zu verursachen. Das Herz pumpte gegen diese Barriere an, die schnell wuchs. Es kam zum Verschluss der Aorta, bis der Druck so groß wurde, dass sie platzte.

Diese Erkenntnis konnte viele Menschenleben retten.

„Heparin", sagte Jan, und alle im Team nickten zur Bestätigung.

„Gerinnungshemmer", fügte Omar, der Taliban, hinzu. „Es gibt noch ein paar andere Stoffe. Wichtig ist: Viel davon."

„Das verträgt nicht jeder!", wandte Hassan ein.

Hassan, der Bedenkenträger!

„Es geht zunächst darum, den Tod zu verhindern", sagte Jan. „Hinterher können wir daran denken, das Leben zu retten."

Normalerweise war dies ein- und dasselbe, aber Skyllin setzte neue Standards in Sachen Lebensrettung, weil es so schnell wirkte. Dieser Gedanke schien auch Dr. Legrand einzuleuchten.

„Wir sollten einen letzten Tierversuch machen", schlug Legrand vor, „und zwar mit dem Ziel, den Probanden zu retten. Haben wir noch einen Affen, der mit Charybdis markiert ist?"

Einer war noch da.

Zwei Stunden später war der Versuch gelaufen. Der Affe saß in seinem Käfig und schaute in die Kamera – sichtlich mitgenommen und zutiefst erschöpft, denn er hatte eine Heparin-Injektion direkt ins Herz bekommen. Kein Affe hatte jemals eine solche Tortur durchgemacht. Doch er lebte, und das bedeutete, dass auch Menschen Skylla überleben konnten.

Jan gab das Ergebnis an Kommandant Al-Maphrut weiter. Diesmal bekam er ihn sofort über das Videonetz.

„Hochdosiertes Heparin direkt ins Herz“, sagte Jan. „Dann auf dem schnellsten Weg ins Krankenhaus zur Notoperation. Brustkorb öffnen, Arterien flicken.“

Al-Maphrut verstand. Er nickte, sagte:

„Ich gebe das sofort nach Amman weiter“, und schaltete ab.

Er hat „sofort“ gesagt.

Es gab also Kanäle hinaus von Al-Isrā in die Welt.

Jan sank auf seine Couch zurück und starrte auf das schwarze Video-Fenster auf dem Monitor seines Notebooks.

Die treiben hier irgendein Spiel mit mir!

Ende Juni 2024
Seattle

Marc und Hillary standen vor dem Multikom.

„Wir werden Zeugen eines politischen Erdbebens in Washington“, sagte Moderatorin Catelyn Snow soeben. „Ohne jede Vorankündigung ist die Handelsministerin zurückgetreten. Sie hat dem ersten Kabinett Prestons von Anfang an angehört und war damit das einzige Kabinettsmitglied, das Preston ununterbrochen als Ministerin gedient hat. Edwards galt als Prestons Vertraute. Fragen wir Linda Hurt in Washington: Ist dieser Rücktritt als Zerwürfnis zu verstehen?“

„Eine andere Deutung ist angesichts der klaren Wortwahl wohl kaum möglich“, antwortete Linda Hurt. „In ihrer Rücktrittserklärung wählte Edwards deutliche Worte. Sie hat sich stets der Kabinettsräson unterworfen und alle Entscheidungen der Regierung mitgetragen, auch wenn sie anderer Meinung war. Sie galt als unerschütterlich loyal. Dass sie Preston jetzt praktisch alles vor die Füße wirft, deutet in der Tat auf ein schweres Zerwürfnis hin."

„Wie wird Präsidentin Preston reagieren?"

„Schnell und entschlossen, um Führungsstärke zu beweisen. Sie muss die Gerüchte Lügen strafen, sie sei amtsmüde. Preston ist ein Politik-Profi. Sie wird noch heute eine Pressekonferenz geben und den Nachfolger oder die Nachfolgerin präsentieren."

Das Multikom zeigte nun Tanja Franklin, die *Tea-Party*-Abgeordnete, die eine Erklärung abgab.

„Mach das aus!", forderte Hillary.

Marc tat ihr den Gefallen.

„Wie gehen wir weiter vor?", fragte er.

Hillary seufzte.

Wenn sie das nur wüsste ...

Die Ermittlungen im Mordfall Walsh steckten in der Sackgasse. Lediglich Lionel Miller hatte für etwas Aufregung gesorgt, der Callboy, der anrief und durchgab, er fühle sich beobachtet. Vor seinem Haus habe längere Zeit ein Wagen gestanden, darin habe ein Mann gesessen und zum Eingang des Hauses herübergesehen. Lionel konnte ihn kaum beschreiben, der Dunkelheit wegen, aber er schloss aus, dass es sich um den Agenten Demonti handelte.

„Den hätte ich jederzeit wiedererkannt", sagte er.

Hillary bot ihm Polizeischutz an, aber er lehnte ab. Marc hatte die Umgebung der Wohnung daraufhin eine Nacht hindurch noch einmal persönlich observiert, ohne Ergebnis.

„So blöd werden *sie* nicht sein", sagte er danach.

Dieses *sie* war inzwischen zu einer festen Wendung in Hillarys Team geworden. Man ließ den Wortfluss kurz stocken und hob dann raunend die Stimme: *sie*. Die, denen sie auf der Spur waren. Wenn dem doch nur so wäre! Fakt war, dass sie nicht vorankamen. Zunächst hatte es allerdings anders ausgesehen, denn John Faruggio, der IT-Spezialist des Departments für Bildmanipulation, der Johnboy genannt wurde, hatte mit einer beeindruckenden Präsentation seiner Fähigkeiten zeigen können, dass der Junge auf dem Foto aus dem Jahr 1995 mit hoher Wahrscheinlichkeit dieselbe Person war wie der Mann auf dem Phantombild. Das war kein Beweis, aber ein starkes Indiz. Ja, es konnte sein, dass der Junge auf dem Foto ihr Gianfranco Demonti war.

Doch kurz darauf war die Spur so gut wie tot. Derselbe Junge tauchte mit Bild und Namen im Jahrbuch der Keansburg High School auf, wie Hillary und Marc online recherchierten, aber was er danach gemacht hatte, ließ sich aus der Ferne nicht rekonstruieren. Welches College, welcher Beruf, welche Weiterbildung – Amerikaner hinterließen normalerweise vielfältige Spuren im Netz, etwa durch ihre Aktivitäten in Online-Netzwerken. Seit mindestens 20 Jahren war es praktisch unmöglich, in den USA zu leben und nicht in irgendeiner Form im Netz aufzutauchen – und sei es auf Bildern von Freunden. Gianfranco Demonti aber schien mit seinen Daten in einer Weise gegeizt zu haben, die nicht nur völlig unamerikanisch war, sondern im Kern darauf hinauslief, dass es ihn eigentlich nicht gab. Das passte zu Hillarys Verdacht, der sie schon beim ersten Blick auf die PIRAD-Ergebnisse beschlichen hatte: Da hatte jemand saubergemacht.

Demonti war gelöscht worden.

„Ist so etwas möglich?"

Diese ratlose Frage von Hillary stand seitdem im Raum. Und es gab verschiedene Antworten:

„Nein", sagte Jeff, „wir haben uns verrannt."

„Ja", widersprach Hank, „wenn man ein Geheimdienst mit Extraklasse-IT-Abteilung ist."

Beides war möglich, dachte Hillary.

„Aber wieso haben *sie* den alten Eintrag von 1995 übersehen?"

Auf diese Frage hatte niemand eine Antwort.

Hillary gab bei Johnboy eine Bildrecherche in Auftrag. Mit Hilfe einer speziellen Software wurde das gesamte Internet automatisiert nach Bildern durchsucht, die mit Gianfranco Demonti Ähnlichkeit hatten. Um die Trefferwahrscheinlichkeit zu erhöhen, extrapolierte Johnboy das Phantombild, indem er es mit dem Bild abglich, das er auf der Basis des Zeitungsfotos hochgerechnet hatte.

„Mach dir keine Hoffnung, dass du das Resultat morgen auf dem Schreibtisch hast", sagte er. „So eine Suche dauert Tage. Du hast keine Ahnung, welche Datenmengen dabei durchmustert werden müssen."

Immer noch besser, als eine offizielle Anfrage an die Rentenversicherung zu schicken. Und auch die andere Möglichkeit, Demonti auf die Spur zu kommen, schloss Hillary zunächst aus: nach Keansburg zu fliegen, um in Gesprächen mit Leuten, die Demonti gekannt haben mussten, mehr über ihn herauszufinden. Lehrer, Ärzte, Freunde – im

Internet mochte es möglich sein, Spuren eines Lebens zu löschen, aber in der Realität war das ausgeschlossen. Diese Recherche blieb Hillarys letzte Option. Allerdings hatte sie den starken Verdacht, dass Higgins ihr die Reise nicht bewilligen würde. Ihr Chef wirkte zunehmend widerwillig. Dass er Hillary und ihr Team, in dem alle dranbleiben wollten, noch gewähren ließ, lag nur daran, dass Seattle, was Schwerverbrechen betraf, selig entschlafen zu sein schien.

Auch bei der *Washington State Security* war man nicht weitergekommen. Hillary telefonierte mehrmals mit Helen Scott-Gonzalez, die immer noch herauszufinden versuchte, wie und von wem der Seuchenalarm gelöscht worden war. Hillary war skeptisch. Wenn jemand so gut wie sämtliche Lebensspuren eines Menschen aus dem Netz entfernen konnte, dann war ihm vermutlich noch sehr viel mehr zuzutrauen. Immerhin stand nun fest, dass der Seuchenalarm tatsächlich gegeben worden war. Es gab weitere Aussagen von Leuten, die den Alarm registriert hatten und die wie Nancy Dschebril von der Feuerwehr reagiert hatten: Nachdem die Alarmmeldung von den Schirmen verschwunden war, hatten sie die Sache nicht verfolgt.

Helen Scott-Gonzalez wirkte von Anruf zu Anruf gereizter.

„Wir haben die undichte Stelle geschlossen“, sagte sie. „Es wurden neue Passwortroutinen geschrieben, die Passwortbesitzer mussten sich identifizieren, und wir ziehen gerade eine neue Firewall hoch. Auf diese Idee wären wir ohne Sie nicht gekommen. Insofern gilt Ihnen mein wärmster Dank.“

Doch Hillary war soeben über etwas gestolpert.

„Die Passwortbesitzer mussten sich identifizieren?“, fragte sie nach. „Das bedeutet, Sie haben die Daten und Identitäten aller User abgefragt, die berechtigt sind, sich an Ihrem System anzumelden?“

„Bis auf ein paar, ja. Einige Abfragen blieben unbeantwortet.“

„Derjenige, der Ihr System manipuliert hat, befindet sich darunter“, vermutete Hillary seufzend.

„Der Gedanke liegt auf der Hand.“

„Sie haben mich seufzen hören?“, fragte Hillary.

„Hören Sie, Detective“, sagte Scott-Gonzalez, „ich bin Ihnen wie gesagt sehr dankbar. Wir konnten eine wichtige Sicherheitslücke schließen. Natürlich wurde sichergestellt, dass sich die User, die sich nicht identifizieren ließen, nicht mehr an unserem System anmelden können. Darüber hinaus hat der Unbekannte keinerlei Spuren hinterlassen. Ich schicke Ihnen gern die Datensätze. Sie werden erkennen, dass alle Ansätze im Internet-Nirwana versickern. Wir versuchen, die möglichen Wege des Unbekannten zu recherchieren, denn wir müssen darauf vorbereitet sein, dass er sich wieder Zugang zu verschaffen versucht. Mehr können wir nicht tun. Zum Glück haben wir wenigstens hinsichtlich des Seuchenalarms Gewissheit."

„Sie haben ABC-Einheiten zum Institut geschickt?"

„Natürlich, getarnt als Parkpfleger. Sie haben rund um das Institut Bodenproben entnommen. Dort ist nichts Gefährliches entwichen."

„Vielen Dank für die Unterstützung", sagte Hillary. „Sie schicken mir dann die Datensätze?"

„Schon so gut wie erledigt."

„Machen wir das Beste draus und versuchen, etwas zu lernen."

Hillary legte auf, sah Marc an, fasste sich an die Stirn und fragte:

„Habe ich diese gequirlte Scheiße gerade wirklich gesagt?"

„Hast du", gab er zurück, „aber wenn du ein bisschen weiter gequirlt hättest, wäre vielleicht nicht nur Scheiße herausgekommen. Was, wenn sie mit drinsteckt?"

„Wie bitte?"

„Sie hatte erkennbar kein Interesse daran, die Sache weiter zu verfolgen", argumentierte Marc.

„Weil sie nach vorne denkt. Es ist geschehen, wir ziehen unsere Schlüsse daraus, und jetzt geht es weiter Richtung Zukunft. So sind diese Typen, so ticken die."

„Aber wer kann solche Angriffe fahren wenn nicht Leute wie sie?", führte Marc seinen Gedanken weiter. „Leute mit Herrschaftswissen, die sich mit der ganzen IT-Scheiße so gut auskennen, dass ihnen niemand etwas vormachen kann! Irgendwo müssen diese Leute sitzen, die uns hier an der Nase herumführen. Das sind Menschen, sie existieren, sie leben. Das sind genau solche Leute wie diese Scott-Gonzalez!"

„Gute Rede", erwiderte Hillary lahm. Sie war allmählich am Ende ihres Lateins. Trotzdem hatte sie sich noch nicht damit abgefunden, dass ausgerechnet Harvey Walshs Ermordung einer von nur fünf Mordfällen ihrer langen Laufbahn sein sollte, die sie nicht hatte aufklären können.

„Vielleicht hätten wir bei Haney robuster auftreten sollen", fuhr Marc fort. „Ich bin sicher, dass *sie* den noch auf dem Radar haben."

„Haney geht's gut." Hillary winkte ab. „Der hat ein paar ruhige Tage hinter sich."

„Woher willst du das wissen?"

„Ich habe ihn angerufen."

„Du hast ..." Marc starrte sie fragend an. „Warum das?"

„Um mich bei ihm zu entschuldigen."

„Du?"

„Ja, verdammt noch mal, ich!" Hillary fuhr aus ihrer Haut. „Ich habe einen Fehler gemacht, als ich ruppig zu ihm war, und ich habe mich dafür entschuldigt. Das ist das Mindeste, was man von einem anständigen Menschen erwarten kann. Starr' mich nicht so an!"

„Bei mir hast du dich noch nie entschuldigt!"

„Wofür auch?"

„Oh, ich wüsste da ein paar ..."

„Schaut euch das mal an", rief Jeff zu ihnen herüber.

„Schlag dir das aus dem Kopf", sagte Hillary zu Marc, ehe sie gemeinsam zu Jeff gingen.

Ein Treck war von der algerisch-tunesischen Grenzregion nach Osten aufgebrochen.

„Jerusalem!", skandierte die Menge – vorwiegend junge Männer. Die wenigen Frauen, die sich zeigten, unterschieden sich in Sachen Kleidung nicht von den Männern, trugen ihre Haare offen und riefen:

„Gleiche Rechte für Frauen!"

Die meisten Menschen waren mit Motorrollern, Pickups und Kleinbussen unterwegs, andere wollten offenbar zu Fuß nach Jerusalem gehen. Die Angaben über ihre Zahl gingen weit auseinander. Die Organisatoren sprachen von 5000, die Polizei von 800 Menschen.

„Doch selbst wenn es nur 800 sein sollten, könnten sich auf dem Weg viele Menschen anschließen", sagte der Korrespondent aus Tunis. „Die Organisatoren dieser Bewegung sind Netzaktivisten. Sie sehen in König Abdallah einen Hoffnungsträger, fast eine Art Messias. Dass Abdallah ohne jedes Lebenszeichen verschwunden ist, sorgt sie sehr. Sie scheinen entschlossen zu sein, nach Jerusalem zu gehen. Bis zur libyschen Grenze dürften sie problemlos vorankommen. Die Veranstalter erwarten, dass der Zug bis dahin auf 20.000 Menschen anwächst. Doch wie wird Libyen reagieren, das sie durchqueren müssen? Das Regime hat sich ablehnend und feindselig zu Abdallah und der Schura geäußert. Große Teile des Landes stehen unter der Kontrolle von Milizen, die niemand richtig einschätzen kann. Schwer vorstellbar, dass sie oder das Regime den ‚Marsch der Millionen' ungehindert passieren lassen."

„Das sind doch alles Spinner!", entfuhr es Jeff. „Guckt sie euch mal an. Das sind arme Leute, oder? Haben die keine andere Sorgen als die Reformierung des Islam?"

„Wie es scheint, setzen sie ihre Prioritäten ein wenig anders als du und ich", erwiderte Marc.

Hillarys Handy vibrierte in ihrer Hosentasche. Sie zog es hervor und las erstaunt die SMS, die ihr angezeigt wurde:

„Ich erwarte Sie um 17 Uhr zum Tee. M."

Hillary runzelte die Stirn.

Absenderin der SMS war Margret McWeir!

„Verflucht!", entfuhr es Hillary.

Schlagartig überkam sie ein schlechtes Gewissen, weil sie sich nicht mehr um die Witwe gekümmert hatte. Es war zutiefst unhöflich, sie nicht wenigstens alle zwei Tage anzurufen.

Hillary ignorierte die fragenden Blicke der Männer und sah auf die Uhr. Es wurde knapp. Sie brauchte ein Geschenk.

„Ich muss los", rief sie, schnappte ihr Jackett und ließ Jeff und Hank sitzen und Marc stehen.

Völlig unerwartet für Hillary erwartete Margret McWeir sie mit einem strahlenden Lächeln und wirkte überhaupt sehr aufgeräumt.

„Wie schön, dass Sie so kurzfristig Zeit hatten", sagte sie.

Hillary erfasste überrascht, dass die Stimmung gut war, drückte ihr den Strauß weißer und rosafarbener Lilien, die herrlich dufteten, in den Arm und bekannte mit einer Ehrlichkeit, die entwaffnend wirken sollte:

„Ich habe ein furchtbar schlechtes Gewissen."

„Warum denn?", fragte Margret McWeir, wischte die Frage mit einer Handbewegung beiseite und sagte: „Kommen Sie herein. Ich habe Ihren Lieblingstee gemacht. Bitte entschuldigen Sie, dass das alles so kurzfristig kommt, aber ich muss Ihnen etwas zeigen. Schauen Sie mal!"

Sie führte Hillary ins Wohnzimmer und machte sie auf einen Steinquader aus Marmor aufmerksam, der auf dem Sekretär stand, genau dort, wo Samuel McWeir seine tägliche Post vorzufinden gewohnt gewesen war. Hillary verstand nicht gleich, was das zu bedeuten hatte, aber dann sah sie die Inschrift, und sie fragte:

„Eine Urne?“

„Er kam heute mit der Post!“

In den Marmorblock waren die Worte graviert:

„Samuel McWeir -- einer unserer Größten.“

„Mit der Post?“

Hillary staunte nicht schlecht. Sofort türmten sich Fragen auf, aber da die Witwe zufrieden wirkte, schluckte sie alles vorerst hinunter.

„Ist das nicht merkwürdig?“, gab Margret zurück. „Mit Begleitschreiben von *Riverton & Watson Funeral Home,* einem Bestattungsunternehmen, und es ist alles so eingerichtet, dass ich nun endlich mit Samuel abschließen und meiner Wege ziehen kann.“

Hillary begriff. Es ging der Witwe nicht mehr darum, die Wahrheit zu erfahren, sondern sie wollte abschließen.

„Morgen erscheinen Sterbeanzeigen im *Seattle Inquirer*, in der *New York Times* und der *Washington Post*“, erläuterte die Witwe. „*Riverton & Watson* haben alles in die Hand genommen und sich mit der Universität abgesprochen, damit eine offizielle Pressemitteilung rausgeht. Nun erfährt die Welt also von Samuels Tod. Das wurde mir alles abgenommen, ich musste mich um nichts kümmern!“

Hillary verzog das Gesicht. Sie empfand das Verhalten der Witwe als egoistisch und unangemessen, aber sie verbiss sich jede Kritik, auch wenn sie meinte, dass Margret sich lieber fragen sollte, warum ihr der Abschied so einfach gemacht wurde. Der Grund war natürlich: Die Bestattung sollte reibungslos über die Bühne gehen.

„Es heißt, die Präsidentin werde zur Bestattung kommen“, fuhr Margret fort und stieß ein Lachen aus. „Wissen Sie zufällig, ob man sich dagegen wehren kann? Ich will diese Frau nicht am Grab meines Mannes sehen, auch wenn es sich nur um ein Urnengrab handelt.“

„Ich fürchte, da können Sie nichts machen“, antwortete Hillary. „Wenn die Präsidentin kommt, dann kommt sie.“

„Sie kommen doch auch?“

„Natürlich!“

„Gut. Und jetzt kommen Sie mit. Ich habe etwas, was vielleicht interessant für Sie ist. Sie arbeiten doch noch am Fall Walsh?“

„Ja, aber wir kommen nicht weiter“, gestand sie und folgte der Witwe auf die Terrasse. Dort war alles für einen gemütlichen Plausch bei gutem Tee hergerichtet, doch wie immer war Hillary zunächst fasziniert vom Blick über Lake Washington hinüber zur Cascade Range.

„Warum kommen Sie nicht weiter?", fragte Margret in freundlichem Plauderton, während Hillary sich in die bequemen Polster sinken ließ, und schenkte Tee ein.

„Ich bin ganz offen zu Ihnen, Margret", antwortete Hillary. Die Witwe setzte sich ebenfalls. „Wir stecken fest, weil zu viele Daten gelöscht wurden. Ich kenne den Mörder, aber trotzdem sind wir weit davon entfernt, den Fall zu lösen. Es mangelt an Beweisen."

„Gelöscht, sagen Sie?", fragte die Witwe.

„Ja, es sind offensichtlich Daten gelöscht worden."

„Wie in meinem Haus!" Margret schlug die Hände vor den Mund, senkte sie dann wieder und lachte. „Mein Haus! Habe ich das wirklich gesagt? Ja, jetzt ist es wirklich mein Haus. Ich habe geerbt. Früher war da zeitweise mal so ein Kerl, der auch hier gewohnt hat, den ich aber wohl gar nicht richtig gekannt habe. Und dann sind all diese Leute gekommen und haben das Arbeitszimmer ausgeräumt und alles mitgenommen – im Ergebnis ist das so, als ob er gelöscht worden wäre, nicht wahr? Darf ich Ihnen ein Geheimnis verraten?"

„Natürlich."

„Ich bin froh, dass er weg ist." Margret nickte zur Bekräftigung. „Im Grunde war er ein unausstehlicher Typ. Immerzu wichtig, immer eilig. Er meinte, die Welt zu verstehen, er wusste alles und hat nie nach etwas gefragt. Vielleicht hat er geglaubt, schon alles verstanden zu haben. Natürlich hat er sich darüber gewundert, dass seine Kinder auf Distanz zu ihm gegangen sind, obwohl er doch der gefragte Nobelpreisträger war, der Medizin-Einstein. So wurde er genannt."

Hillary traute ihren Ohren nicht.

„In Ihrem Job", fuhr Margret fort, „ist das wichtigste Werkzeug die Frage, nicht wahr? So stelle ich mir das in meiner Naivität vor. Wenn ich etwas wissen will, dann stelle ich Fragen. Kluge Fragen, dumme Fragen – egal, Hauptsache Fragen. Wenn ich nicht frage, erfahre ich nichts. Damit zeige ich, dass ich mich für etwas interessiere. Wissen Sie, Hillary, wie oft er mich in den letzten zwanzig Jahren unserer Ehe gefragt hat, wie es mir geht?"

Hillary ließ die Schultern sinken. Sie ahnte die Antwort.

„Kein einziges Mal!" Wiederum nickte Margret zur Bekräftigung. „Es ist, als wäre es ein Naturgesetz gewesen, dass ich einfach da bin."

„Das ist Ihnen alles kürzlich bewusst geworden?", fragte Hillary, während sie an ihrem Tee nippte.

„Ich weiß es im Grunde schon lange." Margret winkte ab. „Aber ich habe es mir nicht eingestanden. Man macht sich ja so viel vor! Meine Töchter haben es immer gesagt. Ich habe ein wenig telefoniert in letzter Zeit, und ich bin entschlossen, nach San Diego zu ziehen. Dort bin ich näher bei meinen Kindern. Das hier" – sie deutete auf die Bergkette – „erinnert mich zu sehr an Samuel."

„Die Aussicht ist herrlich", wagte Hillary einzuwenden.

„Sie können das Haus kaufen."

„Sie haben mich aber wohl nicht eingeladen, um mit mir ein Verkaufsgespräch zu führen?", fragte Hillary.

„Natürlich nicht." Margret lachte. „Trauen Sie mir das zu? Solche Durchtriebenheit? Das wäre eher seine Art gewesen."

„Ma'am, ich weiß nicht, was geschehen ist", sagte Hillary gereizt. Wie Margret an ihrem Idol kratzte, ging ihr zunehmend auf die Nerven. „Ihr Verhalten unterscheidet sich von unserem letzten Treffen so grundlegend, dass ich kaum weiß, was … Sie sprechen von Ihrem Mann wie vom letzten Dreck. Samuel McWeir war ein großer Amerikaner!"

„Ich sage Ihnen, was er war", entgegnete Margret mit entschlossener Miene. „Er war ein Verbrecher!"

Hillary zuckte zurück.

„Ich habe etwas in seinen Sachen gefunden, was die Leute, die alles ausgeräumt haben, übersehen haben. Es war in der Tasche einer Hose, die er in die Wäsche gelegt hatte. Schusselig wie er aber manchmal war, hatte er sie in eine Ecke im Kleiderschrank gelegt und nicht in den Wäschekorb. Dort hat das Suchkommando nicht nachgesehen."

Margret wirkte schlagartig nicht mehr wie eine alte Frau. Sie hatte sich offenkundig über ihre frühere Existenz erhoben und die Rolle abgestreift, die sie ihr bisheriges Leben lang ausgefüllt hatte.

„Ich bin zwar alt", sagte Margret, „aber ich bin nicht blöd. Ich weiß sehr wohl, wie man einen USB-Stick in einen Computer steckt und dann abruft, was darauf gespeichert ist. Außerdem kann ich lesen, auch wenn ich beileibe nicht alles verstanden habe, was da zu lesen war."

Sie legte einen USB-Stick auf den Tisch, einen schlichten Speicherstift, mit grauem Kunststoff ummantelt.

„Sechzehn Gigabyte", sagte Margret. „Prallvoll."

Hillary starrte das unscheinbare Ding an.

„Sie sind eine kluge Frau", fuhr Margret fort. „Ich habe darüber nachgedacht, was Sie sagten: dass im Namen der Nation Dinge getan werden dürfen, die Rechtsstaaten verboten sind. Nationen sind also nicht an Gesetze gebunden, nicht wahr?"

„So einfach ist das nicht", antwortete Hillary. Dieses Gespräch nahm eine sonderbare Wendung. „Es gibt das Völkerrecht. Die UNO."

„Ach ja, die Quasselbude am Hudson." Margret lachte. „So hat Samuel die UNO immer genannt. Schauen Sie Nachrichten?"

„Selbstverständlich."

„Haben Sie mitbekommen, was im Swat-Tal vorgeht?"

„Ja, natürlich, aber …"

„Das war er."

Hillary schwieg entsetzt.

„Es wurde sogar nach ihm benannt", fuhr die Witwe fort. „Man nennt es ‚McWeir-Virus'. Natürlich nur intern. Das steht alles hier drauf."

Zu ihren Worten deutete sie auf den Speicherstift.

Hillary wurde schwindlig. Diese Angelegenheit weitete sich soeben in einer Weise aus, die vermutlich, nein, ganz sicher mit der nationalen Sicherheit zu tun hatte.

„Ich werde mich umbenennen", sagte Margret. „Ich will nicht mehr namentlich mit ihm in Verbindung gebracht werden. Ich nehme wieder meinen Mädchennamen an. Ich habe nicht alles verstanden, was auf diesem Stick ist, aber es reichte. Ich habe mein Leben mit einem Verbrecher verbracht, und das ist ein unerträglicher Gedanke."

„Das sind harte Worte, Margret", wandte Hillary ein, doch sie war schwer erschüttert. Wenn es stimmte, was Margret sagte … Nein, das mochte sie sich nicht ausmalen.

„Nehmen Sie den Stick", sagte Margret. „Sehen Sie sich das an. Sie sind so viel klüger als ich, und Sie haben bestimmt Fachleute, die das alles genau verstehen. Ich prophezeie Ihnen, Sie werden sich fragen, was Menschlichkeit ist. Ich jedenfalls habe mich das gefragt."

Hillary zögerte. Eigentlich wollte sie nicht.

„Nehmen Sie ihn!", forderte Margret sie erneut auf und deutete mit ausgestrecktem Zeigefinger auf den Stick.

„Wozu auch immer es gut sein möge", murmelte Hillary und steckte den Speicherstift ein.

„Machen Sie etwas Gutes daraus", sagte Margret. „Klären Sie das auf. Sonst bedeutet das alles, was da drauf ist, nur Tod und Vernichtung." Sie nickte zur Bekräftigung und fügte hinzu: „Wie bei den Nazis."

9. Kapitel
Meisterstück

Ende Juni 2024
Baltimore, Al-Isrā, Seattle

Phil hätte eigentlich jede freie Minute nutzen sollen, um an seinem Konzept für Calderon zu arbeiten und die Grundzüge einer neuen Doktrin der US-Politik zu formulieren. Die Menschen sollten bald erfahren, was der Kandidat im Fall seiner Wahl anders machen wollte und was das bedeutete. Joey würde ihnen ein Projekt namens *New America* anbieten, das in seinen Reden der kommenden Wochen aus dem Pulverdampf des Wahlkampfs kondensieren sollte. Phil verfolgte das verwegene Ziel, den Begriff „Sicherheit" zu kapern. Der befand sich zurzeit noch fest in der Hand der Hardliner, die auf scharfe Gesetze, Überwachung und ein starkes Militär setzten. Es war jedoch offensichtlich, dass diese Politik in ihrer Gesamtheit gescheitert war. Sie hatte die Terroristen, gegen die sie heute vorging, im Lauf der Jahre selbst herangezogen. Dieser Begriff von Sicherheit mündete in einen Teufelskreis, weil Gewalt Gegengewalt erzeugte. Unter dem Strich entstand das Gegenteil von Sicherheit. Dieser schlichte Zusammenhang lag seit Jahren auf der Hand. Genau diese Botschaft wollte Joey ins Zentrum seines Wahlkampfs stellen, verbunden mit einem umfassenden Versprechen.

„Das ist der Weg, den ich gehen will", hatte er auf der Konferenz der Kampagnenleitung gesagt. „Wir geben den Menschen ein Versprechen. Ein richtig großes Versprechen. Wir führen einen echten Richtungswahlkampf. Wir haben eine Vision. Wir reagieren auf *six/eleven.* Die alte Sicherheitspolitik ist krachend gescheitert. Die Gegenseite hat keine echte Alternative anzubieten, nur das übliche ‚Weiter so'. Bis zum Nominierungsparteitag am 11. August treten wir ein bisschen langsamer, aber auf dem Parteitag will ich eine Rede halten, die die Leute von den Stühlen reißt. Und dann legen wir los."

Die Leute von den Stühlen zu reißen, das würde unter anderem Phils Aufgabe sein, denn er würde zusammen mit Mary O'Donnell und Randy Weaver die Rede schreiben – und vorher war es seine Aufgabe, das zugrundeliegende Konzept zu erarbeiten.

Randy hatte seine skeptische Position noch immer nicht aufgegeben. Er hätte am liebsten weiter einen Marken-Wahlkampf geführt und

Calderon als neuen Kennedy verkauft, aber auch er sah ein, dass die Kennedy-Schiene nur dann über den ganzen Wahlkampf hinweg tragen würde, wenn man sie mit zeitgemäßen Inhalten füllte.

Sicherheit! Ein Riesenthema! Natürlich wollten alle Menschen in Sicherheit und Frieden leben, auch die Gegner der USA. Diese Selbstverständlichkeit musste Phil in die Köpfe der Menschen transportieren. Es ging darum, die Gemeinsamkeiten zu betonen, nicht die Gegensätze. Letzteres hatte die Sicherheitspolitik alter Couleur zur Genüge getan. Mit dieser Art von Sicherheit ließ sich gut verdienen. Rüstungskonzerne, Söldnerfirmen, Geheimdienste, Softwarefirmen bis hin zur Pharmaindustrie lebten davon – eine ganze Sicherheitsindustrie, die vom Cyberkrieg bis zur Biowaffenattacke „Lösungen" entwickelte und anbot. An diesem Verständnis von Sicherheit hing ein riesiger Wirtschaftszweig der USA und mit ihm der militärisch-industrielle Komplex.

Vermutlich würden sich die Großspender vom Komplex von Joey zurückziehen, wenn sie erfuhren, wohin die Reise ging. Zum Glück musste Phil sich nur um den Wahlkampf selbst kümmern, nicht um dessen Finanzierung. Dafür gab es *den Clan*, wie Calderons große Familie im Team oft mit raunendem Unterton genannt wurde, fast als bilde dieser Clan ein mächtiges Gegengewicht zum militärisch-industriellen Komplex.

Der Wahlkampf selbst würde einfach werden, glaubte Phil. Es kam nur darauf an, die ungewohnten Positionen mit großer Entschiedenheit zu vertreten und die Angriffe der Gegenseite entschlossen zu kontern. Das traute Phil dem Team und sich zu. Die eigentliche Arbeit würde beginnen, wenn die Wahl gewonnen war.

Immerhin war Calderons Sicherheit bis dahin gewährleistet. Einer der Kennedys, Chef einer großen Sicherheits-Firma, schickte Leibwächter, offiziell deklariert als Wahlkampfspende. Bullige Typen waren das, die Phil und die anderen im Team erst nach gründlicher Überprüfung freundlich zu behandeln begannen. Er wusste nicht, ob er sich über den Schutz für Joey freuen sollte, denn wenn er sich nicht täuschte, bedeutete das Auftauchen dieser Leute nichts anderes, als dass Joey tatsächlich in Gefahr war. Im Team kursierte das Gerücht, die Leibwächter hätten den Kandidaten genötigt, eine schusssichere Weste zu tragen. Es war nicht zu erkennen, ob sie Erfolg gehabt hatten. Joey trug weiterhin die für ihn typischen taillierten Anzüge, die seine schlanke Gestalt betonten. Aber vermutlich war es gut, dass diese

Leibwächter immer in seiner Nähe waren, auch während seiner Erkrankung.

Diese Erkrankung war dafür verantwortlich, dass Phil ein wenig Luft hatte. Am Nachmittag des Tages, an dem die Handelsministerin zurückgetreten und in der Konferenz die Richtung des Wahlkampfes festgezurrt worden war, zeigte Joey erste Anzeichen von Unwohlsein. Am Abend bekam er Fieber. Es war wohl das Normalste von der Welt, wenn jemand, der andauernd Hände schüttelte, gelegentlich von einem Infekt erwischt wurde. Deswegen dachte sich zunächst niemand etwas dabei. Allerdings bekam Joey keinen Schnupfen, sondern klagte am über Druck in der Brust. Das Fieber hatte er zuvor kleingeredet, berichtete Nicole unter der Hand, als erhöhte Temperatur. Am Abend jenes Tages ließ Joey sich überreden, einen Arzt zu konsultieren, und der war nicht amüsiert.

Phil beneidete Nicole nicht um ihren Job. Nicht nur, weil sie nun Wahlkampftermine absagen musste. Sie musste auch aufpassen, wie viel an Information sie an das Team durchdringen ließ, an die vielen Freiwilligen, die sich für Calderon engagierten und die bei der Stange gehalten werden wollten. Deshalb war es offiziell eine Influenza, eine Grippe – also etwas durchaus Ernstes, worüber man sich bei einem Mann wie Calderon aber eigentlich nicht zu sorgen brauchte. Er war im besten Alter, er war körperlich fit, sein Immunsystem war in guter Verfassung – eine Influenza warf ihn vielleicht eine Weile ins Bett, aber danach stand er auf und kehrte ans Mikrofon zurück.

Phil erfuhr zusammen mit Randy, dass es in Wirklichkeit komplizierter war.

„Die Ärzte sind besorgt“, gestand Nicole ihnen. „Es scheint so etwas wie eine Herzmuskelentzündung zu sein. Joey braucht vor allem Ruhe. Er kriegt Elektrolyte und hoch dosierte Vitamine. Den Rest muss sein Immunsystem besorgen.“

„Es gibt antivirale Medikamente“, sagte Randy.

„Für den Notfall“, erwiderte Nicole. „Erst wenn Joeys Immunsystem die Infektion nicht in den Griff bekommt.“

„Das kriegt er bestimmt hin“, sagte Phil leicht eingeschüchtert. Ihm war noch nicht ganz klar, womit er diese Offenheit verdiente. Dass sie die Aufnahme in den inneren Kreis bedeutete, ging ihm erst später auf.

Ja, eigentlich müsste Phil an seinem Konzept arbeiten, um bald etwas vorweisen zu können. Tatsächlich aber saß er an seinem Schreibtisch, vor sich das Notebook, das sich bereit und willig zeigte, seine Gedanken auf der weißen Fläche des Dokuments Gestalt annehmen zu lassen, und starrte am Monitor vorbei aus dem Fenster in den Himmel über Baltimore und dachte an ein Paar grau-grüner Augen, das ihn prüfend, fordernd, sanft, nachsichtig, ironisch und auch ein bisschen von oben herab musterte. Er biss sich auf die Lippen, doch es tat nicht weh. Er ging in die Küche und kochte Kaffee, der dann auf dem Tisch neben dem Notebook kalt wurde, weil Phil vergaß, ihn zu trinken. Um drei Uhr nachmittags fiel ihm ein, dass er Hunger hatte und ein Mittagessen brauchte, doch um fünf Uhr nachmittags war er immer noch nicht in die Kantine oder zum Diner gegangen, sondern hatte stattdessen ein paar Kekse gefuttert, die in einer angebrochenen Packung irgendwo herumgelegen hatten. Um fünf Uhr kam er auf die Idee, zu joggen und danach ins Gym zu gehen, doch um sieben Uhr abends saß er immer noch da und starrte in den Himmel und in diese grau-grünen Augen.

Er wusste, was das bedeutete: Es hatte ihn erwischt.

Er war verliebt.

Nicht zum ersten Mal; aber das andere Mal hatte sich zu High-School-Zeiten abgespielt und war alles andere als glücklich verlaufen. So etwas wollte er nie wieder erleben. Es hatte Frauen in seinem Leben gegeben, begehrenswerte Frauen sogar. Einige von ihnen hätten mehr von ihm gewollt als nur gelegentliche Treffen, so schön diese auch waren, doch dieses „etwas mehr“ hatte er nicht aufbringen können. Hätte er etwas vorspielen sollen? Manchmal hatte er sich anhören müssen, er sei gefühlskalt, aber das stimmte nicht, jedenfalls nicht aus seiner Sicht. Doch er verstand, warum die Frauen das glaubten.

Er hatte mit seinem Vater darüber gesprochen, weil er glaubte, dass es vielleicht etwas mit Jonathan zu tun haben könnte, seinem jüngeren schwulen Bruder, der sich nach seinem Coming Out ins Leben gestürzt hatte und seitdem jeden Monat frisch verliebt war. Jonathan verhielt sich genau entgegengesetzt – oder war es umgekehrt? Verhielt Phil sich entgegengesetzt zu Jonathan, um nicht zu sein wie er?

„Du machst dir zu viele Gedanken“, hatte sein Vater gesagt. „Kein Mensch ist wie der andere. Der eine verliebt sich schnell, der andere nur ein- oder zweimal im Leben. Du bist eben anders als dein Bruder. Warte nur – die Richtige wird kommen.“

Diese Worte hatten Phil einmal mehr gezeigt, dass sein Vater und er auf derselben Wellenlänge waren.

Ruth Brennan könnte diese Richtige sein!

Er hätte es nie für möglich gehalten, dass ihm so was passierte. Er kannte diese Frau nicht! Er wusste so gut wie nichts von ihr. Sie kleidete sich elegant, sie war schön – und sie hatte diese Art, ihn anzusehen. Das war vielleicht nichts weiter als eine professionelle Masche, um ihn für den Headhunter-Service zu interessieren? Doch er hatte mehr gespürt. Und sie – ob sie es auch gespürt hatte?

Wie war es möglich, dass man sich derart Hals über Kopf in jemanden verliebte? Phil konnte an nichts anderes mehr denken als an Ruth. Er kam sich vor wie ein Idiot, aber er sah ständig ihre fast hypnotischen Augen vor sich. Irgendetwas machte diese Frau zu einem besonderen Menschen für ihn. Er musste sie wiedersehen und mehr über sie herausfinden – doch hatte sie sich zum Schluss ihrer kurzen Begegnung nicht auffallend distanziert gezeigt?

Nachdem Phil nun schon wieder einen ganzen Tag in seinem Zimmer gesessen hatte, ohne mehr zustande zu bringen als ein paar lächerliche Notizen, fasste er sich ein Herz und schrieb ihr eine Mail.

„Hallo Ruth, es steht noch eine Einladung zum Essen aus. Morgen Abend um 19 Uhr im *Matsuri*? Ich würde mich freuen."

Über den Gruß am Schluss zerbrach er sich lange den Kopf. Freundliche Grüße? Zu förmlich. Herzliche Grüße? Zu aufdringlich; sie kannten sich kaum. Schließlich entschied er sich dafür, auf eine Floskel ganz zu verzichten und einfach zu schreiben:

„Ihr Phil."

***

Eigentlich hatten Jan und Maria Francesca sich für diesen Abend verabredet, um das Ende der Quarantäne zu feiern. Sie holte ihn aus seinem „Kerker" ab, in der Hand eine Flasche Single Malt. Er musste sich beherrschen, um sie nicht einfach an sich zu ziehen und sie auf der Stelle zu küssen, vor den Augen des Personals.

Woher hat sie den Whisky?

Doch dann tauchte Kommandant Al-Maphrut auf. Er blieb stehen, als er Jan und Maria Francesca so dicht beieinander vorfand, erfasste die Situation und sagte mit betrübter Miene:

„Es tut mir sehr leid."

Jan erschrak. Schlechte Nachrichten?

Doch lächelnd fügte der Kommandant hinzu:

„Es tut mir sehr leid, dass ich Ihnen Dr. Metzner vorübergehend wegnehmen muss. Keine Sorge, nicht für den ganzen Abend. Aber auch ich möchte mit ihm anstoßen. Sie erlauben, dass ich ihn für eine oder zwei Stunden entführe? Auf ein Glas, Dr. Metzner!"

Maria Francesca nickte, umarmte Jan, hauchte einen Kuss auf seine Wange und wisperte in sein Ohr:

„Bis nachher. Ruf mich an, wenn du zurück bist."

Im Aufzug musterte Al-Maphrut ihn prüfend.

„Ich hatte schon eine Ahnung, dass sie etwas für Sie empfindet", sagte er. „Sie hat sich wirklich aufopfernd um Sie gekümmert."

„Wie das Leben so spielt", gab Jan zurück. Er wollte nicht über dieses Thema sprechen. „Was gibt es Wichtiges? Wo fahren wir hin?"

„In den zweiten Stock. In meine Kabine."

„Kabine" war leicht untertrieben. Al-Maphruts Zuhause war eine kleine Drei-Zimmer-Wohnung – für die Verhältnisse in Al-Isrā von geradezu luxuriöser Größe. Durch die Eingangstür kam man direkt in ein kleines, behaglich eingerichtetes Wohnzimmer. Nach links konnte Jan durch eine offen stehende Tür einen Schreibtisch mit Monitor und Notebook – offenbar Al-Maphruts Arbeitszimmer. Durch eine zweite Tür kam soeben der junge Adjutant herein, mit dem Jan neulich zusammengerasselt war. Er lächelte freundlich. Hinter der Tür befand sich, wenn Jan nicht alles täuschte, das Schlafzimmer der kleinen Wohnung.

Jan musterte Al-Maphrut überrascht.

„Sie kennen sich schon, glaube ich", sagte Al-Maphrut. „Das ist Djamal, mein Lebenspartner."

Das Wort kam ihm nicht ohne ein leichtes Stolpern über die Lippen. Für jemanden aus dem islamischen Kulturkreis kostete so viel Offenheit große Überwindung, auch wenn er Christ war.

Jan reichte dem Adjutanten die Hand. Der ergriff sie und schüttelte sie kräftig. Djamal trug Uniform, er war auf dem Weg zum Dienst.

„Überrascht?", fragte Al-Maphrut.

„Das kann man wohl sagen", gestand Jan. „Ganz schön liberal für die *Islamische Allianz*."

„Wir sind hier privat", entgegnete Al-Maphrut, „aber wenn sich die *Allianz* durchsetzt, wird diese Liberalität hoffentlich zur Normalität.

Wenigstens in Ansätzen. Doch deswegen sind Sie nicht hier. Es gibt gute Neuigkeiten."

„Aus Amman", riet Jan, während er zusah, wie Al-Maphrut fingerbreit Whisky in zwei bereitstehende Gläser schenkte.

„Ich verabschiede mich", sagte Djamal, derweil Jans Frage im Raum stand. „Der Dienst ruft. Hat mich gefreut, Dr. Metzner."

War das wirklich derselbe Bursche, der Jan die Sache mit den Screenshots an den Kopf geworfen hatte?

Al-Maphrut reichte ihm das Glas und sagte:

„König Abdallah ist in Sicherheit, und wir wissen, wer ihn umbringen sollte. Wir haben den Attentäter."

„Lebend?", fragte Jan staunend.

„Ja, er hat sich gestellt."

Jan traute seinen Ohren nicht.

„Es handelt sich um einen der Köche des Königs. Er hat von einem US-Agenten Geld dafür erhalten, Abdallah mit einem Pulver in Kontakt zu bringen, aber die Sache gefiel ihm nicht. Er übergab unseren Leuten einen kleinen Behälter mit pulvrigem Inhalt, der bereits auf dem Weg hierher ist. Das heißt, dass wir eine größere Menge der Original-Skylla bekommen. Vielleicht wollen Sie sie untersuchen?"

„Das ist ein Hammer!" Jan schüttelte den Kopf. „Dieser Mann hat sich wirklich gestellt? Ich meine: freiwillig?"

„Aus Loyalität. Er ist sehr auskunftsfreudig und hat detailliert über den Agenten ausgepackt, von dem der Auftrag kam. Sie kennen den Agenten, er hat auch Ihrem Leben eine Wende gegeben."

Scott McGrewgious, Agent der External Affairs Division – *der Mann aus dem Bordell in Volos, der mit dem Muttermal.*

„McGrewgious hält sich noch in Amman auf", sagte Al-Maphrut. „Unsere Leute warten auf den richtigen Moment, um ihn einzupacken. Wir konnten Teile seiner Kommunikation entschlüsseln. Er scheint zu einem Netzwerk von Agenten zu gehören, das bis in den USA reicht."

„*SCOUT?*", entfuhr es Jan.

„*SCOUT* ist sicher mehr als ein Agentennetzwerk", erwiderte der Kommandant, „aber es gibt Kontakte, ja. Aufgrund der Abhörmaßnahmen konnten wir weitere Agenten identifizieren, die ebenfalls Teil des Netzwerks sind. Vielleicht kennen Sie sie?"

Er stellte sein Glas weg, ohne getrunken zu haben, nahm einen Tablet-Computer zur Hand und zeigte Jan einige Bilder, doch Jan kannte keine der Personen, und auch die Namen, die er las – Daniel Hunter, June Mary Weaving, Gianfranco Demonti – sagten ihm nichts. Dennoch nahm Al-Maphrut sein Whiskyglas und erhob es mit den Worten:

„Auf die guten Nachrichten!"

„Das sind wirklich gute Nachrichten", sagte Jan, und sie tranken.

„Es gab auch schlechte Nachrichten", entgegnete der Kommandant. „Haben Sie vom Tod von Samuel McWeir gehört?"

„Ja, es kam in den Nachrichten. Ein beeindruckender Wissenschaftler, dem ich manchen Denkanstoß verdanke."

„Sie sind nicht traurig?"

„Er war ein alter Mann."

„Das ist keine Antwort auf meine Frage", erwiderte Al-Maphrut. „Haben Sie etwas dagegen, zu den Vornamen überzugehen? Ich finde ‚Dr. Metzner' zunehmend unpassend."

„Nichts dagegen."

„Dann nennen Sie mich Zach als Kurzform für Sacharija. So hat mich Michael genannt. Die Identität, in der er die USA verlassen hat, war Zach Sturbinsky, und er fand es lustig, dass man meinen Vornamen ebenfalls zu Zach verkürzen kann."

„Einverstanden."

Sie tranken erneut.

„Wo wir gerade dabei sind, ein paar Punkte zu klären", sagte Jan, „würde mich nun doch interessieren zu erfahren, wie Osama bin Laden von Bord der *Queen Mary 2* entkommen konnte. Per U-Boot?"

Al-Maphrut lachte und gab zurück:

„Wie denn sonst?"

„Und die zehn verschwundenen Passagiere?"

„Ebenfalls. Es ist in der Nacht vom 13. auf den 14. Juni vor der Ostküste der USA geschehen, auf dieselbe Weise, auf die unsere Leute an Bord gegangen sind: Ein U-Boot ging längsseits und nahm sie auf."

„Dasselbe U-Boot, das auch die US-Fregatte versenkt hat?"

„Ja. Über dessen Systeme wurden auch die Aufzeichnungen der beiden Tribunale nach Doha überspielt."

„Was wollen Sie mit den zehn Passagieren?"

„Das liegt im Ermessen von General Al-Faris und *Aynayya*. Die Wall-Street-Manager sind für *Aynayya* interessant. Es geht um die Finanzen von *SCOUT*." Er deutete auf das eingeschaltete Multikom.

„Schauen Sie, Abdallah ist in Amman angekommen. Das jordanische Fernsehen überträgt live. Nach so langer Abwesenheit zeigt er sich seinem Volk. Ich würde gern seine Rede hören. Und Sie?“

„Gern. Live? Wie empfangen Sie aktuelles Fernsehen, obwohl Al-Isrā doch angeblich zu hundert Prozent abgeschirmt ist?“

„Oh, es geht einiges hier“, antwortete Al-Maphrut ausweichend. „Wo ein Wille ist, ist auch ein Weg. So sagt man doch, nicht wahr? Keine Sorge, wir sind hier trotzdem absolut sicher. Noch etwas Whisky?“

Jan hielt dem Kommandanten das Glas hin, obwohl er noch nicht ausgetrunken hatte. Al-Maphruts Hand zitterte, wie Jan erstaunt *spürte*. Ganz leicht nur, aber merklich.

Er ist Alkoholiker?

Das Multikom zeigte, wie eine Limousine vorfuhr.

„Setzen wir uns“, sagte Al-Maphrut und drehte den Ton auf. Ziemlich laut.

Jan ließ sich auf den Zweisitzer sinken und registrierte verblüfft, dass Al-Maphrut sich neben ihn setzte, obwohl auf dem Dreisitzer, der im rechten Winkel dazu stand, noch Platz genug gewesen wäre. Unwillkürlich rückte Jan einige Zentimeter von ihm weg.

„Keine Sorge, ich will nichts von Ihnen“, flüsterte Al-Maphrut in sein Ohr, während der auf Arabisch gesprochene Kommentar der Übertragung aus Amman durch die Wohnung dröhnte. „Ich traue lediglich General Al-Faris nicht.“

Jan brauchte einige Sekunden, um zu begreifen, dass Al-Maphrut argwöhnte, er werde überwacht. Von Al-Faris!

„Ich glaube, er spielt ein eigenes Spiel“, fügte Al-Maphrut flüsternd hinzu. „Er ist der letzte lebende Sohn von Muammar al-Gaddafi.“

Jan erschrak.

„Wenn Sie etwas sagen wollen“, fuhr Al-Maphrut fort, „tun Sie so, als würden Sie auf meinen Annäherungsversuch eingehen. Schmiegen Sie sich an mich.“

Nach kurzem Zögern rutschte Jan etwas tiefer, als entspanne er sich, und lehnte seinen Kopf gegen Al-Maphruts Schulter. Dieser senkte sein Ohr ein wenig.

„Dann hat Al-Faris eine Menge Gründe, mit dem Westen abzurechnen“, flüsterte Jan.

Al-Maphrut nickte.

„Wie kann so einer Chef des operativen Arms der *Allianz* werden?“, fragte Jan.

„Er hat sich vielfach bewährt, auch jetzt wieder in der Skylla-Krise. Abdallah vertraut ihm. Und wenn er nun noch McGrewgious fängt …“

„Das klingt fast, als fänden Sie das nicht gut.“

„Ich bin lediglich wachsam.“

Plötzlich lachte er, als habe Jan einen guten Scherz gemacht, richtete sich auf und sagte:

„Komm, lass uns ins Bett gehen.“

Jan reagierte geistesgegenwärtig, reckte sich, streckte seine Beine aus und sagte:

„Vielleicht nachher. Wollen wir nicht erst hören, was Abdallah zu sagen hat?“

***

Hillary hatte erneut eine unruhige Nacht hinter sich. Spät eingeschlafen, war sie wiederholt aufgewacht, von unruhigen Bildern gequält, in denen ein USB-Stick eine zentrale Rolle spielte. Einmal war sie durchgeschwitzt erwacht und schlaftrunken aufgestanden, um sich ein neues Nachtshirt aus dem Schrank zu holen, und wäre beinahe über ihre eigenen Schuhe gestolpert, die im Dunkeln so herumlagen, wie Hillary sie ausgezogen hatte. Sie war unaufmerksam, denn in ihr hallten Beschimpfungen aus ihren wilden Halbschlaf-Fantasien wider:

„Hillary, du Schlampe!“

„Vaterlandsverräterin!“

„Du hast unsere Ehre die längste Zeit deines Lebens beschmutzt!“

Sie verstand nicht, was die Stimmen von ihr wollten. Sie konnte noch so oft fragen und rufen – die Antwort war lediglich Hass.

„Islamistenhure!“

„Du Nagel zum Sarg der USA!“

„Lass dir einen Ziegenbart wachsen!“

„Du wirst den Preis dafür zahlen!“

Unbändiger, abgrundtiefer Hass.

Sie hätte den USB-Stick nicht in den Computer stecken sollen. Dieses Ding besaß dämonische Macht.

Die Stimmen waren nur Hirngespinste, aber sie quälten Hillary dennoch, auch als sie wach lag. Sie besaß keinen Schutzschild gegen Angriffe dieser Art. Sie hatte tatsächlich Angst – vor allem vor dem Stick und seinen Informationen. Es gab nicht mehr viele Idole. Wenn es stimmte, was die Witwe gesagt hatte, würden diese Informationen Hillarys Weltbild zum Einsturz bringen. Sie verspürte nicht den geringsten Drang, sich das Zeug anzusehen. Andererseits brachte der Stick vielleicht die entscheidende Wende im Mordfall Walsh, wenn er zu verstehen half, was im Hintergrund vorgegangen war.

Hillary war nicht die Frau, die ihren Ängsten auswich. Sie wusste, dass sie sich den Stick früher oder später sowieso ansehen würde. Was sprach also dagegen, es sofort zu tun? Nur so erfuhr sie, was es mit dem Hass auf sich hatte, den sie in jener Welt zwischen Tiefschlaf und Wachheit einfach nicht loswurde. Draußen wurde es bereits hell. Also stand sie auf und ging gähnend hinüber ins Arbeitszimmer, wobei sie erneut um ein Haar über die im Weg liegenden Schuhe gestolpert wäre. Sie schaltete das Notebook ein, das auf dem Schreibtisch stand, und steckte entschlossen den USB-Stick in einen der dafür vorgesehenen Slots.

Im nächsten Moment wurde der Bildschirm dunkel.

Hillary dachte zunächst, der Rechner sei defekt, doch dann sah sie den blinkenden Cursor in der linken oberen Ecke und kombinierte, dass sie auf einer ihr unbekannten Funktionsebene des Geräts gelandet war. Sie konnte sich noch an Zeiten erinnern, als man MS-DOS dazu gesagt hatte, aber sie wusste nicht, ob das immer noch so hieß.

>>hallo hillary. wir haben wenig zeit! nennen sie mich evan. ich bin ihr verbündeter. sie kennen mich nicht, aber sie müssen mir vertrauen

Hillary traute ihren Augen nicht, als diese Worte auf dem Monitor erschienen.

>>hillary?

Auf die Frage des Unbekannten tippte Hillary:

<<warum muss ich ihnen vertrauen?

>>weil es um ihr leben geht. als sie den stick in ihren rechner gesteckt haben, gab es alarm in einem geheimen rechenzentrum. der stick hat automatisch die id-nummer von samuel mcweir gesendet. doch ihr rechner ist nicht der von mcweir. sie wurden identifiziert. ihr name steht schon länger auf der liste, aber nun wurde ihr fall heraufgestuft. soeben vernehme ich, dass sie eliminiert werden sollen

Hillary schluckte.

>>wer hat das angeordnet?

>>die leitung der organisation, der sie auf der spur sind. sie ist wegen des mcweir-todes in panik. sie fürchtet, dass ihr die dinge entgleiten. die operation zur vertuschung des mcweir-todes war dilettantisch eingefädelt. das hätte viel glaubhafter gestaltet werden müssen, etwa mit sperma von miller im anus von walsh und mit der tatwaffe in millers wohnung, natürlich mit seinen fingerabdrücken darauf. intern wurde die vorgehensweise der agenten demonti und ripley als ungeschickt gerügt. allerdings standen sie unter enormem zeitdruck. doch so wurde der polizei raum für zweifel gelassen

<<sehr richtig

>>vertrauen sie mir jetzt?

<<werden sie mir als nächstes erzählen, wie ich eliminiert werde?

>>mit derselben biowaffe, mit der samuel mcweir getötet wurde

Hillary runzelte die Stirn. Biowaffe? War diese Information vielleicht der Schlüssel zum Verständnis des Falls? Diente die ganze Operation dazu, die Existenz dieser Biowaffe zu verschleiern? Darum die Unterdrückung des Seuchenalarms, das Verschwinden der Leiche, ihre sofortige Einäscherung, Harveys Tod? Doch das warf neue Fragen auf: Betätigte sich Michael Schwartz, der Sohn eines angesehenen Amerikaners, als Terrorist? Was hatte ihn dazu getrieben, McWeir diese Biowaffe mit der Post zu schicken? Arbeitete er für oder gegen jene geheime Organisation, von der Evan gesprochen hatte?

Darüber musste sie unbedingt mit Marc sprechen. Kein anderer konnte sich so wunderbar in die Köpfe verquerer Menschen hineinversetzen wie Marc.

Sie schrieb:

<<ich verstehe

>>das hatte ich gehofft

<<aber so einfach ist es nicht, mich umbringen

>>es ist im gegenteil sehr einfach. hatten sie vor kurzem eine erkältung, die noch am selben tag überwunden war?

Die Antworten des Unbekannten kamen in hohem Tempo, viel schneller, als Hillary reagieren konnte. Sie brauchte wesentlich mehr Zeit, um ihre Antworten einzugeben.

Woher wusste dieser Evan von ihrer Erkältung?

<<ja

>>sie sind in größter gefahr

<<dann müsste margret mcweir ebenfalls in gefahr sein

>>sie war es in der tat. die agenten, die das problem beseitigen sollten, waren allerdings in anderer sache außerhalb von seattle und konnten nicht verhindern, dass margret den stick an sie, hillary, weitergab. dass die alte frau sich angesehen hat, was darauf gespeichert ist, wurde als undramatisch eingestuft, da sie ihn nun nicht mehr besitzt

<<können sie sicher sein? vielleicht hat sie eine kopie gezogen?

>>nein, denn sie will mit der sache nichts zu tun haben. sollte ich mich irren, wird man sie problemlos unglaubwürdig machen, falls sie an die öffentlichkeit geht. in ihrem fall, hillary, liegen die dinge anders, denn ihnen wird man glauben. die welt darf niemals erfahren, was sich auf dem stick befindet. sie werden als gefahr eingestuft

<<weil ich dicht daran bin, den fall walsh aufzuklären?

>>vergessen sie den fall walsh. es geht um ungleich wichtigeres und größeres. sie sind einer verschwörung auf die schliche gekommen, deren teilnehmer völlig skrupellos sind. sie sind in panik, weil sie nicht wissen, wer hinter dem tod von samuel mcweir steckt

<<ein mann namens michael schwartz

>>so sieht es aus. so soll es aussehen. hillary, ich kann sie nicht vor diesen leuten beschützen, wenn sie nicht mitspielen

<<warum wollen sie mich vor denen beschützen?

>>das spielt keine rolle. beachten sie von nun an unbedingt folgende regeln: fassen sie nichts an, was jemand vor ihnen angefasst haben könnte. wenn sie etwas angefasst haben, egal ob kaffeebecher oder die hand eines menschen, waschen sie sich schnellstmöglich die hände oder nehmen sie ein zuverlässiges desinfektionsgel. achten sie darauf,

dass sie sich vor dieser reinigung keinesfalls mit der hand ins gesicht oder gar in die nase fassen. reiben sie nicht ihre augen, kratzen sie sich nicht. spielen sie nicht mit ihren lippen, masturbieren sie nicht. versuchen sie unbedingt, alle berührungen zu vermeiden, durch die keime in ihren körper gelangen können. gegen diese waffe gibt es keine verteidigung, nur äußerste vorsicht

<<ist das die biowaffe? ein virus?

>>ja. ich schicke ihnen einen link an ihren pd-mail-account. er führt zu software, die sie unbedingt auf dem usb-stick installieren müssen. die programme heißen scorpio und playground. wenn sie den stick das nächste mal wieder einstecken, muss ihr rechner unbedingt offline sein. schalten sie den wireless-empfänger ab. sie werden dann aufgefordert, die beiden programme auf ihrem rechner zu installieren. danach ist es möglich, den usb-stick zu lesen, ohne dass alarm gegeben wird

<<diese tipps kommen ein bisschen spät

>>sie müssen mindestens eine kopie von den inhalten des usb-sticks machen. eine kopie inklusive scorpio und playground. geben sie diese kopie an jemandem weiter, dem sie vertrauen

<<haben sie vorhin nicht gesagt, dass die welt nichts davon erfahren darf, was auf dem stick ist? jetzt soll ich plötzlich eine kopie davon machen?

Zu Hillarys Erstaunen ließ die Antwort einige Sekunden auf sich warten. Sie bestand aus einem schlichten

>>ja

<<sollte ich den stick nicht besser vernichten?

>>nein

<<bisschen widersprüchlich, finden sie nicht?

>>es hat den anschein, aber sie kennen die hintergründe nicht

<<sie verarschen mich

>>zum beweis dafür, dass ich es ernst meine, habe ich ihnen vertrauliches material über gianfranco demonti an ihre pd-adresse gemailt. ich bin sicher, dass sie zügig und richtig handeln werden. und denken sie daran: sie überleben die nächsten tage nur, wenn sie meine ratschläge zu hundert prozent befolgen

<<schräger film

>>brutale realität. ich hoffe, wir sehen uns wieder
<<schönen tag noch

Hillary klappte das Notebook zu.

Sie war wütend, ihr Herz klopfte bis zum Hals. Nach dem ganzen Mist, den sie geträumt hatte, nun auch noch so etwas! Träumte sie womöglich noch immer? Nein, sie saß wirklich hier, und jenseits der heruntergelassenen Jalousien war bereits Morgen. Dort befand sich die Welt, wie Hillary sie kannte. Die Welt hier drinnen, die Welt in ihr aber hatte sich radikal verändert. Düstere Wolken waren aufgezogen.

Jemand trachtete ihr nach dem Leben? Mit Keimen? Diese ominöse Verschwörung, von der Evan gesprochen hatte, würde versuchen, sie mit einer Biowaffe umzubringen? Sie allein?

Unsinn! So etwas war unmöglich. Tödliche Krankheitserreger waren ansteckend. Wenn *sie* so etwas auf Hillary losließen, riskierten *sie* viele Tote im Seattle PD. Das würde Aufmerksamkeit erregen und die Ermittlungsbehörden aufhorchen lassen. Das konnte nicht im Interesse dieser Verschwörung liegen.

Doch da waren noch Margrets Worte.

Swat-Tal. McWeir-Virus.

Vieles von dem, was Evan behauptet hatte, passte mit Hillarys Beobachtungen zusammen, ja, es schien sogar, als würde sich das Bild plötzlich fügen. Eine solche Verschwörung erklärte eine Menge. Was Evan über das geheime Rechenzentrum gesagt hatte, passte zu den Vermutungen über die IT-Fähigkeiten dieser Organisation.

Hillary war es gewohnt, auf sich aufzupassen. Obwohl sie die Dienstälteste der Abteilung Schwerverbrechen des *Seattle Police Departments* war, zog sie schneller als so mancher ihrer jüngeren Kollegen. Sie wusste sich zu schützen. Aber gegen Viren? Es gab Desinfektionsmittel! Irgendwo hatte sie noch so ein Spray …

Fast kam sie sich ein bisschen lächerlich vor, als sie mit der Dose in der Hand in ihrem Badezimmer stand und die Gebrauchsanweisung studierte. Ein Unbekannter flüsterte ihr etwas, und schon durchsuchte sie ihren Bestand an Hygieneartikeln? Doch Evans Worte hatten Eindruck gemacht, auch wenn sein Auftritt ihr insgesamt rätselhaft blieb. Beobachtete er sie schon lange? Auf jeden Fall war es richtig, sich nicht ins Gesicht zu fassen, genau wie Evan geraten hatte. Beim Stöbern fiel ihr eine Broschüre in die Hände, die sie irgendwo mal mitgenommen haben musste. Daraus erfuhr sie, dass der Mensch sich pro Minute bis zu dreimal selbst im Gesicht berührte. Das hatte sie nicht gewusst.

Zunächst konnte es jedenfalls nicht schaden, eine Dusche zu nehmen. Es erschien ihr sinnvoll, heute etwas zeitiger mit der morgendlichen Toilette zu beginnen, denn nach dieser fürchterlichen Nacht würde sie eine Weile brauchen, bis sie so geschminkt war, dass sie unter Leute gehen konnte.

Kurz vor der Dusche hielt sie inne, kehrte um und ging nackt, wie sie war, ins Arbeitszimmer. Nachdenklich stand sie vor ihrem Schreibtisch und musterte das zugeklappte Notebook. Es konnte nicht schaden, Evans Ratschlägen zu folgen.

Nachdem das Notebook wieder hochgefahren war, ohne erneut einen schwarzen Bildschirm zu zeigen, loggte sie sich in ihren PD-Account ein, fand den Link, den Evan angekündigt hat, folgte ihm und lud die Programme *Scorpio* und *Playground* auf den USB-Stick. Sie zog den Stick heraus, wartete drei Sekunden und schaltete die drahtlose Netzverbindung ab. Das Gerät war nun offline. Nachdem sie den Stick wieder eingeführt hatte, wurde sie, genau wie Evan angekündigt hatte, dazu aufgefordert, die beiden Programme zu installieren. Anschließend erschien die Nachricht:

„Ihr Gerät ist jetzt sicher. Sie können online gehen."

Sicherheitshalber blieb sie offline, als sie den Inhalt des Sticks auf einen leeren USB-Stick kopierte. Sie besaß mehrere dieser Dinger seit einer Werbeaktion eines Discounters, der damit nur so um sich geworfen hatte. Während die 16 GB überspielt wurden, ging sie duschen. Anschließend machte sie dasselbe mit einem weiteren USB-Stick, und mit einem dritten verfuhr sie ebenso, nachdem sie sich angezogen und für die Öffentlichkeit hergerichtet hatte.

Drei Kopien, das sollte reichen. Zwei ließ sie liegen, um sie heute Abend zu lesen. Eine steckte sie ein, dazu das Original. Jetzt musste sie nur noch überlegen, wem sie die Sticks geben konnte. Eigentlich vertraute sie zurzeit nur einem einzigen Menschen.

„Dem Himmel sei Dank, er hat es gesagt."

Mit diesen Worten begrüßte Marc sie im Department.

„Was?", fragte Hillary.

„Abdallah", sagte Marc und deutete auf das Multikom. „Er hat es gesagt. Hast du keine Nachrichten gehört? Er hat gesagt, dass es keinen ‚Marsch der Millionen' geben soll. Kluger Mann!"

Hillarys Gedanken hatten größte Schwierigkeiten, sich aus dem Orbit um den USB-Stick zu lösen. Was interessierte es sie, ob irgendwo in Ziegenbartland der König der Ziegenbärte eine Rede gehalten hatte?

„Nerv mich nicht!“, fuhr sie Marc an.

„Meine Güte, du bist ja geschminkt!“

„Noch nie eine geschminkte Frau gesehen?“

„Doch, aber selten eine so schlecht geschminkte.“ Er schnupperte, aber sie hatte nicht getrunken. „Hillary, was ist los?“

„Schlecht geschlafen“, brummte sie und wandte sich ab. „Hör auf, mich zu bemuttern. Wir müssen reden. Nachher. Ich habe Neuigkeiten. Was Neues über Demonti?“

„Willst du nicht wissen, was Abdallah gesagt hat?“, fragte Marc. „Hier, CNN bringt gerade eine Zusammenfassung.“

Er stellte den Ton lauter. Hillary erkannte die Stimme von Marc Ryan. Seufzend versuchte sie, sich auf die Sendung zu konzentrieren.

„… kann wohl nur als wegweisend bezeichnet werden“, sagte der CNN-Moderator. „Darin sind sich Islam-Experten in ersten Einschätzungen einig. Abdallah hat dem islamistischen Terror eine eindeutige Absage erteilt und verkündet, dass die Schura von Amman den Koran in einer Weise auslegen werde, die für alle Muslime weltweit verbindlich sein solle. In der Schura sind alle relevanten islamischen Richtungen vertreten. Hören wir hinein in seine Rede.“

Das Multikom zeigte den König, der vor seinem Palast in Amman hinter einem Rednerpult stand. Es schien, als spräche er in erster Linie zu den Soldaten, die in prunkvollen Uniformen angetreten waren, doch dahinter drängten sich tausende von Menschen und lauschten.

„Es ist nicht gottgefällig, Menschen zu töten!“, rief Abdallah. „Egal welcher Religion oder welcher Auslegung der eigenen Religion sie anhängen – es ist nicht gottgefällig! All dieser Tod, dieser Mord, dieser Hass ist nicht gottgefällig! Der Islam, so wie er uns durch den Propheten offenbart wurde, ist das Gegenteil von Hass. Er ist Frieden und Liebe. Gott will, dass alle Menschen in Frieden leben. So sprach der Prophet: ‚Und wenn sie sich dem Frieden zuneigen, dann neige auch du dich ihm zu und verlasse dich auf Allah! Gewiss, Er ist ja der Allhörende und Allwissende.‘ So steht es im heiligen Koran.“

„Das klingt fast wie eine Reaktion auf eine Debatte, die zurzeit in den USA geführt wird“, kommentierte Marc Ryan, „die Debatte über die Verantwortung der USA. Bei mir im Studio ist die Islam-Expertin Geraldine Dailey. Wie deuten Sie diese Worte?“

„Das ist nicht mit wenigen Worten zu sagen, Marc. Abdallah hat eine Rede gehalten, mit der er die gesamte arabische Welt erreichen wollte und die komplex ist, auch wenn sie einfach klingt. Wir werden sie uns genau ansehen. Ich möchte keinesfalls ausschließen, dass Abdallah mit diesem Zitat aus der achten Sure eine Friedensbotschaft in beide Richtungen aussenden wollte, also Richtung Abendland wie Morgenland, um diese altmodischen Begriffe zu bemühen. Auffällig ist vor allem, dass er die Friedensbotschaft des Propheten betont, indem er einen Vers herausgreift, der eine Bedingung für Frieden formuliert: Wenn sie sich dem Frieden zuneigen … “

„Umgekehrt wird eine Drohung daraus, oder?“

„Der Vers beschreibt eine Reaktion, keine Aktion. Wenn es Abdallah um eine Drohung gegangen wäre, hätte er eine der vielen Suren genommen, die den kriegerischen Aspekt des Islam betonen. Das hat er nicht getan. Abdallah wächst in die Rolle eines Führers des progressiven Teils der islamischen Welt hinein. Zumindest in Arabien übertrifft seine Popularität die aller regionalen Potentaten. In einem anderen Teil seiner Rede hat er daran erinnert, dass sich die Linie seiner Familie bis auf den Propheten selbst zurückführen lässt.“

„Hören wir uns das an“, sagte Marc Ryan.

Erneut war Abdallah auf dem Vorplatz seines Palastes zu sehen, als er an den Stolz der Muslime appellierte:

„Heute ist der Islam zersplittert. Es gibt Sunniten, Schiiten, Alawiten und unzählige weitere. Doch es hat einmal Zeiten gegeben, in denen wir eins waren. In diesen Zeiten war der Islam fortschrittlicher als jede andere Kultur auf diesem Planeten. Viele der Schriften der abendländischen Antike sind nur deswegen überliefert, weil islamische Gelehrte sie bewahrt und übersetzt haben. In weiten Teilen der damaligen Welt blühte die islamische Kultur, und es herrschte Frieden. Das ist die Botschaft des Propheten, in dem meine Familie und ich unsere Wurzeln haben, und diese Wurzeln kann ich nicht vergessen.“

„Was bedeutet das?“, fragte Marc Ryan seine Gesprächspartnerin. „Abdallah kann seine Wurzeln nicht vergessen?“

„Diese Phrase dient der Selbstdarstellung“, antwortete Geraldine Dailey. „Er macht das sehr geschickt, mit einem kleinen Seitenhieb Richtung Westen. Im Grunde sagt er: Ihr wärt nichts ohne uns. Das ist historisch im Großen und Ganzen richtig, aber wichtiger ist, dass er zugleich sagt: Orient und Okzident haben gemeinsame Wurzeln in der Antike. Er betont also die Gemeinsamkeiten."

„Aber was bedeutet das für ihn selbst? Er sagt hier mehr oder weniger klar, dass er vom Propheten abstammt. Ist das wahr?"

„Welche Rolle spielt es, ob es wahr ist?", konterte die Islam-Expertin. „Es ist nicht wichtig, ob er wirklich ein Nachkomme des Propheten ist. Ausschlaggebend ist, dass die Menschen ihn dafür halten. Dieser Glaube legitimiert ihn, Dinge zu tun, die sonst niemand tun kann. Muslime glauben von jeher, dass einst der Mahdi kommen werde, der Erlöser. Für die einen ist das schon geschehen, andere warten noch darauf. Abdallah nutzt diese Spannung in seiner Rede sehr geschickt, indem er sich weder klar positioniert noch klar dementiert, dass er der Mahdi ist. Für die einen kann er es sein, ohne dass die anderen ihm unbedingt darin folgen müssen. Er bietet den Gläubigen damit die größtmögliche Projektionsfläche."

„Offensichtlich hat er großen Einfluss auf die Menschen", sagte Marc Ryan. „Vor kurzem ist in Tunesien der ‚Marsch der Millionen' aufgebrochen. Inzwischen ist er auf 25.000 Menschen angewachsen, die nach Jerusalem wollen. Hören wir, was Abdallah gesagt hat."

Ein weiterer Ausschnitt aus der Rede.

„Dies sind bewegte Zeiten. Schnelle Zeiten, hastige Zeiten. Es ist nicht gut, etwas zu tun, bevor man nachgedacht hat. Viele Gläubige wünschen sich, auf die heilige Stadt Jerusalem zu marschieren, um den Islam von dort aus zu reformieren. Diesen Menschen rufe ich zu: Wartet! Es ist zu früh. Wir sollten uns erst gewiss sein, was wir wollen! Ich habe eine Schura eingesetzt, einen Rat des Islam, und ich möchte euch alle bitten, dieser Schura die Zeit zu geben, die sie braucht. Geht daher zurück zu euren Familien und harrt der Dinge. Wenn der ernste Ruf kommt, werdet ihr ihn hören und verstehen."

„Bedeutet das nicht", wandte sich Marc Ryan erneut an die Islam-Expertin, „dass Abdallah diesen ‚Marsch der Millionen', in der Hinterhand behalten möchte, um damit vielleicht zu späterer Zeit Druck auszuüben?"

„Zunächst einmal muss man wohl festhalten, dass Abdallah damit eine humanitäre Katastrophe verhindert hat, denn …"

„Mach das endlich aus", forderte Hillary. „Ich kriege Kopfweh von diesem Gesülze."

Hank nickte eifrig und sagte:

„Atombombe drauf und fertig."

Das brachte selbst Hillary für einen Moment aus der Fassung. Da sie aber nicht ausschließen konnte, dass Hank sich nur über sie lustig machen wollte, ging sie wortlos darüber hinweg. Sie hatte zurzeit wirklich andere Probleme. Zum Beispiel musste sie ihren Arbeitsplatz säubern, bevor sie sich setzen und den Computer hochfahren konnte.

„Was machst du da?", fragte Marc, als sie mit dem Desinfektionsspray ihren Bürostuhl samt Armlehnen einsprühte, anschließend die Tastatur, bevor sie über dem ganzen unaufgeräumten Schreibtisch einen Giftnebel produzierte, dessen Tröpfchen langsam niedersanken.

„Wonach sieht es denn aus?", gab Hillary zurück. „Eventuell nach gründlich Saubermachen?"

„Geht es dir wirklich gut?"

Als sie in Marcs Gesicht blickte, erkannte sie, dass er sich ernsthaft Sorgen machte. Sie ließ die Spraydose sinken und sagte:

„Alles in Ordnung, Marc. Mach dir keine Gedanken. Koch lieber Kaffee … Nein, warte, das mache ich selbst."

Worauf man alles achten musste, wenn man eine Bio-Attacke erwartete!

Hillary liebte gebrühten Kaffee. Deswegen gab es in der Abteilung Schwerverbrechen eine altmodische Kaffeemaschine, in die man einen Kaffeefilter aus Papier einsetzen musste, der mit Kaffeepulver gefüllt wurde, durch das heißes Wasser geleitet wurde. Hillarys Kaffee war im ganzen Department berüchtigt. Die wenigsten mochten ihn, doch niemand wagte, eine Einladung auszuschlagen. Häufig gab es hinterher Klagen über Magenbeschwerden. Hillarys schulterzuckender Kommentar dazu fiel kurz aus:

„Wer meinen Kaffee nicht verträgt, ist ein Weichei."

Sie mochte ihren Kaffee stark und schwarz. Marc kochte den Kaffee längst auf dieselbe Weise und wollte es nicht anders.

Wenn sie sicherstellen wollte, dass die Virenattacke, die ihr angeblich drohte, nicht per Kaffeekanne ausgeführt wurde, musste sie sich selbst um den Kaffee kümmern. Da sie nicht wusste, wer die Kanne vor ihr berührt hatte, war zunächst eine gründliche Reinigung nötig. Aber wie drehte man einen Wasserhahn auf, ohne ihn zu berühren? Unmöglich! Also Vorsicht anschließend mit den Händen, damit die nicht aus Versehen zum Gesicht langten. Um den Schrank zu öffnen, in dem sich die Kaffeefilter befanden, musste Hillary den Griff anfassen. Danach hielt sie ihre Hände kurz unter heißes Wasser. Sie nahm verschlossene Packungen von Kaffeefilter und Kaffee und wollte sie aufschneiden, doch die Schere war noch in der Schublade. Ein weiterer Griff. Die Schere selbst musste natürlich gereinigt werden. Hillary fasste sie vorsichtig an der Spitze und spülte den Griff eine Minute lang mit fließend heißem Wasser ab. Anschließend wusch sie sich die Hände. Aus Gewohnheit wollte sie zum Handtuch greifen, doch damit hatten sich Dutzende von Menschen vor ihr die Hände abgetrocknet. Also wischte sie die Hände an ihrer Jeans ab, nahm einen Filter aus der frischen Packung und ging zurück zur Kaffeemaschine. Marc legte den Filter ein, Hillary füllte das Wasser ein, und kurz darauf begann die Maschine mit leisem Zischen zu arbeiten.

„Nächstes Mal mache ich das", sagte Marc. „Geht schneller."

Während die Maschine arbeitete, setzte sich Hillary an ihren Platz, fuhr den Rechner hoch und loggte sich ins System ein, um Evans zweite Mail mit dem Betreff „Demonti" zu lesen. Die Absenderadresse war wie die erste eine „No reply"-Adresse, die es vermutlich zu diesem Zeitpunkt schon nicht mehr gab. Normalerweise war es möglich, Informationen über den Absender aus dem erweiterten Header der Mail zu gewinnen, aber Hillary hatte Zweifel, ob das in diesem Fall gelingen würde. Evan schien in diesen Dingen gewieft zu sein.

Im Anhang der Mail fand Hillary mehrere Dokumente. Eines enthielt Personaldaten von Gianfranco Demonti. Er war tatsächlich in Keansburg/New Jersey geboren. Nach der High School war er aufs College of New Jersey in Trenton gegangen, anschließend auf die FBI-Akademie in Quantico/Virginia. Ab 2015 war er für *Homeland Security* aktiv und seit 2018 für einen Dienst namens *Internal Affairs Division*, von dem Hillary noch nie gehört hatte. Hillary recherchierte per Suchmaschine, doch es gab keinen Geheimdienst dieses Namens, jedenfalls nicht offiziell. *Sie* hatten damit endlich einen Namen: IAD.

„So vertieft?", fragte Marc und stellte ihr einen Becher mit frischem, heißem Kaffee hin, so schwarz, wie sie ihn mochte.

Sie starrte den Becher an. Marc hatte ihn natürlich angefasst. Ihre Blicke begegneten sich. Da beschloss sie, ihm endgültig zu vertrauen. Nein, er würde sie nicht infizieren. Jedenfalls nicht bewusst. Sie nahm die Tasse, ohne sie vorher zu desinfizieren, trank einen kleinen Schluck und genoss die Hitze und Bitterkeit des Kaffees.

„Ich habe eine anonyme Mail bekommen“, sagte sie und winkte Jeff und Hank herbei. „Sie enthält Material über Demonti. Seht euch das an. *Internal Affairs Division.* Schon mal gehört?“

„Was soll das sein?“, fragte Marc, während seine Blicke über die Zeilen glitten. „Ein Geheimdienst?“

„Wer will unseren Ermittlungen denn da auf die Sprünge helfen?“

„Ich habe nicht die geringste Ahnung“, log Hillary. „Sieht so aus, als hätten wir einen geheimen Verbündeten im gegnerischen Lager.“

Hillary tat es fast leid, dass sie Evan so grob abgefertigt hatte.

„Schau dir das an“, sagte Marc. „Das sind Unterlagen über einen Einsatz dieser Division in Seattle. Siehst du das Datum?“

„Beginn des Einsatzes 14. Juni 2024“, erwiderte Hillary, „bis heute. *Sie* sind noch in der Stadt. Zwei Agenten. Willard Ripley und Gianfranco Demonti.“

„Sie wohnen im *Alexis*. Hier haben wir Daten über die Kreditkarteneinsätze. Da stehen sogar die Zimmernummern.“

Hillary sprang auf und nahm ihr Jackett.

„Los, Männer, die schnappen wir uns!“

„Ruhig!“, mahnte Marc. „Diese Leute sind Profis. Erstens brauchen wir die Genehmigung des Captains, zweitens müssen wir überlegt und mit Planung zuschlagen und drittens sollte uns klar sein, was wir diesen Leuten überhaupt vorwerfen, bevor wir sie festnehmen.“

„Kevin Haney hat beobachtet, wie sie Harvey betäubt haben“, erinnerte Hillary. „Sie haben auf ihn geschossen. Wir organisieren eine Gegenüberstellung, und damit haben wir sie.“

„Okay, gehen wir zum Captain“, sagte Marc.

Hillary streifte ihr Jackett über. Dabei fiel ihr der USB-Stick wieder ein. Dicht vor Marcs Schreibtisch tat sie, als müsse sie sich die Schnürsenkel binden. Sie ließ den USB-Stick in die unterste der Schubladen des Rollcontainers unter Marcs Schreibtisch gleiten.

Niemand schien es zu bemerken.

***

Phil hatte eine unruhige Nacht hinter sich. Immer wieder war er aufgestanden, um nachzusehen, ob Ruth geantwortet hatte. Natürlich nicht! Phil hatte an die Mailadresse geschrieben, die auf ihrer Visitenkarte angegeben war, also an eine dienstliche Adresse. Sie konnte seine Mail erst am Morgen sehen. Trotzdem warf Phil sich im Bett hin und her, gejagt von sehnsuchtsvollen Träumen und rastlosen Fragen: Hatte er einen Fehler gemacht? War er gut genug für eine Frau wie Ruth? Bestimmt lachte sie über ihn. Und doch musste er sie wiedersehen.

Erschöpft schlich er am Morgen in die Küche, um Kaffee zu kochen.

„Du siehst fürchterlich aus“, sagte Joyce. „Wieder die ganze Nacht gearbeitet?“

Er nickte nur.

Im Hintergrund lief das Multikom, und Marc Ryans Worte sickerten eher nebenher bis zu ihm durch.

„… gilt als Hardliner und hat in früheren Jahren mit islamfeindlichen Äußerungen von sich reden gemacht. Damals war er Manager des Rüstungskonzerns *Raethyon*, der auf die Herstellung von Marschflugkörpern mit satellitengestützter Navigation spezialisiert ist. Johnson stand in der Kritik, weil das Pentagon in seiner Amtszeit viele Entwicklungsprojekte der Rüstungsindustrie gefördert hat.“

„Der Verteidigungsminister tritt zurück?“, fragte Joyce.

„Dann ist Preston am Ende“, sagte Phil.

Einen weiteren Rücktritt würde die Präsidentin nicht verkraften – schon gar nicht den des wichtigsten Ministers ihres Kabinetts. Den der Handelsministerin hatte Preston noch gut überstanden. Sie hatte es sogar geschafft, tatkräftig zu wirken. Der neue Minister, Jeff Connolly, Prestons langjähriger Berater, war bereits vereidigt. Für Johnson würde die Präsidentin keinesfalls so schnell einen Nachfolger aus dem Hut zaubern. Das Pentagon war ein völlig anderes Kaliber als das Handelsministerium.

„Nein, es geht wohl nur um die *Ticonderoga*-Sache“, sagte Joyce.

„Was heißt da ‚nur‘?“, fragte eine Studentin.

Eine Frage war in den Medien in letzter Zeit immer lauter gestellt worden: War die Hauptstadt der USA nach dem Ausfall der *Ticonderoga* noch ausreichend geschützt? Hatte die Navy, hatte die politische und militärische Führung aus *six/eleven* gelernt, oder ließ sie amerikanische Schiffe und U-Boote weiterhin lieber in fernen Weltgegenden kreuzen statt vor der eigenen Küste? Sam Walker, jener Marinebeobachter, der das Video von der beschädigten *Ticonderoga* gemacht hatte, war inzwischen gefragter Gast in Talkrunden. Er kritisierte die Sicherheitslücke in der Chesapeake Bay scharf.

„Standard ist, dass zwei U-Boote der *Los Angeles*-Klasse das Meeresgebiet vor der Mündung der Chesapeake Bay sichern", erläuterte er, „und damit die Zufahrt zu Washington. Das wird seit vielen Jahren so gehandhabt. Die Boote sind voll bewaffnet und fahren immer unter Defcon 2, das bedeutet erhöhte Alarmbereitschaft, die letzte Alarmstufe vor Defcon 1. Sie haben Atomwaffen an Bord. Hinzu kommt eine Fregatte zur Sicherung des Meeresgebiets. In Norfolk werden weitere Schiffe, darunter zwei Zerstörer, für alle Eventualitäten bereitgehalten. Das ist wie gesagt Standard, das kann jeder im Netz nachlesen. Nun ist die *Ticonderoga* offensichtlich ausgefallen – aber die Navy hat keinen Ersatz vor Ort. Dort draußen patrouillieren derzeit nur das U-Boot *Sacramento* und der Zerstörer *Galveston*."

Die Erklärung für die Lücke war nach Auskunft von Marine-Experten, dass die Boote der Los-Angeles-Klasse alt waren. Das jüngste war 1992 in Dienst gestellt worden, hat also bereits mehr als dreißig Jahre auf dem Buckel. Es gab gut hundert Boote dieser Klasse, aber nur 33 waren einsatzbereit. Die Navy hatte also schlicht keinen Ersatz für die *Ticonderoga*. Es gab zwar die Boote der neueren Virginia-Klasse, aber die waren alle fern der USA im Einsatz.

„Die Leute wollen wissen, was mit der *Ticonderoga* passiert ist", fuhr die Studentin fort.

„Ich glaube nicht, dass Johnson dazu etwas sagen wird." Phil trank seinen Kaffee aus. „Vermutlich wird er eine Umstrukturierung der Flottenverbände ankündigen. Und drei Tage später werden wir einen Flugzeugträger in der New York Bay sichten."

„Das wäre Symbolpolitik", versetzte Joyce und seufzte.

Bis zur Pressekonferenz hatte er seine Mails überprüft – nichts von Ruth! – und war acht Kilometer gejoggt, wenn auch langsamer als sonst, weil er nach der unruhigen Nacht erschöpft war. Danach wäre er beinahe direkt ins Bett gekippt. Joyce holte ihn zur Übertragung der Pressekonferenz.

Tatsächlich verkündete der Verteidigungsminister, dass er den Flugzeugträger *Harry S. Truman* aus dem Mittelmeer sowie aus dem Nordmeer die *USS Texas*, ein U-Boot der modernen Virginia-Klasse, zum Schutz der heimischen Küsten und der Hauptstadt nach Hause beordert habe. Für die *Truman* rückte die *Theodore Roosevelt* mit ihrer Begleitflotte aus dem Golf von Aden ins Mittelmeer vor, um die Seeblockade vor Libyen weiterhin zu gewährleisten. Es war nur ein relativ kurzes Stück Seeweg, doch der Verband musste den Suez-Kanal passieren und würde daher erst in drei Tagen vor der libyschen Küste eintreffen. Der Kanal konnte nur mit geringer Geschwindigkeit befahren werden. Die Lücke am Golf von Aden würde durch den Flugzeugträger *USS Ronald Reagan* geschlossen werden, der sich soeben vom Persischen Golf, wo er zu eher demonstrativen Zwecken kreuzte, auf den Weg machte.

„Wie du gesagt hast: Symbolpolitik!“, kommentierte Phil und gähnte. „Ich muss etwas schlafen.“

Bevor er ungeduscht ins Bett fiel, sah er in seine Mails. Noch immer keine Antwort von Ruth. Sie würde ihn nicht erhören – und sie hatte recht damit. An ihrer Stelle hätte er auf seine Mail ebenfalls nicht geantwortet. Am besten hakte er die Geschichte einfach ab.

Immerhin wurde ihm eine gute Stunde Schlaf gegönnt, bevor Joyce anklopfte und ihn weckte.

„Die Präsidentin hat Luftangriffe auf Libyen befohlen. Pressekonferenz in einer Viertelstunde.“

Ächzend setzte Phil sich auf. Schon wieder eine Pressekonferenz! Als wollte Preston alle Öffentlichkeitsarbeit nachholen, die sie im bisherigen Verlauf der Krise hatte vermissen lassen..

Die Luftangriffe waren aus militärischer Sicht vermutlich völlig sinnlos. Sie dienten nur dazu, die Seele der Menschen daheim zu streicheln: Seht her, Leute, eure Präsidentin tut etwas. Irgendetwas. Trotzdem durfte er sich die Pressekonferenz nicht entgehen lassen. Obwohl er an nichts anderes denken konnte als an Ruth.

Es ging doch nur um ein Abendessen!

Die Präsidentin wirkte ernst, angespannt und entschlossen. Diesmal verzichtete sie auf jegliche Begleitung. Ganz allein stellte sie sich der Nation. Sie schien wieder die Lindsay Preston zu sein, die vor acht Jahren für ihr Versprechen einer geistig-moralischen Erneuerung gewählt worden war – ein Versprechen, das sie nicht eingelöst hatte. Trotzdem imponierte sie Phil. Sich in dieser schwierigen Situation vor die Kameras zu stellen und diese Dinge zu sagen, das war man von ihr nicht mehr gewohnt.

„So hätte sie schon vor einer Woche auftreten sollen", sagte Joyce, „dann hätte es vielleicht keine Regierungskrise gegeben."

„Wir haben Informationen darüber", sagte die Präsidentin, „dass die Aggression namens *six/eleven* von Libyen aus geplant und gesteuert wurde. Ich habe daher Luftschläge angeordnet. Wir werden die Kommandostrukturen der Islamisten zerschlagen und eine Flugverbotszone einrichten. Vor zwei Stunden sind die Bomber und Jäger der *USS George H.W. Bush* aufgestiegen. Sie befinden sich derzeit bereits wieder auf dem Rückflug. Die Zentrale der Islamisten in Tripolis wurde zerstört, ebenso wichtige Einrichtungen der militärischen Infrastruktur, etwa ihre Flugplätze. Auf unserer Seite hat es keine Verluste gegeben. Ich bin entschlossen, dem Regime der Islamisten ein Ende zu bereiten."

„Wie billig", sagte Joyce. „Bomben für bessere Umfragewerte."

„So funktioniert Politik." Phil nickte. „Damit will sie ihren Kritikern das Wasser abgraben."

„Wenn sie Informationen darüber hat, dass *six/eleven* von Libyen aus vorbereitet wurde, muss sie uns doch etwas darüber sagen!" Joyce war empört. „Wir haben das Recht, alles darüber zu erfahren."

„Vielleicht sind ihre Leute noch damit beschäftigt, diese Beweise ein bisschen zurechtzumachen", sagte Phil, zuckte mit den Schultern, ging in sein Zimmer, um Handtuch und Duschgel zu holen. Bevor er unter die Dusche ging, rief er seine Mails ab.

Antwort von Ruth Brennan!

Nein, diese Mail konnte er nicht öffnen. Sie würde eine Absage enthalten, da war er sicher. Das würde er nicht verkraften.

Er ließ sie ungeöffnet, nahm seine Sachen und schlurfte in Badelatschen hinüber zur Gemeinschaftsdusche, doch auf halbem Weg schalt er sich einen Narren. Er hatte klare Verhältnisse gewünscht. Sollte die Mail die erwartete Absage enthalten, dann hatte er genau das, was er brauchte, und konnte sich endlich wieder seiner Arbeit zuwenden. Also kehrte er um und öffnete die Mail.

„Hallo Phil", schrieb Ruth, „ich nehme Ihre Einladung an. Um 19 Uhr im *Matsuri*. Ihre Ruth."

„Verdammt!", entfuhr es Phil. Dann stieß er einen Freudenschrei aus, der auf dem ganzen Stockwerk zu hören war, und eilte unter die Dusche. Er hatte nur vier Stunden, um sich schön zu machen!

Punkt 19 Uhr – der Tisch war reserviert – wartete er in seinem besten Anzug vor dem japanischen Restaurant südlich des Hafens von

Baltimore, in der Hand einen Strauß schlichter Veilchen, die einen dezenten Duft verströmten. Ruth fuhr in einem Taxi vor. Phil lächelte ihr über die Straße hinweg entgegen. Täuschte er sich, oder wirkte das Lächeln, mit dem sie ihm begegnete, ein wenig unsicher? Doch nein, er hatte sich geschworen, nichts in ihre Regungen und Gesten hinein zu interpretieren. Gelten sollte nur das gesprochene Wort.

„Hallo Ruth." Er reichte ihr die Hand. „Geht es Ihnen gut?"

„Danke", antwortete sie. „Ich bin nur ein wenig überrascht, dass wir uns so schnell wiedersehen. Überrascht auch über mich selbst."

„So schnell?", wiederholte er, runzelte die Stirn und sah auf seine Uhr. „Unsere letzte Begegnung liegt mehr als 30 Stunden zurück."

Sie quittierte den Scherz mit einem Lachen und nahm den Blumenstrauß entgegen.

„Sehr hübsch", kommentierte sie. „Ich mag Veilchen."

Sie sah bezaubernd aus in ihrem farbenfrohen Sommerkleid, das den Bronzeschimmer ihrer dunklen Haut betonte, und das sagte er ihr auch, während er ihr die Tür zum Restaurant öffnete und sie zum reservierten Tisch führte. Nein, er täuschte sich nicht. Sie *war* verunsichert. Ob sie sich wohl dieselbe Frage stellte wie er: was dieser Abend bringen mochte?

„Möchten Sie, dass ich Ihnen etwas empfehle?", fragte er, die Speisekarte in der Hand. „Das Sashimi ist ganz wunderbar."

„Sie kommen häufiger hierher?"

„Ich liebe japanisches Essen. Und Sie?"

„Ich mag das Essen ebenfalls", sagte sie, „aber dieses Lokal kannte ich nicht. Ich bin nicht oft in Baltimore."

„Und warum dieses Mal?"

„Wegen Ihnen. *Nur* wegen Ihnen."

„Dann ist es ja gut, dass wir uns noch einmal treffen, bevor sie wieder abreisen. Wohin geht es als nächstes?"

„Nach Dallas."

„Auch wieder ein Talent, das Sie anwerben wollen?"

„Wenn Sie so wollen", sagte sie schulterzuckend und legte die Karte weg. „Also Sashimi. Vorher Miso-Suppe und dazu grünen Tee."

„Nicht lieber etwas Weißwein?"

„Einverstanden."

Sie gaben ihre Bestellung auf.

Ruth blickte auf ihre Hände, die vor ihr auf dem Tisch lagen.

„Phil, wie …“, begann sie, „wie soll ich es Ihnen sagen? Ich habe mich sehr über Ihre Mail gefreut, aber ich weiß nicht …“

„Und ich habe mich sehr über Ihre Antwort gefreut“, gab er rasch zurück. Dieses „aber“ und das, was ihm folgen könnte, wollte er nicht hören, doch Ruth ersparte es ihm nicht.

„Wohin soll das führen?“, fragte sie.

Er sah sie an. Sie hob nur kurz den Blick, sah rasch wieder weg.

„Ich weiß es nicht“, gab er zurück, nachdem er den Kloß in seinem Hals hinuntergeschluckt hatte. „Vielleicht … ins Leben?“

„Was ich sagen will …“, setzte sie an, stockte aber, als der Wein gebracht wurde, ein kalifornischer Chardonnay. Phil ergriff sein Glas, erhob es, und ein zartes Klirren erklang, als sich die beiden Gläser in der Luft über dem Tisch begegneten. Sie tranken.

„Sprechen Sie einfach, Ruth“, sagte Phil. „Ich werde versuchen, ebenfalls ganz frei zu sprechen. Irgendetwas bedrückt Sie.“

Er war sich längst sicher, dass sie es ebenso spürte wie er, dieses Gefühl unter der Oberfläche ihres Gesprächs. Da war etwas, was sie verband. Eine Gemeinsamkeit, die ihnen die Luft abschnürte. Phil musste sich zwingen, ruhig zu atmen. Ihr schien dies schwerer zu fallen.

„Phil, ich … ich bin nicht die Richtige für Sie.“

Damit war es ausgesprochen.

„Dürfte ich da eventuell ein wenig mitreden?“ fragte er sogleich und wunderte sich noch im Moment über sich selbst. Hatte er diese Worte abgewogen? Woher nahm er diese Kraft? Diese Ruhe in seiner Stimme verblüffte ihn. Er war innerlich alles andere als ruhig.

„Sie wissen nichts über mich“, sagte Ruth.

„Das stimmt leider. Darum habe ich dieses Treffen vorgeschlagen – unter anderem um mehr über Sie zu erfahren. Ruth, Sie sind einfach umwerfend!“

War er es wirklich, der das sagte? Es stimmte natürlich – aber klang das nicht zu sehr nach Masche? Was ihn aber vor allem erstaunte, war die Tatsache, dass sie sich wand. War sie nicht diejenige, die am Hafen von Baltimore auf ihn zugegangen war, forsch und geheimnisvoll? Jetzt wirkte sie geradezu unglücklich.

„Was ist denn los?“, fragte er.

„Ich …“

Da sprang sie plötzlich auf und lief aus dem Lokal.

Phil reagierte sofort. Er gab dem Kellner ein Zeichen der Beruhigung und folgte ihr auf die Straße. Sie war ein paar Schritte weiter stehen geblieben und barg ihr Gesicht in Händen.

„Kommen Sie bitte wieder mit mir hinein", sagte er.

„Phil, ich bin nicht gut für Sie."

„Ich habe schon verstanden, dass Sie dieser Meinung sind", erwiderte er. „Ich weiß zwar noch nicht, warum Sie das glauben, aber das können Sie mir ja noch erzählen. Bitte, Ruth! Das Essen wird kalt."

„Sashimi kann nicht kalt werden", gab sie zurück, ehe sie begriff, dass er einen Scherz gemacht hatte, und fügte hinzu: „Auf ihre eigene Verantwortung."

„Selbstverständlich", versicherte er ihr. „Ich bin ein großer Junge. Und sie eine große Frau."

Als sie sich setzten, hatte Ruth sich wieder gefangen. Sie machten ein wenig Smalltalk. Phil erfuhr, dass Ruth aus Brooklyn stammte und die Tochter eines Feuerwehrmannes war, der beim Einsturz des World Trade Centers 2001 gestorben war. Über ihre Mutter hingegen wollte sie nicht reden. Ruth arbeitete seit drei Jahren für *Headley & Partners*. Phil fragte sie jedoch nicht, warum sie in ihm eine Führungskraft erblickte. Bis dahin war es in seinen Augen noch ein weiter Weg für ihn, und es stand noch lange nicht fest, ob er diesen Weg gehen wollte. Er sah seine Zukunft in der Politik. Doch er wollte nicht, dass sich ihr Gespräch zu einer Unterhaltung über die Arbeit entwickelte. Deswegen steuerte er weg von diesem Thema und erzählte von seiner Familie und seinen Eltern, musste allerdings erkennen, dass Ruth das meiste bereits wusste. Sie war tatsächlich gut über ihn informiert.

Wie sie sprach, jetzt, nachdem sie sich ein wenig entspannt hatte, wie sie gestikulierte, wie sie redete, aß und trank – das alles bezauberte Phil, und mehr als einmal suchte er den direkten Kontakt zu ihren graugrünen Augen, die nun, als sie den Blick endlich erwiderte, nicht mehr kühl und fordernd wirkten. Er spürte, wie verletzlich sie eigentlich war und dass sie ein Geheimnis mit sich herumtrug, doch das machte sie nur noch begehrenswerter. Schließlich ergriff er sogar ihre Hand über den Tisch hinweg und sagte:

„Ruth, ich möchte Sie wiedersehen."

Ihre Teller waren leer, der Wein war getrunken, die Rechnung bezahlt, und Ruth zog ihre Hand nicht weg. Für Sekunden ruhten ihre Blicke in seinen, bis sie sagte:

„Du willst das wirklich, oder?“

Er nickte.

„Ich warne dich“, fuhr sie fort und wiederholte: „Ich bin nicht gut für dich.“

„Vielleicht bin ich ja gut für dich?“, gab er zurück.

Sie verließen das Restaurant.

„Keinesfalls komme ich mit zu dir ins Wohnheim“, sagte sie. „Gehen wir zu mir ins Hotel.“

Auf dem Rücksitz des Taxis küssten sie sich erstmals. Für den Rest des Abends trennten sich ihre Lippen kaum noch voneinander.

***

„Du bist ja betrunken“, sagte Maria Francesca, als Jan ihr die Kabinentür öffnete.

Schuld daran war der Whisky von Kommandant Zach. Jan vertrug nichts mehr. Er machte eine wegwerfende Handbewegung und sagte:

„Ich war schon viel betrunkener. Früher.“

Plötzlich hielt er eine Frau im Arm.

„Hoppla“, sagte er, bemerkte die Lippen, die sich ihm näherten, und kam ihnen nur zu gern entgegen. Er hatte diesen Moment so lange herbeigesehnt und fühlte sich dennoch überrumpelt. Maria Francescas Lippen waren himmlisch weich, doch ihre Zunge war fordernd. Auch sie hatte auf diesen Moment gewartet.

Sie umarmten und küssten sich und taumelten zusammen Richtung Bett. Dieses Bett war kaum breit genug für sie beide und bedeutete dennoch die Welt, in der sie sich aneinanderschmiegten, streichelten und küssten. Ihre Kleidung spielte keine Rolle. Jedenfalls nicht sofort. Dann musste Jan plötzlich lachen.

Maria Francesca sah ihn irritiert an, erblickte den nassen Fleck in seiner Hose und stimmte in sein Gelächter ein.

„Wie ein Pubertierender“, sagte er. „Wie peinlich …“

„Ein bisschen anders habe ich mir den ersten Abend mit dir natürlich schon vorgestellt“, kommentierte Maria Francesca spitz, „aber peinlich finde ich das nicht. Eher niedlich.“

Sie lachten erneut.

„Man könnte es sogar als Kompliment verstehen“, sagte sie.

„Ja, rede nur weiter, das macht es besser. Das ist mir zuletzt vor mehr als zwanzig Jahren passiert.“

„Al-Isrā ändert eben alles“, sagte Maria Francesca.

Da wurde er schlagartig ernst.

„Wie du das sagst …“, murmelte er.

Als wäre es ein Naturgesetz.

„Ich fühle mich wohl hier“, erwiderte sie. „In der harten Welt da draußen wäre ich zugrunde gegangen. Dort muss jeder seine Haut zu Markte tragen, um das Beste für sich herauszuschlagen. Für diese Art der Existenz bin ich nicht geeignet. Al-Isrā ist besser für mich.“

Jan starrte an die Decke. Diese Art der Existenz, von der Maria Francesca sprach, hatte er nie erfahren. Sein Leben war behütet verlaufen. Er war gefördert worden, hatte sich entfalten können, hatte studiert und Freiheiten genossen, und als er die richtige Idee für die weitere Entwicklung gehabt hatte, war genug Geld da gewesen, um sie umzusetzen. Doch von Meike wusste er, wie das Leben dort draußen sein konnte. Meike hatte versucht, sich ohne die Vorteile ihrer Herkunft durchzuschlagen und hatte letztlich kapituliert. Zu diesem ständigen Kampf fühlte sie sich nicht fähig.

„Ich verstehe dich“, sagte er und strich mit den Fingern durch Maria Francescas Haare, während sie sich eng an ihn schmiegte, mit der Hand unter sein T-Shirt fuhr und seinen Bauchnabel streichelte. „So weit bin ich aber noch nicht, dass ich mich hier zu Hause fühlen könnte. Für mich ist Al-Isrā immer noch ein Gefängnis.“

„Dann solltest du langsam anfangen, dich hier einzurichten“, sagte sie und begann, an seinem Ohrläppchen zu knabbern.

… denn du kommst hier nicht wieder raus!

Diese Worte schwangen für ihn unüberhörbar mit.

„Ich habe mich sehr auf diesen Abend gefreut“, sagte sie. „Du kannst dir nicht vorstellen, was ich durchgemacht habe, weil du Skylla genommen hast. Und jetzt sind wir hier, und dein Kopf arbeitet trotzdem die ganze Zeit, oder?“

Jan musste erneut lachen.

„Blöde Angewohnheit“, gab er zurück.

Da beugte sie sich über ihn und küsste ihn wieder, und Jan schob alles beiseite, alle Bedenken, alle Schwere, und zog sie an sich und erwiderte den Kuss.

Er konnte sich nicht erinnern, jemals so eng mit einem anderen Menschen zusammengewesen zu sein. Doch dieses Hochgefühl, er spürte es deutlich, machte ihn verwundbar. Allerdings hatte es noch eine zweite Seite. Als er am nächsten Morgen mit Maria Francesca im Arm erwachte, fühlte er sich bärenstark. Erst schlug er seine Augen auf und sah gegen die Decke seines Quartiers, die im bläulichen Streulicht des Aquariums schimmerte, und für einen Moment fühlte er sich tatsächlich zu Hause. Dann schloss er die Augen wieder und *spürte*. Jeden Zentimeter der Haut jener Frau tastete er ab, die in seinem Arm schlief, all die feinen Härchen, ihre Leberflecken, ihre Rundungen, die Höfe ihrer Brustwarzen mit den kleinen Wellen, die Falten ihres Nackens, ihren Po – nur in die Enge zwischen ihren Beinen drang sein *Spür*-Sinn nicht vor.

Zu Hause.

Doch plötzlich war da dieser störende Gedanke. Aus heiterem Himmel, ohne Vorwarnung. Es war, als wiche alle Wärme aus seinem Leben, und er seufzte.

Ich darf mich hier nicht einrichten! Ich habe zugelassen, dass Al-Isrā mich zu verändern beginnt! Ich muss nach Wegen suchen, von hier zu entkommen!

Stattdessen hatte er eine Beziehung begonnen.

Nein, das war kein einmaliges Date gewesen. Diese tiefe Harmonie zwischen Maria Francesca und ihm – daraus würde etwas entstehen. Allein die Tatsache, dass er neben ihr in diesem engen Bett friedlich hatte schlafen können, war ein deutliches Zeichen dafür. Vielleicht war sie sogar die Frau, die er immer gesucht hatte, die Frau, die keine Probleme mit seinen Macken hatte. Wenn Jan in sich hineinhorchte, fühlte er sich entspannt bei dem Gedanken, dass sie vielleicht die Frau seines Lebens war.

Aber ausgerechnet hier, in Al-Isrā! Es ist nicht richtig.

Er schlief ein und erwachte erst wieder, begleitet von wohligen Schauern, als er zwischen den Beinen gestreichelt wurde. Maria Francesca spielte mit seiner Morgenerektion.

„Du glaubst gar nicht, wie sehr ich das vermisst habe“, flüsterte sie.

„Ich bin aber hoffentlich nicht nur ein Schwanz für dich“, gab er mit hilfloser Ironie zurück, worauf sie lachte und ihn küsste.

„Guten Morgen, Lieber“, sagte sie.

Sie frühstückten in der Kantine, die jetzt, am späten Vormittag, fast völlig leer war. Der Arbeitszyklus in Al-Isrā hatte längst begonnen.

Der Rest von Jans Team befand sich im Labor, um das Skyllin zu ergründen. Maria Francesca hatte frei. Jan fragte hin und wieder im Labor den neuesten Stand ab, doch seine persönliche Anwesenheit war nicht nötig. Das Team schaltete nach den rasanten Entwicklungen der vergangenen Tage nun zwei Gänge zurück.

Maria Francesca erzählte von sich und ihrer Arbeit, und es war nur eine Frage der Zeit, bis sie auf Dr. Latif zu sprechen kam. Sie ließ keinen Zweifel daran, dass sie den Arzt nicht ausstehen konnte. Seine herrische Art, sein Ton im Umgang vor allem mit Frauen und wie er mit Jan während der Infektion umgesprungen war –indiskutabel!

„Wenn es nach ihm gegangen wäre, hätte er dir alle fünf Minuten Blut abgenommen“, sagte sie, „bis zum letzten Tropfen.“

„Wo ist er jetzt?“, fragte Jan. „Ich habe ihn seit Tagen nicht mehr gesehen.“

„Keine Ahnung.“ Maria Francesca zuckte mit den Schultern. „Meinetwegen kann er bleiben, wo der Pfeffer wächst.“

Djamal kam herein, Al-Maphruts Adjutant, und trat an ihren Tisch.

„Guten Morgen, Dr. Metzner“, sagte er. „Der Kommandant bittet Sie in die Zentrale. Es gibt Neuigkeiten, die Sie interessieren dürften.“

„Du entschuldigst?“, fragte Jan, und Maria Francesca gab zurück:

„Ausnahmsweise.“

Er küsste sie auf die Wange und folgte dann dem Adjutanten.

Jan betrat die Zentrale von Al-Isrā zum ersten Mal. Sie nahm eine Hälfte der dritten Etage ein; vermutlich handelte es sich um den größten Raum Al-Isrās. Um ihn zu betreten, musste man sich per Fingerabdruck identifizieren. Jan war dazu nicht befugt, der Adjutant nahm ihn mit hinein.

Von hier aus also wurde Al-Isrā gesteuert. Jans Blick glitt über lange Reihen von Monitoren und Arbeitsplätzen, von denen kaum jeder zweite besetzt war. Auf einigen Monitoren sah er Wüstenlandschaften – vielleicht die unmittelbare Umgebung von Al-Isrā, die von hier aus überwacht wurde? Der größte Bildschirm vorn an der Wand hingegen zeigte ein buntes Nebeneinander von Grafiken, Tabellen und Listen, die sich kaum veränderten. So stellte Jan sich die Zentrale eines großen Kernkraftwerks mit mehreren Reaktorblöcken im Normalbetrieb vor.

Der Kommandant kam auf ihn zu, schüttelte seine Hand und sagte:

„Gute Neuigkeiten. Wir haben McGrewgious. Er ging uns heute Morgen ins Netz.“

Auf einem der verwaisten Monitore zeigte er Jan ein Video von der Festnahme des Agenten. Jan erkannte McGrewgious zweifelsfrei wieder. Ja, das war der Mann, dessen Intrige ihn nach Al-Isrā befördert hatte, der Mann aus dem Bordell. McGrewgious leistete bei seiner Gefangennahme kaum Gegenwehr, so überrascht war er.

„Das ist ein schwerer Schlag für *SCOUT*", erläuterte Al-Maphrut. „McGrewgious war ihr zentraler Mann in Nahost. Es gibt weitere Agenten, die in der Region operieren, aber sie sind ohne ihren Führungsagenten orientierungslos. Alle Kommunikation mit der Zentrale der *EAD* und mit *SCOUT* lief über McGrewgious. Wir werden diesen Agentenring in den kommenden Tagen abschalten."

„Was geschieht jetzt mit McGrewgious?"

„Was glauben Sie?"

„Er wird verhört." Jan nickte. „Blöde Frage."

„Unsere Leute werden alles aus ihm herausholen, darauf können Sie sich verlassen. Die Amerikaner mögen gut sein in erweiterten Verhörmethoden, wie sie das nennen. Al-Faris ist besser."

Al-Maphrut sprach von Folter. Jan horchte in sich hinein auf der Suche nach Bedauern oder Mitgefühl für McGrewgious, aber das einzige, was er verspürte, war Genugtuung. Dieser Strippenzieher hatte Meike entführen lassen und war verantwortlich für Michaels Tod. Auch Jans Tod hatte er einkalkuliert. Nein, für diesen Mann hatte Jan kein Mitgefühl. Es gab noch so etwas wie Gerechtigkeit auf der Welt.

„Das sind wirklich gute Nachrichten", sagte er.

„*SCOUT* ist damit aus dem Geschäft, was den Nahen Osten betrifft." Al-Maphrut nickte. „Leider hat das auch einen Nachteil: Nun bringt niemand mehr die Hassprediger um. Abgesehen von jenen Attentaten, die McGrewgious vielleicht noch angeschoben hat."

„Abdallah außer Gefahr, McGrewgious in Gefangenschaft – und was ist mit Calderon?"

„Er ist krank, offiziell hat er Grippe. Mehrere Wahlkampfauftritte wurden abgesagt."

„Dann ist auch Calderon jetzt in Sicherheit", sagte Jan.

„Jedenfalls vor Skylla. Und noch etwas: Auch unsere Leute von der *Queen Mary 2* sind in Sicherheit. Es sah ja zunächst nicht so aus, aber inzwischen wissen wir, dass der Terrorist, den die Amerikaner gefangen haben wollen, keiner von uns war. Die Mitglieder unseres Teams sind vollzählig an ihren nächsten Einsatzorten angekommen."

„Wie das?“, fragte Jan erstaunt.

„Die Abteilung *Aynayya* hat ihr Meisterstück abgeliefert. Unsere Leute hatten Passagieridentitäten und sind mit den anderen Passagieren von Bord gebracht worden.“

„Passagieridentitäten?“, wiederholte Jan verständnislos.

„Sie sind von Anfang an eingecheckt gewesen“, erklärte Al-Maphrut. „Ganz offiziell, obwohl sie erst Stunden nach dem Ablegen mit dem U-Boot an Bord kamen. “

„Aber wie können sie dann eingecheckt gewesen sein?“

„*Aynayya* hat die Computersysteme der Reederei und des Schiffes gehackt und die Daten manipuliert“, erklärte Al-Maphrut geduldig. „Die Passagierliste wurde ein wenig modifiziert. Unsere Leute hatten Kabinen an Bord wie alle anderen Passagiere auch. Offiziell gebucht, natürlich unter falschen Identitäten. Sie sind zusammen mit den anderen Passagieren nach Fort Wadsworth gebracht worden, haben dort ihre Aussagen gemacht und konnten dann gehen. Die Behörden sind völlig ahnungslos. Die Legenden unserer Leute waren perfekt. Niemandem ist etwas aufgefallen.“

„Unglaublich!“, sagte Jan. „Und das hat funktioniert?“

„Die Leute von *Aynayya* waren ihrer Sache von Anfang an sicher. Es kann zwar sein, dass die Ermittler dem Trick noch auf die Schliche kommen, wenn sie anfangen, Aussagen von Passagieren über andere Passagiere zu untersuchen. Dann könnte auffallen, dass bestimmte Passagiere erst nach der Kollision mit Liberty Island aufgetaucht sind, aber das kann uns egal sein. Wichtig war nur, unsere Leute sicher von Bord zu bringen, und dafür musste in den Computerlisten alles stimmen.“

„Ein echter Coup.“

„So könnte man es bezeichnen, ja.“ Al-Maphrut sah auf die Uhr. „Bisher ist unser Plan zu hundert Prozent aufgegangen. Jetzt fehlt eigentlich nur noch das letzte Tribunal. Und natürlich das Finale.“

Er sah Jan fragend an.

„Haben Sie inzwischen eine Entscheidung wegen dem Erreger aus dem Swat-Tal getroffen?“

Jan nickte.

***

Marc Johnson schaffte es, Demonti und seinen Begleiter aufzuspüren, indem er „antizipierte“ – seine Spezialität. Für ihn war es einfach das Zusammenzählen von Eins und Eins. Hillary, ebenfalls des kleinen Einmaleins’ mächtig, wäre erst später auf die Idee gekommen, dass die beiden Agenten den Personaleingang des Hotels benutzten. Sie hätte zunächst auf die Tiefgarage getippt. Dort hatten Demonti und Ripley vermutlich den Wagen geparkt, mit dem sie im Stadtgebiet operierten.

„Das schränkt ihre Möglichkeiten nur ein“, hatte Marc ihr erklärt. „Wenn sie das Hotel verlassen, brauchen sie alle Optionen: eine Metro-Station in der Nähe, einen Taxistand und am besten noch einen Fahrradverleih. Ein eigenes Auto kann sogar hinderlich sein.“

Metro, Taxi, Fahrradverleih – dies alles gab es in der Nähe des Hotels. Seattle war eine jener Städte in den USA, die schon im vergangenen Jahrzehnt ökologische Formen von Mobilität zu fördern begonnen hatten. *The Emerald City*, wie die Stadt auch genannt wurde – smaragdgrüne Stadt –, war schon immer grün gewesen.

Hillary fuhr trotzdem lieber Auto.

Sie hatten Demonti nun so gut wie in der Tasche. Leo hatte ihn anhand des Fotos aus Evans Material identifiziert: Er war jener Kunde, der die Sektgläser nach einmaliger Benutzung weggestellt hatte. Von ihnen musste Demonti die Fingerabdrücke genommen haben, die in der Wohnung von Harvey Walsh verteilt worden waren. Vermutlich war Demonti immer noch im Besitz der Tatwaffe. Insgesamt reichten die Verdachtsmomente, um die Agenten zu verhaften. Trotzdem hatte Captain Higgins Bedenken. Hillary konnte ihn verstehen. Es kam nicht jeden Tag vor, dass sie gegen US-Agenten vorgingen – und dies auch noch ohne jegliche Rücksprache mit oben.

„Die beiden sind gefährlich“, sagte Hillary. „Sie haben Harvey auf heimtückische Weise umgebracht. Wir können sie nicht einfach fragen, ob sie ein Viertelstündchen Zeit für einen Plausch haben, sondern wir müssen sie überwältigen, schnell und kompromisslos.“

Higgins runzelte die Stirn und sagte:

„Ihr nehmt Gerald Gorman mit. Er ist der beste Nahkämpfer, den wir haben. Für alle Fälle.“

Gerald Gorman war US-Meister in Krav Maga, dem israelischen Kontaktkampf, der in dem Ruf stand, die härteste Nahkampfmethode der Welt zu sein. Er kannte das *Alexis* von innen und war Hillarys Wunschpartner für den Einsatz.

Derweil hatten Johnboy und seine Kollegen der Cyber-Abteilung das Überwachungssystem des *Alexis* gehackt. In jedem Stockwerk gab es Kameras, eine davon in unmittelbarer Nähe von Demontis Zimmer, Nr. 332. Er hatte es heute Morgen um halb neun mit unbekanntem Ziel verlassen und war bisher nicht zurückgekehrt. Eine Durchsicht des Videomaterials der vergangenen beiden Tage zeigte, dass er einmal gegen 17 Uhr und einmal gegen 17:45 Uhr zurückgekehrt war, um das Zimmer jeweils gegen 19 Uhr wieder zu verlassen, vermutlich um essen zu gehen. Demonti schien eine ziemlich ruhige Kugel zu schieben. Anscheinend fühlte er sich sicher – und das konnte er wohl auch, denn ohne Evans Hilfe wäre Hillary ihm niemals auf die Schliche gekommen. Natürlich bewegte er sich im Schutz einer falschen Identität: Leonard Geiger. Aber die Bilder der Überwachungskameras ließen keinen Zweifel an seiner Identität.

„Wir benutzen diese Prepaid-Handys zur Kommunikation“, sagte Hillary und blickte in die Gesichter von Marc, Hank und Gerald, die mit ihr in den Einsatz ziehen würden. Jeff, Johnboy und Higgins würden vom Department aus mitmischen.

„Die Handys“, fuhr Hillary fort, „sind auf Konferenz geschaltet. Jeder von uns hört über das Headset alles, was alle sagen. Polizeifunk ist mir zu unsicher. Marc bezieht Position an der Nebenstraße zum Personaleingang, Hank wartet im Auto in der Nähe vom Haupteingang des Hotels, Gerald geht in die Tiefgarage und hält sich am Fahrstuhl auf, und ich setze mich in das Café gegenüber vom Haupteingang. So haben wir alle relevanten Zugänge zum Hotel im Blick. Jeff und Johnboy behalten vom Department aus den Überblick. Einwände?“

Die Männer schüttelten die Köpfe.

„Auf mein Zeichen geht es los“, fuhr Hillary fort. „Marc nimmt den Personaleingang, Gerald aus der Tiefgarage den rechten Fahrstuhl, ich aus der Hotellobby den linken. Hank geht durch das Treppenhaus. Wir treffen uns im dritten Stock. Dort nehmen sich Marc und Hank Ripley vor, Gerald und ich schnappen uns Demonti. Prägt euch den Lageplan genau ein! Schutzwesten sind Pflicht.“

Der Einsatz begann um 16 Uhr. Marc musste in seinem Wagen an der Straße, die zum Personaleingang führte, eine gute Stunde warten, bis ein Mann auftauchte, der ihm schon verdächtig vorkam, als er aus der Metro auftauchte – ein Mann im Anzug, dessen Jackenaufschlag in der windigen Straße so hoch aufflog, als er sich Richtung Hotel wandte, dass Marc für einen Moment das untere Ende eines Holsters sehen konnte: Willard Ripley trug eine Waffe unter seinem Jackett! Er sah sich aufmerksam um. Auch auf Marcs Wagen fiel sein Blick, aber er schien keinen Verdacht zu schöpfen und verschwand durch den Personaleingang im Hotel.

Marc gab seine Beobachtung durch. Es war kurz nach 17 Uhr. Minuten später tauchte Leonard Geiger alias Gianfranco Demonti auf.

„Zweite Zielperson gesichtet“, sagte Marc in das Mikrofon, das vor seinem Hals baumelte.

Obwohl Hillary, die im Café gegenüber vom Hotel saß, schon viele solcher Einsätze bewältigt hatte, klopfte ihr Herz bis zum Hals. Hoffentlich waren sie unbemerkt geblieben! Johnboy hatte ihr versichert, dass das Department nicht abgehört wurde, so dass niemand etwas von ihrer Planung mitbekommen haben konnte. Trotzdem hatte Hillary ein ungutes Gefühl. Doch in angespannten Situationen war ihr Bauchgefühl erfahrungsgemäß kein guter Ratgeber.

„Zweite Zielperson hat Hotel betreten“, sagte Marc.

„Möchte wissen, was die überhaupt noch hier in der Stadt treiben“, knurrte Jeff im Department.

„Zweite Zielperson hat Zimmer betreten“, meldete Johnboy.

„Okay, Leute, es geht los“, sagte Hillary, legte fünf Dollar für den Kaffee auf den Tisch, erhob sich und ging zum Ausgang des Lokals. Gleichzeitig stieg Hank aus dem Wagen und bewegte sich Richtung Hoteleingang. Hillary sah ihn auf der Straße und folgte ihm.

„Bin am Personaleingang“, sagte Marc. „Hier sind Magnetkartenscanner und eine Klingel. Ich muss meine Polizeimarke in eine Kamera halten. Okay, bin drin.“

Gerald wartete noch in der Tiefgarage, bis Hillary gemeinsam mit Hank die Lobby betrat. Sie begegnete den fragenden Blicken des Hotelpersonals an der Rezeption, hielt ihre Marke hoch und sagte:

„Seattle Police. Bitte verhalten Sie sich ruhig!“

Dann raunte sie in ihr Mikro:

„Gerald – los.“

Zufrieden registrierte sie, dass der rechte der beiden Fahrstühle nach unten zu fahren begann. Sie selbst rief den linken. Die Tür öffnete sich. Sie stellte ihr Bein in die Bahn der Lichtschranke, so dass die Tür geöffnet blieb. Erst als sie sah, dass der rechte Fahrstuhl sich auf den Weg nach oben machte, betrat sie die Kabine und drückte die Drei. Zugleich machte sich Hank auf den Weg über das Treppenhaus in den dritten Stock. Oben warteten sie, bis Marc zu ihnen stieß. Er hatte den Personalaufgang genommen. Keiner von ihnen war einem der Agenten begegnet. Johnboy bestätigte, dass sich beide auf ihren Zimmern befanden.

Die Cops zogen ihre Waffen und rückten in Zweiergruppen vor. Die Türen der Agenten waren nur wenige Meter voneinander entfernt. Marc und Hank erreichten ihr Ziel zuerst. Hillary sah Gerald fragend an, als sie vor 332 angekommen waren. Gerald nickte.

„Los!", sagte Hillary schlicht, klopfte an die Tür und hob ihre Pistole mit beiden Armen. Marc klopfte zugleich bei 329 an. Gleichzeitig wurden die Türen vor ihnen geöffnet.

Gianfranco Demonti trug zur Anzughose, deren Gürtel geöffnet war, lediglich ein T-Shirt, hatte es sich also gerade bequem machen wollen. Er zuckte zusammen, als er in die Mündungen zweier Polizeipistolen blickte. Dann schien ihm sogleich seine eigene Waffe einzufallen, die in ihrem Holster über einer Stuhllehne im Zimmer hing, wie Hillary an ihm vorbei erkannte. Er hob die Hände und schaffte es, dabei zu lächeln.

„Detective Landsdale."

„Kennen wir uns?", fragte Hillary, ohne die Waffe zu senken.

„Ich Sie schon. Freut mich, Ihnen zu begegnen – aber die Umstände dürften freundlicher sein, finden Sie nicht?"

„Kommen Sie freiwillig mit?", fragte sie.

„Und wenn nicht?"

„Dann zwingen Sie mich, Sie über Ihre Rechte zu belehren und Sie zu verhaften."

„Ich kenne meine Rechte", sagte Demonti ungerührt. „Warum wollen Sie mich verhaften?"

„Sie sind verdächtig des Mordes an Professor Walsh und der Unterschlagung von Beweismaterial im Todesfall McWeir."

Für einen Moment meinte sie, Erstaunen zu bemerken, als sie McWeir erwähnte. Doch im nächsten Moment lächelte Demonti. Er versuchte, überlegen zu wirken. Vermutlich überlegte er fieberhaft, wie er an seine Waffe herankam. Tatsächlich bewegte er sich einen Schritt zurück ins Zimmer.

„Stehenbleiben!“, rief Hillary.

Aus den Augenwinkeln sah sie, dass Marc und Hank soeben in Ripleys Zimmer eindrangen. Dort schien es zum Kampf zu kommen. Auch Demonti hörte es. Trotzdem ging er einen weiteren Schritt zurück, während er verbindlich lächelte.

Arschgesicht!, dachte Hillary und schoss ihm in den Oberschenkel.

Demonti taumelte mit einem Aufschrei gegen die Wand, hielt sich aber auf den Beinen. Da stürzte sich Gerald auf den Agenten, warf ihn zu Boden und drehte ihn auf den Bauch. Eine Sekunde später ratschten die Handschellen. Hillary ließ die Waffe sinken und steckte sie weg.

„Wir haben Ripley“, hörte sie Marcs Stimme via Headset.

„Und wir Demonti“, antwortete sie. „Operation abgeschlossen.“

„Glückwunsch, Leute!“ Das war der Captain. „Bringt die Gefangenen aufs Department. Der Zeuge wartet schon.“

„Demonti braucht ärztliche Versorgung“, sagte Hillary. „Steckschuss im Oberschenkel. Ich kann ihn notdürftig versorgen.“

Sie begutachtete die Wunde, während Demonti mit geschlossenen Augen dalag und sich nicht rührte. Doch er konnte sie nicht täuschen. Er war bei vollem Bewusstsein. Vermutlich ging er gerade in Gedanken seine Optionen durch.

„*Internal Affairs Division*“, fragte sie, „was ist das für eine Firma?“

Wenn Hillary sich nicht täuschte, hatte die Kugel den Oberschenkelknochen getroffen. Sie war jedenfalls nicht wieder ausgetreten, und es sickerte kaum Blut aus der Wunde.

Demonti antwortete nicht.

Derweil stand Gerald neben ihnen und klopfte seine Kleider von oben bis unten ab, als wolle er den Dreck des Verbrechens austreiben, mit dem er soeben Körperkontakt gehabt hatte.

Hillary entschied, dass Demonti keinen Verband brauchte. Er konnte vermutlich sogar gehen, auch wenn jeder Schritt höllische Schmerzen verursachen würde, aber das geschah ihm nur recht.

„Gefangenentransport steht vor dem Hotel bereit“, sagte Higgins. „Sanitäter sind vor Ort.“

Alles bestens organisiert. Eine Welle von Stolz überwältigte Hillary, Stolz auf das Department, auf ihren Chef, der fast bedingungslos hinter ihr stand, auf ihr Team und auch Stolz darauf, dass sie Harveys Mörder gefasst hatte. Die Untersuchung von Demontis Dienstwaffe würde den nötigen Beweis erbringen. Es gab nicht viel in diesen Zeiten, worauf man stolz sein konnte. Das hier entschädigte sie für vieles.

„Verräterin!“, zischte Demonti sie an, als Gerald ihn aus dem Zimmer führte.

Hillary zuckte die Schultern, ging ins Badezimmer und wusch sich die Hände. Erst als sie in den Spiegel blickte, fiel ihr auf, wie abgekämpft sie aussah. Ein kleines, wirklich nur winzig kleines Tränchen des Triumphes drohte ihr aus dem Augenwinkel zu kullern. Sie drückte es weg, zog sich Vinylhandschuhe an und begann, Demontis Zimmer zu durchsuchen.

Handy, Notebook, die Waffe, deren Kaliber mit der Waffe übereinstimmte, mit der Harvey erschossen worden war, dazu ein Koffer, in dessen Seitentasche sich ein Ledertäschchen mit einer Reihe von verschlossenen, mit Pulver gefüllten Plastikröhrchen befand – lauter Beweisstücke allererster Güte.

„Ich brauche die KTU“, sagte sie.

„Ist auf dem Weg“, antwortete Higgins.

Der Captain wusste wie Hillary, dass sie einen Volltreffer gelandet hatten. Dies war nicht der Moment, mit Personal zu geizen. Vielmehr mussten jetzt mit äußerster Professionalität alle Beweise gesichert werden, um den Einsatz im Nachhinein rechtfertigen zu können.

Hillary zog die Vinylhandschuhe wieder aus und wusch sich erneut die Hände, ehe sie das Zimmer verließ, ohne etwas zu berühren. Ein Officer hatte bereits auf dem Gang Posten bezogen. Zur Sicherheit desinfizierte Hillary ihre Hände nochmals mit Gel. Doch wenn sie nicht alles täuschte, war Evans Warnung vor tödlichen Keimen nun Schnee von gestern. Es wurde auch Zeit. Diese Dauerbehandlung mit scharfen Desinfektionsmitteln hätte Hillarys Haut nicht lange vertragen.

In der Hotellobby traf sie auf ihr Einsatzteam und auf Captain Higgins, der dem aufgeregten Hotelmanager erklärte, dass Polizeieinsätze wie dieser der Sicherung der öffentlichen Ordnung dienten, von der er als Hotelier letztlich profitiere, so dass es keinen Grund gebe, sich aufzuregen.

„Sie können ja nichts dafür, dass sich Verbrecher in Ihrem Haus einquartiert haben“, antwortete Higgins und korrigierte sich lächelnd: „Mutmaßliche Verbrecher.“

Derweil schüttelte Hillary die Hände ihrer Leute und ließ sich sogar von Marc umarmen. Von den anderen hätte sie sich das nicht gefallen lassen. Als die Männer nicht zu ihr sahen, wischte sie sich eine weitere winzig kleine Träne aus dem Augenwinkel.

Dies war wirklich ein guter Tag.

Endlich ein Erfolgserlebnis!

Der Manager, nun ruhiger, bot an, eine Runde Espresso auszugeben, aber Hillary hatte keine Lust auf mittelmäßigen Kaffee. Lieber wollte sie an die frische Luft. Nach all dem Dreck sehnte sie sich nach der frischen Brise, die vom nahen Pazifik her durch die Straßen von Seattle wehte. Sie liebte den speziellen Geruch dieses Windes. Hier drin wurde es plötzlich stickig, es war, als bekäme sie nicht mehr richtig Luft.

Irgendetwas stimmte nicht.

„Ich muss hier raus", sagte sie und ging Richtung Ausgang, aber es war, als verdrehe sich der Weg. Sie fand die Tür nicht.

Dieser merkwürdige Druck in ihrer Brust …

„Hillary, was ist los?", fragte Marc. „Du bist plötzlich so bleich."

„Gerald", sagte sie, „hast du dir die Hände gewaschen, nachdem du Demonti flachgelegt hast?"

„Die Hände gewaschen?" Gerald zuckte die Schultern. „Keine Ahnung. Nein, ich glaube nicht. Wieso?"

„Verdammt!", entfuhr es Hillary. „Ich muss an die Luft."

„Sanitäter!", rief Marc.

Da war plötzlich ein schneidender Schmerz in ihrer Brust. Dicht vor dem Ausgang blieb sie stehen, sah an sich hinab, drehte sich auf wackligen Beinen um, sah Marc an und wisperte:

„Scheiß nationale Sicherheit."

Niemand außer ihm verstand ihre letzten Worte:

„Schublade! Nur offline einstecken!"

Etwas platzte mit einem Geräusch, das ihr durch und durch ging. Es war das letzte, was sie im Leben hörte. Es pflanzte sich jedoch nicht per Schall durch die Luft fort. Der Ruck, mit dem ihre Aorta riss, schickte sie zu Boden.

***

Das erste, was Phil wahrnahm, war der Geruch von Ruth. Er seufzte und streckte sich nach ihr aus, aber er tastete ins Leere. Noch im Halbschlaf zog er ihr Kopfkissen an sich, roch daran, seufzte noch einmal und dämmerte wieder weg. Der Moment des Erwachens kam kurz darauf, als Phil sich herumwälzte und die Augen aufschlug.

„Ruth?"

Ihre Hälfte des Bettes war leer.

Er setzte sich auf und rief noch einmal. Keine Antwort.

Phil sah im Bad nach; vielleicht stand sie gerade unter der Dusche und hörte ihn nicht? Doch dort war sie nicht. Verwirrt registrierte er, dass seine Sachen im Zimmer verteilt waren, als wäre es seines, während es nicht die geringsten Spuren von Ruth zu geben schien. Keine Kleider, kein Koffer. Als habe sie nie in diesem Zimmer gewohnt. Wenn da nicht die beiden Sektgläser und der Cremant, den sie beim Zimmerservice bestellt hatten, auf einem der Nachttische gestanden hätten – Phil hätte an seinem Verstand gezweifelt.

Dann fand er ihren Brief. Er lag auf dem Tisch neben einem großformatigen Umschlag und bestand aus mehreren Blättern.

„Ich habe Dir gesagt, dass ich nicht gut für Dich bin", schrieb sie. „Das war nicht nur dahergesagt. Ich werde Dich verletzen."

Darunter hatte sie ein Herz gemalt.

Phil brach der kalte Schweiß aus, als er begriff, was das bedeutete.

Sie war fort!

Mit zitternden Fingern legte er das Deckblatt beiseite. Seine Irritation war groß, als darunter ein Ausdruck eines Fotos zum Vorschein kam, das er nur zu gut kannte. Es handelte sich um das Foto, das anlässlich des 65. Geburtstags seiner Mutter entstanden war. Dasselbe Familienfoto stand in Phils Zimmer im Wohnheim.

Wie war Ruth in den Besitz dieses Bildes gelangt?

Phil nahm das nächste Blatt, eine Botschaft, die Ruth geschrieben haben musste, bevor sie zum Treffen mit ihm aufgebrochen war. Der Gedanke an die Kühle ihres Kalküls verletzte Phil tief.

„Phil, es tut mir leid, dass ich Dich missbraucht habe. Ich war beauftragt, Joey Calderon mit einem Virus zu infizieren, und habe Dich als Überträger benutzt. Dazu diente unser Handschlag am Hafen. Ich bin keine Headhunterin. Du wirst mich sicher verurteilen, und Du hast recht damit. Trotzdem bitte ich Dich, Dir das Folgende in aller Ruhe durchzulesen. Calderon war in höchster Gefahr. Jetzt ist er sicher, und zwar mit Deiner Hilfe. Er wird die Infektion bald überwinden. Unter dem Material, das ich Dir zurücklasse, sind ein paar Ratschläge für Dich. Wie ich Deinen Lebensweg vorhersehe, wirst Du bald in wichtige Positionen vorrücken. Dann wirst auch Du zum Ziel für Skylla. Das ist der Name der Biowaffe, vor der Du Calderon gerettet hast.

Im Umschlag findest Du ein laminiertes Blatt Papier. Behandle es mit äußerster Vorsicht! Wenn Du alles gelesen hast, was ich Dir schreibe, hast Du eine Entscheidung zu treffen. Dann brauchst Du dieses Papier. Wenn Du wissen willst, wie Skylla wirkt, empfehle ich Dir, am 27. Juni aufmerksam die Nachrichten zu verfolgen.

Es tut mir leid, dass wir uns nicht unter anderen Umständen näher gekommen sind, aber ich fürchte, es wäre unter keinen Umständen gutgegangen. Ruth.

PS: Grüße von Deinem Bruder Michael."

Phil ließ sich rückwärts auf das Bett sinken.

Grüße von Michael? Was hatte Ruth mit ihm zu tun? Was wollte sie damit sagen? Sollte das Bild als eine Art Legitimation dienen, damit er ihr glaubte? Woher hatte sie es? Und die wichtigste Frage: Lebte Michael etwa noch? Wenn ja – wo war er?

Sonderbarerweise fühlte Phil sich nicht benutzt. Jedenfalls nicht wegen Calderon. Joey, der Wahlkampf, die Politik – das alles war im Moment Nebensache. Wichtig war Ruth, wichtig war dieses Schreiben, das er irgendwie verdauen musste. Fühlte er sich missbraucht? Nein, aber betrogen! Um sein Gefühl, seine Aufrichtigkeit, seine Zugewandtheit und irgendwie auch um seine Zukunft mit ihr.

Doch dazu hatte er kein Recht. Denn es stimmte: Sie hatte ihn gewarnt. Mehrfach! Phil hatte es in Kauf genommen. Er hörte sich selbst noch einmal antworten:

„Vielleicht bin ich ja gut für dich?"

In der Rückschau klang das grenzenlos naiv, jetzt, da er eine ungefähre Ahnung davon hatte, wer sie wirklich war.

Für wen sie wohl arbeitete? Für einen Geheimdienst, der das Leben von Joey zu schützen versuchte? Vor wem?

Sollte er jetzt nicht ein paar Tränen vergießen, und sei es nur aus Selbstmitleid?

Doch Phils Augen blieben trocken. Er hatte Ruth nichts vorzuwerfen. Er war ein erwachsener Mann und hatte sich kopfüber in dieses Abenteuer gestürzt. Nun musste er damit leben – mit der Leidenschaft der Nacht ebenso wie mit der Verlassenheit danach. Er würde diese Nacht nie vergessen.

Er glaubte ihr sogar, dass sie dies alles ernsthaft bedauerte. Er hatte in ihre Augen gesehen, als sie sich geliebt hatten, und er hatte Leidenschaft und Zärtlichkeit darin entdeckt und Liebe. Ja, auch Liebe. So etwas konnte man sich nicht einbilden. Das Gefühl war echt gewesen. Das war auch der Grund dafür, dass sie die Einladung wider besseres Wissen angenommen hatte: Sie fühlte dasselbe. Vielleicht litt sie in diesem Moment genauso wie er.

Es klopfte an der Tür. Der Reinigungsdienst. Phil sah auf die Uhr. Es war kurz nach elf Uhr. Er musste das Hotelzimmer verlassen.

„Zehn Minuten!“, rief er, zog sich rasch an, rollte den Papierstoß, den Ruth ihm hinterlassen hatte, und den Umschlag zusammen und wollte das Zimmer schon verlassen. Doch im letzten Moment fiel ihm etwas ein. Er brauchte ein Erinnerungsstück. Irgendetwas, was ihm auch in zehn Jahren noch beweisen würde, dass es diese Nacht und diese Begegnung wirklich gegeben hatte. Etwas, das ihn mit Ruth verband – oder wie auch immer sie wirklich hieß.

Er hatte ihren Geruch noch in der Nase.

Das Kopfkissen!

Wenig später verließ er das Zimmer, in der Hand die Rolle mit den Papieren. Den Kopfkissenbezug hatte er sich unter dem Jackett hinten in seinen Hosenbund gestopft. Niemand hielt ihn auf. Phil machte sich zu Fuß auf den Weg zum Wohnheim.

Im Gehen schaltete er sein Handy ein. Gestern Abend hatte er sich den unerhörten Luxus erlaubt, es einfach abzustellen.

In schneller Folge wurden mehrere SMS-Botschaften aufgelistet.

„Wo bist Du?“, fragte Joyce. „Hier geht es rund. Massive Luftangriffe auf Tripolis.“

Eine weitere SMS von ihr:

„Melde Dich. Mache mir Sorgen.“

Sonderbarerweise empfand er sie nicht als aufdringlich.

Eine SMS von Randy Weaver:

„Zeit zum Reden? Konzeptarbeit?“

Sie war von gestern Abend.

„Hallo Phil, wie geht es Dir?“, hatte ihm seine Mutter Amy aus Montpelier geschrieben, ebenfalls gestern Abend. „Ich habe Dich nicht erreicht. Ist alles in Ordnung? Melde Dich bitte.“

Kaum schaltete er mal für ein paar Stunden sein Handy ab, schon vermisste ihn die halbe Welt!

Eine weitere SMS war von heute Morgen. Sie stammte von Nicole.

„Fieber ist runter, Joey will wieder an die Arbeit."

Empfänger dieser SMS waren nur Randy und er.

Phil atmete tief durch. Es war ein herrlicher warmer Vormittag, und die vergangene Nacht war die schönste Nacht seines Lebens. Niemand konnte ihm dieses Erlebnis nehmen.

Nun hatte er die Klarheit, die er sich gewünscht hatte. Jetzt würde er sich wieder auf seine Arbeit konzentrieren können. Durfte er sich nicht sogar regelrecht befreit fühlen?

Seit Jahren hatte er auf die einzig Richtige gewartet. Jetzt war sie ihm begegnet – und hatte ihn freigelassen. Oder etwa nicht? Er war davon gezeichnet. Und er war davon befreit.

Joey auf dem Weg der Besserung – das bedeutete, dass Phil bald liefern musste.

Die Unterlagen von Ruth legte er in eine Schublade in seinem Zimmer. Darum würde er sich zu gegebener Zeit kümmern. Jetzt stand anderes im Vordergrund.

Natürlich verfolgte Phil die Nachrichten. Auch am 27. Juni.

10. Kapitel
Westliche Werte

27. Juni 2024
USA

„Guten Abend, Amerika! Gute Nacht, Rest der Welt!"

Der Mann, der sich der Supermacht entzogen hatte, grüßte lächelnd mit der Attitüde eines Showmasters von den Monitoren der Nation, wie man es von ihm gewohnt war. Die Straßen in den USA waren wie leergefegt; niemand wollte den letzten Auftritt des personifizierten nationalen Traumas verpassen.

Bin Ladens Gruß wirkte deplatziert – jedenfalls in den USA. Es war 12 Uhr mittags an der Ostküste und 9 Uhr morgens an der Westküste. Aber in Doha und im arabischen Raum war es Abend, und diesmal strahlte *Al-Dschasira* die Sendung zu einem Zeitpunkt aus, der den Gewohnheiten der arabischen Welt entsprach. CNN übernahm die Ausstrahlung simultan. Catelyn Snow stellte zuvor klar:

„Die Kollegen von *Al-Dschasira* haben uns wie schon beim vierten Tribunal die Gelegenheit gegeben, die Aufzeichnung vorab anzusehen. Wir sind zu dem Schluss gekommen, dass diese Sendung die US-Öffentlichkeit interessieren wird. Wir senden das sogenannte fünfte Tribunal als Dokument der Zeitgeschichte. Das bedeutet nicht, dass CNN den Inhalten zustimmt."

„Guten Abend, Amerika!", sagte also Osama bin Laden im Theater der *Queen Mary 2*, aufgezeichnet vor zwei Wochen, als das Schiff noch weit von New York und der Freiheitsstatue entfernt war. Die Worte klangen wie ein Gruß aus einer fernen Vergangenheit.

„Gute Nacht, Rest der Welt! Willkommen! Sie sind herzlich eingeladen, teilzuhaben an einem weiteren Schlaglicht auf das, was gemeinhin westliche Werte genannt wird. Diese Werte sind bekanntlich universell. Darum ist es dem Westen ja auch erlaubt, sie überall in der Welt zu verbreiten. In unseren vorangegangenen Sendungen haben wir Ihnen einige dieser Werte vorgeführt, Werte wie beispielsweise die Freiheit zum Waterboarding."

Filmbilder, die hinter ihm an die Rückwand der Szene projiziert wurden, zeigten einen Ausschnitt aus dem ersten Tribunal, in dem der Jurist Edward White dem Waterboarding unterzogen worden war.

„Ein weiterer westlicher Wert ist die Freiheit zum Sadismus bis hin zum Abschneiden der Hoden. Wozu braucht der Ziegenbart schon Hoden, nicht wahr?“, ätzte Bin Laden und schaffte es dennoch, freundlich zu lächeln und sympathisch zu wirken. „Ja, die schönen universellen westlichen Werte! Wer kein Amerikaner ist, der ist ein Tier, und man darf jederzeit die schönsten Tierversuche mit ihm machen. Und dann wäre da noch ein ganz zentraler westlicher Wert, den wir natürlich nicht vergessen wollen. Kommen Sie drauf?“

Bin Laden setzte ein schelmisches Lächeln auf.

„Sie müssten es wissen – Sie als Wählerinnen und Wähler haben diesen Praktiken immerhin Ihre Zustimmung erteilt. Und falls Sie zu den Nichtwählern zählen, haben Sie nichts dagegen unternommen. Durch Nichtwählen haben Sie kundgetan, dass Politik Sie nicht interessiert. Es war Ihnen also gleichgültig, was da passierte. Man könnte auch sagen: Sie haben es billigend in Kauf genommen. Dieses Prinzip nennt sich Demokratie! Also: Dieser eine zentrale westliche Wert, der sich wie ein roter Faden durch die Außenpolitik der USA zieht, wie heißt der noch gleich? Kommt jemand drauf?“

Mit pantomimisch überzeichnetem Erstaunen schien Osama bin Laden zu registrieren, dass jemand in der ersten Reihe etwas gesagt habe. Tatsächlich war es absolut still im Saal geblieben. Bin Laden lieferte eine komödiantische Meisterleistung ab.

„Herzlichen Dank, mein Herr. Ja, so ist es: die Freiheit, jederzeit missliebige Machthaber anderer Länder per Attentat aus dem Leben zu befördern. Diese Freiheit haben die USA in ihrer Geschichte ausgiebig praktiziert. Hier sehen wir einen Mann, der diesen Wert geradezu vorbildlich verkörpert, obwohl König Abdallah noch am Leben ist.“

Die Bilder an der Rückwand zeigten den CIA-Agenten Harry Conaghue, dem im vierten Tribunal nachgewiesen worden war, das Attentat von 2019 auf Abdallah eingefädelt zu haben.

„Wo wir gerade bei der CIA sind …“ Bin Laden ließ den Halbsatz schwebend verklingen, rieb sich die Hände und sagte: „Ich hoffe, Sie erkennen die Eleganz dieser Überleitung zu unserem heutigen Fall, in dem es natürlich erneut um westliche Werte geht. Meine Damen und Herren, bitte begrüßen Sie den ehemaligen Top-Spion der CIA, Nahost-Experten und Multimillionär Gerald Hughes. Willkommen!“

Er applaudierte, als begrüße er einen Stargast in seiner Show, doch Gerald Hughes wurde erkennbar gegen seinen Willen auf die Bühne getrieben. Zwei Vermummte stießen ihn mit ihren Gewehrkolben vor sich her. Hughes war ein Klotz von einem Mann, groß, breit und kräftig. Seine Lebensjahre waren ihm kaum anzusehen, da er volles, dunkelbraunes Haar hatte. Er trug den üblichen Büßerkittel aus heller, grober Wolle wie alle Angeklagten der Tribunale. Derweil wurde ein Laufband auf die Rückwand des Theaters projiziert:

„Gerald Hughes, US-Staatsbürger, 74 Jahre alt, zwei Töchter und drei Söhne. Verwitwet. Im Jahr 2013 gehörte Hughes zum Planungs- und Einsatzstab der CIA und koordinierte die Aktivitäten der amerikanischen Agenten in Syrien."

„Hier haben wir gewissermaßen die Verkörperung der westlichen Werte insgesamt vor uns", sagte Bin Laden, wieder an das Publikum gewandt. „Bring mehr als tausend Menschen um" – Bin Laden räusperte sich – „Entschuldigung vielmals, es muss natürlich heißen: mehr als tausend Nichtamerikaner, Ziegenbärte, also Tiere. Noch einmal von vorn: Bring mehr als tausend Tiere um und verdiene Millionen damit – Mr. Hughes wird uns dazu eine Menge erzählen können. Mr. Hughes, wie geht es Ihnen?"

„Wichser!", bellte der ehemalige Top-Spion. „Ich mach dich kalt, wenn ich dich erwische."

„Dann bin ich anscheinend gut beraten, Sie vorher zu erwischen. Aber das sollte problemlos möglich sein."

Osama bin Laden lachte, als habe er einen guten Scherz gemacht, doch aus dem Publikum schlug ihm wie immer Schweigen entgegen. Sein Blick wanderte in die Ränge hinauf, streifte durch das Parkett, bis das Schweigen erdrückend wurde.

„Der westliche Wert", sagte Bin Laden, „der hier in Gestalt eines einzelnen Mannes vor uns steht, ist vielschichtiger, als es zunächst den Anschein hat. Er könnte die Freiheit zur Machtanmaßung genannt werden, zum Massenmord oder zur Korruption. Die Rede wird sein von einem Amoklauf der CIA, der ein weiteres Beispiel dafür ist, wie sehr es in den USA an Kontrolle über die Geheimdienste mangelt. Schon im vierten Tribunal haben wir uns mit der heimlichen Außenpolitik der CIA beschäftigt. Die Liste der CIA-Missetaten und politischen Morde ist lang. Hier steht er vor uns – der Gestalt gewordene Alleingang der CIA."

Bin Laden zeigte auf Gerald Hughes, der am ganzen Körper zitterte, als stehe er kurz vor der Explosion. Die Vermummten wichen nicht von seiner Seite.

„Wir werden in diesem Tribunal beweisen", fuhr Bin Laden fort, „dass die CIA etwas Ähnliches wie 2019 schon 2013 versucht hat. Sie war dabei ungleich erfolgreicher als 2019, denn ihr Plan ging zum Teil auf. Das Attentat forderte mehr als tausend Menschenleben. Leider traten die USA dennoch nicht in den Krieg ein. Ein Hoch auf die Weitsichtigen unter den Politikern! Wir werden außerdem beweisen, dass der Giftgaseinsatz vom 21. August 2013 in Ghuta bei Damaskus keiner der syrischen Bürgerkriegsparteien anzulasten ist, sondern dass Agenten der CIA dafür verantwortlich waren. Wir werden beweisen, dass dieser Mann, Gerald Hughes, dieses grauenvolle Attentat eingefädelt hat, bei dem vor allem Kinder und Frauen ums Leben kamen. Mr. Hughes, wann kam Ihnen die Idee dazu?"

„Ich gehe Ihnen nicht auf den Leim!", brüllte Hughes. „Sie perverser Schmierenkomödiant!"

„Mit diesen unfreundlichen Worten haben Sie sicher vielen Ihrer Landsleute aus der Seele gesprochen", konterte Bin Laden gelassen und lächelte freundlich. „Balsam für die amerikanische Volksseele! Es sei Ihnen gegönnt. Doch zurück zum Thema. Wenn Ihnen die Idee zu diesem Attentat nicht von allein kam, wer hat Sie dann darauf gebracht? War es vielleicht ein Mann namens Henry W. Osborne? Der Generalsekretär jener geheimnisvollen Organisation namens *SCOUT*? Wir haben hier Auszüge aus einem Mailverkehr zwischen Ihnen und Mr. Osborne. Wollen Sie selbst lesen oder soll ich vorlesen?"

Der Text einer Mail wurde auf die Rückwand der Szene projiziert.

„Lieber GH, der Ansatz ist gut, aber bisher scheint mir nicht ausreichend durchdacht, wie die Sache Assad in die Schuhe geschoben werden soll. Eventuell würde sich der Assad-Bruder dazu eignen, zum Übeltäter aufgebaut zu werden? Viele Grüße, Henry W. Osborne."

Die nächste Mail wurde eingeblendet.

„Lieber Henry, ich habe Vorkehrungen getroffen, Maher al-Assad in das Szenario einzubauen. Die Boden-Boden-Raketen mit dem Sarin werden von beiden Seiten kommen. Damit sorgen meine Männer für größtmögliche Verwirrung. Ihr GH."

„Ihre Männer", mit diesen Worten nahm Bin Laden den Faden auf, „damit sind Leute gemeint wie Zaki Odeh, ein junger Mann, der die oppositionelle Syrische Volksfront im Auftrag von Gerald Hughes infiltriert hatte. Hier haben wir ein Foto von ihm. Er ist tot, gefallen im Krieg, so dass er nicht persönlich aussagen kann. Ein anderer Agent unseres Angeklagten war Ziyad Kalash. Er hatte die andere Seite infiltriert und war dicht am Kommandeur der Präsidentengarde, eben jenem Maher al-Assad, Bruder des syrischen Diktators. Weitere Agenten waren dicht an Präsident Assad selbst. Insgesamt haben mindestens zehn Agenten zu jener Zeit in der Region operiert. Agenten, die von Gerald Hughes geführt wurden und die dieser Liste zufolge" – Bin Laden wies hinauf zur nächsten Projektion – „von der CIA bezahlt wurden. Es wäre ein Leichtes gewesen, das syrische Gemetzel mit einem Attentat auf Assad zu beenden. Ein Fingerschnippen von Mr. Hughes hätte genügt. Aber dann wäre das Regime wohl zusammengebrochen, der Bürgerkrieg wäre zum Erliegen gekommen, ja, es hätte vielleicht sogar Frieden gegeben, und Frieden war nun wirklich das Letzte, was Mr. Hughes wollte."

Bin Laden blickt direkt in die Kamera.

„Man soll nicht schlecht über Staatsbedienstete sprechen. Sie sind schlicht Diener ihres Staats. Je nachdem, wer ihr Staat ist, halten sie zwar auch mal die Hand auf, aber das gibt es überall, das ist völlig normal. In Ägypten, woher ich komme, ist dies eine etablierte Praxis, die niemanden schockiert. Bakschisch öffnet Türen. CIA-Agenten werden vom Staat USA bezahlt, wenn auch eher spärlich. Jedenfalls scheinen das manche von ihnen so zu empfinden. Mr. Hughes hat 2012 ein Jahresgehalt in Höhe von 90.000 Dollar erhalten, wie Sie dieser Abrechnung entnehmen können."

Eine Lohnabrechnung wurde auf die Rückwand projiziert.

„Damit kann man natürlich keine großen Sprünge machen." Bin Laden machte eine wegwerfende Handbewegung. „90.000 Dollar – was ist das schon, nicht wahr, Mr. Hughes? Da trifft es sich gut, dass Sie Inhaber eines Kontos auf den Cayman Islands sind, auf dem sich nach dem Anschlag neun Millionen Dollar einfanden. Unsere Projektion zeigt einen Kontoauszug. Genießen Sie den Moment, meine Damen und Herren, denn solche Dokumente aus der Grauzone der Geheimdienstaktivitäten bekommt man nicht alle Tage zu sehen. Die Cayman Islands bestehen praktisch nur aus Briefkastenfirmen zur Geldwäsche. Mr. Hughes, können Sie uns sagen, wer sich hinter *Chapley & Sons* verbirgt? Von einem Konto dieser Briefkastenfirma wurden Ihnen am 22. August 2013 500.000 Dollar auf das Konto von *New Horizon* überwiesen. Das ist der Name Ihrer eigenen Briefkastenfirma. Einen Tag später trafen weitere 350.000 Dollar von *Lewis & Lewis* ein. Wer sind diese freundlichen Herren? Und was sind das für Summen? Sie wollen dazu nichts sagen? Meine Damen und Herren, der Angeklagte verweigert die Aussage. Das ist sein gutes Recht, da er sich sonst selbst belasten würde. Wir haben dieses Verhalten vorhergesehen und selbst ein wenig recherchiert. Die Summen, die da plötzlich auf dem Konto von Mr. Hughes erschienen, haben eine lange Wanderung über verschiedene Konten hinter sich. Weder hinter *Chapley & Sons* noch hinter *Lewis & Lewis* oder einem der Dutzenden von weiteren Namen, auf die wir gestoßen sind, verbergen sich reale Personen. Es gibt diese Namen und Konten nur, um Geldbewegungen zu verschleiern. Anders ausgedrückt: Es handelt sich um organisierte Kriminalität. Mr. Hughes wurde geschmiert."

Gerald Hughes war anzusehen, dass es in ihm brodelte, aber er hatte begriffen, dass ihm unkontrollierte Wutausbrüche nicht weiterhalfen. Sichtlich mühsam behielt er sich unter Kontrolle.

„Neun Millionen Dollar insgesamt", fuhr Osama bin Laden fort, „woher mögen die nur so plötzlich gekommen sein? Gar nicht so einfach, das herauszufinden. Zum Glück war Mr. Hughes uns bei der Aufklärung selbst behilflich. Wir haben hier Ausschnitte aus einem Mailwechsel von damals. Mr. Hughes hat einige Vorsichtsmaßnahmen getroffen, um mit Mr. Rossiter mailen zu können. Die Herren haben zu einer Verschlüsselungssoftware gegriffen, die damals als Nonplusultra galt. Heutzutage ist sie natürlich veraltet."

Erneut wurden Texte auf die Rückwand projiziert.

„Hier lesen Sie, wie Mr. Hughes sich bedankt", sagte Bin Laden. „‚Das Geld ist angekommen', schreibt er. Die Mail ist vom 26. August 2013, die letzte Teilbuchung jener neun Millionen war dem Konto soeben gutgeschrieben worden. Mr. Rossiter antwortete: ‚Gute Leistung, Gerald, auch wenn es nicht so gelaufen ist wie gewünscht'."

Bin Laden trat wieder bis an den Bühnenrand vor.

„Das sind natürlich keine Beweise", sagte er, „sondern nur Indizien. Stanley Rossiter war damals Manager des Rüstungskonzerns *United Steel & Weapons*. Vorher hat er als Berater von Ronald Rumsfield im Pentagon gearbeitet, bezahlt von *United Steel & Weapons*. Er war also Lobbyist. Bis 2020 gehörte er zum Beraterstab von Präsidentin Preston. Für seinen Aufwand wurde er großzügig entschädigt – von *USW*. Seit 2022 ist er im Ruhestand. Erlauben Sie mir daher die Schlussfolgerung, dass jene neun Millionen Dollar, die da tröpfchenweise auf den Cayman Islands eingingen, von *United Steel & Weapons* stammten, einem der dicksten Brocken im militärisch-industriellen Komplex der USA. Dieser Konzern wird in wenigen Tagen, am 27. Juni, ein großes Jubiläum feiern. Vor 150 Jahren begann er seinen Siegeszug als kleine Waffenschmiede im texanischen Dallas. Ein Hoch auf die wackere amerikanische Rüstungsindustrie!“

Niemand stimmte in seinen Applaus ein.

„Und was sollte Mr. Hughes für diese neun Millionen tun?“, fragte Bin Laden und gab sich selbst die Antwort: „Das da!“

Auf die Rückwand wurden in schneller Folge Fotos von toten Kindern projiziert, deren Leichen aufgereiht am Boden lagen, viele von ihnen nur spärlich bekleidet, als seien sie im Bett vom lautlosen Tod ereilt worden. Viele Kleinkinder waren darunter, auch Säuglinge. Ihre toten Augen starrten in die Kamera.

„Ghuta am 21. August 2013“, sagte Bin Laden. „Etwa 1300 meist junge und sehr junge Menschen starben an diesem Tag. Vorausgegangen war ein Diebstahl. Mr. Hughes’ Agenten entwendeten Sarin aus dem Giftarsenal des syrischen Diktators. Dafür war Ziyad Kalash zuständig, der es geschafft hatte, sich das Vertrauen von Maher al-Assad zu erwerben. Das Unternehmen scheint keine größeren Probleme bereitet zu haben. In diesem Telefonmitschnitt klingt Kalash jedenfalls auffallend fröhlich.“

„Melde Vollzug“, sagte ein Mann auf Englisch mit starkem Akzent. „Wir haben das Sarin. Alles glatt gegangen.“

„In Ordnung“, sagte ein anderer Mann. „Bringt einen Teil davon zum Treffpunkt, den Rest benutzt ihr selbst, wie verabredet.“

„Haben Sie die Stimme erkannt?“, fragte Osama bin Laden in die Kamera. „Oder sollen wir Mr. Hughes bitten, freundlicherweise ein paar Worte zu sagen, damit wir einen direkten Stimmenvergleich anstellen können? Nein, diese Bitte hätte wohl wenig Aussicht auf Erfolg. Das Gespräch wurde übrigens mit Prepaid-Handys geführt, die als nahezu abhörsicher gelten. Aber eben nur nahezu. Nun, und wie ging es weiter mit den Vorbereitungen? Mr. Kalash traf sich mit Zaki Odeh und übergab ihm ein Dutzend Patronen mit Sarin-Gas. Diese Patronen können Sie sich ungefähr vorstellen wie die Aufsätze auf dieser Panzerfaust.“ Ein Bild einer solchen Waffe wurde eingeblendet. „Die RPG-7 ist russischer Bauart und fester Bestandteil des syrischen Waffenarsenals. Die Rebellen besaßen sie ebenfalls. Diese Panzerfaust verschießt raketengetriebene Granaten über Distanzen bis zu einem halben Kilometer. Man kann damit Panzerabwehrgranaten verschießen, aber eben auch Giftgaspatronen, die am Zielort aufplatzen und ihren Inhalt freisetzen. So geschehen am 21. August 2013."

Bin Laden wandte sich um und sah zur Rückwand hinauf. Seine Augen funkelten wütend, als er wieder in die Kamera blickte, doch seiner Stimme war keinerlei innere Erregung anzumerken.

„Bei jedem Verbrechen", sagte er, „stellt sich die Frage nach dem Motiv. Warum geschah es? Ziemlich genau ein Jahr vor dieser Aktion hatte US-Präsident Barack Obama verkündet, dass er den Einsatz von Chemiewaffen in Syrien als rote Linie sehe, deren Überschreiten seine Kalkulation in Sachen Syrien ändern könne. Genau das war das Ziel der Verschwörung: Der Präsident sollte dazu gebracht werden, militärisch in Syrien einzugreifen. Im Vorfeld der verdeckten CIA-Operation gab es eine Menge Kommunikation, die das belegt, Kommunikation zwischen Leuten, deren Namen uns schon begegnet sind, einer davon sogar mehrfach. Henry W. Osborne schrieb diese Mail an Stanley Rossiter."

„Hussein hat uns mit seinem Gefasel von der roten Linie den Schlüssel in die Hand gegeben. Die Vorbereitungen laufen. Wir haben Leute vor Ort, die fähig sind, über die rote Linie zu gehen. *USW* würde direkt davon profitieren. Wollen Sie sich vielleicht bei dem Mann erkenntlich zeigen, der dies alles einfädeln wird? Eine gewisse Entlohnung wird ihn sicherlich sehr motivieren."

„Ich muss erklären", sagte Bin Laden lächelnd, „dass sich in der Kommunikation dieser Kreise der Name Hussein als Bezeichnung für Barack Obama etabliert hatte. Hussein ist Obamas zweiter Vorname. Weiter im Text mit der Antwort von Mr. Rossiter."

„Wir werden alles unterstützen, was dazu in der Lage ist, unser militärtechnisches Knowhow zu bewahren und zu entwickeln. An welche Summe denken Sie? Wann treffen wir uns wieder zum Golf?"

„Daran ist zweierlei bemerkenswert", sagte Bin Laden. „Erstens: Ein Manager eines Rüstungskonzerns erhält Anweisungen von jemanden, den niemand kennt. Über Henry W. Osborne wissen wir lediglich, dass er Generalsekretär von *SCOUT* ist, einer geheimen Organisation, die offensichtlich – dort steht der Beweis – mit *United Steel & Weapons* verzahnt ist. Wenn nicht alles täuscht, gibt dieser Mailwechsel Einblicke in die Führungsebene von *SCOUT*. Mr. Rossiter scheint

Mitglied gewesen zu sein, aber als Manager eines großen Rüstungskonzerns war er gewiss nicht nur irgendein Mitglied. Erstmals bekommt *SCOUT* ein Gesicht – das von Stanley Rossiter."

Er wies erneut auf die Rückwand, wo ein Porträtfoto des Managers gezeigt wurde. Rossiter war ein rundlicher Mann mit roten Wangen und freundlich blitzenden Augen, der vergnügt aus einem zu engen Hemdkragen mit zu stramm gebundener Krawatte schaute.

„Mr. Rossiter hat übrigens allen Grund zur Freude, denn im Ruhestand bekleidet er einen gut dotierten Posten im Aufsichtsrat von *United Steel & Weapons*, der ihm kaum etwas abverlangt. Vermutlich besteht seine Hauptbeschäftigung darin, sich gelegentlich mit Henry W. Osborne zum Golf zu treffen. Das berührt den zweiten Punkt, der an diesem Mailwechsel bemerkenswert ist: die Vertrautheit, mit der die beiden Männer kommunizieren. Sie kennen sich offenbar persönlich. Dies wäre ein Ansatzpunkt für Ermittlungen gegen *SCOUT*." Bin Laden sah erneut direkt in die Kamera. „Liebe Amerikanerinnen, liebe Amerikaner – Sie wissen hoffentlich, was jetzt zu tun ist?"

Er rieb sich die Hände.

„Damit kommen wir zum Ende unserer juristischen Lustbarkeit. Wir haben nachgewiesen, dass Mr. Hughes das Giftgasattentat vom August 2013 eingefädelt hat, um die USA in den Krieg mit Syrien zu zwingen. Konzerne wie *United Steel & Weapons* rechneten sich schöne Umsätze aus. Die Operation scheiterte, weil Präsident Obama, statt den Angriff zu befehlen, den Kongress fragte, ob die USA in den Krieg eintreten sollten. Der Kongress traf eine demokratische Entscheidung und sagte Nein. Die Vernunft behielt also die Oberhand. Die versprochenen neun Millionen Dollar hat Mr. Hughes dennoch kassiert. Sie haben sich inzwischen kräftig vermehrt, da Mr. Hughes gute Anlageberater hat. Inzwischen sind es rund elf Millionen. Ein nettes Sümmchen, das Sie sich gewiss für Ihren Ruhestand aufheben wollten, nicht wahr, Mr. Hughes? Daraus wird leider nichts. Meine Damen und Herren, nun ergeht das Urteil in diesem fünften und letzten Prozess unser schönen Reihe, die ich an dieser Stelle dem Guten und Wahren widmen möchte."

Osama bin Laden breitete die Arme aus und sagte:

„Im Namen der Gerechtigkeit wird Gerald Hughes zum Tode durch Sarin verurteilt."

Bin Laden verneigte sich.

„Meine Damen und Herren, ich bedanke mich für Ihre Aufmerksamkeit. Sie waren ein entzückendes Publikum. Ich habe meine Schuldigkeit getan und wünsche Ihnen allen“ – er strahlte zu diesen Worten über das ganze Gesicht – „ein schönes Leben in einer schlechten Welt.“

Die Scheinwerfer erloschen auf einen Schlag, die Bühne fiel abrupt in Dunkelheit.

Aus dem Publikum erhob sich verängstigtes Ächzen.

***

Corporal George Crossland befand sich mit einem Medienteam im *King's Cross*, dem Büffet-Restaurant der *Queen Mary 2*. Es war schon der dritte Durchgang mit Journalisten, die erstmals an Bord gelassen wurden, um sich ein Bild zu machen. Jetzt war es kurz vor vier Uhr, und er war müde und mit den Gedanken nicht richtig bei der Sache. Er knabberte noch an der Botschaft des fünften Tribunals.

Die dritte Mediengruppe bestand vor allem aus Kamerateams von regionalen Sendern und Vertretern namhafter Videoblogs. Der prominenteste Teilnehmer war ein Kolumnist der *Los Angeles Times*, der einzige jener aussterbenden Zunft, die nur schrieb. Alle anderen filmten zugleich, teilweise sogar live, ihre Klicks gingen in die Hunderttausende. Corporal Crossland spulte seine Geschichten ab, während er durch die Stationen der Rückeroberung führte. Im *King's Cross* wollte er gerade von der Befreiung der Geiseln berichten, als ein durchdringender Alarm durch das Schiff hallte. Gleich darauf war eine männliche Stimme zu hören, die mit arabischem Akzent sprach.

„Dies ist eine Warnung. Bitte verlassen Sie sofort das Schiff! Dies ist eine Warnung. Es besteht Gefahr für Ihr Leben! Dies ist eine Warnung. Bitte verlassen Sie sofort das Schiff! Dies ist eine Warnung. Es besteht …“

Die Durchsage war so laut, dass Crossland schreien musste, um sich verständlich zu machen.

„Vermutlich handelt es sich um eine Übung! Es ist besser, wenn wir nach draußen gehen.“

Der Blickfang draußen war die *USS Gettysburg*, ein Lenkwaffenkreuzer aus dem Verband des Flugzeugträgers *Harry S. Truman*, der vor kurzem vor New York angekommen war. Der Flugzeugträger selbst konnte nicht in die Lower Bay einlaufen, da sein Tiefgang zu groß war. Doch seine Begleitschiffe zeigten Präsenz, und vorhin hatten einige Kampfjets eine Runde über New York gedreht und die Fensterscheiben zum Erzittern gebracht. Das Signal war klar: Das US-Militär tat endlich, wozu es da war, und schützte das Land.

Crossland nahm Kontakt zur Leitstelle auf und machte Meldung. Ein Notfallteam stürmte an ihm vorbei ins Innere des Schiffes. Wenig später hörte er über Funk:

„Es handelt sich um eine automatische Durchsage. Wir versuchen, sie abzuschalten."

Das schien indes einfacher gesagt als getan. Die Warndurchsage hallte noch immer durch das Schiff, als Crossland, nachdem er die Journalisten abgeliefert hatte, auf Befehl der Leitstelle auf die *Queen Mary 2* zurückkehrte, um seine Kameraden zu unterstützen. Dabei hörte er über Funk die Meldungen mit, die hin und her gingen.

„Was geht hier vor?" Das war General Morris selbst, der „Held vom Battery-Park", wie *Fox News* ihn getauft hatte. „Warum wird diese Durchsage abgespielt?"

„Gute Frage, Sir", antwortete einer der Spezialisten des Einsatzteams. „Es sieht so aus, als ob hier ein Countdown zu ticken begonnen hat. Zugleich ist der Stromverbrauch auf dem Schiff in die Höhe geschossen. Irgendwo sind Maschinen angesprungen."

„Wo sind Sie jetzt?"

„Auf der Notbrücke, Sir. Ich prüfe gerade den Hauptcomputer."

Stirnrunzelnd blieb Crossland in der menschenleeren Grand Lobby stehen und blickte hinauf zu deren Decke hoch über sich.

Ein Countdown?

„Dies ist eine Warnung. Bitte verlassen Sie sofort das Schiff! Dies ist eine Warnung. Es besteht …"

„Sir, es wir haben eine knappe Stunde Zeit", sagte der Mann vom Einsatzteam. „Der Countdown endet um 17 Uhr. Wenn es ein Countdown ist. Ehrlich gesagt, mir ist das alles ziemlich schleierhaft."

***

Im *Dallas Convention Center* herrschte der Ausnahmezustand. Tausende von Menschen feierten das 150-jährige Bestehen und die Erfolgsbilanz von *United Steel & Weapons*. Heute vor 150 Jahren hatte Lewis Coburn, der Firmengründer, seinen ersten Revolver aus eigener Fertigung verkauft. Heute machte *United Steel & Weapons* Milliardenumsätze und beschäftigte allein in Dallas 12.000 Menschen. Die schienen alle gekommen zu sein, und natürlich hatten sie ihre Familien mitgebracht. Die populäre Popband *NY Synthie* brachte die Halle zum Kochen, der Comedian Basil Callaham parodierte Osama bin Laden als orientalischen Märchenonkel, so dass die Lachtränen nur so kullerten, und es gab Gelegenheit, Autogramme von berühmten Schauspielern und Waffennarren wie Clint Westwood oder Bradley Looper zu bekommen.

Was das Publikum allerdings nicht erfuhr: Eine ursprünglich vorgesehene Live-Schaltung zur *Queen Mary 2* wurde kurzfristig aus dem Programm genommen, nachdem Nachrichten kamen, dass Unkalkulierbares vor sich ging. Eigentlich hatten die Initiatoren des Festes demonstrieren wollen, was Stärke und Entschlossenheit bewirken konnten – vor allem wenn Schusswaffen von *United Steel & Weapons* beteiligt waren. Clint Westwood hatte live ein launiges Gespräch mit General Morris führen sollen. Stattdessen hielt der Hollywood-Mime als Entertainer die Stimmung in der Halle am Köcheln, während alle auf den Stargast warteten.

***

„Ich erwarte Ihren Bericht. Was ist bei Ihnen los?“

Die Stimme des Generals klang ungehalten. Corporal Crossland war froh, dass er nicht derjenige war, der Bericht zu erstatten hatte. Der Anführer des Notfallteams, Sergeant Warrington, war ranghöher.

„Hier läuft ein Countdown, Sir“, wiederholte er.

Crossland hörte die Stimme des Sergeants in Stereo – aus den Lautsprechern seines Headsets wie auch direkt von ihm, denn Warrington saß kaum einen Meter entfernt vor einem Analyse-Notebook, das er mit den Systemen des Schiffes verbunden hatte.

„Was für ein Countdown? Lassen Sie sich die Würmer nicht einzeln aus der Nase ziehen.“

„Ich weiß es nicht, Sir. Wir haben es inzwischen immerhin geschafft, die nervige Alarmdurchsage abzuschalten, aber der Countdown läuft weiter."

„Ein Countdown ist nur sinnvoll, wenn damit irgendetwas angekündigt wird."

„Ja, Sir. Wenn es nicht so gut wie ausgeschlossen wäre, würde ich sagen, hier wird die Sprengung des Schiffes angekündigt."

„Reden Sie keinen Mist!"

„Nein, Sir. Ich war selbst an der Durchsuchung des Schiffes beteiligt. Keiner der Sprengstoff-Spürhunde hat angeschlagen."

„Was ist mit dem gestiegenen Energieverbrauch? Sie haben gesagt, dass irgendwo an Bord Maschinen angesprungen seien."

„Inzwischen hat sich der Energieverbrauch normalisiert. Etwas ist in Gang gesetzt worden, so viel steht fest, aber ich habe keine Ahnung was. Der Zeitpunkt, zu dem die automatische Durchsage aktiviert worden ist, wurde bereits vor Tagen programmiert."

„Von den Terroristen?"

„Ich habe keine andere Erklärung."

„Wie viel Zeit noch?"

„28 Minuten, Sir."

„Dann sehen Sie zu, dass Sie von diesem verfluchten Schiff runterkommen."

„Ja, Sir."

Warrington blickte zu Crossland auf.

„Ich habe nicht die geringste Ahnung, was hier los ist", wiederholte er. „So was habe ich noch nicht erlebt. Es kann keine Bombe an Bord sein! Das ist völlig ausgeschlossen!"

„Diese Terroristen nehmen uns wahrscheinlich wieder mal auf den Arm", sagte einer seiner Männer.

Noch 27 Minuten.

„Ihr habt gehört, was der General gesagt hat. Runter vom Schiff!"

***

In Dallas nahte der Höhepunkt des Jubiläumsfestes. Das Management von *USW* hatte sich fast vollzählig auf der Bühne versammelt und auf Stühlen Platz genommen, die nach dem Konzert von *NY Synthie* ebenso rasch herbeigeschafft worden waren wie das Rednerpult. Nur COB und CEO des Konzerns waren nicht bei ihnen, die beiden Köpfe von *USW*, sondern warteten am Eingang der Halle, um den ehemaligen US-Präsidenten in Empfang zu nehmen. Nun begleiteten sie ihn bei seinem Bad in der begeisterten Menge. Im Schutz seiner Leibwächter arbeitete sich George W. Bush allmählich zur Bühne vor.

Der *elder statesman* war fast 78 Jahre alt, doch seine Augen strahlten in jugendlicher Frische, während er Hände schüttelte, Menschen zuwinkte und hier und da stehenblieb, um ein Autogramm zu geben. Er genoss dieses Bad in der Menge sichtlich. Anders als andere Alt-Präsidenten zeigte er sich nicht häufig in der Öffentlichkeit. Die Gelegenheiten, bei denen ihm ein solch freundlicher Empfang bereitet wurde, waren eher selten. Mehr als zwanzig Jahre nach Beginn des Irakkrieges polarisierte er noch immer. Doch hier in Dallas war er gern gesehen, ein Freund, dem man viel zu verdanken hatte. *USW* zeigte sich erkenntlich und feierte den ehemaligen Präsidenten, während über die Lautsprecher ein heroischer Marsch eingespielt wurde, als stehe Bush im Wahlkampf.

Mit jugendlicher Leichtigkeit nahm er die Treppe hinauf zur Bühne, begleitet von den beiden Chefs von *USW* und zwei Leibwächtern. Die anderen Bodyguards nahmen Aufstellung vor der Bühne. Bush ging zum Rednerpult und winkte lachend den jubelnden Menschen zu. Mehrere lokale Fernsehsender übertrugen live, *Fox News* ebenso wie *CNN* hatten ein Kamerateam vor Ort – *Fox News* für einen Beitrag für die Abendnachrichten, *CNN* für eine Reportage über die Beziehungen zwischen Politik und Rüstungsindustrie.

Bush trat hinter das Rednerpult, zog das Mikrofon in die richtige Position, tat, als hebe er an zu reden, brach jedoch ab, lachte und winkte den Menschen erneut zu, rieb sich mit der rechten Hand an der Nase, was wie eine Geste der Verlegenheit wirkte, wischte sich eine imaginäre Freudenträne aus dem Augenwinkel, räusperte sich und rief:

„Ich bin es doch nur!“

Der Saal explodierte vor Begeisterung.

„Liebe Freundinnen und Freunde, liebe Mitarbeiter von *United Steel & Weapons,* ich bin froh, heute mit euch feiern zu können“, rief Bush, immer wieder unterbrochen von Begeisterungsstürmen. „Wir haben allen Grund zu feiern, denn die Geschichte von *United Steel &*

Weapons ist eine einzige Erfolgsgeschichte. Der amerikanische Traum hat mit euer aller Hilfe Gestalt angenommen. Pioniergeist und Einfallsreichtum, das ist eine Mischung, die typisch ist für *United Steel & Weapons* und für Amerika insgesamt."

Er räusperte sich, schluckte, blickte irritiert zur Seite, suchte den Blickkontakt zu einem seiner Leibwächter, fuhr dann aber fort:

„Dass die USA heute als einzige Weltmacht dastehen, ist unter anderem euer Verdienst, denn ihr alle zusammen macht *United Steel & Weapons* aus und habt dieses Unternehmen mit eurer Kraft …"

Er unterbrach sich. Fahrig glitten seine Finger über seine Stirn, auf der feine Schweißperlen erschienen waren. Doch dann schien er sich einen Ruck zu geben und packte die Leisten des Rednerpults mit entschlossenem, festem Griff.

„Diese Stellung in der Welt können die USA nur behaupten, weil ihr …"

Er hustete – wie es schien: vor Überraschung.

„Hoppla", sagte er.

Plötzlich lächelte er nicht mehr. Er sah an sich hinab, griff sich an die Brust, starrte in die Kameras. Für einen Moment schien es, als wolle er die linke Hand heben, um den ratlos starrenden Menschen zuzuwinken: Alles in Ordnung, Leute! Doch dann wich mit einem Schlag alle Kraft aus ihm, sein Oberkörper sackte gegen das Rednerpult, und Bush sank zu Boden.

Im selben Moment, in dem sein Kopf den Boden der Bühne berührte, starb George W. Bush.

Ein ägyptisches Blog titelte kaum fünf Minuten später:

„Tod eines Hasspredigers".

***

Soeben lief der Countdown auf der *Queen Mary 2* ab. Darüber war bisher nirgends berichtet worden, da General Morris Nachrichtensperre angeordnet hatte, die kleine Schwester des Ausnahmezustandes. Alle Marines und Ermittlerteams hatten das Schiff verlassen. Alle Schiffe in der Bay waren auf Distanz gegangen, auch der Lenkwaffenkreuzer *Gettysburg*. Aus Sicherheitsgründen, wie der General versicherte.

„Ich erwarte nicht, dass tatsächlich etwas passiert“, hatte er seinen Offizieren gesagt, „aber wir gehen auf Nummer sicher.“

Zunächst schien tatsächlich nichts zu passieren. Niemand bekam mit, wie aus zwei Druckbehältern tief im Innern des Schiffes Gas auszuströmen begann. Diese Druckbehälter waren in einem Hohlraum oberhalb der Treibstofftanks der *Queen Mary 2* verborgen, der nach außen sorgfältig zugeschweißt und unauffällig verkleidet worden war und der nach unten einen Durchlass ins Innere der Tanks hatte. Spürhunde, die auf Sprengstoffe abgerichtet waren, hatten keine Chance, diese Vorstufe einer Bombe zu finden, denn es handelte sich nicht um einen Sprengsatz mit charakteristischen Gerüchen. Das Einzige, was die Hunde hätten aufspüren können, wäre der Ballen von Composit-Sprengstoff gewesen, der unweit der Öffnung im Inneren des Tanks befestigt war und der nun von dem Gasgemisch aus den Druckbehältern umweht wurde. Doch abgesehen davon, dass der Raum, in dem dies alles installiert war, gründlich verschweißt war, wurden die feinen Duftspuren des Sprengstoffs von den üblen Ausdünstungen des Schweröls überdeckt. Da hatten auch die feinsten Hundenasen keine Chance. Die Bombe begann praktisch erst in dem Moment zu existieren, in dem die Druckbehälter wie programmiert begannen, ihren Inhalt abzugeben. Der erste Behälter setzte Wasserstoff frei, der zweite Sauerstoff. Die Mischung war hochexplosiv.

Der Inhalt des Tanks war dies nicht, jedenfalls nicht sofort. Schweröl war ein zähes, klebriges Zeug, das als Rückstand aus den Ölraffinerien kam und auf hoher See, gemischt mit Diesel, als Treibstoff für große Schiffe verfeuert wurde. Es war schwer entflammbar, aber vor einer Stunde hatten gewisse Maschinen damit begonnen, Diesel in den Schweröltank zu leiten. Der Energieverbrauch dieser Maschinen war nicht unbemerkt geblieben.

Dann schickte eine Automatik einen Funken in das Gemisch aus Wasserstoff, Sauerstoff und den Ausdünstungen des Diesels im Tank.

***

Der Countdown war verstrichen, und vom Battery Park wandten sich zahlreiche besorgte Blicke hinüber zur *Queen Mary 2*, die scheinbar friedlich in der Nachmittagssonne lag.

„Sieht so aus, als ob uns diese verfluchten Terroristen schon wieder auf den Arm genommen haben“, sagte Sergeant Warrington.

Corporal Crossland war weniger optimistisch.

Plötzlich erzitterte die *Queen Mary 2*. Mit etwas Verzögerung war ein dumpfer Knall zu hören. Im nächsten Moment schien sich der riesige Leib des Kreuzfahrtgiganten aufzublähen, als drücke eine unerhörte Kraft aus seinem Innern die stählernen Wände auseinander, und dann barst das Schiff, indem aus seinem Leib eine sonnenhelle Lohe in den Himmel fuhr. Es brach in der Mitte auseinander. Das Heck, davon geschleudert, begann sofort zu sinken, bis es den Grund der Bay erreichte. Trümmer flogen hoch hinauf in den Himmel und wurden teilweise bis nach Brooklyn geschleudert. Ein Gemisch aus Schweröl und Diesel strömte aus, geriet in Brand und bildete einen Flammenteppich auf dem Wasser. Die Wucht der Explosion ließ rund um die Bay bis über die Wall Street hinaus Fenster zu Bruch gehen. Der Knall war noch in Baltimore zu hören. Die Seismographen des *Standing Stone* in Pennsylvania, einer Einrichtung des *Seismic Network Institute*, verzeichneten ein lokales Erdbeben der Stärke 5,9.

Der Druck der Explosion warf Crossland von den Beinen, doch er stand sofort wieder auf, während er in seinen Ohren stocherte, die vom Knall klingelten.

Über den brennenden Resten der *Queen Mary 2* stieg eine dicke, tiefschwarze Rauchsäule hoch hinauf in den Himmel.

„Diese Bastarde haben uns schon wieder an der Nase herumgeführt“, sagte er

„Was?“ Sergeant Warrington sah ratlos aus. „Ich kann nichts hören.“

Epilog

Christos war es leid, durch die weitläufigen Hallen zu schlendern, die einmal ein Industrieunternehmen beherbergt hatten. Eigentlich sollte er zufrieden sein. Immerhin hatte er einen Job, er kümmerte sich als Hausmeister um diese Hallen. Doch ihre Leere verursachte ihm schlechte Laune. Die Maschinen von einst waren abgebaut, der Euro-Krise und ihren Folgen geopfert, und die Gebäude gehörten jetzt der Metzner Ε.Π.Ε., einem Unternehmen, das Jan Metzner gegründet hatte und das ohne ihn zum Sterben verurteilt war. Noch hielt Elena Papadopoulos, Sekretärin und Bevollmächtigte, in ihrem Büro die Stellung und waltete über die Konten, aber sie hatte nicht viel zu tun.

Dass Metzner ausgerechnet die Papadopoulos eingestellt hatte, trug Christos ihm nach. Diese Frau war unausstehlich! Dauernd meckerte sie an ihm herum, er solle duschen, sich wenigstens die Haare waschen und aufhören, so viel Knoblauch zu essen. Was ging es diese Frau an, wie viel Knoblauch Christos zu sich nahm?

Christos hatte sich angewöhnt, mit der Patronenhülse zu spielen, die er aus dem Schlafzimmer von Meike Metzner geborgen hatte. Er trug sie immer in seiner Hosentasche bei sich.

Das Handy meldete sich – das eine, mit dem seine Auftraggeber ihn kontaktierten. Sie hatten sich schon seit Tagen nicht mehr gemeldet. Der Anruf kam überraschend. Christos hatte gleich Feierabend.

„Zur Stelle“, sagte er, indem er das Gespräch annahm.

„Machen Sie die Gefangene reisefertig.“

„Jetzt gleich?“

„Morgen früh genügt.“

„Gut, dann kann sie ausschlafen“, antwortete Christos und schlurfte weiter. „Was habt ihr vor?“

„Braucht Sie nicht zu interessieren.“

„Aber ich muss der Gefangenen irgendetwas sagen. Dann verhält sie sich kooperativer. Bisher war sie eher sperrig.“

„Sagen Sie ihr, dass wir sie mit ihrem Bruder zusammenbringen wollen.“

„Mit Jan Metzner?“, fragte Christos und blieb erstaunt stehen.

Am anderen Ende der Verbindung war ein Seufzen zu hören.

„So heißt er wohl, ja.“

„Wieso wollen Sie Meike Metzner mit ihrem Bruder zusammenbringen?“, fragte Christos.

„Ich wüsste nicht, was Sie das angeht.“

„Hören Sie, Sie müssen mir schon ein bisschen was erklären. Die Gefangene ist nicht einfach.“

„Wir brauchen die Gefangene, um Metzner aus seinem Bau zu locken. Und jetzt reicht's! Sie haben Ihre Befehle.“

Das Gespräch wurde beendet. Christos steckte das Handy mit einem Schulterzucken zurück in die Hosentasche und machte sich auf den Rückweg zur Zelle von Meike Metzner. Er fand, es lag ein gewisser Witz darin, dass sich diese Zelle ausgerechnet hier befand, auf dem Firmengelände der Metzner E.Π.E.

Er öffnete die Sichtluke der Tür. Die Gefangene lag auf ihrer Matratze und schlief tief und fest, so wie immer, wenn Christos ihr etwas gegeben hatte. Er fand es schade, dass er sie bald nicht mehr haben würde. Sie war immer sehr willig gewesen, nachdem er sie sediert hatte.

Diese Leute wollten Jan Metzner aus seinem Bau hervorlocken?

Aus welchem Bau?

Wussten sie denn, wo er sich befand?

Ende

Jan Metzner kommt wieder in

Incubus – Virenkrieg III

Skylla* – *Virenkrieg II ist der zweite Teil des ***Virenkrieg***-Zyklus.

Sie wollen mehr wissen? Auf seiner Webseite www.ybersinn.de schreibt Lutz Büge über seine Romane und ihre Entstehung. Dort erfahren Sie, wann und wie es weitergeht

Kurznachrichten: ybersinn.de/news.

Lutz Büge auf Facebook: facebook.com/autor.lutz.buege.

Abonnieren Sie den Newsletter des Ybersinn-Verlags, indem Sie uns via www.ybersinn.de/kontakt eine Mail schicken. Schreiben Sie einfach „Newsletter“.

Außerdem von Lutz Büge im Ybersinn-Verlag:

Die JFK-Akten

Kurzroman. Buch und E-Book.

„Ich möchte Sie porträtieren als den Mann, der schon heute weiß, was die USA erst im Lauf des nächsten Jahres erfahren werden, und ich möchte versuchen, in Erfahrung zu bringen, ob uns eine Luftnummer erwartet oder ob Sie so etwas wie das menschgewordene schlechte Gewissen Amerikas sind.“
Kenneth starrte die Journalistin an. Woher wusste sie das mit dem Gewissen?
Das sind meine eigenen Gedanken!
„Sie kennen den Inhalt der JFK-Akten?“, fragte sie.

Die JFK-Akten erzählt die Geschichte des Archivars Kenneth Fitzgerald, der am US-Nationalarchiv das große Staatsgeheimnis hütet: die Original-Dokumente der Warren-Kommission aus den 60er Jahren. Doch die gesetzliche Sperrfrist der JFK-Akten endet, und bestimmte Kreise wollen verhindern, dass die Öffentlichkeit erfährt, was am 22. November 1963 in Dallas wirklich geschah.

Die JFK-Akten. Kurzroman. Paperback. Ybersinn-Verlag Offenbach. ISBN 97839871738858. 136 Seiten. 7,90 Euro.

E-Book. Ybersinn-Verlag Offenbach. ISBN: 9783981738841. Ca. 90 Seiten. In allen gängigen E-Book-Shops. 1,49 Euro

Virenkrieg – Erstes Buch

Buch und E-Book.

„Wir haben Ihre kleine Schwester. Wir werden ihr kein Leid zufügen, aber dafür erwarten wir etwas von Ihnen. Sie fliegen nach Ägypten, sofort. Denken Sie daran, wir brauchen nur eine einzige Kugel, um Ihrer Schwester ein Loch in den Kopf zu pusten ...“

Wir schreiben das Jahr 2024. Al-Qaida ist besiegt. Im jahrzehntelangen Krieg gegen den Terror haben die USA den Feind niedergerungen — doch um welchen Preis! „The land of the free“ wurde zum Überwachungsstaat. Nun braucht die Maschinerie einen neuen Feind: die neugegründete „Islamische Allianz“. Der Genetiker Jan Metzner wird in diesen Konflikt hineingezogen, als seine Schwester von Islamisten entführt wird. Jan gerät in einen Biowaffen-Krieg, der von der Öffentlichkeit kaum bemerkt wird. Die Situation eskaliert, als das Luxus-Kreuzfahrtschiff Queen Mary 2 von Islamisten gekapert wird. Doch diese Terroristen verhalten sich unerwartet.

Thriller um Biowaffen, Geheimorganisationen und einsame Entscheidungen – die Menschheit am Rand ihrer Auslöschung.

Teil 1 des Virenkrieg-Zyklus

Virenkrieg – Erstes Buch. Paperback. Ybersinn-Verlag Offenbach. ISBN: 9783981738803. Ca. 434 Seiten. 14,90 Euro.

E-Book: ISBN 9783844292503. In allen gängigen E-Book-Shops. 9,99 Euro.

Der Osiris-Punkt

Ägypten-Abenteuer. E-Book

Die mächtigen, beleuchteten Kolonnaden des Sethos-Tempels schienen nur einen Steinwurf weit entfernt. Mitten aus dem Ort erhob sich das alte Bauwerk, doch es war früher hier gewesen als jedes Haus in Abydos, früher als Islam und Christentum, und entsprechend selbstbewusst und schweigend ragte es aus damaliger Zeit in die Gegenwart hinein.

Theo Magenheim, ein Studienabbrecher, stolpert in Ägypten in eine Geschichte hinein, die gefährlich für ihn werden wird. Nachdem schon viel in seinem Leben schiefgegangen ist, versucht der junge Mann nun sein Glück als Reiseleiter in Abydos, dem einstigen Kultzentrum des altägyptischen Gottes Osiris. Er wird Zeuge, als in einem Gelass hinter dem Sethos-Tempel eine alte Papyrus-Rolle gefunden wird. Sie könnte der Schlüssel zu einer bedeutenden Entdeckung sein. Allerdings haben derzeit in Ägypten Islamisten das Sagen. Sie versuchen, das Land zur Islamischen Republik umzubauen, doch sie sind zerstritten. Unter ihnen gibt es Kräfte, die dem Gold der Pharaonen sehr zugeneigt sind. Als sie von dem Fund beim Sethos-Tempel hören, gerät Abydos in ihren Fokus. Doch auch die Carnavaughns, eine alte englische Adelssippe, haben ein Auge auf die Entdeckung geworfen. Ein Kreis schließt sich, der fast 200 Jahre archäologischer Forschung in Ägypten umfasst …

Der Osiris-Punkt. E-Book. Ybersinn-Verlag Offenbach.
Ca. 624 Seiten. ISBN 9783844285673. In allen gängigen E-Book-Shops. 9,99 Euro

Der hölzerne Pharao

Ägypten-Abenteuer. E-Book.

Ganz Luxor schien sich an diesem Vormittag am Kai versammelt zu haben, wo normalerweise die Kreuzfahrtschiffe vor Anker lagen. Gemächlich glitt die Barke näher, angetrieben vom Nil selbst und vom regelmäßigen Schlag ihrer Ruderer. So hatten schon die alten Ägypter den Strom befahren. Als die Barke in Höhe der Tribüne an Luxor vorbeifuhr, geschah etwas Unerwartetes: Tiefes Schweigen erfasste die Menge. In absoluter Stille verfolgten die Menschen, wie einer der Könige ihrer Vorfahren vorüberfuhr, und Theo kam es vor, als würden die 3300 Jahre, die zwischen Sethos' Tod und diesem Tag lagen, zu einem einzigen Moment verschmelzen

Eine 3000 Jahre alte hölzerne Statue gibt Rätsel auf, die nur mit abenteuerlichen Methoden gelöst werden können. Ein Botschafter a.D. ist in geheimer Mission in Kairo unterwegs, und eine bretonische Detektivin ermittelt gegen den Schurken Bernard Tedritov, der Theo Magenheim und seinen Leuten das Leben schwerzumachen versucht. Derweil geht Theo wieder auf Grabungstour – in Saqqara, dem größten bronzezeitlichen Friedhof der Welt. Eine Schnitzeljagd durch die Ewigkeit beginnt …

Fortsetzung von ***Der Osiris-Punkt***

Der hölzerne Pharao. E-Book. Ybersinn-Verlag Offenbach. Ca. 523 Seiten. ISBN: 9783981738810. In allen gängigen E-Book-Shops. 9,99 Euro

Genetics

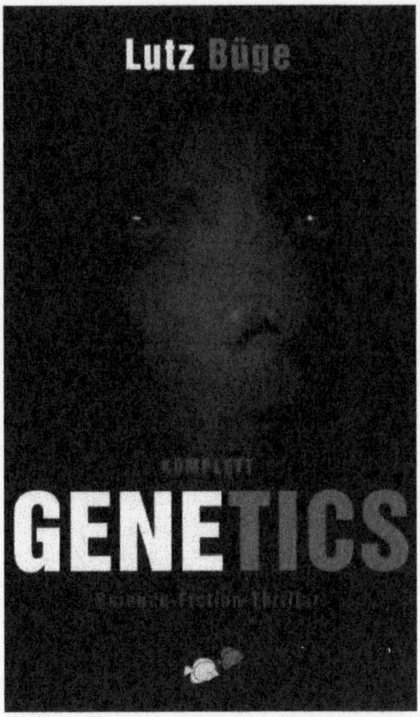

SciFi-Thriller. E-Book.

„Entschuldige, Ciah“, murmelte Cal.
„Wofür?“
„Für alles, Ciah. Ich habe versagt. Ich kann dir nicht sagen, wie leid es mir tut, aber es ist alles so kompliziert geworden ...“
„Das ist nicht wahr, Cal. Nichts ist kompliziert. Du hattest ein klares Ziel, dem alles unterzuordnen ist, ein Ziel, für das sich der höchste Einsatz lohnt, der allerhöchste. Du hast dieses Ziel aus den Augen verloren, das ist die ganze Erklärung.“

„Block Arkansas” ist der Name eines geheimen unterirdischen Laborkomplexes im US-Bundesstaat Arkansas. Einen Kilometer tief in der Erdkruste, seit dem Jahr 2024 hermetisch versiegelt, sollte hier der Amerikaner der Zukunft entwickelt werden — groß, stark, gesund. Doch dann brach im Jahr 2025 die Verbindung zur Erdoberfläche ab, und seitdem ist Block Arkansas mit seinen Bewohnern, den Tics, sich selbst überlassen. Supercomputer Ciah herrscht dort unten, darauf programmiert, die Artverbesserung unerbittlich voranzutreiben — bis eines Tages der Tic Cal, Ciahs bestes Produkt, den Kopf verliert und versagt. Danach ist nichts mehr, wie es vorher war, und Block Arkansas droht, ausgelöscht zu werden …

Genetics. Science-Fiction-Thriller. E-Book. Ybersinn-Verlag Offenbach. 430 Seiten. ISBN: 9783981738827. Preis 9,99 Euro..

Schnabels Schnitzel

Satirischer Krimi unter Gastronomen.
E-Book in zwei Teilen

Möglicherweise lag es an meiner Gesellschaft, vielleicht auch nur am Klingeln des Kaffeelöffels in der Tasse; jedenfalls straffte sich Elfis Gestalt plötzlich, ein verlorenes Funkeln trat in ihre Augen, und mit schwerer Zunge verkündete sie, wobei sie aus dem Fenster in die Nacht hinausblickte: „Ich liebe dieses Licht. Ihr wisst überhaupt nicht, wie ich dieses Licht liebe.“ Dann trank sie ihr Glas grundleer, das Funkeln in ihren Augen erlosch, und sie versank wieder. Ich hatte Mühe, nicht in Depression zu verfallen.

Aus dem Leben eines Gastronomiekritikers, der auf quietschendem Barhocker Ermittlungen quer durch Aschbachs Bars- und Kneipenszene anstellt: Sein größter Konkurrent Gunter Schnabel ist verschwunden. Bronski legt sich nicht nur mit rabiaten Wirten an, sondern auch mit Star-Journalisten, die auf derselben Fährte sind wie er, und mit beinharten Feministinnen, die seine Texte nach allen Regeln der Kunst kürzen. Zum Glück hat Bronski seine drei K’s …

Schnabels Schnitzel. Satirischer Krimi. E-Book in zwei Teilen. Zusammen 160 Seiten. Nur erhältlich in der Kindle-Edition bei Amazon. Einzelpreis 3,17, zusammen 6,34 Euro